Wanneer het lichaam van een jonge vrouw wordt gevonden doet de politie een opzienbarende bijkomstige ontdekking: onder het naakte lijk blijken twee vrouwelijke skeletten te liggen. Bovendien vertonen de botten sporen van dezelfde zware en langdurige mishandeling als het lichaam van het laatste slachtoffer. Voor inspecteur Patrik Hedström is het duidelijk: de moorden houden verband met elkaar. Maar hoe?

In enkele jaren tijd is Camilla Läckberg (1974) in Nederland uitgegroeid tot een van de bestverkopende Zweedse thrillerauteurs. Haar misdaadromans over Patrik Hedström en Erica Falck krijgen uitstekende kritieken en hebben hun weg gevonden naar een groot lezerspubliek.

'Meer dan een gewone thriller.' – *Esta*

'*Predikant* is mooi, betrokken, vol humor en goed geschreven.' – *Viva*

'Wederom een verbluffend, spannend verhaal dat tot in de details is uitgewerkt.' – *VT Wonen*

Eveneens van Camilla Läckberg:

IJsprinses
Steenhouwer
Zusje
Oorlogskind
Zeemeermin
Sneeuwstorm en amandelgeur
Vuurtorenwachter

CAMILLA LÄCKBERG

Predikant

Vertaald door
Elina van der Heijden en
Wiveca Jongeneel

DWARSLIGGER 105

De dwarsligger® is een initiatief van NDC|VBK de uitgevers en Jongbloed v.
Voor dit product is een octrooi verleend: octrooinummer 1032073.

Dit boek is gedrukt op Indoprint van Bolloré Thin Papers (www.bollorethinpapers.com).
Indoprint draagt het keurmerk Forest Stewardship Council (FSC).
Bij dit papier is het zeker dat de productie niet tot bosvernietiging heeft geleid.
Ook is het papier 100% chloor- en zwavelvrij gebleekt.

Deze dwarsligger® is tot stand gekomen in samenwerking met Ambo|Anthos uitgevers

ISBN 978 90 498 0096 3 | NUR 305
© 2004 Camilla Läckberg
Published by agreement with Bengt Nordin Agency, Stockholm, Sweden
© 2007 Nederlandse vertaling Ambo|Anthos uitgevers, Amsterdam, Elina van der Heijden en Wiveca Jongeneel, via het SVIN
© Uitgave in dwarsligger® juni 2011 (veertiende druk)
Oorspronkelijk uitgegeven als *Predikanten* door Bokförlaget Forum
Omslagontwerp Roald Triebels | Studio Jan de Boer
Omslagillustratie © Larry Dale Gordon | Zefa | Corbis
Foto auteur © Ceen Wahren
Boekverzorging Het Steen Typografie, Maarssen
Drukkerij Jongbloed, Heerenveen

Verspreiding voor België: Veen Bosch & Keuning uitgevers n.v., Antwerpen
Alle rechten voorbehouden

www.dwarsligger.nl
www.amboanthos.nl

Voor Micke

De dag begon veelbelovend. Hij vroeg wakker, vóór de rest van het gezin, en nadat hij zich zo geruis mogelijk had aangekleed, wist hij ongemerkt het huis te verlaten. Lukte hem ook zijn ridderhelm en hou- ten zwaard mee te nemen, waar hij gelukzalig zwaaide toen hij hollend de honderd meter van het huis naar de ingang van de Koningskloof aflegde. Hij bleef even staan en keek eerbiedig naar de steile spleet midden in de berg. Er zat twee meter tussen de wanden, die zich een tiental meters naar de hemel verhieven waarlangs de zomerzon net omhoog begon te klimmen. Drie grote rotsblokken, die voor eeuwig midden in de kloof waren blijven hangen, vormden een indrukwekkend gezicht. De plek had een magische aantrekkingskracht op het kind van zes jaar en het feit dat ze verboden ter- rein was, maakte haar alleen maar aantrekkelijker.

De kloof had haar naam gekregen toen koning Oscar II aan het eind van de negentiende eeuw een bezoek bracht aan Fjällbacka, maar dat wist de jongen niet, en het kon hem ook niet schelen, toen hij voorzichtig de schaduwen in sloop, zijn houten zwaard in de aanslag. Maar zijn vader had wel verteld dat de scènes in de Hellepoel in de film *Ronja de roversdochter*, in de Koningskloof waren opgenomen, en toen hij de roverhoofdman Mattis daar op zijn paard had zien rijden had het behoorlijk in zijn buik gekriebeld. Soms speelde hij hier rovertje, maar vandaag was hij een ridder. Een ridder van de ronde tafel, net als in het grote, mooie kleurenboek dat hij voor zijn verjaardag van zijn oma had gekregen.

Hij klauterde over de grote stenen die de grond bedekten en maakte zich gereed om de grote, vuurspuwende draak met zijn moed en zijn zwaard aan te vallen. De zomerzon bereikte de kloof niet, waardoor de plek koud en donker was. Perfect voor draken. Weldra zou het bloed uit de hals van het beest spuiten, en na een langdurige doodsstrijd zou de draak dood voor zijn voeten neervallen.

Iets in zijn ooghoek trok zijn aandacht. Hij zag achter een grote steen een stukje rode stof en zijn nieuwsgierigheid kreeg de overhand. De draak kon wachten. Misschien lag daar wel een schat verborgen. Hij zette zich af, sprong op de steen en keek aan de andere kant naar beneden. Hij viel bijna

achterover maar na een paar tellen met zijn armen te hebben gezwaaid, hervond hij zijn evenwicht. Later zou hij niet toegeven dat hij het eng had
gevonden, maar hij was in zijn zesjarige leven nog nooit zo bang geweest als
nu. Een mevrouw lag hem te beloeren; ze lag op haar rug en keek hem recht
aan, met starende ogen. Zijn eerste instinct zei hem te vluchten voordat ze
hem kon pakken en doorkreeg dat hij hier speelde hoewel dat niet mocht.
Misschien zou ze hem dwingen te vertellen waar hij woonde en hem mee-
sleuren naar papa en mama, die heel boos zouden vragen hoe vaak ze hem
wel niet hadden gezegd dat hij zonder een volwassene niet naar de Koningskloof mocht gaan.

Maar het rare was dat de mevrouw niet bewoog. Ze had ook geen kleren
aan en heel even geneerde hij zich omdat hij naar een naakte vrouw stond te
kijken. Het rode dat hij had gezien was geen stuk stof, maar een tas die vlak
naast haar lag. Kleren zag hij nergens. Vreemd, om hier naakt te gaan liggen. Dat was hartstikke koud.

Toen bekroop hem een onmogelijke gedachte: misschien was de mevrouw
wel dood! Hij kon geen andere reden bedenken waarom ze daar zo stil lag.

Die gedachte deed hem van de steen springen en langzaam achteruit naar de ingang van de kloof lopen. Toen hij een paar meter van de dode mevrouw was verwijderd, draaide hij zich om en rende zo snel hij kon naar huis. Het kon hem niet langer schelen of hij op zijn kop zou krijgen.

Door het zweten kleefden de lakens aan haar lichaam. Erica draaide van links naar rechts, maar het was onmogelijk een prettige houding te vinden. De lichte zomernacht maakte het slapen er ook niet makkelijker op en voor de duizendste keer bedacht ze dat ze donkere gordijnen moest kopen en ophangen, of liever gezegd, ze moest Patrik zover zien te krijgen dat hij dat deed.

Zijn tevreden geknor naast haar dreef haar bijna tot waanzin. Dat hij het lef had zachtjes te snurken terwijl zij nacht in nacht uit wakker lag! Het was ook zijn baby. Zou hij uit solidariteit niet ook wakker moeten blijven? Ze duwde zachtjes tegen hem aan in de hoop dat hij wakker zou worden. Geen beweging. Ze duwde wat harder. Hij bromde zachtjes, trok de deken over zich heen en draaide haar zijn rug toe.

Zuchtend ging ze met gekruiste armen op haar rug naar het plafond liggen staren. Haar buik stak als een grote aardbol recht omhoog en ze probeerde zich de baby voor te stellen, in het donker in de vloeistof zwemmend. Misschien met een duim in zijn mond. Maar het was nog steeds te onwerkelijk, ze was in de achtste maand, maar ze kon nog steeds niet bevatten dat er een baby in haar buik zat. Ach, in de nabije toekomst zou het waarschijnlijk maar al te werkelijk worden. Erica werd heen en weer geslingerd tussen verlangen en vrees. Het was moeilijk om verder te kijken dan de bevalling. Als ze eerlijk was, was het op dit moment moeilijk om verder te kijken dan het probleem dat ze niet meer op haar buik kon slapen. Ze keek naar de oplichtende cijfers van de wekker. 4:42. Misschien moest ze het licht maar aandoen en een poosje gaan lezen?

Drieënhalf uur en een slechte thriller later stond ze net op het punt zich uit bed te hijsen, toen de telefoon doordringend begon te rinkelen. Geoefend reikte ze Patrik de hoorn.

'Hallo, met Patrik.' Zijn stem klonk slaperig. 'Ja, natuurlijk, verdomme, ja, ik kan er over een kwartiertje zijn. We zien elkaar daar.'

Hij draaide zich om naar Erica. 'Er is een melding binnengekomen, ik moet ervandoor.'

'Maar je hebt toch vakantie. Kan er niemand anders gaan?' Ze hoorde dat haar stem zeurderig klonk, maar een nacht zonder slaap was niet bevorderlijk voor haar humeur.

'Het gaat om een moord. Mellberg wil dat ik erbij ben. Hij gaat er zelf ook heen.'

'Een moord? Waar?'

'Hier in Fjällbacka. Een jongetje heeft vanmorgen in de Koningskloof een dode vrouw gevonden.'

Patrik kleedde zich aan, wat bijna geen tijd kostte omdat hij midden juli alleen maar iets luchtigs aan hoefde te trekken. Voordat hij de deur uit rende, klom hij op het bed en zoende Erica op haar buik, ergens in de buurt van de plaats waarvan ze zich vaag meende te herinneren dat daar vroeger een navel zat.

'Tot kijk, baby. Wees lief voor je moeder, ik kom gauw weer thuis.'

Hij kuste Erica snel op haar wang en haastte zich weg. Zuchtend hees

Erica zich uit bed en trok een van de tentjurken aan waaruit ze tegenwoordig kon kiezen. Tegen beter weten in had ze talloze babyboeken gelezen en volgens haar moesten alle mensen die over een vreugdevolle zwangerschap schreven, publiekelijk worden afgeranseld. Geen slaap, pijn in de gewrichten, striae, aambeien, hevige transpiratieaanvallen en hormonale stoornissen, dat kwam allemaal dichter bij de werkelijkheid. En ze straalde helemaal niet als van een innerlijke gloed. Morrend liep ze voorzichtig de trap af naar het eerste kopje koffie van de dag. Hopelijk zou dat de nevels doen optrekken.

Toen Patrik arriveerde, heerste er al een koortsachtige activiteit. De ingang van de Koningskloof was afgezet met gele linten, en hij telde drie politiewagens en een ambulance. Het technische personeel uit Uddevalla was al aan het werk en hij wist dat hij de plaats delict niet moest betreden. Van die beginnersfout trok zijn chef, hoofdinspecteur Mellberg, zich niets aan, hij sjouwde gewoon rond tussen de forensische technici. Vertwijfeld keken die naar Mellbergs schoenen en kleren die duizenden vezels en deeltjes op hun kwetsbare werkplek verspreidden. Toen Patrik bij het afzetlint stopte en naar Mellberg zwaaide, verliet deze tot hun grote opluchting de plaats delict en klom over het lint.

'Hallo, Hedström.'

Zijn stem klonk bijna vrolijk en Patrik huiverde van verbazing. Heel even verbeeldde hij zich dat Mellberg hem wilde omhelzen, maar godzijdank was dat niet meer dan een verontrustend gevoel. Zijn chef leek een metamorfose te hebben ondergaan! Patrik had nog maar een week vakantie, maar de man voor hem was echt niet dezelfde die een week geleden met een zuur gezicht achter zijn bureau had zitten mopperen dat vakantie als concept moest worden afgeschaft.

Mellberg schudde enthousiast Patriks hand en gaf hem een klap op zijn rug. 'En hoe is het met de legkip? Is het al bijna zover?'

'Over anderhalve maand, hebben ze gezegd.'

Patrik begreep de oorzaak van Mellbergs vreugdebetoon nog steeds niet, maar schoof zijn nieuwsgierigheid opzij en probeerde zich te concentreren op de reden van zijn komst. 'Wat hebben jullie gevonden?'

Mellberg leverde een krachtsinspanning om de glimlach van zijn gezicht te verdrijven en wees naar de schaduwrijke kloof. 'Een jochie van zes is vanmorgen stiekem buiten gaan spelen toen zijn ouders nog lagen te slapen; hij wilde geloof ik riddertje spelen tussen de rotsblokken, en toen vond hij een dode vrouw. De melding kwam om kwart over zes binnen.'

'Hoe lang zijn de technici al bezig op de plaats delict?'

'Ze zijn een uur geleden gearriveerd. De ambulance was er als eerste en ze konden meteen bevestigen dat er geen medische maatregelen getroffen hoefden te worden, dus vanaf dat moment konden de technici hun gang gaan. Die lui zijn wel lastig, hoor. Ik wilde alleen even rondkijken en ik vond ze echt onbeschoft. Maar misschien word je zo als je altijd kruipend met een pincet naar vezels moet zoeken.'

Nu herkende Patrik zijn chef tenminste weer, dit klonk meer als de gewone Mellberg. Uit ervaring wist Patrik dat het geen zin had te proberen de opvattingen van Mellberg te corrigeren, het was makkelijker ze gewoon te negeren.

'Wat weten we over de vrouw?'

'Op dit moment niets. Vermoedelijk een jaar of vijfentwintig. Het enige kledingstuk, als je het zo kunt noemen, is een handtas, verder is ze helemaal naakt. Best mooie tieten trouwens.'

Patrik deed zijn ogen dicht en herhaalde in gedachten, alsof het een innerlijke mantra was: Het duurt niet lang meer tot hij met pensioen gaat. Het duurt niet lang meer tot hij met pensioen gaat...

Mellberg ging intussen onbewogen verder: 'Er is geen duidelijke doodsoorzaak te zien, maar ze is behoorlijk toegetakeld. Blauwe plekken over het hele lichaam en een aantal wonden die op messteken lijken. O ja, ze ligt op een grijze deken. De patholoog-anatoom bekijkt haar nu, dus hopelijk krijgen we vrij gauw een voorlopige conclusie.'

'Is er niemand als vermist opgegeven, iemand van ongeveer die leeftijd?'

'Nee, niets wat ook maar in de buurt komt. Een week of wat geleden was er een man vermist, maar later bleek dat hij er genoeg van had om met zijn vrouw in de caravan te zitten en ervandoor was gegaan met een grietje dat hij in een café had ontmoet.'

Patrik zag dat het team nu bezig was het lichaam voorzichtig in een lijkzak te tillen. Handen en voeten waren reglementair van plastic zakken voorzien om eventuele sporen zeker te stellen, en het team van forensische technici uit Uddevalla werkte geoefend samen om de zak op een zo effectief mogelijke manier om de vrouw te trekken. Daarna zou de deken waarop ze had gelegen in een plastic zak worden gestopt om later ook grondig onderzocht te worden.

De verbaasde uitdrukking op hun gezichten en de manier waarop ze in hun bewegingen bevroren maakten Patrik duidelijk dat er iets onverwachts was gebeurd.

'Wat is er aan de hand?'

'Jullie zullen het niet geloven, maar hier liggen botten. En twee doodshoofden. Naar de hoeveelheid botten te oordelen vermoed ik dat het inderdaad om twee skeletten gaat.'

Zomer 1979

Ze slingerde behoorlijk toen ze in de midzomernacht naar huis fietste. Ze had meer gedronken dan ze van plan was geweest, maar dat maakte niet uit. Ze was tenslotte volwassen, dus ze kon doen wat ze zelf wilde. En het beste van alles was, dat ze een poosje zonder haar kind had kunnen zijn. Het kind dat maar krijste, tederheid nodig had en dingen eiste die ze niet kon geven. Het was de schuld van het kind dat ze nog steeds bij haar moeder moest wonen die haar amper de tuin uit liet gaan, hoewel ze al negentien was. Het was een wonder dat ze vanavond midzomer had mogen vieren.

Als het kind er niet was geweest, had ze nu op zichzelf gewoond en haar eigen geld kunnen verdienen. Ze had kunnen uitgaan wanneer ze wilde en weer kunnen thuiskomen als het haar uitkwam, zonder dat iemand zich ermee had bemoeid. Maar met het kind ging dat niet. Ze had haar dochter het liefst willen afstaan, maar dat had haar moeder niet goed gevonden, en daar moest zij nu de prijs voor betalen. Als haar moeder het kind zo graag wilde, kon ze er toch zelf voor zorgen?

Haar moeder zou behoorlijk boos zijn als ze bij het krieken van de dag binnen kwam waggelen. Haar adem stonk naar alcohol en daar zou ze morgen ongetwijfeld voor moeten boeten. Maar dat was het waard. Sinds de geboorte van dat rotkind had ze niet meer zo'n lol gehad.

Ze fietste dwars over de kruising en langs het benzinestation en nog een eindje verder over dezelfde weg. Toen sloeg ze linksaf naar Bräcke en belandde bijna in de sloot. Ze trok de fiets weer overeind en verhoogde het tempo voor de eerste steile helling. Haar haar wapperde in de wind en de lichte zomernacht was doodstil. Ze sloot even haar ogen en dacht aan de lichte zomernacht waarin de Duitser haar zwanger had gemaakt. Het was een heerlijke, verboden nacht geweest, maar de prijs die ze ervoor moest betalen niet waard.

Plotseling sprongen haar ogen weer open. Iets deed de fiets stoppen en het laatste dat ze zich herinnerde, was de grond die met hoge snelheid op haar afkwam.

Op het politiebureau in Tanumshede verzonk Mellberg vreemd genoeg in diepe gedachten. Patrik zei ook niet veel toen hij tegenover hem plaatsnam in de koffiekamer, ook hij dacht na over de gebeurtenissen van die ochtend. Eigenlijk was het te warm voor koffie, maar hij had iets versterkends nodig en van alcohol was natuurlijk geen sprake. Verstrooid probeerden beide mannen zich wat koelte toe te wuiven door aan hun overhemd te trekken. De airco was al twee weken kapot en het was ze nog steeds niet gelukt een monteur langs te laten komen. 's Ochtends ging het nog wel, maar tegen de middag steeg de warmte tot ondraaglijke temperaturen.

'Wat is er in godsnaam aan de hand?' Mellberg krabde bedachtzaam in zijn haar dat als een vogelnestje op zijn hoofd was gedraaid om zijn kale schedel te verbergen.

'Ik heb geen flauw idee, om je de waarheid te zeggen. Het lijk van een vrouw, boven op twee skeletten. Als het niet om een dode ging, zou ik misschien aan een kwajongensstreek denken. Uit een biologielokaal gestolen skeletten of zo. Maar we kunnen er niet omheen dat de vrouw is vermoord. Ik hoorde een van de technici zeggen dat de botten er niet echt vers uitzagen. Maar dat hangt natuurlijk ook af van hoe ze hebben gelegen. Of ze aan weer en wind zijn blootgesteld, of ergens beschut hebben gelegen. Hopelijk kan de patholoog een globale schatting geven van hun ouderdom.'

'Laten we het hopen. Wanneer verwacht je zijn eerste rapport?' Mellberg fronste bezorgd zijn bezwete voorhoofd.

'Waarschijnlijk komt dat in de loop van de dag, daarna zal het wel een paar dagen kosten om alles wat nauwkeuriger te bekijken. Voorlopig moeten we maar roeien met de riemen die we hebben. Waar zijn de anderen?'

Mellberg slaakte een zucht. 'Gösta is vandaag vrij. Een golftoernooi, geloof ik. Ernst en Martin zijn ergens anders mee bezig. En Annika zit op Tenerife. Ze dacht waarschijnlijk dat het deze zomer ook zou regenen, arme stakker. Ze vond het vast niet leuk om Zweden met dit weer te moeten verlaten.'

Patrik keek verbaasd naar Mellberg en vroeg zich opnieuw af waar deze ongebruikelijke uiting van sympathie vandaan kwam. Er was iets vreemds

aan de gang, dat was zeker. Maar het had geen zin daar nu tijd aan te verspillen, er waren belangrijkere zaken om over na te denken.

'Jij hebt deze week eigenlijk vakantie, maar denk je dat je me met deze
zaak kunt komen helpen? Ernst is te fantasieloos en Martin te onervaren om
een onderzoek te leiden, dus jouw hulp is echt welkom.'

Het verzoek streelde Patriks ijdelheid zozeer, dat hij meteen ja zei. Hij zou
misschien enorm op zijn kop krijgen van Erica, maar hij troostte zich met de
gedachte dat hij binnen een kwartier thuis kon zijn als ze hem dringend
nodig had. Bovendien werkten ze elkaar in deze hitte nogal op de zenuwen,
dus misschien was het zelfs beter als hij wat minder thuis was.

'Eerst zou ik willen nagaan of er een opsporingsbericht is uitgegaan naar
een verdwenen vrouw. We moeten vrij breed zoeken, zeg bijvoorbeeld van
Strömstad tot aan Göteborg. Ik zal Martin of Ernst vragen dat na te gaan.
Volgens mij komen ze net binnen.'

'Dat is goed, dat is heel goed. Zo mag ik het horen, ga zo door!' Mellberg
stond op en gaf Patrik met een vrolijk gezicht een klap op de schouder. Patrik besefte dat hij als gewoonlijk het werk zou moeten doen en dat Mellberg

met de eer ging strijken, maar hij wist dat het geen zin had zich daaraan te ergeren.

Zuchtend zette hij zowel zijn als Mellbergs koffiekopje in de vaatwasser. Hij hoefde zich vandaag niet met zonnebrandcrème in te smeren.

'Opstaan, of dachten jullie soms dat dit een pension is waar je de hele dag in je nest kunt blijven liggen!'

De stem sneed door dikke lagen nevel en echode pijnlijk tegen zijn voorhoofdsbeen. Johan deed voorzichtig een oog open, maar sloot het snel weer toen het getroffen werd door het verblindende licht van de zomerzon.

'Wel verd...' Robert, Johans één jaar oudere broer, draaide zich om in zijn bed en legde het kussen over zijn hoofd. Dat werd bruusk weggerukt en hij kwam mopperend overeind. 'Je mag hier ook nooit uitslapen.'

'Jullie slapen elke dag uit, stelletje luiwammesen. Het is al bijna twaalf uur. Als jullie niet elke nacht op pad gingen om weet ik veel wat uit te spoken, was het misschien ook niet nodig de hele dag in je nest te blijven liggen. Ik kan hier best wat hulp gebruiken. Jullie hebben gratis kost en inwoning, hoewel jullie volwassen kerels zijn, en dan vind ik het niet te veel gevraagd jullie arme moeder een handje te helpen.'

Solveig Hult stond met de armen gekruist voor haar enorme lichaam. Ze was ziekelijk vet en had de bleekheid van mensen die nooit buiten komen. Haar haar hing ongewassen in donkere slierten rond haar gezicht.

'Bijna dertig en jullie leven nog steeds van je moeder. Ja, échte kerels. En hoe komen jullie eigenlijk aan het geld om elke avond feest te vieren, als ik vragen mag? Jullie werken niet en dragen nooit iets bij aan de huishoudpot. Als jullie vader nog had geleefd, dan was het allang afgelopen geweest met deze manieren! Hebben jullie al iets van het arbeidsbureau gehoord? Daar zouden jullie vorige week heen!'

Nu was het Johans beurt om zijn kussen over zijn gezicht te trekken. Hij probeerde het voortdurende gezeur, dat klonk als een plaat die was blijven hangen, buiten te sluiten, maar nu werd zijn kussen bruusk weggetrokken en ook hij kwam overeind met zijn katerige hoofd, dat bonsde als een marsorkest.

'Ik heb de ontbijtspullen allang opgeruimd. Jullie moeten zelf maar iets uit de koelkast pakken.'

Solveig waggelde met haar enorme achterwerk de kleine kamer uit die de twee broers nog steeds deelden, en smeet de deur met een klap achter zich dicht. Ze durfden niet weer te gaan liggen, maar pakten een pakje sigaretten en staken allebei een sigaret op. Ze konden wel zonder ontbijt, maar de peuk deed hun levensgeesten op gang komen en de rook brandde heerlijk in hun keel.

'Wat een kraak was dat gisteren...' Robert lachte en blies kringen in de lucht. 'Ik had toch gezegd dat ze mooie spullen zouden hebben. Directeur van een bedrijf in Stockholm, natuurlijk gunt hij zich alleen het allerbeste.'

Johan antwoordde niet. In tegenstelling tot zijn oudere broer kreeg hij van de inbraken nooit een adrenalinekick, hij liep juist dagenlang rond met een grote, koude angstklomp in zijn buik, zowel voor als na een kraak. Maar hij deed altijd wat Robert zei en het kwam niet eens bij hem op dat hij ook iets anders kon doen.

De inbraak van gisteren had de grootste buit sinds lange tijd opgeleverd. De mensen waren voorzichtig geworden en hadden niet zo vaak meer dure spullen in hun zomerhuisjes staan. Ze zetten er vooral oude troep neer waarvan ze niet wisten wat ze ermee aan moesten, of veilingkoopjes die hun het gevoel gaven dat ze een goede slag hadden geslagen, maar die geen cent waard waren. Maar gisteren hadden Robert en Johan een nieuwe tv, een dvd-speler, een Nintendo-spel en een hoop sieraden van de vrouw des huizes buitgemaakt. Robert zou de spullen via zijn gebruikelijke kanalen verkopen en dat zou een flinke smak geld opleveren. Niet dat ze het er lang mee zouden redden, gestolen geld brandde in je broekzak en na een paar weken zou het weer op zijn. Ze gaven het uit aan gokken en drank en kochten af en toe iets voor zichzelf. Johan keek naar het dure horloge om zijn pols. Gelukkig zag ma niet wanneer iets waardevol was. Als ze wist wat dit horloge had gekost, zou er nooit een eind aan haar gezeur komen.

Soms had Johan het gevoel alsof hij in een tredmolen zat die alsmaar door draaide, terwijl de jaren verstreken. Eigenlijk was er niets veranderd sinds hun tienertijd en hij zag nu ook geen uitweg. Het enige dat zijn leven op dit moment zin gaf, was het enige dat hij ooit geheim had gehouden voor Robert. Johans instinct zei hem dat er niets goeds uit zou voortkomen als hij zijn broer in vertrouwen nam. Robert zou er met zijn grove opmerkingen alleen iets smerigs van maken.

Heel even stond hij zichzelf toe eraan te denken hoe zacht haar haar tegen zijn ruwe wang voelde, hoe klein haar hand in de zijne was.

'Hé, zit niet zo te dagdromen. We moeten zaken doen.'

Robert stond met de sigaret bungelend in zijn mondhoek op en liep als eerste door de deur. Zoals altijd volgde Johan hem, hij kon niets anders.

In de keuken zat Solveig op haar gebruikelijke plek. Al sinds hij klein was, sinds dat met zijn vader was gebeurd, had hij haar in haar stoel bij het raam zien zitten, terwijl haar vingers ijverig bezig waren met wat er voor haar op de tafel lag. In zijn eerste herinneringen was ze mooi geweest, maar in de loop van de jaren had het vet zich steeds dikker om haar lichaam en over haar gelaatstrekken gelegd.

Ze leek wel in trance zoals ze daar zat; haar vingers leidden een eigen leven, onophoudelijk wijzend en strelend. Ruim twintig jaar was ze nu met die verdomde albums bezig, steeds maar sorterend en hersorterend. Ze had steeds nieuwe gekocht en daar de foto's en krantenknipsels in geplakt.

Mooier, beter. Hij snapte wel dat dit haar manier was om de gelukkiger tijden te bewaren, maar ooit zou ze toch moeten inzien dat die allang voorbij waren.

Het waren foto's uit de tijd dat Solveig nog mooi was. Het hoogtepunt in haar leven was haar huwelijk met Johannes Hult, de jongste zoon van Ephraïm Hult, de beroemde vrijkerkelijke predikant en eigenaar van het meest welvarende landgoed in de omgeving. Johannes was knap en rijk; zij was weliswaar arm, maar ze was het mooiste meisje in de provincie Bohuslän, dat zei iedereen in die tijd. En als daar nog meer bewijs voor nodig was, dan waren er de artikelen die ze had verzameld toen ze twee jaar op rij tot meikoningin was gekroond. Die artikelen en de vele zwart-witfoto's van haarzelf had ze meer dan twintig jaar dag in dag uit verzorgd en gesorteerd. Ze wist dat dat meisje zich nog ergens onder de vetlagen bevond, en via de foto's kon ze haar vasthouden, hoewel ze elk jaar verder uit haar handen glipte.

Met een laatste blik over zijn schouder liet Johan zijn moeder in de keuken achter en volgde Robert op de hielen. Zijn broer had gelijk, ze moesten zaken doen.

Erica overwoog of ze zou gaan wandelen, maar ze realiseerde zich dat dat misschien niet zo'n goed idee was nu de zon op haar hoogst stond en de hitte het meest intens was. Ze had zich de hele zwangerschap geweldig gevoeld, tot de hittegolf serieus toesloeg. Vanaf dat moment had ze voornamelijk rondgelopen als een bezwete walvis die wanhopig probeerde verkoeling te vinden. Patrik, God zegene hem, was op het idee gekomen een tafelventilator voor haar te kopen en die droeg ze nu als een kostbare schat overal in huis met zich mee. Het nadeel was dat het ding op elektriciteit werkte, ze moest dus altijd dicht bij een stopcontact zitten, wat haar bewegingsvrijheid beperkte.

Maar op de veranda zat het stopcontact op een perfecte plek, daar kon ze breeduit op de bank zitten met de ventilator voor zich op de tafel. Maar ze hield eenzelfde houding nooit langer dan vijf minuten vol, waardoor ze voortdurend heen en weer zat te draaien om zich prettiger te voelen. Bij bepaalde houdingen kreeg ze een voet in haar ribben of probeerde iets wat vermoedelijk een hand was haar in haar zij te slaan, en dan moest ze weer anders gaan zitten. Hoe ze het nog meer dan een maand moest uithouden, was voor haar een raadsel.

Ze waren nog maar een halfjaar bij elkaar, Patrik en zij, toen ze zwanger raakte, maar gek genoeg maakte geen van beiden zich daar druk om. Ze waren allebei al wat ouder en dus iets zekerder van wat ze wilden en zagen geen reden om nog langer te wachten. Pas nu begon ze koudwatervrees te krijgen, maar daar was het eigenlijk wel een beetje te laat voor. Misschien hadden ze nog niet lang genoeg samengewoond toen ze zich in dit avontuur stortten? Zou hun relatie bestand zijn tegen de plotselinge confrontatie met een kleine vreemdeling die alle aandacht opeiste die ze tot nu toe aan elkaar hadden kunnen geven?

De tijd van de stormachtige, blinde verliefdheid was weliswaar voorbij en ze hadden een meer realistische, alledaagse basis opgebouwd, met inzicht in elkaars goede en slechte kanten, maar wat als na de eerste opwinding over de baby alleen de slechte kanten overbleven? Hoe goed kende ze niet de statistieken over hoeveel relaties in het eerste levensjaar van het eerste kind stukliepen? Maar het had geen zin daar nu over te piekeren. Gedane zaken namen geen keer en het was gewoon zo dat Patrik en zij allebei met elke vezel van hun lichaam naar de komst van dit kind verlangden. Hopelijk zou dat verlangen lang genoeg aanhouden om de enorme verandering aan te kunnen.

Ze schrok op toen de telefoon ging. Moeizaam hees ze zich uit de bank en ze hoopte dat de beller genoeg geduld had en niet zou ophangen voordat ze bij de telefoon was.

'Ja, hallo?

Goh, ben jij het, Conny.

Ja, dank je, al is het eigenlijk te warm om dik te zijn.

Langskomen? Ja, natuurlijk... jullie mogen best koffie komen drinken.

Blijven slapen? Tja...' Erica slaakte inwendig een zucht.

'Ja, natuurlijk. Wanneer komen jullie?

Vanavond! Ja, nee, natuurlijk is dat geen enkel probleem. Ik maak de logeerkamer in orde.'

Vermoeid legde ze de hoorn op de haak. 's Zomers was het een groot nadeel om een huis in Fjällbacka te hebben. Plotseling doken alle familieleden en kennissen op die tijdens de tien koude maanden van het jaar nooit iets van zich lieten horen. In november waren ze niet bijster geïnteresseerd om langs te komen, maar in juli grepen ze hun kans om gratis te kunnen overnachten, met uitzicht op zee met beide handen aan. Erica had gedacht dat ze daar deze zomer van verschoond zouden blijven, want het was al half juli en niemand had van zich laten horen. Maar nu belde haar neef Conny. Hij was met zijn vrouw en twee kinderen al onderweg van Trollhättan naar Fjällbacka. Het ging maar om één nacht, dat kon ze nog wel aan. Op zich was ze nooit bijster dol geweest op haar twee neven, maar haar opvoeding had haar geleerd dat ze niet kon weigeren hen te ontvangen, al zou ze dat eigenlijk wel moeten doen omdat de mannen in haar ogen echte klaplopers waren.

Erica was in elk geval blij dat Patrik en zij een huis in Fjällbacka hadden waar ze gasten konden ontvangen, uitgenodigd of niet. Na de plotselinge dood van haar ouders had haar zwager geprobeerd het huis te verkopen. Maar haar zus Anna had uiteindelijk genoeg gekregen van zijn fysieke en psychische mishandeling; ze had zich van Lucas laten scheiden en het huis was nu eigendom van Erica en Anna samen. Omdat Anna met haar twee kinderen in Stockholm was blijven wonen, hadden Patrik en Erica het huis in Fjällbacka kunnen betrekken, en ter compensatie waren zij verantwoordelijk voor alle kosten. In de toekomst zouden ze een meer permanente oplossing moeten zien te vinden, maar voorlopig was Erica blij dat ze het hele jaar in het huis kon wonen.

Ze keek om zich heen en besefte dat ze moest opschieten wilde het huis een beetje toonbaar zijn als de gasten kwamen. Ze vroeg zich af wat Patrik van deze invasie zou vinden, maar toen gooide ze haar hoofd in de nek. Als hij haar alleen kon laten en midden in zijn vakantie ging werken, kon zij gasten ontvangen als ze dat wilde. Ze was alweer vergeten dat ze het best prettig had gevonden om hem niet constant thuis te hebben.

Ernst en Martin waren inderdaad net terug van hun opdracht en Patrik besloot hen bij te praten. Hij riep hen naar zijn kamer en ze namen plaats in de stoelen voor zijn bureau. Het was overduidelijk dat Ernst witheet was van woede omdat Patrik de leiding van het onderzoek had gekregen, maar Patrik verkoos dit te negeren. Dat was Mellbergs pakkie-an, en in het ergste geval, als zijn collega weigerde samen te werken, redde hij zich wel zonder Ernsts hulp.

'Ik neem aan dat jullie al hebben gehoord wat er is gebeurd.'

'Ja, we hoorden het op de politieradio.' Martin, jong en enthousiast, zat in tegenstelling tot Ernst kaarsrecht op zijn stoel met een notitieblok op zijn schoot en een pen in de aanslag.

'In de Koningskloof in Fjällbacka is dus een vermoorde vrouw aangetroffen. Ze was naakt en leek tussen de twintig en dertig jaar oud. Onder haar lichaam lagen twee menselijke skeletten van onbekende oorsprong en leeftijd, maar ik kreeg een onofficiële gissing van Karlström van de technische afdeling dat ze niet vers waren. Dit belooft ons dus veel werk, naast alle dronkenmansruzies en dronkenmansritten waarmee we worden overspoeld. En omdat Annika en Gösta allebei vrij zijn, moeten we voorlopig echt alles zelf doen. Ik heb deze week eigenlijk ook vakantie, maar ben, op verzoek van Mellberg, ermee akkoord gegaan toch te werken en ik zal dit onderzoek leiden. Hebben jullie hier vragen over?'

Ernst verkoos geen directe confrontatie aan te gaan, waarschijnlijk om straks achter Patriks rug om te gaan zeuren.

'Wat wil je dat ik ga doen?' Martin leek wel een jong veulen en hij tekende nu ongeduldig cirkels boven op zijn notitieblok.

'Ik wil dat jij in het SIS gaat zoeken naar vrouwen die de afgelopen twee maanden als vermist zijn opgegeven. We beginnen met die periode tot we meer horen van de Forensische Eenheid. Al denk ik dat het sterfgeval van veel recenter datum is, misschien van maar een paar dagen geleden.'

'Heb je het niet gehoord?' vroeg Martin.

'Wat moet ik hebben gehoord?'

'De database ligt plat. We moeten het SIS dus laten zitten en op de oude, degelijke manier te werk gaan.'

'Shit, wat een timing. Oké, volgens Mellberg en ook volgens mijn eigen informatie voordat ik met vakantie ging, is er bij ons geen aangifte gedaan van een vermissing. Daarom stel ik voor dat je alle districten in de naaste omgeving belt. Bel in een cirkel, je begint in het midden en gaat steeds verder naar buiten, snap je dat?'

'Ja, hoe ver moet ik gaan?'

'Tot je iemand vindt die past. Bel straks meteen naar Uddevalla voor een voorlopig signalement waarmee je kunt werken.'

'En wat moet ik doen?' Het enthousiasme in Ernsts stem was niet echt aanstekelijk.

Patrik keek in de aantekeningen die hij na zijn gesprek met Mellberg snel had gemaakt.

'Ik zou willen dat jij gaat praten met de mensen die in de buurt van de Koningskloof wonen. Vraag ze of ze vannacht, of in de vroege ochtend, iets hebben gezien of gehoord. Overdag komen er veel toeristen in de kloof, dus het lijk, of liever gezegd de lijken, moeten daar vannacht of vanochtend vroeg heen zijn vervoerd. We kunnen waarschijnlijk aannemen dat ze via de grote ingang zijn binnengebracht, ik kan me niet voorstellen dat ze vanaf het Ingrid Bergmanstorg de trap zijn opgedragen. Het jochie heeft haar vanmorgen om een uur of zes gevonden, ik zou me dus concentreren op de tijd tussen negen uur gisteravond en zes uur vanochtend. Ik was zelf van plan de archieven in te duiken. Er is iets met die twee skeletten wat me dwarszit en ik heb het gevoel dat ik moet weten wat het is, maar... Kunnen jullie niets bedenken? Komt er niets in je op?'

Patrik spreidde zijn armen en wachtte met gefronste wenkbrauwen op een antwoord, maar Martin en Ernst schudden alleen hun hoofd. Tja, dan zat er niets anders op dan de catacomben in te gaan...

Onkundig van het feit dat hij in ongenade was gevallen – hoewel hij dat misschien had kunnen vermoeden als hij tijd had gehad om erover na te denken – zat Patrik in de lagere regionen van het politiebureau in Tanumshede in oude papieren te snuffelen. Op de meeste mappen had zich een laag stof verzameld, maar ze leken godzijdank wel goed geordend. De meeste dossiers waren in chronologische volgorde gearchiveerd en hoewel hij niet goed wist wat hij zocht, wist hij wel dat het zich hier bevond.

Hij zat in kleermakershouding op de stenen vloer en bladerde methodisch doos na doos met mappen door. Decennia van menselijke lotgevallen gingen door zijn handen en het viel hem na een poosje op hoeveel mensen en gezinnen keer op keer in de registers van de politie waren terug te vinden.

Misdrijven leken soms van ouder op kind en soms zelfs op kleinkind over te gaan, dacht hij toen dezelfde familienaam voor de zoveelste keer opdook.

Zijn mobiele telefoon rinkelde en hij zag op het display dat Erica belde.

'Dag lieverd, alles goed?' Hij wist wat haar antwoord zou zijn.

'Ja, ik weet dat het warm is. Zet de ventilator maar aan, verder is er niet veel aan te doen.

Moet je horen, we hebben een moord op ons dak gekregen en Mellberg wil dat ik het onderzoek leid. Zou je het heel erg vinden als ik een paar dagen ga werken?'

Patrik hield zijn adem in. Hij wist dat hij zelf had moeten bellen om te vertellen dat hij ging werken, maar op typisch mannelijk ontwijkende wijze had hij verkozen het onvermijdelijke voor zich uit te schuiven. Anderzijds wist Erica heel goed welke consequenties zijn baan kon hebben. De zomer was voor de politie in Tanumshede de meest hectische periode van het jaar, en de collega's konden slechts bij toerbeurt korte vakanties opnemen. Zelfs de weinige dagen die ze achter elkaar vrij konden zijn, waren niet gegarandeerd, dat hing af van het aantal dronkenschappen, vechtpartijen en andere neveneffecten van het toerisme waarmee het bureau te maken kreeg. En moord belandde natuurlijk op een heel eigen schaal.

Ze zei iets wat hij bijna niet verstond.

'Bezoek zei je? Wie dan? Je neef?' Patrik zuchtte.

'Nee, wat moet ik ervan zeggen? Natuurlijk was het veel fijner geweest als we vanavond met zijn tweetjes hadden kunnen doorbrengen, maar als ze onderweg zijn is daar niets aan te doen. Ze blijven toch maar één nacht?

Goed, dan neem ik op weg naar huis garnalen mee. Dat is lekker makkelijk, dan hoef jij geen eten klaar te maken. Ik ben om zeven uur thuis. Kusje.'

Hij stopte de telefoon in zijn zak en ging verder met de inhoud van de dozen die nog voor hem lagen. Een map waar VERMISSINGEN op stond trok zijn aandacht; een ambitieuze collega had ooit de aangiften van vermissingen verzameld die in de politieonderzoeken waren voorgekomen. Patrik voelde dat dit was wat hij zocht. Zijn vingers waren vies geworden van al het stof en voordat hij de vrij dunne map opende, veegde hij ze af aan zijn broek. Na een poosje bladeren en lezen kreeg zijn geheugen het benodigde zetje. Hij had zich dit meteen moeten herinneren omdat er in het district zo weinig mensen verdwenen zonder ooit teruggevonden te worden, maar dat zou wel aan zijn leeftijd liggen. Nu lagen de aangiften in elk geval voor hem, en hij voelde dat het geen toeval kon zijn: twee vrouwen die in 1979 als vermist waren opgegeven en nooit waren teruggevonden. Twee skeletten die in de Koningskloof waren gevonden.

Hij nam de hele map mee naar boven het daglicht in en legde die op zijn bureau.

De paarden waren de enige reden dat ze hier bleef. Geoefend en met vaste hand roskamde ze de bruine ruin. Het lichamelijke werk vormde een uitlaatklep voor haar frustratie. Het was gewoon shit om zeventien te zijn en niet over je eigen leven te mogen beslissen. Zodra ze meerderjarig was, zou ze dit stomme gat vaarwel zeggen. Dan zou ze het aanbod aannemen van de fotograaf die in Göteborg op haar was afgestapt. Als ze model in Parijs was en massa's geld verdiende, zou ze hun vertellen waar ze met hun vervloekte opleiding heen konden. De fotograaf had gezegd dat haar waarde als model elk jaar afnam en er zou dus al een jaar verspild zijn voordat ze de kans kreeg, alleen omdat haar pa het in zijn hoofd had gezet dat ze een opleiding moest volgen. Je had toch geen opleiding nodig om op de catwalk te lopen, en als ze pak 'm beet op haar vijfentwintigste te oud werd als model, zou ze met een miljonair trouwen en lachen om zijn dreigementen dat hij haar wilde onterven. Ze zou zijn hele fortuin in één dag kunnen uitgeven aan winkelen.

Haar stomme brave broer maakte het er niet beter op. Het was weliswaar beter om bij hem en Marita te wonen dan thuis, maar het scheelde niet veel. Hij was zo vervloekt degelijk. Wat hij ook deed, het ging nooit verkeerd, terwijl zij altijd overal de schuld van kreeg.

'Linda?'

Zelfs in de stal werd ze niet met rust gelaten.

'Linda?' De stem klonk dringender. Hij wist dat ze hier was, het had dus geen zin om te proberen ervandoor te gaan.

'Ja, wat zeur je toch. Wat is er?'

'Je hoeft niet zo'n toon tegen me aan te slaan. Ik vind het niet te veel gevraagd dat je probeert een beetje beleefd te zijn.'

Ze mopperde een paar vloeken als antwoord, en Jacob liet het gaan.

'Jij bent mijn broer, niet mijn vader, heb je daar weleens aan gedacht?'

'Daar ben ik me inderdaad van bewust, ja, maar zolang je onder mijn dak woont, voel ik me toch in zekere mate verantwoordelijk voor je.'

Omdat hij bijna vijftien jaar ouder was, dacht Jacob dat hij alles wist maar het was makkelijk een hoge toon aan te slaan als je je schaapjes op het droge had. Pa had al zo vaak gezegd dat Jacob een zoon was om trots op te zijn en dat hij het landgoed ooit zou beheren, dat Linda ervan uitging dat de hele mikmak op een goede dag van hem zou zijn. Tot die tijd kon hij het zich veroorloven net te doen of geld niet belangrijk voor hem was, maar Linda keek daar doorheen. Iedereen bewonderde Jacob omdat hij met probleemjongeren werkte, maar iedereen wist ook dat hij op een dag zowel het landgoed als een vermogen zou erven, en het zou spannend zijn om te zien hoeveel belangstelling hij dan nog voor ideëel werk zou opbrengen.

Ze giechelde even. Als Jacob wist dat ze 's avonds stiekem het huis verliet, zou hij helemaal gek worden en als hij wist wie ze ontmoette zou ze waarschijnlijk de preek van haar leven krijgen. Hij kon wel zeggen dat hij solidair was met de minder bedeelden, maar ze moesten niet te dichtbij komen. Dat Jacob uit zijn vel zou springen als hij erachter kwam dat ze met Johan omging, had trouwens nog dieper gewortelde redenen. Johan was hun neef, en de vete tussen de twee takken van de familie was lang voor haar geboorte begonnen, zelfs voordat Jacob was geboren. De reden kende ze niet, ze wist alleen dat het zo was en dat maakte het extra spannend als ze wegsloop om Johan te ontmoeten. Bovendien voelde ze zich prettig in zijn gezelschap. Hij was weliswaar behoorlijk fijngevoelig, maar hij was tien jaar ouder dan zij en dat gaf hem een zekerheid waar jongens van haar leeftijd alleen van konden dromen. Dat ze neef en nicht waren, stoorde haar niet. Tegenwoordig mochten neven en nichten zelfs met elkaar trouwen en hoewel ze dergelijke toekomstplannen niet koesterde, had ze er niets op tegen het een en ander met hem te onderzoeken, zolang het maar in het geheim gebeurde.

'Wilde je iets van me of kwam je me gewoon controleren?'

Jacob slaakte een diepe zucht en legde een hand op haar schouder. Ze probeerde zich terug te trekken, maar zijn greep was sterk.

'Ik snap niet waar al deze agressie vandaan komt. De jongeren met wie ik werk zouden alles geven voor een thuis en een jeugd als de jouwe. Een beetje dankbaarheid en ingetogenheid zouden op hun plaats zijn, weet je. En ja, ik wilde inderdaad iets van je. Marita heeft het eten klaar, dus ga je omkleden en kom aan tafel.'

Hij liet haar schouder los en liep de stal uit naar het hoofdgebouw. Mopperend legde Linda de roskam neer. Ze had tenslotte best honger.

Martins hart was alweer gebroken. Voor de hoeveelste keer wist hij niet, maar het feit dat hij eraan gewend was, verzachtte de pijn niet. Net als alle vorige keren had hij gedacht dat nu de ware haar hoofd op het kussen naast hem had gelegd. Hij wist weliswaar dat ze al bezet was, maar in zijn naïviteit dacht hij dat hij meer was dan een verzetje en dat de dagen van haar partner geteld waren. Hij had er geen idee van dat hij met zijn onschuldige gezicht en bijna snoezige verschijning voor oudere, rijpere vrouwen die met hun man in een sleur leefden, als een suikerklontje voor een vlieg was. Mannen die ze niet wilden verlaten voor een leuke vijfentwintigjarige politieagent, met wie ze echter wel graag het bed deelden als de lust en de behoefte aan bevestiging bevredigd moesten worden. Niet dat Martin bezwaar had tegen de fysieke kant van een verhouding, hij was op dat gebied zelfs bijzonder talentvol, maar helaas was hij ook een ongewoon gevoelige jongeman. Verliefdheden gedijden goed in Martin Molin. Daarom eindigden de korte romances voor hem altijd in tranen en tandengeknars als de vrouwen er een eind aan maakten en terugkeerden naar hun misschien saaie maar geregelde en vertrouwde leventje.

Hij zuchtte diep achter zijn bureau, maar dwong zichzelf zich te concentreren op de taak die voor hem lag. De telefoontjes die hij tot nu toe had gepleegd hadden niets opgeleverd, maar er waren nog veel politiedistricten die hij moest bellen. Dat de database moest crashen op het moment dat hij die zo dringend nodig had, was waarschijnlijk zijn gebruikelijke pech, daarom zat hij hier nu telefoonnummer na telefoonnummer in te toetsen om te proberen iemand te vinden die overeenkwam met het signalement van de dode vrouw.

Twee uur later leunde hij achterover en gooide teleurgesteld zijn pen ~~te~~gen de muur. Geen enkele als vermist opgegeven persoon kwam overeen ~~met~~ het slachtoffer. Wat nu?

verdomd onrechtvaardig. Hij was ouder dan die snotneus en had
leiding over dit onderzoek moeten krijgen, maar ondank is 's werelds
Jarenlang had hij die vervloekte Mellberg bewust stroop om de mond
meerd en wat kreeg hij ervoor terug? Niets! Ernst nam de bochten op weg
aar Fjällbacka met hoge snelheid en als hij niet in een politiewagen had
gereden, zou hij zeker een paar opgestoken middelvingers in de achteruit-
kijkspiegel hebben gezien. Ze moesten het eens wagen, die stomme toeristen, dan zouden ze nog eens wat meemaken.

Vragen of de buren iets hadden gezien of gehoord. Dat was een klus voor
een aspirant, niet voor iemand met vijfentwintig jaar ervaring. Een klus voor
die melkmuil van een Martin, dan had hij, Ernst, kunnen rondbellen en lekker kunnen kletsen met de collega's in de nabijgelegen districten.

Inwendig kookte hij van woede, maar dat was sinds zijn kinderjaren zijn
natuurlijke gemoedstoestand, dus op zich was er niets ongebruikelijks aan
de hand. Zijn cholerische temperament maakte hem niet bijster geschikt
voor een beroep waarin sociale contacten belangrijk waren, maar anderzijds
dwong hij respect af bij het geboefte, dat instinctief aanvoelde dat je geen

ruzie moest maken met Ernst Lundgren als je gezondheid je lief was.

Toen hij door het dorp reed, werden overal de halzen uitgerekt. De mensen volgden hem met hun ogen en wezen hem na, en hij begreep dat het nieuws zich al door heel Fjällbacka had verspreid. Vanwege alle dubbelgeparkeerde auto's moest hij over het Ingrid Bergmanstorg kruipen, en hij zag tot zijn voldoening dat een aantal mensen halsoverkop het terras van Café Bryggan verliet. Eigen schuld. Als de auto's er op de terugweg nog stonden, wilde hij best een tijdje de vakantievreugde van al die foutparkeerders verpesten. Misschien zou hij ze ook laten blazen. Veel chauffeurs hadden achter een koud biertje gezeten en als hij geluk had, kon hij een paar rijbewijzen in beslag nemen.

Bij de Koningskloof was niet veel plaats om te parkeren, maar hij vond een plekje en begon aan de operatie buurtonderzoek. Zoals verwacht had niemand iets gezien. Mensen die het normaal gesproken merkten als de buurman in zijn eigen huis een scheet liet, werden doof en blind als de politie 's wilde weten. Maar Ernst vermoedde dat ze echt niets hadden gehoord. mers was de geluidsoverlast 's nachts zo groot, met dronken mensen

kleine uurtjes naar huis schuifelden, dat je leerde alle buitengelui-
den te zeven om toch een goede nachtrust te krijgen. Maar irritant was
het wel.

Bij het laatste huis kreeg hij beet. Weliswaar geen vette vangst, maar toch
iets. De man die het verst van de ingang van de Koningskloof woonde, had
rond drieën, toen hij was opgestaan om te plassen, een auto gehoord. Hij
kon de tijd zelfs preciseren tot kwart voor drie, maar hij had niet naar buiten
gekeken, dus kon hij niets zeggen over het uiterlijk van de chauffeur of de
auto. Maar hij was vroeger rij-instructeur geweest en wist zeker dat het geen
nieuw model was geweest, maar een die er waarschijnlijk al flink wat jaren
op had zitten.

Geweldig, het enige dat hij na twee uur buurtonderzoek wist, was dat de
moordenaar de lijken naar alle waarschijnlijkheid rond drie uur had
gedropt, en mogelijk in een oudere auto reed. Niets om over naar huis te
schrijven.

Ernsts humeur knapte echter aanzienlijk op toen hij op de terugweg zag
dat nieuwe parkeerzondaars de plek van de oude hadden ingenomen. Nu

zouden ze zich de longen uit het lijf mogen blazen!

Aanhoudend geklingel van de deurbel onderbrak Erica's moeizame geploeter met de stofzuiger. Ze transpireerde hevig en veegde een paar natte haarlierten uit haar gezicht voordat ze de deur opendeed. Ze moesten als autodieven hebben gereden om hier nu al te kunnen zijn.

'Hallo dikke!'

Ze werd gevangen in een stevige omhelzing en merkte dat ze niet de enige was die zweette. Met haar neus diep in Conny's oksel, bedacht ze dat ze met hem vergeleken waarschijnlijk naar rozen en lelietjes-van-dalen rook.

Na zich uit zijn omhelzing te hebben losgemaakt begroette ze Conny's vrouw Britta door haar beleefd de hand te schudden omdat ze elkaar slechts een paar keer hadden ontmoet. Britta's handdruk was nat en slap en Erica associeerde die met een dode vis. Ze huiverde en onderdrukte de impuls om haar hand aan haar broek af te vegen.

'Wat een buik! Zit er soms een tweeling in?'

vond het heel vervelend als er op deze manier over de omvang van haar werd gesproken, maar ze had inmiddels begrepen dat zwanger- iedereen het recht gaf je lichaamsomvang te becommentariëren en op veel te familiaire manier je buik aan te raken. Ze had zelfs meegemaakt onbekenden zomaar op haar waren afgestapt om aan haar buik te zitten.

Erica wachtte het dus maar af, en het duurde niet lang of Conny's handen waren daar.

'Ah, daar zit een kleine voetballer. Duidelijk een jongetje gezien de trappen die hij uitdeelt. Kom eens voelen, kinderen!'

Erica was niet in staat te protesteren en werd aangevallen door twee paar kleefhanden die afdrukken maakten op haar witte positietrui. Gelukkig verloren Lisa en Victor, zes en acht jaar oud, al snel hun belangstelling.

'Wat vindt de trotse vader ervan? Telt hij de dagen al af?' Conny wachtte niet op antwoord en Erica herinnerde zich dat dialogen niet zijn sterkste kant waren. 'Ik weet nog goed toen deze twee snotneuzen ter wereld kwamen. Een enorm heftige gebeurtenis. Maar vertel hem wel dat hij niet daar beneden moet kijken, want dan heb je een hele tijd geen zin meer.'

Hij grinnikte en stootte Britta met zijn elleboog in haar zij. Ze keek chagrijnig terug. Erica realiseerde zich dat het een lange dag zou worden. Als Patrik maar op tijd thuiskwam.

Patrik klopte zachtjes op Martins deur. Hij was een beetje jaloers omdat het zo netjes was op diens kamer. Het bureau was zo schoon dat het als operatietafel gebruikt kon worden.

'Hoe gaat het? Heb je iets gevonden?'

Martins moedeloze gezicht zei hem al voor het hoofdschudden dat het antwoord negatief was. Shit. Op dit moment was het eerste streven de vrouw te identificeren. Ergens waren mensen die zich zorgen om haar maakten. Iemand moest haar verdomme toch missen!

'En jij?' Martin knikte naar de map in Patriks hand. 'Heb je gevonden wat je zocht?'

'Ik geloof van wel.'

Patrik pakte een stoel die tegen de muur stond en schoof die naar voren dat hij naast Martin kon gaan zitten.

'k. Twee vrouwen zijn eind jaren zeventig in Fjällbacka verdwenen. Ik 't dat ik het me niet meteen herinnerde, het was destijds voorpagi-nieuws, maar hier is in elk geval het overgebleven onderzoeksmateriaal.'

De map die hij op het bureau had gelegd, was behoorlijk stoffig en hij zag Martins vingers jeukten om haar schoon te vegen. Een waarschuwende blik hield hem echter tegen. Patrik opende de map en liet Martin de foto's zien die bovenop lagen.

'Dit is Siv Lantin, ze verdween op midzomerdag 1979. Ze was negentien jaar.' Patrik pakte de volgende foto. 'Dit is Mona Thernblad, zij verdween twee weken later en was toen achttien jaar. Geen van beide meisjes is ooit gevonden, hoewel er veel zoekacties zijn gehouden en er gedregd is en alles wat je maar kunt bedenken. Sivs fiets lag in een sloot, maar dat was het enige dat werd teruggevonden. En van Mona alleen een sportschoen.'

'Ja, nu je het zegt, weet ik het ook weer. Er was toch een verdachte?'

Patrik bladerde door de vergeelde onderzoekspapieren en wees met zijn vinger naar een getypte naam.

'Johannes Hult. Het was nota bene zijn broer, Gabriël Hult, die de politie belde om te vertellen dat hij in de nacht dat ze verdween zijn broer met Siv

Lantin had gezien, op weg naar zijn boerderij in Bräcke.'

'Hoe serieus werd die tip genomen? Ik bedoel, er moet heel wat meer achter zitten als je je broer als verdachte van een moord aanwijst.'

'De vete in de familie Hult duurde toen al jaren en iedereen was ervan op de hoogte. Ik neem dus aan dat de informatie met een zekere scepsis werd ontvangen, maar ze moest natuurlijk wel worden onderzocht, en Johannes is een paar keer op het bureau verhoord. Maar er waren geen bewijzen, behalve de informatie van zijn broer en dat was het ene woord tegen het andere, dus is hij vrijgelaten.'

'Waar woont hij tegenwoordig?'

'Ik weet het niet zeker, maar volgens mij heeft Johannes Hult kort daarna zelfmoord gepleegd. Verdorie, Annika had nu hier moeten zijn, zij zou er in een mum van tijd een veel actueler document van hebben kunnen maken. De inhoud van deze map is op z'n zachtst gezegd pover.'

'Je lijkt er vrij zeker dat de gevonden skeletten van deze twee vrouwen zijn.'

'Wat is zeker? Ik ga alleen van de waarschijnlijkheid uit. We hebben twee ven die in de jaren zeventig zijn verdwenen en nu duiken er twee ske-

p, die vrij oud lijken te zijn. Hoe groot is de kans dat dat slechts een
lerloop van omstandigheden is? Maar echt zeker weten doe ik het niet,
...omt pas als de patholoog zijn zegje heeft gedaan. Maar ik zal erop toe-
n dat hij deze informatie zo snel mogelijk krijgt.'

Patrik keek op zijn horloge. 'Shit, ik kan maar beter opschieten. Ik had
beloofd vandaag vroeg thuis te zijn. We krijgen bezoek van Erica's neef en ik
moet nog garnalen en wat andere dingen kopen. Wil jij ervoor zorgen dat de
lijkschouwer deze informatie krijgt? En check even bij Ernst als hij terug-
komt, of hij iets interessants te weten is gekomen.'

Toen hij buitenkwam sloeg de hitte hem tegemoet en Patrik haastte zich
in zijn auto, waar hij de airco kon aanzetten. Als deze hitte hem al zo'n
knauw gaf, kon hij zich voorstellen wat die met Erica deed, de arme schat.

Pech dat ze net nu bezoek kregen, maar hij begreep dat ze moeilijk nee
kon zeggen. En omdat de familie Flood de volgende dag alweer zou vertrekken, ging er maar één avond verloren. Hij zette de airco op de hoogste stand
en reed richting Fjällbacka.

'Heb je met Linda gepraat?'

Laine wreef nerveus in haar handen. Hij was het gebaar gaan verafschuwen.

'Er valt niet zoveel te praten. Ze moet gewoon doen wat haar gezegd wordt.'

Gabriël keek niet eens op en ging rustig verder met zijn bezigheden. Hij klonk afwijzend, maar Laine liet zich niet zo makkelijk de mond snoeren. Helaas. Al jaren wenste hij dat zijn vrouw vaker zweeg dan praatte, dat zou wonderen doen met haar persoonlijkheid.

Gabriël Hult was een echte accountant. Hij vond het heerlijk om credit en debet met elkaar te vergelijken en de balans kloppend te maken, en alles wat met gevoelens en niet met logica te maken had, verafschuwde hij met heel zijn hart. Netheid was zijn motto en ondanks de zomerse warmte was hij gekleed in pak en overhemd, weliswaar van iets dunnere stof dan normaal, maar desalniettemin correct. Zijn donkere haar was in de loop van de jaren dun geworden, maar hij droeg het achterovergekamd en deed geen moeite om het kale gedeelte midden op zijn hoofd te verbergen. Wat het helemaal afmaakte, was de ronde bril die altijd op het puntje van zijn neus rustte, zodat hij neerbuigend over de rand kon kijken naar de persoon met wie hij praatte. Recht moet recht blijven, dat was het motto waarnaar hij leefde, en hij wilde alleen maar dat de mensen in zijn omgeving hetzelfde deden. Maar het leek alsof ze al hun kracht en energie gebruikten om zijn perfecte evenwicht te verstoren en hem het leven moeilijk te maken. Alles zou zoveel eenvoudiger zijn als ze gewoon deden wat hij zei en niet zelf allerlei domme dingen verzonnen.

De grootste bron van onrust in zijn leven was momenteel Linda. Zo lastig was Jacob in zijn tienerjaren nooit geweest! In Gabriëls voorstellingswereld waren meisjes rustiger en meegaander dan jongens. Maar zij hadden een tienermonster op hun dak gekregen dat a zei als zij b zeiden en in het algemeen haar best deed om haar leven in zo kort mogelijke tijd te verpesten. Hij had niet veel op met haar domme plannen om model te worden. Ze zag er weliswaar leuk uit, maar had helaas de hersens van haar moeder geërfd en zou het geen uur volhouden in de harde modellenwereld.

'We hebben deze discussie al eerder gevoerd, Laine, en ik ben sindsdien niet van mening veranderd. Er is geen sprake van dat Linda mag vertrekken om foto's te laten maken bij een louche fotograaf die haar alleen maar naakt wil zien. Linda moet een opleiding volgen, punt uit.'

'Ja, maar volgend jaar is ze achttien en dan doet ze toch wat ze wil. Is het niet beter om haar nu te steunen, zodat we niet het gevaar lopen dat ze ons over een jaar voorgoed verlaat?'

'Linda weet van wie ze haar geld krijgt, het zou me erg verbazen als ze ervandoor ging zonder zich te verzekeren van een gestage bron van inkomsten. En als ze blijft studeren is dat precies wat ze krijgt. Ik heb haar elke maand geld beloofd als ze maar blijft studeren, en ik ben van plan om me aan die belofte te houden. En nu wil ik niets meer over deze kwestie horen.'

Laine bleef in haar handen wrijven, maar ze wist wanneer ze had verloren en liep met hangende schouders zijn werkkamer uit. Ze deed voorzichtig de schuifdeuren achter zich dicht en Gabriël slaakte een zucht van verlichting. Dit gezeur werkte op zijn zenuwen. Ze kende hem na al deze jaren toch goed genoeg om te weten dat hij nooit van mening veranderde als hij eenmaal een besluit had genomen.

De tevredenheid en de rust keerden terug toen hij weer verder kon schrijven in het boek dat voor hem lag. De moderne boekhoudprogramma's op de computer hadden bij hem nooit voet aan de grond gekregen, want hij hield van de zekerheid van een groot logboek voor zijn neus, met keurige rijen getallen die aan het eind van elke pagina bij elkaar werden opgeteld. Toen hij klaar was, leunde Gabriël voldaan achterover in zijn stoel. Dit was een wereld waarover hij controle had.

Heel even vroeg Patrik zich af of hij op het verkeerde adres was. Dit kon niet het rustige, stille huis zijn dat hij vanochtend had verlaten. Het geluidsniveau oversteeg de toegestane waarden op de meeste werkplekken en het leek alsof iemand er een bom had laten ontploffen. Overal lagen spullen die hij niet herkende en de dingen die op een bepaalde plaats moesten liggen lagen daar niet. Naar Erica's gelaatsuitdrukking te oordelen had hij al een of twee uur geleden thuis moeten zijn.

Verbaasd telde hij slechts twee kinderen en twee extra volwassenen en hij vroeg zich af hoe die in 's hemelsnaam als een compleet kinderdagverblijf konden klinken. De tv stond keihard op het Disney-kanaal en een klein jochie zat een nog kleiner meisje achterna met een speelgoedpistool. De ouders van de twee deugnieten zaten in alle rust op de veranda en de grote knurft van een man zwaaide vrolijk naar Patrik, maar nam niet de moeite om overeind te komen, want dan had hij zich moeten losrukken van de schaal met koekjes.

Patrik liep naar de keuken en Erica stortte zich in zijn armen.

'Haal me hier alsjeblieft vandaan. Ik moet in een vorig leven een vreselijke zonde hebben begaan dat dit me nu overkomt. De kinderen zijn kleine duivels in mensengedaante, en Conny is... Conny. Zijn vrouw heeft nauwelijks een woord gezegd en kijkt zo zuur dat de melk begint te schiften. Laat ze alsjeblieft snel weer vertrekken.'

Patrik klopte haar troostend op haar rug en voelde dat haar trui kletsnat was van het zweet.

'Ga maar even lekker douchen, dan zal ik me een tijdje over de gasten ontfermen. Je bent helemaal bezweet.'

'Dank je, je bent een engel. Er staat een kan koffie klaar. Ze zitten al aan hun derde kopje, maar Conny geeft hints dat hij iets sterkers wil, kijk maar even wat we in huis hebben.'

'Ik regel het, en nu naar boven, lieverd, voordat ik me bedenk.'

Hij kreeg een dankbare zoen en toen waggelde Erica moeizaam de trap op richting douche.

'Ik wil een ijsje.' Victor was stilletjes achter Patrik komen staan en richtte zijn pistool op hem.

'We hebben jammer genoeg geen ijs in huis.'

'Dan moet je dat maar gaan kopen.'

Het brutale gezicht van de jongen irriteerde Patrik mateloos, maar hij probeerde vriendelijk te blijven en zei zo mild hij kon: 'Nee, daar is geen sprake van. Er staan koekjes buiten, pak daar maar wat van.'

'Ik wil ijijijijs!!!' De jongen brulde en sprong op en neer. Zijn gezicht was nu knalrood.

'We hebben geen ijs, zeg ik toch!' Patriks geduld begon op te raken.

'IJS, IJS, IJS, IJS...'

Victor gaf zich niet zomaar gewonnen. Maar hij moest aan Patriks ogen hebben gezien dat de grens bereikt was, want hij hield plotseling op met schreeuwen en liep langzaam achteruit de keuken uit. Vervolgens rende hij huilend naar zijn ouders, die buiten op de veranda zaten en het tumult in de keuken hadden genegeerd.

'PAPA, die meneer is niet aardig! Ik wil IJS!'

Met de koffiekan in zijn hand probeerde Patrik zich Oost-Indisch doof te houden. Hij liep naar buiten om zijn gasten te begroeten. Conny stond op en stak zijn hand uit, en daarna legde Britta haar koude kabeljauwhand in die van Patrik.

'Victor bevindt zich momenteel in een fase waarin hij de grenzen van zijn eigen wil test. Omdat we hem niet willen remmen in zijn persoonlijke ontwikkeling laten we hem zelf uitvinden waar de scheidslijn tussen zijn eigen wensen en die van zijn omgeving loopt.'

Britta keek liefdevol naar haar zoon en Patrik meende zich te herinneren dat Erica had verteld dat ze psycholoog was. Als dit haar idee van opvoeding was, zou de kleine Victor later veelvuldig met psychologen in contact blijven. Conny, die amper leek te hebben gemerkt wat er gebeurde, kreeg zijn zoon stil door hem gewoon een groot stuk cake in de mond te stoppen. Naar de rondingen van het kind te oordelen was dit een veelvoorkomende methode. Maar Patrik moest toegeven dat die in al haar eenvoud effectief en aantrekkelijk bleek.

Toen Erica na het douchen met een beduidend opgewektere gelaatsuitdrukking weer beneden kwam, had Patrik de garnalen met toebehoren op tafel gezet. Na met een zesde zintuig te hebben aangevoeld dat het de enige manier was om een volledige catastrofe te vermijden, had hij voor de kinderen twee pizza's gehaald.

Ze gingen zitten en Erica stond op het punt haar mond te openen om iedereen smakelijk eten te wensen, toen Conny met twee handen in de schaal met garnalen begon te graven. Een, twee, drie grote handen vol belandden op zijn bord en in de schaal lag nog slechts de helft van de oorspronkelijke hoeveelheid.

'Mmm, lekker. Hier zien jullie iemand die wel een garnaaltje lust.' Conny sloeg zich trots op de buik en viel zijn berg garnalen aan.

Patrik, die in één keer de twee kilo peperdure garnalen had opgediend, zuchtte en nam een handjevol garnalen dat op zijn bord bijna geen plaats innam. Erica deed zwijgend hetzelfde en gaf toen de schaal aan Britta, die met een zuur gezicht de rest op haar bord schepte.

Na de mislukte maaltijd maakten ze de bedden in de logeerkamer op en verontschuldigden zich vroeg, met het smoesje dat Erica moest rusten. Patrik liet Conny zien waar de whisky stond en liep opgelucht de trap op naar de rust op de bovenverdieping.

Toen ze zich eindelijk in bed hadden geïnstalleerd, vertelde Patrik wat hij die dag had gedaan. Hij hield zijn werkzaamheden als politieagent al heel lang niet meer geheim voor Erica, want hij wist dat zij nooit iets doorvertelde. Toen hij bij de episode met de twee verdwenen vrouwen kwam, merkte hij dat ze haar oren spitste.

'Ik kan me herinneren dat ik erover heb gelezen. Jullie denken dus dat jullie ze hebben gevonden?'

'Ik ben er vrij zeker van. Anders zou het een veel te groot toeval zijn. Maar pas als we het rapport van de patholoog hebben, kunnen we het goed gaan uitzoeken, tot die tijd moeten we zoveel mogelijk wegen openhouden.'

'Je hebt zeker geen hulp nodig bij het vinden van achtergrondmateriaal?'

Ze draaide zich enthousiast naar hem toe en hij herkende de gloed in haar ogen.

'Nee, nee, nee, je moet het rustig aan doen. Vergeet niet dat je met ziekteverlof bent.'

'Ja, maar mijn bloeddruk was bij de laatste controle weer goed. En ik word gek van het thuiszitten. Ik heb niet eens aan een nieuw boek kunnen beginnen.'

Het boek over Alexandra Wijkner en haar tragische dood was een groot succes geweest en had geleid tot een contract voor een nieuw boek over een echte moordzaak. Dat had enorm veel van haar gevergd, zowel qua werkuren als emotioneel, en nadat het manuscript in mei naar de uitgeverij was gegaan had ze geen puf gehad om aan een nieuw project te beginnen. Een te hoge bloeddruk had de doorslag gegeven en daarom had ze ermee ingestemd het werk aan een nieuw boek uit te stellen tot de baby was geboren. Maar het was niets voor Erica om thuis duimen te draaien.

'Annika is met vakantie, dus zij kan niets doen. En research doen is minder makkelijk dan je denkt. Je moet weten waar je moet zoeken, en ik weet dat. Ik kan toch wel een heel klein beetje gaan kijken...'

'Nee, geen sprake van. Hopelijk vertrekken Conny en zijn wilde aanhang morgenvroeg en daarna kun jij het weer lekker rustig aan doen. En nu moet je stil zijn, want ik wil even met de baby praten. We moeten zijn voetbalcarrière plannen...'

'Of die van haar.'

'Of die van haar. Maar dan wordt het waarschijnlijk golf. Momenteel word je nog niet rijk van damesvoetbal.'

Erica zuchtte, maar ging gehoorzaam op haar rug liggen om de communicatie te vergemakkelijken.

'Merken ze niet dat je stiekem weggaat?'

Johan lag op zijn zij naast Linda en kietelde haar met een strootje in haar gezicht.

'Nee, want Jacob vertrouwt me.' Ze fronste haar voorhoofd en deed de ernstige stem van haar broer na. 'Dat is iets wat hij heeft opgevangen tijdens al die schep-een-goed-contact-met-jongeren-cursussen die hij heeft gevolgd. Het ergste is dat de meesten hem ook nog lijken te geloven, voor sommigen is Jacob hetzelfde als God. Maar als je zonder vader opgroeit, neem je misschien met alles genoegen.' Geïrriteerd sloeg ze het strootje weg waarmee Johan haar plaagde. 'Houd daarmee op.'

'Wat, mag ik je niet een beetje plagen?'

Ze zag dat hij gekwetst was en leunde naar voren om hem als pleister op de wonde te kussen. Ze had gewoon geen goede dag. Ze was die ochtend ongesteld geworden, dus kon ze een week lang niet met Johan naar bed, en het verblijf bij haar brave broer en zijn even brave vrouw werkte haar op de zenuwen.

'Ach, was dit jaar maar vast voorbij, dan kon ik uit dit vervloekte gat vertrekken!'

Ze moesten fluisteren om niet ontdekt te worden in hun schuilplaats op de hooizolder, maar Linda sloeg met haar hand op de planken om haar woorden kracht bij te zetten.

'Wil je ook bij mij weg?'

De gekwetste uitdrukking op Johans gezicht werd erger en Linda had haar tong wel willen afbijten. Als ze de wijde wereld in trok, zou ze iemand als Johan nooit aankijken, maar zolang ze hier was deugde hij als vermaak, meer ook niet. Het was echter niet nodig dat hij dat begreep. Dus rolde ze zich op als een aanhalig jong katje en ging dicht tegen hem aan liggen. Ze kreeg geen reactie, dus pakte ze zijn arm en legde die om haar lichaam. Als uit eigen wil begonnen zijn vingers te wandelen en ze glimlachte inwendig. Mannen waren zo makkelijk te manipuleren.

'Je kunt toch met me meegaan?' Dat kon ze zeggen omdat ze zeker wist dat hij zich nooit zou kunnen losrukken uit Fjällbacka, en vooral niet van zijn broer. Soms vroeg ze zich af of hij wel naar de wc ging zonder het eerst aan Robert te vragen.

Johan antwoordde niet op haar vraag. In plaats daarvan zei hij: 'Heb je met je vader gepraat? Wat vindt hij ervan dat je weg wilt?'

'Wat moet hij zeggen? Hij kan me nog een jaar vasthouden, maar zodra ik achttien ben heeft hij geen bal meer over me te vertellen. En dat irriteert hem mateloos. Soms denk ik dat hij ons in zijn vervloekte rekeningenboeken wil invoeren. Jacob debet, Linda credit.'

'Wat, debet?'

Linda lachte om zijn vraag. 'Dat zijn economische termen, daar hoef jij je niet druk om te maken.'

'Soms vraag ik me af hoe het zou zijn gegaan als ik...' Johans ogen zagen niets toen hij zijn blik op iets achter haar richtte terwijl hij op een strootje kauwde.

'Hoe het was gegaan als wat?'

'Als mijn vader niet al zijn geld was kwijtgeraakt. Dan hadden wij misschien in het landhuis gewoond en had jij met oom Gabriël en tante Laine in het huisje gezeten.'

'Ja, ja, dat zou een fraai gezicht zijn geweest. Mama in het huisje, arm als een kerkrat.'

Linda gooide haar hoofd achterover en lachte zo uitbundig dat Johan haar tot stilte moest manen. Hij wilde niet dat Jacob en Marita hen zouden horen, hun huis lag slechts op een steenworp afstand van de schuur.

'Misschien zou mijn vader dan nog hebben geleefd. En dan had mijn moeder niet alle dagen met haar stomme fotoalbums zitten spelen.'

'Maar hij heeft toch niet vanwege het geld...'

'Dat kun je toch niet weten, jij weet verdomme helemaal niet waarom hij het heeft gedaan!' Johans stem schoot een octaaf omhoog en klonk schel.

'Dat weet toch iedereen.'

Linda vond de wending die het gesprek had genomen niet leuk, maar ze durfde Johan niet in de ogen te kijken. De familievete en alles wat daarbij hoorde was tot nog toe, als door een stilzwijgende overeenkomst, een onderwerp geweest waarover ze niet spraken.

'Iedereen denkt dat hij het weet, maar niemand weet er ook maar iets van. Nu woont jouw broer op onze boerderij, het is allemaal zo klote!'

'Het is toch niet Jacobs schuld dat het zo is gelopen.' Het voelde vreemd om haar broer, over wie ze meestal niets goeds te vertellen had, te verdedigen, maar het hemd was nu eenmaal nader dan de rok. 'Hij heeft de boerderij van opa gekregen en bovendien was hij altijd de eerste om Johannes te verdedigen.'

Johan wist dat ze gelijk had en de woede gleed weer van hem af. Maar soms deed het zo'n pijn als Linda over haar familie sprak, omdat het hem herinnerde aan wat hij zelf had verloren. Hij durfde het niet tegen haar te zeggen, maar vaak vond hij haar behoorlijk ondankbaar. Zij en haar familie hadden alles, zijn familie had niets. Wat was daar rechtvaardig aan?

Tegelijkertijd vergaf hij haar alles. Hij had nog nooit zo intens van iemand gehouden, en de aanblik van haar slanke lichaam naast het zijne zette hem in vuur en vlam. Soms kon hij niet geloven dat het waar was, dat zo'n engel tijd aan hem wilde verspillen. Maar hij wist dat hij zijn geluk beter niet in twijfel kon trekken. In plaats daarvan probeerde hij zijn ogen te sluiten voor de toekomst en te genieten van het heden. Nu trok hij haar dichter naar zich toe en sloot zijn ogen toen hij de geur van haar haar inademde. Hij opende het bovenste knoopje van haar spijkerbroek, maar ze hield hem tegen.

'Ik wil niet, ik ben ongesteld. Laat mij mijn gang maar gaan.'

Ze maakte zijn gulp open en hij ging op zijn rug liggen. Achter zijn gesloten ogen flikkerde de hemel voorbij.

Er was nog maar een dag verstreken sinds ze de dode vrouw hadden gevonden, maar Patrik werd nu al door ongeduld gekweld. Ergens was iemand die zich afvroeg waar de vrouw was. Die daarover nadacht, zich zorgen maakte, de gedachten in steeds bangere banen liet lopen. En het vreselijke was dat de ergste nachtmerrie inderdaad bewaarheid was geworden. Meer dan wat ook wilde hij weten wie de vrouw was, om de mensen die van haar hielden op de hoogte te kunnen stellen. Niets was erger dan de onzekerheid, zelfs de dood niet. Het rouwproces kon pas beginnen als je wist waar je om rouwde. Het zou niet makkelijk zijn voor degene die de boodschap moest brengen – een verantwoordelijkheid die Patrik mentaal al op zich had genomen – maar hij wist dat dat een deel van zijn werk vormde. Verlichten en steunen. Maar vooral, erachter komen wat er met iemands vermiste geliefde was gebeurd.

Martins vruchteloze belronde van gisteren had het identificatiewerk in één klap vele keren moeilijker gemaakt. Ze was niet als vermist opgegeven in een van de naburige districten, dus nu werd het zoekgebied uitgebreid naar heel Zweden, misschien zelfs naar het buitenland. De opdracht leek onmogelijk, maar die gedachte schoof hij snel terzijde. Op dit moment waren zij nog de enige pleitbezorgers voor de onbekende vrouw.

Martin klopte bescheiden op de deur.

'Hoe wil je dat ik verder ga? Zal ik de zoekcirkel uitbreiden, of met de grote steden beginnen, of...?' Hij haalde in een vragend gebaar zijn wenkbrauwen en schouders op.

Patrik voelde ineens de zwaarte van de verantwoordelijkheid voor het onderzoek. Eigenlijk was er niets wat in een bepaalde richting wees, maar ze moesten ergens beginnen.

'Bel met de grote steden. Göteborg is afgehandeld, dus begin maar met Stockholm en Malmö. Het eerste rapport van de Forensische Eenheid kan elk moment binnenkomen en als we geluk hebben, levert dat misschien iets bruikbaars op.'

'Oké.' Martin sloeg met zijn vlakke hand op de deur toen hij wegging en liep naar zijn kamer. Het doordringende geluid van de bel bij de receptie deed hem omkeren naar de deur om de bezoeker binnen te laten. Normaal gesproken was dat Annika's taak.

Het meisje zag er ongerust uit. Ze was tenger, had twee lange, blonde vlechten en droeg een enorme rugzak.

'I want to speak to someone in charge.'

Haar Engels had een zwaar accent en Martin vermoedde dat ze uit Duitsland kwam. Hij gebaarde dat ze binnen kon komen en riep door de hal: 'Patrik, je hebt bezoek!'

Te laat bedacht hij dat hij misschien eerst had moeten vragen waarvoor ze kwam, maar Patrik had zijn hoofd al om de deur van zijn kamer gestoken en het meisje liep zijn kant op.

'Are you the man in charge?'

Heel even voelde Patrik de verleiding haar naar Mellberg door te sturen, technisch gezien de hoogste baas, maar hij veranderde van gedachten toen hij haar vertwijfelde gelaatsuitdrukking zag en besloot haar die ervaring te besparen. Een aardig meisje naar Mellberg sturen was als een schaap naar de slachtbank leiden, en zijn natuurlijke beschermersinstinct nam het over.

'Yes, how can I help you?'

Hij gebaarde dat ze binnen kon komen en in de stoel voor zijn bureau mocht gaan zitten. Verbazend makkelijk haalde ze de enorme rugzak van haar rug en zette die voorzichtig tegen de muur naast de deur.

'My English is very bad. You speak German?'

Patrik dacht even na over zijn schoolduits. Het antwoord hing af van hoe je 'speak German' definieerde. Hij kon een pilsje bestellen en om de rekening vragen, maar hij dacht niet dat dit meisje hier in de hoedanigheid van serveerster was.

'Een beetje Duits,' antwoordde hij gebrekkig in haar moederstaal en zijn hand maakte het gaat-wel-gebaar.

Ze leek tevreden met dat antwoord en begon langzaam en duidelijk te spreken om hem de kans te geven te begrijpen wat ze zei. Tot zijn verbazing merkte Patrik dat hij meer verstond dan hij had verwacht en hoewel hij niet alle woorden kende, begreep hij de samenhang van haar verhaal.

Ze stelde zich voor als Liese Forster. Kennelijk was ze een week geleden ook al op het bureau geweest om haar vriendin Tanja als vermist op te geven. Ze had met een politieagent gesproken, hier op het bureau, en te horen gekregen dat hij contact met haar zou opnemen als hij meer wist. Nu had ze een hele week nog steeds niets gehoord. De ongerustheid stond met grote letters op haar gezicht geschreven en Patrik nam haar verhaal uiterst serieus.

Tanja en Liese hadden elkaar in de trein naar Zweden ontmoet. Ze kwamen allebei uit Noord-Duitsland. Ze hadden vanaf het begin af aan een heel goed contact gehad, Liese zei dat ze als zusjes waren geworden. Liese had geen vastomlijnde plannen voor haar trip door Zweden en daarom had Tanja voorgesteld dat ze mee zou gaan naar een plaatsje aan de Zweedse westkust dat Fjällbacka heette.

'Waarom precies Fjällbacka?' vroeg Patrik in moeizaam Duits.

Het antwoord kwam aarzelend. Dat was het enige onderwerp waar Tanja niet frank en vrij met haar over had gesproken, en Liese moest bekennen dat ze het niet goed wist. Tanja had alleen verteld dat ze daar iets moest doen. Als dat was afgehandeld konden ze hun reis door Zweden voortzetten, maar ze moest daar eerst iets zoeken, had ze gezegd. Het onderwerp leek nogal gevoelig en Liese had niet doorgevraagd. Ze was gewoon blij met het reisgezelschap en was graag meegegaan, ondanks Tanja's onduidelijke motivatie.

Ze hadden drie dagen op de camping van Sälvik gestaan toen Tanja verdween. Ze was 's morgens vertrokken met de mededeling dat ze iets moest doen en tegen de middag weer terug zou zijn. Het werd middag en het werd avond en nacht, en naarmate de wijzers van de klok voortbewogen, was Liese steeds ongeruster geworden. De volgende ochtend had ze bij het toeristen-bureau aan het Ingrid Bergmanstorg de weg naar het dichtstbijzijnde poli-tiebureau gevraagd. De aangifte was genoteerd en nu vroeg ze zich af wat ermee was gebeurd.

Patrik staarde het meisje onthutst aan. Voor zover hij wist hadden ze geen aangifte van een vermissing binnengekregen, maar nu voelde hij hoe zich een bal in zijn maag vormde. Het antwoord op zijn vraag hoe Tanja eruitzag, bevestigde zijn bange vermoedens. Alles wat Liese over haar vriendin ver-telde, kwam overeen met de dode vrouw in de Koningskloof, en toen hij met een bezwaard hart een foto van de dode vrouw liet zien, bevestigde Lie-ses gesnik zijn vermoedens. Martin hoefde niet verder te bellen en iemand zou verantwoordelijk worden gesteld voor het feit dat Tanja's verdwijning niet correct was gerapporteerd. Er waren onnodig veel kostbare uren ver-spild, en Patrik dacht wel te weten in welke richting hij de schuldige moest zoeken.

Patrik was al naar zijn werk gereden toen Erica ontwaakte uit een slaap die voor de verandering diep en droomloos was geweest. Ze keek op de wekker. Het was negen uur en ze hoorde geen geluiden van de benedenverdieping.

Een poosje later stond de koffie te pruttelen en was Erica begonnen voor haar gasten en zichzelf de ontbijttafel te dekken. Ze kwamen een voor een de keuken binnen, de een nog slaapdronkener dan de ander, maar ze knapten al snel op toen ze zich te goed deden aan het hun voorgezette ontbijt.

'Gaan jullie vandaag verder naar Koster?' Erica stelde haar vraag zowel uit beleefdheid als in de hoop van hen af te zijn.

Conny wisselde een snelle blik met zijn vrouw en zei: 'Nee... eh, Britta en ik hebben het er gisteravond over gehad en omdat we hier toch zijn en het zulk mooi weer is, wilden we vandaag eigenlijk naar een van de eilanden gaan. Jullie hebben toch een boot?'

'Ja, die hebben we inderdaad...' erkende Erica tegen haar zin. 'Maar ik weet niet zeker of Patrik die wel wil uitlenen. Met het oog op de verzekering en zo...' verzon Erica in de haast. De gedachte dat ze ook maar een paar uur langer zouden blijven dan verwacht, deed haar benen trillen van frustratie.

'Nee, maar we dachten dat jij ons misschien naar een mooi plekje kon brengen, dan bellen we wel als we weer terug willen.'

Dat Erica op dat moment geen woorden vond, vatte Conny op als een stille bevestiging. Erica riep geduld aan van hogere machten en hield zichzelf voor dat een paar uur langer geen confrontatie met de familie waard was. Gelukkig hoefde ze niet de hele dag met hen op te trekken en hopelijk waren ze vertrokken als Patrik van zijn werk thuiskwam. Ze had al besloten wat lekkers te koken en er een gezellig rustig avondje met zijn tweeën van te maken, Patrik had tenslotte nog vakantie. En wie wist hoeveel tijd ze nog voor elkaar zouden vinden als de baby er was – ze moesten nu maar van de gelegenheid gebruikmaken.

Toen de familie Flood na veel gedoe hun strandspullen had ingepakt, begaven ze zich naar de plek waar de boot lag. De kleine blauwe houten sloep was laag, en het was moeilijk er vanaf de kade bij Badholmen in te klimmen; het kostte Erica met haar lichaamsomvang heel wat moeite. Na een uur te hebben rondgevaren op zoek naar een 'lege klip, of nog liever een strand' voor de gasten, vond ze uiteindelijk een kleine baai die de andere toeristen miraculeus genoeg leken te hebben gemist, en daarna koerste ze weer naar huis. Het bleek niet mogelijk zich zonder hulp de kade op te hijsen, dus moest ze een paar langskomende badgasten vernederd om assistentie vragen.

Bezweet, warm, moe en boos reed ze naar huis, maar ze bedacht zich vlak voordat ze het clubhuis van de zeilvereniging passeerde en sloeg snel linksaf in plaats van rechtdoor te rijden naar Sälvik. Ze reed rechts om de berg heen en parkeerde voor de bibliotheek. Ze zou knettergek worden als ze de hele dag thuis zat te niksen. Patrik kon later protesteren, maar hij kreeg hulp met de research, of hij wilde of niet!

Toen Ernst op het bureau kwam, liep hij met trillende knieën naar Hedströms kamer. Patrik had hem op zijn mobieltje gebeld en hem met graniet in zijn stem opgedragen direct naar het bureau te komen. Hij vermoedde gevaar. Hij ging zijn geheugen na om erachter te komen waarop hij betrapt kon zijn, maar moest bekennen dat de keuzemogelijkheid te groot was. Hij kon zich als geen ander aan zijn verplichtingen onttrekken en had laksheid tot een kunstvorm verheven.

'Ga zitten.'

Gedwee gehoorzaamde hij Patriks bevel, maar met een koppig gezicht om zich tegen de naderende storm te beschermen.

'Wat is er zo dringend? Ik zat midden in een zaak en alleen omdat jij toevallig de verantwoordelijkheid voor een onderzoek hebt, kun je mij niet zomaar hierheen commanderen.'

Aanval was de beste verdediging, maar naar Patriks steeds donker wordende gelaatsuitdrukking te oordelen was dat in dit geval de verkeerde manier.

'Heb jij een week geleden de aangifte van een verdwenen Duitse toeriste behandeld?'

Verdomme. Dat was hij vergeten. Dat kleine blonde meisje was vlak voor lunchtijd binnengekomen, en hij had haar afgescheept zodat hij weg kon om te eten. Meestal was er ook niets aan de hand met die verdwenen vrienden, meestal lagen ze stomdronken in een sloot of waren ze met iemand mee naar huis gegaan. Verdomme. Hij wist dat hij hiervoor zou boeten. Wat stom dat hij dit niet in verband had gebracht met de vrouw die ze gisteren hadden gevonden, maar achteraf was het altijd makkelijk praten. Nu moest hij de schade zien te beperken.

'Ja, eh, ik geloof van wel.'

'Je gelooft van wel?!' Patriks gewoonlijk zo rustige stem bulderde door de kleine kamer. 'Of je hebt die aangifte in behandeling genomen of je hebt dat niet gedaan. Iets anders kan niet. En als je een aangifte behandeld hebt, waar... is die dan verd...' Patrik was zo ziedend, dat hij over zijn woorden struikelde. 'Besef je hoe dit het onderzoek gefrustreerd kan hebben?'

'Ja, natuurlijk was dat niet zo handig, maar hoe had ik moeten weten...'

'Je hoeft helemaal niets te weten, je moet gewoon je werk doen! Ik hoop dat ik dit niet nog een keer hoef mee te maken. En nu moeten we kostbare uren inhalen.'

'Is er iets wat ik kan...' Ernst liet zijn stem zo onderdanig mogelijk klinken en zag er zo berouwvol uit als hij maar kon. Vanbinnen vloekte hij omdat hij door een jong broekje op deze manier werd toegesproken, maar omdat Hedström momenteel Mellbergs oor leek te hebben, zou het dom zijn de situatie nog erger te maken.

'Jij hebt genoeg gedaan. Martin en ik gaan verder met het onderzoek, jij mag de binnenkomende zaken afhandelen. We hebben een aangifte van een inbraak in een villa in Skeppstad binnengekregen. Mellberg vindt het goed dat jij daarheen gaat.'

Ten teken dat het gesprek was afgelopen, keerde Patrik Ernst de rug toe en begon koortsachtig en luid op zijn toetsenbord te tikken.

Morrend liep Ernst weg. Het was toch niet zo erg dat hij was vergeten één klein rapportje te schrijven. Als de gelegenheid zich voordeed zou hij eens een keertje met Mellberg overleggen of het wel verstandig was om iemand met zo'n labiel humeur de leiding over een moordonderzoek te geven. Ja, verdomme, dat zou hij zeker doen.

De puistige jongeling voor hem was een voorbeeld van lethargie. De hopeloosheid stond in zijn gelaatstrekken gegrift en de zinloosheid van het bestaan was hem allang geleden ingestampt. Jacob herkende de tekenen en zag die als een uitdaging. Hij wist dat hij de macht bezat om het leven van de jongen een heel andere wending te geven; hoe goed hij daarin slaagde hing alleen af van de vraag of de jongen zelf enig verlangen koesterde om het goede pad te kiezen.

Jacobs werk met de jongeren was binnen de geloofsgemeenschap wijd en zijd bekend en werd alom gerespecteerd. Vele gebroken zielen hadden het terrein van de boerderij betreden, om het als productieve sociale burgers weer te verlaten. Het religieuze aspect werd echter voor de omgeving afgezwakt om de overheidssubsidies niet in gevaar te brengen. Er waren altijd mensen zonder godsgeloof die 'sekte' riepen zodra iets buiten hun fantasieloze visie op religie viel.

Het respect dat hij genoot had hij grotendeels zelf verdiend, maar Jacob kon niet ontkennen dat een deel ervan ook kon worden toegeschreven aan het feit dat zijn grootvader Ephraïm Hult, 'de Predikant', was. Zijn grootvader had weliswaar niet tot deze gemeenschap behoord, maar zijn reputatie had zich langs de kust van de provincie Bohuslän zo wijd verspreid, dat het weerklank vond bij alle vrijkerkelijke groeperingen. De rechtzinnige Zweedse Kerk beschouwde de Predikant natuurlijk als een charlatan, maar dat deed iedereen die op zondag voor lege kerkbanken preekte, dus daar trokken de vrijere christelijke groeperingen zich niet veel van aan.

Het werk met de onaangepaste en verslaafde jongeren had Jacobs leven bijna een decennium lang inhoud gegeven, maar het verschafte hem niet langer dezelfde voldoening als vroeger. Hij had de activiteiten op de cursusboerderij in Bullaren opgezet, maar het werk vulde niet langer de leegte waarmee hij zijn hele leven had geleefd. Hij miste iets, en de jacht naar dit onbekende 'iets' beangstigde hem. Hij, die zo lang had gemeend op vaste grond te staan, voelde nu dat het bedenkelijk schommelde onder zijn voeten, en hij huiverde bij de gedachte aan de afgrond die zich kon openen en hem helemaal kon verzwelgen, zowel zijn lichaam als zijn ziel. Hoe vaak had hij niet vol overtuiging wijsneuzig opgemerkt dat twijfel het belangrijkste gereedschap van de duivel was, zonder te vermoeden dat hij zich op zekere dag zelf in deze situatie zou bevinden?

Hij stond op en ging met zijn rug naar de jongen staan, staarde door het raam dat naar het meer uitkeek, maar zag alleen zijn eigen spiegelbeeld in het glas. Een sterke, gezonde man, dacht hij ironisch. Zijn donkere haar was kort. Marita, die hem thuis knipte, deed dat echt goed. Hij had fijne gelaatstrekken, gevoelig maar niet onmannelijk. Hij was tenger noch bijzonder stevig gebouwd, de definitie van een normaal postuur. Maar Jacobs grootste waarde waren zijn ogen. Die waren helder blauw en hadden het unieke vermogen om tegelijk mild en indringend te kijken. Die ogen hadden hem geholpen velen van het juiste pad te overtuigen. Hij wist dat, en hij maakte er gebruik van.

Maar vandaag niet. Zijn eigen demonen maakten het moeilijk om zich op de problemen van iemand anders te concentreren, en het was makkelijker om de woorden van de jongen tot zich te nemen als hij hem niet hoefde aan te kijken. Jacob liet zijn spiegelbeeld met zijn blik los en keek naar het Bullarmeer en het bos dat zich mijlenver daarachter uitstrekte. Het was zo heet, dat hij de lucht boven het water zag vibreren. Ze hadden de grote boerderij voor weinig geld kunnen kopen omdat die na jaren van verwaarlozing helemaal vervallen was geweest, en na vele uren gemeenschappelijk zwoegen hadden ze haar gerenoveerd tot haar huidige toestand. Het was er niet luxueus, maar wel fris, schoon en gezellig. De vertegenwoordiger van de gemeente liet zich altijd imponeren door het huis en de mooie omgeving en oreerde graag over het positieve effect hiervan op al die arme onaangepaste jongens en meisjes. Tot nu toe was het nooit een probleem geweest om subsidies te krijgen, en ze hadden in de tien jaar dat ze bezig waren goed werk verricht. Het probleem zat dus alleen in zijn hoofd. Of zat het in zijn ziel?

Misschien had de verleiding in het gewone leven hem op een beslissende tweesprong in de verkeerde richting geduwd. Hij had er nooit aan getwijfeld om zijn zusje in zijn huis op te nemen. Wie anders dan hij zou haar innerlijke onrust kunnen lenigen en haar rebelse temperament tot rust brengen? Maar in de psychologische strijd was ze zijn meerdere gebleken, en terwijl haar ik elke dag sterker werd, voelde hij hoe de voortdurende irritatie zijn fundament uitholde. Soms betrapte hij zich erop dat hij zijn handen vouwde met de gedachte dat ze een dom, simpel meisje was dat het verdiende dat de familie haar aan haar lot overliet. Maar die onchristelijke manier van denken leidde altijd tot uren van zelfonderzoek en ijverige bijbelstudie in de hoop zijn kracht terug te vinden.

Naar buiten toe was hij nog steeds een rots van geborgenheid en vertrouwen. Jacob wist dat de mensen in zijn omgeving hem zagen als iemand op wie ze altijd konden leunen, en hij was nog niet bereid dat beeld van zichzelf op te offeren. Sinds hij de ziekte had overwonnen die hem een tijd behoorlijk had geteisterd, vocht hij om de controle over het bestaan te behouden. Maar de moeite die het hem kostte om de schone schijn op te houden, teerde zijn laatste geestelijke vermogens uit, en de afgrond kwam met rasse schreden naderbij. Wederom dacht hij na over de ironie dat de cirkel, na zoveel jaren, werd gesloten. Het bericht had hem één tel lang tot het onmogelijke gebracht. Hij twijfelde. Hoewel de twijfel maar heel even had geduurd, had die een klein, klein scheurtje gevormd in het sterke web dat zijn bestaan bijeen had gehouden, en die scheur werd steeds groter.

Jacob joeg deze gedachten weg en dwong zich zich op de jongeling en diens erbarmelijke bestaan te concentreren. De vragen die hij stelde kwamen automatisch, evenals de invoelende glimlach die hij altijd toonde aan een nieuw zwart schaap in de kudde.

Nog een dag. Nog een kapot mens om te repareren. Er kwam nooit een eind aan. Maar zelfs God mocht op de zevende dag toch rust nemen?

Nadat ze het inmiddels roodverbrande gezin van het strandje had opgehaald, wachtte Erica naarstig op Patriks thuiskomst. Ze zocht ook naar tekenen dat Conny en de zijnen hun spullen gingen pakken, maar het was al halfzes en ze maakten geen aanstalten om te vertrekken. Ze besloot het nog even aan te zien en een tactvolle manier te bedenken om te vragen of ze niet gauw moesten vertrekken, maar het geschreeuw van de kinderen bezorgde haar een flinke hoofdpijn en het moest allemaal niet te lang meer duren. Opgelucht hoorde ze Patrik de stoep opklimmen en ze liep op hem af om hem te begroeten.

'Dag lieverd.' Ze moest op haar tenen staan om hem een zoen te kunnen geven.

'Hoi. Zijn ze nog niet weg?' Patrik sprak zachtjes en keek vragend naar de woonkamer.

'Nee, en ze lijken ook geen pogingen in die richting te ondernemen. Wat moeten we in godsnaam doen?' Erica antwoordde met even zachte stem en sloeg haar ogen ten hemel om aan te geven dat ze het maar niks vond.

'Ze kunnen toch niet nog een dag blijven zonder dat te vragen? Of kunnen ze dat wel?' vroeg Patrik met een ongerust gezicht.

Erica snoof. 'Je moest eens weten hoeveel gasten mijn ouders door de jaren heen 's zomers kregen. Ze zeiden altijd dat ze maar voor even kwamen aanwippen, om vervolgens een hele week te blijven hangen in de verwachting volledig te worden verzorgd en gratis eten te krijgen. Mensen zijn niet goed wijs, en de familie is altijd het ergst.'

Patrik keek verschrikt. 'Ze kunnen toch geen week blijven! We moeten iets doen. Kun jij niet zeggen dat ze moeten vertrekken?'

'Ik, waarom moet ík dat doen?'

'Het is jouw familie.'

Erica moest toegeven dat hij daar gelijk in had. Ze moest dus maar gewoon door de zure appel heen bijten. Ze liep de woonkamer in om naar de plannen van de gasten te informeren, maar zo ver kwam ze niet.

'Wat eten we?' Vier paar ogen keken haar vol verwachting aan.

'Eh...' Erica werd helemaal van haar apropos gebracht door deze brutaliteit. In gedachten maakte ze snel de inventaris van de vriezer op. 'Spaghetti met gehaktsaus. Over een uur.'

Erica wilde zichzelf wel een trap voor haar achterste geven toen ze terugliep naar Patrik in de keuken.

'Wat zeiden ze? Wanneer vertrekken ze?'

Erica keek Patrik niet aan toen ze zei: 'Dat weet ik niet. Maar over een uur eten we spaghetti met gehaktsaus.'

'Heb je niets gezegd?' Nu was het Patriks beurt om zijn ogen ten hemel te slaan.

'Het is niet zo makkelijk, probeer het zelf maar eens.' Erica brieste geïrriteerd en begon met een hoop lawaai potten en pannen tevoorschijn te halen. 'We moeten nog een avond doorbijten, ik zeg het ze morgen. Ga jij nu maar uien snijden, ik kan niet in mijn eentje voor zes mensen koken.'

Ze waren een poosje in een drukkende stilte bezig, tot Erica zich niet langer kon inhouden. 'Ik ben vandaag in de bibliotheek geweest en heb materiaal meegenomen waar jij misschien wat aan hebt. Het ligt daar.' Ze knikte met haar hoofd naar de keukentafel. Daar lag een keurige stapel kopieën.

'Ik zei toch dat je niet moest...'

'Ja, ja, ik weet het. Maar gebeurd is gebeurd en het was echt leuk om weer eens wat anders te doen dan hier thuis naar de muren te staren. Je moet niet zeuren.'

Patrik had inmiddels geleerd wanneer hij zijn mond moest houden, hij ging aan de keukentafel zitten en begon het materiaal door te bladeren. Hij las met grote belangstelling de krantenartikelen over de verdwijning van de twee meisjes.

'Geweldig, wat goed! Ik neem dit morgen allemaal mee naar het bureau om het wat grondiger door te lezen, maar het ziet er prima uit.'

Hij liep naar Erica die bij het fornuis stond, ging achter haar staan en legde zijn armen om haar dikke buik. 'Ik wil helemaal niet zeuren, ik ben alleen maar bezorgd voor jou en de baby.'

'Dat weet ik wel.' Erica draaide zich naar hem om en sloeg haar armen om zijn hals. 'Maar ik ben niet van porselein, moet je weten Als de vrouwen vroeger op de akkers konden werken tot ze in principe ter plekke moesten bevallen, kan ik in een bibliotheek best bladzijden omslaan zonder dat er iets met ons gebeurt.'

'Ja, oké, ik weet het.' Hij zuchtte. 'Als we maar van onze kostgangers afkomen, dan hebben wij wat meer tijd voor elkaar. En je moet beloven dat je het zegt als je wilt dat ik een dag thuisblijf. Ze weten op het bureau dat ik vrijwillig aan het werk ben en dat jij voorgaat.'

'Ik beloof het. Maar nu moet je even helpen het eten klaar te maken, dan worden de kinderen misschien wat rustiger.'

'Dat kan ik me nauwelijks voorstellen. Misschien moeten we ze een whisky-ijsje geven, dan vallen ze vast gauw in slaap.' Patrik glimlachte samenzweerderig.

'Wat ben jij erg. Schenk maar een glas in voor Conny en Britta, dan blijven die tenminste in een goed humeur.'

Patrik deed wat ze vroeg en keek met een treurige blik naar het snel gedaalde niveau in de fles met zijn beste maltwhisky. Als ze nog een paar dagen bleven, zou zijn whiskyverzameling nooit meer dezelfde zijn.

Zomer 1979

Met de grootst mogelijke voorzichtigheid opende ze haar ogen. Een barstende hoofdpijn veroorzaakte pijnscheuten tot in haar haarwortels. Maar het vreemde was dat ze niets zag toen ze haar ogen opende. Er was nog steeds alleen maar compacte duisternis. In een moment van paniek dacht ze dat ze blind was geworden. Misschien was de zelfgestookte brandewijn die ze gisteren had gedronken niet goed geweest, daar had ze verhalen over gehoord, over jongeren die blind werden van zelfgestookte alcohol. Na een paar tellen werd de omgeving vaag zichtbaar en ze begreep dat er niets mis was met haar ogen, maar dat ze zich bevond op een plek waar geen licht was. Ze keek omhoog om een sterrenhemel of een maansikkel te zoeken, voor het geval ze ergens buiten lag, maar ze realiseerde zich direct dat het 's zomers nooit zo donker werd dat je het tere noordse zomernachtlicht niet kon zien.

Ze voelde aan de ondergrond waarop ze lag en greep in zanderige aarde, die ze tussen haar vingers door liet sijpelen. De aarde rook sterk naar humus, een zoete, misselijkmakende geur, en het drong langzaam tot haar door dat ze zich onder de grond bevond. De paniek sloeg toe. Het gevoel was claustrofobisch. Zonder te weten hoe groot de ruimte was, had ze het gevoel dat de muren langzaam op haar afkwamen, haar insloten. Ze krabbelde aan haar hals toen ze het gevoel kreeg dat er bijna geen lucht meer was, maar vervolgens dwong ze zichzelf een paar keer rustig en diep in te ademen om de paniek te bedwingen.

Het was koud en ze besefte opeens dat ze naakt was, op haar slipje na. Haar lichaam deed op verschillende plekken pijn en ze huiverde terwijl ze haar armen over elkaar sloeg en haar knieën tot aan haar kin optrok. De eerste paniek maakte nu plaats voor een zo hevige angst dat ze het gevoel had dat die aan haar botten knaagde. Hoe was ze hier terechtgekomen? En waarom? Wie had haar uitgekleed? Het enige dat haar hersenen haar konden antwoorden, was dat ze het antwoord op deze vragen waarschijnlijk niet wilde weten. Er was haar iets ergs overkomen en ze wist niet wat, en dat maakte de verlammende angst vele malen erger.

Over haar hand schoof een streep licht en automatisch richtte ze haar ogen op de bron hiervan. In het diepdonkere zwart was een klein streepje licht te zien en ze zette zich ertoe op te staan en schreeuwde om hulp. Geen reactie. Ze ging op haar tenen staan en probeerde de lichtbron aan te raken, maar kwam er niet eens in de buurt. Er drupte iets op haar opgeheven gezicht. Waterdruppels werden een straaltje en ze merkte ineens dat ze enorme dorst had. Ze reageerde instinctief en opende haar mond om de drank in zich op te nemen, gulzig, met wijdopen mond. Eerst stroomde het meeste over haar hals, maar na een poosje had ze de goede techniek te pakken en dronk ze gretig. Toen leek het alsof alles bedekt werd door een nevel, en de ruimte begon te draaien. Daarna was er slechts duisternis.

Linda werd voor de verandering vroeg wakker, maar probeerde toch nog wat te slapen. Het was gisteravond, of gisternacht om precies te zijn, laat geworden met Johan en ze voelde zich een beetje katerig door het slaapgebrek. Voor het eerst in maanden hoorde ze regen op het dak. De kamer die Jacob en Marita voor haar hadden ingericht, lag precies onder de nok en het geluid van de regen op de dakpannen was zo luid dat ze het gevoel had dat het tussen haar slapen echode.

Ze ontwaakte voor het eerst in tijden in een koele slaapkamer. De hitte had bijna twee maanden aangehouden en dat was een record, deze zomer was de heetste in honderd jaar. Aanvankelijk had ze de zengende zon verwelkomd, maar de bekoring was weken geleden alweer verdwenen, en ze was het feit dat ze elke ochtend tussen van zweet doorweekte lakens wakker werd gaan haten. De frisse, koele lucht die nu onder de dakbalken door naar binnen joeg, was daarom heel aangenaam. Linda wierp de dunne deken van zich af en liet haar lichaam de behaaglijke temperatuur voelen. Hoewel het helemaal niets voor haar was, besloot ze op te staan voor iemand haar het bed uit kwam jagen. Het was misschien wel gezellig om een keertje niet alleen te ontbijten. Vanuit de keuken klonk het gerammel van de ontbijtspullen die werden klaargezet, en ze trok een korte kimono aan en stak haar voeten in een paar pantoffels.

Beneden werd haar vroege komst verwelkomd door verbaasde gezichten. Het hele gezin was daar verzameld, Jacob, Marita, William en Petra, en hun gedempte gesprek werd abrupt afgebroken toen Linda op een van de lege stoelen ging zitten en een boterham begon te smeren.

'Wat leuk dat je ons een keer gezelschap wilt houden, maar ik zou het op prijs stellen als je wat meer kleren aantrok. Denk aan de kinderen.'

Jacob was zo vervloekt schijnheilig dat ze er misselijk van werd. Alleen om hem te pesten liet ze de dunne kimono een eindje openvallen zodat een glimp van haar ene borst zichtbaar werd. Jacob werd witheet van woede, maar om de een of andere reden bond hij de strijd met haar niet aan en liet haar begaan. William en Petra keken haar gefascineerd aan en Linda trok gekke bekken terug waarop ze in een giechelbui uitbarstten. Het waren eigenlijk heel schattige kinderen, dat moest ze toegeven, maar Jacob en Marita zouden hen spoedig verpesten. Aan het eind van hun religieuze opvoeding zou er geen levensvreugde meer over zijn.

'Rustig. Jullie moeten tijdens het eten netjes aan tafel zitten. Haal je benen van de stoel, Petra, en zit als een grote meid. En jij doet je mond dicht als je eet, William. Ik wil je eten niet zien.'

De lach verdween van de gezichten, en de kinderen gingen met lege, starende ogen rechtop zitten als twee tinnen soldaatjes. Linda zuchtte inwendig. Soms kon ze echt niet begrijpen dat Jacob en zij familie waren. Ze kende geen broer en zus die zo verschillend waren als Jacob en zij, daarvan was ze overtuigd. Wat het zo onrechtvaardig maakte, was dat hij de lieveling van hun ouders was en voortdurend de hemel in werd geprezen, terwijl er op haar alleen maar werd gevit. Zij kon er toch niets aan doen dat ze een ongepland nakomertje was toen haar ouders zich er al op hadden ingesteld dat de jaren met kleine kinderen achter hen lagen? Of dat Jacobs ziekte, zoveel jaar voor haar geboorte, ervoor had gezorgd dat ze dat niet nog een keer wilden meemaken? Ze begreep best dat het heel moeilijk was geweest toen hij bijna doodging, maar daar hoefde zij toch niet voor gestraft te worden? Zij had hem tenslotte niet ziek gemaakt.

Jacob was tijdens zijn ziekte enorm vertroeteld en dat was gewoon doorgegaan, ook toen hij weer helemaal gezond was. Alsof hun ouders elke dag van zijn leven als een godsgeschenk beschouwden, terwijl haar leven alleen maar tot ergernis en problemen leidde. Om maar niet te spreken van opa en Jacob. Ze begreep best dat er tussen hen een bijzondere band bestond na wat opa voor Jacob had gedaan, maar dat hoefde toch niet te betekenen dat er voor zijn andere kleinkinderen helemaal geen plaats was? Omdat opa was overleden toen ze nog heel klein was, had zij nooit blootgestaan aan zijn onverschilligheid, maar ze wist van Johan dat hij en Robert niet bij hem in de gunst hadden gestaan en hadden moeten toezien hoe alle aandacht naar hun neef Jacob ging. Dat was haar vast en zeker ook overkomen als hij nog steeds had geleefd.

Deze onrechtvaardigheid riep hete tranen op achter haar oogleden, maar Linda drong ze als gebruikelijk terug. Ze gunde het Jacob niet dat hij haar tranen zag en daarmee opnieuw de kans kreeg om verlosser van de wereld te spelen. Ze wist dat zijn vingers jeukten om haar leven de juiste richting op te sturen, maar ze ging nog liever dood dan net zo'n saaie piet te worden als hij. Brave meisjes kwamen misschien in de hemel, maar zij was van plan veel en veel verder te komen. Ze ging liever met veel gedonder en geraas ten onder dan als een zacht ei door het leven te moeten gaan, zoals haar oudere broer, die zich veilig voelde omdat iedereen van hem hield.

'Heb je plannen voor vandaag? Ik zou best wat hulp kunnen gebruiken.'

Marita smeerde rustig nog wat boterhammen voor de kinderen terwijl ze haar vraag aan Linda stelde. Ze was een moederlijke vrouw, met een alledaags uiterlijk en was iets te zwaar. Linda had altijd gevonden dat Jacob iets beters had kunnen krijgen. In gedachten zag ze haar broer en schoonzus in hun slaapkamer. Ze deden het vast en zeker één keer per maand, plichtsgetrouw, zonder licht en haar schoonzus in een lang nachthemd met lange mouwen. Het beeld deed haar giechelen en de anderen keken haar vragend aan.

'Hallo, Marita vroeg je iets. Kun je haar vandaag in huis helpen? Het is hier geen pension, hoor.'

'Ja, ja, ik had het de eerste keer al gehoord. Je hoeft niet zo te zeuren. En nee, ik kan vandaag niet helpen. Ik ga...' Ze zocht naar een goed excuus. 'Ik moet naar Scirocco kijken. Hij liep gisteren een beetje mank.'

Haar excuus werd met sceptische blikken ontvangen en Linda zette haar meest strijdlustige gezicht op, klaar voor de confrontatie. Maar tot haar verbazing toonde niemand vandaag de kracht om die strijd met haar aan te gaan, hoewel ze overduidelijk had gelogen. De overwinning – en nog een dag in ledigheid – was voor haar.

Het verlangen om buiten in de regen te gaan staan met zijn gezicht naar de hemel terwijl het water over hem heen stroomde, was onweerstaanbaar. Maar sommige dingen kon je als volwassene niet doen, en al helemaal niet als je op je werk was, dus Martin moest zijn kinderlijke impuls onderdrukken. Maar heerlijk was het wel. Al het benauwde, hete, dat hen de afgelopen twee maanden gevangen had gehouden, werd met deze ene regenbui weggespoeld. Hij kon de geur van de regen ruiken door het raam dat hij wijd open had gezet. Er spatten druppels op het deel van het bureau dat er het dichtstbij stond, maar hij had alle papieren die daar lagen weggehaald, dus dat gaf niets. Het was het waard om de geur van verkoeling te ruiken.

Patrik had gebeld om te zeggen dat hij zich had verslapen, dus Martin was voor de verandering als eerste aanwezig geweest. Na de onthulling van Ernsts blunder was de stemming op het bureau gisteren bedrukt geweest, en het was prettig om nu even rustig over de laatste ontwikkelingen na te kunnen denken. Hij benijdde Patrik niet, die de familie van de vrouw op de hoogte moest brengen, maar hij wist dat zekerheid een eerste stap was in het helende deel van het rouwproces. Waarschijnlijk wisten de familieleden niet eens dat de vrouw was verdwenen, het bericht zou als een schok komen. Maar eerst moesten ze de familie zien te vinden, en Martin moest vandaag contact opnemen met zijn collega's in Duitsland. Hij hoopte dat ze in het Engels konden communiceren, anders had hij een probleem. Zijn schoolduits was goed genoeg om te kunnen beoordelen dat ze aan Patriks kennis van het Duits niet veel hadden; zijn collega had zich met horten en stoten door het gesprek met Tanja's vriendin geworsteld.

Hij wilde net de hoorn van de haak nemen om naar Duitsland te bellen, toen de telefoon met een doordringend geluid overging. Zijn hart ging wat sneller toen hij de naam van de Forensische Eenheid in Göteborg hoorde, en hij strekte zijn arm uit naar zijn vol gekliederde notitieblok. Eigenlijk hoorde de eenheid verslag uit te brengen aan Patrik, maar omdat die nog niet aanwezig was, moesten ze genoegen nemen met Martin.

'Jullie hebben het maar druk in die uithoek van jullie.' Patholoog Tord Pedersen doelde op de sectie die hij anderhalf jaar geleden op Alex Wijkner had verricht; dat was het begin geweest van een van de weinige moordonderzoeken die de politie in Tanumshede in haar geschiedenis had uitgevoerd.

'Ja, je gaat je afvragen of er misschien iets in het water zit. Straks hebben we Stockholm ingehaald wat de moordstatistieken betreft.'

De licht humoristische toonval was voor Martin, net als voor vele anderen die beroepsmatig vaak met de dood en ongelukken te maken hadden, een manier om met de dagelijkse werksituatie om te gaan. Het besef dat het werk een serieuze aangelegenheid was, werd er niet minder door.

'Hebben jullie al sectie op haar kunnen verrichten? In deze hitte worden toch veel vaker moorden gepleegd dan anders?' ging Martin verder.

'Ja, in principe heb je gelijk. We merken dat mensen vanwege de warmte op-vliegender zijn, maar toevallig is het de laatste dagen nogal rustig geweest, dus we konden sneller met jullie zaak aan de gang dan we hadden gedacht.'

'Vertel maar.' Martin hield zijn adem in. Het succes van het onderzoek hing in hoge mate af van wat de Forensische Eenheid te melden had.

'Nou, jullie moordenaar is absoluut geen sympathiek figuur. De doods-oorzaak kon vrij eenvoudig worden vastgesteld, ze is gewurgd, maar wat er met haar is gebeurd voordat ze doodging, is pas echt opzienbarend.' Peder-sen stopte even en het klonk alsof hij een bril opzette.

'Ja?' Martin kon zijn ongeduld niet verbergen.

'Even kijken... Jullie krijgen dit ook via de fax binnen... hm,' Pedersen las en Martins hand raakte bezweet omdat hij de hoorn zo krampachtig vast-hield.

'Ja, hier heb ik het. Veertien fracturen op verschillende plaatsen van het skelet. Te oordelen naar de variërende mate van genezing die heeft plaats-gevonden, allemaal toegebracht voordat de dood intrad.'

'Je bedoelt...'

'Ik bedoel dat iemand haar armen, benen, vingers en tenen in de loop van vermoedelijk een week heeft gebroken.'

'Zijn ze op hetzelfde moment of op verschillende tijdstippen gebroken, kunnen jullie dat zien?'

'Zoals ik al zei, varieert de genezingsgraad van de fracturen onderling, dus volgens mijn professionele mening zijn de breuken gedurende de hele periode ontstaan. Ik heb een schets gemaakt van de volgorde waarin de botbreuken hebben plaatsgevonden. Die vind je bij het materiaal dat ik jullie heb gefaxt. Ze had ook flink wat oppervlakkige snijwonden over haar lichaam, eveneens in variërende stadia van genezing.'

'Godverdomme.' Het spontane commentaar ontglipte Martin.

'Ik ben geneigd het met je opmerking eens te zijn.' Pedersens stem klonk droog. 'De pijn die ze heeft gevoeld, moet ondraaglijk zijn geweest.'

Ze overpeinsden de wreedheid van de mens even in stilte. Toen hervond Martin zich: 'Hebben jullie sporen op het lichaam gevonden waar wij iets aan kunnen hebben?'

'Ja, we hebben sperma gevonden. Als jullie de goede verdachte vinden, kan hij met zijn DNA aan de moord worden gekoppeld. Wij zoeken natuurlijk ook in de database, maar dat levert zelden een match op, het register is nog te klein. We kunnen alleen maar dromen van de dag dat het DNA van alle burgers opvraagbaar zal zijn, dan hebben we een heel andere situatie.'

'Ja, dromen is waarschijnlijk het juiste woord. Schending van de privacy van het individu en dat soort zaken steken natuurlijk een spaak in het wiel.'

'Als wat deze vrouw is overkomen geen schending van haar privacy is, weet ik het niet meer...'

Dit waren ongebruikelijk filosofische woorden voor de anders zo zakelijke Tord Pedersen, en Martin begreep dat Pedersen geraakt was door het lot van deze vrouw. Normaal gesproken was dat niet iets wat een patholoog zich kon veroorloven, wilde hij 's nachts goed kunnen slapen.

'Kun je me zeggen wanneer ze ongeveer is overleden?'

'Ja, met de resultaten van de tests die de technische afdeling op de plaats delict heeft uitgevoerd, aangevuld met mijn eigen waarnemingen, kan ik je een vrij betrouwbaar tijdsinterval geven.'

'Laat maar horen.'

'Naar mijn mening is ze ergens tussen zes en elf uur overleden, op de avond voordat ze in de Koningskloof werd gevonden.'

Martin klonk teleurgesteld. 'Kun je niet wat preciezer zijn?'

'Het is in Zweden de gewoonte om bij dit soort zaken nooit een kleiner tijdsinterval te geven dan vijf uur, maar de waarschijnlijkheid voor het interval is vijfennegentig procent, dus dat is heel betrouwbaar. Daarentegen kan ik bevestigen wat jullie waarschijnlijk al hadden vermoed, namelijk dat de Koningskloof de secundaire plaats delict is; de vrouw is op een andere plek vermoord en heeft daar tot een paar uur na haar dood gelegen, dat blijkt onder meer uit de lijkvlekken.'

'Dat is toch altijd wat.' Martin slaakte een zucht. 'En de skeletten, hebben die nog wat opgeleverd? Patrik heeft je toch informatie gestuurd over wie wij denken dat het zijn?'

'Ja, die informatie heb ik ontvangen. Maar we zijn nog niet helemaal klaar. Het is niet zo makkelijk om gebitskaarten uit de jaren zeventig te vinden, maar we zijn druk bezig en zodra we meer hebben, laten we het jullie weten. Ik kan al wel zeggen dat het twee vrouwenskeletten zijn, en dat de leeftijd ongeveer lijkt te kloppen. Het heupbeen van de ene vrouw duidt er ook op dat ze een kind heeft gebaard, en dat klopt eveneens met de informatie die we hebben. Het meest interessante van alles is dat beide skeletten vergelijkbare fracturen vertonen als de dode vrouw. Off the record zou ik zelfs durven te zeggen dat de fracturen van de drie slachtoffers nagenoeg identiek zijn.'

Martin liet van pure verbazing zijn pen op de grond vallen. Wat hadden ze eigenlijk op hun dak gekregen? Een sadistische moordenaar die vierentwintig jaar tussen zijn kwade daden liet verstrijken? Aan het alternatief wilde hij niet denken: dat de moordenaar geen vierentwintig jaar had gewacht, maar dat de andere slachtoffers gewoon nog niet waren gevonden.

'Zijn zij ook met een mes gestoken?'

'Omdat er geen organisch materiaal meer is, is dat moeilijker te zeggen, maar er zitten een paar krassen op de botten die erop kunnen wijzen dat ze aan eenzelfde behandeling zijn blootgesteld, ja.'

'En de doodsoorzaak bij hen?'

'Dezelfde als bij het Duitse meisje. De botten zijn precies bij de hals beschadigd, wat overeenkomt met verwondingen die bij wurging ontstaan.'

Martin maakte tijdens het gesprek snel aantekeningen. 'Heb je nog iets anders wat belangrijk kan zijn?'

'Alleen dat de skeletten waarschijnlijk onder de grond hebben gelegen, er is aarde gevonden waar we na de analyse misschien meer over kunnen zeggen. Maar ook daar zijn we nog niet klaar mee, dus jullie moeten nog even geduld hebben. Er is ook aarde gevonden op Tanja Schmidt en op de deken waarop ze lag, en die gaan we vergelijken met die op de skeletten.' Pedersen stopte even maar ging vervolgens verder: 'Leidt Mellberg het onderzoek?'

Martin meende een zekere ongerustheid in Pedersens stem te bespeuren. Hij glimlachte even maar kon de man aan de andere kant van de lijn op dat punt geruststellen. 'Nee, Patrik heeft de verantwoordelijkheid gekregen. Maar wie met de eer gaat strijken als we deze zaak oplossen, is een heel ander verhaal...'

Ze moesten allebei lachen om Martins opmerking, maar het was voor Martin in elk geval een enigszins besmuikte lach.

Na het gesprek met Tord Pedersen haalde Martin de pagina's uit het faxapparaat van het politiebureau, en toen Patrik een poosje later arriveerde, had Martin zich al goed ingelezen. Na een summiere samenvatting was Patrik even terneergeslagen als hijzelf. Dit leek een verdomd ingewikkelde zaak te worden.

Anna lag in haar bikini te zonnen op de voorplecht van de zeilboot. De kinderen deden een middagdutje in de kajuit en Gustav stond aan het roer. Zoute waterdruppels spatten op haar lichaam wanneer de voorsteven het wateroppervlak raakte, en dat was heerlijk verkoelend. Als ze haar ogen sloot, kon ze even haar zorgen vergeten en doen alsof dit haar echte leven was.

'Anna, er is telefoon voor je.' Gustavs stem wekte haar uit een welhaast meditatieve toestand.

'Wie is het?' Ze hield haar hand boven haar ogen tegen de zon en zag dat Gustav met haar mobieltje stond te zwaaien.

'Dat wilde hij niet zeggen.'

Verdomme. Ze wist meteen wie er aan de lijn was, en met een bezorgd gevoel in haar maag liep ze voorzichtig naar Gustav.

'Met Anna.'

'Wie was dat, verdomme,' siste Lucas.

Anna aarzelde. 'Ik had je toch verteld dat ik met een vriend ging zeilen.'

'En ik moet zeker geloven dat dat zomaar een vriend is.' De rest kwam snel. 'Hoe heet hij?'

'Daar heb jij niets mee te...'

Lucas onderbrak haar. 'Hoe héét hij, Anna?'

Haar verzet werd onder zijn stem steeds verder afgebroken. Zachtjes antwoordde ze: 'Gustav af Klint.'

'Zo, zo. Dat klinkt imponerend.' Lucas' stem, die eerst honend had geklonken, werd nu zacht en dreigend: 'Hoe durf je mijn kinderen mee op vakantie te nemen met een andere man.'

'We zijn gescheiden, Lucas,' zei Anna. Ze legde weer een hand boven haar ogen.

'Jij weet even goed als ik dat dat niets verandert, Anna. Jij bent de moeder van mijn kinderen en dat betekent dat jij en ik altijd bij elkaar zullen horen. Jij bent van mij en de kinderen zijn van mij.'

'Waarom probeer je ze dan van me af te pakken?'

'Omdat jij labiel bent, Anna. Je hebt altijd al zwakke zenuwen gehad en eerlijk gezegd vertrouw ik er niet op dat jij voor mijn kinderen kunt zorgen zoals ze verdienen. Kijk maar naar jullie leven. Jij werkt hele dagen en zij gaan naar de crèche. Is dat goed voor de kinderen, vind je dat, Anna?'

'Maar ik móét werken, Lucas. En hoe zou jij het oplossen als je de kinderen had? Jij moet toch ook werken? Wie zou er dan voor ze zorgen?'

'Er is een oplossing, Anna, dat weet je.'

'Ben je helemaal gek? Dacht je dat ik bij je terugkwam nadat je Emma's arm hebt gebroken? En na wat je mij hebt aangedaan?' Haar stem schoot de hoogte in. Instinctief wist ze dat ze te ver was gegaan.

'Dat was niet mijn schuld! Het was een ongeluk! En bovendien, als jij me niet altijd had tegengewerkt, had ik mijn humeur niet zo vaak hoeven verliezen!'

Het was alsof ze tegen lucht sprak. Het was zinloos. Anna wist na alle jaren met Lucas dat hij meende wat hij zei. Het was nooit zijn schuld. Alles was altijd de schuld van iemand anders. Elke keer dat hij haar sloeg, had hij haar een schuldgevoel bezorgd omdat ze niet begrijpend, liefdevol en onderdanig genoeg was geweest.

Toen ze met behulp van eerder verborgen krachten de scheiding had doorgedrukt, had ze zich voor het eerst in jaren sterk, onoverwinnelijk gevoeld. Eindelijk zou ze haar leven kunnen heroveren. Zij en de kinderen zouden opnieuw kunnen beginnen. Maar het was iets te makkelijk gegaan. Lucas was echt heel erg geschrokken toen hij in een van zijn woede-uitbarstingen de arm van zijn dochter had gebroken, en hij was voor de verandering heel meegaand geweest. Een hectisch vrijgezellenbestaan na de scheiding, waarin hij druk bezig was met de ene verovering na de andere, had er ook toe bijgedragen dat hij Anna en de kinderen met rust had gelaten. Maar net toen Anna het gevoel kreeg dat het haar was gelukt aan hem te ontsnappen, had Lucas genoeg gekregen van zijn nieuwe leven en begon hij zijn blik weer op zijn gezin te richten. Toen bloemen, cadeaus en smeekbeden om vergiffenis niets opleverden, had hij zijn fluwelen handschoenen uitgetrokken. Hij eiste

de voogdij over de kinderen, en bediende zich daartoe van allerlei ongegronde beschuldigingen om aan te tonen dat Anna als moeder ongeschikt
was. Geen van die beschuldigingen was gegrond, maar Lucas kon zo overtuigend en charmant zijn als hij dat wilde, dat ze toch beefde bij de gedachte dat zijn pogingen zouden slagen. Ze wist ook dat het hem eigenlijk helemaal niet om de kinderen ging. Met zijn werk zou hij niet voor twee kleine
kinderen kunnen zorgen, maar hij hoopte dat hij Anna voldoende schrik kon
aanjagen zodat ze terugkwam. Op zwakke momenten was ze daar ook bijna
toe bereid. Tegelijk besefte ze dat het onmogelijk was; het zou haar onder-
gang worden. Ze verhardde.

'Lucas, deze discussie heeft geen enkele zin. Ik ben na de scheiding verder
gegaan met mijn leven, en dat zou jij ook moeten doen. Het klopt dat ik een
man heb ontmoet en dat moet je maar accepteren. Het gaat goed met de
kinderen en het gaat goed met mij. Kunnen we niet proberen hier als volwassen mensen mee om te gaan?'

Haar toon was smekend, maar de stilte aan de andere kant van de lijn was
compact. Ze begreep dat ze een grens had overschreden. Toen ze de toon

hoorde die aangaf dat Lucas gewoon had opgehangen, wist ze dat ze op de een of andere manier een prijs zou moeten betalen. Een hoge prijs.

Zomer 1979

De helse pijn in haar hoofd maakte dat ze in haar gezicht ging krabben. De pijn die ze voelde toen haar nagels lange strepen in haar huid trokken, was bijna bevredigend vergeleken met de barstende hoofdpijn en hielp haar te kunnen focussen.

Het was nog steeds zwart om haar heen, maar iets had haar doen ontwaken uit haar diepe, droomloze, verdoofde situatie. Een klein streepje licht verscheen boven haar hoofd, en terwijl ze er met half dichtgeknepen ogen naar keek, werd de streep langzaam breder. Omdat ze niet meer aan licht gewend was, zag ze niet maar hoorde ze iemand door de kier, die inmiddels steeds breder was geworden, een trap aflopen. Iemand kwam alsmaar dichterbij in het donker. Ze was zo verward dat ze niet kon uitmaken of ze angst of opluchting moest voelen. Beide waren aanwezig, met elkaar vermengd, en soms kreeg het ene gevoel de overhand, soms het andere.

De laatste passen in haar richting waren vrijwel geluidloos. Ze lag in de foetushouding. Zonder dat er een woord werd geuit, voelde ze een hand haar hoofd strelen. Misschien had dat gebaar geruststellend moeten zijn, maar door de eenvoud ervan kreeg de angst haar hart in een krampachtige greep.

De hand bewoog verder over haar lichaam, en ze beefde in het donker. Heel even schoot er door haar hoofd dat ze zich tegen de onbekende zonder gezicht moest verzetten, maar de gedachte verdween even snel als ze was opgekomen. De duisternis was te overweldigend en de kracht in de hand die haar streelde penetreerde haar huid, haar zenuwen, haar ziel. Onderwerping was haar enige mogelijkheid, dat besefte ze tot haar ontzetting.

Toen de hand niet langer streelde maar begon te wrikken en te draaien, te trekken en te rukken, kwam dat niet als een verrassing. Op de een of andere manier verwelkomde ze de pijn. Het was gemakkelijker om in zekerheid met de pijn om te gaan, dan om angstig op het onbekende te wachten.

Het tweede gesprek van Tord Pedersen kwam slechts een paar uur nadat Patrik met Martin had gepraat. Mona Thernblad, het tweede in 1979 verdwenen meisje, was een van de skeletten die in de Koningskloof was gevonden.

Patrik en Martin namen samen de informatie door die ze tijdens het onderzoek hadden verzameld. Mellberg schitterde door afwezigheid, maar het golftoernooi van Gösta Flygare was afgelopen, hij was weer aan het werk. Hij behoorde niet tot de winnaars, maar had tot zijn grote verbazing en vreugde een hole-in-one geslagen en was daarom in het clubhuis op champagne getrakteerd. Martin en Patrik hadden al drie keer tot in het kleinste detail moeten aanhoren hoe de bal in één keer in de zestiende hole was gevlogen, en ze twijfelden er niet aan dat ze het verhaal voor het eind van de dag nog verschillende keren te horen zouden krijgen. Maar dat was niet zo erg, ze gunden het Gösta en Patrik gaf hem nog even respijt voor ze hem bij het onderzoek betrokken. Op dit moment zat Gösta dus al zijn golfkennissen te bellen om hen over De Grote Gebeurtenis te vertellen.

'Er is dus een klootzak die eerst de botten van die meisjes breekt voordat hij ze vermoordt,' zei Martin. 'En hen met een mes snijdt,' voegde hij eraan toe.

'Ja, daar heeft het inderdaad alles van weg. Ik gok op een seksueel motief. Een sadistische klootzak die geilt op andermans pijn. Het feit dat er op Tanja sperma is aangetroffen, wijst daar ook op.'

'Ga jij met Mona's familie praten? Ik bedoel, ga jij ze vertellen dat we haar hebben gevonden?'

Martin keek bezorgd en Patrik stelde hem gerust door te bevestigen dat hij die taak op zich zou nemen.

'Ik was van plan vanmiddag naar haar vader te gaan. Haar moeder is al jaren geleden overleden, ik hoef het dus alleen aan hem te vertellen.'

'Hoe weet je dat? Ken je ze?'

'Nee, maar Erica heeft gisteren in de bibliotheek van Fjällbacka alles verzameld wat er in de pers over Siv en Mona is verschenen. Er is regelmatig over de verdwijningen geschreven en een paar jaar geleden is er een interview met de families gepubliceerd. Alleen Mona's vader leeft nog en Siv had alleen haar moeder toen ze verdween. Er was ook een dochtertje, met haar wil ik praten zodra we bevestigd krijgen dat Siv de andere vrouw is.'

'Het zou toch verdomd toevallig zijn als het iemand anders is?'

'Ja, ik ga ervan uit dat zij het is, maar we hebben nog geen zekerheid. Er zijn gekkere dingen gebeurd.'

Patrik zocht in de stapel papieren die Erica voor hem had opgeduikeld, en legde een paar vellen in de vorm van een waaier voor zich op het bureau. Daar lag ook de onderzoeksmap die hij in het kelderarchief had gevonden, en nu wilde hij de informatie die ze over de verdwijningen van de meisjes hadden gevonden vergelijken. In de krantenartikelen stond veel wat niet in het onderzoeksmateriaal werd vermeld, dus beide bronnen samen gaven een zo volledig mogelijk beeld van wat er tot nu toe bekend was.

'Kijk hier eens. Siv verdween in de midzomernacht van 1979 en Mona verdween twee weken later.'

Om het materiaal te structureren en een duidelijker beeld te krijgen, stond Patrik op van zijn bureaustoel en begon op het bord aan de muur te schrijven.

'De laatste keer dat Siv Lantin levend is gezien, was toen ze naar huis fietste na een avondje stappen met haar vrienden. De allerlaatste getuigenverklaring beschrijft hoe ze afslaat van de grote weg en richting Bräcke fietst. Toen was het twee uur 's nachts en ze werd gezien door een chauffeur die haar in zijn auto inhaalde. Daarna heeft niemand meer iets van haar vernomen.'

'De informatie van Gabriël Hult buiten beschouwing gelaten,' voegde Martin eraan toe.

Patrik knikte instemmend. 'Ja, als je de getuigenis van Gabriël Hult buiten beschouwing laat, en dat moeten we voorlopig maar doen.' Hij vervolgde: 'Mona Thernblad verdween twee weken later, in tegenstelling tot Siv op klaarlichte dag. Ze verliet haar huis rond drie uur 's middags om te gaan joggen, en kwam nooit meer terug. Een van haar gymschoenen werd langs haar gebruikelijke looproute gevonden, verder niets.'

'Waren er overeenkomsten tussen de beide meisjes? Behalve dat ze ongeveer even oud waren.'

Patrik moest glimlachen. 'Ik begrijp dat je regelmatig naar tv-programma's over daderprofielen kijkt. Helaas moet ik je teleurstellen. Als we met een seriemoordenaar te maken hebben, want ik neem aan dat je daarop doelt, vertonen de meisjes in elk geval geen duidelijke uiterlijke overeenkomsten.' Hij klemde twee zwart-witfoto's op het bord.

'Siv was negentien, klein, donker en mollig. Ze had de naam nogal makkelijk met jongens om te gaan en zorgde voor een klein schandaal toen ze op haar zeventiende een kind kreeg. Zowel zij als het kind woonde bij haar moeder, maar volgens de kranten ging Siv vaak stappen en vond ze het helemaal niet leuk om thuis te zitten. Mona daarentegen wordt beschreven als een welopgevoed meisje dat het goed deed op school, veel vrienden had en bij iedereen populair was. Ze was lang en blond, en trainde veel. Achttien jaar oud, maar ze woonde nog steeds bij haar ouders omdat haar moeder ziekelijk was en haar vader niet in zijn eentje voor zijn vrouw kon zorgen. Het lijkt erop dat niemand iets slechts over haar kon zeggen. De enige overeenkomst tussen deze meisjes is dat ze meer dan twintig jaar geleden spoorloos van de aardbodem zijn verdwenen en nu als skeletten opduiken in de

Koningskloof.'

Martin leunde nadenkend met zijn hoofd tegen zijn hand. Patrik en hij bestudeerden nog een poosje zwijgend de krantenknipsels en de aantekeningen op het bord. Ze dachten beiden aan de jonge meisjes, ze hadden nog zoveel jaren voor zich gehad als het kwaad hun pad niet had gekruist. En nu Tanja, van wie ze nog geen foto hadden toen ze nog leefde. Ook een jong meisje, met een leven waarover ze naar eigen wens kon beschikken. Maar zij was nu ook dood.

'Er zijn toentertijd enorm veel mensen ondervraagd.' Patrik pakte een dikke stapel getypte vellen papier uit de map. 'Vrienden en familie van de meisjes zijn verhoord. Er zijn buurtonderzoeken verricht en het gewone geboefte is ook aan de tand gevoeld. Voor zover ik kan zien, zijn er rond de honderd verhoren afgenomen.'

'Hebben die iets opgeleverd?'

'Nee, niets. En toen kwam de tip van Gabriël Hult. Hij belde de politie zelf op om te vertellen dat hij Siv in de auto van zijn broer had gezien, in de nacht dat ze verdween.'

'En? Dat was toch niet voldoende om hem van moord te verdenken?'

'Nee, maar toen Gabriëls broer, Johannes Hult, werd verhoord, ontkende hij dat hij haar had gesproken of gezien en bij gebrek aan hetere sporen, koos men ervoor zich op hem te concentreren.'

'Heeft dat ergens toe geleid?' Martin had zijn ogen van pure fascinatie wijd opengesperd.

'Nee, er kwam verder niets naar boven. En een paar maanden later hing Johannes Hult zich in zijn schuur op, dus je kunt wel zeggen dat dat spoor heel koud werd.'

'Mysterieus dat hij zo kort na die gebeurtenissen zelfmoord pleegde.'

'Ja, maar als hij de dader was, heeft zijn geest Tanja vermoord. Dode mannen moorden niet...'

'En hoe zat het met de broer die zijn eigen vlees en bloed aangeeft? Waarom zou iemand zoiets doen?' Martin fronste zijn voorhoofd. 'Wat stom van me! Hult – dat moet familie zijn van Johan en Robert, onze oudgedienden van het dievengilde.'

'Ja, dat klopt. Johannes was hun vader. Sinds ik het een en ander over de familie Hult heb gelezen, begrijp ik iets beter hoe het komt dat Johan en Robert ons zo vaak bezoeken. Ze waren slechts vijf en zes jaar oud toen Johannes zich ophing, en Robert was degene die hem vond. Je kunt je bijna niet voorstellen wat voor invloed dat op een jochie van zes moet hebben gehad.'

'Zeg dat wel.' Martin schudde zijn hoofd. 'Ik heb koffie nodig voordat we verder gaan, ik moet mijn cafeïnegehalte op peil houden. Wil jij ook een kopje?'

Patrik knikte en even later kwam Martin terug met twee koppen dampende koffie. Voor de verandering was het weer voor iets warms.

Patrik vervolgde zijn verhaal. 'Johannes en Gabriël zijn de zonen van ene Ephraïm Hult, ook wel de Predikant genoemd. Ephraïm was een bekende, of zo je wilt beruchte, vrijkerkelijke predikant in Göteborg. Hij organiseerde grote bijeenkomsten waarop hij zijn zonen, die toen nog klein waren, in tongen liet spreken en zieken en kreupelen liet genezen. Hij werd door de meeste mensen als een bedrieger en charlatan beschouwd, maar won wel de hoofdprijs toen een van de vrouwen in zijn trouwe gemeente, Margareta

Dybling, na haar overlijden haar hele bezit aan hem naliet. Behalve een aanzienlijke som geld had ze ook een groot stuk bosgrond en een pompeus landhuis in de buurt van Fjällbacka aan hem vermaakt. Ephraïm verloor plotseling alle zin om Gods woord te verspreiden, verhuisde met zijn zonen hierheen en sindsdien leeft de familie op het geld van de oude dame.'

Het bord stond nu vol aantekeningen en Patriks bureau was bezaaid met papieren.

'Een beetje familiegeschiedenis is best interessant, maar wat heeft het met de moorden te maken? Johannes is twintig jaar vóór de moord op Tanja overleden en dode mannen moorden niet, zoals je het zo welbespraakt uitdrukte.' Martin had moeite om zijn ongeduld te verbergen.

'Dat is waar, maar ik heb al het oude materiaal doorgenomen en Gabriëls getuigenverklaring is eigenlijk het enige interessante dat uit het oude onderzoek naar voren komt. Ik had ook gehoopt met Errold Lind te kunnen praten, die destijds verantwoordelijk was voor het onderzoek, maar hij is helaas in 1989 aan een hartaanval overleden, dus dit materiaal is alles wat we hebben. Tenzij jij een beter idee hebt, stel ik voor dat we eerst proberen wat meer over Tanja te weten te komen. Verder gaan we met de nog in leven zijnde ouders van Siv en Mona praten, en daarna beslissen we of het de moeite waard is om ons weer op Gabriël Hult te richten.'

'Dat klinkt zinvol. Waar zal ik mee beginnen?'

'Begin met de informatie over Tanja. En zet Gösta vanaf morgen ook aan het werk. Dan zijn zijn goede tijden voorbij.'

'En Mellberg en Ernst? Wat doe je met hen?'

Patrik slaakte een zucht. 'Mijn strategie is hen er zoveel mogelijk buiten te houden. Dat betekent dat wij drieën meer moeten doen, maar ik denk dat we er op de lange termijn baat bij hebben. Mellberg is alleen maar blij als hij niets hoeft te doen en in principe heeft hij dit onderzoek aan mij overgedragen. Ernst kan doorgaan met de dingen die hij doet, dat wil zeggen zoveel mogelijk de lopende aangiften afhandelen. Als hij hulp nodig heeft sturen we Gösta, jij en ik houden als het enigszins kan onze handen vrij voor dit onderzoek. Begrepen?'

Martin knikte enthousiast. *'Yes, boss.'*

'Oké, aan de slag.'

Toen Martin zijn kamer had verlaten ging Patrik met zijn gezicht naar het bord zitten. Hij vouwde zijn handen achter zijn hoofd en verzonk in gedachten. Ze hadden een zware taak voor de boeg en ze hadden maar weinig ervaring met moordonderzoeken, en in een aanval van vertwijfeling zonk de moed hem in de schoenen. Hij hoopte van ganser harte dat het gebrek aan ervaring gecompenseerd kon worden door enthousiasme. Martin ging ervoor en hij zou ervoor zorgen dat Flygare uit zijn doornroosjesslaap werd gewekt. Als het hen ook nog lukte Mellberg en Ernst op afstand te houden, maakten ze volgens Patrik wellicht een kans om de zaken op te lossen. Al was die kans niet groot, vooral omdat het spoor van twee van de moorden zo koud was dat het wel bevroren leek. Hij wist dat ze de meeste kans maakten als ze zich op Tanja concentreerden, maar zijn instinct zei hem dat er zo'n sterk en wezenlijk verband tussen de moorden bestond dat ze parallel onderzocht moesten worden. Het zou niet makkelijk zijn om het oude onderzoek nieuw leven in te blazen, maar ze waren genoodzaakt het te proberen.

Hij pakte een paraplu uit de paraplubak, zocht in het telefoonboek een adres op en begaf zich met bezwaard gemoed op pad. Sommige dingen die hij moest doen, waren onmenselijk.

De regen trommelde hardnekkig tegen de ruiten, en onder andere omstandigheden zou Erica de verkoeling hebben verwelkomd. Maar het lot en opdringerige familieleden beslisten anders en zo werd ze langzaam maar zeker naar de rand van de waanzin gedreven.

De kinderen renden als gekken rond, het leek wel of ze gefrustreerd waren omdat ze binnen moesten blijven, en Conny en Britta hadden zich als in het nauw gedreven honden tegen elkaar gekeerd. Het was nog niet geëscaleerd in een regelrechte ruzie, maar het gekibbel werd steeds erger en had het niveau van briesen en snauwen bereikt. Oude koeien werden uit de sloot gehaald en Erica had het liefst boven een deken over haar hoofd getrokken. Maar wederom dwong haar goede opvoeding haar met een dreigend vingertje om zich midden in het oorlogsgebied beschaafd te gedragen.

Ze had vol verlangen naar de deur gekeken toen Patrik naar zijn werk ging. Hij had niet kunnen verbergen hoe opgelucht hij was naar het politiebureau te kunnen vluchten, en eventjes was ze in de verleiding gekomen om zijn belofte van gisteren dat hij thuis zou blijven als zij dat vroeg, te testen. Maar ze wist dat het niet goed was om dat te doen omdat zij niet alleen gelaten wilde worden met 'de vreselijke vier', dus zwaaide ze hem, als een plichtsgetrouw huisvrouwtje, door het keukenraam uit toen hij wegreed.

Het huis was niet zo groot, en de rommel begon catastrofale vormen aan te nemen. Ze had wat gezelschapsspellen voor de kinderen tevoorschijn gehaald, maar dat had er alleen maar toe geleid dat de letterblokjes van het scrabblespel samen met monopoly-huizen en speelkaarten door de hele woonkamer verspreid lagen. Moeizaam bukte ze zich, pakte de spullen op en probeerde een beetje orde in de kamer aan te brengen. De conversatie tussen Britta en Conny op de veranda werd steeds verhitter en ze begon te begrijpen waarom de kinderen geen manieren kenden. Als ouders zich als kinderen van vijf gedroegen, was het niet makkelijk om de echte kinderen te leren anderen en andermans bezittingen te respecteren. Was deze dag maar vast voorbij! Zodra het ophield met regenen zou ze de familie Flood wegsturen. Goede opvoeding en gastvrijheid ten spijt, alleen de Heilige Birgitta zou zich kunnen inhouden als dit gezin nog veel langer bleef.

De druppel die de emmer deed overlopen kwam tijdens de lunch. Met zere voeten en een zeurende pijn in haar onderrug had Erica een uur aan het fornuis gestaan om een maaltijd te bereiden die zowel aan Conny's gulzige eetlust als aan de kieskeurigheid van de kinderen voldeed, en ze dacht zelf dat haar dat vrij goed was gelukt. Gegratineerde worst en macaroni in witte saus moest volgens haar alle partijen tevredenstellen, maar algauw bleek dat ze er helemaal naast zat.

'Bah, ik haat deze worst. Gatver!' Lisa schoof demonstratief haar bord opzij en sloeg met een zuur gezicht haar armen over elkaar.

'Jammer voor je, want dit is wat je kunt krijgen.' Erica sprak met vaste stem.

'Maar ik heb hónger. Ik wil wat anders!'

'Er is niets anders. Als je de worst niet lekker vindt, eet dan de macaroni maar met ketchup.' Erica deed haar best haar stem mild te laten klinken, maar inwendig kookte ze.

'De macaroni is vies! Ik wil iets anders. Mamaaaa!'

'Zou je haar misschien iets anders kunnen geven?' Britta gaf haar kleine zeurpiet een aai over haar wang en werd beloond met een glimlach. Overtuigd van haar overwinning keek Lisa Erica met rode triomfwangen sommerend aan. Maar nu was de grens overschreden. Nu was het oorlog.

'Er is niets anders. Of je eet wat er voor je staat, of je eet niets.'

'Maar Erica toch, dat vind ik onredelijk van je. Conny, vertel haar hoe we het thuis doen, wat ons opvoedingsbeleid is.' Maar Britta wachtte niet op zijn antwoord. 'Wij dwingen onze kinderen nergens toe, dwang remt hun ontwikkeling. Als mijn Lisa iets anders wil, vinden wij dat ze dat moet krijgen. Ik bedoel, ze is een individu en heeft evenveel recht om zich uit te drukken als wij. Wat zou jij ervan vinden als iemand je eten opdrong dat je niet wilt? Ik denk niet dat je dat zou accepteren.'

Britta doceerde met haar beste psychologenstem, maar voor Erica was de maat vol. Met een ijskoude kalmte pakte ze het bord van het kind, tilde het boven Britta's hoofd en kiepte het om. De onthutsing toen de macaroni met witte saus over haar haren stroomde en in haar bloes kroop, deed Britta midden in een zin zwijgen.

Tien minuten later waren ze weg. Vermoedelijk om nooit meer terug te komen. En waarschijnlijk zou Erica nu bij dat deel van de familie op de zwarte lijst belanden, maar met de beste wil van de wereld kon ze daar niet rouwig om zijn. Ze schaamde zich ook niet, hoewel haar gedrag in het gunstigste geval kinderachtig genoemd kon worden. Het was een heerlijk gevoel geweest om de agressie die zich de afgelopen twee dagen had opgebouwd, de vrije loop te laten en ze peinsde er niet over haar excuses aan te bieden.

Ze was van plan de rest van de dag met een goed boek en de eerste kop thee van de zomer op de veranda door te brengen. Het leven voelde opeens veel lichter.

Hoewel de serre maar klein was, kon de prachtige begroeiing zich meten met de mooiste tuinen. Elke bloem was liefdevol uit zaadjes of door stekken gekweekt, en dankzij de hete zomer was de atmosfeer nu bijna tropisch. In een hoek van de serre teelde hij groenten en er ging niets boven het plukken van eigenhandig geteelde tomaten, pompoenen, uien en zelfs meloenen en druiven.

Het kleine rijtjeshuis lag aan de Dinglevägen, bij de zuidelijke invalsweg naar Fjällbacka; het was niet groot maar functioneel. Zijn serre viel tussen de meer bescheiden pogingen van de overige bewoners van de rijtjeshuizen op als een groen uitroepteken.

Alleen als hij in zijn serre zat, miste hij het oude huis niet. Het huis waarin hij zelf was opgegroeid en waar hij later met zijn vrouw en dochter had gewoond. Die waren beiden dood, en in zijn eenzaamheid was het verdriet steeds groter geworden, tot hij op een dag had beseft dat hij ook afscheid moest nemen van het huis en alle herinneringen die in de muren zaten.

Het rijtjeshuis bezat natuurlijk niet de persoonlijkheid van het oude huis waarvan hij zoveel had gehouden, maar juist door die onpersoonlijkheid werd de pijn in zijn borst verzacht, tegenwoordig leek het verdriet vooral op een dof geremmel dat altijd op de achtergrond te horen was.

Toen Mona verdween, dacht hij dat Linnea van verdriet zou sterven. Ze had voor die tijd al een zwakke gezondheid gehad, maar ze was taaier gebleken dan hij had verwacht. Ze bleef nog tien jaar leven. Voor hem, dat wist hij zeker. Ze wilde hem niet alleen laten met het verdriet. Elke dag opnieuw vocht ze om in leven te blijven, al was dat leven voor hen beiden slechts een schaduwbestaan geworden.

Mona was het licht in hun leven geweest. Ze werd geboren toen ze allebei de hoop op kinderen hadden opgegeven, en er kwamen er ook niet meer. Alle liefde die ze konden opbrengen werd belichaamd in dat blonde, vrolijke wezen, wier lach vuurtjes in zijn hart deed branden. Dat ze zomaar kon verdwijnen kwam hem volstrekt onbegrijpelijk voor. Toen had het gevoeld alsof de zon niet langer had mogen schijnen. Alsof de hemel op de aarde had moeten vallen. Maar er gebeurde niets. Buiten hun treurige huis ging het leven gewoon verder. Mensen lachten, leefden en werkten. Maar Mona was weg.

Ze leefden lang op de hoop. Misschien was ze ergens. Misschien had ze er zelf voor gekozen te verdwijnen en leefde ze een leven zonder hen. Tegelijkertijd kenden ze de waarheid. Het andere meisje was vlak daarvoor verdwenen en dat was te toevallig om jezelf voor de gek te kunnen houden. Bovendien was Mona niet het soort meisje dat hen zo'n verdriet zou aandoen. Ze was lief en beminnelijk en deed al het mogelijke om voor hen te zorgen.

De dag dat Linnea stierf, kreeg hij het definitieve bewijs dat Mona in de hemel was. Door de ziekte en het verdriet was zijn geliefde vrouw slechts een schaduw van haar vroegere zelf geworden, en toen ze in haar bed lag en zijn hand vasthield, wist hij dat dit de dag was waarop hij alleen zou achterblijven. Na uren waken had ze nog een laatste keer zijn hand gestreeld en toen had zich een glimlach over haar gezicht verspreid. Het licht dat op datzelfde moment in Linnea's ogen begon te branden, was een licht dat hij al tien jaar niet meer had gezien. Niet sinds ze de laatste keer naar Mona had gekeken. Ze richtte haar blik op iets achter hem en stierf. Toen wist hij het zeker. Linnea stierf gelukkig omdat hun dochter haar in de tunnel tegemoetkwam. Dat maakte de eenzaamheid op veel manieren draaglijker. Nu waren in elk geval de twee mensen van wie hij het meest had gehouden bij elkaar. Het was slechts een kwestie van tijd tot hij met hen herenigd zou worden. Hij verheugde zich op die dag, maar tot die tijd was het zijn plicht om naar beste vermogen zijn leven te leiden. God had niet veel begrip voor loochenaars en hij durfde niets te ondernemen wat zijn plaats in de hemel, naast Linnea en Mona, in gevaar kon brengen.

Een klop op de deur onderbrak zijn melancholieke gedachten. Moeizaam stond hij op uit de fauteuil en leunend op zijn stok baande hij zich een weg door het groen, door de hal, naar de voordeur. Een ernstige jongeman stond voor de deur, hij had zijn hand geheven om nog een keer te kloppen.

'Albert Thernblad?'

'Ja, dat ben ik. Maar als u iets wilt verkopen, zeg ik nu al nee.'

De man glimlachte. 'Nee, ik kom niets verkopen. Ik ben Patrik Hedström en ik werk bij de politie. Mag ik even binnenkomen?'

Albert zei niets, maar deed een stap opzij om Patrik binnen te laten. Hij ging hem voor naar de serre en gebaarde dat de politieman op de bank kon plaatsnemen. Hij had niet gevraagd wat de reden van Patriks komst was, dat was niet nodig. Hij had meer dan twintig jaar op dit bezoek gewacht.

'Wat een prachtige planten. Ik kan wel zien dat u groene vingers hebt.' Patrik lachte nerveus.

Albert zei niets maar keek Patrik met vriendelijke ogen aan. Hij begreep dat het voor de politieman niet makkelijk was om zijn nieuws te komen brengen, maar hij hoefde zich geen zorgen te maken. Na zoveel jaren wachten was het alleen maar goed om het eindelijk te weten. Het verdriet had hij al gehad.

'Ja, het is zo dat we uw dochter hebben gevonden.' Patrik schraapte zijn keel en begon overnieuw. 'We hebben uw dochter gevonden en we kunnen bevestigen dat ze vermoord is.'

Albert knikte alleen maar. Hij voelde rust in zijn gemoed. Eindelijk zou hij haar te ruste kunnen leggen. Dan was er een graf waar hij heen kon gaan. Hij zou haar naast Linnea leggen.

'Waar hebben jullie haar gevonden?'

'In de Koningskloof.'

'De Koningskloof?' Albert fronste zijn voorhoofd. 'Als ze daar lag, waarom is ze dan niet eerder gevonden? Daar komen tegen toch heel veel mensen.'

Patrik Hedström vertelde hem over de vermoorde Duitse toeriste en dat ze Siv waarschijnlijk ook hadden gevonden. Dat ze dachten dat iemand Mona en Siv daar 's nachts had neergelegd, maar dat ze al die jaren eigenlijk ergens anders hadden gelegen.

Albert kwam tegenwoordig niet meer zo vaak in het dorp, en in tegenstelling tot de rest van Fjällbacka had hij niets over de moord op het Duitse meisje gehoord. Het eerste dat hij voelde toen hij hoorde wat haar was overkomen, was een stomp in zijn maagstreek. Ergens zou iemand hetzelfde verdriet voelen dat hij en Linnea hadden gehad. Ergens waren een vader en een moeder die hun dochter nooit meer zouden zien. Dat overschaduwde het nieuws over Mona. Vergeleken met de familie van het dode meisje had hij geluk; voor hem was het verdriet inmiddels dof geworden, het had geen scherpe randjes meer. Zij hadden nog vele jaren te gaan voordat ze zover waren, en zijn hart ging naar hen uit.

'Is het bekend wie dit heeft gedaan?'

'Helaas niet. Maar we zullen doen wat in ons vermogen ligt om daarachter te komen.'

'Weet u of het dezelfde persoon is?'

De politieman schudde zijn hoofd. 'Nee, ook dat weten we nog niet zeker. Er zijn bepaalde overeenkomsten, dat is alles wat ik op dit moment kan zeggen.'

Patrik keek bezorgd naar de oude man voor hem. 'Kan ik iemand bellen? Iemand die u gezelschap kan komen houden?'

De glimlach was vriendelijk en vaderlijk. 'Nee, er is niemand.'

'Zal ik de dominee vragen of hij langs wil komen?'

Wederom dezelfde vriendelijke glimlach. 'Nee dank u, ik heb geen dominee nodig. Maakt u zich maar geen zorgen, ik heb deze dag in gedachten al zo vaak meegemaakt, dit komt niet als een schok. Ik wil hier gewoon rustig bij mijn planten nadenken. Ik heb niets te klagen. Ik ben misschien wel oud, maar ook taai.'

Hij legde zijn hand op die van de politieman, alsof hij degene was die troost gaf. En misschien was dat ook wel zo.

'Als u er geen bezwaar tegen hebt zou ik u een paar foto's van Mona willen laten zien, en wat over haar vertellen. Zodat u écht begrijpt hoe ze was toen ze nog leefde.'

Zonder te aarzelen knikte de jonge man, en Albert strompelde weg om de oude albums te pakken. Ruim een uur liet hij foto's zien en vertelde hij over zijn dochter. Dit was het beste uur dat hij in tijden had meegemaakt, en hij realiseerde zich dat hij zich veel te lang zijn herinneringen had onthouden.

Toen ze bij de voordeur afscheid namen, drukte hij Patrik een foto in de hand. Daarop stond Mona, op haar vijfde verjaardag met een grote taart met vijf kaarsjes voor zich en een glimlach van oor tot oor. Ze was betoverend lief met haar blonde krullen en ogen die glinsterden van levenslust. Het was voor Albert belangrijk dat de politiebeambten dat beeld op hun netvlies hadden staan als ze de moordenaar van zijn dochter zochten.

Toen de politieman was vertrokken, ging Albert weer in de serre zitten. Hij deed zijn ogen dicht en snoof de zoete bloemengeur op. Vervolgens viel hij in slaap en droomde van een lange lichte tunnel, waarin Mona en Linnea als schaduwen aan het eind op hem stonden te wachten. Hij dacht dat hij hen zag zwaaien.

De deur naar zijn werkkamer vloog met een klap open. Solveig stormde naar binnen en achter haar zag hij Laine aan komen rennen, hulpeloos met haar handen zwaaiend.

'Jij klootzak. Jij godvergeten lul!'

Hij zette automatisch een scheef gezicht vanwege het taalgebruik. Hij vond het uiterst onaangenaam als mensen in zijn nabijheid sterke gevoelens toonden, en hij had geen consideratie met dit soort taalgebruik.

'Wat is er aan de hand? Solveig, ik vind dat je tot bedaren moet komen en niet op deze manier tegen mij mag praten.'

Hij realiseerde zich te laat dat de belerende toon die voor hem zo natuurlijk was, haar alleen maar verder opwond. Het leek alsof ze hem naar de keel wilde vliegen en voor de zekerheid trok hij zich achter zijn bureau terug.

'Tot bedaren komen! Zeg jij dat ik tot bedaren moet komen, schijnheilige klootzak! Slappe lul!'

Hij zag dat ze ervan genoot hem bij elk schuttingwoord te zien huiveren, en achter haar werd Laine alsmaar bleker.

Solveig liet haar stem een beetje dalen maar nu sloop er een gemene toon in. 'Wat is er, Gabriël? Waarom kijk je zo bedrukt? Je vond het vroeger toch zo fijn als ik vieze woorden in je oor fluisterde, daar werd je geil van. Weet je dat nog, Gabriël?'

De woorden kwamen sissend uit Solveigs mond terwijl ze het bureau naderde.

'Er is helemaal geen reden om met die oude koek aan te komen zetten.

Heb je me iets te vertellen, of ben je als gewoonlijk alleen maar dronken en vervelend?'

'Of ik je iets te vertellen heb? Ja, daar kun je donder op zeggen. Ik was in Fjällbacka en raad eens wat ik daar hoorde? Ze hebben Mona en Siv gevonden.'

Gabriël schrok en de onthutsing stond duidelijk op zijn gezicht geschreven.

'Hebben ze de meisjes gevonden? Waar dan?'

Solveig leunde over het bureau, steunend op haar handen, zodat haar gezicht slechts een paar centimeter van dat van Gabriël verwijderd was.

'In de Koningskloof. Samen met een jonge Duitse die vermoord is. En ze denken dat de moordenaar een en dezelfde is. Je moet je schamen, Gabriël Hult. Je moet je schamen omdat je je broer hebt beschuldigd, je eigen vlees en bloed. Hij heeft in de ogen van alle mensen de schuld gedragen, hoewel er nooit een greintje bewijs tegen hem was. Al dat wijzen en fluisteren achter zijn rug heeft hem gebroken. Maar jij wist misschien wel dat het zo zou gaan. Jij wist dat hij zwak was. En gevoelig. Hij kon de schande niet verdragen en heeft zich opgehangen, en het zou me niet verbazen als dat precies was waarop jij had gerekend toen je de politie belde. Je kon het niet verdragen dat Ephraïm meer van hem hield.'

Solveig prikte Gabriël zo hard in zijn borst dat hij bij elke stoot verder naar achteren werd gedrukt. Hij stond al met zijn rug tegen de vensterbank en kon haar niet langer ontwijken. Hij zat gevangen. Met zijn ogen probeerde hij Laine te kennen te geven dat ze iets aan de onbehaaglijke situatie moest doen, maar zoals altijd stond ze alleen maar hulpeloos toe te kijken.

'Mijn Johannes was altijd geliefder dan jij, bij iedereen, en dat kon je niet hebben, hè?' Solveig verwachtte geen antwoord op haar opmerkingen die gemaskeerd waren als vragen, en ging verder met haar monoloog. 'Zelfs toen Ephraïm hem onterfde, bleef hij meer van Johannes houden. Voor jou was het landgoed en het geld, maar de liefde van je vader kon je nooit krijgen. Hoewel jij voor het landgoed werkte, terwijl Johannes de bloemetjes buiten zette. En toen pakte hij je ook nog je verloofde af, dat was de druppel, nietwaar? Begon je hem toen te haten, Gabriël? Begon je je broer toen te haten? Zeker, het was misschien onrechtvaardig, maar dat gaf jou nog niet het recht te doen wat je hebt gedaan. Je hebt Johannes' leven kapotgemaakt, en het mijne en dat van mijn kinderen trouwens ook. Dacht je dat ik niet wist waar de jongens zich mee bezighouden? En dat is jouw schuld, Gabriël Hult. Maar eindelijk zullen de mensen weten dat Johannes niet heeft gedaan waar ze al die jaren over hebben gefluisterd. Eindelijk zullen de jongens en ik weer met opgeheven hoofd kunnen lopen.'

De woede leek eindelijk weg te ebben en in plaats daarvan kwamen de tranen. Gabriël wist niet wat erger was. Heel even had hij in haar woede een flits van de oude Solveig gezien. De mooie schoonheidskoningin, hij was zo trots geweest dat zij zijn verloofde was, tot zijn broer haar afpakte, zoals hij alles pakte wat hij wilde hebben. Toen de woede plaatsmaakte voor tranen, liep Solveig leeg als een lekke ballon en zag hij de vette, onverzorgde slons weer die haar dagen vulde met zelfmedelijden.

'Dat je mag branden in de hel, Gabriël Hult, samen met je vader.'

Ze fluisterde de woorden en verdween even snel als ze was gekomen. Gabriël en Laine bleven achter. Hij had het gevoel alsof hij door een shellshock was getroffen. Zwaar ging hij op de bureaustoel zitten en keek zonder iets te zeggen naar zijn vrouw. Ze wisselden een blik van verstandhouding. Ze begrepen beiden wat het betekende dat oude botten letterlijk weer naar de oppervlakte waren gekomen.

IJverig en vol vertrouwen begon Martin aan de taak om Tanja Schmidt, zoals ze volgens haar paspoort heette, te leren kennen. Liese had op hun verzoek Tanja's spullen naar het bureau gebracht en hij had haar rugzak grondig doorzocht. Haar paspoort had helemaal onderin gelegen. Het zag er nieuw uit en had maar weinig stempels, eigenlijk alleen stempels van de route tussen Duitsland en Zweden. Of ze was nooit eerder buiten de grenzen van Duitsland geweest, of ze had om de een of andere reden een nieuw paspoort gekregen.

De pasfoto was verbazingwekkend goed. Martin oordeelde dat ze er leuk had uitgezien, misschien een beetje aan de ordinaire kant. Bruine ogen en bruin haar dat net over haar schouders reikte. Een meter vijfenzestig, normaal postuur, wat dat ook mocht betekenen.

Verder had de rugzak niets interessants onthuld. Schone kleren, een paar versleten pockets, toiletspullen en snoeppapiertjes. Helemaal niets persoonlijks, wat hij op zich een beetje vreemd vond. Zou je niet op zijn minst een foto van je familie of vriendje bij je moeten hebben, of een adresboek? Maar ze hadden natuurlijk wel een handtas bij het lichaam gevonden. Liese had bevestigd dat Tanja een rode handtas had gehad. Waarschijnlijk had ze haar persoonlijke spullen daarin bewaard, maar die waren nu weg. Kon het om een beroving gaan? Of had de moordenaar haar persoonlijke spullen als souvenirs meegenomen? Op Discovery, in programma's over seriemoordenaars, had hij gezien dat ze vaak spullen van hun slachtoffers bewaarden, als onderdeel van het ritueel.

Martin wist dat hij te hard van stapel liep. Er was nog niets dat op een seriemoordenaar wees. Hij moest zich maar niet in dat gedachtespoor vastbijten.

Hij schreef puntsgewijs op hoe hij het onderzoek rond Tanja zou aanpakken. Ten eerste: contact opnemen met de Duitse politieautoriteiten, wat hij al had willen doen toen hij werd onderbroken door het telefoontje van Tord Pedersen. Daarna zou hij wat diepgaander met Liese praten en ten slotte zou hij Gösta vragen naar de camping te gaan om daar wat rond te vragen. Misschien had Tanja daar met iemand gepraat. Hoewel, misschien kon Patrik die opdracht beter aan Gösta geven. In dit onderzoek had Patrik de bevoegdheid om Gösta orders te geven, niet Martin. En dingen hadden de neiging veel vloeiender te verlopen als de juiste procedures werden gevolgd.

Opnieuw begon hij het nummer van de Duitse politie in te toetsen en deze keer kreeg hij contact. Het zou overdreven zijn om te zeggen dat het gesprek soepel verliep, maar toen hij ophing, was hij er vrij zeker van dat het hem gelukt was de relevante gegevens op de juiste manier over te brengen. Ze beloofden terug te bellen zodra ze meer informatie hadden. Hij dacht tenminste dat de persoon aan de andere kant van de lijn dat had gezegd. Als ze in de toekomst veelvuldig met de Duitse collega's moesten praten, waren ze waarschijnlijk genoodzaakt een tolk in te schakelen.

Omdat het vaak zoveel tijd kostte om informatie uit het buitenland te verkrijgen, had hij hier graag net zo'n goede internetverbinding willen hebben als thuis. Maar vanwege het hackinggevaar had het politiebureau niet eens een gewone modemverbinding. Hij besloot dat hij Tanja Schmidt thuis op het net in het Duitse telefoonboek zou opzoeken. Maar als hij het zich goed herinnerde, was Schmidt een van de meest voorkomende Duitse achternamen dus de kans dat het iets zou opleveren was klein.

Omdat hij toch op de informatie uit Duitsland moest wachten, kon hij net zo goed aan de slag met zijn volgende opdracht. Hij had Lieses mobiele nummer gekregen en hij belde haar om zich ervan te verzekeren dat ze er nog steeds was. Eigenlijk was ze helemaal niet verplicht te blijven, maar ze had beloofd de komende dagen niet verder te reizen zodat ze met haar konden praten.

Haar reis moest de meeste glans al hebben verloren. Volgens haar getuigenverklaring waren de twee meisjes elkaar in korte tijd heel na gaan staan. Nu zat ze in haar eentje in een tent op de camping van Sälvik in Fjällbacka, en haar reisgenote was vermoord. Misschien verkeerde zij ook in gevaar? Dat was een scenario waaraan Martin nog niet had gedacht. Misschien moest hij daar met Patrik over praten zodra die terug was op het bureau. Het leek best mogelijk dat de moordenaar de meisjes op de camping had gezien en het om de een of andere reden op allebei had voorzien. Maar hoe pasten Mona en Siv dan in het plaatje? Mona en eventuéél Siv, verbeterde hij zichzelf met-een. Als iets bijna zeker was, mocht je er nooit van uitgaan dat het ook daad-werkelijk zeker was, had een van de docenten op de politieacademie eens gezegd, en naar die stelling probeerde Martin altijd te handelen.

Bij nader inzien dacht hij ook niet dat Liese in gevaar verkeerde. Wederom hadden ze met waarschijnlijkheden te maken, en de waarschijnlijkheid sprak ervoor dat ze er alleen maar bij betrokken was geraakt op grond van een ongelukkig gekozen reisgenoot.

Ondanks zijn eerdere bezorgdheid besloot hij op een slimme manier te proberen Gösta wat concreet politiewerk te laten verrichten. Hij liep door de gang naar Gösta's kamer.

'Gösta, mag ik je even storen?'

Gösta zat nog steeds lyrisch over zijn prestatie op de golfbaan te telefone-ren en hing schuldbewust op toen Martin zijn hoofd om de deur stak.

'Ja?'

'Patrik heeft ons gevraagd naar de camping van Sälvik te gaan. Ik moet de reisgenoot van het slachtoffer spreken en jij moest wat rondvragen op de camping, geloof ik.'

Gösta bromde even voor de vorm, maar trok de juistheid van Martins bewering over Patriks verdeling van de taken niet in twijfel. Hij pakte zijn jack en volgde Martin naar diens auto. De stortbui was overgegaan in motregen, maar de lucht was helder en fris om in te ademen. Het voelde alsof weken van stof en hitte waren weggespoeld en alles zag er schoner uit dan anders.

'Laten we hopen dat deze regen maar tijdelijk is, anders komt er helemaal niets meer van golfen.'

Gösta zat met een zuur gezicht in de auto te foeteren, en Martin bedacht dat Gösta waarschijnlijk de enige was die een kleine onderbreking van de zomerhitte niet op prijs stelde.

'Tja, ik vind het best lekker. Die brandende hitte betekende bijna mijn einde. En denk eens aan Patriks vriendin. Het moet vreselijk vermoeiend zijn om midden in de zomer hoogzwanger te zijn. Ik zou het nooit hebben gered, dat is een ding dat zeker is.'

Martin kletste maar wat, hij wist dat Gösta de neiging had om nogal weinig te zeggen als het niet over golf ging. En omdat Martins kennis van het golfen niet verder ging dan dat hij wist dat de bal rond was en dat golfspelers meestal geïdentificeerd konden worden aan de hand van hun geruite clownsbroek, stelde hij zich erop in het gesprek in zijn eentje gaande te houden. Daarom duurde het even voordat hij merkte dat Gösta iets zei.

'De jongen werd begin augustus geboren, in net zo'n warme zomer als deze.'

'Heb jij een zoon, Gösta, dat wist ik helemaal niet.'

Martin zocht in zijn geheugen naar opmerkingen over Gösta's gezin. Hij wist dat Gösta's vrouw een paar jaar geleden was overleden, maar hij kon zich niet herinneren dat hij iets over kinderen had gehoord. Hij wendde zich met een verbaasde blik tot Gösta. Zijn collega beantwoordde de blik niet, maar keek naar zijn handen, die op zijn schoot lagen. Zonder dat hij daar erg in leek te hebben, draaide Gösta aan de gouden trouwring die hij nog steeds droeg. Het leek alsof hij Martins vraag niet had gehoord. In plaats daarvan ging hij met toonloze stem verder: 'Majbritt kwam dertig kilo aan. Ze werd zo groot als een huis. Ze kon zich ook niet bewegen in de warmte.

Op het eind zat ze alleen maar in de schaduw te hijgen en te puffen. Ik haalde de ene karaf water na de andere voor haar, maar het was alsof ik een kameel te drinken gaf, er kwam geen eind aan haar dorst.'

Hij begon te lachen, een grappige, introverte, liefdevolle lach, en Martin realiseerde zich dat Gösta zo diep in zijn herinneringen was verzonken dat hij niet langer tegen hem sprak. Gösta ging verder: 'De jongen was perfect toen hij werd geboren. Dik en mooi. Maar vervolgens ging alles zo snel.' Gösta draaide alsmaar sneller aan zijn trouwring. 'Ik was bij ze op bezoek in het ziekenhuis toen hij plotseling stopte met ademhalen. De hel brak los. Mensen kwamen van alle kanten aangesneld en haalden hem bij ons weg. We zagen hem pas weer toen hij in zijn kistje lag. Wat als het nog een keer mis zou gaan? Dat hadden we niet aangekund, Majbritt en ik, dus moesten we genoegen nemen met elkaar.'

Gösta schrok op alsof hij uit een trance ontwaakte. Hij keek Martin verwijtend aan, alsof het diens schuld was dat de woorden met hem op de loop waren gegaan.

'We hebben het hier niet meer over, begrepen? En het is ook niets waar jullie in de koffiepauze over hoeven te kletsen. Het is allemaal veertig jaar geleden gebeurd en niemand anders hoeft het te weten.'

Martin knikte, maar hij kon het niet laten Gösta een zacht klapje op de schouder te geven. De oudere man gromde even, maar Martin voelde toch dat er op dat moment een dunne band tussen hen ontstond, waar voorheen alleen een wederzijds gebrek aan respect was geweest. Gösta mocht nog steeds niet de beste politieman zijn die het korps had voortgebracht, dat betekende niet dat hij geen ervaring en kennis bezat waar een ander eventueel iets van zou kunnen leren.

Ze waren beiden opgelucht toen ze de camping bereikten. De stilte na grote ontboezemingen kon zwaar zijn, en de laatste vijf minuten had er in de auto een dergelijke stilte gehangen.

Gösta ging op pad, met zijn handen in zijn zakken en een mismoedig gezicht, om de campinggasten te ondervragen. Martin vroeg waar Lieses tent stond en die bleek nauwelijks groter dan een zakdoek. Ze lag ingeklemd tussen twee grotere tenten en leek daardoor nog kleiner. In de tent rechts van de hare was een gezin met kinderen luidruchtig aan het spelen en in de tent links zat een stevige jongen van een jaar of vijfentwintig onder de luifel een pilsje te drinken. Iedereen keek nieuwsgierig naar Martin toen hij op Lieses tent afliep.

Kloppen was geen alternatief en daarom riep hij zachtjes. Het geluid van een ritssluiting die werd opengetrokken, werd gevolgd door haar blonde hoofd dat door de opening naar buiten werd gestoken.

Twee uur later vertrokken ze weer zonder iets nieuws te hebben opgestoken. Liese had alleen maar kunnen herhalen wat ze op het bureau al aan Patrik had verteld, en geen van de andere campinggasten had iets bijzonders opgemerkt betreffende Tanja of Liese.

Maar Martin had iets gezien wat in zijn achterhoofd bleef zeuren. Hoewel hij koortsachtig naging wat hij allemaal op de camping had gezien, bleef hij in verwarring. Hij had iets gezien wat hij had moeten registreren. Hij trommelde geïrriteerd met zijn vingers op het stuur, maar moest het uiteindelijk opgeven.

De terugreis verliep in totale stilte.

Patrik hoopte dat hij later net zo zou worden als Albert Thernblad. Niet zo eenzaam natuurlijk, maar even elegant. Albert was na de dood van zijn vrouw niet in verval geraakt, wat heel vaak wel gebeurde bij oudere mannen die alleen kwamen te staan. In plaats daarvan was hij keurig gekleed in overhemd en vest, en zijn witte haren en baard waren goed verzorgd. Hoewel hij moeilijk liep, bewoog hij zich waardig, met opgeheven hoofd, en hoewel Patrik maar een klein deel van het huis had gezien, leek alles schoon en netjes. De manier waarop Albert met het nieuws over zijn gevonden dochter was omgegaan, had ook indruk gemaakt op Patrik. Je kon zien dat Albert vrede had gesloten met zijn lot en, gezien de omstandigheden, probeerde het beste van zijn leven te maken.

De foto's van Mona die Albert had laten zien, hadden Patrik diep geraakt. Zoals zo vaak had hij zich opnieuw gerealiseerd dat het veel te makkelijk was om de slachtoffers die hij tegenkwam tot een cijfer in de statistiek te reduceren, of hen een etiket op te plakken van 'eiser' of 'slachtoffer'. Het maakte niet uit of het ging om iemand die beroofd was of, zoals in dit geval, om een moordslachtoffer. Albert had helemaal gelijk gehad toen hij de foto's liet zien. Nu had Patrik Mona kunnen volgen, van baby in de kraamkliniek via mollige peuter en scholier tot de geslaagde eindexamenkandidaat en het opgewekte, gezonde meisje dat ze tot haar verdwijning was geweest.

Maar er was nog een meisje over wie hij meer te weten moest komen. Bovendien kende hij het dorp goed genoeg om te weten dat de geruchten al vleugels hadden gekregen en met de snelheid van de bliksem door het dorp vlogen. Hij kon ze maar beter voor zijn en met Siv Lantins moeder gaan praten, hoewel ze nog niet bevestigd hadden gekregen dat het werkelijk om Siv ging. Voor de zekerheid had hij ook haar adres opgezocht voordat hij het politiebureau verliet. Het was een beetje moeilijker geweest om haar te vinden, omdat Gun niet langer Lantin heette; ze was kennelijk hertrouwd, of getrouwd, dat wist hij niet. Na enig speurwerk had hij ontdekt dat ze tegenwoordig Struwer heette, en dat er aan de Norra Hamngatan in Fjällbacka een zomerhuis op naam van Gun en Lars Struwer stond. De naam Struwer kwam hem bekend voor, maar hij wist niet goed waarvan.

Hij had geluk en vond een parkeerplaats bij het Badrestaurant, de laatste honderd meter legde hij te voet af. 's Zomers was in de Norra Hamngatan alleen eenrichtingsverkeer toegestaan, maar op het kleine stukje dat hij liep, kwam hij drie idioten tegen die kennelijk geen verkeersborden konden lezen en hem dwongen zich tegen de stenen muur te drukken toen zij hun tegemoetkomend verkeer wilden passeren. Het terrein waar die lui woonden, was kennelijk ook zo zwaar dat ze een grote jeep nodig hadden. Dat soort auto's was onder de zomergasten oververtegenwoordigd en hij vermoedde dat in dit geval de omgeving van Stockholm als onbegaanbaar terrein werd beschouwd.

Patrik had zin om zijn politielegitimatie te pakken en de wegpiraten de les te lezen, maar hij zag ervan af. Als ze 's zomers gingen proberen de badgasten gezond verstand bij te brengen, zouden ze niet veel tijd overhouden voor iets anders.

Toen hij het huis had bereikt, een wit huis met blauwe hoeken dat aan zijn linkerhand lag, tegenover de rij rode boothuizen die Fjällbacka haar karakteristieke silhouet verleenden, waren de eigenaars van het huis bezig een paar flinke koffers uit een goudkleurige Volvo V70 te halen. Of liever gezegd, een wat oudere man in een double-breasted colbertje tilde in zijn eentje puffend de koffers uit de auto, terwijl een kleine, zwaar opgemaakte vrouw naast hem stond te gebaren. Ze waren beiden bruin van de zon, en als de zomer niet zoveel zon had gehad, had Patrik gegokt dat ze in het buitenland op vakantie waren geweest. Nu konden de klippen van Fjällbacka evengoed ten grondslag liggen aan hun kleurtje.

Hij stapte op hen af en aarzelde even voordat hij zijn keel schraapte om hun aandacht te trekken. Beiden stopten midden in hun bewegingen en draaiden zich naar hem om.

'Ja?' Gun Struwers stem was een beetje te schel en Patrik zag een nors trekje in haar gezicht.

'Ik ben Patrik Hedström en ik werk bij de politie. Zou ik even met jullie kunnen praten?'

'Eindelijk!' De handen met de roodgelakte nagels schoten in de lucht en ze keek verontwaardigd. 'Dat het zo lang heeft moeten duren! Ik begrijp niet wat er met ons belastinggeld wordt gedaan! De hele zomer hebben we erop gewezen dat mensen zonder toestemming onze parkeerplaats gebruiken, maar we hebben helemaal niets van jullie gehoord. Gaan jullie die lui eindelijk aanpakken? We hebben namelijk veel geld betaald voor dit huis en we vinden dat wij het recht hebben zelf gebruik te maken van onze parkeerplaats, maar dat lijkt dus te veel gevraagd!'

Ze zette haar handen in haar zij en keek Patrik strak aan. Achter haar stond haar echtgenoot en hij keek alsof hij door de grond wilde zakken. Het was duidelijk dat hij het allemaal niet zo schokkend vond.

'Ik ben hier niet vanwege een parkeerovertreding. Maar ik moet u eerst iets vragen. Heette u voor uw trouwen Gun Lantin en hebt u een dochter met de naam Siv?'

Gun zweeg en sloeg haar hand voor haar mond. Patrik had geen antwoorden meer nodig. Haar echtgenoot herpakte zich als eerste en gebaarde naar de voordeur, die openstond zodat de koffers naar binnen konden worden gebracht. Het leek nogal riskant om de koffers op straat te laten staan, dus hielp Patrik Lars Struwer ze naar binnen te dragen, terwijl Gun zich voor hen het huis in haastte.

In de woonkamer gingen Gun en Lars naast elkaar op de bank zitten, terwijl Patrik de fauteuil koos. Gun klemde zich aan Lars vast, maar zijn troostende klopjes waren nogal mechanisch, alsof hij besefte dat de situatie dat van hem eiste.

'Wat is er gebeurd? Wat hebben jullie ontdekt? Er zijn meer dan twintig jaar verstreken, hoe kan er dan nu iets naar voren zijn gekomen?' Gun kletste nerveus.

'Ik wil benadrukken dat we het nog niet zeker weten, maar het kán zijn dat we Siv hebben gevonden.'

Guns hand vloog naar haar hals en voor de verandering leek ze sprakeloos.

Patrik ging verder: 'We wachten nog op een definitieve identificatie door de patholoog, maar waarschijnlijk is het Siv.'

'Maar hoe, waar...?' Guns vragen kwamen stamelend. Het waren dezelfde vragen die Mona's vader had gesteld.

'Er is een dode vrouw in de Koningskloof gevonden. Bij haar is Mona Thernblad aangetroffen, en vermoedelijk eveneens Siv.'

Net als aan Albert Thernblad legde hij uit dat de meisjes daarheen waren vervoerd, en dat de politie al het mogelijke in het werk stelde om erachter te komen wie de moorden had gepleegd.

Gun leunde met haar gezicht tegen de borst van haar man, maar Patrik zag dat ze met droge ogen huilde. Hij kreeg de indruk dat haar verdriet voor een deel slechts toneelspel was, maar dat was niet meer dan een vaag gevoel.

Toen Gun weer tot zichzelf was gekomen, haalde ze een zakspiegeltje uit haar handtas om haar make-up te controleren en ze vroeg aan Patrik: 'Wat gaat er nu gebeuren? Wanneer kunnen we de stoffelijke resten van mijn arme kleine Siv terugkrijgen?' Zonder op een antwoord te wachten richtte ze zich tot haar man. 'We moeten een fatsoenlijke begrafenis voor mijn arme schat regelen, Lars. En daarna zouden we de mensen een koffietafel in de feestzaal van het hotel kunnen aanbieden. Misschien zelfs een driegangendiner. Denk je dat we een uitnodiging kunnen sturen naar...' Ze noemde de naam van een van de kopstukken uit het bedrijfsleven, van wie Patrik wist dat hij verderop in de straat een huis bezat.

Gun ging verder: 'Ik kwam zijn vrouw Eva in het begin van de zomer tegen en ze zei toen dat we een keer iets moesten afspreken. Ze zouden het vast op prijs stellen als ze werden uitgenodigd.'

Haar stem klonk opgewonden en haar echtgenoot fronste afkeurend zijn wenkbrauwen. Ineens wist Patrik waar hij de achternaam eerder had gehoord. Lars Struwer had een van de grootste levensmiddelenketens van Zweden opgericht, maar was, als Patrik het zich goed herinnerde, al jaren met pensioen en had de keten aan buitenlandse eigenaars verkocht. Geen wonder dat ze zich hier een huis konden veroorloven, de man was goed voor vele, vele miljoenen. Sivs moeder had zich opgewerkt; aan het eind van de jaren zeventig woonde ze nog het hele jaar door met haar dochter en kleindochter in een zomerhuisje.

'Alsjeblieft, we kunnen ons later wel bezighouden met de praktische zaken. Je hebt tijd nodig om dit nieuws op je in te laten werken.'

Hij keek haar verwijtend aan en Gun liet haar blik meteen zakken en leek zich haar rol als treurende moeder te herinneren.

Patrik keek om zich heen en moest ondanks zijn sombere boodschap eigenlijk hard lachen. De kamer was een parodie op de zomerhuizen waar Erica zo vaak grapjes over maakte: ingericht als een kajuit, met maritieme kleuren, zeekaarten aan de muren, kandelaars in de vorm van een vuurto-

ren, gordijnen met een schelpjespatroon en zelfs een oud roer als salontafel. Een duidelijk voorbeeld dat veel geld en goede smaak niet noodzakelij-
kerwijs hand in hand hoeven te gaan.

'Ik vraag me af of u iets over Siv kunt vertellen. Ik ben net bij Albert Thernblad geweest, de vader van Mona, en hij heeft me een aantal foto's uit Mona's
jeugd laten zien. Zou ik ook wat foto's van uw dochter mogen bekijken?'

In tegenstelling tot Albert, die was gaan stralen toen hij over zijn oogap-
pel mocht vertellen, schoof Gun gegeneerd heen en weer op de bank.

'Eh, ik zou niet goed weten waarom. Ze hebben zoveel vragen gesteld toen
Siv verdween, dat kunt u toch allemaal in het archief terugvinden...'

'Ja, natuurlijk, maar ik dacht aan meer persoonlijke dingen. Hoe ze was,
wat ze leuk vond, wat ze wilde worden en zo...'

'Wat ze wilde worden – tja, veel keuze had ze niet. Op haar zeventiende
raakte ze immers zwanger van die Duitse jongen en toen heb ik ervoor
gezorgd dat ze geen tijd meer verspilde aan haar studie. Daar was het toch
al te laat voor en ik was niet van plan om in mijn eentje voor haar kind te zorgen, dat heb ik haar duidelijk verteld.'

Ze sprak met honende stem, en toen Patrik zag hoe Lars naar zijn vrouw keek, begreep hij dat er niet veel over was van de illusie die hij mogelijk van haar had gehad toen ze trouwden. Hij zag een vermoeidheid en berusting in Lars' gezicht, dat gegroefd was door teleurstellingen. Misschien was het van Lars' kant aanvankelijk echte liefde geweest, maar Patrik durfde er wat om te verwedden dat Gun zich had laten lokken door de vele miljoenen op Lars Struwers bankrekening. Het was ook duidelijk dat Gun niet veel moeite meer deed om haar ware aard te verbergen.

'Haar dochter ja, waar bevindt die zich tegenwoordig?' Patrik leunde naar voren, nieuwsgierig naar het antwoord.

Wederom krokodillentranen. 'Toen Siv verdween, kon ik niet zelf voor het kind zorgen. Dat had ik natuurlijk graag gewild, maar ik had in die tijd niet veel geld en om dan voor een klein meisje te zorgen, ja dat ging gewoon niet. Dus heb ik maar het beste van de situatie gemaakt en haar naar Duitsland gestuurd, naar haar vader. Ja, die was niet echt blij dat hij zomaar met een klein kind werd opgescheept, maar het was niet anders, hij was tenslotte de vader, dat had ik zwart op wit staan.'

'Ze woont dus in Duitsland?' Een kleine gedachte kwam in Patriks brein op. Zou het kunnen dat... nee, dat was toch niet mogelijk.

'Nee, ze is dood.'

Patriks gedachte verdween even snel als ze was gekomen. 'Dood?'

'Ja, omgekomen bij een auto-ongeluk toen ze vijf was. Hij heeft niet eens de moeite genomen om me te bellen, die Duitser. Ik kreeg alleen maar een brief waarin hij schreef dat Malin was overleden. Ik werd ook niet uitgenodigd voor de begrafenis, stel je toch eens voor! Mijn eigen kleinkind, en ik mocht niet op haar begrafenis komen.' Haar stem trilde van verontwaardiging.

'Hij heeft ook nooit gereageerd op de brieven die ik schreef toen het kind nog leefde. Vindt u ook niet dat het niet meer dan rechtvaardig was geweest als hij de oma van zijn moederloze kind een handje had geholpen? Ik heb er tenslotte voor gezorgd dat zijn kind de eerste twee jaar te eten kreeg en kleren aan haar lijf had. Had ik dan niet het recht op een kleine vergoeding?'

Gun was nu zo razend over het onrecht dat haar in haar ogen was aangedaan, dat ze pas kalmeerde toen Lars haar mild maar resoluut in de schouder kneep, als een dringend verzoek om tot bedaren te komen.

Patrik nam niet de moeite te antwoorden. Hij wist bovendien dat Gun Struwer zijn antwoord niet op prijs zou hebben gesteld. Waarom zou de vader van het kind haar in godsnaam geld sturen? Zag ze echt niet in hoe onredelijk dat verzoek was? Kennelijk niet, te oordelen naar de rode plekken in haar gezicht die zich scherp aftekenden tegen haar door de zon gebruinde, leerachtige wangen, hoewel haar kleinkind al meer dan twintig jaar dood was.

Hij deed een laatste poging om iets persoonlijks over Siv te weten te komen. 'Zijn er misschien foto's?'

'Tja, ik heb niet veel foto's van haar genomen, maar ergens moet ik er wel eentje kunnen vinden.'

Ze liep de kamer uit en liet Patrik bij Lars achter. Ze zwegen even, maar toen begon Lars te praten, zo zachtjes dat Gun het niet kon horen. 'Ze is niet zo koud als ze lijkt; ze heeft ook heel goede kanten, Gun.'

Yeah right, dacht Patrik. Het verweer van een gek, zou hij deze opmerking willen noemen. Maar Lars deed waarschijnlijk wat hij kon om zijn keuze voor

Gun te rechtvaardigen. Patrik gokte dat Lars ongeveer twintig jaar ouder was dan zijn vrouw, en het leek niet al te vergezocht om te denken dat zijn keuze door een ander lichaamsdeel was bepaald dan door het hoofd. Anderzijds moest Patrik toegeven dat hij door zijn beroep misschien een beetje te cynisch was geworden. Misschien ging het hier wel om echte liefde, wat wist hij ervan?

Gun kwam weer terug, niet met dikke fotoalbums zoals Albert Thernblad, maar met één kleine zwart-witfoto die ze met een stuurs gezicht aan Patrik overhandigde. Daarop stond Siv, een norse tiener met haar pasgeboren dochter op de arm. In tegenstelling tot de foto van Mona was er op haar gezicht geen vreugde te bespeuren.

'Nu moeten we aan de slag. We zijn net terug uit de Provence, waar Lars' dochter woont.' Uit de manier waarop Gun het woord 'dochter' uitsprak, begreep Patrik dat er geen liefdevolle gevoelens tussen haar en haar stiefdochter bestonden.

Hij besefte ook dat zijn aanwezigheid niet langer gewenst was, dus nam hij afscheid.

'En bedankt voor de foto. Ik beloof dat ik hem in goede staat zal teruggeven.'

Gun maakte een afwerend gebaar. Toen herinnerde ze zich haar rol weer, en trok een ander gezicht. 'Laat het me weten zodra jullie zekerheid hebben, alstublieft. Ik wil mijn kleine Siv zo graag begraven.'

'Natuurlijk, zodra ik iets weet, hoort u dat van me.'

Hij sprak onnodig kortaangebonden, maar deze hele vertoning had hem een sterk gevoel van onbehagen gegeven.

Toen hij weer op de Norra Hamngatan stond, opende zich boven hem de hemel. Hij bleef even staan en liet de stortbui het kleffe gevoel wegspoelen dat het bezoek aan de Struwers hem had bezorgd. Nu wilde hij naar huis en Erica in zijn armen nemen en het leven voelen dat klopte onder zijn hand op haar buik. Hij moest voelen dat de wereld niet zo wreed en kwaad was als ze soms leek. Dat kón ze gewoon niet zijn.

Zomer 1979

Ze had het gevoel alsof er maanden waren verstreken. Maar ze wist dat het niet zo lang kon zijn. Toch leek elk uur in het donker een heel leven.

Veel te veel tijd om na te denken. Veel te veel tijd om te kunnen voelen hoe de pijn elke zenuw omdraaide. Tijd om na te denken over alles wat ze had verloren. Of zou verliezen.

Nu wist ze dat ze hier niet meer weg zou komen; niemand kon een dergelijke pijn ontvluchten. Toch had ze nooit zachtere handen gevoeld dan de zijne. Nooit eerder hadden handen haar met zoveel liefde gestreeld en daardoor hongerde ze naar meer. Niet de akelige aanraking, niet de pijnlijke, maar de zachte die daarna kwam. Als ze zo'n aanraking eerder had mogen voelen, was alles anders geweest, dat wist ze nu. Het gevoel dat ze kreeg als hij zijn handen over haar lichaam bewoog was zo zuiver, zo onschuldig, dat de harde kern in haar binnenste werd geraakt, een die niemand ooit had kunnen bereiken.

In het donker was hij haar alles geworden. Er waren geen woorden geuit, maar ze fantaseerde over de klank van zijn stem. Vaderlijk, warm. Als de pijn kwam haatte ze hem. Dan zou ze hem kunnen doden. Als ze daar maar toe in staat was.

Robert vond hem in de schuur. Ze kenden elkaar goed en hij wist dat hij Johan daar altijd kon vinden als die ergens over piekerde. Toen hij niemand thuis had aangetroffen, was hij meteen naar de schuur gelopen en daar zat Johan met opgetrokken knieën en zijn armen stevig om zijn benen geklemd op de vloer.

Ze waren zo verschillend, dat Robert soms niet kon geloven dat ze echt broers waren. Zelf was hij er trots op dat hij geen minuut van zijn leven ergens over had nagedacht of geprobeerd had consequenties van zijn handelingen in te schatten. Hij handelde, daarna ging het zoals het ging. Wie dan leeft, die dan zorgt was zijn motto, er was geen reden om te piekeren over dingen die je niet kon sturen. Het leven besodemieterde je toch wel op de een of andere manier, dat was gewoon de orde der dingen.

Johan daarentegen was zo diepzinnig dat het niet goed meer voor hem was. Op zeldzame momenten van scherpzinnigheid kon Robert een steek van spijt voelen omdat zijn jongere broer ervoor had gekozen hem op zijn slechte pad te volgen, maar anderzijds was dat misschien toch het beste, anders werd Johan alleen maar teleurgesteld. Zij waren zonen van Johannes Hult en op hun tak van de familie rustte een vloek. Ze hadden geen enkele kans om ooit ergens in te slagen, dus waarom zouden ze het dan proberen?

Hij zou het nooit toegeven, zelfs niet als hij werd gemarteld, maar Robert hield meer van zijn broer dan van wat ook ter wereld, en hij voelde een steek in zijn hart toen hij Johans silhouet in het halfduister van de schuur onderscheidde. Johan leek mijlenver weg met zijn gedachten, en er lag een droefheid over hem heen die Robert bijwijlen kon zien. Dan leek het alsof er een wolk van melancholie over Johans gemoed trok, die hem naar een donker en akelig plekje dwong, weken achter elkaar. Robert had het de hele zomer niet gezien, maar nu voelde hij het fysiek zodra hij de deur binnenstapte.

'Johan?'

Hij kreeg geen antwoord. Robert liep zachtjes het donker in. Hij hurkte naast zijn broer en legde zijn hand op diens schouder. 'Johan, zit je hier nu alweer?'

Zijn jongere broer knikte alleen maar. Toen Johan zijn gezicht naar Robert wendde, zag hij tot zijn verbazing dat het gezwollen was van het huilen. Dat was ongebruikelijk, ook voor Johan. Robert werd door bezorgdheid overvallen.

'Hoe gaat het, Johan? Wat is er gebeurd?'

'Papa.'

De rest van de zin verdronk in een snikkend gehuil en Robert spande zich in om te horen wat Johan zei. 'Wat zeg je over papa, Johan?'

Johan haalde een paar keer diep adem om weer rustig te worden en zei toen: 'Iedereen zal nu begrijpen dat papa onschuldig was aan de verdwijning van die meisjes. Snap je, de mensen zullen begrijpen dat hij het niet heeft gedaan!'

'Waar heb je het over?' Robert schudde Johan door elkaar, maar hij voelde dat zijn hart een keer oversloeg.

'Ma is in het dorp geweest en ze hoorde dat ze een vermoord meisje hadden gevonden. De verdwenen meisjes zijn ook bij haar aangetroffen. Snap je? Er is nú een meisje vermoord. Niemand kan toch beweren dat pa dat heeft gedaan?'

Johan begon bijna hysterisch te lachen. Robert begreep nog steeds niet wat zijn broer zei. Sinds hij zijn vader met een strop om zijn hals in de schuur had gevonden, had hij gedroomd en gefantaseerd dat hij ooit de woorden zou horen die Johan nu uitspuugde.

'Je houdt me toch niet voor de gek? Want dan zul je wat meemaken.'

Hij balde zijn vuist, maar Johan bleef hysterisch lachen en de tranen, waarvan Robert nu begreep dat het vreugdetranen waren, bleven stromen. Johan draaide zich om en omhelsde Robert zo hard dat hij bijna geen lucht meer kreeg, en toen hij begreep dat zijn broer de waarheid sprak, omarmde Robert Johan ook zo stevig hij maar kon.

Eindelijk zou hun vader eerherstel krijgen. Eindelijk zouden zij en hun moeder met opgeheven hoofd door het dorp kunnen lopen, zonder dat ze achter hun rug gefluister hoorden en vingers zagen die discreet in hun richting wezen als de mensen dachten dat zij het niet zagen. Nu zouden ze spijt krijgen, die roddelaars. Vierentwintig jaar lang hadden ze slechte dingen over hun gezin gezegd en nu konden ze zich gaan schamen.

'Waar is ma?'

Robert maakte zich los uit de omhelzing en keek met een vragende blik naar Johan, die ongecontroleerd begon te giechelen. Tussen de giechelbuien door zei hij iets onverstaanbaars.

'Wat zeg je? Kalmeer nou even en praat normaal. Waar is ma, vroeg ik?'

'Ze is bij oom Gabriël.'

Roberts gezicht betrok. 'Wat moet ze verdomme bij die klootzak?'

'Hem de waarheid vertellen, denk ik. Ik heb ma nog nooit zo boos gezien als toen ze terugkwam uit het dorp en vertelde wat ze had gehoord. Ze zou naar het landhuis gaan en Gabriël vertellen wat voor mens hij was, zei ze. Hij zal er wel flink van langs hebben gekregen. Je had haar moeten zien. Haar haren stonden rechtovereind en het scheelde niet veel of er kwam rook uit haar oren, dat kan ik je wel vertellen.'

Dat beeld van hun moeder, met de haren rechtovereind en rookwolken uit haar oren, bezorgde ook Robert een giechelbui. Zo lang hij zich kon herinneren was ze een sloffende, foeterende schaduw geweest, hij vond het moeilijk zich haar als een woedende furie voor te stellen.

'Wat had ik Gabriëls gezicht graag willen zien toen ze daar kwam aangestormd. En dat van tante Laine niet te vergeten.'

Johan gaf een trefzekere imitatie van zijn tante toen hij een angstig gezicht trok en zich in de handen wreef. Hij sprak met schelle stem: 'Maar Solveig toch. Maar lieve Solveig, zo mag je niet praten.'

Beide broers rolden van het lachen over de vloer.

'Hé, denk jij weleens aan pa?' Johans vraag bracht de ernst terug en Robert zweeg even voor hij antwoordde.

'Ja, natuurlijk doe ik dat. Maar ik vind het moeilijk aan iets anders te denken dan hoe hij er die dag uitzag. Wees maar blij dat jij hem niet hebt gezien. En jij dan, denk jij weleens aan hem?'

'Ja, vaak. Maar ik heb dan het gevoel alsof ik naar een film kijk, als je begrijpt wat ik bedoel. Ik kan me herinneren hoe vrolijk hij altijd was en dat hij grapjes maakte en danste en mij hoog in de lucht gooide. Maar ik zie het als het ware van buitenaf, als een film.'

'Ik begrijp wat je bedoelt.'

Ze lagen naast elkaar en staarden naar het plafond, terwijl de regen tegen het plaatijzer boven hun hoofd sloeg.

Johan zei zachtjes: 'Hij hield toch zeker wel van ons, Robert?'

Robert antwoordde even zachtjes: 'Natuurlijk, Johan, natuurlijk deed hij dat.'

Ze hoorde dat Patrik buiten op de stoep een paraplu uitschudde en kwam moeizaam overeind van de bank om hem bij de deur te begroeten.

'Hoi?'

Zijn toon was vragend en hij keek verbaasd om zich heen. Rust en stilte had hij kennelijk niet verwacht. Eigenlijk zou ze een beetje verbolgen op hem moeten zijn omdat hij haar de hele dag niet had gebeld, maar ze was veel te blij dat hij weer thuis was. Ze wist ook dat ze hem altijd op zijn mobieltje kon bereiken, en ze twijfelde er niet aan dat hij wel duizend keer aan haar had gedacht. Dat was de geborgenheid van hun relatie en het was heerlijk daarin te kunnen rusten.

'Waar zijn Conny en de bandieten?' Patrik fluisterde, onzeker of ze er nog waren of niet.

'Britta kreeg een bord met macaroni en worst over haar hoofd, en toen wilden ze niet langer blijven. Ondankbare lui.'

Erica genoot van Patriks onthutste gezicht.

'Ik ging over de rooie. Ergens moet je de grens trekken. We zullen de komende eeuw geen uitnodigingen van die kant van de familie ontvangen, maar dat vind ik helemaal niet erg. Jij wel?'

'Nee, alsjeblieft.' Patrik stond perplex. 'Heb je dat echt gedaan? Heb je een bord met eten over haar hoofd leeggegooid?'

'Op mijn erewoord. Heel mijn goede opvoeding vloog zo door het raam naar buiten. Nu kom ik waarschijnlijk niet meer in de hemel.'

'Hm, je bent zelf een stukje hemel, dus daar hoef je niet...'

Hij beet haar plagerig in haar hals, precies op het plekje waarvan hij wist dat het kietelde en ze duwde hem lachend weg.

'Ik maak even een kopje warme chocola, daarna moet jij alles over De Grote Confrontatie vertellen.' Patrik pakte haar hand en leidde Erica naar de keuken, waar hij haar op een keukenstoel hielp.

'Je ziet er moe uit,' zei ze. 'Hoe gaat het met het onderzoek?'

Hij zuchtte terwijl hij cacaopoeder door de melk roerde.

'Tja, het gaat, maar daar is alles ook mee gezegd. Gelukkig konden de technici de plaats delict onderzoeken voordat we dit weer kregen. Als we ze vandaag hadden gevonden in plaats van eergisteren, was er helemaal niets meer geweest. Bedankt trouwens, voor het materiaal dat je voor me hebt opgeduikeld. Dat was heel nuttig.'

Hij ging tegenover haar zitten terwijl hij wachtte tot de chocola warm werd. 'En jij, hoe is het met jullie? Alles goed met de baby?'

'Alles is goed met ons. Onze toekomstige voetballer is als gewoonlijk lekker druk geweest, maar ik had een heerlijke dag toen Conny en Britta eenmaal waren vertrokken. Dat was misschien precies wat ik nodig had om me eindelijk te kunnen ontspannen en lekker te lezen – een stelletje gekke familieleden.'

'Dat is mooi, dan hoef ik me geen zorgen te maken.'

'Nee, absoluut niet.'

'Wil je dat ik morgen thuisblijf? Ik kan misschien hier wel wat doen, dan ben ik in elk geval in de buurt.'

'Dat is heel lief van je, maar het gaat goed met me. Ik vind het belangrijker dat je probeert de moordenaar te vinden voordat het spoor weer koud is. De tijd dat ik eis dat je geen meter bij me vandaan mag, komt nog wel.' Ze glimlachte en streek over zijn hand. Toen ging ze verder: 'Bovendien is er een algemene hysterie op komst. Ik ben vandaag diverse keren gebeld door mensen die willen horen hoeveel jullie weten – en natuurlijk zeg ik niets, al zou ik wel iets weten, wat niet het geval is.' Ze moest even op adem komen. 'En het toeristenbureau heeft kennelijk heel veel afzeggingen gekregen van mensen die hier niet meer durven komen, en een groot aantal zeilers is naar andere havens vertrokken. Als de plaatselijke toeristenindustrie jullie dus nog niet onder druk heeft gezet, moeten jullie je daar maar op gaan voorbereiden.'

Patrik knikte. Hij had al gevreesd dat dit zou gebeuren. De hysterie zou toenemen en zich verspreiden tot ze iemand achter slot en grendel hadden gezet. En voor een plaats als Fjällbacka, die van het toerisme leefde, was dat een ramp. Hij herinnerde zich een zomer van een paar jaar geleden, toen een man in juli vier vrouwen had verkracht voordat ze hem eindelijk konden grijpen. De ondernemers van Fjällbacka waren dat jaar radeloos geweest, omdat de toeristen ervoor hadden gekozen naar de naburige plaatsen te trekken, zoals Grebbestad of Strömstad. Moord zou een veel ergere reactie teweegbrengen. Godzijdank was het de verantwoordelijkheid van de hoofd-commissaris om met dit soort zaken om te gaan, Patrik liet die gesprekken met liefde aan Mellberg over.

Hij wreef met zijn vingers over zijn neus. Een stevige hoofdpijn was in aan-tocht. Patrik wilde net een aspirientje nemen toen hij bedacht dat hij de hele dag nog niets had gegeten. Eten was anders een van de zonden waaraan hij zich graag overgaf, waar een opkomende slappere taille van kon getuigen, en hij kon zich niet herinneren wanneer hij voor het laatst een maaltijd was vergeten, laat staan twee. Hij was te moe om echt te koken en maakte een paar boterhammen met kaas en kaviaarpasta klaar die hij in de warme cho-cola doopte. Erica keek hem lichtelijk walgend aan vanwege deze in haar ogen gastronomisch verwerpelijke combinatie, maar voor Patrik was het een godenspijs. Drie boterhammen later was de hoofdpijn slechts een herinne-ring en voelde hij nieuwe krachten.

'Zullen we Dan en zijn vriendin dit weekend uitnodigen? We kunnen gaan barbecuen.'

Erica fronste haar voorhoofd en keek niet bijster enthousiast.

'Hé, je hebt Maria nog geen kans gegeven. Hoe vaak heb je haar ontmoet? Twee keer?'

'Ja, ja, ik weet het. Maar ze is zo...' ze zocht naar het juiste woord, 'eenentwintig.'

'Daar kan zij toch niets aan doen. Dat ze jong is, bedoel ik. Ik ben het met je eens dat ze een beetje vreemd lijkt, maar misschien is ze alleen maar verlegen. En je zou je toch een beetje kunnen inspannen voor Dan. Ik bedoel, hij heeft tenslotte voor haar gekozen. En het is toch helemaal niet raar dat hij na de scheiding van Pernilla iemand anders heeft ontmoet.'

'Goh, wat ben jij ineens tolerant geworden,' zei Erica chagrijnig, maar ze moest toegeven dat Patrik gelijk had. 'Hoe kom je zo grootmoedig?'

'Ik ben altijd grootmoedig tegenover meisjes van eenentwintig. Ze hebben zulke mooie kwaliteiten.'

'Zo, welke dan?' zei Erica zuur tot ze doorkreeg dat Patrik haar plaagde. 'Oké, genoeg. Ja, je hebt gelijk, natuurlijk kunnen we Dan en zijn kleine meisje uitnodigen.'

'Hé, hé.'

'Ja, ja, Dan en MARIA. Het wordt vast gezellig. Ik kan Emma's poppenhuis tevoorschijn halen, dan heeft ze iets te doen terwijl de volwassenen eten.'

'Erica...'

'Ik stop al. Maar het is gewoon niet eenvoudig ermee op te houden. Het lijkt wel een tic.'

'Gemeen mens, kom hier en geef me een knuffel in plaats van kwade plannen te smeden.'

Ze gehoorzaamde en ze kropen samen op de bank. Dit maakte het voor Patrik mogelijk in zijn werk de confrontatie aan te gaan met de donkere kanten van de menselijkheid: Erica, en de gedachte dat hij misschien een kleine bijdrage kon leveren aan een veiliger wereld voor het kind dat achter de gespannen huid van Erica's buik zijn voetjes tegen zijn hand drukte. Buiten begon het te schemeren en terwijl de kleur van de lucht van grijs overging in vlammend roze, nam de wind in kracht af. Hij vermoedde dat morgen de zon weer zou schijnen.

Patriks voorgevoel bleek te kloppen. De volgende dag was het alsof het nooit had geregend en tegen lunchtijd dampte het asfalt alweer. Martin transpireerde hoewel hij alleen een korte broek en een T-shirt droeg, maar dat voelde bijna natuurlijk. Hij herinnerde zich de verkoeling van gisteren slechts als een droom.

Hij wist niet goed hoe hij verder moest met zijn werk. Patrik was bij Mellberg, dus ze hadden nog niet kunnen overleggen. Een van zijn problemen was de informatie uit Duitsland. Ze konden elk moment terugbellen en hij was bang iets van het gesprek te missen vanwege zijn gebrekkige kennis van het Duits. Daarom zou het het beste zijn om nu al iemand te zoeken die hen als tolk kon helpen. Maar wie moest hij vragen? De tolken die in het verleden op het bureau waren geweest, kwamen met name voor de Baltische talen, en voor Russisch en Pools vanwege gestolen auto's die naar die landen verdwenen, maar tot nu toe hadden ze nooit hulp gezocht voor het Duits. Hij pakte het telefoonboek en begon willekeurig te bladeren, onzeker wat hij zocht. Hij kreeg een idee toen zijn oog op een bepaalde rubriek viel. Gezien het aantal Duitse toeristen dat elk jaar door Fjällbacka stroomde, had het toeristenbureau vast iemand in dienst die de taal beheerste. Enthousiast toetste hij het nummer in en een lichte, opgewekte vrouwenstem nam op.

'Goedemorgen, met het toeristenbureau in Fjällbacka, u spreekt met Pia.'

'Hallo, met Martin Molin van het politiebureau in Tanumshede. Ik heb een vraagje, werkt er bij jullie toevallig iemand die goed Duits spreekt?'

'Jawel, ikzelf. Waar gaat het over?'

Pia's stem klonk met de seconde aantrekkelijker en Martin kreeg een idee.

'Zou ik even bij jullie langs kunnen komen om erover te praten? Heb je daar tijd voor?'

'Natuurlijk. Over een halfuur heb ik pauze. Als je dan komt, kunnen we misschien samen bij Café Bryggan gaan lunchen?'

'Dat lijkt me uitstekend. Tot over een halfuurtje dan.'

Opgeruimd hing Martin op. Hij wist niet goed wat voor dwaasheden er in hem waren gevaren, maar haar stem had zo vriendelijk geklonken.

Toen hij zijn auto een halfuur later voor de ijzerwarenwinkel had geparkeerd en zich een weg baande tussen alle zomergasten op het Ingrid Bergmanstorg, kreeg hij een beetje koudwatervrees. Dit is geen afspraakje, dit is een politiezaak, zei hij tegen zichzelf, maar hij kon niet ontkennen dat het hem behoorlijk teleur zou stellen als Pia van het toeristenbureau tweehonderd kilo bleek te wegen en vooruitstekende tanden had.

Hij stapte de steiger vol eettafels op en keek zoekend om zich heen. Aan een van de tafeltjes verderop zwaaide een jonge vrouw in een blauwe bloes en met een gekleurde sjaal waarop het logo van het toeristenbureau prijkte. Martin slaakte een zucht van verlichting, die onmiddellijk werd gevolgd door een gevoel van triomf omdat hij het bij het rechte eind had gehad. Pia zag er heel goed uit. Met grote bruine ogen en donker krullend haar, een vrolijke glimlach met witte tanden en charmante kuiltjes in de wangen. Deze lunch werd veel leuker dan wanneer hij met Hedström in de koffiekamer van het bureau een koude pastasalade naar binnen had moeten werken. Niet dat hij Hedström niet mocht, maar de man was geen feestnummer!

'Martin Molin.'

'Pia Löfstedt.'

Toen ze zich aan elkaar hadden voorgesteld bestelden ze allebei vissoep bij de lange, blonde serveerster.

'We hebben geluk, "de haring" is hier deze week.'

Pia zag dat Martin niet begreep waar ze het over had. 'Christian Hellberg, kok van het jaar in 2001. Hij komt uit Fjällbacka. Je merkt het wel als je de vissoep hebt geproefd, die is echt goddelijk.'

Tijdens het praten zat ze de hele tijd druk te gebaren en Martin merkte dat hij haar gefascineerd aankeek. Pia was heel anders dan de vrouwen met wie hij uitging, en misschien vond hij het daarom zo gezellig om hier met haar te zitten. Hij moest zichzelf eraan herinneren dat dit geen sociale maar een werklunch was, en dat hij hier met een opdracht was gekomen.

'Ik moet toegeven dat we niet elke dag door de politie worden gebeld. Ik neem aan dat het te maken heeft met de lijken in de Koningskloof?'

De vraag klonk als een droge constatering, niet sensatiebelust, en Martin knikte bevestigend.

'Ja, dat klopt. Zoals jullie ongetwijfeld al hebben gehoord was het meisje een Duitse toeriste, en waarschijnlijk hebben we een tolk nodig. Denk je dat jij dat aankunt?'

'Ik heb twee jaar in Duitsland gestudeerd, dus dat moet geen probleem zijn.'

De soep werd gebracht en al na één lepel moest Martin toegeven dat die inderdaad 'goddelijk' was. Hij probeerde niet te slurpen, maar gaf zijn pogingen al snel weer op; hij hoopte maar dat ze *Michiel van de Hazelhoeve* had gelezen: 'Je moet wel slurpen anders weet je niet dat het soep is...'

'Het is een beetje vreemd...' Pia stopte even en nam nog een lepel soep. Af en toe waaide er een zwak briesje langs de tafels, dat heel even verkoeling gaf. Ze volgden met hun blik een mooie ouderwetse kotter, die met klapperende zeilen vooruit probeerde te komen. Het waaide niet hard genoeg om lekker te kunnen zeilen, dus de meeste boten gebruikten de motor. Pia ging verder: 'Dat Duitse meisje, Tanja heette ze toch? Ze kwam ruim een week geleden bij ons op het bureau en vroeg of we haar konden helpen met de vertaling van een paar artikelen.'

Martins interesse was gewekt. 'Wat voor artikelen?'

'Over die meisjes met wie zij gevonden werd. De artikelen gingen over hun verdwijning. Het waren oude artikelen die ze had gekopieerd, waarschijnlijk uit de bibliotheek.'

De lepel rammelde toen hij die van pure opwinding op zijn bord liet vallen. 'Zei ze waarom ze daar hulp bij wilde hebben?'

'Nee, en ik heb het ook niet gevraagd. Eigenlijk mogen we zulke dingen niet tijdens werktijd doen, maar midden op de dag waren alle toeristen aan het zwemmen, dus het was rustig. En bovendien leek het voor haar heel belangrijk, ik kreeg een beetje medelijden met het meisje.'

Pia aarzelde: 'Heeft dit iets met de moord te maken? Ik had misschien eerder moeten bellen om het te vertellen...'

Ze klonk onzeker en Martin haastte zich haar gerust te stellen. Om de een of andere reden vond hij het heel vervelend als zij zich door hem onbehaaglijk zou voelen.

'Nee, dat kon jij toch niet weten. Maar het is goed dat je het nu vertelt.'

Tijdens de rest van de lunch spraken ze over leukere zaken en haar vrije uur was snel voorbij. Ze haastte zich naar het kleine toeristenbureau dat midden op het plein stond, zodat de collega die na haar ging lunchen niet boos werd. Voordat hij het goed en wel in de gaten had, was ze verdwenen, een veel te snel afscheid. Hij had haar willen vragen of ze niet iets konden afspreken, maar de woorden waren niet over zijn lippen gekomen. Mopperend en vloekend liep hij naar zijn auto, maar op de terugweg naar Tanumshede gingen zijn gedachten onwillekeurig naar wat Pia had verteld, dat Tanja had gevraagd haar te helpen bij het vertalen van artikelen over de verdwenen meisjes. Waarom was ze in hen geïnteresseerd geweest? Wie was ze? Wat was het verband tussen haar, Siv en Mona, een verband dat zij niet zagen?

Het leven was goed. Het leven was zelfs heel goed. Hij kon zich niet herinneren wanneer de lucht zo schoon, de geuren zo sterk en de kleuren zo helder waren geweest. Het leven was echt goed.

Mellberg keek naar Hedström, die in de stoel tegenover hem zat. Een aantrekkelijke vent en een goede politieman. Ja, dat had hij misschien niet eerder in die bewoordingen gezegd, maar nu zou hij van de gelegenheid gebruikmaken. Het was belangrijk dat zijn medewerkers voelden dat ze werden gewaardeerd. Een goede leider geeft met dezelfde vastberadenheid kritiek én lof, had hij ergens gelezen. Hij was tot op heden misschien iets te gul geweest met zijn kritiek – dat kon hij nu in zijn hervonden scherpzinnigheid wel erkennen – maar dat kon natuurlijk worden gecompenseerd.

'Hoe gaat het met het onderzoek?'

Hedström vertelde hem in grote lijnen wat ze tot op heden hadden gedaan.

'Uitstekend, uitstekend.' Mellberg knikte joviaal. 'Ja, ik heb vandaag een aantal vervelende gesprekken gevoerd. Men vindt het heel belangrijk dat deze zaak snel wordt opgelost zodat het geen verstrekkende gevolgen krijgt voor de toeristenindustrie, zoals ze het zo fraai uitdrukten. Maar daar hoef jij je niet druk om te maken. Ik heb hen persoonlijk verzekerd dat een van de beste mensen van het korps dag en nacht bezig is om de dader achter slot en grendel te krijgen. Ga dus maar door met je goede werk, dan neem ik de bobo's in de gemeente voor mijn rekening.'

Hedström keek hem verbaasd aan. Mellberg vuurde een brede glimlach op hem af. Ja, de jongen moest eens weten...

Het overleg bij Mellberg had ruim een uur geduurd en toen hij terugliep naar zijn kamer, keek Patrik even bij Martin naar binnen. Die was er niet, dus ging Patrik snel naar Hedemyrs en kocht een in plastic verpakte sandwich die hij met een kop koffie in de koffiekamer verorberde. Toen hij klaar was, klonken Martins voetstappen in de gang en Patrik gebaarde dat Martin naar zijn kamer moest komen.

Patrik begon: 'Is jou de laatste tijd iets vreemds aan Mellberg opgevallen?'

'Behalve dat hij niet klaagt, geen kritiek levert, de hele tijd zit te glimlachen, flink is afgevallen en kleren draagt die in de jaren negentig in de mode waren – nee.' Martin glimlachte om te laten zien dat hij het ironisch bedoelde.

'Er is iets niet pluis. Niet dat je mij hoort klagen. Hij bemoeit zich niet met het onderzoek en vandaag heeft hij me zo geprezen dat ik ervan moest blozen. Maar er is iets...'

Patrik schudde zijn hoofd, maar verder lieten ze hun gedachten over de nieuwe Bertil Mellberg voor wat ze waren, omdat ze heel goed wisten dat er dringender zaken moesten worden behandeld. Van sommige dingen moet je gewoon genieten zonder ze in twijfel te trekken.

Martin vertelde over het vergeefse bezoek aan de camping, ze waren niets nuttigs van Liese te weten gekomen. Toen hij vertelde over Pia, dat Tanja haar had gevraagd artikelen over Mona en Siv te vertalen, was Patriks belangstelling gewekt.

'Ik wist wel dat er een verband was! Maar wat kan het verdomme zijn?' Hij krabde zich op zijn hoofd.

'Wat zeiden de ouders gisteren?'

De twee foto's die Patrik van Albert en Gun had gekregen, lagen op zijn bureau en hij gaf ze aan Martin. Hij beschreef de ontmoetingen met Mona's vader en Sivs moeder, en kon zijn afkeer van de laatstgenoemde niet verbloemen.

'Het moet toch een opluchting betekenen dat de meisjes zijn gevonden. Het moet verschrikkelijk zijn om jaar in jaar uit niet te weten waar ze zijn. De onzekerheid is het ergst, zeggen mensen die het kunnen weten.'

'Ja, laten we hopen dat Pedersen bevestigt dat het tweede skelet inderdaad dat van Siv Lantin is, anders hebben we een probleem.'

'Ik durf je bijna te beloven dat we daarvan uit kunnen gaan. Nog geen nieuws over de analyse van de aarde die op de skeletten is gevonden?'

'Nee, helaas. En het is maar de vraag of het wat oplevert. Ze kunnen overal begraven hebben gelegen en zelfs als we erachter komen wat voor soort aarde het is, blijft het zoeken naar een speld in een hooiberg.'

'Ik richt mijn hoop op het DNA. Als we de juiste persoon vinden, hebben we direct zekerheid als we zijn DNA met ons materiaal vergelijken.'

'Ja, we hoeven dus alleen de dader nog maar te vinden.'

Ze zaten een tijdje in stilte na te denken tot Martin de sombere stemming doorbrak en opstond.

'Als we hier blijven zitten schiet het sowieso niet op. Ik kan maar weer beter aan het werk gaan.'

Hij liet een peinzende Patrik achter.

De stemming tijdens het eten was bedrukt. Dat was op zich niet ongewoon sinds Linda bij hen was ingetrokken, maar vandaag was de sfeer om te snijden. Haar broer had verslag gedaan van Solveigs bezoek aan hun ouders, maar hij leek er niet bijster veel zin in te hebben om lang bij het onderwerp stil te staan. Linda was echter niet van plan zich daardoor te laten hinderen.

'Dus oom Johannes heeft die meisjes niet vermoord. Papa zal zich nu wel erg beroerd voelen, eerst heeft hij zijn eigen broer beschuldigd en nu blijkt die onschuldig te zijn.'

'Stil, je moet niet praten over dingen waar je niets van weet.'

Iedereen aan tafel schrok op. Ze hadden Jacob maar zelden zijn stem horen verheffen, als het al ooit was gebeurd. Zelfs Linda leek even geschrokken, maar ze slikte een keer en ging onverdroten verder: 'Waarom dacht papa eigenlijk dat oom Johannes de dader was? Niemand vertelt mij ooit iets.'

Jacob aarzelde, maar wist ook dat hij haar vragen niet kon tegenhouden en daarom besloot hij haar tegemoet te komen. In elk geval gedeeltelijk.

'Papa zag een van de meisjes in de auto van Johannes, in de nacht dat ze verdween.'

'Waarom was papa midden in de nacht aan het autorijden?'

'Hij was bij mij in het ziekenhuis geweest, en besloot daar niet te overnachten maar weer naar huis te gaan.'

'Was dat alles? Was dat de reden dat hij Johannes aangaf bij de politie? Ik bedoel, er kunnen allerlei verklaringen voor zijn, misschien gaf hij haar een lift of zo?'

'Misschien. Maar Johannes ontkende dat hij het meisje die avond überhaupt had gezien, hij zei dat hij op dat tijdstip thuis lag te slapen.'

'Maar wat zei opa? Was die niet woedend toen Gabriël de politie over Johannes had verteld?'

Linda raakte helemaal gefascineerd. Ze was na de verdwijning van de meisjes geboren en kende alleen flarden van het verhaal. Niemand wilde vertellen wat er eigenlijk was gebeurd, en het meeste van wat Jacob nu zei, was nieuw voor haar.

Jacob snoof. 'Of opa woedend was? Ja, dat kun je wel zeggen. Hij lag op dat moment in het ziekenhuis, druk bezig mijn leven te redden, en was razend dat papa zoiets had kunnen doen.'

De kinderen waren van tafel gestuurd, anders hadden hun ogen geglinsterd bij het verhaal over hun overgrootvader die het leven van hun vader had gered. Dat verhaal hadden ze al vele, vele malen gehoord maar ze kregen er nooit genoeg van.

Jacob ging verder: 'Kennelijk was hij zo boos dat hij zijn testament wilde wijzigen en Johannes tot zijn enige erfgenaam benoemen, maar het kwam er niet van en toen overleed Johannes. Als hij niet was doodgegaan, hadden wij misschien in het boswachtershuisje gewoond, in plaats van Solveig en de jongens.'

'Maar waarom had papa zo'n hekel aan Johannes?'

'Ja, dat weet ik niet precies. Papa heeft nooit graag over dit onderwerp gepraat, maar opa heeft het een en ander verteld dat het misschien kan verklaren. Oma is bij Johannes' geboorte overleden en daarna reisden Gabriël en Johannes met hun vader langs de westkust waar opa preken en kerkdiensten hield. Opa vertelde me dat hij al vroeg begreep dat zowel Johannes als Gabriël de gave bezat om te genezen, dus aan het eind van elke dienst moesten ze mensen uit het publiek met een handicap of een ziekte genezen.'

'Heeft papa dat gedaan? Mensen genezen, bedoel ik? Kan hij dat nog steeds?'

Linda's mond viel open van verbazing, deze episode van haar familiegeschiedenis was nieuw voor haar en ze durfde maar amper adem te halen uit vrees dat Jacob zich weer zou sluiten en haar niet verder wilde laten delen in wat hij wist. Ze wist dat hij en opa een speciale band hadden gehad, vooral toen bleek dat opa's beenmerg geschikt was voor donatie aan Jacob, die aan leukemie leed, maar ze had nooit begrepen dat opa hem zoveel had verteld. Linda wist dat opa in de volksmond 'de Predikant' werd genoemd en ze had de mensen ook weleens horen mompelen dat hij door bedrog aan zijn vermogen was gekomen, maar die verhalen over Ephraïm beschouwde ze altijd slechts als overdreven legenden. Ze was nog heel klein geweest toen hij doodging, voor Linda was hij niet meer dan een stijve, oude man op familiefoto's.

'Nee, dat geloof ik niet.' Jacob glimlachte even bij de gedachte aan zijn correcte vader als genezer van zieken en kreupelen. 'Papa heeft dat waarschijnlijk nooit gedaan, en volgens opa was het niet ongebruikelijk dat je het contact met die gave verloor als je in de puberteit kwam. Je kunt er weer mee in contact komen, maar dat is niet zo makkelijk. Ik geloof niet dat

Gabriël of Johannes die gave nog bezat toen ze in de puberteit kwamen. En papa had waarschijnlijk een hekel aan Johannes omdat ze zo verschillend waren. Johannes was heel knap en hij kon iedereen heel gemakkelijk voor zich innemen, maar hij ging vreselijk onverantwoordelijk om met alles in zijn leven. Zowel hij als Gabriël had een grote som geld gekregen toen opa nog leefde, maar Johannes had zijn deel er al in een paar jaar doorheen gejaagd. Dat maakte opa razend en in zijn testament benoemde hij Gabriël tot zijn belangrijkste erfgenaam in plaats van het resterende vermogen gelijkelijk tussen beiden te verdelen. Maar, zoals ik al zei, als hij wat langer had geleefd, was hij misschien weer van gedachten veranderd.'

'Maar er moet meer aan de hand zijn geweest, papa kon Johannes toch niet zo erg haten alleen omdat die knapper en charmanter was? Dat is toch geen reden om je broer bij de politie aan te geven?'

'Nee, maar als ik moet raden dan denk ik dat het feit dat Johannes er met papa's verloofde vandoor ging, de druppel was die de emmer deed overlopen.'

'Wát! Heeft papa een relatie gehad met Solveig? Die vette zeug!'

'Heb je nooit foto's van de jonge Solveig gezien? Ik kan je vertellen dat ze echt heel knap was, en zij en papa waren verloofd. Maar op een dag vertelde ze dat ze verliefd was geworden op oom Johannes en met hem ging trouwen. Ik geloof dat papa er helemaal kapot van was. En je weet hoezeer hij wanorde en dramatiek in zijn leven haat.'

'Ja, hij zal wel volledig geflipt zijn.'

Jacob stond op om aan te geven dat het gesprek was afgelopen. 'Nu heb je genoeg familiegeheimen gehoord. Maar je begrijpt nu misschien beter waarom er zo'n vijandige sfeer heerst tussen papa en Solveig.'

Linda giechelde. 'Ik had er alles voor over gehad om een vlieg aan de muur te zijn toen ze papa kwam uitschelden. Dat zal me een vertoning zijn geweest.'

Jacobs mond vertrok ook een beetje. 'Ja, "vertoning" is waarschijnlijk het goede woord. Maar probeer alsjeblieft een beetje ernstiger te blijven als je papa ziet. Ik kan me moeilijk voorstellen dat hij de humor ervan inziet.'

'Ja, ik zal me als een braaf meisje gedragen.'

Linda zette de borden in de vaatwasser, bedankte Marita voor het eten en ging naar haar kamer. Voor het eerst in tijden hadden Jacob en zij samen ergens om gelachen. Hij kon best gezellig zijn, als hij zijn best maar deed, dacht Linda en ze vergat voor het gemak dat zij de laatste jaren zelf ook niet echt een lieverdje was geweest.

Ze nam de hoorn van de haak en probeerde Johan te bereiken. Tot haar verbazing merkte ze dat het haar echt interesseerde hoe hij zich voelde.

Laine was bang in het donker. Vreselijk bang. Ondanks alle avonden die ze zonder Gabriël op het landgoed had doorgebracht, had ze er nooit aan kunnen wennen. Vroeger was Linda nog thuis geweest, en voor die tijd Jacob, maar nu was ze helemaal alleen. Ze wist dat Gabriel vaak weg moest voor zijn werk, maar toch voelde ze zich verbitterd. Dit was niet het leven waarvan ze had gedroomd toen ze met een vermogend man trouwde. Niet dat het geld op zich zo belangrijk was geweest. De geborgenheid had haar gelokt. De geborgenheid van Gabriels saaiheid en de geborgenheid van geld op de bank. Ze wilde een ander leven dan dat van haar moeder.

Als kind had ze altijd in angst geleefd voor de woedeaanvallen van haar alcoholistische vader. Hij had het hele gezin getiranniseerd en zijn kinderen tot onzekere mensen gemaakt, die dorstten naar liefde en tederheid. Alleen zij was nog in leven. Haar broer en haar zus waren beiden bezweken aan de duisternis in hen, de een door die duisternis binnen te houden, de ander door die naar buiten te keren. Zelf zat ze daar tussenin, ze deed noch het ene noch het andere, ze was alleen maar onzeker en zwak en ze liet haar gevoelens gewoon smeulen.

Haar onzekerheid was nooit zo tastbaar als wanneer ze 's avonds in haar eentje door de stille kamers liep. Dan herinnerde ze zich het duidelijkst de stinkende adem, de klappen en de liefkozingen die ze 's nachts in het geniep moest verduren.

Toen ze met Gabriël trouwde, had ze echt gedacht dat ze de sleutel had gevonden die het donkere kistje in haar borst kon openen. Maar ze was niet dom, ze wist dat ze een troostprijs was. Die hij nam omdat hij de vrouw die hij eigenlijk wilde hebben, niet kon krijgen. Dat maakte toen niet uit; op een bepaalde manier was het zelfs makkelijker: geen gevoelens die de rustige buitenkant in beroering konden brengen, alleen maar saaie voorspelbaarheid in een eindeloze keten van dagen die elkaar opvolgden. Ze dacht dat dat het enige was dat ze zich wenste.

Vijfendertig jaar later wist ze hoezeer ze zich had vergist. Niets was erger dan eenzaamheid in tweezaamheid, en dat was precies wat ze had gekregen toen ze haar jawoord had gegeven in de kerk van Fjällbacka. Zij en Gabriël hadden parallelle levens geleid. Voor het landgoed gezorgd, hun kinderen opgevoed en bij gebrek aan andere gespreksonderwerpen over het weer en de wind gepraat.

Zij was de enige die wist dat er in Gabriël een andere man schuilde dan degene die hij dagelijks aan zijn omgeving liet zien. In de loop van de jaren had ze hem gadegeslagen, ze had hem in het geheim bestudeerd en heel geleidelijk de man leren kennen die hij had kunnen zijn. Het verbaasde haar dat dit inzicht zo'n groot verlangen in haar had gewekt. Maar Gabriëls andere kant lag zo diep begraven dat ze dacht dat hij zelf niet eens wist dat achter die saaie, beheerste buitenkant een gepassioneerde man schuilging. Ze zag hoeveel woede zich in hem had verzameld, maar ze dacht dat er evenveel liefde was, als ze maar het vermogen had gehad die naar de oppervlakte te lokken.

Zelfs toen Jacob ziek was, waren ze niet nader tot elkaar gekomen. Ze hadden naast elkaar aan zijn bed gezeten – zijn sterfbed hadden ze allebei gedacht – zonder elkaar te kunnen troosten. En vaak had ze het gevoel gehad dat Gabriël helemaal niet wilde dat zij erbij was.

Gabriëls geslotenheid was voor een groot deel te wijten aan zijn vader. Ephraïm Hult was een indrukwekkende man geweest en de mensen met wie hij in contact kwam konden in twee kampen worden verdeeld: vrienden of vijanden. Niemand stond onverschillig tegenover de Predikant, maar Laine begreep hoe moeilijk het moest zijn geweest om in de schaduw van zo'n man op te groeien. Bovendien hadden zijn zonen niet meer van elkaar kunnen verschillen. Johannes was heel zijn korte leven een groot kind gebleven, een levensgenieter die nam wat hij wilde hebben en nooit lang genoeg bleef om te zien wat voor sporen zijn chaos achterliet. Gabriël koos ervoor zich op een tegenovergestelde manier te ontwikkelen. Ze had gezien dat hij zich schaamde voor zijn vader en Johannes, voor hun bombastische gebaren, hun vermogen om overal als een vuurbaken te stralen. Zelf wilde hij verdwijnen in een anonimiteit die de omgeving duidelijk moest maken dat hij niets gemeen had met zijn vader. Gabriël streefde eigenlijk alleen maar naar respect, orde en rechtvaardigheid. Hij sprak nooit over zijn jeugd of over de jaren dat hij met Ephraïm en Johannes door het land trok. Maar Laine wist toch het een en ander, en ze begreep hoe belangrijk het voor haar man was om dat deel van zijn verleden te verbergen dat zo slecht rijmde met het beeld dat hij naar buiten toe wilde laten zien. Dat Ephraïm Jacobs leven had gered, had tegenstrijdige gevoelens bij Gabriël opgeroepen. De vreugde dat er een manier was gevonden om de ziekte te overwinnen, werd vertroebeld door het feit dat zijn vader, en niet hijzelf, de koene ridder was die te hulp kwam schieten. Hij zou er alles voor over hebben gehad om de held van zijn zoon te zijn.

Laines gedachten werden onderbroken door een geluid van buiten. Vanuit haar ooghoek zag ze een schaduw, en daarna nog een, die snel door de tuin liepen. De angst kreeg weer greep op haar. Ze zocht naar de draadloze telefoon en was al helemaal in paniek toen ze die eindelijk op zijn plek in de oplader vond. Met trillende vingers toetste ze het nummer van Gabriëls mobieltje in. Er werd iets door het raam gegooid en ze begon luid te schreeuwen. Het raam was verbrijzeld door een steen die tussen de glassplinters op de vloer lag. Een tweede steen sloeg het raam ernaast kapot en snikkend rende ze de kamer uit naar boven, waar ze zich opsloot in de badkamer terwijl ze gespannen op Gabriëls stem wachtte. In plaats daarvan kwam de voicemail, en ze hoorde de paniek in haar eigen stem toen ze een onsamenhangende boodschap insprak.

Daarna zat ze met haar armen stevig om haar knieën geklemd bevend op de vloer te luisteren naar eventuele geluiden achter de deur. Ze hoorde niets meer, maar durfde niet van haar plaats te komen.

Toen het ochtend werd, zat ze daar nog steeds.

Erica werd wakker toen de telefoon rinkelde. Ze keek op haar horloge. Halfelf in de ochtend. Ze moest weer in slaap zijn gevallen na de halve nacht te hebben liggen draaien, bezweet en ongemakkelijk.

'Ja?' Haar stem klonk slaapdronken.

'Hoi Erica, sorry, heb ik je wakker gemaakt?'

'Ja, maar dat geeft niet, Anna. Ik zou toch niet de hele ochtend moeten liggen slapen.'

'Jawel, slaap zoveel je kunt nu het nog kan. Straks krijg je niet veel slaap meer. Hoe is het trouwens met je?'

Erica maakte van de gelegenheid gebruik en klaagde een poosje over alle beproevingen van de zwangerschap tegen haar zus, die het precies begreep omdat ze zelf twee kinderen had.

'Arme stakker... De enige troost is dat je weet dat het vroeg of laat over gaat. Hoe gaat het nu Patrik thuis is? Werken jullie elkaar niet op de zenuwen? Ik weet nog dat ik de laatste weken het liefst met rust werd gelaten.'

'Ik geef toe dat de muren bijna op me afkwamen, dus ik heb niet echt geprotesteerd toen hij aan een moordzaak moest gaan werken.'

'Een moordzaak? Wat is er gebeurd?'

Erica vertelde over de jonge Duitse die vermoord was en de twee verdwenen vrouwen die waren teruggevonden.

'Jé, wat vreselijk.' De lijn begon te kraken.

'Waar zijn jullie? Is het leuk op de boot?'

'Ja, het is geweldig. Emma en Adrian vinden het prachtig en als het aan Gustav ligt, zijn ze binnenkort volleerde zeilers.'

'Gustav, ja. Hoe gaat het tussen jullie? Is hij al rijp genoeg om aan de familie te worden voorgesteld?'

'Daarom bel ik eigenlijk. We zijn nu in Strömstad en zijn van plan naar het zuiden te varen. Je moet eerlijk zeggen als het je te druk wordt, maar eigenlijk wilden we morgen een dagje in Fjällbacka blijven en even op bezoek komen. We slapen op de boot, dus je hebt niet veel last van ons, en je moet echt zeggen als het je te veel wordt, maar het zou zo verschrikkelijk leuk zijn om je buik te zien.'

'Natuurlijk zijn jullie welkom. Dan en zijn vriendin komen morgen barbecuen, en het is geen enkel probleem om een paar extra hamburgers op de grill te leggen.'

'O, wat leuk, dan krijg ik dat lammetje eindelijk ook te zien.'

'Nou, Patrik heeft me gezegd dat ik aardig tegen haar moet zijn, dus nu moet jij niet ook beginnen...'

'Ja, maar dit vereist natuurlijk wel wat extra voorbereiding. We moeten nagaan welke muziek tegenwoordig populair is bij de kids en welke kleren hot zijn en of lipgloss met een smaakje nog wel in is. We doen als volgt: als jij MTV checkt, koop ik wel een paar roddelbladen. Bestaat *Starlet* trouwens nog steeds, misschien is dat een idee.'

Erica schudde van het lachen. 'Houd op, ik ga dood. Wees nou maar lief... En trouwens, wie in een glazen huis woont, moet niet met stenen gooien. Wij hebben Gustav nog niet ontmoet, dus wat ons betreft kan hij ook maar zo een enorme lijperd blijken.'

'Tja, lijperd is niet echt een woord dat ik op Gustav vind slaan.'

Erica begreep dat Anna haar schertsende commentaar helemaal niet waardeerde. Haar zusje kon zo vreselijk teergevoelig zijn.

'Ik vind dat ik heb geboft dat iemand als Gustav mijn kant zelfs maar heeft opgekeken, ik ben tenslotte een alleenstaande moeder. Hij hoeft maar in het adelsboek te kijken, en toch kiest hij mij. Dat zegt heel wat over hem, vind ik. Ik ben de eerste vrouw die niet in het adelsboek voorkomt, met wie hij een relatie begint, dus ik heb echt geluk gehad.'

Erica vond ook dat dat heel wat over hem zei, maar niet op de manier die haar zus bedoelde. Anna had mannen nooit goed kunnen beoordelen en de manier waarop ze over Gustav sprak, verontrustte Erica nogal. Maar ze besloot de man niet op voorhand te veroordelen, hopelijk kon ze haar bange vermoedens terzijde schuiven zodra ze hem ontmoette.

Ze vroeg opgewekt: 'Hoe laat komen jullie?'

'Rond een uur of vier, schikt dat?'

'Dat komt heel goed uit.'

'Dan zien we elkaar morgen, doei.'

Toen ze had opgehangen voelde Erica zich werkelijk bezorgd. Iets in Anna's geforceerde toonval deed haar zich afvragen hoe goed de relatie met de fantastische Gustav af Klint eigenlijk was voor haar zusje.

Ze was zo blij geweest toen Anna scheidde van Lucas Maxwell, de vader van haar kinderen. Anna was zelfs aan een studie kunstgeschiedenis begonnen, een oude droom die ze nu eindelijk kon verwezenlijken. Ze had het geluk gehad een parttimebaan bij het veilingwezen in Stockholm te vinden. Daar had ze Gustav leren kennen. Hij kwam uit een zeer vooraanstaande adellijke familie en beheerde het familielandgoed in de provincie Hälsingland, dat ooit door koning Gustav Vasa aan zijn voorvaderen was geschonken. Gustavs familie ging om met het koninklijk huis en als zijn vader verhinderd was, ging Gustav naar de jaarlijkse jachtpartij van de koning. Dit had Anna allemaal aan Erica verteld, maar Erica was in het uitgaansleven van Stockholm net iets te veel van die lummels uit de upper class tegengekomen, en voelde daarom een zekere ongerustheid. Maar ze had Gustav nog nooit ontmoet, misschien was hij heel anders dan die andere rijke erfgenamen, die zich, verscholen achter hun façade van geld en titels, allerlei vrijheden veroorloofden en zich in gelegenheden als Riche en Spy Bar als zwijnen gedroegen. Ze zou het morgen wel merken. Ze hoopte dat ze ernaast zat en dat Gustav van een heel ander kaliber was. Er was niemand die ze een beetje geluk en stabiliteit meer gunde dan Anna.

Ze zette de ventilator aan en bedacht hoe ze haar dag zou besteden. Haar vroedvrouw had verteld dat het hormoon oxytocine, dat steeds meer wordt aangemaakt naarmate de bevalling nadert, bij zwangere vrouwen een sterke nestdrang veroorzaakt. Dat verklaarde waarom Erica de afgelopen weken bijna manisch en alsof haar leven ervan afhing alles in huis was gaan sorteren, nummeren en catalogiseren. Ze was helemaal gefixeerd op het idee dat ze daarmee klaar moest zijn voordat de baby kwam, en nu naderde ze het stadium waarin er in huis niet veel meer te doen viel. De klerenkasten waren netjes, de kinderkamer was klaar, de bestekladen waren gesopt. Alleen de kelder moest nog worden opgeruimd, daar lag nog allerlei rommel. Erica kwam puffend overeind en pakte resoluut de draagbare ventilator onder haar arm. Ze kon maar beter opschieten, voordat Patrik haar betrapte.

Hij had vijf minuten pauze genomen en zat in de zon voor het politiebureau een ijsje te eten, toen Gösta zijn hoofd door een van de vensteropeningen stak en riep: 'Patrik, kun je even aan de telefoon komen?'

Patrik hapte snel het laatste stukje Magnum van het stokje en ging naar binnen. Hij pakte de hoorn die op Gösta's bureau lag en was verbaasd toen hij hoorde wie er belde. Na een kort gesprek, waarin hij een aantal aantekeningen neerkrabbelde, hing hij op en zei tegen Gösta, die hem vanuit zijn bureaustoel had gadegeslagen: 'Zoals je hoorde heeft iemand de ramen bij Gabriël Hult ingegooid. Ga je mee een kijkje nemen?'

Gösta leek een beetje verbaasd dat Patrik hem vroeg en niet Martin, maar hij knikte.

Toen ze een poosje later over de oprijlaan reden, zuchtten ze allebei even jaloers. Het landhuis waarin Gabriël Hult resideerde was werkelijk magnifiek. Het glansde als een witte parel tussen het groen, en de iepen, die de oprijlaan omzoomden, bogen eerbiedig in de wind. Patrik bedacht dat Ephraïm Hult wel een heel goede predikant moest zijn geweest dat hij dit allemaal had gekregen.

Zelfs het gekraak onder hun voeten toen ze over het grindpad naar het bordes liepen, voelde extra luxueus en hij was heel benieuwd hoe het er binnen zou uitzien.

Gabriël Hult deed zelf open, en Patrik en Gösta veegden hun voeten af aan de deurmat voordat ze de hal in stapten.

'Fijn dat jullie zo snel konden komen. Mijn vrouw is erg geschokt over het gebeurde. Ik was weg voor zaken, dus ze was gisteravond alleen thuis.'

Terwijl hij praatte, ging hij hen voor naar een grote mooie kamer, met hoge ramen waardoor het zonlicht binnenviel. Op een witte bank zat een vrouw met een angstige gelaatsuitdrukking, maar ze stond op om hen te begroeten.

'Laine Hult. Fijn dat jullie zo snel konden komen.'

Ze ging weer zitten, Gabriël gebaarde naar de bank tegenover die van Laine, en Patrik en Gösta namen daarop plaats. Ze voelden zich geen van beiden op hun gemak. Ze hadden zich niet in het pak gestoken toen ze naar hun werk waren gegaan, en hadden allebei een korte broek aan. Patrik had in elk geval nog een net T-shirt aan, maar Gösta droeg een behoorlijk oud overhemd met korte mouwen en van een synthetische stof met een mintgroen patroon. Het contrast was des te groter omdat Laine een fris pakje van natuurkleurig linnen droeg en Gabriël gekleed was in een driedelig kostuum. Dat moest behoorlijk warm en zweterig zijn, dacht Patrik en hij hoopte maar dat Gabriël in de zomer niet altijd zo gekleed hoefde te gaan. Maar het was moeilijk je Gabriël in vrijetijdskleding voor te stellen en hij leek niet eens te transpireren in zijn donkerblauwe pak, terwijl Patrik bij de gedachte alleen dat hij in dit jaargetijde iets dergelijks zou moeten dragen, al nat werd onder zijn armen.

'Uw man heeft door de telefoon vrij kort gemeld wat er is voorgevallen, maar zou u het misschien wat uitgebreider kunnen vertellen?'

Patrik glimlachte geruststellend naar Laine en pakte zijn kleine notitieblok en een pen. Hij wachtte.

'Ja, ik was gisteren alleen thuis. Gabriël moet vaak weg voor zaken, dus dat zijn veel eenzame nachten.'

Patrik hoorde het verdriet in haar stem en hij vroeg zich af of Gabriel Hult dat ook had gehoord. Ze ging verder: 'Ik weet dat het stom klinkt, maar ik ben enorm bang in het donker, dus meestal gebruik ik maar twee kamers als ik alleen ben, mijn slaapkamer en de televisiekamer die daarnaast ligt.'

Het viel Patrik op dat ze 'mijn' slaapkamer zei en hij stond er even bij stil hoe verdrietig het was als getrouwde mensen niet eens samen sliepen. Dat zou hem en Erica nooit overkomen.

'Ik wilde net Gabriël bellen toen ik buiten iets zag bewegen. Nog geen tel later vloog er iets door een van de ramen aan de korte kant van het huis, links van waar ik stond. Ik zag nog dat het een grote steen was en toen verbrijzelde een tweede het raam ernaast. Daarna hoorde ik alleen het geluid van rennende voeten en ik zag twee schaduwen in de richting van de bosrand verdwijnen.'

Patrik maakte aantekeningen met korte steekwoorden. Gösta had sinds ze waren binnengekomen nog geen woord gezegd, behalve zijn naam toen hij zich aan Gabriël en Laine voorstelde. Patrik keek hem met een vragende blik aan om te zien of er iets was waarover hij duidelijkheid wilde, maar Gösta bestudeerde zwijgend zijn nagelriemen. Ik had net zo goed een deurstopper kunnen meenemen, dacht Patrik.

'Hebben jullie enig idee wat het motief van de daders zou kunnen zijn geweest?'

Het antwoord van Gabriël, die leek te onderbreken wat Laine net wilde gaan zeggen, kwam snel. 'Nee, of het moet doodgewone jaloezie zijn. Het heeft de mensen altijd gestoken dat onze familie op dit landgoed woont, en in de loop van de jaren zijn er regelmatig dronken lui op het terrein geweest. Onschuldige kwajongensstreken en daar zou het ook bij zijn gebleven als mijn vrouw er niet op had gestaan de politie in te lichten.'

Hij keek met een misnoegde blik naar Laine, die voor de eerste keer tijdens het gesprek liet zien dat er een beetje leven in haar zat door boos terug te kijken. De opstandigheid in die handeling leek een smeulend vonkje in haar aan te wakkeren, want zonder haar man nog eens aan te kijken zei ze rustig tegen Patrik: 'Ik vind dat jullie met Robert en Johan Hult moeten praten, dat zijn de neven van mijn man, en hun vragen waar ze gisteren waren.'

'Laine, dat is toch helemaal niet nodig!'

'Jij was hier gisteren niet, dus jij weet helemaal niet hoe eng het is als er van een meter afstand stenen door de ramen vliegen. Ik had wel geraakt kunnen worden. En je weet even goed als ik dat het die twee idioten waren die hier zijn geweest!'

'Laine, we hadden toch afgesproken...' Gabriël sprak met samengeknepen lippen en zijn kaakspieren stonden strak gespannen.

'Jij hebt dat afgesproken!' Laine negeerde haar echtgenoot en wendde zich weer tot Patrik, gesterkt door haar eigen ongebruikelijke blijk van moed.

'Zoals ik al zei heb ik ze niet gezien, maar ik durf te zweren dat het Johan en Robert waren. Hun moeder, Solveig, was hier eerder op de dag geweest en had zich heel vervelend gedragen en die twee zijn echte rotte appelen, dus... maar ja, dat weten jullie, jullie hebben tenslotte vaker met hen van doen gehad.'

Ze gebaarde naar Patrik en Gösta, die alleen maar instemmend konden knikken. Het was waar dat de politie met een zorgwekkende regelmaat bij de beruchte gebroeders Hult langs moest gaan; dat was al zo toen Johan en Robert nog puistige jongens waren.

Laine keek uitdagend naar Gabriël om te zien of hij haar durfde tegenspreken, maar hij haalde slechts gelaten zijn schouders op, alsof hij wilde zeggen dat hij zijn handen in onschuld waste.

'Wat was de aanleiding van de ruzie met hun moeder?' vroeg Patrik.

'Dat mens heeft niet veel aanleiding nodig, ze heeft ons altijd al gehaat, maar dat ze gisteren overstuur was, kwam door het nieuws over de meisjes die jullie in de Koningskloof hebben gevonden. Met haar beperkte intelligentie had ze de conclusie getrokken dat die vondst het bewijs leverde dat Johannes, haar man, ten onrechte was beschuldigd en daar gaf ze Gabriël de schuld van.'

Laines stem ging omhoog van verontwaardiging en ze wees met opgeheven hand naar haar man, die inmiddels deed alsof hij mentaal niet bij het gesprek was betrokken.

'Ja, in de papieren over de verdwijningen las ik dat u uw broer bij de politie hebt aangegeven als verdachte. Kunt u daar wat meer over vertellen?'

Gabriëls gezicht vertrok nauwelijks merkbaar, het was slechts een kleine indicatie dat hij de vraag vervelend vond, maar zijn stem klonk rustig toen hij antwoordde. 'Het is allemaal jaren geleden gebeurd. Maar als u wilt weten of ik volhoud dat ik mijn broer samen met Siv Lantin heb gezien, dan is het antwoord ja. Ik was van het ziekenhuis in Uddevalla, waar mijn zoon lag die toen leukemie had, met de auto onderweg naar huis. Op de weg naar Bräcke kwam ik de auto van mijn broer tegen. Ik vond het nogal vreemd dat hij midden in de nacht op pad was, daarom keek ik wat beter en toen zag ik het meisje op de passagiersstoel zitten met haar hoofd op mijn broers schouder. Het leek alsof ze sliep.'

'Hoe wist u dat het Siv Lantin was?'

'Dat wist ik niet, maar ik herkende haar meteen toen ik later de foto in de krant zag. Ik wil er echter wel op wijzen dat ik nooit heb gezegd dat mijn broer de meisjes heeft vermoord, ik heb hem niet als moordenaar aangewezen, zoals de mensen in het dorp beweren. Ik heb alleen gemeld dat ik hem met het meisje heb gezien, omdat ik vond dat dat mijn burgerplicht was. Het had niets te maken met een eventueel conflict tussen ons, of met wraak zoals sommigen beweerden. Ik heb verteld wat ik heb gezien, en ik heb het de politie laten uitzoeken. Kennelijk zijn er nooit bewijzen tegen Johannes gevonden, daarom vind ik deze hele discussie nu overbodig.'

'Maar wat dacht u er zelf van?' Patrik keek Gabriël nieuwsgierig aan. Hij kon zich niet goed voorstellen dat iemand zo gewetensvol was dat hij zijn eigen broer aangaf.

'Ik denk helemaal niets, ik houd me bij de feiten.'

'Maar u kende uw broer toch. Denkt u dat hij in staat was tot het plegen van een moord?'

'Mijn broer en ik hadden niet veel gemeen. Ik heb me weleens afgevraagd of we wel dezelfde genen hadden, zo verschillend waren we. U vraagt mij of ik denk dat hij in staat was iemand van het leven te beroven?' Gabriël spreidde zijn handen. 'Ik weet het eerlijk gezegd niet, ik kende mijn broer niet goed genoeg om die vraag te kunnen beantwoorden. En bovendien lijkt ze inmiddels overbodig, gezien de laatste ontwikkelingen, is het niet?'

Daarmee beschouwde hij het gesprek als beëindigd, hij stond op uit zijn fauteuil. Patrik en Gösta begrepen de niet bijster subtiele hint en namen afscheid.

'Wat vind je ervan, zullen we de jongens even aan de tand voelen over wat ze gisteravond hebben uitgespookt?'

De vraag was retorisch gesteld en Patrik reed al in de richting van Johans en Roberts huis zonder op Gösta's antwoord te wachten. De slapheid van de oudere man tijdens het verhoor ergerde hem. Wat was er nodig om deze oude zonderling wakker te schudden? Zijn pensioen kwam weliswaar steeds dichterbij, maar hij was nog in dienst en je mocht toch verwachten dat hij zijn werk deed.

'En, wat is jouw mening over dit alles?' De irritatie in Patriks stem was duidelijk hoorbaar.

'Dat ik niet weet welk alternatief het ergst is: dat we een moordenaar hebben die in twintig jaar minstens drie meisjes heeft vermoord en van wie we absoluut niet weten wie het is, of dat het werkelijk Johannes Hult was die Siv en Mona heeft gemarteld en vermoord en dat iemand hem nu kopieert. Wat het eerste alternatief betreft, zouden we misschien de gevangenisregisters nader moeten bekijken. Heeft er iemand gevangengezeten tussen de verdwijning van Siv en Mona en de moord op het Duitse meisje? Dat zou een verklaring voor de pauze kunnen zijn.' Gösta's stem klonk bedachtzaam en Patrik keek hem verbaasd aan. De oudere man was toch niet zo wazig als hij had gedacht.

'Dat zou vrij makkelijk gecontroleerd kunnen worden. In Zweden zitten niet zoveel mensen twintig jaar gevangen. Zoek jij het uit als we weer op het bureau zijn?'

Gösta knikte en keek daarna zwijgend door het zijraam.

De weg naar de oude boswachterswoning werd steeds slechter; hemelsbreed was het maar een kort stukje van het huis van Gabriël en Laine naar het kleine huisje van Solveig en de jongens, maar het verschil was aanzienlijk. Het erf leek wel een schroothoop. Er stonden drie auto's in verschillende stadia van verval, en verder nog een heleboel andere rotzooi van ondefinieerbare aard. Deze mensen waren kennelijk echte verzamelaars, en Patrik vermoedde dat ze er ook flink wat goederen tussen zouden vinden die uit vakantiehuisjes in de omgeving waren gestolen. Maar daar kwamen ze vandaag niet voor, ze moesten prioriteiten stellen.

Robert kwam op hen af vanuit een schuurtje waarin hij aan een van de oude autowrakken had staan sleutelen. Hij was gekleed in een smerige overall die een verschoten blauwgrijze kleur had. Zijn handen zaten onder de olie en hij had kennelijk in zijn gezicht gewreven, want ook daar zaten strepen en vlekken. Hij veegde zijn handen af aan een dot poetskatoen terwijl hij op hen afkwam.

'Wat willen jullie nou weer? Als jullie hier gaan zoeken, wil ik eerst de juiste documenten zien.' Zijn stem klonk familiair. Terecht, want ze hadden elkaar in de loop van de jaren vaak ontmoet.

Patrik hief zijn handen in een afwerend gebaar op. 'Rustig maar, we gaan nergens naar zoeken. We willen alleen even met je praten.'

Robert keek hen achterdochtig aan, maar toen knikte hij.

'We willen je broer ook spreken. Is hij thuis?'

Robert knikte onwillig en schreeuwde naar het huis: 'Johan, de politie is hier. Ze willen met ons praten!'

'Kunnen we niet even binnen gaan zitten?'

Zonder het antwoord af te wachten liep Patrik naar de deur, met Gösta in zijn kielzog. Robert had geen andere keus dan mee te gaan. Hij nam niet de moeite zijn overall uit te trekken of zich te wassen. Omdat Patrik in het verleden diverse keren een verrassingsbezoekje aan het huis had afgelegd, wist hij dat daar ook geen reden toe was: het vuil zat overal. Jaren geleden moet het ongetwijfeld een gezellig huis zijn geweest, al was het klein. Maar jaren van verwaarlozing hadden alles in een zootje veranderd. Het behang was somber bruin, met losse banen en heel veel vlekken. En alle rommel leek ook bedekt door een dun, vettig vlies.

De beide politiemannen knikten naar Solveig die aan de wankele keukentafel met haar albums bezig was. Haar donkere haar hing in slierten langs haar hoofd en toen ze nerveus haar pony uit haar ogen veegde, glommen haar vingers van het vet. Onbewust veegde Patrik zijn handen af aan zijn korte broek, waarna hij voorzichtig op het puntje van een van de stoelen ging zitten. Johan kwam uit een aangrenzende kleine kamer en nam met een stuurs gezicht naast zijn moeder en broer plaats op de keukenbank. Toen ze zo naast elkaar zaten, zag Patrik hoeveel ze op elkaar leken. Solveigs vroegere schoonheid was als een echo in de gezichten van de jongens terug te vinden. Patrik had gehoord dat Johannes ook een knappe man was geweest, en als zijn zonen hun rug rechtten, zouden zij er ook niet onverdienstelijk uitzien. Nu verleende een soort vluchtigheid hen een nogal gladde uitstraling. Oneerlijkheid was waarschijnlijk het woord waarnaar Patrik zocht. Als een uiterlijk oneerlijk kon zijn, klopte die beschrijving in elk geval voor Robert. Patrik koesterde nog steeds enige hoop voor Johan; de keren dat hij hen ambtshalve was tegengekomen, had de jongste broer altijd een minder verharde indruk gemaakt dan de oudste. Patrik meende bij Johan soms een zekere ambivalentie te bespeuren tegenover de carrière die hij in navolging van Robert had gekozen. Het was jammer dat Robert zoveel invloed op hem had, anders zou Johan voor een heel ander leven kunnen kiezen. Maar het was nu eenmaal zoals het was.

'Wat is er nu weer, verdomme?' Johan stelde dezelfde stuurse vraag als zijn broer.

'We wilden even horen wat jullie gisteravond hebben uitgespookt. Hebben jullie misschien bij jullie oom en tante stenen door de ramen gegooid?'

De broers wisselden een samenzweerderige blik voordat ze een masker van totale onwetendheid opzetten.

'Nee, waarom zouden we zoiets doen? We waren gisteravond de hele avond thuis, is het niet, mama?'

Ze draaiden zich allebei om naar Solveig en zij knikte bevestigend. Ze had de albums tijdelijk dichtgeslagen en luisterde gretig naar het gesprek tussen haar zonen en de politie.

'Ja, ze waren gisteren allebei hier. We hebben met zijn drieën televisie gekeken. Het was een gezellig familieavondje.' Ze nam niet de moeite haar ironische toonval te verbergen.

'En Johan en Robert zijn niet even weggeweest? Rond een uur of tien?'

'Nee, ze zijn geen minuut weggeweest. Voor zover ik me kan herinneren zijn ze niet eens naar de plee gegaan.' Nog steeds dezelfde ironische toon terwijl haar zonen maar zaten te grijnzen.

'Iemand heeft gisteren dus een paar ramen bij hen vernield. Dan hebben ze het zeker wel in hun broek gedaan van angst?'

De grijns ging nu over in een regelrechte lach en Patrik moest aan Beavis and Butt-Head denken.

'Alleen jullie tante. Gabriël was weg, ze was gisteren dus alleen thuis.'

De teleurstelling stond op hun gezicht geschreven. Ze hadden waarschijnlijk gehoopt beiden bang te maken en er niet op gerekend dat Gabriël niet thuis zou zijn.

'Ik hoorde dat jij, Solveig, gisteren ook een bezoekje aan het landgoed hebt gebracht, en dreigementen hebt geuit. Kun je daar iets meer over zeggen?'

Gösta had het woord genomen en Patrik en de gebroeders Hult keken hem verbaasd aan.

Solveig lachte rauw. 'Zo, ze zeiden dus dat ik ze heb bedreigd. Nou, ik heb niets gezegd wat ze niet verdienden. Gabriël heeft mijn man aangewezen als moordenaar. Hij heeft hem van het leven beroofd, alsof hij hem zelf aan de strop had opgehangen.'

Bij het horen van de manier waarop zijn vader was doodgegaan, begon een spier in Roberts gezicht te trekken en Patrik herinnerde zich ineens dat hij had gelezen dat Robert zijn dode vader had gevonden.

Solveig vervolgde haar tirade: 'Gabriël heeft Johannes altijd gehaat. Sinds ze klein waren was hij al jaloers op hem. Johannes was alles wat Gabriël niet was, en dat wist hij. Ephraïm trok Johannes altijd voor en dat kan ik wel begrijpen. Je mag weliswaar geen onderscheid maken tussen je kinderen,' ze knikte naar de jongens naast haar op de bank, 'maar Gabriël was een kouwe kikker, terwijl Johannes bruiste van het leven. En ik kan het weten, eerst was ik met de ene verloofd en later met de andere. Gabriël liet zich met geen mogelijkheid opwinden. Hij was altijd zo vervloekt correct en wilde wachten tot we getrouwd waren. Dat werkte me op de zenuwen. Toen raakte zijn broer in mij geïnteresseerd en dat was iets heel anders. Zijn handen konden overal tegelijk zijn en als hij alleen al naar me keek, stond ik in vuur en vlam.' Solveig grinnikte en staarde voor zich uit, alsof ze de hete nachten uit haar jeugd herbeleefde.

'Verdomme ma, houd je mond.'

De afkeer was van de gezichten van de zonen af te lezen, ze wilden kennelijk geen details over het amoureuze verleden van hun moeder horen. Op Patriks netvlies verscheen het beeld van een naakte Solveig, die wellustig met haar vettige lichaam kronkelde, en hij knipperde even met zijn ogen om dat beeld weer kwijt te raken.

'Toen ik dus hoorde dat er een meisje was vermoord en dat Siv en Mona waren gevonden, ben ik naar ze toe gegaan om ze de waarheid te zeggen. Uit pure jaloezie en gemeenheid heeft Gabriël het leven van Johannes en mij en de jongens verpest, maar eindelijk kijkt de waarheid de mensen in de ogen. Nu mogen ze zich schamen, nu zullen ze weten dat ze naar de verkeerde broer hebben geluisterd en ik hoop dat Gabriël in de hel zal branden vanwege zijn zonden.'

Ze werd weer bijna net zo razend als de dag ervoor en Johan legde een kalmerende en tegelijk waarschuwende hand op haar arm.

'Nou, wat de reden ook is, je mag mensen niet bedreigen. En je mag ook geen stenen door de ramen gooien.' Patrik keek veelbetekenend naar Robert en Johan en liet merken dat hij de verklaring van hun moeder over een gezellig avondje thuis voor de buis geen moment geloofde. Zij wisten dat hij het wist en hij vertelde hun nu dat hij van plan was hen in de gaten te houden. Ze mompelden slechts ten antwoord. Solveig leek de waarschuwende hint echter te negeren en had rode vlekken van woede op haar wangen.

'Trouwens, Gabriël is niet de enige die zich moet schamen! Wanneer biedt de politie eigenlijk haar verontschuldigingen aan? Door bij ons op de boerderij alles binnenstebuiten te keren en Johannes in een politiewagen mee te nemen voor verhoor, hebben jullie ook een aandeel gehad in zijn dood. Is het geen tijd voor een excuus?'

Voor de tweede keer nam Gösta het woord: 'Voordat we echt weten wat er met de drie meisjes is gebeurd, worden er geen verontschuldigingen aangeboden. En zolang het onderzoek loopt, wil ik dat jij je fatsoenlijk gedraagt, Solveig.' De vastheid in Gösta's stem leek van een onverwachte plek te komen.

Toen ze weer in de auto zaten vroeg Patrik verbaasd: 'Kennen Solveig en jij elkaar?'

Gösta bromde. 'Wat is kennen? Ze is even oud als mijn jongste broer en toen we nog klein waren, kwam ze vaak bij ons thuis. Toen ze een tiener was, kende iedereen Solveig. Ze was het mooiste meisje in de wijde omgeving moet je weten, al is dat moeilijk voor te stellen als je haar tegenwoordig ziet. Het is heel jammer dat haar leven en dat van de jongens zo'n foute wending heeft genomen.' Hij schudde spijtig zijn hoofd. 'En ik kan haar niet eens beloven dat ze gelijk heeft als ze zegt dat Johannes onschuldig is gestorven. We weten tenslotte helemaal niks!'

Gefrustreerd sloeg hij met zijn vuist op zijn dij. Patrik had het idee dat hij naar een beer keek die uit zijn winterslaap ontwaakt.

'Controleer jij de gevangenissen als we terug zijn?'

'Ja, ja, dat heb ik toch al gezegd! Ik begrijp een instructie als ik die krijg. Bevelen van een snotaap die maar amper droog is achter de oren...' Gösta keek somber door de autoruit.

We hebben nog een lange weg te gaan, dacht Patrik vermoeid.

Erica merkte dat ze het fijn vond dat Patrik die zaterdag thuisbleef. Hij had beloofd het weekend vrij te nemen en nu tuften ze in hun houten bootje langs de klippen. Ze hadden het geluk gehad bijna net zo'n boot te vinden als Erica's vader Tore had gehad. Dat was het enige type boot dat zij wilde hebben. Zeilen had ze nooit bijzonder leuk gevonden, ondanks een paar lessen op de zeilschool, en een plastic motorboot ging weliswaar sneller, maar wie had er nu haast op het water?

Het geluid van de motor was voor haar het geluid van haar jeugd. Als klein kind had ze vaak op de warme houten bodem gelegen met het slaapverwekkende gebonk in haar oren. Gewoonlijk zat ze het liefst op de verhoogde voorsteven voor het windscherm, maar in haar huidige, op zijn zachtst gezegd minder gracieuze toestand durfde ze dat niet aan en nu zat ze op een van de banken achter de beschuttende schermen. Patrik stond aan het roer, met de wind in zijn bruine haar en een glimlach op zijn gezicht. Ze waren vroeg vertrokken om de toeristen voor te zijn, en de lucht was fris en helder. De boot werd met regelmatige tussenpozen bespat met zout water, en Erica proefde het zout in de lucht die ze inademde. Het was moeilijk je voor te stellen dat ze een klein mensje in zich droeg dat over een paar jaar naast Patrik op de achtersteven zou zitten, in een groot oranje zwemvest met een brede kraag, zoals zij zo vaak naast haar vader had gezeten.

Haar ogen begonnen te branden bij het idee dat haar vader zijn kleinkind nooit zou zien. Haar moeder ook niet, maar omdat zij zich nooit noemenswaardig om haar dochters had bekommerd, dacht Erica niet dat haar kind zoveel gevoelens bij haar moeder zou hebben opgewekt. Ze had ook altijd onnatuurlijk stijf op Anna's kinderen gereageerd en hen alleen onhandig omhelsd als de situatie en de omgeving dat leken te eisen. De bitterheid welde in Erica op, maar ze slikte het nare gevoel weg. Op donkere momenten was ze bang dat het moederschap voor haar even belastend zou blijken te zijn als het voor Elsy was geweest; dat ze in één klap in haar koude, ontoegankelijke moeder zou veranderen. Het logische deel van haar hersenen zei dat die angst belachelijk was, maar angst was niet logisch en het gevoel was er wel degelijk. Anderzijds was Anna een warme en liefdevolle moeder voor Emma en Adrian, dus waarom zou zij ook niet zo worden, probeerde ze zichzelf gerust te stellen. Ze had in elk geval de juiste vader voor het kind gekozen, dacht ze toen ze naar Patrik keek. Zijn kalmte en zekerheid compenseerden haar eigen rusteloosheid op een manier die ze nooit eerder met iemand had meegemaakt. Hij zou een geweldige vader worden.

Ze gingen in een kleine beschutte baai aan land en legden hun badlakens op de kale klippen. Dit had ze gemist toen ze in Stockholm woonde. De scherenkust, met haar bossen en plantengroei, was daar heel anders en had op de een of andere manier een rommelige en opdringerige indruk gemaakt. De bewoners van de westkust noemden de kust van Stockholm minachtend een overstroomde tuin. De westelijke scherenkust was heel zuiver in haar eenvoud. In de roze en grijze kristallen van het graniet reflecteerde het water en alles stak hartverscheurend mooi af tegen de wolkeloze hemel. Kleine bloemen in de spleten vormden de enige vegetatie en in dat schrale milieu kwam hun schoonheid dubbel tot haar recht. Erica deed haar ogen dicht en voelde hoe ze weggleed in een behaaglijke slaap, bij het geluid van het klokkende water en de boot die zachtjes aan het meertouw trok.

Toen Patrik haar voorzichtig wakker maakte, wist ze eerst niet goed waar ze was. Het scherpe zonlicht verblindde haar even toen ze haar ogen opensloeg, en Patrik was slechts een donkere schaduw die boven haar uittorende. Toen realiseerde ze zich dat ze bijna twee uur had geslapen en nu echt trek had in de meegebrachte koffie.

Ze schonken de koffie uit de thermosfles in twee grote mokken en aten er kaneelbolletjes bij. Koffiedrinken was nergens zo lekker als langs het water, en ze genoten met volle teugen. Erica kon zich niet inhouden en begon over het verboden gespreksonderwerp.

'Hoe gaat het eigenlijk?'

'Zo, zo. Eén stap vooruit en twee stappen terug.' Patriks antwoord was kort. Het was duidelijk dat hij niet wilde dat het kwaad dat zich in zijn werk had opgedrongen, de zonovergoten stilte zou binnenvallen. Maar Erica's nieuwsgierigheid was te groot en ze kon het niet nalaten verder te vragen.

'Hadden jullie iets aan de artikelen die ik heb gevonden? Denken jullie dat het allemaal iets met de familie Hult te maken heeft, of had Johannes Hult gewoon pech dat hij erbij betrokken raakte?'

Patrik zuchtte met de mok tussen zijn handen. 'Wist ik het maar. Die hele familie lijkt een vreselijk wespennest en ik zou het liefst niet in hun onderlinge relaties willen wroeten. Maar er is iets wat niet goed voelt, en ik weet niet of dat wel of niet met de moorden te maken heeft. Het is geen prettige gedachte dat wij er misschien aan hebben bijgedragen dat een onschuldige man zelfmoord pleegde, dus ik hoop eigenlijk dat de politie er niet helemaal naast zat. Gabriëls getuigenverklaring was tenslotte het enige zinnige dat ze hadden toen de meisjes verdwenen. Maar we kunnen ons niet alleen op de Hults richten, we zoeken dus vrij breed.' Hij zweeg, maar ging na een paar tellen verder. 'Ik wil er liever niet over praten. Op dit moment wil ik aan iets anders denken.'

Erica knikte. 'Ik beloof je dat ik niets meer zal vragen. Nog een bolletje?'

Daar zei hij geen nee tegen, en na een paar uur lezen en zonnen was het tijd om weer naar huis te gaan en voorbereidingen te treffen voor de barbecue. Op het laatste moment hadden ze besloten ook Patriks vader en diens vrouw uit te nodigen, dus behalve de kinderen moesten er acht volwassenen te eten krijgen.

Gabriël werd in het weekend altijd rusteloos omdat er dan van hem werd verwacht dat hij zich zou ontspannen en niet zou werken. Het probleem was dat hij niet wist wat hij moest doen als hij niet aan het werk was. Zijn werk was zijn leven. Hij had geen hobby's, hij had geen zin om iets met zijn vrouw te doen en de kinderen waren het huis uit, hoewel Linda's status misschien discutabel was. Daarom sloot hij zich meestal op in zijn werkkamer, met zijn neus in de boekhouding. Cijfers begreep hij tenminste. In tegenstelling tot mensen met hun lastige gevoelens en irrationaliteit, volgden cijfers bepaalde regels. Hij kon altijd op ze vertrouwen en voelde zich prettig in hun wereld. Je hoefde geen genie te zijn om te begrijpen waar het verlangen naar orde en netheid vandaan kwam – Gabriël had het allang geleden toegeschreven aan zijn chaotische jeugd – maar hij vond het niet nodig er iets aan te doen. Het werkte en hij had er baat bij gehad, dus was de oorsprong van die behoefte van weinig of geen belang.

Hij probeerde sowieso zo weinig mogelijk te denken aan de tijd dat ze met de Predikant rondtrokken. Maar als hij zich zijn jeugd herinnerde, zag hij zijn vader altijd als de Predikant. Een gezichtloze, angstaanjagende figuur die hun dagen vulde met schreeuwende, wauwelende en hysterische mensen. Mannen en vrouwen die probeerden Johannes en hem aan te raken. Die met klauwende handen naar hen grepen, om hen de fysieke of psychische pijn waaronder ze gebukt gingen, te laten wegnemen. Die geloofden dat zijn broer en hij het antwoord op hun gebeden hadden, een directe verbinding met God.

Johannes had die jaren heerlijk gevonden. Hij had zich gewenteld in de aandacht en het prettig gevonden om in de schijnwerpers te staan. Gabriël had hem weleens betrapt toen hij 's avonds in bed gefascineerd naar zijn handen lag te kijken, alsof hij probeerde te doorgronden waar de wonderbaarlijke mirakelen eigenlijk vandaan kwamen.

Terwijl Gabriël een enorme dankbaarheid had gevoeld toen de gave verdween, was Johannes wanhopig geweest. Hij had zich er niet mee kunnen verzoenen dat hij nu slechts een gewone jongen was, zonder een bijzondere gave, net als iedereen. Hij had gehuild en de Predikant gesmeekt hem te helpen de gave terug te krijgen, maar hun vader had alleen maar kort uitgelegd dat dat leven nu was afgelopen, dat nu een ander leven zou beginnen en dat Gods wegen ondoorgrondelijk waren.

Toen ze naar het landgoed buiten Fjällbacka verhuisden, werd de Predikant in Gabriëls ogen Ephraïm, niet vader, en Gabriël had vanaf het begin van dat leven gehouden. Niet omdat hij dichter bij zijn vader kwam, Johannes was altijd de lievelingszoon geweest en zou dat ook blijven, maar omdat hij eindelijk een thuis had gevonden, een plek om te blijven en zijn bestaan daarnaar te regelen. Klokslagen om te volgen en tijden waaraan je je moest houden. Een school om naartoe te gaan. Hij hield van het landgoed en droomde ervan dat hij het op een dag naar eigen inzicht zou mogen beheren. Hij wist dat hij dat beter zou doen dan Ephraïm en Johannes, en 's avonds bad hij dat zijn vader niet zo dom zou zijn zijn lievelingszoon het landgoed te laten overnemen als ze ouder waren. Het kon hem niet schelen dat Johannes alle liefde en aandacht kreeg, als hij, Gabriël, het landgoed maar kreeg.

En zo was het ook gegaan, maar niet op de manier die hij voor ogen had gehad. In zijn voorstellingswereld had Johannes er wel altijd bij gehoord. Pas toen Johannes overleed, had Gabriël begrepen hoezeer hij zijn zorgeloze broer nodig had, als iemand om wie hij zich zorgen kon maken en aan wie hij zich kon ergeren. Toch had hij niet anders kunnen handelen.

Hij had Laine gevraagd om niet te vertellen dat ze dachten dat Johan en Robert de stenen door de ramen hadden gegooid. Dat had hem zelf verbaasd. Raakte hij zijn gevoel voor wet en orde kwijt of had hij onbewust een slecht geweten over het lot van zijn familie? Hij wist het niet, maar achteraf was hij Laine dankbaar dat ze ervoor had gekozen hem te trotseren en alles aan de politie te vertellen. Ook dat had hem verbaasd. In zijn ogen was zijn vrouw eerder een zeurende, slappe jaknikker dan iemand met een eigen wil, en de scherpte in haar toon en het verzet dat hij in haar ogen had gezien hadden hem verrast. Het verontrustte hem. Door wat er de afgelopen week was gebeurd, kreeg hij het gevoel dat de hele wereldorde bezig was te veranderen. Voor een man die veranderingen verafschuwde, was dat een beangstigende toekomstvisie. Gabriël vluchtte nog verder weg in de wereld van de cijfers.

De eerste gasten kwamen op tijd. Patriks vader Lars en zijn vrouw Bittan arriveerden precies om vier uur en hadden een fles wijn en bloemen meegenomen voor de gastheer en gastvrouw. Patriks vader was een grote, lange man met een flinke buik. Zijn vrouw, met wie hij inmiddels alweer twintig jaar getrouwd was, was klein en rond als een bal. Maar dat stond haar goed en de rimpels rond haar ogen verrieden dat ze vaak lachte. Erica wist dat Patrik het in veel opzichten makkelijker vond om met Bittan om te gaan dan met zijn eigen moeder Kristina, die veel strikter en stijver was. De scheiding van zijn ouders had bitterheid tot gevolg gehad, maar in de loop van de tijd was het beter geworden. Niet dat er sprake was van vriendschap, maar er had zich een vorm van wapenstilstand ontwikkeld tussen Lars en Kristina, en ze konden zelfs af en toe op dezelfde feesten of evenementen verschijnen. Maar het bleef toch makkelijker om ieder apart uit te nodigen, en omdat Kristina momenteel in Göteborg op bezoek was bij Patriks jongere zus, hoefden ze zich niet bezwaard te voelen omdat ze alleen Lars en Bittan hadden uitgenodigd voor deze barbecue.

Een kwartier later kwamen Dan en Maria; die zaten nog maar net in de tuin nadat ze Lars en Bittan beleefd hadden begroet, of Erica hoorde Emma joelen. Ze liep hen tegemoet en na de kinderen te hebben geknuffeld kreeg ze de nieuwe man in Anna's leven te zien.

'Hallo, wat leuk je eindelijk eens te ontmoeten!'

Ze stak haar hand uit en begroette Gustav af Klint. Alsof hij haar vooroordelen al bij de eerste indruk wilde bevestigen, voldeed hij precies aan het beeld van een rijke jongen uit Stockholm. Donker haar in een naar achteren gekamd pagekapsel. Een overhemd en een lange broek die er bedrieglijk nonchalant uitzagen, maar Erica vermoedde wel welk prijskaartje er aan die kleren had gehangen, en de verplichte trui die om de schouders was geknoopt. Ze moest zichzelf eraan herinneren hem niet bij voorbaat al te veroordelen. Hij had tenslotte nog niets gezegd en toch neigde ze al naar verachting. Heel even vroeg ze zich bezorgd af of ze uit pure jaloezie haar stekels opzette zodra het mensen betrof die met een zilveren lepel in de mond waren geboren. Ze hoopte dat het niet zo was.

'En hoe gaat het met tantes kleintje? Ben je lief voor mama?'

Haar zus legde haar oor tegen Erica's buik alsof ze naar het antwoord op haar vraag wilde luisteren, maar toen lachte ze en omhelsde Erica stevig. Nadat ze Patrik op dezelfde manier had begroet, werden ze naar de tuin geloodst en aan de anderen voorgesteld. De kinderen mochten in de tuin dollen, terwijl de volwassenen wijn dronken of, zoals Erica, cola. Ondertussen werd het eten op de barbecue gelegd, waaromheen de mannen zich hadden verzameld als echte kerels, terwijl de vrouwen bij elkaar bleven zitten kletsen. Erica had dat met mannen en barbecuen nooit begrepen. Mannen die beweerden dat ze absoluut niet wisten hoe je een stuk vlees in een pan moest braden, beschouwden zichzelf als volmaakte virtuozen wanneer het vlees buiten werd bereid. De bijgerechten werden eventueel wel aan vrouwen overgelaten en die waren ook heel handig als het ging om het halen van bier.

'O, wat prachtig hebben jullie het hier!' Maria zat al aan haar tweede glas wijn, terwijl de anderen nog maar een paar slokjes hadden genomen.

'Dank je, we vinden het zelf ook heel prettig.'

Erica vond het moeilijk om zich anders dan correct te gedragen tegenover Dans vriendin. Ze begreep niet wat hij in haar zag, vooral vergeleken met zijn ex-vrouw Pernilla, maar ze vermoedde dat dit ook weer zo'n mysterie van mannen was dat vrouwen niet konden begrijpen. Ze kon alleen maar concluderen dat hij Maria niet vanwege haar conversatie had gekozen. Kennelijk wekte ze moederlijke gevoelens op bij Bittan, want die bekommerde zich een beetje extra om Maria, waardoor Anna en Erica even rustig met elkaar konden praten.

'Vind je hem niet knap?' Anna keek met een bewonderende blik naar Gustav. 'Dat zo'n man in mij geïnteresseerd is!'

Erica keek naar haar knappe zusje en vroeg zich af hoe iemand als Anna haar zelfvertrouwen zo volledig kon verliezen. Ooit was haar zusje een sterke, zelfstandige en vrije ziel geweest, maar de jaren met Lucas en de mishandeling die daarmee gepaard was gegaan, hadden haar gebroken. Erica moest zich inhouden om haar zus niet door elkaar te schudden. Ze keek naar Emma en Adrian die als wilden rondrenden en vroeg zich af hoe het kwam dat haar zus geen trots en zelfbewustheid voelde als ze zag wat voor prachtige kinderen ze had gekregen en opgevoed. Ondanks alles wat ze in hun korte leven hadden meegemaakt, waren ze vrolijk en sterk, en ze hielden van de mensen om zich heen. Dat was allemaal Anna's verdienste.

'Ik heb hem nauwelijks gesproken, maar hij lijkt me leuk. Ik kom nog wel met een rapportcijfer als ik hem wat beter heb leren kennen, maar dat jullie samen op een kleine zeilboot zitten opgesloten lijkt jullie geen kwaad te doen, en dat belooft veel goeds.' Haar glimlach voelde stijf en geforceerd.

'Het is maar wat je klein noemt.' Anna lachte. 'Hij heeft een Najade 400 van een vriend geleend en die biedt plaats aan een klein leger.'

Het gesprek werd afgebroken toen het vlees op tafel kwam en het mannelijke deel van het gezelschap zich bij hen voegde, tevreden na hun uitvoering van de moderne variant op het slachten van een sabeltijger.

'En waar zitten de meisjes over te babbelen?'

Dan sloeg zijn arm om Maria, die kirrend tegen hem aan kroop. Het knuffelen ging over in een heftige zoenpartij en hoewel het jaren geleden was dat zij met Dan een relatie had gehad, vond Erica het niet prettig hun ronddraaiende tongen te zien. Gustav keek ook afkeurend, maar Erica merkte toch dat hij vanuit zijn ooghoek naar Maria's lage decolleté gluurde.

'Lars, giet toch geen dressing over je vlees. Je weet dat je aan je gewicht moet denken, het is niet goed voor je hart als je nog zwaarder wordt.'

'Ach wat, ik ben sterk als een paard! Dit zijn allemaal spieren,' verkondigde Patriks vader luid en hij sloeg op zijn dikke buik. 'En Erica zei dat er olijfolie in de dressing zit, dus dat is alleen maar gezond. Olijfolie is goed voor je hart, dat kun je overal lezen.'

Erica hield zich in en zei maar niet dat een deciliter wellicht geen gezonde hoeveelheid kon worden genoemd. Ze hadden deze discussie al vaker gevoerd en Lars was een expert in het aannemen van voedingsadviezen die hem goed uitkwamen. Eten was zijn lust en zijn leven, en alle pogingen om dat in te perken beschouwde hij als pure sabotage van zijn persoon. Bittan had er allang in berust, maar probeerde af en toe toch voorzichtig aan te geven wat zij werkelijk van zijn eetgewoonten vond. Alle pogingen om hem op dieet te zetten waren gestrand op het feit dat hij stiekem ging eten zodra zij even niet keek om vervolgens met grote ogen van verbazing te concluderen dat hij niet afviel, hoewel hij naar eigen zeggen niet meer at dan een gemiddeld konijn.

'Ken jij E-Type?' Maria was opgehouden met haar orale onderzoek van Dans mond en keek nu gefascineerd naar Gustav. 'Ik bedoel, hij gaat toch om met kroonprinses Victoria en haar vrienden, en Dan zei dat jullie de koninklijke familie ook kennen, dus ik dacht dat jij hem misschien weleens had ontmoet. Ik vind hem zo cool!'

Gustav leek helemaal perplex dat iemand het gaver leek te vinden om de artiest E-Type te kennen dan de koning, maar hij hernam zich en antwoordde afgemeten: 'Ik ben wat ouder dan de kroonprinses, maar mijn jongere broer kent zowel de kroonprinses als Martin Eriksson.'

Maria leek confuus. 'Wie is Martin Eriksson?'

Gustav slaakte een diepe zucht, maar na een korte pauze zei hij onwillig: 'E-Type.'

'O. Cool.' Ze lachte en leek enorm onder de indruk.

Mijn god, was ze eigenlijk wel eenentwintig, zoals Dan beweerde, dacht Erica. Ze leek eerder zeventien. Maar ze zag er leuk uit, dat moest zelfs Erica toegeven. Met een bedrukt gezicht keek ze naar haar eigen zware bevalligheid om te constateren dat de tijd dat haar tepels net als bij Maria omhoog wezen, waarschijnlijk voorbij was.

Ze hadden wel geslaagdere etentjes gegeven. Erica en Patrik deden hun best de conversatie op gang te houden, maar Dan en Gustav hadden evengoed van verschillende planeten kunnen komen, en Maria had veel te snel veel te veel wijn gedronken en moest acuut overgeven op het toilet. De enige die het gezellig vond was Lars, die heel geconcentreerd met smaak alle restjes naar binnen werkte en zich niets aantrok van Bittans moordende blikken.

Om acht uur was iedereen alweer vertrokken en bleven Patrik en Erica alleen achter met de afwas. Ze besloten die nog even te laten voor wat hij was en gingen met een glas in de hand zitten.

'O, wat heb ik nu trek in een glaasje wijn.' Erica keek somber naar haar glas cola.

'Ja, ik begrijp dat je na dit etentje wel een glas wijn kunt gebruiken. Allemachtig, hoe hebben we het voor elkaar gekregen zo'n gezelschap samen te brengen? Wat dachten we eigenlijk?'

Hij lachte en schudde zijn hoofd. 'Ken jij E-Type?'

Patrik praatte met een hoge stem om Maria na te doen en Erica begon te giechelen.

'God, wat cool!' Hij bleef met een hoge stem praten en Erica's gegiechel ging over in een ongeremd geschater.

'Mijn moeder zegt dat het helemaal niet erg is als je een beetje dom bent, zolang je er maar leuk uitziet!'

Nu hield hij heel schattig zijn hoofd scheef en Erica hijgde: 'Stop, ik kan niet meer. Had jij trouwens niet tegen mij gezegd dat ík aardig moest zijn?'

'Ja, ik weet het. Maar dit moest gewoon even.' Patrik werd ernstig. 'Wat vind jij van Gustav? Hij leek me niet direct de warmste persoon ter wereld. Denk je echt dat hij goed is voor Anna?'

Erica stopte abrupt met lachen en fronste haar voorhoofd. 'Nee, ik maak me eigenlijk best zorgen. Je zou denken dat alles beter is dan een man die zijn vrouw mishandelt, en dat is natuurlijk ook zo, maar ik had gewoon...' Ze aarzelde even en zocht naar de juiste woorden: 'Ik had gewoon iets meer voor Anna gewenst. Zag je hoe afkeurend hij keek toen de kinderen lawaai maakten en rondrenden? Ik durf er wat om te verwedden dat hij eigenlijk vindt dat kinderen wel gezien maar niet gehoord mogen worden, en dat is helemaal niet goed voor Anna. Zij heeft iemand nodig die aardig, warm en liefdevol is. Iemand die ervoor zorgt dat ze zich goed voelt. En ze kan zeggen wat ze wil, ik zie aan haar dat dat niet het geval is. Maar zij vindt dat ze niet meer verdient.'

Ze zagen de zon als een rode bal in de zee zakken, maar deze keer was de schoonheid van de avond niets meer waard. De bezorgdheid om haar zus drukte op Erica, en soms voelde die verantwoordelijkheid zo groot dat ze bijna geen adem kreeg. Als ze al zoveel verantwoordelijkheid voor haar zus voelde, hoe moest ze dan de verantwoordelijkheid voor een nieuw klein leven aankunnen?

Ze legde haar hoofd op Patriks schouder en liet de duisternis van de avond over hen heen vallen.

De maandag begon met goed nieuws: Annika was terug van haar vakantie. Bruin van de zon, een beetje zwaarder en ontspannen na veel vrijpartijen en veel wijn, zat ze op haar plek bij de receptie naar Patrik te stralen toen hij binnen kwam slenteren. Gewoonlijk had hij een hekel aan de maandagochtend, maar toen hij Annika zag, voelde de dag ineens veel lichter. Zij was op de een of andere manier de spil waar de rest van het bureau om draaide. Ze organiseerde, debatteerde, schold uit en prees, alles naar behoefte. Wat voor problemen je ook had, je kon altijd vertrouwen op een wijs en troostend woord van Annika. Zelfs Mellberg had een zeker respect voor haar gekregen en durfde haar niet langer in de billen te knijpen of vochtige blikken te zenden, zoals hij had gedaan toen zij net bij hen werkte.

Patrik was nog maar een uur op het bureau toen Annika met een ernstig gezicht op zijn deur klopte. 'Patrik, er is een echtpaar dat hun dochter als vermist wil opgeven.'

Ze keken elkaar aan en wisten beiden wat de ander dacht.

Annika liet het ongeruste stel binnen, dat met neerhangende schouders voor Patriks bureau ging zitten. Ze stelden zich voor als Bo en Kerstin Möller.

'Onze dochter Jenny is gisteravond niet thuisgekomen.'

De vader deed het woord. Hij was een kleine, gezette man van rond de veertig. Terwijl hij sprak, plukte hij nerveus aan zijn opzichtige korte broek en keek strak naar het bureaublad. Het leek alsof de paniek nu pas toesloeg, nu ze op het politiebureau zaten om hun dochter als vermist op te geven. Zijn stem stokte en zijn vrouw, die ook klein en mollig was, ging verder: 'We staan op de camping in Grebbestad en Jenny zou rond zeven uur met een paar vriendinnen die ze hier had leren kennen naar Fjällbacka gaan. Ze gingen uit en Jenny had beloofd om één uur thuis te zijn. Ze hadden een lift geregeld voor de terugreis en zouden heen met de bus gaan.'

Ook haar stem werd hees en ze moest even stoppen voordat ze verder ging: 'Toen ze niet thuiskwam, werden we ongerust. We gingen naar een van de andere meisjes die mee zou gaan en wekten haar en haar ouders. Ze zei dat Jenny niet als afgesproken bij de bushalte had gestaan en dat ze toen hadden aangenomen dat ze gewoon geen zin meer had gehad. Toen wisten we dat er iets mis was. Jenny zou zoiets nooit doen. Ze is ons enige kind en ze laat het ons altijd weten als ze later dan afgesproken thuiskomt, of zo. Wat kan er met haar gebeurd zijn? We hebben gehoord dat er een meisje in de Koningskloof is gevonden, denkt u dat...'

Toen liet haar stem haar in de steek en ze barstte vertwijfeld in tranen uit. Haar echtgenoot sloeg troostend zijn armen om haar heen, maar ook in zijn ogen welden tranen op.

Patrik was ongerust. Heel ongerust, maar hij probeerde dat niet aan het echtpaar te tonen. 'Ik zie geen reden om nu al dergelijke parallellen te trekken.'

Shit, wat klinkt dat correct, dacht Patrik, maar hij vond het nu eenmaal moeilijk om met dit soort situaties om te gaan. De angst van deze mensen snoerde zijn keel dicht met medelijden, maar daar mocht hij niet aan toegeven en het middel daartegen was een welhaast bureaucratische correctheid.

'We beginnen met wat informatie over uw dochter. Ze heet Jenny, zeiden jullie. Hou oud is ze?'

'Zeventien, bijna achttien.'

Kerstin zat nog steeds met haar gezicht tegen het overhemd van haar man te huilen, dus het was Bo die Patrik de noodzakelijke informatie moest geven. Als antwoord op de vraag of ze een recente foto van haar hadden, veegde Jenny's moeder haar gezicht af met een tissue en pakte een schoolfoto uit haar handtas.

Patrik nam de foto voorzichtig aan. Hij zag een echt meisje van zeventien, met een beetje te veel make-up op en een enigszins opstandige uitdrukking in haar ogen. Hij glimlachte naar de ouders en probeerde te kijken alsof hij vol vertrouwen was. 'Een leuk meisje, ik begrijp dat jullie trots op haar zijn.'

Ze knikten beiden ijverig en bij Kerstin brak zelfs een glimlachje door. 'Ze is een goed meisje, al kunnen tieners natuurlijk af en toe lastig zijn. Ze wilde dit jaar eigenlijk niet meer met ons mee, hoewel we al jaren elke zomer met de caravan op vakantie gaan, maar we smeekten haar en zeiden dat het waarschijnlijk de laatste zomer was dat we iets met ons drieën konden doen, en toen gaf ze toe.'

Toen Kerstin zichzelf 'de laatste zomer' hoorde zeggen, begon ze weer te huilen en Bo streelde haar kalmerend over haar haar.

'Jullie nemen dit toch wel serieus? Ik heb gehoord dat er vierentwintig uur moeten zijn verstreken voordat de politie gaat zoeken en zo, maar u moet ons geloven als we zeggen dat er iets is gebeurd, anders had ze echt iets van zich laten horen. Ze is niet het soort meisje dat overal lak aan heeft en ons in angst laat zitten.'

Wederom probeerde Patrik zo kalm mogelijk te reageren, maar vanbinnen raasden zijn gedachten wild in het rond. Het beeld van Tanja's lichaam in de Koningskloof verscheen op zijn netvlies en hij knipperde met zijn ogen om het te laten verdwijnen.

'Wij wachten geen vierentwintig uur, dat gebeurt alleen in Amerikaanse films, maar tot we meer weten moet u proberen u niet ongerust te maken. Ik geloof u op uw woord dat Jenny een heel keurig meisje is, maar ik heb dit vaker zien gebeuren. Ze komen iemand tegen, vergeten tijd en plaats, vergeten dat hun ouders zich thuis zorgen zitten te maken, dat is niet ongewoon. Maar we gaan meteen rondvragen. Geef Annika een telefoonnummer waarop we u kunnen bereiken, dan bel ik zodra we meer weten. En laat het ons alstublieft weten als u iets van haar hoort, of als ze weer opduikt. U zult zien dat het allemaal goed komt.'

Toen ze waren vertrokken, vroeg Patrik zich af of hij hen te veel had beloofd. Hij had een zeurend gevoel in zijn maagstreek dat niet veel goeds voorspelde. Hij keek naar de foto van Jenny en hoopte maar dat ze gewoon ergens lol trapte.

Hij stond op en ging naar Martin. Ze konden maar beter meteen gaan zoeken; als het ergste was gebeurd, hadden ze geen minuut te verliezen. Volgens het verslag van de patholoog had Tanja ongeveer een week in gevangenschap geleefd voor ze overleed. De klok tikte.

Zomer 1979

Door de pijn en de duisternis dreef de tijd weg in een droomloze nevel. Dag of nacht, leven of dood, het maakte niet uit. Zelfs de voetstappen boven haar hoofd, de zekerheid van het naderende kwaad, waren niet in staat om de werkelijkheid in haar donkere verblijfplaats te laten binnendringen. Het geluid van botten die werden gebroken, vermengde zich met iemands van pijn vervulde geschreeuw. Misschien dat van haar. Ze wist het niet goed.

De eenzaamheid was het moeilijkst te verdragen. Het totale gebrek aan geluiden, bewegingen en aanrakingen van haar huid. Ze had nooit geweten hoe pijnlijk het gemis aan menselijk contact kon zijn. Dat was erger dan alle pijn. Dat sneed als een mes door haar ziel en deed haar zo huiveren, dat haar hele lichaam schudde.

De geur van de onbekende was haar inmiddels bekend. Niet onaangenaam. Niet zoals ze had gedacht dat het kwaad zou ruiken. De geur was juist fris en vol beloften over zomer en warmte. Het contrast met de donkere, vochtige geur die steeds haar neusgaten binnendrong was heel duidelijk. Die geur omringde haar als een natte deken en at stukje bij beetje de laatste resten op van degene die ze was geweest voordat ze hier terecht was gekomen. Daarom zoog ze begerig de geur van warmte in als de onbekende dichtbij kwam. Het was de moeite waard het kwaad te doorstaan om heel even de lucht te mogen inademen van het leven dat ergens daarboven gewoon verder ging. Tegelijk wekte de geur het doffe gevoel op van gemis aan leven. Ze was niet langer wie ze was geweest en ze miste de persoon die ze nu nooit meer zou worden. Het was een pijnlijk, maar om te overleven noodzakelijk afscheid.

Wat haar hier beneden het ergst kwelde, was de gedachte aan haar kind. Ze had haar dochter haar hele korte leventje verweten dat ze was geboren, maar nu, te elfder ure, begreep ze dat haar dochter juist een geschenk was geweest. De herinnering aan haar zachte armpjes rond haar hals of aan de grote ogen die hongerig bij haar hadden gezocht naar iets wat ze niet had kunnen geven, achtervolgde haar in kleurrijke dromen. Ze kon elk klein detail van het meisje voor zich zien. Elk sproetje, elk haartje, het haarwervelije in de nek dat op precies dezelfde plek zat als bij haarzelf. Ze beloofde zichzelf en God keer op keer dat ze, als ze uit deze gevangenis kwam, de kleine meid zou compenseren voor elke seconde dat die haar moeders liefde had moeten ontberen. Als...

❄

'Zo ga je de deur niet uit!'

'Ik ga naar buiten zoals ik zelf wil, daar heb jij niets mee te maken.'

Melanie keek boos naar haar vader, die boos terugkeek. Het onderwerp van de ruzie was als altijd: hoeveel, of liever gezegd hoe weinig, ze aanhad.

Melanie moest toegeven dat de kleren die ze aanhad niet veel stof bevatten, maar ze vond ze mooi en haar vriendinnen kleedden zich net zo. En ze was tenslotte zeventien en geen klein kind meer, dus kon ze zelf beslissen wat ze aantrok. Vol verachting keek ze naar haar vader, wiens nek door de woede rood begon te kleuren. Ze vond het maar niks om net zo oud en saai te worden. Zijn glimmende korte Adidas-broek was vijftien jaar geleden al ouderwets geweest en het gespikkelde overhemd met korte mouwen vloekte met de korte broek. De buik die hij had gekregen van te veel zakken chips op de bank voor de tv, dreigde een paar knopen te doen springen en de kroon op het werk waren de lelijke plastic slippers waarin zijn voeten staken. Ze schaamde zich om met hem gezien te worden en ze haatte het dat ze de hele zomer op deze stomme camping moest zitten.

Toen ze klein was, had ze de vakanties in de caravan altijd heerlijk gevonden. Er waren veel kinderen geweest met wie ze kon spelen en zwemmen en rondrennen tussen de opgestelde caravans. Maar nu had ze haar vrienden in Jönköping en het ergste was dat ze Tobbe achter had moeten laten. Nu ze haar belangen niet kon behartigen, rotzooide hij vast en zeker met die stomme Madde, die voortdurend als een pleister aan hem kleefde, en als dat inderdaad het geval was, zou ze haar ouders de rest van haar leven haten, dat had ze zichzelf plechtig beloofd.

Vastzitten op een camping in Grebbestad was vervelend, maar nu werd ze tot overmaat van ramp ook nog behandeld alsof ze vijf in plaats van zeventien was. Ze mocht niet eens zelf weten welke kleren ze droeg. Opstandig gooide ze haar hoofd in de nek en trok haar topje, dat niet groter was dan het bovenstuk van een bikini, recht. De ultrakorte spijkerbroek schuurde weliswaar vrij onbehaaglijk tussen haar billen, maar de blikken die ze van de jongens kreeg waren al het ongemak waard. Het puntje op de i vormden de superhoge plateauschoenen die minstens tien centimeter toevoegden aan haar één meter zestig.

'Zolang wij je eten betalen en je een dak boven je hoofd geven, beslissen wij en dus moet jij...'

Haar vader werd onderbroken door een harde klop op de deur en dankbaar voor het respijt haastte Melanie zich open te doen. Buiten stond een donkerharige man van een jaar of vijfendertig en Melanie strekte automatisch haar rug en duwde haar borsten naar voren. Misschien was hij een beetje te oud voor haar, maar hij zag er leuk uit en het zou in elk geval haar vader irriteren.

'Ik ben Patrik Hedström van de politie. Mag ik even binnenkomen? Het gaat over Jenny.'

Melanie deed een stapje opzij om hem binnen te laten, maar slechts zo'n kleine stap dat hij zich langs haar schaars geklede verschijning moest wurmen.

Nadat ze elkaar hadden begroet, gingen ze alle drie aan de kleine eettafel zitten.

'Zal ik mijn vrouw ook halen? Ze is op het strand.'

'Nee hoor, dat hoeft niet, ik zou graag even met Melanie willen praten.

Zoals jullie waarschijnlijk weten hebben Bo en Kerstin Möller hun dochter Jenny als vermist opgegeven, en zij vertelden dat jullie gisteren hadden afgesproken om naar Fjällbacka te gaan, klopt dat?'

Onopvallend trok Melanie aan haar topje om wat meer van haar boezem te laten zien en ze bevochtigde haar lippen voordat ze antwoordde. Een politieman, dat was best sexy.

'Ja, we hadden om zeven uur bij de bushalte afgesproken en wilden de bus van tien over nemen. We hadden een paar jongens leren kennen die bij Tanum Strand zouden instappen, en we wilden kijken of er iets te beleven viel in Fjällbacka, verder hadden we geen echte plannen.'

'Maar Jenny kwam niet?'

'Nee, dat was wel raar. We kennen elkaar niet heel goed, maar ze leek betrouwbaar, dus ik vond het best vreemd toen ze niet kwam opdagen. Ik kan niet zeggen dat ik enorm teleurgesteld was, ze klitte nogal en ik vond het niet erg om alleen uit te gaan met Micke en Fredde, die jongens van Tanum Strand.'

'Maar Melanie toch!'

Ze kreeg weer een woedende blik van haar vader en keek boos terug.

'Wat nou, ik kan er toch niets aan doen dat ik haar nogal saai vond. En het is toch niet mijn schuld dat ze is verdwenen. Ze is vast teruggegaan naar Karlstad. Ze had het over een jongen die ze daar had ontmoet, en als ze een beetje slim is, heeft ze deze stomme caravanvakantie gelaten voor wat die is en is ze naar hem teruggegaan.'

'Jij moet het niet in je hoofd halen iets dergelijks te doen! Die Tobbe...'

Patrik zag zich genoodzaakt de ruzie tussen vader en dochter af te breken en zwaaide voorzichtig met zijn hand om de aandacht te trekken. Gelukkig hielden ze hun mond.

'Je weet dus niet waarom ze niet kwam opdagen?'

'Nee, geen flauw idee.'

'Weet je of ze nog met andere mensen op de camping omging, iemand die ze in vertrouwen kan hebben genomen?'

Zogenaamd per ongeluk raakte Melanie met haar blote been het been van de politieman licht aan, en ze genoot toen ze hem zag schrikken. Mannen waren zo heerlijk simpel. Het maakte niet uit hoe oud ze waren, ze hadden maar één gedachte in hun hoofd en als je dat eenmaal wist, kon je met hen doen wat je wilde. Ze raakte zijn been nog een keer aan en op zijn bovenlip verscheen een beetje zweet. Maar het was ook behoorlijk benauwd in de caravan.

Ze draalde even met haar antwoord.

'Er is een jongen, een of andere stomme nerd die ze jaren geleden hier op de camping heeft leren kennen. Een enorm saaie piet, maar ze was zelf natuurlijk ook niet supercool, en ze konden kennelijk wel goed met elkaar overweg.'

'Weet je hoe hij heet of waar ik hem kan vinden?'

'Zijn ouders hebben twee rijen verderop een caravan. Die met de bruin-wit gestreepte voortent en al die stomme geraniums.'

Patrik bedankte haar voor haar hulp en perste zich met blozende wangen opnieuw langs het meisje.

Ze probeerde zo verleidelijk mogelijk in de deuropening te poseren toen ze de politieman gedag zwaaide. Haar pa was weer met zijn preek begonnen, maar ze hield zich Oost-Indisch doof; hij zei toch niets wat de moeite van het beluisteren waard was.

Bezweet, en niet alleen vanwege de drukkende warmte, beende Patrik weg. Het was een opluchting om niet langer in de benauwde kleine caravan te hoeven zitten. Hij had zich een pedofiel gevoeld toen dat jonge meisje haar kleine borsten bijna in zijn gezicht had geduwd en toen ze haar been tegen het zijne begon te drukken, had hij niet geweten wat hij moest doen, zo onbehaaglijk had hij het gevonden. Ze had ook niet veel kleren aangehad. Ongeveer de hoeveelheid stof van een zakdoek, verdeeld over haar hele lichaam. In een flits van helderheid realiseerde hij zich ineens dat hij over zeventien jaar misschien ook een dochter had, die zich net zo zou kleden en naar oudere mannen zat te smachten. Hij huiverde bij de gedachte en hoopte opeens dat Erica een zoon droeg. Hij wist in elk geval hoe tienerjongens functioneerden. Dit meisje had net een ruimtewezen geleken, met al die make-up en grote, bungelende sieraden. Hij had ook gezien dat ze een piercing in haar navel had. Misschien werd hij wel oud, maar hij vond het allesbehalve sexy. Hij dacht eerder aan het gevaar van besmetting en littekenvorming. Maar zoals gezegd, waarschijnlijk had het met de leeftijd te maken. De preek die hij van zijn moeder had gekregen toen hij met een ring in zijn ene oor was thuisgekomen, zat nog vers in zijn geheugen, en toen was hij toch al negentien geweest. De oorring was vlugger dan vlug weer verdwenen, en dat was het meest gewaagde dat hij ooit had uitgeprobeerd.

Hij verdwaalde eerst tussen de caravans, die zo dicht op elkaar stonden dat ze wel gestapeld leken. Hij kon zich niet voorstellen dat mensen vrijwillig hun vakantie als haringen in een ton wilden doorbrengen. Maar puur verstandelijk begreep hij dat het voor velen een levensstijl was en dat de gemeenschap met andere kampeerders, die ook elk jaar naar dezelfde plek terugkeerden, aanlokkelijk was. Sommige caravans konden nauwelijks nog een caravan worden genoemd, omdat er aan alle kanten ruimtes waren aangebouwd waardoor het eerder kleine permanente woningen leken.

Nadat hij de weg had gevraagd, vond Patrik de caravan die Melanie had beschreven en hij zag een lange, slungelige en extreem pukkelige jongen buiten zitten. Patrik voelde medelijden vanwege de rode en witte uitslag en hij zag ook dat de jongen heel wat puistjes had uitgedrukt, hoewel hij daar waarschijnlijk littekens aan zou overhouden die nog lang zichtbaar bleven als de acne weer was verdwenen.

De zon scheen Patrik recht in het gezicht toen hij voor de jongen stilstond en hij moest zijn hand boven zijn ogen houden. Hij had zijn zonnebril op het politiebureau laten liggen.

'Hoi, ik ben van de politie. Ik heb net met Melanie gepraat, en zij zei dat jij Jenny Möller kent, klopt dat?'

De jongen knikte zonder iets te zeggen. Patrik ging naast hem op het gras zitten en zag dat deze jongen, in tegenstelling tot de lolita een paar caravans verderop, er oprecht bezorgd uitzag.

'Ik heet Patrik, en jij?'

'Per.'

Patrik fronste zijn wenkbrauwen om aan te geven dat hij wat meer verwachtte.

'Per Thorsson.' De puber trok ongeduldig pollen gras uit de grond en staarde strak naar zijn hand. Zonder Patrik aan te kijken zei hij: 'Het is mijn schuld dat haar iets is overkomen.'

'Hoe bedoel je?' Patrik schrok even.

'Het kwam door mij dat ze de bus had gemist. Al sinds we klein zijn, zien we elkaar hier elke zomer en we hebben het altijd heel leuk gehad met elkaar. Maar toen ze die trut van een Melanie leerde kennen, werd ze heel vervelend. Ze had het alleen nog maar over Melanie dit en Melanie dat en Melanie zegt zus en Melanie zegt zo. Vroeger kon ik met Jenny over belangrijke dingen praten, dingen die echt iets betekenen, maar nu ging het alleen nog maar over make-up en kleren en dat soort flauwekul, en ze durfde het niet eens tegen Melanie te zeggen als wij iets hadden afgesproken, want Melanie vond mij kennelijk een nerd.'

Hij trok steeds sneller aan het gras en naast hem was een kale plek ontstaan. De geur van eten op een barbecue hing zwaar boven hun hoofd en zocht zich een weg naar hun neusgaten, waarop Patriks maag begon te knorren.

'Tienermeisjes zijn zo. Dat gaat voorbij, echt waar. Dan worden het weer gewone mensen.' Patrik glimlachte maar werd toen weer ernstig. 'Maar hoe bedoel je dat het jouw schuld was? Weet jij waar ze is? Haar ouders zijn namelijk enorm ongerust...'

Per zwaaide afwerend met zijn hand. 'Ik heb geen flauw idee waar ze is, ik weet alleen dat haar iets naars is overkomen. Ze zou nooit zomaar weggaan. En omdat ze wilde liften...'

'Liften? Waarheen? Wanneer ging ze liften?'

'Daarom is het ook mijn schuld.' Per sprak overdreven duidelijk tegen Patrik, alsof hij het tegen een klein kind had. 'Ik kreeg ruzie met haar toen ze onderweg was naar de bushalte. Ik was het zo zat dat ze alleen met mij wilde omgaan als Melanie het niet wist, dus toen ze hier langsliep hield ik haar tegen om haar te vertellen wat ik ervan vond. Ze werd verdrietig, maar sprak me niet tegen en stond daar alleen maar naar me te luisteren. Na een poosje zei ze dat ze de bus had gemist en dus naar Fjällbacka moest liften. Toen vertrok ze.'

Per sloeg zijn ogen op van het kale stukje grasveld, en keek naar Patrik. Zijn onderlip trilde licht en Patrik zag dat hij vreselijk zijn best deed om niet in huilen uit te barsten, hier tussen alle campinggasten.

'Daarom is het mijn schuld. Als ik geen ruzie met haar had gemaakt over iets wat achteraf helemaal zinloos lijkt, had ze gewoon die bus gehaald en was er niets gebeurd. Ze is een gek tegengekomen bij het liften, en dat is mijn schuld.'

Zijn stem schoot een octaaf de hoogte in zoals dat wel vaker gebeurt bij jongens die de baard in de keel hebben. Patrik schudde standvastig zijn hoofd.

'Het is jouw schuld niet. En we weten niet eens of er iets is gebeurd. Daar proberen we juist achter te komen. Wie weet, misschien komt ze zo weer opdagen en heeft ze alleen maar wat lol getrapt.'

Patrik sprak op een geruststellende toon, maar hij hoorde zelf hoe vals zijn woorden klonken. Hij wist dat de bezorgdheid die hij in de ogen van de jongen zag, ook in zijn eigen blik zat. Slechts een meter of honderd verderop zat het echtpaar Möller in de caravan op hun dochter te wachten. Patrik had het ijzingwekkende gevoel in zijn maagstreek dat Per gelijk had, dat de ouders waarschijnlijk vergeefs wachtten. Iemand had Jenny opgepikt. Iemand die geen goede bedoelingen had.

Terwijl Jacob en Marita aan het werk waren en de kinderen bij hun oppasmoeder waren, wachtte Linda op Johan. Het was de eerste keer dat ze in het woonhuis op de Västergården hadden afgesproken in plaats van op de hooi- zolder in de schuur, en Linda vond het allemaal heel opwindend. De weten- schap dat ze elkaar zonder diens toestemming onder het dak van haar broer zouden zien, maakte de ontmoeting extra spannend. Pas toen Johan door de deur stapte en Linda zijn gezicht zag, besefte ze dat het weerzien met het huis bij hem heel andere gevoelens losmaakte.

Hij was hier niet meer geweest sinds ze vlak na Johannes' dood de Väster- gården hadden moeten verlaten. Aarzelend liep Johan rond, eerst door de woonkamer, toen door de keuken en hij ging zelfs naar het toilet. Het was alsof hij elk detail in zich op wilde nemen. Er was veel veranderd. Jacob had getimmerd en geschilderd en het huis zag er nu anders uit dan in zijn her- innering. Linda liep vlak achter hem aan.

'Het is lang geleden sinds je hier was.'

Johan knikte en wreef met zijn hand over de schoorsteenmantel in de woonkamer.

'Vierentwintig jaar. Ik was nog maar vijf toen we verhuisden. Hij heeft veel gedaan aan het huis.'

'Ja, voor Jacob moet alles altijd vreselijk mooi zijn. Hij is voortdurend aan het klussen, hij is een perfectionist.'

Johan antwoordde niet, het was alsof hij zich in een andere wereld bevond. Linda kreeg er een beetje spijt van dat ze hem hier had uitgenodigd. Zij had zich een onbezorgd uurtje in bed voorgesteld, geen reis door Johans verdrietige jeugdherinneringen. Daar wilde ze het liefst helemaal niet aan denken, het deel met gevoelens en belevingen waarin zij niet voorkwam. Hij was helemaal betoverd van haar geweest, bijna vol aanbidding, en dat was de bevestiging die ze van hem wilde krijgen. De nadenkende, piekerende volwassen man die nu door het huis liep, vond ze minder aantrekkelijk.

Ze raakte zijn arm aan en hij schrok alsof hij uit een trance werd gewekt.

'Zullen we naar boven gaan? Mijn kamer ligt op de zolder.'

Johan volgde haar willoos de steile trap op. Ze kwamen op de eerste verdieping, maar toen Linda de trap naar de zolder opklom, bleef Johan achter. Hier hadden Robert en hij hun kamer gehad en hier lag ook de vroegere slaapkamer van zijn ouders.

'Wacht even, ik kom zo. Ik wil even ergens naar kijken.'

Hij trok zich niets aan van Linda's protesten en opende met bevende hand de eerste deur in de gang. Daarachter lag zijn jongenskamer. Het was nog steeds een kamer voor een kleine jongen, maar nu slingerden Williams kleren en speelgoed overal rond. Johan ging op het kleine bed zitten en zag voor zijn geestesoog de kamer die van hem was geweest. Na een poosje stond hij op en liep naar de volgende kamer, die van Robert was geweest. Deze kamer was meer veranderd dan die van Johan, het was nu overduidelijk een meisjeskamer, met roze kleuren, tule en pailletten als overheersende elementen. Hij liep er bijna meteen weer uit en werd als door een magneet naar de kamer aan het eind van de gang getrokken. Vele nachten had hij over de loper geslopen die zijn moeder daar had neergelegd, naar de witte deur, die hij voorzichtig had opengeduwd om vervolgens stiekem in het bed van zijn ouders te klimmen. Daar had hij veilig kunnen slapen, bevrijd van de nachtmerries en monsters onder zijn bed. Het liefst had hij zich tegen zijn vader aan gedrukt en heel, heel dicht tegen hem aan geslapen. Hij zag dat Jacob en Marita het protserige oude bed hadden gehouden, deze kamer was het minst veranderd.

Hij voelde de tranen achter zijn oogleden branden en hij knipperde om te verhinderen dat ze ook werkelijk begonnen te stromen; hij wilde zich tegenover Linda niet zwak tonen.

'Ben je uitgekeken, of hoe zit dat? Hier valt niets te stelen als je dat soms mocht denken.'

Haar toonval had een gemene klank die hij nog niet eerder had gehoord. De woede ontbrandde in hem als een vonk. De gedachte aan hoe het allemaal had kunnen zijn, wakkerde die vonk aan en hij greep hard haar arm beet.

'Waar heb je het in godsnaam over? Denk je echt dat ik van plan ben om spullen te stelen? Je bent verdomme niet goed wijs. Weet je, ik heb hier gewoond, lang voordat jouw broer hier introk en als jouw vervloekte vader er niet was geweest, hadden wij de Västergården nog steeds gehad. Dus houd je bek.'

Linda wist even niets te zeggen, ze was helemaal verbaasd over de verandering in de zachtmoedige Johan, maar toen rukte ze met een heftige beweging haar arm los en siste: 'Hé, het is niet mijn vaders schuld dat jouw pa al zijn geld erdoor heeft gejaagd. En wat mijn vader ook heeft gedaan, hij kon er niets aan doen dat jouw pa zo laf was dat hij zelfmoord pleegde. Hij koos er zelf voor jullie te verlaten, daar kun je mijn vader niet de schuld van geven.'

De woede vormde witte vlekken voor zijn ogen. Johan sloeg zijn handen ineen. Linda leek zo smal en broos dat hij zich afvroeg of hij haar doormidden zou kunnen breken, maar hij dwong zichzelf diep adem te halen om te kalmeren. Met een vreemde, sissende stem zei hij: 'Ik kan en wil Gabriël van heel veel beschuldigen. Jouw vader heeft onze levens uit jaloezie verpest. Mijn moeder heeft verteld hoe het zat. Dat iedereen van mijn vader hield en Gabriël een zuurpruim vond en dat hij dat niet kon verdragen. Maar mijn moeder is gisteren naar het landgoed gegaan en heeft jouw vader eens goed de waarheid gezegd. Jammer dat ze hem niet ook een pak slaag heeft gegeven, maar waarschijnlijk wilde ze hem niet aanraken.'

Linda lachte honend. 'Vroeger had ze er niets op tegen om hem aan te raken. Ik walg bij het idee dat hij en jouw smerige moeder samen zijn geweest, maar zo was het wel, tot ze in de gaten kreeg dat het makkelijker was om geld uit jouw pa te melken dan uit de mijne. Toen is ze met hem verder gegaan. Je weet toch wel hoe zulke vrouwen worden genoemd? Hoeren!'

Toen Linda, die bijna even lang was als Johan, de woorden voor zijn voeten gooide, vlogen er spatjes spuug in Johans gezicht.

Uit vrees dat hij zich niet zou kunnen beheersen, liep Johan langzaam achteruit naar de trap. Hij zou zijn handen rond haar smalle hals willen leggen en knijpen, alleen om haar stil te krijgen, maar in plaats daarvan vluchtte hij weg.

Verward over hoe de situatie plotseling was ontaard, en woedend omdat ze kennelijk niet zoveel overwicht op hem had als ze had gedacht, leunde Linda over de trapleuning en schreeuwde hem gemeen na: 'Verdwijn maar, stomme loser, je was toch maar goed voor één ding. En zelfs dat had beter gekund.'

Toen stak ze haar middelvinger naar hem op, maar zijn rug verdween al door de voordeur en hij zag het niet.

Langzaam liet ze haar hand zakken en met de snelle stemmingswisselingen van een puber, had ze al spijt van haar woorden. Ze was alleen zo enorm boos geworden.

Toen de fax uit Duitsland kwam, had Martin net een gesprek met Patrik beëindigd. Het nieuws dat Jenny waarschijnlijk door een lifter was opgepikt, maakte de situatie er niet hoopvoller op. Iedereen kon het meisje hebben meegenomen, ze konden nu alleen nog vertrouwen op het alziende oog van het publiek. Mellberg had heel wat telefoontjes van de pers gekregen, en omdat ze begrepen dat het nieuws veel aandacht zou krijgen, hoopte Martin dat zich iemand zou melden die Jenny bij de camping in een auto had zien stappen. Hopelijk konden ze de bruikbare tips schiften van alle neptelefoontjes, serieuze bellers van psychisch gestoorden en anderen die van de gelegenheid gebruik zouden maken om een vijand een hak te zetten.

Annika kwam met het faxbericht, dat was kort en bondig. Hij worstelde zich door de weinige zinnen heen en kon eruit opmaken dat de Duitse politie een ex-echtgenoot van Tanja als naaste familie had gevonden. Het verbaasde Martin dat ze al op zo jonge leeftijd was gescheiden, maar het stond daar zwart op wit. Na enige aarzeling en een snel overleg met Patrik op zijn mobiele telefoon, toetste hij het nummer van het toeristenbureau in Fjällbacka in en hij glimlachte onwillekeurig toen hij Pia's stem hoorde.

'Hallo, met Martin Molin.' Aan de andere kant was het één tel te lang stil. 'Van de politie in Tanumshede.' Het ergerde hem enorm dat hij moest uitleggen wie hij was. Hij zou zelfs haar schoenmaat hebben kunnen vermelden als dat om de een of andere ondoorgrondelijke reden van hem werd gevraagd.

'Ja, sorry. Ik ben zo slecht in namen, maar gelukkig des te beter in gezichten. Dat komt goed uit in mijn werk.' Ze lachte. 'Waar kan ik je vandaag mee helpen?'

Waar zal ik beginnen, dacht Martin, maar toen bedacht hij waarom hij eigenlijk belde en werd meteen serieus. 'Ik moet een belangrijk telefoontje met Duitsland plegen, maar ik durf niet zo goed op mijn zes voor Duits te vertrouwen. Zou jij in een conferentiegesprek kunnen tolken?'

'Natuurlijk.' Haar antwoord kwam meteen. 'Ik moet wel even met mijn collega overleggen of zij het zolang in haar eentje redt.'

Hij hoorde dat ze met iemand op de achtergrond sprak en toen kwam haar stem terug. 'Geregeld. Hoe gaat dat eigenlijk? Bel jij mij, of zo?'

'Ja, ik sluit je aan, blijf dus maar bij de telefoon wachten, dan bel ik over een paar minuten.'

Precies vier minuten later had hij zowel Tanja's ex-echtgenoot Peter Schmidt als Pia gelijktijdig aan de lijn. De Duitse politie had Peter al op de hoogte gebracht van de dood van zijn ex-vrouw, dus dat hoefde Martin niet te doen, maar het voelde toch niet prettig om zo snel na zo'n bericht te moeten bellen. Dit was een van de moeilijkste kanten van het werk en gelukkig kwam het in de dagelijkse praktijk niet vaak voor. Hij begon voorzichtig zijn condoleances over te brengen en zei dat het hem speet dat hij de man onder dergelijke verdrietige omstandigheden moest lastigvallen.

'Wat wist je van Tanja's reis naar Zweden?'

Pia vertaalde zijn vraag soepel in het Duits en daarna Peters antwoord in het Zweeds.

'Niets. We zijn helaas niet als vrienden uit elkaar gegaan, dus na de scheiding hebben we elkaar nauwelijks nog gesproken, maar toen we getrouwd waren heeft ze het er nooit over gehad dat ze naar Zweden wilde. Ze hield meer van zonvakanties, in Spanje of Griekenland, ik zou hebben verwacht dat ze Zweden veel te koud vond.'

Koud, dacht Martin ironisch en hij keek door het raam naar het dampende asfalt. Ja, ja, en er lopen hier zeker ook ijsberen op straat... Hij ging verder met zijn vragen: 'Ze heeft dus nooit gezegd dat ze iets moest doen in Zweden, of dat ze een link had met dat land? Niets over een dorp dat Fjällbacka heet?'

Peters antwoorden waren nog steeds ontkennend, en Martin kon niet bedenken wat hij verder nog moest vragen. Hij wist nog steeds niet wat Tanja had bedoeld toen ze tegen haar reisgenote had gezegd dat ze iets in Fjällbacka moest doen. Net toen hij het gesprek wilde beeindigen en Peter wilde bedanken, schoot hem een laatste vraag te binnen: 'Is er iemand anders aan wie we het kunnen vragen? De Duitse politie heeft alleen jou als naaste familie opgegeven, maar is er misschien een vriendin of zo?'

'Jullie zouden Tanja's vader kunnen bellen, hij woont in Oostenrijk. Daarom kon de Duitse politie hem waarschijnlijk niet vinden. Een momentje, ik heb zijn telefoonnummer hier ergens.'

Martin hoorde hoe Peter wegliep en dingen verplaatste. Even later was hij terug. Pia bleef vertalen en sprak extra duidelijk de cijfers uit die Peter oplas.

'Ik weet niet zeker of hij jullie van dienst kan zijn. Twee jaar geleden, vlak na de scheiding, hebben Tanja en hij een flinke ruzie gehad. Ze wilde niet vertellen waar die over ging, maar volgens mij hebben ze elkaar heel lang niet gesproken. Maar je weet nooit. Doe hem mijn hartelijke groeten.'

Het gesprek had niet veel opgeleverd, maar Martin bedankte voor de hulp en vroeg of hij nog eens mocht bellen als ze nieuwe vragen hadden. Pia bleef aan de lijn en was hem voor toen ze vroeg of hij Tanja's vader meteen wilde bellen, dan kon zij weer tolken.

De telefoon ging eindeloos over, maar er werd niet opgenomen. Er leek niemand thuis te zijn. De opmerking van Tanja's ex over een ruzie tussen Tanja en haar vader, had Martins nieuwsgierigheid gewekt. Over wat voor belangrijks konden een vader en een dochter ruziemaken dat ze het contact helemaal verbraken? En stond het misschien in verband met Tanja's reis naar Fjällbacka en haar belangstelling voor de twee verdwenen meisjes?

Hij was zo diep in gedachten verzonken dat hij bijna vergat dat Pia nog aan de lijn hing en hij bedankte haar hals over kop voor haar hulp. Ze spraken af dat ze hem morgen weer zou helpen als hij opnieuw zou proberen Tanja's vader te bereiken.

Martin keek lang en piekerend naar de foto van Tanja in het lijkenhuis. Wat had deze vrouw in Fjällbacka gezocht en wat had ze gevonden?

Voorzichtig waggelde Erica over de pontonsteiger. Het was erg ongebruikelijk om in deze tijd van het jaar lege plaatsen langs de aanlegsteiger te zien. Meestal lagen de zeilboten in dubbele en zelfs driedubbele rijen. Maar de moord op Tanja had de gelederen uitgedund en veel zeilers naar andere havens gedreven. Erica hoopte echt dat Patrik en zijn collega's de zaak snel zouden oplossen, anders zou het voor veel van de mensen die moesten leven van wat ze in de zomermaanden verdienden, een zware winter worden.

Anna en Gustav hadden er echter voor gekozen tegen de stroom in te gaan en een paar dagen extra in Fjällbacka te blijven. Toen Erica de boot zag, begreep ze meteen waarom ze hen niet had kunnen overhalen bij Patrik en haar thuis te logeren. Het was een schitterende boot. Oogverblindend wit met een houten dek, en groot genoeg om nog minstens twee gezinnen te huisvesten, troonde hij helemaal aan het eind van de steiger.

Anna zwaaide vrolijk toen ze Erica dichterbij zag komen en ze hielp haar de boot op. Erica was behoorlijk buiten adem toen ze ging zitten en meteen een groot glas koude cola van haar zus kreeg.

'Je begint het nu zo tegen het eind zeker behoorlijk zat te worden?' vroeg Anna meelevend.

'Nou en of. Maar de natuur wil je zo misschien helpen om je op de bevalling te verheugen, vermoed ik. En dan deze hitte.' Erica veegde haar voorhoofd af met een servet, maar voelde hoe zich meteen weer nieuwe zweetdruppels vormden, die langs haar slapen naar beneden stroomden.

'Arme stakker.' Anna glimlachte vol medelijden.

Gustav kwam uit de kajuit en begroette Erica beleefd. Hij was even onberispelijk gekleed als de vorige keer en zijn tanden straalden wit in zijn bruine gezicht. Met een misnoegde stem zei hij tegen Anna: 'De ontbijtspullen staan allemaal nog op tafel. Ik heb je toch gezegd dat je de boot netjes moet houden. Anders werkt het niet.'

'Ai, neem me niet kwalijk. Ik ga het meteen opruimen.'

De glimlach verdween van Anna's gezicht en met neergeslagen ogen haastte ze zich naar de onderste regionen van de boot. Gustav ging met een koud biertje naast Erica zitten.

'Je kunt niet op een boot wonen als je het niet netjes houdt. Vooral met kinderen wordt het zo snel een rotzooi.'

Erica vroeg zich af waarom hij de ontbijtspullen niet zelf had opgeruimd, als dat zo belangrijk was. Er leek tenslotte niets aan zijn handen te mankeren.

De stemming was nogal gedrukt en Erica voelde hoe een afgrond, gevormd door verschillen in achtergrond en opvoeding, zich opende. Ze voelde zich gedwongen de stilte te verbreken. 'Dit is een prachtige boot.'

'Ja, een echte schoonheid.' Gustav zwol op van trots. 'Ik heb hem van een goede vriend geleend, maar ik krijg nu echt zin er zelf ook een te kopen.'

Wederom stilte. Erica was dankbaar toen Anna weer boven kwam en naast Gustav ging zitten. Ze zette het glas dat ze had meegenomen aan de andere kant neer. Er vormde zich een geïrriteerde frons tussen Gustavs ogen.

'Je moet dat glas daar niet neerzetten. Dan komen er vlekken in het hout.'

'Sorry.' Anna's stem klonk zwak en verontschuldigend. Ze pakte het glas meteen weer op.

'Emma.' Gustav verplaatste zijn aandacht van de moeder naar de dochter. 'Ik heb toch gezegd dat je niet met het zeil mag spelen. Ga daar onmiddellijk weg.' Anna's vierjarige dochter deed alsof ze doof was en negeerde Gustav volledig. Die wilde al opstaan toen Anna overeind schoot.

'Ik ga wel naar haar toe. Ze heeft je vast niet gehoord.'

Het meisje brulde van woede toen ze werd opgetild, en toen Anna haar meenam naar de volwassenen zette ze haar meest mokkende gezicht op.

'Ik vind jou stom.' Emma maakte een schoppende beweging naar Gustavs scheenbeen en Erica lachte besmuikt.

Gustav pakte Emma's arm om haar de les te lezen en voor het eerst zag Erica dat er in Anna's ogen een vonk werd ontstoken. Ze duwde Gustavs hand weg en trok Emma naar zich toe. 'Je raakt haar niet aan!'

Gustav hield afwerend zijn handen omhoog. 'Sorry hoor, maar jouw kinderen zijn zo druk. Iemand moet ze een beetje manieren bijbrengen.'

'Mijn kinderen zijn uitstekend opgevoed, dank je, en ik regel hun opvoeding zelf. Kom, dan gaan we bij Ackes een ijsje kopen.'

Ze knikte sommerend naar Erica, die alleen maar blij was dat ze haar zus en de kinderen even voor zichzelf had, zonder die kakker erbij. Ze zetten Adrian in de kinderwagen en Emma huppelde vrolijk voor hen uit.

'Vind je me overgevoelig? Hij pakte tenslotte alleen haar arm beet. Ik bedoel, ik weet dat ik door Lucas nogal overbeschermend ben tegenover de kinderen...'

Erica gaf haar zus een arm. 'Ik vind je helemaal niet overbeschermend. Persoonlijk vind ik jouw dochter een uitstekende mensenkenner en wat mij betreft had ze hem een flinke trap tegen zijn schenen mogen geven.'

Anna's gezicht betrok. 'Nu vind ik dat jij nogal overdrijft, zo erg was het bij nader inzien niet. Als je niet gewend bent aan kinderen, raak je makkelijker gestrest.'

Erica zuchtte. Heel even had ze gedacht dat haar zus eindelijk weer een beetje ruggengraat zou tonen en de behandeling zou eisen waar zij en de kinderen recht op hadden, maar Lucas had zijn werk grondig gedaan.

'Hoe gaat het met de voogdijzaak?'

Anna leek ook deze vraag te willen wegwuiven, maar antwoordde toen met zachte stem: 'Het gaat helemaal niet. Lucas heeft besloten alle vuile trucs toe te passen die hij kent, en mijn relatie met Gustav heeft hem alleen maar nog bozer gemaakt.'

'Is de man wel goed bij zijn hoofd? Ik bedoel, wat voor redenen kan hij aanvoeren om te bewijzen dat jij een slechte moeder zou zijn? Als er iemand goede redenen heeft om een ander de voogdij te ontnemen, dan ben jij het wel!'

'Ja, maar Lucas denkt dat als hij maar genoeg dingen verzint, er wel ergens wat blijft hangen.'

'Maar jouw aangifte tegen hem, wegens kindermishandeling? Die zou toch zwaarder moeten wegen dan alles wat hij bij elkaar kan liegen?'

Anna antwoordde niet en een nare gedachte kwam in Erica op.

'Je hebt nooit aangifte tegen hem gedaan, is dat het? Je hebt me recht in mijn gezicht voorgelogen toen je zei dat je aangifte had gedaan, maar dat was helemaal niet waar.'

Anna durfde haar zus niet aan te kijken.

'Nou, geef antwoord. Is het zo? Heb ik gelijk?'

Anna's stem klonk korzelig. 'Ja, je hebt gelijk, lieve grote zus. Maar je moet mij niet veroordelen. Jij hebt niet in mijn schoenen gestaan, dus je weet helemaal niet hoe het is om voortdurend bang te zijn voor wat hij kan gaan doen. Als ik aangifte tegen hem had gedaan, zou hij achter me aan zijn gekomen tot ik niet langer kon vluchten. Ik hoopte dat hij ons met rust zou laten als ik niet naar de politie ging. En dat leek eerst ook te werken, toch?'

'Jawel, maar nu werkt het niet meer. Verdomme Anna, je moet leren verder te kijken dan je neus lang is.'

'Jij hebt makkelijk praten! Met alle geborgenheid die je je maar kunt wensen, met een man die je aanbidt en je nooit kwaad zou doen en met geld op de bank van het boek over Alex. Het is voor jou verdomd makkelijk om zoiets te zeggen! Je weet helemaal niet hoe het is om een alleenstaande moeder met twee kinderen te zijn en te moeten ploeteren om ze voldoende eten en kleren te kunnen geven. Het gaat jou allemaal voor de wind, en ik heb heus wel gezien hoe je je neus optrekt voor Gustav. Je denkt dat je het allemaal zo goed weet, maar je weet helemaal niets!'

Anna gaf Erica niet de kans om op haar uitbarsting te reageren, en verdween met Adrian in de wagen en Emma in een stevige greep half rennend naar het plein. Erica, die de tranen voelde opkomen, bleef achter op het trottoir en vroeg zich af hoe het zo had kunnen ontsporen. Ze had het helemaal niet kwaad bedoeld. Ze wilde alleen maar dat Anna het zo goed zou hebben als ze verdiende.

Jacob kuste zijn moeder op de wang en gaf zijn vader formeel een hand. Zo was hun relatie altijd al geweest: eerder afstandelijk en correct dan warm en hartelijk. Het was raar om zijn vader als een vreemde te zien, maar dat was de beschrijving die het dichtst bij de waarheid kwam. Natuurlijk had hij dikwijls gehoord dat zijn vader dag en nacht samen met zijn moeder in het ziekenhuis had zitten waken, maar hij herinnerde het zich maar vaag, als in een nevel, en het had hen niet dichter bij elkaar gebracht. Intimiteit had hij van Ephraïm gekregen, die hij meestal meer als een vader dan als zijn grootvader had beschouwd. Sinds Ephraïm Jacobs leven had gered door zijn eigen beenmerg te doneren, vereerde Jacob hem als een held.

'Moet je vandaag niet werken?'

Zijn moeder, die naast hem op de bank zat, klonk even angstig als altijd.

Jacob vroeg zich af welke gevaren ze overal op de loer zag liggen. Haar hele leven had ze geleefd alsof ze op de rand van de afgrond balanceerde.

'Ik was van plan er later op de dag heen te gaan en vanavond wat langer door te werken. Ik wilde even kijken hoe het met jullie is. Ik hoorde van de ingegooide ramen. Mama, waarom heb je mij niet gebeld in plaats van papa? Ik had hier zo kunnen zijn.'

Laine glimlachte liefdevol. 'Ik wilde je niet ongerust maken, dat is niet goed voor je.'

Jacob antwoordde niet, maar glimlachte een milde, in zichzelf gekeerde glimlach.

Ze legde haar hand op de zijne. 'Ik weet het, maar laat me nu maar. Oudere mensen veranderen hun gewoontes niet zo makkelijk, weet je.'

'Maar jij bent helemaal niet oud, mama, je bent nog steeds een klein meisje.'

Laine bloosde verrukt. Deze woordenwisseling hadden ze vaker gehad en hij wist dat ze dit soort opmerkingen heerlijk vond. En hij maakte ze graag. Ze had het al deze jaren vast niet zo leuk gehad met zijn vader, en complimentjes maken was zeker niet Gabriëls sterkste kant.

Gabriël snoof dan ook ongeduldig. Hij stond op uit zijn fauteuil. 'Afijn, de politie heeft inmiddels met die lummels van Solveig gepraat, dus hopelijk houden ze zich een poosje koest.' Hij liep in de richting van zijn kantoor. 'Heb je tijd om even naar de cijfers te kijken?'

Jacob kuste de hand van zijn moeder, knikte en volgde zijn vader. Gabriël was al jaren geleden begonnen zijn zoon in te werken in de zaken betreffende het landgoed, en die opleiding ging nog steeds door. Hij wilde er zeker van zijn dat Jacob op een goede dag in staat was alles van hem over te nemen. Gelukkig had zijn zoon een natuurlijke aanleg voor het beheren van een landgoed, en zowel de getalsmatige als de praktische werkzaamheden gingen hem uitstekend af.

Na een poosje samen boven de boeken te hebben gezeten, strekte Jacob zich uit en zei: 'Ik wilde even boven in opa's kamers kijken. Ik ben er al een hele tijd niet geweest.'

'Hm, wat zei je? Ja doe maar.' Gabriël was verzonken in de wereld van de cijfers.

Jacob ging de trap op naar de bovenverdieping en liep langzaam naar de deur die naar de linkervleugel van het landhuis leidde. Daar had Ephraïm geleefd tot hij doodging en Jacob had er vele uren van zijn jeugd doorgebracht.

Hij stapte naar binnen. Alles was precies als vroeger. Jacob had zijn ouders gevraagd in de vleugel niets te verplaatsen of te veranderen, en zij hadden zijn wens gerespecteerd, zich bewust van de unieke band die hem en Ephraïm verbond.

De kamers getuigden van kracht. De uitstraling was mannelijk en donker en onderscheidde zich duidelijk van de lichte inrichting van de rest van het landhuis. Jacob had altijd het gevoel dat hij hier een andere wereld betrad.

Hij ging in de leren fauteuil bij het ene raam zitten en legde zijn voeten op het voetenbankje. Zo had Ephraïm altijd gezeten als Jacob bij hem op bezoek kwam. Zelf had hij als een jong hondje voor zijn grootvader op de vloer gelegen en aandachtig geluisterd naar de verhalen over vroeger.

De verhalen over de revivalbijeenkomsten hadden hem geprikkeld. Ephraïm had beeldend de extase op de gezichten van de mensen beschreven en verteld hoe ze zich volledig op de Predikant en zijn zonen hadden gericht. Ephraïm had een bulderstem gehad en Jacob had er nooit aan getwijfeld dat zijn grootvader daarmee mensen had kunnen betoveren. Maar het aller-mooist waren de verhalen waarin grootvader vertelde over de wonderen die Gabriël en Johannes hadden verricht. Elke dag had een nieuw mirakel met zich meegebracht, en Jacob vond het allemaal prachtig. Hij begreep abso-luut niet waarom zijn vader nooit over die periode in zijn leven wilde praten, Gabriël leek zich er zelfs voor te schamen. Stel je toch voor dat je de gave bezat om te genezen! Dat je de zieken kon genezen en de kreupelen weer kon laten lopen! Wat een verdriet moesten ze hebben gehad toen de gave verdween. Volgens Ephraïm was dat van de ene dag op de andere gebeurd. Gabriël had er zijn schouders over opgehaald, maar Johannes was wanhopig geweest. Hij had 's avonds tot God gebeden om de gave terug te krijgen en als hij een gewond dier zag, rende hij eropaf en probeerde de kracht op te roepen die hij ooit had bezeten.

Maar Jacob had nooit begrepen waarom Ephraïm op zo'n rare manier lachte als hij het over die tijd had. Het moest voor Johannes heel verdrietig zijn geweest en een man die zo dicht bij God stond als de Predikant, had dat moeten begrijpen. Maar Jacob hield van zijn grootvader en trok diens woorden, of de manier waarop hij ze uitsprak, nooit in twijfel. In zijn ogen was zijn grootvader onfeilbaar, de man had tenslotte zijn leven gered. Weliswaar niet met handoplegging, maar door Jacob iets van zijn eigen lichaam te schenken waarmee hij hem weer leven inblies. Daarom vereerde Jacob hem.

Het mooist van alles waren de woorden waarmee Ephraïm zijn verhalen altijd eindigde. Hij zweeg dan theatraal, keek zijn kleinzoon diep in de ogen en zei: 'En jij, Jacob, jij hebt die gave ook. Ergens, diep vanbinnen, wacht ze tot ze naar boven mag komen.'

Jacob was dol op die woorden.

Het was hem nooit gelukt, maar voor hem was het voldoende dat zijn grootvader had beweerd dat die kracht er was. Als hij ziek was, had hij weleens geprobeerd zijn ogen te sluiten en de kracht op te roepen om zichzelf te genezen, maar als hij zijn ogen sloot, had hij enkel duisternis gezien, dezelfde duisternis die hem nu in een ijzeren greep hield.

Misschien had hij de juiste weg kunnen vinden als zijn grootvader langer was blijven leven. Hij had het tenslotte aan Gabriël en Johannes geleerd, dus waarom zou hij het hem niet hebben kunnen leren?

Het luide gekrijs van een vogel wekte Jacob uit zijn getob. De duisternis binnen in hem vormde een krampachtige band om zijn hart en hij vroeg zich af of die zo sterk kon worden dat zijn hart zou stoppen met kloppen. De laatste tijd kwam de duisternis steeds vaker en ze was tegelijk dikker geworden dan ooit.

Hij trok zijn benen op en sloeg zijn armen om zijn knieën. Was Ephraïm hier maar. Die had hem kunnen helpen het helende licht te vinden.

'We gaan er in dit stadium van uit dat Jenny Möller zich niet vrijwillig schuilhoudt. We willen ook graag hulp van het publiek en we vragen iedereen die haar heeft gezien dit aan ons te melden, vooral als ze haar in of in de buurt van een auto hebben gezien. Volgens onze informatie wilde ze naar Fjällbacka liften, en alle waarnemingen die daarmee verband houden zijn van het grootste belang.'

Patrik keek de bijeengekomen journalisten ernstig in de ogen. Ondertussen liet Annika de foto van Jenny Möller rondgaan. Ze zou alle kranten een kopie geven om te publiceren. Zo ging het niet altijd, maar op dit moment konden ze de pers goed gebruiken.

Tot Patriks verbazing had Mellberg hem gevraagd de haastig opgezette persconferentie te leiden. Mellberg zelf zat achter in de kleine vergaderruimte van het politiebureau en sloeg Patrik gade, die helemaal voorin stond.

Diverse handen gingen omhoog.

'Heeft de verdwijning van Jenny iets te maken met de moord op Tanja Schmidt? En hebben jullie iets gevonden wat die moord koppelt aan de vondst van Mona Thernblad en Siv Lantin?'

Patrik schraapte zijn keel. 'In de eerste plaats is Siv Lantin nog niet definitief geïdentificeerd, ik zou het dus op prijs stellen als jullie dat ook niet schrijven. Verder wil ik, om onderzoektechnische redenen, geen commentaar geven op de vraag welke conclusies we wel of niet hebben getrokken.'

De journalisten slaakten een zucht omdat ze de kreet over onderzoektechnische redenen altijd te horen kregen, maar hielden toch onverdroten hun hand omhoog.

'De toeristen verlaten Fjällbacka. Is het terecht dat ze zich zorgen maken over hun veiligheid?'

'Er is geen reden tot ongerustheid. We werken heel hard aan de oplossing van de moord, maar nu willen we eerst Jenny Möller vinden. Meer heb ik niet te zeggen. Dank jullie wel.'

Hij verliet de kamer onder protesten van de journalisten, maar zag vanuit zijn ooghoek dat Mellberg achterbleef. Als die nu maar niets doms zei.

Hij liep naar Martins kamer en ging op de rand van het bureau zitten.

'Het is verdomme net of je je hand vrijwillig in een wespennest steekt.'

'Ja, maar misschien kunnen ze ons deze keer helpen.'

'Iemand moet Jenny toch in een auto hebben zien stappen, als ze inderdaad is gaan liften, zoals die jongen zei. Er is zoveel verkeer op de Grebbe-stadsvägen, het zou raar zijn als niemand iets had gezien.'

'Er zijn vreemdere dingen gebeurd.' Martin zuchtte.

'Heb je Tanja's vader nog steeds niet te pakken gekregen?'

'Ik heb het niet meer geprobeerd. Ik wilde wachten tot vanavond, waarschijnlijk is hij nu op zijn werk.'

'Ja, daar heb je gelijk in. Weet je of Gösta met de gevangenissen heeft gebeld?'

'Ja, het lijkt onwaarschijnlijk, maar hij heeft het echt gedaan. Niets. Niemand die de hele tijd tot nu heeft vastgezeten. Maar dat had je waarschijnlijk ook niet echt verwacht. Ik bedoel, je kunt verdomme zelfs de koning neerschieten, en dan kom je toch na een paar jaar weer vrij wegens goed gedrag. En waarschijnlijk mag je na een paar weken al met verlof.' Hij gooide geïrriteerd zijn pen op het bureau.

'Hé, niet zo cynisch, daar ben je veel te jong voor. Na tien jaar in het vak mag je verbitterd raken, tot die tijd moet je naïef vertrouwen houden in het systeem.'

'Ja, opa.' Martin deed alsof hij salueerde, en Patrik stond lachend op.

'Trouwens,' ging Patrik verder, 'we mogen er niet zomaar van uitgaan dat Jenny's verdwijning iets te maken heeft met de moorden in Fjällbacka, dus laat Gösta voor de zekerheid nagaan of we hier in de omgeving een verkrachter kennen die weer is vrijgekomen. Vraag hem iedereen te controleren die wegens verkrachting of ander grof geweld tegen vrouwen heeft vastgezeten, en van wie we weten dat hij in de buurt actief is.'

'Goed plan, maar het kan toch net zo goed iemand van elders zijn, iemand die hier als toerist is?'

'Dat is waar, maar we moeten ergens beginnen.'

Annika stak haar hoofd om de deur. 'Sorry dat ik de heren moet storen, maar ik heb de Forensische Eenheid aan de lijn, Patrik. Zal ik het gesprek hierheen doorschakelen of neem je het op je eigen kamer?'

'Verbind maar door met mijn kamer. Geef me een halve minuut.'

Patrik ging op zijn kamer zitten wachten tot de telefoon overging. Zijn hart klopte iets sneller. Een telefoontje van de Forensische Eenheid was bijna hetzelfde als de komst van de kerstman: je wist nooit wat voor verrassingen ze hadden.

Tien minuten later stond hij weer bij Martin in de deuropening.

'We hebben bevestigd gekregen dat het andere skelet van Siv Lantin is, precies zoals we dachten. En de analyse van de aarde is klaar, die kan nuttig voor ons zijn.'

Martin leunde geïnteresseerd naar voren en vouwde zijn handen. 'En, houd me niet langer in spanning. Wat hebben ze gevonden?'

'In de eerste plaats is de aarde op Tanja's lichaam, op de deken waarop ze lag en op de skeletten, dezelfde. Dat betekent dat ze op een bepaald moment op dezelfde plek zijn geweest. Het Gerechtelijk Laboratorium in Linköping heeft verder een kunstmest in de aarde gevonden, die alleen op boerderijen wordt gebruikt. Ze zijn er zelfs in geslaagd het merk en de naam van de fabrikant te achterhalen. En het beste van alles is dat de kunstmest niet in de winkel wordt verkocht, maar direct van de fabrikant wordt betrokken, en bovendien is het niet een van de allergewoonste merken op de markt. Dus als jij ze even belt om ze naar de klanten te vragen die deze kunstmest hebben gekocht, hebben we misschien een opening in de zaak. Op dit papiertje staan de naam van de kunstmest en van de fabrikant. Het telefoonnummer staat ongetwijfeld in de Gouden Gids.'

Martin zwaaide afwerend met zijn hand. 'Ik regel het. Zodra ik de lijst met klanten heb, laat ik het je weten.'

'Prima.' Patrik stak zijn duim omhoog en trommelde zachtjes tegen de deurpost.

'Hé trouwens...'

Patrik was al in de gang, maar hij draaide zich om toen hij Martins stem hoorde. 'Ja?'

'Zeiden ze nog iets over het gevonden DNA?'

'Daar zijn ze nog mee bezig. Het Gerechtelijk Laboratorium verricht die analyses ook en kennelijk hebben ze het heel druk met DNA-onderzoek. In deze tijd van het jaar vinden veel verkrachtingen plaats, weet je.'

Martin knikte somber. Hij wist het maar al te goed. Dat was een van de grote voordelen van het winterseizoen. Veel verkrachters vonden het dan te koud om hun broek te laten zakken, maar 's zomers hadden ze daar geen last van.

Patrik liep neuriënd terug naar zijn kamer. Eindelijk een kleine opening. Hoewel het niet veel was, hadden ze iets concreets om op af te gaan.

Ernst gunde zich een portie worst met aardappelpuree op het plein in Fjällbacka. Hij ging op een van de banken zitten die op de zee uitkeken en hield argwanend de meeuwen in de gaten die om hem heen cirkelden. Als ze de kans kregen zouden ze zijn worst wegpikken, dus hij verloor ze geen moment uit het oog. Stomme rotvogels. Als kind had hij vaak een vis aan een touw vastgebonden dat hij bij het andere uiteinde vasthield. Op die manier maakte hij, als de meeuw nietsvermoedend de vis naar binnen had gewerkt, zijn eigen levende vlieger, die hulpeloos en in paniek in de lucht met zijn vleugels klapperde. Hij had het ook leuk gevonden de zelfgestookte brandewijn van zijn vader te jatten. Daar doopte hij dan stukjes brood in, die hij vervolgens naar de meeuwen gooide. Hij vond het altijd zo grappig als hij de vogels zwalkend heen en weer zag vliegen, dat hij schuddend van de lach over de grond rolde. Hij waagde zich nu niet meer aan dat soort kwajongensstreken, maar hij had er wil zin in. Vervloekte gieren, dat waren het.

Vanuit zijn ooghoek zag hij een bekende. Gabriël Hult stopte met zijn BMW voor de kiosk. Ernst ging rechtop zitten. Hij had het onderzoek naar de moord op de meisjes gevolgd, uit pure woede omdat hij erbuiten werd gehouden, en was op de hoogte van Gabriëls getuigenverklaring tegen zijn broer. Misschien, heel misschien, dacht Ernst, viel er meer uit die pedante klootzak te halen. Alleen al de gedachte aan het landhuis en de grond die

Gabriël Hult bezat, maakte hem ziek van jaloezie en het zou prettig zijn de man een beetje onder druk te zetten. En als er ook maar een kleine, kleine kans bestond dat hij iets nieuws voor het onderzoek zou weten te vinden waarmee hij die klootzak van een Hedström op zijn nummer kon zetten, was dat een flinke bonus.

Hij gooide het laatste beetje worst en aardappelpuree in de dichtstbijzijnde afvalbak en slenterde op zijn gemak naar Gabriëls auto. De zilverkleurige BMW glansde in de zonneschijn. Hij kon zich niet inhouden en wreef verlangend met zijn hand over het dak. Verdomme, zo'n auto wilde hij ook wel. Hij trok snel zijn hand terug toen Gabriël met een krant in zijn hand terugkwam uit de kiosk. Gabriël keek achterdochtig naar Ernst, die sloom tegen de passagiersdeur geleund stond.

'Neem me niet kwalijk, maar u staat tegen mijn auto te leunen.'

'Dat klopt, ja.' Ernst sprak zo brutaal als hij maar durfde, hij kon maar beter meteen laten zien wie hier de baas was. 'Ernst Lundgren, van het politiebureau in Tanumshede.'

Gabriël zuchtte. 'Wat is er nu weer? Hebben Johan en Robert weer iets uitgespookt?'

Ernst grijnsde. 'Als ik die rotte appelen een beetje ken, hebben ze dat ongetwijfeld gedaan maar op dit moment zou ik niet weten wat. Nee, ik heb een paar vragen naar aanleiding van de vrouwen die we in de Koningskloof hebben gevonden.' Hij knikte naar de houten trap die langs de bergwand omhoog kronkelde, in de richting van de kloof.

Gabriël kruiste zijn armen en hield de krant onder zijn ene arm geklemd.

'Wat zou ik daar in vredesnaam over moeten weten? Het gaat toch niet weer over dat oude verhaal met mijn broer? Daarover heb ik al vragen van een van uw collega's beantwoord. Dat is allemaal zo lang geleden, en gezien de gebeurtenissen van de afgelopen dagen zou nu toch bewezen moeten zijn dat Johannes daar niets mee te maken had! Kijk hier maar!'

Hij vouwde de krant open en hield die voor Ernst omhoog. De voorpagina werd gedomineerd door een foto van Jenny Möller, naast een onscherpe pasfoto van Tanja Schmidt. Niet geheel onverwacht stond er een schreeuwende kop boven.

'Wilde u soms zeggen dat mijn broer uit zijn graf is opgestaan en dit heeft gedaan?' Gabriëls stem trilde van emotie. 'Hoe lang willen jullie nog blijven wroeten in mijn familie terwijl de echte moordenaar vrij rondloopt? Het enige dat jullie tegen ons kunnen aanvoeren, is een getuigenverklaring die ik meer dan twintig jaar geleden heb afgelegd en ik was toen echt zeker van mijn zaak, maar verdorie, het was niet echt licht buiten, ik had aan het ziekbed van mijn zoon gezeten die bijna doodging, en misschien heb ik me gewoon vergist!'

Met verontwaardigde passen liep hij om de auto heen naar de bestuurdersplaats en drukte op de afstandsbediening zodat de centrale vergrendeling zich ontsloot. Voordat hij instapte, richtte hij een laatste opgewonden tirade tot Ernst. 'Als dit zo doorgaat, schakel ik onze advocaten in. Ik heb er genoeg van dat de mensen me aanstaren en nakijken sinds jullie die meisjes hebben gevonden, en sta niet toe dat er nog meer geruchten over mijn familie worden verspreid, alleen omdat jullie niets beters te doen hebben.'

Gabriël sloeg het portier met een klap dicht en ging er plankgas vandoor. Hij reed de Galärbacken met zo'n snelheid op, dat voetgangers opzij moesten springen.

Ernst grinnikte bij zichzelf. Gabriël Hult mocht dan geld hebben, als politieman had Ernst de macht om in diens kleine bevoorrechte wereld te roeren. Het leven voelde een stuk beter.

'We staan aan de vooravond van een crisis die op de hele gemeente van invloed zal zijn.' Stig Thulin, de sterke man van de gemeente, keek Mellberg strak aan, maar die leek niet noemenswaardig onder de indruk.

'Ja, zoals ik al tegen jou en alle mensen die eerder hebben gebeld heb gezegd, werken we keihard aan dit onderzoek.'

'Ik krijg tientallen telefoontjes per dag van verontruste ondernemers en ik begrijp hun bezorgdheid. Heb je gezien hoe het eruitziet op de campings en in de havens in de omgeving? Dit heeft niet alleen invloed op het economische leven in Fjällbacka, wat op zich al erg genoeg zou zijn, maar na de verdwijning van dat laatste meisje vluchten de toeristen nu ook weg uit de omringende plaatsen. Grebbestad, Hamburgsund, Kämpersvik, zelfs in Strömstad wordt het merkbaar. Ik wil weten wat jullie concreet doen om deze situatie op te lossen!'

Stig Thulin, die anders altijd een stralend witte glimlach toonde, had nu verontwaardigde rimpels op zijn edele voorhoofd. Hij was al meer dan tien jaar de belangrijkste vertegenwoordiger van de gemeente en stond ook bekend als een Don Juan. Mellberg moest toegeven dat hij begreep waarom de vrouwen in de omgeving ontvankelijk waren voor zijn charme. Niet dat Mellberg homoseksuele gevoelens had, zei hij snel tegen zichzelf, maar zelfs een man kon zien dat Stig Thulin bijzonder goed getraind was voor iemand van vijftig, en zijn grijze slapen waren, met name in combinatie met zijn jongensachtige blauwe ogen, buitengewoon charmant.

Mellberg glimlachte geruststellend. 'Stig, jij weet even goed als ik dat ik niet kan ingaan op de details van het onderzoek, maar je moet me op mijn woord geloven als ik zeg dat we er alles aan doen om het meisje Möller en de dader van deze vreselijke misdaden te vinden.'

'Hebben jullie echt de capaciteit voor een dergelijk geavanceerd onderzoek? Zouden jullie niet hulp van buiten moeten inroepen, van Göteborg bijvoorbeeld?'

Stigs grijze slapen waren bezweet van opwinding. Zijn politieke platform werd grotendeels bepaald door de tevredenheid van de plaatselijke ondernemers over zijn inzet, en de verontwaardiging die ze de afgelopen dagen hadden getoond voorspelde niet veel goeds voor de komende verkiezingen. Hij had het enorm goed naar zijn zin in het machtscircuit, en hij realiseerde zich ook dat zijn politieke status voor een groot deel ten grondslag lag aan zijn amoureuze successen.

Nu verscheen er ook een geïrriteerde rimpel op Mellbergs niet even edele voorhoofd.

'We hebben geen hulp nodig, dat kan ik je verzekeren. En ik moet zeggen dat ik jouw wantrouwen in onze competentie niet op prijs stel. We hebben nog nooit klachten gekregen over onze manier van werken en in dit stadium is er geen reden voor onterechte kritiek.'

Dankzij zijn mensenkennis, die hem in politiek opzicht ook vaak goed van pas kwam, begreep Stig Thulin dat het tijd werd om zich terug te trekken. Hij haalde diep adem en zei tegen zichzelf dat het niet in zijn belang was om in conflict te raken met het plaatselijke politiewezen.

'Goed, het was misschien nogal overhaast van mij om een dergelijke vraag te stellen. Natuurlijk hebben jullie ons volste vertrouwen. Maar ik wil nogmaals benadrukken hoe belangrijk het is dat dit zo snel mogelijk wordt opgelost!'

Mellberg knikte slechts ten antwoord, en na de gebruikelijke beleefdheidsfrasen haastte de sterke man van de gemeente zich het politiebureau uit.

Ze bekeek zichzelf kritisch in de passpiegel die haar vader na veel zeuren in de caravan had opgehangen. Niet onaardig. Maar een paar kilo minder zou niet erg zijn. Melanie trok onderzoekend haar buik in. Zo ja, dat zag er beter uit. Er mocht geen grammetje vet te zien zijn, en ze besloot de komende weken bij de lunch alleen een appel te eten. Haar moeder kon zeggen wat ze wilde, maar Melanie zou er alles aan doen om niet even vet en vies te worden als zij.

Na de stringbikini nog een keer te hebben rechtgetrokken, pakte ze haar badtas en strandlaken om naar het strand te vertrekken. Een klop op de deur onderbrak haar. Zeker een van haar vrienden die ook ging zwemmen en kwam vragen of ze meeging. Ze deed de deur open. Nog geen tel later vloog ze achteruit de caravan in en bezeerde haar onderrug aan de kleine eettafel. Het werd zwart voor haar ogen van de pijn, en de klap had de lucht uit haar longen gedrukt, waardoor ze geen woord kon uitbrengen. Een man drong naar binnen en ze vroeg zich af waar ze hem eerder had gezien. Hij kwam haar vaag bekend voor, maar door de schok en de pijn kon ze niet goed nadenken. Jenny's verdwijning schoot echter wel meteen door haar hoofd. De paniek absorbeerde haar laatste beetje verstand en ze zakte weerloos ineen op de vloer.

Ze protesteerde niet toen hij haar aan een arm omhoogtrok en naar het bed duwde. Maar toen hij begon te trekken aan de bandjes van haar bikini die op haar rug waren vastgeknoopt, gaf de schrik haar kracht en ze probeerde hem in zijn kruis te trappen. Ze miste echter en raakte zijn dijbeen en de reactie volgde direct. Een vuistslag landde op haar onderrug, op precies dezelfde plek waar de tafel haar had geraakt, en voor de tweede keer werd de lucht uit haar longen geslagen. Ze zeeg neer op het bed en gaf het op. Door de kracht van de klap voelde ze zich klein en weerloos en haar enige gedachte was dat ze moest zien te overleven. Ze bereidde zich erop voor te sterven. Ze wist nu ook zeker dat Jenny dood was.

Toen de man Melanies bikinibroekje tot op haar knieën omlaag had getrokken, deed een geluid hem omdraaien. Voordat hij kon reageren, werd zijn hoofd ergens door geraakt en met een rochelend geluid zeeg hij op zijn knieën. Achter hem stond Per, de nerd, met een kastieknuppel in zijn hand. Een lange smalle knuppel, zag Melanie nog, voordat alles zwart werd.

'Verdomme, ik had hem moeten herkennen!'

Martin stampte uit pure frustratie op de grond en gebaarde naar de man, die met geboeide handen op de achterbank van een politiewagen werd geduwd.

'Hoe dan? Hij is in de gevangenis minstens twintig kilo aangekomen en bovendien heeft hij zijn haar geblondeerd. Zelfs zijn eigen moeder zou hem niet hebben herkend. En bovendien heb jij hem alleen op een foto gezien.'

Patrik probeerde Martin zo goed en zo kwaad als het ging te troosten, maar hij vermoedde dat hij tegen dovemansoren sprak. Ze stonden op de camping van Grebbestad, naast de caravan van Melanie en haar ouders, en een grote menigte nieuwsgierigen had zich verzameld om te zien wat er was gebeurd. Melanie was al met een ambulance naar het ziekenhuis in Uddevalla gebracht. Haar ouders waren in het winkelcentrum van Svinesund toen Patrik hen op hun mobieltje te pakken kreeg, en geschokt waren ze meteen naar het ziekenhuis gereden.

'Ik heb hem recht aangekeken, Patrik. Ik geloof zelfs dat ik naar hem heb geknikt. Hij heeft zich vast doodgelachen toen wij weer vertrokken. Zijn tent stond vlak naast die van Tanja en Liese. Verdomme, hoe heb ik zo stom kunnen zijn?'

Hij sloeg zachtjes met zijn vuist tegen zijn voorhoofd om zijn woorden kracht bij te zetten en voelde hoe de angst in zijn borst toenam. Het 'wat-als' was zijn duivelse spel al begonnen. Als hij Mårten Frisk had herkend, dan was Jenny nu misschien thuis geweest bij haar ouders. Als, als, als.

Patrik wist heel goed wat zich in Martins hoofd afspeelde, maar hij wist niet welke woorden hij moest gebruiken om het leed te verzachten. Waarschijnlijk zou hij zelf net zo denken als hij in Martins schoenen had gestaan, al wist hij heel goed dat deze zelfkritiek ongegrond was. Het was vrijwel onmogelijk geweest de man te herkennen die vijf zomers geleden voor vier verkrachtingen was opgepakt. Toen was Mårten Frisk nog maar zeventien jaar geweest, een tengere, donkerharige jongen die zijn slachtoffers met een mes tot onderwerping had gedwongen. Nu was hij een blonde spierbundel, en kennelijk van mening dat hij op eigen kracht heer en meester over de situatie kon zijn. Patrik vermoedde ook dat steroïden, die in alle inrichtingen van het land vrij makkelijk verkrijgbaar waren, een rol hadden gespeeld bij Mårtens fysieke metamorfose en zijn aangeboren agressiviteit waarschijnlijk niet hadden verminderd, maar een smeulend vuurtje juist hadden veranderd in een razend inferno.

Martin wees naar de jongen die een beetje onhandig naast het centrum van de gebeurtenissen stond en zenuwachtig op zijn nagels beet. De kastieknuppel was al door de politie in beslag genomen, en de nervositeit stond duidelijk op het gezicht van de puber te lezen. Waarschijnlijk wist hij niet goed of hij door de sterke arm van de wet een held zou worden genoemd of een misdadiger. Patrik gebaarde naar Martin dat die mee moest gaan, en samen liepen ze naar de jongen, die met zijn voeten stond te stampen.

'Jij bent toch Per Thorsten?'

De jongen knikte.

Patrik legde Martin uit: 'Per is een vriend van Jenny Möller. Hij vertelde me dat ze naar Fjällbacka zou liften.'

Patrik wendde zich weer tot Per. 'Dat was een knap staaltje werk. Hoe wist je dat Melanie bijna werd verkracht?'

Per keek naar de grond. 'Ik vind het leuk om de mensen die hier komen te observeren. Deze vent viel me al op toen hij zijn tent hier opzette, een paar dagen geleden. Hij rende vreemd rond en deed heel stoer tegenover de kleinere meisjes. Hij dacht zeker dat hij er cool uitzag met zijn stomme spierbundels. Ik zag ook hoe hij naar de jongere vrouwen keek. Vooral als ze niet veel kleren aanhadden.'

'En wat gebeurde er vandaag?' Martin hielp hem ongeduldig op streek.

Met zijn blik nog steeds naar de grond gericht, ging Per verder: 'Ik zag dat hij toekeek toen Melanies ouders vertrokken en daarna een poosje bleef wachten.'

'Hoe lang?' vroeg Patrik.

Per dacht na. 'Vijf minuten, misschien. Toen liep hij vrij resoluut naar Melanies caravan en ik dacht dat hij haar zogenaamd toevallig tegen het lijf wilde lopen of zo, maar toen ze opendeed, wierp hij zich als het ware naar binnen en toen dacht ik verdomme, hij is vast ook degene die Jenny heeft meegenomen, en toen pakte ik een kastieknuppel van de kleine kinderen af en sloeg hem ermee op zijn kop.'

Hij moest stoppen om adem te halen en voor de eerste keer sloeg hij zijn ogen op en keek Patrik en Martin recht aan. Ze zagen dat zijn onderlip trilde.

'Krijg ik hier last mee? Dat ik hem op zijn hoofd heb geslagen?'

Patrik legde geruststellend een hand op Pers schouder. 'Ik durf je wel te beloven dat dit geen gevolgen voor je zal hebben. Niet dat we burgers aanmoedigen om zo te handelen, begrijp me goed, maar als jij niet tussenbeide was gekomen, had hij waarschijnlijk tijd genoeg gehad om Melanie te verkrachten.'

Per was zo opgelucht dat hij bijna letterlijk ineenzakte, maar toen rechtte hij zijn rug weer en zei: 'Kan hij degene zijn die... ik bedoel met Jenny...?'

Hij kon de woorden niet eens uitspreken en hier eindigden ook Patriks geruststellingen. Want Pers vraag verwoordde zijn eigen gedachten.

'Ik weet het niet. Is het je opgevallen dat hij ook weleens op die manier naar Jenny heeft gekeken?'

Per dacht koortsachtig na, maar schudde uiteindelijk zijn hoofd. 'Ik weet het niet. Ik bedoel, hij heeft het vast wel gedaan, hij keek naar alle vrouwen die langsliepen, maar ik kan niet zeggen dat hij speciaal naar haar keek.'

Ze bedankten Per en brachten hem naar zijn ongeruste ouders. Daarna reden ze naar het politiebureau. Daar, reeds in verzekerde bewaring, bevond zich misschien de persoon naar wie ze zo koortsachtig hadden gezocht. Ze wisten het niet van elkaar, maar Martin en Patrik duimden beiden dat Mårten Frisk inderdaad hun man was.

De stemming in de verhoorkamer was gespannen. De gedachte aan Jenny Möller zweepte hen op om de waarheid uit Mårten Frisk te trekken, maar ze wisten ook dat sommige dingen niet geforceerd konden worden. Patrik leidde het verhoor en het had niemand verbaasd dat hij gevraagd had of Martin erbij aanwezig wilde zijn. Na de verplichte procedure waarbij naam, datum en tijdstip werden ingesproken, begonnen ze aan hun werk.

'Je bent aangehouden wegens poging tot verkrachting van Melanie Johansson, heb je daar iets op te zeggen?'

'Ja, dat zou ik wel denken!'

Mårten zat sloom achterovergeleund op de stoel en liet zijn ene bovenarm op de rugleuning rusten. Hij was zomers gekleed in een laag uitgesneden hemd en kleine shorts, minimale hoeveelheden stof om zijn spieren maximaal te doen uitkomen. Het geblondeerde haar was iets te lang en de pony viel voortdurend voor zijn ogen.

'Ik heb niets gedaan wat zij niet wilde en als zij iets anders zegt, liegt ze! We hadden afgesproken elkaar te ontmoeten als haar ouders weg waren, en we waren net lekker bezig toen die stomme idioot met zijn kastieknuppel kwam binnenstormen. Ik wil trouwens aangifte doen van mishandeling. Dat kunnen jullie dus opschrijven in jullie notitieblokken.' Hij wees naar de blokken die Patrik en Martin voor zich hadden liggen en grijnsde.

'Daar hebben we het later wel over, nu hebben we het over de aanklachten die tegen jou zijn gericht.' In Patriks kortaangebonden toon klonk alle verachting door die deze man bij hem opriep; grote kerels die zich aan kleine meisjes vergrepen, hoorden in zijn wereld tot de laagsten der laagsten.

Mårten haalde zijn schouders op alsof het hem onverschillig liet. De jaren in de gevangenis hadden hem geschoold. De laatste keer dat hij tegenover Patrik had gezeten, was hij een dunne, onzekere jongen van zeventien geweest die bijna meteen nadat hij was gaan zitten, had bekend dat hij schuldig was aan alle vier de verkrachtingen. Inmiddels had hij les gehad van de zware jongens, en zijn fysieke metamorfose kwam met zijn mentale verandering overeen. Onveranderd echter was zijn haat en agressie tegen vrouwen. Voor zover ze wisten had dat voorheen alleen tot brute verkrachtingen geleid, niet tot moord, maar Patrik vreesde dat de jaren in de gevangenis meer schade hadden aangericht dan ze hadden kunnen vermoeden. Was Mårten Frisk van verkrachter veranderd in een moordenaar? Waar was Jenny Möller in dat geval en hoe hing dat allemaal samen met de dood van Mona en Siv? Toen zij werden vermoord, was Mårten Frisk nog niet eens geboren!

Patrik zuchtte en ging verder met het verhoor. 'Stel dat we je geloven, dan is er toch een grote toevalligheid die ons zorgen baart, namelijk dat jij op de camping van Grebbestad stond toen er een meisje verdween dat Jenny Möller heet, en dat je op de camping van Sälvik bij Fjällbacka stond toen een Duitse toeriste verdween die later vermoord is aangetroffen. Jouw tent stond zelfs naast die van Tanja Schmidt en haar vriendin. Dat vinden wij nogal vreemd.'

Mårten werd zichtbaar bleek. 'Nee, verdomme, daar heb ik niets mee te maken.'

'Maar je weet welk meisje we bedoelen?'

Onwillig zei hij: 'Ja, natuurlijk heb ik die twee potten in de tent naast de mijne gezien, maar ik houd niet zo van dat soort vrouwen en bovendien waren ze vrij oud naar mijn smaak. Ze zagen er allebei een beetje uit als oude wijven.'

Patrik dacht aan Tanja's misschien alledaagse, maar vriendelijke gezicht op de pasfoto, en hij moest zich inhouden om zijn notitieblok niet naar Mårten te gooien. Zijn blik was ijskoud toen hij naar de man tegenover zich keek.

'En Jenny Möller? Zeventien jaar, leuk, blond meisje. Precies jouw smaak, nietwaar?'

Op Mårtens voorhoofd verschenen zweetpareltjes. Hij had kleine ogen, die ritmisch knipperden als hij nerveus werd en nu knipperde hij als een bezetene.

'Daar heb ik geen bal mee te maken. Ik heb haar niet aangeraakt, ik zweer het!'

Hij gooide zijn armen in de lucht alsof hij met dat gebaar wilde aangeven dat hij onschuldig was, en Patrik meende tegen zijn zin een zweem van waarheid in Mårtens woorden te horen. Hij gedroeg zich heel anders nu ze het over Tanja en Jenny hadden, dan toen ze hem naar Melanie hadden gevraagd. Vanuit zijn ooghoek kon Patrik zien dat Martin ook zijn bedenkingen had.

'Oké, ik kan wel toegeven dat dat meisje vandaag misschien niet echt wilde, maar jullie moeten me geloven, ik weet absoluut niets wat die andere twee meisjes betreft. Ik zweer het!'

De paniek in Mårtens stem was overduidelijk en na een woordeloos overleg besloten Martin en Patrik het verhoor te stoppen. Helaas geloofden ze Mårten. Dat betekende dat iemand anders Jenny Möller ergens vasthield, als ze niet al dood was. En de inlossing van de belofte aan Albert Thernblad dat ze de moordenaar van zijn dochter zouden vinden, leek ineens heel, heel ver weg.

Gösta was bang. Het was alsof een lichaamsdeel dat lang gevoelloos was geweest, weer leven had gekregen. Het werk had hem zo lang met onverschilligheid vervuld, dat het vreemd was om iets te voelen wat bijna op betrokkenheid leek. Hij klopte voorzichtig op Patriks deur.

'Mag ik even binnenkomen?'

'Hè? O, natuurlijk.' Patrik keek verstrooid op van zijn bureau.

Gösta sjokte naar binnen en ging op de bezoekersstoel zitten. Hij zei niets en na een poosje moest Patrik hem op gang helpen: 'Ja? Wat heb je op je hart?'

Gösta schraapte zijn keel en bestudeerde grondig zijn handen, die op zijn schoot lagen. 'Ik kreeg gisteren de lijst.'

'Welke lijst?' Patrik fronste zijn wenkbrauwen.

'Die met de verkrachters uit de omgeving die uit de gevangenis zijn vrijgelaten. Er stonden maar twee namen op, waaronder die van Mårten Frisk.'

'En wat heeft dat met jouw lange gezicht te maken?'

Gösta keek op. De angst lag als een grote, harde bal in zijn buik. 'Ik heb mijn werk niet gedaan. Ik was van plan de namen te controleren, waar ze waren, wat ze deden, ik wilde met ze gaan praten. Maar ik kon het niet opbrengen. Dat is de waarheid, Hedström. Ik kon het niet opbrengen. En nu...'

Patrik antwoordde niet en wachtte alleen maar aandachtig op het vervolg.

'Nu moet ik inzien dat als ik mijn werk wel had gedaan, dat meisje vandaag misschien niet was aangerand, bijna verkracht zelfs, en we hadden hem ook al een hele dag eerder naar Jenny kunnen vragen. Wie weet, misschien had dat voor haar wel het verschil tussen leven en dood betekend. Gisteren leefde ze misschien nog en vandaag is ze misschien wel dood. En alleen omdat ik zo vervloekt slap ben en mijn werk niet heb gedaan!' Hij sloeg nadrukkelijk met zijn vuist op zijn dij.

Patrik zweeg even, leunde toen over het bureau en vouwde zijn handen. Zijn stem was vertrouwenwekkend, niet verwijtend zoals Gösta had verwacht. Hij keek verbaasd op.

'We weten allebei dat je werk bijwijlen te wensen overlaat. Maar het is niet aan mij jou daarop aan te spreken, dat is iets voor onze chef. Dat je Mårten Frisk gisteren niet hebt gecontroleerd, kun je loslaten. In de eerste plaats zou je er nooit zo snel zijn achter gekomen dat hij op die camping zat, dat zou minstens een paar dagen hebben gekost. En in de tweede plaats denk ik, helaas, dat hij niet degene is die Jenny Möller heeft meegenomen.'

Gösta keek Patrik verbaasd aan. 'Maar ik dacht dat de zaak zo goed als rond was?'

'Ja, dat dacht ik eigenlijk ook. En ik ben er nog niet helemaal zeker van, maar Martin noch ik kreeg tijdens het verhoor de indruk dat hij de gezochte is.'

'Shit.' Gösta dacht hier even in stilte over na. Zijn angst was nog niet helemaal verdwenen. 'Kan ik iets doen?'

'Zoals ik al zei, we weten het nog niet zeker, maar we hebben bloed van

Frisk afgenomen en dat zal uiteindelijk aantonen of hij de juiste man is. Het bloed is al naar het lab gestuurd met de aantekening dat er haast bij is, maar het zou fijn zijn als jij er een beetje achteraan zat. Als hij het tegen alle verwachtingen in toch is, kan elk uur tellen voor het meisje Möller.'

'Ja natuurlijk, doe ik. Ik zal me erin vastbijten als een pitbull.'

Patrik glimlachte bij die vergelijking. Als hij Gösta met een hondenras moest vergelijken, dacht hij eerder aan een vermoeide, oude beagle.

Uit pure ijver om Patrik tevreden te stellen veerde Gösta op van zijn stoel en verliet met nooit eerder vertoonde snelheid de kamer. De opluchting dat hij niet de grote fout had begaan die hij had gevreesd, gaf hem het gevoel alsof hij vloog. Hij beloofde zichzelf harder dan ooit te werken, misschien zou hij vanavond zelfs overwerken! Nee, dat was waar ook, hij had om vijf uur geboekt op de golfbaan. Nou ja, hij kon een andere dag wel overwerken.

Ze vond het afschuwelijk om tussen de smerigheid en de troep te moeten lopen. Het was alsof ze een andere wereld betrad. Voorzichtig stapte ze over oude kranten, vuilniszakken en god mocht weten wat.

'Solveig?' Geen antwoord. Ze drukte haar handtas tegen zich aan en liep verder de gang in. Daar zat ze. De afkeer was in haar hele lichaam voelbaar. Ze haatte haar meer dan wie ook ter wereld, inclusief haar vader. Tegelijkertijd was ze afhankelijk van haar. En die gedachte maakte haar altijd misselijk.

Solveig begon te glimlachen toen ze Laine zag. 'Kijk eens aan, punctueel als altijd. Ja, op jou kun je rekenen, Laine.' Ze sloeg het album waarmee ze bezig was geweest dicht en gebaarde naar Laine dat ze kon gaan zitten.

'Ik geef het liever meteen, ik heb nogal haast...'

'Nee, Laine, je kent de spelregels. Eerst even rustig koffiedrinken en dan de betaling. Het zou vreselijk onbeleefd van me zijn als ik mijn voorname gast niets zou aanbieden.'

De hoon droop van haar stem. Laine wist dat ze maar beter niet kon protesteren. Dit was een dans die ze door de jaren heen vaak hadden gedanst. Ze veegde voorzichtig een stukje van de keukenbank af en kon het niet nalaten een vies gezicht te trekken toen ze ging zitten. Als ze hier was geweest, voelde ze zich uren later nog steeds smerig.

Solveig stond moeizaam op van haar stoel en borg omstandig haar albums op. Ze zette voor beiden een kapot koffiekopje neer en Laine moest zich inhouden het hare niet af te vegen. Toen kwam er een mand met kapotte koekjes en Solveig spoorde Laine aan ervan te nemen. Ze nam een klein stukje en bad dat het bezoek snel voorbij zou zijn.

'Gezellig, vind je ook niet?' Solveig doopte genietend een koekje in haar koffie en tuurde met half dichtgeknepen ogen naar Laine, die niet antwoordde.

Solveig ging verder: 'Zoals we hier zitten als twee oude vriendinnen, kun je je toch eigenlijk niet voorstellen dat een van ons op een landgoed woont en de ander in een krot, wat jij, Laine?'

Laine deed haar ogen dicht en hoopte opnieuw dat de vernedering gauw over was. Tot de volgende keer. Ze balde haar vuisten onder de tafel en herinnerde zichzelf aan de reden waarom ze zich hieraan blootstelde, keer op keer.

'Weet je wat mij zorgen baart, Laine?' Solveig praatte met haar mond vol koekjes en er vielen kruimels over haar lippen op de tafel.

'Dat jij de politie op mijn jongens afstuurt. Weet je, Laine, ik dacht dat jij en ik een afspraak hadden. Maar als de politie hier komt met de absurde bewering dat jij hebt gezegd dat mijn jongens bij jullie ruiten hebben ingegooid, begin ik me toch af te vragen hoe het zit.'

Laine kon alleen maar knikken.

'Ik vind dat ik daar een verontschuldiging voor behoor te krijgen, vind je ook niet? Want wij hebben tegenover de politie verklaard dat de jongens de hele avond hier waren. Dus kunnen ze geen stenen naar het landhuis hebben gegooid.' Solveig nam een slok koffie en wees met haar kopje naar Laine. 'Nou – ik wacht.'

'Ik bied je mijn verontschuldigingen aan.' Laine mompelde de woorden met neergeslagen blik, vernederd.

'Sorry, ik hoorde niet goed wat je zei.' Solveig zette demonstratief haar hand achter haar oor.

'Ik bied je mijn verontschuldigingen aan. Ik heb het verkeerd gezien.' Toen ze Solveigs blik ontmoette, was haar eigen blik uitdagend, maar haar schoonzus leek er genoegen mee te nemen.

'Nou, dat is weer afgehandeld. Zo moeilijk was het toch niet? Zullen we die andere kwestie dan ook maar afwerken?'

Ze boog zich over de tafel en likte langs haar lippen. Laine pakte onwillig haar handtas van haar schoot en haalde er een envelop uit. Solveig strekte begerig haar hand uit en telde de inhoud nauwkeurig met haar vette vingers na.

'Klopt tot op de cent. Zoals gebruikelijk. Ja, ik heb het altijd gezegd, Laine, op jou kun je rekenen. Jij en Gabriël, daar kun je echt op rekenen.'

Met het gevoel alsof ze in een tredmolen vastzat, liep Laine naar de deur. Eenmaal buiten ademde ze met een diepe teug de frisse zomerlucht in. Voordat de deur dichtviel riep Solveig haar na: 'Altijd leuk je te zien, Laine. Dit doen we volgende maand weer!'

Laine sloot haar ogen en dwong zichzelf rustig te ademen. Soms vroeg ze zich af of het allemaal echt de moeite waard was.

Toen herinnerde ze zich de stank van haar vaders adem in haar oor en de reden waarom de geborgenheid in het leven dat ze voor zichzelf had geschapen, tot elke prijs bewaard moest blijven. Het móést gewoon de moeite waard zijn.

Zodra hij binnenkwam, zag hij dat er iets mis was. Erica zat op de veranda, met haar rug naar hem toe, maar haar hele houding verried dat er iets niet in orde was. Even werd hij overmand door bezorgdheid, maar toen realiseerde hij zich dat ze hem op zijn mobiel zou hebben gebeld als er iets aan de hand was met de baby.

'Erica?'

Ze draaide zich naar hem om en hij zag dat haar ogen rood waren van het huilen. In een paar passen was hij bij haar en ging naast haar zitten op de rotanbank.

'Liefje toch, wat is er aan de hand?'

'Ik heb ruziegemaakt met Anna.'

'Waarover dan?'

Hij wist dat de zussen een gecompliceerde relatie hadden en kende de redenen waarom ze voortdurend in botsing leken te komen. Maar sinds Anna zich van Lucas had losgemaakt, had het geleken of er een soort vrede was gesloten en Patrik vroeg zich af wat er deze keer fout was gegaan.

'Ze heeft Lucas nooit aangegeven voor wat hij Emma heeft aangedaan.'

'Wát zeg je!'

'Ja, en nu Lucas probeert de voogdij over de kinderen te krijgen, dacht ik dat dat haar troefkaart was. Maar nu kan ze hem niets maken, terwijl hij allerlei leugens zal aandragen waarom Anna als moeder niet geschikt is.'

'Jawel, maar dat kan hij toch niet bewijzen.'

'Nee, wij weten hoe het zit. Maar wat als hij zoveel modder naar haar gooit dat er iets blijft hangen. Je weet hoe doortrapt hij is. Het zou me helemaal niet verbazen als het hem lukt de rechtbank voor zich in te nemen en aan zijn kant te krijgen.' Erica legde wanhopig haar gezicht tegen Patriks schouder. 'Stel dat Anna de kinderen kwijtraakt, dan gaat ze kapot.'

Patrik sloeg zijn arm om Erica's schouder en trok haar geruststellend naar zich toe. 'Laten we nou niet meteen het ergste denken. Het was dom van Anna dat ze geen aangifte heeft gedaan, maar in zekere zin kan ik haar wel begrijpen. Lucas heeft keer op keer laten zien dat hij niet met zich laat spotten, het is dus niet zo gek dat ze bang is.'

'Nee, daar heb je gelijk in. Maar wat me het verdrietigst maakt, is dat ze de hele tijd tegen me heeft gelogen. Achteraf voel ik me behoorlijk om de tuin geleid. Als ik haar vroeg wat er sinds de aangifte was gebeurd, heeft ze voortdurend ontwijkend geantwoord dat de politie in Stockholm het zo druk heeft dat het lang duurt voordat ze alle aangiften hebben behandeld. Nou ja, je weet zelf wat ze heeft gezegd. En dat waren allemaal leugens. En op de een of andere manier lukt het haar altijd mij tot de boef van het drama te maken.' Een nieuwe huilbui.

'Kom, kom, liefje. Rustig nou maar. We willen toch niet dat de baby gaat denken dat hij een jammerdal tegemoet gaat.'

Erica moest door haar tranen heen lachen, en met de mouw van haar trui droogde ze haar ogen.

'Luister. Soms lijkt de relatie tussen jou en Anna meer op een moeder-dochterrelatie dan op die tussen zusters en dat maakt het ook steeds zo moeilijk. Jij hebt voor Anna gezorgd in plaats van je moeder, en daardoor heeft Anna de behoefte dat je voor haar blijft zorgen, maar tegelijk wil ze zich van je losmaken. Begrijp je wat ik bedoel?'

Erica knikte. 'Ja, ik weet het. Maar het voelt zo verschrikkelijk onrechtvaardig dat ik nu gestraft moet worden omdat ik toen voor haar zorgde.' Ze begon weer te snikken.

'Vind je jezelf nu niet een beetje té zielig?' Patrik veegde een haarlok van Erica's voorhoofd. 'Jij en Anna zullen dit oplossen, zoals jullie altijd alles hebben opgelost, en bovendien vind ik dat jij deze keer best de edelmoedigste kan zijn. Anna heeft het momenteel niet makkelijk. Lucas is een machtige tegenstander en eerlijk gezegd kan ik me goed voorstellen dat ze doodsbang is. Denk daar ook aan voordat je jezelf te zielig vindt.'

Erica maakte zich van Patrik los en keek hem boos aan. 'Moet jij niet aan mijn kant staan?'

'Dat doe ik ook, lieveling, dat doe ik ook.' Hij streelde haar over haar haar en leek ineens met zijn gedachten mijlenver weg.

'Sorry dat ik zo over mijn eigen problemen zit te zeuren – hoe gaat het bij jullie?'

'Laten we het maar niet over die ellende hebben. Vandaag was een vreselijke dag.'

'Maar je kunt niet op de details ingaan,' vulde Erica aan.

'Nee, dat kan ik niet. Maar het was zoals gezegd écht een vreselijke dag.'

Hij zuchtte maar vermande zich. 'Wat zeg je ervan, zullen we het vanavond gezellig maken? Volgens mij moeten we allebei opgevrolijkt worden. Ik ga even wat lekkers kopen bij de viswinkel, dan kun jij ondertussen de tafel dekken. Hoe klinkt dat?'

Erica knikte en hief haar gezicht op voor een kus. Hij had zijn lichte kanten, de vader van haar kind.

'Koop ook wat chips en een dipsaus, alsjeblieft. Ik moet het er maar van nemen nu ik toch dik ben!'

Hij lachte. 'Komt voor elkaar, chef.'

Geïrriteerd sloeg Martin met zijn pen op het bureau. De irritatie was tegen hemzelf gericht. Door de gebeurtenissen van gisteren was hij helemaal vergeten de vader van Tanja Schmidt te bellen. Hij kon zichzelf wel een schop geven. Zijn enige excuus was dat hij had gedacht dat het niet langer belangrijk was toen ze Mårten Frisk hadden opgepakt. Waarschijnlijk zou hij hem pas vanavond te pakken kunnen krijgen, maar hij kon het in elk geval proberen. Hij keek op zijn horloge. Negen uur. Hij besloot om eerst te horen of meneer Schmidt thuis was, voordat hij Pia belde om te vragen of ze wilde tolken.

De telefoon ging een keer over, twee, drie, vier keer en hij wilde al bijna ophangen, maar na vijf keer werd er met een slaapdronken stem opgenomen. Gegeneerd omdat hij de man wakker had gemaakt, lukte het Martin om in haperend Duits uit te leggen wie hij was en dat hij zo weer zou bellen. Hij had geluk, want Pia nam bij het toeristenbureau meteen op. Ze beloofde weer te zullen helpen, en een paar minuten later had Martin ze allebei aan de lijn.

'Ik wil beginnen met u te condoleren.'

De man aan de andere kant bedankte zacht voor het blijk van medeleven, maar Martin voelde zijn verdriet, dat zich als een zware sluier over het gesprek legde. Hij aarzelde hoe hij verder moest gaan. Pia's zachte stem vertaalde alles wat hij zei, maar terwijl hij nadacht over wat hij wilde zeggen, hoorde hij niets behalve hun ademhaling.

'Weet u wie mijn dochter dit heeft aangedaan?'

De stem trilde licht en Pia had de woorden eigenlijk niet hoeven vertalen. Martin begreep ze toch wel.

'Nog niet. Maar we zullen erachter komen.'

Net als Patrik, toen die Albert Thernblad sprak, vroeg Martin zich af of hij te veel beloofde, maar hij vond gewoon dat hij moest proberen het verdriet van de man te verzachten op de enige manier die binnen zijn mogelijkheden lag.

'We hebben Tanja's reisgenote gesproken en zij beweerde dat Tanja met een bepaalde reden naar Fjällbacka was gekomen. Maar toen we het aan Tanja's ex-man vroegen, kon hij geen reden bedenken. Weet u misschien iets?'

Martin hield zijn adem in. Een lange, onverdraaglijk lange, stilte volgde. Toen begon Tanja's vader te praten.

Toen de man uiteindelijk ophing, vroeg Martin zich af of hij zijn oren echt kon geloven. Het verhaal was té fantastisch. Maar het bevatte toch een onmiskenbare toon van waarheid en hij zag geen reden om Tanja's vader niet te geloven. Toen Martin zelf wilde ophangen, realiseerde hij zich dat Pia nog aan de lijn hing. Aarzelend vroeg ze: 'Heb je te horen gekregen wat je nodig had? Ik geloof dat ik alles goed heb vertaald.'

'Ik ben ervan overtuigd dat je alles helemaal correct hebt vertaald. En ja, ik heb te horen gekregen wat ik nodig had. Ik weet dat ik je er niet op hoef te wijzen, maar...'

'Ik weet het, ik mag hier met niemand over praten. Ik beloof dat ik geen woord zal zeggen.'

'Mooi. Trouwens...'

'Ja?'

Hoorde hij het goed, klonk ze hoopvol? Maar de moed liet hem in de steek en hij voelde ook dat dit niet het juiste moment was.

'Nee, het was niets. We hebben het er een andere keer over.'

'Oké.'

Nu meende hij bijna teleurstelling in haar stem te horen, maar omdat zijn zelfvertrouwen na zijn laatste mislukking op het liefdesfront nog steeds was geschonden, dacht hij dat hij het zich alleen maar verbeeldde.

Nadat hij Pia had bedankt en had opgehangen, dreven zijn gedachten weg naar andere zaken. Snel schreef hij de aantekeningen van het gesprek in het net over en liep daarmee naar Patriks kamer. Eindelijk was er een doorbraak in de zaak.

Ze waren allebei afwachtend toen ze elkaar zagen. Dit was de eerste keer na de rampzalige ontmoeting op de Västergården en beiden wachtten tot de ander de eerste stap tot verzoening zou zetten. Omdat Johan had gebeld en Linda zich toch behoorlijk schuldig voelde over haar aandeel in de ruzie, begon zij.

'Hé, ik heb laatst nogal stomme dingen gezegd. Dat was niet de bedoeling. Maar ik werd zo boos.'

Ze zaten op hun gebruikelijke plek op de hooizolder van de schuur op de Västergården, en toen Linda naar Johan keek, leek zijn profiel wel uit steen te zijn gehouwen. Toen zag ze zijn trekken zachter worden.

'Ach, vergeet het. Ik reageerde ook nogal fel. Maar het was...' Hij aarzelde even en zocht naar de juiste woorden. 'Maar het was zo moeilijk om daar te zijn met alle herinneringen en zo. Het had niet zoveel met jou te maken.'

Nog steeds met een zekere behoedzaamheid in haar bewegingen, kroop Linda achter hem en sloeg haar armen om hem heen. Geheel onverwachts had ze door de ruzie een zekere mate van respect voor Johan gekregen. Ze had hem altijd beschouwd als een jongen, iemand die aan de rokken van zijn moeder en aan zijn oudere broer hing, maar die dag had ze een man gezien. Dat trok haar aan. Dat trok haar enorm aan. Ze had ook een gevaarlijk trekje bij hem gezien en ook dat maakte hem in haar ogen aantrekkelijker. Hij had echt bijna op het punt gestaan geweld tegen haar te gebruiken, dat had ze in zijn ogen kunnen lezen, en nu ze met haar wang tegen zijn rug zat, deed die herinnering haar inwendig beven. Het was alsof ze vlak bij de vlam van een kaars vloog, dichtbij genoeg om de hitte te voelen, maar gecontroleerd genoeg om zich niet te branden. Als iemand die evenwichtsoefening beheerste, dan was zij het wel.

Ze liet haar handen naar voren dwalen, hongerig en eisend. Ze merkte bij hem nog steeds een zekere weerstand, maar ze voelde zich veilig omdat ze wist dat zij nog altijd de macht had in hun relatie. Die was tenslotte alleen maar vanuit een lichamelijk perspectief gedefinieerd, en volgens haar hadden vrouwen in het algemeen en zij in het bijzonder daarin het overwicht. Overwicht waar zij nu gebruik van maakte. Tevreden merkte ze dat zijn ademhaling zwaarder werd en zijn weerstand smolt.

Linda kroop op zijn schoot en toen hun tongen elkaar ontmoetten, wist ze dat zij als overwinnaar uit deze strijd was gekomen. Ze leefde in die illusie tot ze voelde hoe Johans hand stevig haar haar beetpakte en haar met kracht achterover dwong tot hij haar van bovenaf in de ogen kon kijken. Als het zijn bedoeling was dat ze zich klein en hulpeloos voelde, was hij daarin geslaagd. Heel even zag ze dezelfde glimp in zijn ogen als tijdens de ruzie op de Västergården, en ze vroeg zich af of een eventuele noodkreet in het hoofdgebouw gehoord zou worden. Waarschijnlijk niet.

'Je weet het, je moet lief voor me zijn. Anders gaat een vogeltje de politie misschien influisteren wat ik hier op het landgoed heb gezien.'

Linda's ogen werden groot. Haar stem was een fluistering. 'Dat zou je toch nooit doen? Je hebt het beloofd, Johan.'

'Het gerucht gaat dat een belofte van een Hult niet bijster veel betekent. Dat zou jij toch moeten weten.'

'Je mag het niet doen, Johan. Alsjeblieft, ik doe alles wat je maar vraagt.'

'Zo, dus het hemd is toch nader dan de rok.'

'Je zegt zelf dat je niet kunt begrijpen wat Gabriël oom Johannes heeft aangedaan. En ga jij nu hetzelfde doen?' Linda's stem klonk smekend. De situatie was helemaal uit haar handen geglipt en verward vroeg ze zich af hoe ze zo het onderspit had kunnen delven. Zíj was toch degene die de controle had?

'Waarom zou ik dat niet doen? In zekere zin zou je het karma kunnen noemen. De cirkel wordt op een bepaalde manier gesloten.' Hij glimlachte gemeen. 'Maar misschien heb je gelijk. Ik zal mijn mond houden, maar vergeet niet dat dat elk moment kan veranderen, je kunt dus maar beter lief voor me zijn – lieveling.'

Hij streelde haar gezicht, maar hield met zijn andere hand haar haar nog steeds in een pijnlijke greep. Toen bracht hij haar hoofd nog verder naar beneden. Ze protesteerde niet. Het machtsevenwicht was definitief verstoord.

Zomer 1979

Ze werd wakker van het geluid van iemand die in het donker huilde. Het was moeilijk om te lokaliseren waar het vandaan kwam, maar ze bewoog schuivend over de grond tot ze stof voelde en iets wat zich onder haar vingers bewoog. De bundel op de grond begon van ontzetting te schreeuwen, maar ze kalmeerde het meisje met sussende geluiden en streek haar over haar haar. Zij wist als geen ander hoe de angst rukte en trok voordat die werd vervangen door een doffe hopeloosheid.

Ze was zich bewust van haar egoïsme, maar ze was echt blij dat ze niet langer alleen was. Het leek een eeuwigheid geleden sinds ze gezelschap van een ander mens had gehad, maar toch vermoedde ze dat het om niet meer dan een paar dagen ging. Het was moeilijk hier beneden in het donker de tijd bij te houden. Tijd was iets wat alleen boven de grond bestond. In het licht. Hier beneden was de tijd een vijand, die je bewust maakte van het feit dat er een leven bestond dat nu misschien al was afgelopen.

Toen het gehuil van het meisje begon weg te ebben, kwam de stortvloed van vragen. Ze had geen antwoorden. In plaats daarvan probeerde ze uit te leggen hoe belangrijk het was om toe te geven, niet tegen het onbekende kwaad te vechten. Maar het meisje wilde haar niet begrijpen. Ze huilde en vroeg, smeekte en bad tot een God in wie zijzelf nooit had geloofd, behalve misschien toen ze klein was. Maar voor het eerst merkte ze dat ze hoopte dat ze het mis had, dat er werkelijk een God bestond. Hoe zou het anders met de kleine gaan, zonder moeder of God tot wie ze zich kon wenden. Vanwege haar dochter was ze gezwicht voor de angst, erin verzonken, en de manier waarop het andere meisje ertegen vocht, wekte haar woede op. Steeds opnieuw probeerde ze uit te leggen dat het geen zin had, maar het meisje wilde niet luisteren. Nog even en ze zou door haar strijdlust worden aangestoken en dan zou het niet lang duren tot ook de hoop terugkeerde, die haar kwetsbaar maakte.

Ze hoorde hoe het luik opzij werd geschoven en de stappen naderbij kwamen. Snel duwde ze het meisje dat met haar hoofd op haar schoot had gelegen, weg. Misschien had ze geluk, misschien deed hij deze keer de ander pijn en niet haar.

De stilte was oorverdovend. Normaal gesproken vulde Jenny's gesnater de kleine caravan, maar nu was het doodstil. Ze zaten tegenover elkaar aan de kleine tafel; allebei ingesloten in hun eigen luchtbel, allebei in hun eigen wereld vol herinneringen.

Zeventien jaren flitsten voorbij als in een film. Kerstin voelde het gewicht van Jenny's pasgeboren lichaampje in haar armen. Onbewust vormde ze haar armen tot een wieg. De zuigeling groeide en achteraf leek het allemaal zo snel te zijn gegaan. Te snel. Waarom hadden ze de laatste tijd zoveel kostbare tijd besteed aan ruziemaken en kibbelen? Als ze had geweten wat er ging gebeuren, had ze geen enkel boos woord tegen Jenny gezegd. Terwijl ze met een gat in haar hart aan de kleine tafel zat, zwoer ze dat als alles weer goed kwam, ze nooit meer haar stem tegen Jenny zou verheffen.

Bo zag eruit als een spiegelbeeld van haar eigen innerlijke chaos. In slechts een paar dagen tijd was hij tien jaar ouder geworden en zijn gezicht was gegroefd en gelaten. Dit was een tijd waarin ze zich naar elkaar moesten uitstrekken, tegen elkaar moesten aan leunen, maar de angst verlamde hen.

De handen op de tafel beefden. Bo vouwde ze in een poging het trillen te stoppen, maar opende ze snel weer toen hij zag dat het leek alsof hij zat te bidden. Hij durfde nog geen hogere machten aan te roepen, want dan zou hij moeten erkennen wat hij nog niet onder ogen wilde zien. Hij hield zich vast aan de ijdele hoop dat zijn dochter zich in het een of andere onverantwoordelijke avontuur zou hebben gestort. Maar diep vanbinnen wist hij dat er te veel tijd was verstreken om dat waarschijnlijk te maken. Jenny was veel te zorgzaam, te liefdevol om hen met opzet zo ongerust te maken. Natuurlijk hadden ze ruziegemaakt, vooral de laatste twee jaar, maar hij had toch altijd geweten dat ze een sterke band met elkaar hadden. Hij wist dat ze van hen hield en het enige antwoord op de vraag waarom ze niet bij hen terugkwam, was gruwelijk. Er was iets gebeurd. Iemand had iets met hun geliefde Jenny gedaan. Hij verbrak de stilte. Zijn stem liet hem in de steek en hij moest zijn keel schrapen voordat hij verder kon gaan.

'Zullen we de politie nog een keer bellen om te horen of ze nog iets hebben ontdekt?'

Kerstin schudde haar hoofd. 'We hebben vandaag al twee keer gebeld. Zij bellen ons wel als ze iets weten.'

'Maar we kunnen hier toch niet zo blijven zitten!' Hij stond met een heftige beweging op en stootte zijn hoofd aan het kastje boven hem. 'Verdomme, het is hier ook zo klein! Waarom moesten we haar dwingen weer met ons op vakantie te gaan, ze wilde toch niet! Waren we maar thuis gebleven! Dan had ze met haar vrienden om kunnen gaan, we hadden haar niet moeten dwingen om met ons te worden opgesloten in dit stomme hok!'

Hij reageerde zich af op de kast waaraan hij zijn hoofd had gestoten. Kerstin liet hem begaan en toen zijn woede overging in tranen, stond ze zonder een woord te zeggen op en sloeg haar armen om hem heen. Een lange tijd bleven ze zo staan, eindelijk verenigd in hun angst en in een verdriet waarop ze, hoewel ze nog steeds probeerden zich vast te klampen aan de hoop, al een voorschot namen.

Kerstin voelde het gewicht van de zuigeling nog steeds in haar armen.

Deze keer scheen de zon toen hij over de Norra Hamngatan liep. Patrik aarzelde even voor hij aanklopte, maar toen kreeg zijn plichtsbesef de overhand en hij tikte een paar keer gedecideerd op de deur. Er werd niet opengedaan. Hij probeerde het opnieuw, nog gedecideerder. Er werd nog steeds niet opengedaan. Natuurlijk, hij had eerst moeten bellen. Maar toen Martin had verteld wat Tanja's vader had gezegd, was hij meteen in actie gekomen. Hij keek om zich heen. Een buurvrouw stond haar plantenbakken te verzorgen.

'Neem me niet kwalijk, maar weet u ook waar de Struwers zijn? Hun auto staat er wel, dus ik dacht dat ze thuis waren.'

De vrouw stopte even met haar bezigheden en knikte. 'Ze zijn in het boothuis.' Ze wees met een kleine schep naar een van de rode huisjes die op zee uitkeken.

Patrik bedankte en liep via een stenen trapje naar de voorkant van het boothuis. Op de steiger stond een ligstoel en hij zag Gun in een kleine bikini in de zon liggen bakken. Het viel hem op dat haar lichaam net zo bruin en rimpelig was als haar gezicht. Sommige mensen kon het kennelijk niets schelen dat ze het risico liepen huidkanker te krijgen. Hij schraapte zijn keel om haar aandacht te trekken.

'Goedendag, sorry dat ik stoor, maar ik zou graag even iets met u willen bespreken.' Patrik sprak formeel, dat deed hij altijd wanneer hij slecht nieuws kwam brengen. Dan was hij een politieman, geen mens, en dat was de enige manier om na afloop thuis de slaap te kunnen vatten.

'Ja, natuurlijk.' Haar antwoord klonk als een vraag. 'Momentje, dan trek ik wat aan.' Ze verdween in het boothuis.

Patrik ging zolang aan een tafel van het uitzicht zitten genieten. Het was in de haven rustiger dan anders, maar de zee glinsterde en de meeuwen vlogen ongehinderd over de steigers op jacht naar voedsel. Het duurde even voor Gun weer naar buiten kwam, maar toen het eindelijk zover was droeg ze een korte broek en een shirt en bracht ze Lars mee. Hij groette Patrik ernstig en ging samen met zijn vrouw bij hem aan tafel zitten.

'Wat is er gebeurd? Hebben jullie de moordenaar van Siv gevonden?' Gun klonk opgewonden.

'Nee, daarom ben ik niet hier.' Patrik pauzeerde even, overwegend hoe hij verder zou gaan. 'Het zit zo. Vanochtend hebben we de vader gesproken van de jonge Duitse vrouw die bij Siv is gevonden.' Weer een pauze.

Gun trok vragend haar wenkbrauwen op. 'Ja, en?'

Patrik noemde de naam van Tanja's vader en Gun reageerde precies zoals hij had verwacht. Ze deinsde terug en hapte naar adem. Lars keek haar vragend aan, hij wist te weinig om het verband te kunnen leggen.

'Maar dat is de vader van Malin! Wat zegt u me nu! Malin is toch dood?'

Het was moeilijk om een diplomatiek antwoord te geven. Maar, dacht hij cynisch, dat was ook niet zijn taak en hij besloot gewoon te zeggen hoe het zat. 'Ze was niet dood. Dat heeft hij u alleen maar verteld. Hij zei dat hij uw verzoeken om geld een beetje... hoe zal ik het zeggen... lastig begon te vinden. Daarom heeft hij het verhaal verzonnen dat uw kleinkind was overleden.'

'Maar het vermoorde meisje heette toch Tanja, niet Malin.' Gun keek vragend.

'Kennelijk heeft hij haar een andere naam gegeven, een naam die Duitser klonk. Maar het lijdt geen twijfel dat Tanja uw kleindochter Malin is.'

Voor de verandering was Gun Struwer met stomheid geslagen. Vervolgens zag Patrik de woede in haar oplvammen. Lars probeerde een kalmerende hand op haar schouder te leggen, maar die schudde ze van zich af.

'Wie denkt hij verdomme wel dat hij is! Heb je ooit zoiets onbeschofts gehoord, Lars? Mij voorliegen en zeggen dat mijn kleinkind, mijn eigen vlees en bloed, is overleden! En al die jaren leefde ze, gezond en wel, terwijl ik dacht dat de arme meid een verschrikkelijke dood was gestorven! En dan durft hij ook nog te zeggen dat hij dat deed omdat ik lastig was, heb je ooit zoiets brutaals gehoord, Lars! Alleen omdat je vraagt waar je recht op hebt, ben je lastig!'

Lars probeerde zijn vrouw opnieuw te kalmeren, maar ze schudde zijn hand weer van zich af. Ze was zo geagiteerd dat er zich belletjes speeksel in haar mondhoeken vormden. 'Ik zal hem eens goed de waarheid vertellen. Jullie hebben zijn telefoonnummer toch? Ik wil dat graag hebben, dan zal ik hem eens zeggen wat ik ervan vind, de hufter.'

Inwendig slaakte Patrik een diepe zucht. Hij vond dat ze het recht had verontwaardigd te zijn, maar volgens hem was de essentie van zijn verhaal haar ontgaan. Hij liet haar even razen en zei toen rustig: 'Ik begrijp dat het moeilijk is om dit te horen, maar we hebben een week geleden dus uw kleindochter vermoord aangetroffen. Samen met Siv en Mona. Dus ik moet jullie vragen of jullie contact hebben gehad met een meisje dat zich Tanja Schmidt noemde. Heeft ze jullie op de een of andere manier benaderd?'

Gun schudde heftig haar hoofd, maar Lars leek na te denken. Aarzelend zei hij: 'We zijn een paar keer gebeld door iemand die niets zei. Dat weet je toch nog wel, Gun? Het is alweer enkele weken geleden en we dachten dat het een grappenmaker was. Denk je dat zij...?'

Patrik knikte. 'Dat is heel goed mogelijk. Haar vader heeft haar twee jaar geleden het hele verhaal opgebiecht en misschien vond ze het moeilijk om contact met jullie op te nemen. Ze is ook in de bibliotheek geweest en heeft artikelen over de verdwijning van haar moeder gekopieerd, dus waarschijnlijk was ze hier om meer over haar moeders lot te weten te komen.'

'De arme kleine pop.' Gun besefte wat er van haar werd verwacht en huilde nu krokodillentranen. 'Mijn kleine schattebout leefde nog en ze was zo dichtbij. Hadden we elkaar maar ontmoet voordat... Wat is dat voor iemand die mij dit aandoet? Eerst Siv en nu mijn kleine Malin.' Opeens realiseerde ze zich iets. 'Denken jullie dat ik ook gevaar loop? Heeft iemand het op mij gemunt? Heb ik politiebescherming nodig?' Guns ogen vlogen jachtig van Patrik naar Lars en weer terug.

'Ik geloof niet dat dat nodig is. We denken niet dat de moorden op enigerlei wijze verband houden met u, dus ik zou me geen zorgen maken als ik u was.' Vervolgens kon hij de verleiding niet weerstaan: 'Bovendien lijkt het erop dat de moordenaar zich vooral op jónge vrouwen richt.'

Hij had meteen spijt van zijn woorden en stond op om aan te geven dat het gesprek was afgelopen. 'Het spijt me echt dat ik jullie zulk slecht nieuws moet komen brengen. Maar ik zou het op prijs stellen als jullie me bellen als jullie nog iets te binnenschiet. We zullen om te beginnen die telefoongesprekken nagaan.'

Voordat hij wegging, wierp hij nog een laatste afgunstige blik op het uitzicht. Gun Struwer was het levende bewijs van het feit dat goede dingen niet alleen worden toebedeeld aan mensen die ze verdienen.

'Wat zei ze?'

Martin zat samen met Patrik in de koffiekamer. De koffie had zoals gewoonlijk veel te lang op het warmhoudplaatje gestaan, maar daar waren ze aan gewend en ze dronken hun kopjes gulzig leeg.

'Ik zou het niet mogen zeggen, maar bah, wat een akelig mens. Wat haar nog het meest opwond, was niet dat ze zoveel jaren uit het leven van haar kleindochter had gemist of dat die net was vermoord, maar dat de vader zo'n effectieve manier had bedacht om haar geen geld te hoeven betalen.'

'Afschuwelijk.'

Hun stemming werd somber toen ze over de kleinzieligheid van mensen nadachten. Op het politiebureau was het ongewoon stil. Mellberg leek een vrije ochtend te hebben genomen en was er nog niet. Gösta en Ernst joegen op wegpiraten. Of beter gezegd, ze zaten ergens op een parkeerplaats koffie te drinken in de hoop dat de piraten zich zelf bij hen kwamen melden voor een ritje naar het bureau. 'Preventief politiewerk' noemden ze het. En daar hadden ze in zekere zin nog gelijk in ook: die parkeerplaats was in elk geval veilig zolang zij daar zaten.

'Wat denk je dat ze wilde bereiken door hier te komen? Speelde ze detectiveje om meer over het lot van haar moeder te weten te komen?'

Patrik schudde zijn hoofd. 'Nee, dat denk ik niet. Ik kan me wel indenken dat ze graag wilde weten wat er was gebeurd. Waarschijnlijk wilde ze het hier ook met eigen ogen zien. Vroeg of laat zou ze ongetwijfeld ook haar oma hebben gebeld, maar ik stel me zo voor dat de beschrijving die ze van haar vader had gekregen niet al te vleiend was, dus ik snap goed waarom ze dat uitstelde. Het zou me niets verbazen als uit de informatie van Telia blijkt dat de telefoontjes naar Lars en Gun Struwer vanuit een cel in Fjällbacka kwamen, en dan gok ik op de telefooncel bij de camping.'

'Maar hoe is ze dan samen met het skelet van haar moeder en Mona Thernblad in de Koningskloof beland?'

'Jouw gok is net zo goed als de mijne. Het enige dat ik kan bedenken is dat ze iets, of liever gezegd iemand, is tegengekomen die met de verdwijning van haar moeder en Mona te maken had.'

'In dat geval is Johannes automatisch uitgesloten. Hij ligt immers in een graf op het kerkhof van Fjällbacka.'

Patrik keek op. 'Weten we dat zeker? Is het absoluut zeker dat hij dood is?'

Martin lachte. 'Je maakt een grapje. Hij heeft zich in 1979 opgehangen.

Meer dood dan dat kun je niet zijn.'

Een zekere opwinding had zich van Patrik meester gemaakt. 'Ik weet dat het onwaarschijnlijk klinkt, maar luister nou eens. Stel dat de politie een ietsepietsje te dicht bij de waarheid kwam en dat de grond hem te heet werd onder de voeten. Hij is een Hult en kon aan grote sommen geld komen, desnoods via zijn vader. Een beetje smeergeld links en rechts en hopla, je hebt een vervalste overlijdensakte en een lege kist.'

Martin schudde van het lachen. 'Je bent niet goed wijs! We hebben het over Fjällbacka, niet over het Chicago van de jaren twintig! Weet je zeker dat je op die steiger niet te lang in de zon hebt gezeten? Het klinkt verdorie alsof je een zonnesteek hebt. Hoe krijg je een kind van zes zover dat hij zoiets vertelt terwijl het niet waar is?'

'Geen idee, maar daar kom ik wel achter. Ga je mee?'

'Waarheen?'

Patrik sloeg zijn ogen ten hemel en sprak extra duidelijk: 'We gaan met Robert praten, uiteraard.'

Martin zuchtte, maar stond mopperend op: 'Alsof we nog niet genoeg te doen hebben.' Op weg naar buiten realiseerde hij zich iets: 'En die kunstmest dan? Ik had daar eigenlijk voor de lunch mee aan de slag willen gaan.'

'Vraag of Annika het doet,' riep Patrik over zijn schouder.

Martin stopte bij de receptie en gaf Annika de benodigde gegevens. Ze had het vrij rustig en was blij met een concrete taak.

Martin kon het niet nalaten, hij vroeg zich af of ze geen waardevolle tijd verspilden. Patriks idee leek te vergezocht, te fantasierijk om ook maar iets met de werkelijkheid te maken hebben. Maar ja, hij was in deze zaak de baas...

Annika stortte zich op haar taak. De afgelopen dagen waren hectisch geweest omdat zij zoekacties naar Jenny had georganiseerd en daarbij de spin in het web was geweest. Maar na drie vruchteloze dagen waren die acties afgeblazen, en omdat het merendeel van de toeristen als een direct gevolg van de recente gebeurtenissen het gebied had verlaten, was het bij de receptie van het politiebureau nu doodstil. Zelfs de journalisten hadden hun belangstelling verloren en zich op ander hot nieuws gericht.

Ze keek naar het briefje met de gegevens dat ze van Martin had gekregen en zocht in de telefoongids het nummer op. Nadat ze met verschillende afdelingen van het bedrijf was doorverbonden, kreeg ze uiteindelijk de naam van de verkoopchef. Er waren diverse wachtenden voor haar en op de muzak van het bandje droomde ze over Griekenland, dat nu eindeloos ver weg leek. Toen ze na haar vakantieweek was teruggekomen, had ze zich uitgerust, sterk en mooi gevoeld. Maar eenmaal in de maalstroom op het bureau, waren die effecten snel weer verdwenen. Vol verlangen dacht ze aan witte stranden, turkoois water en grote schalen tzatziki. Haar man en zij waren die week allebei een paar kilo aangekomen van het heerlijke mediterrane voedsel, maar dat kon hen niets schelen. Ze waren geen van tweeën ooit echt dun geweest en hadden dat als een gegeven geaccepteerd, zonder zich druk te maken over de diëten in allerlei bladen. Als ze dicht tegen elkaar aan lagen, voegden hun rondingen zich perfect naar elkaar en werden ze één grote, warme golf van bollend vlees. En dat was tijdens de vakantie heel vaak voorgekomen...

Annika's herinneringen werden ruw onderbroken door een melodieuze mannenstem met een onmiskenbaar West-Zweedse tongval. Het accent van chique mensen uit Stockholm had dezelfde 'i', en dat zou komen doordat die Stockholmers wilden laten zien dat ze zo goed in de slappe was zaten dat ze zich een zomerhuisje aan de westkust konden veroorloven. Of dat waar was, wist Annika niet maar het was een mooi verhaal.

Ze vertelde waarom ze belde.

'O, wat spannend. Een moordonderzoek. Hoewel ik al dertig jaar in het vak zit, is dit de eerste keer dat ik bij zoiets van dienst kan zijn.'

Leuk dat ik u de dag van uw leven bezorg, dacht Annika chagrijnig, maar ze hield haar mond om zijn bereidwilligheid niet te temperen. Soms balanceerde de sensatiezucht van het zogeheten grote publiek op de grens van morbiditeit.

'We zouden graag een klantenlijst hebben van jullie kunstmest FZ-302.'

'Oei, dat is niet zo makkelijk. Dat verkopen we niet meer sinds 1985. Een verdomd goed product, maar door de nieuwe milieuwetgeving mochten we het helaas niet meer produceren.' De verkoopchef zuchtte zwaar; het was onrechtvaardig dat de zorg voor het milieu de verkoop van een topproduct had doorkruist.

'Ik neem aan dat jullie toch wel iets op papier hebben staan?' ging Annika voorzichtig verder.

'Dat moet ik bij de administratie navragen, maar waarschijnlijk zit het dan in ons oude archief. Tot 1987 archiveerden we dat soort informatie allemaal handmatig, daarna is dat geautomatiseerd. Ik denk echter niet dat we iets hebben weggegooid.'

'U herinnert zich niet wie hier in de omgeving...' ze keek even op haar briefje, 'het product FZ-302 afnam?'

'Nee, dat is zo lang geleden, daar zou ik niets over durven zeggen.' Hij lachte. 'Er is in de tussentijd zoveel gebeurd.'

'Ik had eigenlijk ook niet verwacht dat het zo simpel zou zijn. Hoe lang duurt het, denkt u, om die gegevens boven water te krijgen?'

Hij dacht even na. 'Ach, als ik de meisjes van de administratie op wat lekkers trakteer en lief tegen ze glimlach, lukt het aan het eind van de middag of anders morgenvroeg wel. Is dat snel genoeg?'

Het was sneller dan Annika had durven hopen toen hij over oude archieven was begonnen, dus bedankte ze hem blij. Ze maakte voor Martin een notitie van het gesprek en legde die op zijn bureau.

'Zeg, Gösta?'
'Ja, Ernst?'
'Mooier dan zo kan het leven niet worden, wat jij?'
Ze zaten op een parkeerplaats in de buurt van Tanumshede en hadden beslag gelegd op een van de picknicktafels. Ze waren geen amateurs op dit gebied, dus hadden ze met een vooruitziende blik bij Ernst thuis een thermoskan met koffie gehaald en bij de bakker in Tanum-shede een flinke zak met koffiebroodjes. Ernst had zijn overhemd open geknoopt en zat met zijn witte, ingezakte borstkas in de zon. Vanuit zijn ooghoek keek hij onopvallend naar een paar meisjes van een jaar of twintig, die lachend en joelend hun rit hadden onderbroken.

'Doe je mond dicht, joh. En je overhemd. Wat als een van de collega's langskomt! Het moet eruitzien alsof we aan het werk zijn.'
Gösta transpireerde in zijn uniform. Hij negeerde de voorschriften van

zijn werk niet zo makkelijk en durfde zijn overhemd niet open te knopen.

'Ach, relax. Die zijn druk naar die meid aan het zoeken. Het kan niemand iets schelen wat wij doen.'

Gösta's gezicht betrok. 'Ze heet Jenny Möller. Niet "die meid". En zouden wij niet moeten meehelpen in plaats van hier als twee vrouwzieke pedofielen te zitten niksen?' Hij gebaarde met zijn hoofd naar de luchtig geklede meisjes, een paar tafeltjes verderop. Ernst leek zijn ogen niet van hen te kunnen afhouden.

'Wat ben jij opeens degelijk geworden. Ik heb je er nog nooit over horen klagen dat ik je af en toe uit je dagelijkse sleur haal. Zeg alsjeblieft niet dat je op je oude dag vroom bent geworden.'

Ernst keek hem met onheilspellend samengeknepen ogen aan. Gösta werd voorzichtig. Misschien was het dom dat hij zijn mond had opengedaan, hij was altijd een beetje bang voor Ernst. Die deed hem te veel denken aan de jongens die hem na schooltijd voor het plein hadden opgewacht. Jongens met een neus voor zwakte, die rücksichtslos hun superioriteit lieten blijken. Gösta had met eigen ogen gezien hoe het mensen verging die in opstand kwamen tegen Ernst. Hij had spijt van zijn woorden en mompelde: 'Ach, ik bedoelde er niets mee. Ik vind het alleen zielig voor haar ouders. Het meisje is nog maar zeventien.'

'Ze willen onze hulp toch niet? Mellberg danst om de een of andere reden naar de pijpen van die stomme Hedström, dus ik ben niet van plan me onnodig in te spannen.' Ernst sprak zo luid en hatelijk, dat de meisjes zich naar hen omdraaiden.

Gösta durfde hem niet tot stilte te manen, maar ging zelf op gedempte toon verder in de hoop dat Ernst zijn voorbeeld zou volgen. Hij durfde niet te zeggen wiens schuld het was dat hij niet aan het onderzoek meedeed. Ernst had handig verdrongen dat hij zelf niet had doorgegeven dat Tanja als vermist was opgegeven.

'Ik vind dat Hedström het best goed doet. En Molin werkt ook hard. Eerlijk is eerlijk: ik heb niet zoveel bijgedragen als ik had gekund.'

Ernst leek zijn oren niet te geloven. 'Wat zeg jij nou, Flygare! Wil je beweren dat twee groentjes die nog geen fractie van onze gezamenlijke ervaring hebben, het beter kunnen dan wij? Hè?! Wil je dat beweren, stomme idioot!'

Als Gösta had nagedacht voor hij had gesproken, had hij ongetwijfeld voorzien welk effect zijn opmerkingen op Ernsts gekwetste ego zouden hebben. Nu kon hij alleen nog maar zo snel mogelijk terugkrabbelen.

'Nee, zo bedoelde ik het niet. Ik zei alleen... natuurlijk hebben ze minder ervaring dan wij. En resultaten hebben ze ook nog niet geboekt, dus...'

'Precies,' stemde Ernst iets tevredener in. 'Ze hebben nog geen donder laten zien.'

Opgelucht ademde Gösta uit. Zijn intentie om wat meer ruggengraat te tonen was alweer verdwenen.

'Wat dacht je ervan, Flygare? Zullen we nog een kopje koffie met een bolletje nemen?'

Gösta knikte. Hij had zo lang de weg van de minste weerstand gekozen, dat het ook de enige natuurlijke leek.

Martin keek nieuwsgierig rond toen ze bij het kleine huis arriveerden. Hij was nog nooit bij Solveig en haar zonen geweest en keek gefascineerd naar alle rommel.

'Hoe kan iemand in vredesnaam zó wonen?'

Ze stapten uit en Patrik maakte een weids gebaar. 'Het gaat mijn verstand ook te boven. Mijn vingers jeuken om de boel hier op te ruimen. Volgens mij stonden sommige autowrakken hier al toen Johannes nog leefde.'

Nadat ze hadden aangeklopt, hoorden ze sloffende voetstappen. Solveig had waarschijnlijk aan de keukentafel gezeten en haastte zich niet om open te doen.

'Wat is er nu weer? Kunnen jullie eerlijke mensen niet met rust laten?'

Martin en Patrik keken elkaar kort aan. Haar woorden waren in tegenspraak met de strafbladen van haar zonen, die een heel A4'tje vulden.

'We zouden graag even met je praten. En ook met Johan en Robert, als die thuis zijn.'

'Die slapen.'

Knorrig stapte ze opzij om hen binnen te laten. Martin kon een blik van afschuw niet onderdrukken en Patrik gaf hem een por opdat hij zich vermande. Martin trok snel zijn gezicht in de plooi en volgde Patrik en Solveig naar de keuken. Daar liet Solveig hen achter om haar zonen wakker te maken, die in hun gemeenschappelijke kamer lagen te slapen. 'Opstaan jongens, de politie moet weer wat. Ze willen wat vragen, zeggen ze. Dus opschieten, dan hoepelen ze gauw weer op.'

Het kon haar kennelijk niet schelen dat Patrik en Martin haar hoorden en ze drentelde rustig terug naar de keuken, waar ze op haar vaste plek ging zitten. Slaapdronken kwamen Johan en Robert in hun onderbroek achter haar aan.

'Jullie zijn hier ook om de haverklap. Het lijkt wel alsof jullie ons expres lastigvallen.' Robert was net zo cool als anders. Johan keek hen tersluiks aan en pakte een pakje sigaretten dat op tafel lag. Hij stak een sigaret op en tipte nerveus de as af, terwijl Robert hem toesnauwde dat hij daarmee moest stoppen.

Martin vroeg zich af hoe Patrik het gevoelige onderwerp zou aansnijden. Hij was er nog steeds vrij zeker van dat zijn collega tegen windmolens vocht.

'We hebben een paar vragen over de dood van je echtgenoot.'

Solveig en haar zonen keken Patrik in opperste verbazing aan. 'De dood van Johannes? Hoezo? Hij heeft zich opgehangen en meer valt er niet over te zeggen, behalve dat lui als jullie hem ertoe hebben gebracht.'

Robert maande zijn moeder geïrriteerd tot stilte. Hij keek Patrik boos aan. 'Waarom wil je daar wat over weten? Mijn moeder heeft gelijk. Hij heeft zich opgehangen en dat is alles wat erover te zeggen valt.'

'We willen gewoon absolute duidelijkheid. Jij hebt hem destijds gevonden?'

Robert knikte. 'Ja, en dat beeld staat nog steeds op mijn netvlies gebrand.'

'Zou je precies kunnen vertellen wat er die dag is gebeurd?'

'Ik zou niet weten waar dat goed voor is,' zei Robert chagrijnig.

'Ik zou het op prijs stellen als je het toch deed,' zei Patrik en na een tijdje haalde Robert onverschillig zijn schouders op. 'Oké, als jij dat zo leuk vindt...' Hij stak ook een sigaret op en de kleine keuken hing nu vol rook.

'Ik kwam uit school en wilde buiten spelen. Ik zag dat de deur van de schuur openstond en werd nieuwsgierig. Dus ging ik kijken. Het was er net als anders donker, het enige licht was het licht dat tussen de planken door naar binnen scheen. Het rook er naar hooi.' Robert leek in een eigen wereld te zijn verdwenen. Hij ging verder: 'Er klopte iets niet.' Hij aarzelde. 'Ik kan het niet goed omschrijven, maar er was iets wat anders voelde dan normaal.'

Johan keek zijn broer gefascineerd aan. Martin had de indruk dat hij de details van de dag dat zijn vader zich had opgehangen voor het eerst hoorde.

Robert ging verder. 'Ik liep voorzichtig verder de schuur in. Ik deed net alsof ik indianen besloop. Ik ging stilletjes naar de hooizolder en had daar nog maar een paar passen gezet, toen ik iets op de vloer zag liggen. Ik ging erheen. Toen ik zag dat het mijn vader was, werd ik blij. Ik dacht dat hij een spelletje speelde. Dat het de bedoeling was dat ik naar hem toe liep en dat hij dan zou opspringen en me zou kietelen of zo.' Robert slikte. 'Maar hij bewoog niet. Ik duwde voorzichtig met mijn voet tegen hem aan, maar hij bleef doodstil liggen. Vervolgens zag ik dat er een touw om zijn nek zat. Toen ik opkeek, zag ik dat er ook een stuk touw aan de balk boven hem zat.'

De hand die de sigaret vasthield, trilde. Martin keek voorzichtig naar Patrik om te zien hoe hij op het verhaal reageerde. Hij had zelf de indruk dat Robert dit niet verzon. Zijn verdriet was zo tastbaar, dat Martin het gevoel had dat hij alleen zijn hand maar hoefde uit te steken om de pijn aan te kunnen raken. Hij zag dat zijn collega hetzelfde ervoer. Moedeloos ging Patrik verder: 'Wat deed je daarna?'

Robert blies de rook in een cirkeltje omhoog en bleef ernaar kijken tot die was verdwenen. 'Ik heb mijn moeder erbij gehaald, natuurlijk. Zij kwam en begon zo hard te schreeuwen, dat ik dacht dat mijn trommelvliezen zouden knappen en toen belde ze opa.'

Patrik keek verbaasd. 'Niet de politie?'

Solveig frummelde zenuwachtig aan het tafelkleed en zei: 'Nee, ik heb Ephraïm gebeld. Dat was het eerste dat in me opkwam.'

'Dus de politie is hier nooit geweest?'

'Nee, Ephraïm heeft alles geregeld. Hij belde dokter Hammarström, die was hier toen districtsarts, en die is naar Johannes komen kijken en heeft zo'n verklaring opgesteld over de doodsoorzaak, of hoe dat ook maar heet, en hij heeft er ook voor gezorgd dat de begrafenisondernemer hem kwam halen.'

'Maar geen politie?' hield Patrik aan.

'Nee, dat zeg ik toch. Ephraïm regelde dat allemaal. Dokter Hammarström heeft vast wel met de politie gepraat, maar ze zijn hier niet komen kijken. Waarom zouden ze ook? Het was zelfmoord!'

Patrik nam niet de moeite uit te leggen dat de politie altijd moet worden ingeschakeld als iemand zelfmoord heeft gepleegd. Kennelijk hadden Ephraïm Hult en die dokter Hammarström op eigen gezag besloten de politie pas te bellen nadat het lijk was opgehaald. De vraag was alleen: waarom? Het leek erop dat ze daar nu niet verder mee kwamen. Maar Martin had een inval: 'Hebben jullie hier toevallig een vrouw zien rondlopen? Vijfentwintig, bruin haar, met een normaal postuur?'

Robert lachte. Van de ernst in zijn stem was geen spoor meer te bekennen. 'Gezien het aantal vrouwen dat hier langskomt, moet je wel iets specifieker zijn.'

Johan keek hen intens aan. Hij zei tegen Robert: 'Je hebt een foto van haar gezien. Ze heeft in alle kranten gestaan. Het is die Duitse, die ze samen met die andere meisjes hebben gevonden.'

Solveig reageerde explosief. 'Wat bedoelen jullie in godsnaam? Waarom zou die hier zijn geweest? Willen jullie onze naam soms weer door het slijk halen? Eerst beschuldigen jullie Johannes en nu stellen jullie allerlei beschuldigende vragen aan mijn kinderen. Eruit! Ik wil jullie hier niet meer zien. Oprotten!'

Ze was opgestaan en werkte hen met behulp van haar stevige lichaam hardhandig naar buiten. Robert lachte, maar Johan keek nadenkend.

Nadat Solveig de deur met volle kracht achter Martin en Patrik had dichtgeslagen, keerde ze morrend terug naar de keuken. Johan liep zonder iets te zeggen naar de slaapkamer. Hij trok het dekbed over zijn hoofd en deed alsof hij sliep. Hij moest nadenken.

Anna zat aan boord van de luxueuze zeilboot en voelde zich ellendig. Gustav was er zonder meer mee akkoord gegaan dat ze meteen vertrokken en liet haar met rust nu ze met haar armen stevig om haar benen geslagen op de voorplecht zat. Met een air van grootmoedigheid had hij haar verontschuldigingen geaccepteerd en beloofd haar en de kinderen naar Strömstad te brengen. Daarvandaan konden ze met de trein naar huis.

Haar hele leven was aldoor één grote chaos geweest. Bij de gedachte aan

Erica's onrechtvaardige woorden sprongen er tranen van boosheid in haar ogen. Tegelijk maakte het haar verdrietig dat Erica en zij aldoor zo botsten. Met Erica was alles altijd zo ingewikkeld. Het was voor haar nooit voldoende om alleen maar Anna's grote zus te zijn, om haar alleen maar te steunen en aan te moedigen. Erica had eigenmachtig de moederrol op zich genomen, zonder te begrijpen dat de leegte die Anna voelde omdat hun moeder niet de moeder was geweest die ze had moeten zijn, daardoor alleen maar groter werd.

In tegenstelling tot Erica had Anna het Elsy nooit kwalijk genomen dat ze zich tegenover haar dochters zo onverschillig had gedragen. Aanvankelijk had Anna gedacht dat ze dat als een van de harde feiten van het leven had geaccepteerd, maar toen hun ouders zo plotseling waren gestorven, besefte ze dat ze toch had gehoopt dat Elsy met de jaren milder zou worden en de moederrol alsnog op zich zou nemen. Dat zou Erica ook de ruimte hebben gegeven om gewoon haar zus te zijn, maar door het overlijden van hun moeder zaten ze allebei nog steeds vast in hun oude patroon, zonder te weten hoe ze daar verandering in konden brengen. Perioden van een stilzwijgend

overeengekomen vrede werden zonder mankeren gevolgd door een stelling-
oorlog, die Anna elke keer weer door haar ziel sneed.

Maar Erica en de kinderen waren alles wat Anna nu nog had. Hoewel ze
dat tegenover haar zus niet had willen toegeven, zag Anna Gustav ook zoals
hij was: als een oppervlakkige, verwende jongen. Toch kon ze de verleiding
niet weerstaan; haar zelfvertrouwen bloeide op als ze zich ergens met Gustav vertoonde. Aan zijn arm werd ze zichtbaar. Alle mensen fluisterden en
vroegen zich af wie ze was. De vrouwen keken waarderend naar de mooie
merkkleding waarmee Gustav haar overstelpte. Zelfs op het water draaiden
de mensen zich om en wezen naar de prachtige zeilboot, en zij had zich
belachelijk trots gevoeld als ze op de voorplecht lag te zonnen.

Maar op de momenten dat ze sterker was en besefte dat de kinderen het
slachtoffer waren van haar behoefte aan bevestiging, schaamde ze zich. Zij
hadden genoeg geleden onder de jaren met hun vader, en Anna kon zelfs
met de beste wil van de wereld niet beweren dat Gustav een goede vervanger
voor hem was. Hij was tegenover de kinderen kil, lomp en ongeduldig en ze
liet hen niet graag met hem alleen.

Soms was ze zo jaloers op Erica dat ze er misselijk van werd. Terwijl Anna tot over haar oren verwikkeld was in een voogdijgeschil met Lucas, slechts met moeite rond kon komen en met een zieloze relatie moet dealen, liep Erica met haar dikke buik te paraderen. De man die Erica tot vader van haar kind had verkozen, was precies het type man dat Anna nodig had om gelukkig te worden maar dat ze uit een innerlijke drang tot zelfvernietiging steeds afwees. Haar zusterlijke jaloezie werd ook aangewakkerd doordat Erica nu geen financiële zorgen kende en bovendien een zekere bekendheid genoot. Anna wilde niet kleinzielig zijn, maar het was moeilijk niet verbitterd te raken nu haar eigen leven zo grauw was.

Verhit geschreeuw van de kinderen, gevolgd door het gefrustreerde gebulder van Gustav, rukte haar uit haar zelfmedelijden en dwong haar terug te keren naar de werkelijkheid. Ze trok haar zeiljack dichter om zich heen en liep voorzichtig langs de reling naar het achterdek. Nadat ze de kinderen had gekalmeerd, dwong ze zichzelf tot een glimlach naar Gustav. Ook als je een slechte hand had, moest je gewoon spelen met de kaarten die je had gekregen.

Zoals zo vaak de laatste tijd, dwaalde ze doelloos door het grote huis. Gabriël was opnieuw op zakenreis en zij was weer alleen. Het gesprek met Solveig had een nare smaak in haar mond achtergelaten en net als anders besefte ze hoe hopeloos de situatie was. Ze zou nooit vrij zijn. De gore, verwrongen wereld van Solveig bleef als een vieze geur om haar heen hangen.

Ze stopte bij de trap die in de linkervleugel naar de bovenverdieping leidde, de verdieping van Ephraïm. Laine was er sinds zijn dood niet meer geweest. Voor die tijd kwam ze er ook zelden. Het was altijd Jacobs domein geweest, en in uitzonderingsgevallen dat van Gabriël. Ephraïm had boven voor de mannen audiëntie gehouden, als een soort feodaal heerser. Vrouwen waren in zijn wereld slechts schaduwfiguren geweest die tot taak hadden te behagen en het land te bewerken.

Aarzelend liep ze de trap op. Voor de deur bleef ze staan. Vervolgens duwde ze die resoluut open. Het zag er net zo uit als in haar herinnering. Er hing nog altijd een geur van mannelijkheid in de stille kamers. Dus hier had haar zoon in zijn jeugd zoveel uren doorgebracht. Ze was ontzettend jaloers geweest. In vergelijking met opa Ephraïm was zowel zij als Gabriël tekortgeschoten. In Jacobs ogen waren zij gewoon, triest en sterfelijk geweest, terwijl Ephraïm een bijna goddelijke status had. Toen hij zo plotseling overleed, was Jacob aanvankelijk verbaasd geweest. Ephraïm kon toch niet zomaar verdwijnen! De ene dag was hij er nog, de volgende was hij weg. Het onneembare fort, het onwrikbare feit.

Ze schaamde zich ervoor, maar toen ze hoorde dat Ephraïm dood was, had ze eerst opluchting gevoeld. En een soort triomfantelijke vreugde omdat de wetten van de natuur zelfs voor hem golden. Soms had ze daaraan getwijfeld; hij had er zo van overtuigd geleken dat hij God ook kon manipuleren en beïnvloeden.

Zijn fauteuil stond bij het raam, met uitzicht over het bos. Net als Jacob kon ze de verleiding niet weerstaan om op die plek te gaan zitten. Even meende ze dat ze zijn geest in de kamer kon voelen. In gedachten verzonken volgden haar vingers de lijnen van de bekleding.

De verhalen over de genezende vermogens van Gabriël en Johannes hadden een grote invloed op Jacob gehad. Dat had ze niet prettig gevonden. Soms was hij met een tranceachtige uitdrukking op zijn gezicht naar beneden gekomen. Dat had haar altijd beangstigd. Dan had ze hem stevig vast-gepakt en zijn gezicht flink tegen zich aan gedrukt tot ze voelde dat hij zich ontspande. Als ze hem losliet, was alles weer normaal. Tot de volgende keer.

Maar nu was de oude man al een hele tijd dood en begraven. Godzijdank.

'Denk je echt dat jouw theorie waar kan zijn? Dat Johannes niet dood is?'

Ik weet het niet, Martin. Maar op dit moment ben ik bereid me aan elke strohalm vast te klampen. Je moet toegeven dat het een beetje raar is dat de politie Johannes nooit op de plaats van de zelfmoord heeft gezien.'

'Ja, dat is waar, maar dat zou betekenen dat de arts en de begrafenison-dernemer er alle twee bij betrokken waren,' zei Martin.

'Dat is niet zo vergezocht als het lijkt. Vergeet niet dat Ephraïm een heel welvarend man was. Voor geld zijn wel grotere gunsten dan deze gekocht. Het zou me ook niet verbazen als ze elkaar vrij goed hebben gekend. Vooraanstaande mannen uit het dorp, ongetwijfeld actief in het verenigingsle-ven, Lions, de dorpsvereniging, *you name it*.'

'Maar iemand helpen vluchten die wordt verdacht van moord?'

'Hij werd niet van moord verdacht, maar van ontvoering. Ik heb begrepen dat Ephraïm Hult een man was met ongewoon veel overredingskracht. Misschien wist hij ze er wel van te overtuigen dat Johannes onschuldig was, maar dat de politie het op hem had voorzien en dat dit de enige manier was om hem te redden.'

'Maar toch. Zou Johannes zijn gezin op deze manier in de steek hebben gelaten? Zijn jonge zonen?'

'Je moet niet vergeten wat voor man Johannes was. Een speler, iemand die altijd de weg van de minste weerstand koos. Die het met regels niet zo nauw nam en verplichtingen aan zijn laars lapte. Als iemand bereid was zijn vege lijf te redden ten koste van zijn gezin, dan was het Johannes wel. Dat past precies bij hem.'

Martin was nog altijd sceptisch. 'Maar waar zou hij dan al die jaren hebben gezeten?'

Patrik keek goed opzij voor hij links afsloeg naar Tanumshede. Hij zei: 'Misschien in het buitenland. Met flink wat geld van zijn vader op zak.' Hij keek Martin aan. 'Je lijkt mijn theorie niet echt briljant te vinden.'

Martin lachte. 'Nee, dat kun je rustig stellen. Volgens mij zit je op het verkeerde spoor. Maar aan de andere kant is deze zaak tot nu toe in geen enkel opzicht erg normaal verlopen, dus waarom niet?'

Patrik werd serieus. 'Ik zie Jenny Möller steeds voor me. Ergens gevangengehouden, door iemand die haar onmenselijk kwelt. Voor haar probeer ik in andere richtingen te denken dan de gebruikelijke. We kunnen het ons niet veroorloven even star te zijn als anders, we hebben er de tijd niet voor. We moeten zelfs het ogenschijnlijk onmogelijke overwegen. Het is denkbaar, misschien zelfs waarschijnlijk, dat dit alleen een idiote inval van me is, maar ik heb geen bewijzen die mijn theorie weerleggen. Dus ben ik het aan Jenny Möller verplicht die te onderzoeken, al verklaart iedereen me voor gek.'

Martin begreep nu beter hoe Patrik dacht. Hij was zelfs geneigd te erkennen dat Patrik misschien wel gelijk had. 'Maar hoe krijg je op deze losse gronden toestemming om dat graf te openen, en dan ook nog op korte termijn?'

Patrik keek grimmig terwijl hij zei: 'Volharding, Martin, volharding.'

Hun gesprek werd onderbroken toen Patriks mobiele telefoon begon te rinkelen. Hij nam op en gaf alleen korte antwoorden terwijl Martin hem gespannen aankeek en probeerde te snappen waar het gesprek over ging. Na een minuutje beëindigde Patrik het gesprek en legde de telefoon neer.

'Wie was dat?'

'Annika. Het lab heeft gebeld over het DNA-onderzoek van Mårten Frisk.'

'En?' Martin hield zijn adem in. Hij hoopte van ganser harte dat hij en Patrik het mis hadden gehad en dat de moordenaar van Tanja al in een politiecel zat.

'Het DNA kwam niet overeen. Het sperma dat we bij Tanja hebben gevonden, is niet afkomstig van Mårten Frisk.'

Martin besefte pas dat hij zijn adem had ingehouden toen hij die langzaam uitblies. 'Shit. Maar dat is toch niet echt een verrassing?'

'Nee, het was alleen mooi geweest.'

Ze zwegen een tijdje somber. Toen slaakte Patrik een diepe zucht, alsof hij kracht opdeed voor de zware taak die hen nog altijd wachtte.

'Ja, dan moeten we in een recordtempo regelen dat dat graf wordt geopend.'

Patrik pakte zijn mobieltje en ging aan de slag. Hij moest nu meer overtuigingskracht aan de dag leggen dan hij ooit op zijn werk had getoond. En zelfs hij was niet heel erg zeker van zijn zaak.

Erica's humeur naderde in rap tempo een dieptepunt. Omdat ze niets te doen had, liep ze maar door het huis te banjeren en rommelde nu eens hier en dan weer daar. De ruzie met Anna lag nog vers in haar geheugen en maakte haar stemming er niet beter op. Bovendien had ze medelijden met zichzelf. Ze vond het op zich wel prettig dat Patrik weer aan het werk was, maar ze had er niet op gerekend dat hij er zo door zou worden opgeslokt. Zelfs als hij thuis was, merkte ze hoe hij in gedachten voortdurend met de zaak bezig was. Hoewel ze het belang ervan inzag en hem begreep, hoorde ze vanbinnen ook een stemmetje dat meer aandacht eiste voor haarzelf.

Ze belde Dan. Misschien was hij thuis en had hij zin om een kopje koffie te komen drinken. Zijn oudste dochter nam op en zei dat haar vader met Maria was gaan varen. Uiteraard. Iedereen was druk met zijn eigen bezigheden en zij zat hier met haar dikke buik maar duimen te draaien.

Toen de telefoon ging, stortte ze zich er zo enthousiast op dat ze hem bijna van het tafeltje gooide.

'Erica Falck.'

'Hallo. Is Patrick Hedström er ook?'

'Hij is op zijn werk. Kan ik iets voor u doen, of wilt u zijn mobiele nummer?'

De man aan de andere kant van de lijn aarzelde. 'Het zit zo, ik heb dit nummer van Patriks moeder gekregen. Onze families kennen elkaar al jaren en toen ik onlangs met Kristina sprak, zei ze dat ik Patrik eens moest bellen als ik in de buurt was. En nu zijn mijn vrouw en ik net in Fjällbacka aangekomen, dus...'

Erica had een briljante inval. De oplossing voor haar verveling werd haar zomaar in de schoot geworpen. 'Kunnen jullie niet langskomen? Patrik komt om een uur of vijf thuis, dan kunnen we hem verrassen. En wij kunnen elkaar leren kennen. Zei je dat jullie jeugdvrienden waren?'

'Nou, dat zou geweldig zijn! Ja, als kind speelden we regelmatig met elkaar. Als volwassenen hebben we elkaar niet zo vaak gezien, maar zo gaat dat soms. De tijd vliegt.' De man lachte een hikkend lachje.

'Dan is het zonder meer tijd om daar verandering in te brengen. Wanneer kunnen jullie hier zijn?'

Hij mompelde iets tegen iemand op de achtergrond en toen kwam zijn antwoord. 'We hebben geen speciale plannen, dus we zouden nu meteen kunnen komen als dat schikt.'

'Geweldig!' Erica voelde haar enthousiasme terugkeren nu haar sleur werd doorbroken. Ze gaf de man een routebeschrijving en ging snel in de keuken koffiezetten. Toen er werd aangebeld, realiseerde ze zich dat ze was vergeten te vragen hoe ze heetten. Maar ach, dan moesten ze maar beginnen met zichzelf voor te stellen.

Drie uur later stond Erica het huilen nader dan het lachen. Ze knipperde met haar ogen en moest zich tot het uiterste inspannen om er geïnteresseerd uit te blijven zien.

'Een van de interessantste aspecten van mijn werk is het volgen van de stroom CDR's. Zoals ik al zei, betekent CDR Call Data Record en dat zijn waarden die informatie bevatten over hoe lang en met wie er wordt gebeld, enzovoort. Als je de CDR's verzamelt, vormen ze een fantastische bron van informatie over de gedragspatronen van onze klanten...'

Het leek alsof hij al eeuwen aan het woord was, de man hield maar niet op! Jörgen Berntsson was zo saai dat haar ogen ervan traanden, en zijn vrouw deed niet voor hem onder. Niet omdat ze net zulke lange, totaal oninteressante verhalen vertelde als haar man, maar omdat ze sinds ze er waren geen boe of bah had gezegd, behalve haar naam.

Toen ze Patriks voetstappen op de stoep voor de voordeur hoorde, stond ze dankbaar op om hem te begroeten.

'We hebben bezoek,' zei ze zachtjes.

'O, wie?' fluisterde hij terug.

'Een jeugdvriend van je. Jörgen Berntsson. Met zijn vrouw.'

'O, nee, zeg dat het een grapje is.' Patrik kreunde onwillekeurig.

'Helaas niet.'

'Wat doen die in vredesnaam hier?'

Erica sloeg schuldbewust haar ogen neer. 'Ik heb ze uitgenodigd. Om jou te verrassen.'

'Jij hebt wát?' Patriks stem klonk iets luider dan de bedoeling was en hij vroeg fluisterend: 'Waarom heb je dat gedaan?'

Erica spreidde haar armen. 'Ik verveelde me dood en hij zei dat hij een jeugdvriend van je was, dus dacht ik dat je het wel leuk zou vinden!'

'Heb je enig idee hoe vaak ik als kind met hem moest spelen? En hij was toen geen snars leuker dan nu.'

Ze beseften dat ze verdacht lang in de hal bleven en haalden tegelijk diep adem om moed te verzamelen.

'Hé, hallo! Wat een verrassing!'

Erica was onder de indruk van Patriks acteertalent. Zelf glimlachte ze bleekjes toen ze bij Jörgen en Madeleine gingen zitten.

Een uur later was ze bereid harakiri te plegen. Patrik was een paar uur frisser en slaagde er nog steeds in betrekkelijk belangstellend te kijken.

'Zijn jullie op doorreis?'

'Ja, we willen langs de kust naar het noorden trekken. We zijn bij een oude schoolvriendin van Madeleine in Smögen geweest en bij een medecursist van mij in Lysekil. Het beste van twee werelden. Vakantie vieren en oude vriendschapsbanden aanhalen.'

Hij veegde een onzichtbaar stofje van zijn broek en keek even naar zijn vrouw voordat hij zich weer tot Patrik en Erica wendde. Eigenlijk hoefde hij niets te zeggen, ze wisten al wat er ging komen.

'Nu we hebben gezien hoe leuk jullie hier wonen – en hoe ruim ook,' hij keek waarderend de woonkamer rond, 'vragen we ons af of we hier een nacht of twee kunnen blijven. Een hotelkamer is bijna nergens meer te krijgen.'

Ze keken Patrik en Erica vol verwachting aan. Erica hoefde niet telepathisch te zijn om de wraaklust die Patrik haar kant uit stuurde te kunnen voelen. Maar gastvrijheid was als een natuurwet: er was geen ontkomen aan.

'Natuurlijk kunnen jullie hier blijven. Onze logeerkamer is vrij.'

'Geweldig! Wat zullen we het leuk hebben. Waar was ik gebleven. O ja, als we voldoende CDR-materiaal hebben verzameld om statistische analyses van de gegevens te kunnen maken, dan...'

De avond verstreek als in een nevel. Ze leerden echter meer over telecommunicatietechniek dan ze ooit konden hopen te vergeten.

De telefoon ging eindeloos over, niemand nam op. Ten slotte kreeg hij de voicemail van haar mobieltje: 'Hallo, dit is Linda. Spreek na de piep een boodschap in, dan bel ik je zo spoedig mogelijk terug.' Johan verbrak geïrriteerd de verbinding. Hij had al vier keer wat ingesproken en ze had hem nog steeds niet gebeld. Aarzelend toetste hij het nummer van de Västergården in. Hij hoopte dat Jacob op zijn werk was. Het geluk was aan zijn kant, Marita nam op.

'Hallo, is Linda er ook?'

'Ja, ze is op haar kamer. Wie kan ik zeggen dat er is?'

Hij aarzelde weer. Maar waarschijnlijk zou Marita zijn stem niet herkennen, ook niet als hij zijn naam zei.

'Johan.'

Hij hoorde haar de hoorn neerleggen en de trap oplopen. In gedachten zag hij het interieur van de Västergården heel duidelijk omdat hij het onlangs voor het eerst in jaren weer had gezien.

Even later kwam Marita weer aan de telefoon. Nu klonk haar stem afwachtend. 'Ze zegt dat ze niet met je wil praten. Mag ik weten welke Johan je bent?'

'Bedankt. Ik moet nu gaan.' Snel legde hij op.

Hij werd overmand door tegenstrijdige gevoelens. Hij had nog nooit zo van iemand gehouden als van Linda. Als hij zijn ogen dichtdeed, kon hij haar naakte huid voelen. Tegelijkertijd haatte hij haar. Die kettingreactie was begonnen toen ze als twee combattanten in de Västergården tegenover elkaar hadden gestaan. Zijn haat en zijn verlangen haar te bezeren, waren zo sterk geweest dat hij zich bijna niet had kunnen beheersen. Hoe konden twee zo verschillende gevoelens naast elkaar bestaan?

Misschien was het stom geweest om te denken dat ze samen iets moois hadden. Dat het voor haar meer dan een spel was. Hij voelde zich een rund terwijl hij naast de telefoon zat, en dat gevoel voedde zijn woede. Maar hij kon wel iets doen om dat gevoel van vernedering met haar te delen. Ze zou er spijt van krijgen dat ze had gedacht met hem te kunnen doen wat ze wilde.

Hij zou vertellen wat hij had gezien.

Patrik had nooit gedacht dat hij het openen van een graf als een welkome onderbreking van iets zou zien. Maar na de afgrijselijk lange avond ervoor leek het zelfs leuk.

Mellberg, Martin en Patrik stonden zwijgend op het kerkhof van Fjällbacka te kijken naar de macabere scène die zich voor hun ogen afspeelde. Het was zeven uur 's ochtends, en de temperatuur was aangenaam, hoewel de zon al een tijdje op was. Er reden maar weinig auto's langs het kerkhof en behalve het getjilp van vogels hoorde je alleen het geluid van spaden die in de aarde werden gestoten.

Het was voor hen alle drie een nieuwe ervaring. In het dagelijkse leven van een politieman werd zelden een graf geopend, en geen van hen had geweten hoe dat in de praktijk ging. Kwamen ze met een kleine graafmachine om de kist bloot te leggen? Of kwam er een team professionele doodgravers die deze weerzinwekkende taak met de hand volbrachten? Het laatste alternatief bleek het dichtst bij de werkelijkheid te liggen. Dezelfde mannen die de graven delfden voor een begrafenis, deden nu een poging iemand naar boven te halen die al was begraven. Verbeten zetten ze hun spaden in de aarde, in een totaal stilzwijgen. Wat viel er ook te bepraten? De sport op tv gisteren? De barbecue van afgelopen weekend? Nee, de ernst van het moment lag als een deken van stilte over hun werk en dat zou zo blijven tot de kist uiteindelijk uit haar rustplaats kon worden geheven.

'Weet je echt wat je doet, Hedström?'

Mellberg keek bezorgd en Patrik deelde zijn ongerustheid. Hij had de dag ervoor al zijn overredingskracht moeten gebruiken. Hij had gesmeekt, gedreigd en gebeden om ervoor te zorgen dat de juridische molens sneller gingen malen dan ooit tevoren en ze toestemming kregen het graf van Johannes Hult te openen. Maar tot nu toe was Patriks verdenking slechts een gevoel, meer niet eigenlijk.

Patrik was niet godsdienstig, maar hij vond het vervelend iemands grafrust te moeten schenden. De stilte op het kerkhof had iets sacraals en hij hoopte dat ze gegronde redenen bleken te hebben om die te verstoren.

'Stig Thulin van de gemeente belde me gisteren en hij was allerminst blij, weet je. Kennelijk had een van de mensen die je gisteren hebt zitten bewerken, contact met hem opgenomen en verteld dat je over een complot tussen

Ephraïm Hult en twee van de meest respectabele mannen in Fjällbacka had geijld. Je had over smeergeld gesproken en god mag weten wat nog meer. Hij was verdomd nijdig. Ephraïm mag dan wel dood zijn, maar dokter Hammarström leeft nog en de begrafenisondernemer van toen ook. Als blijkt dat wij met ongegronde beschuldigingen komen, dan...'

Mellberg spreidde zijn armen. Hij hoefde zijn zin niet af te maken. Patrik wist wat de gevolgen zouden zijn. Hij zou eerst een preek van jewelste krijgen en daarna zouden zijn collega's tot uit den treure de spot met hem drijven.

Mellberg leek zijn gedachten te lezen. 'Je kunt verdomme maar beter gelijk hebben, Hedström!' Hij wees met een dikke vinger naar het graf van Johannes en stampte onrustig met zijn voeten op de grond. De berg aarde was nu bijna een meter hoog en de gravers hadden het zweet op hun voorhoofd staan. Het kon nu niet lang meer duren.

Mellbergs vrolijke humeur van de afgelopen tijd was wat gezakt. Dat leek niet alleen aan het vroege tijdstip en de onaangename bezigheid te wijten te zijn. Er speelde ook iets anders. De chagrijnigheid die vroeger een vast onderdeel van zijn persoonlijkheid had geleken en die gedurende een paar weken compleet verdwenen was geweest, keerde weer terug. Weliswaar nog niet in dezelfde mate als vroeger, maar dat kon niet lang meer duren. Terwijl ze stonden te wachten, deed Mellberg niets dan klagen, vloeken en zaniken. Wonderlijk genoeg vond Patrik dit aanzienlijk prettiger dan Mellbergs korte periode van gemoedelijkheid. Dit was vertrouwder. Mellberg liep, nog altijd vloekend, weg om een wit voetje te halen bij het team uit Uddevalla, dat net was aangekomen om assistentie te verlenen. Martin fluisterde uit zijn mondhoek: 'Waar het ook vandaan kwam, het lijkt verleden tijd te zijn.'

'Wat denk jij dat het was?'

'Een tijdelijke verstandsverbijstering?' siste Martin terug.

'Annika hoorde gisteren een grappig gerucht.'

'Wat dan? Vertel!' zei Martin.

'Hij ging eergisteren toch vroeg weg...'

'Dat is niet echt revolutionair.'

'Nee, maar Annika hoorde hem met het vliegveld bellen, met Arlanda. En hij leek verdomd veel haast te hebben.'

'Arlanda? Moest hij iemand ophalen? Hij is nu hier, dus kennelijk hoefde hij niet zelf weg.' Martin keek even onthutst als Patrik zich had gevoeld. En nieuwsgierig.

'Ik weet ook niet wat hij daar moest. Maar het is wel intrigerend...'

Een van de mannen bij het graf gebaarde naar hen. Afwachtend liepen ze naar de hoge berg aarde en keken in het gat dat ernaast was ontstaan. Er was een bruine kist zichtbaar.

'Daar hebben jullie je man. Zullen we hem omhoog halen?'

Patrik knikte. 'Wees wel voorzichtig. Ik zal het team waarschuwen, dan kunnen zij het overnemen zodra de kist boven is.'

Hij liep naar de drie technici uit Uddevalla, die ernstig met Mellberg stonden te praten. Er was een auto van de begrafenisonderneming over het grindpad aan komen rijden en die stond nu met open achterklep te wachten, klaar om de kist, met of zonder lijk, te vervoeren.

'Ze zijn bijna zover. Openen we de kist hier of doen jullie dat in Uddevalla?'

Het hoofd van de technische eenheid, Torbjörn Ruud, antwoordde Patrik niet meteen maar instrueerde eerst de enige vrouw in het team om foto's te gaan nemen. Pas daarna wendde hij zich tot Patrik: 'We openen de kist hier. Als je gelijk hebt en er niets in ligt, zijn we meteen klaar. Als het in mijn ogen meer waarschijnlijke scenario zich voordoet dat er wel een lijk in de kist ligt, nemen we dat ter identificatie mee naar Uddevalla. Want dat is dan waarschijnlijk jullie bedoeling?' Zijn walrussensnor bewoog op en neer toen hij Patrik vragend aankeek.

Patrik knikte. 'Ja, als er iemand in de kist ligt, zou ik graag met honderd procent zekerheid bevestigd krijgen dat het Johannes Hult is.'

'Dat valt te regelen. Ik heb gisteren al zijn gebitskaart opgevraagd, dus je hoeft niet lang op antwoord te wachten. Het heeft haast, nietwaar?' Ruud sloeg zijn ogen neer. Hij had zelf een dochter van zeventien en snapte ook zonder uitleg waarom snelheid van groot belang was. Je hoefde je maar een fractie van een seconde de angst voor te stellen die de ouders van Jenny Möller moesten voelen.

Ze keken in stilte toe hoe de kist langzaam tot de rand van het graf werd gehesen. Eindelijk zagen ze het deksel en Patriks handen begonnen te jeuken van spanning. Nog even en ze zouden het weten. Vanuit zijn ooghoek zag hij verder weg op het kerkhof iets bewegen. Hij draaide zijn hoofd om. Shit. Door het hek bij de brandweerkazerne van Fjällbacka kwam Solveig aanstormen. Ze kon niet hollen, maar deinde als een schip op zware zee heen en weer, haar blik op het graf gericht, waarboven de kist nu in zijn geheel zichtbaar was.

'Wat zijn jullie verdomme mee bezig, stelletje klootzakken?'

De technici uit Uddevalla, die Solveig Hult nog nooit hadden ontmoet, veerden op toen ze haar grove taalgebruik hoorden. Patrik realiseerde zich te laat dat ze dit hadden moeten zien aankomen en het terrein hadden moeten afzetten. Hij had gemeend dat het vroege uur voldoende was om iedereen weg te houden. Maar Solveig was natuurlijk niet zomaar iemand. Hij liep naar haar toe. 'Solveig, je zou hier niet moeten zijn.'

Patrik pakte haar zachtjes bij haar arm. Ze rukte zich los en stormde verder.

'Kunnen jullie nou nooit eens ophouden! Moeten jullie Johannes nu ook nog in zijn graf storen! Moeten jullie ons leven tot elke prijs verpesten!'

Voordat iemand kon reageren, stond Solveig bij de kist en wierp zich erbovenop. Ze jammerde als een Italiaanse matrone op een begrafenis en bonkte met haar vuisten op het deksel. Iedereen stond als vastgenageld aan de grond. Niemand wist wat te doen. Toen zag Patrik dat er uit de richting van de kazerne nog twee mensen aan kwamen hollen. Johan en Robert keken hen alleen maar hatelijk aan voor ze naar hun moeder gingen.

'Niet doen, mama. Kom, dan gaan we naar huis.'

Nog steeds stond iedereen als vastgenageld aan de grond. Alleen het gejammer van Solveig en de smekende stemmen van haar zonen waren te horen. Johan draaide zich om. 'Ze is de hele nacht op geweest. Sinds jullie belden en vertelden wat jullie van plan waren. We hebben geprobeerd haar tegen te houden, maar ze wist toch weg te komen. Stelletje hufters, komt hier nou nooit een einde aan!'

Zijn woorden waren net een echo van die van zijn moeder. Even voelden ze zich collectief beschaamd over het vuile karwei waartoe ze zich genoodzaakt hadden gevoeld, maar 'genoodzaakt' was wel het juiste woord. Ze moesten afmaken waaraan ze waren begonnen.

Torbjörn Ruud knikte naar Patrik en ze liepen op Johan en Robert af om hen te helpen Solveig van de kist te trekken. Het leek alsof ze haar laatste krachten had opgebruikt, en ze stortte aan Roberts borst in elkaar.

'Doe wat je moet doen, maar laat ons dan met rust,' zei Johan zonder hen aan te kijken.

De jongens namen hun moeder tussen zich in mee naar het hek aan de rand van het kerkhof. Pas toen ze uit het zicht waren, bewoog zich weer iemand. Over het gebeurde werd niets gezegd.

De kist stond naast het graf. Nog even en dan zou het geheim worden prijsgegeven.

'Voelde het alsof er iemand in ligt?' vroeg Patrik aan de mannen die de kist naar boven hadden getild.

'Dat valt niet te zeggen. De kist zelf is al zwaar. Soms zit er een gat in en is er aarde in gekomen. De enige manier om erachter te komen, is door haar te openen.'

Ze konden het moment nu niet langer uitstellen. De fotograaf had alle foto's gemaakt die nodig waren. Met handschoenen aan liepen Ruud en zijn collega's naar de kist.

Langzaam werd het deksel geopend. Iedereen hield zijn adem in.

Klokslag acht uur belde Annika hen op. Ze hadden de dag ervoor de hele middag in het archief kunnen zoeken en nu zouden ze toch iets gevonden moeten hebben. Ze had gelijk.

'Wat een timing! We hebben net de ordner met de klantenlijst van FZ-302 gevonden. Maar ik heb geen goed nieuws. Alhoewel, misschien juist ook wel. We hadden maar één klant bij jullie in de buurt. Rolf Persson. Hij is trouwens nog steeds een klant van ons, maar natuurlijk neemt hij dit product niet meer af. Ik geef u zijn adres.'

Annika schreef de gegevens op een Post-it-briefje. In zekere zin was het teleurstellend dat ze niet meer namen had gekregen. Het leek wat magertjes, slechts één klant om te controleren. Maar misschien had de verkoopchef gelijk en was het goed nieuws. Ze hadden tenslotte maar één naam nodig.

'Gösta?'

Zittend op haar bureaustoel rolde ze naar de deur. Ze stak haar hoofd om de hoek en riep nog eens. Geen antwoord. Ze riep een derde keer, luider nu, en dat werd beloond, want Gösta stak ook zijn hoofd om een deur.

'Ik heb een klusje voor je. We hebben de naam van een boer in de buurt die de kunstmest gebruikte die bij de meisjes is aangetroffen.'

'Zouden we het niet eerst aan Patrik moeten vragen?'

Gösta was weerspannig. De slaap zat nog in zijn ogen. De eerste vijftien minuten op zijn werk had hij alleen maar achter zijn bureau gezeten, gegaapt en zich in zijn ogen gewreven.

'Patrik, Mellberg en Martin zijn op het kerkhof, die kunnen we nu niet storen. Je weet waarom er haast bij is, we kunnen het op dit moment niet volgens het boekje doen, Gösta.'

Ook in gewone gevallen was het moeilijk om Annika iets te weigeren als ze zich zo opstelde, en Gösta moest toegeven dat ze nu helemaal reden had om voet bij stuk te houden. Hij zuchtte.

'Ga niet alleen. We zijn niet op zoek naar een ordinaire illegale brandewijnstoker. Neem Ernst mee.' Vervolgens mompelde ze zachtjes, opdat Gösta het niet zou horen: 'Ergens moet die jandoedel toch goed voor zijn.'

Daarna verhief ze haar stem weer. 'En kijk goed rond. Als je iets verdachts ziet, doe je net alsof je neus bloedt en meld je het aan Patrik, dan kan hij bepalen wat er verder moet gebeuren.'

'Goh, ik wist niet dat je van secretaresse was bevorderd tot chef, Annika. Is dat tijdens de vakantie gebeurd?' zei Gösta chagrijnig. Maar hij durfde het niet zo luid te zeggen dat ze het kon horen. Dat zou te driest en op de grens van gestoord zijn geweest.

Achter haar glazen wand glimlachte Annika, haar computerbril als altijd op het puntje van haar neus. Ze wist precies welke rebelse gedachten door het hoofd van Flygare schoten, maar dat kon haar niet echt schelen. Voor zijn mening had ze al heel lang geen respect meer. Als hij zijn werk nu maar deed en de zaak niet verprutste. Ernst en hij vormden een gevaarlijke combinatie als ze samen op pad moesten. Maar het was niet anders, soms moest je roeien met de riemen die je had.

Ernst vond het maar niets dat hij uit zijn bed werd gehaald. Wetend dat zijn baas op pad was, had hij gedacht nog wel even te kunnen blijven liggen voordat zijn aanwezigheid op het bureau vereist was, en het schelle gerinkel doorkruiste zijn plannen.

'Wat is er, verdomme?'

Gösta stond voor de deur en drukte zijn vinger volhardend op de bel.

'We moeten aan de slag.'

'Kan dat niet een uurtje wachten?' vroeg Ernst knorrig.

'Nee, we moeten een boer verhoren die de kunstmest heeft gekocht die de technici op de lijken hebben aangetroffen.'

'Is dat een opdracht van die achterlijke Hedström? En zei hij dat ik mee moest? Ik dacht dat ik van zijn stomme onderzoek was gehaald.'

Gösta overwoog of hij zou liegen of niet, maar hij besloot de waarheid te vertellen. 'Nee, Hedström is samen met Molin en Mellberg in Fjällbacka. Annika heeft het ons gevraagd.'

'Annika?' Ernst lachte rauw. 'Sinds wanneer nemen jij en ik opdrachten aan van een tiepmiep? Nee hoor, ik duik er fijn nog even in.'

Nog altijd lachend wilde hij de deur voor Gösta's neus dichtdoen. Een voet verhinderde dat.

'Ik vind dat we dit moeten uitzoeken.' Gösta pauzeerde even en kwam toen met het enige argument waarvan hij wist dat Ernst er gevoelig voor was. 'Stel je het gezicht van Hedström eens voor als wij deze zaak oplossen. Wie weet houdt die boer bij wie we langs moeten het meisje wel op zijn boerderij verborgen. Zou het niet mooi zijn als we dat aan Mellberg konden vertellen?'

Het gezicht van Ernst Lundgren lichtte op, wat bevestigde dat Gösta raak had geschoten. Ernst kon de loftuitingen van zijn chef al horen.

'Wacht even, dan kleed ik me aan. Ik zie je bij de auto.'

Tien minuten later reden ze in de richting van Fjällbacka. De boerderij van Rolf Persson grensde aan de zuidkant aan het land van de familie Hult, en Gösta kon niet nalaten zich af te vragen of dat toeval was. Ze reden eerst verkeerd, maar vonden uiteindelijk de goede weg en parkeerden op het erf. Geen teken van leven. Ze stapten uit en tuurden rond terwijl ze naar het woonhuis liepen.

De boerderij zag er net zo uit als alle andere boerderijen in de omgeving. Een stal met rode houten muren lag op een steenworp afstand van het witte woonhuis met blauwe kozijnen. Ondanks alle verhalen in de pers over EU-subsidies die als manna uit de hemel vielen, wist Gösta dat de werkelijkheid voor Zweedse boeren niet zo rooskleurig was. De boerderij maakte een troosteloze, vervallen indruk. Je kon zien dat de eigenaar zijn best deed die te onderhouden, maar de verf op het woonhuis en de stal bladderde af en er kleefde een diffuus gevoel van hopeloosheid aan de muren. Ze stapten de veranda met houten decoraties op – een teken dat het huis was gebouwd voordat moderne tijden snelheid en effectiviteit tot heilige begrippen hadden gemaakt.

'Kom binnen.'

De krakende stem van een oude vrouw riep hen, en ze veegden zorgvuldig hun voeten op de mat voor de buitendeur voordat ze naar binnen gingen. Het plafond was zo laag dat Ernst zich moest bukken, maar Gösta, die niet een van de langsten was, kon gewoon naar binnen lopen zonder enig gevaar voor hoofdletsel.

'Goedemorgen, we zijn van de politie. We zijn op zoek naar Rolf Persson.'

De oude vrouw, die ontbijt stond te maken, veegde haar handen af aan een keukendoek.

'Momentje, dan haal ik hem. Hij ligt even op de bank een tukje te doen. Dat krijg je als je ouder wordt.' Ze grinnikte en liep weg.

Gösta en Ernst keken weifelend rond en gingen vervolgens aan de keukentafel zitten. De keuken deed Gösta aan zijn ouderlijk huis denken, al scheelden de Perssons en hij slechts een jaar of tien. De vrouw had aanvankelijk een oudere indruk gemaakt, maar toen Gösta nog eens goed had gekeken, was het hem opgevallen dat haar ogen veel jonger waren dan haar lichaam deed vermoeden. Waarschijnlijk het gevolg van hard werken.

Ze gebruikten nog een oud houtfornuis om op te koken. Op de grond lag linoleum, vermoedelijk over een fantastische houten vloer. Jongere mensen lieten die graag weer zien, maar voor de generatie van de Perssons en hemzelf betekende een houten vloer een herinnering aan de armoede uit hun jeugd. Linoleum was indertijd een duidelijk teken dat je je had losgemaakt van het ellendige leven van je ouders.

De panelen langs de muren waren versleten, maar riepen ook sentimentele herinneringen op. Hij kon het niet nalaten met zijn vinger langs een spleet te strijken en het voelde net zo als vroeger, in de keuken van zijn ouders.

Het stille tikken van een klok was het enige dat ze hoorden, maar nadat ze een tijdje hadden zitten wachten, kwam er gemurmel uit de aangrenzende kamer. De ene stem klonk verontwaardigd en de andere smekend. Een paar minuten later kwam de vrouw samen met haar man de keuken binnen. Ook hij zag er ouder uit dan de zeventig die hij naar schatting was, en dat hij uit zijn ochtendslaapje was gewekt, maakte het er niet beter op. Zijn haar stond rechtovereind en vermoeide lijnen vormden diepe sporen op zijn wangen. De vrouw keerde terug naar het fornuis. Ze keek niet op en richtte haar ogen strak op de pan met pap waarin ze roerde.

'Waarom zijn jullie hier?'

De stem was autoritair en het viel Gösta op dat de vrouw terugdeinsde. Hij begon te vermoeden waarom ze er zoveel ouder uitzag dan ze was. Ze rammelde met de pan en Rolf bulderde: 'Houd daar mee op! Ga straks maar met het ontbijt verder. Laat ons nu met rust.'

Ze boog haar hoofd en haalde snel de pan van het vuur. Zonder een woord te zeggen liep ze de keuken uit. Gösta moest zich bedwingen om niet achter haar aan te lopen en een paar vriendelijke, vergoelijkende woorden te zeggen.

Rolf schonk een borrel in en ging zitten. Hij vroeg Ernst en Gösta niet of zij er ook een wilden, maar een dergelijk aanbod hadden ze toch niet durven aannemen. Toen hij het glas in één teug achterover had geslagen, veegde hij zijn mond met de rug van zijn hand af en keek hen sommerend aan.

'En? Wat moeten jullie?'

Ernst keek verlangend naar het lege glas en Gösta nam het woord: 'Hebt u ooit een kunstmest gebruikt die...' hij keek even in zijn notitieboekje, 'FZ-302 heette?'

Boer Persson lachte hartelijk. 'Komen jullie mij daarom uit mijn schoonheidsslaapje wekken? Om te vragen wat voor kunstmest ik gebruik? Jezus, de politie heeft tegenwoordig kennelijk niet veel te doen.'

Gösta glimlachte niet. 'We hebben zo onze redenen om u dit te vragen. En we willen graag antwoord.' Zijn weerzin tegen de man werd met de minuut groter.

'Ja, ja. Het is niet nodig je op te winden, ik heb niets te verbergen.' Rolf Persson lachte weer en zijn ogen bleven op het glas rusten. Naar zijn adem te oordelen was dit niet de eerste borrel die hij vandaag had gehad. Omdat hij koeien had die gemolken moesten worden, was hij al een paar uur op en als je het ruim zag, kon je zeggen dat het voor hem nu lunchtijd was. Maar ook dan was het nog vrij vroeg voor alcohol, vond Gösta. Ernst leek het niet met hem eens te zijn.

'Ik heb dat tot '84 of '85 gebruikt, denk ik. Daarna kwamen die stomme milieului tot de conclusie dat het een "negatieve invloed op het ecologische evenwicht" kon hebben.' Hij sprak met schelle stem en maakte aanhalingstekens in de lucht. 'Dus toen moest ik overstappen op een kunstmest die tien keer zo slecht en bovendien tien keer zo duur was. Idioten.'

'Hoe lang hebt u die kunstmest gebruikt?'

'Tja, een jaar of tien, misschien. Ik heb de precieze data in de boeken staan, maar ik geloof vanaf het midden van de jaren zeventig. Waarom zijn jullie daarin geïnteresseerd?' Hij keek Ernst en Gösta wantrouwend aan.

'Het heeft te maken met een onderzoek waarmee we momenteel bezig zijn.'

Gösta zei verder niets, maar hij zag dat de boer een licht opging.

'Het heeft met die meisjes te maken, nietwaar? De meisjes in de Koningskloof? En dat meisje dat verdwenen is? Denken jullie dat ik daar iets mee te maken heb? Hè? Zijn jullie daarom hier? Wel godverdomme!'

Hij kwam onvast overeind. Rolf Persson was een grote vent. Hij leek geen last te hebben van de gebruikelijke lichamelijke aftakeling als je ouder werd, en onder zijn overhemd waren zijn bovenarmen pezig en sterk. Ernst hief afwerend zijn handen op en ging ook staan. In dit soort situaties hád je tenminste wat aan Lundgren, dacht Gösta dankbaar. De man leefde voor zulke momenten.

'Rustig maar. We volgen een spoor en u bent niet de enige bij wie we langsgaan. Er is geen reden om u aangesproken te voelen. Maar we willen wel even rondkijken. Alleen om u van de lijst te kunnen schrappen.'

De boer keek nog even wantrouwend, maar knikte toen. Gösta nam de gelegenheid te baat om te vragen of hij even van de wc gebruik mocht maken. Zijn blaas was niet meer wat die was geweest en hij moest al een tijdje, dus nu was de aandrang groot. Rolf knikte en wees in de richting van een deur waar de letters 'wc' op stonden.

'Ja, verdomme, de mensen stelen als de raven. Wat moeten eerlijke mensen als u en ik...'

Ernst hield schuldbewust zijn mond toen Gösta terugkwam. Een leeg glas verried dat Ernst de borrel had gekregen waar hij zo'n zin in had gehad. De boer en hij zagen eruit alsof ze oude vrienden waren.

Een halfuur later verzamelde Gösta al zijn moed en gaf zijn collega op z'n donder. 'Bah, wat ruik jij naar alcohol. Hoe dacht je langs Annika te komen, met zo'n adem?'

'Niet zeiken, Flygare. Je bent net een oud wijf. Ik heb maar één slokje gehad, dat kan best. En het is niet beleefd om een drankje af te slaan als iemand je er een aanbiedt.'

Gösta snoof alleen maar en zei niets meer. Hij baalde. Ze hadden een halfuur over het terrein van de boer rondgelopen, maar dat had niets opgeleverd. Er was geen spoor van een meisje of van een recentelijk geopend graf, en het leek alsof ze hun tijd hadden verspild. Tijdens het korte moment dat

Gösta naar de wc was, hadden Ernst en de boer elkaar echter gevonden en ze waren voortdurend aan het keuvelen geweest toen ze over het terrein hadden gelopen. Zelf vond Gösta het gepaster om enige afstand te bewaren tot eventuele verdachten in een moordonderzoek, maar Lundgren volgde zoals altijd zijn eigen regels.

'Zei hij nog iets zinnigs, die Persson?'

Ernst ademde in zijn handpalm en rook er toen aan. Aanvankelijk negeerde hij de vraag. 'Zeg, Flygare, kun je daar niet even stoppen, dan kan ik wat keelpastilles kopen?'

Zuur reed Gösta naar de OKQ8-benzinepomp en wachtte terwijl Ernst naar binnen holde om iets te kopen wat zijn stinkende adem zou verhullen. Toen Ernst weer in de auto zat, gaf hij pas antwoord.

'Nee, daar hebben we de plank flink misgeslagen. Verdomd aardige vent, die Persson. Ik zweer je, die heeft hier niets mee te maken, dus die theorie kunnen we schrappen. Die mest is vast ook een doodlopend spoor. Die stomme technici zitten de hele dag op hun kont in het lab van alles en nog wat te analyseren, terwijl de mensen in het veld zien hoe belachelijk hun theorieën zijn, DNA, haren, kunstmest en bandensporen, god mag weten waar ze zich allemaal mee bezighouden. Nee, een pak slaag op de juiste plek, dát levert een doorbraak in de zaak op, Flygare.' Hij balde zijn vuist om zijn mening kracht bij te zetten, blij dat hij kon laten zien dat hij wist waar echt politiewerk om draaide. Hij leunde met zijn hoofd tegen de hoofdsteun en sloot even zijn ogen.

Gösta reed zwijgend naar Tanumshede. Hij was daar niet zo zeker van.

Het nieuwtje had de avond ervoor ook Gabriël bereikt. Ze zaten met zijn drieën stilletjes aan de ontbijttafel, ieder in gedachten verzonken. Tot hun grote verbazing was Linda de avond tevoren met haar overnachtingsspullen gekomen en zonder een woord naar haar kamer gegaan, die als altijd klaar stond.

Aarzelend verbrak Laine de stilte. 'Wat leuk dat je weer thuis bent, Linda.'

Linda mompelde een antwoord en hield haar blik strak op de boterham gericht die ze aan het smeren was.

'Spreek eens wat luider. Het is niet beleefd zo te mompelen.'

Gabriël kreeg een vernietigende blik toegeworpen van Laine, maar dat deerde hem niet. Dit was zijn huis en hij was niet van plan zich voor dat kind uit te sloven vanwege het twijfelachtige genoegen haar een tijdje hier te hebben.

'Ik zei dat ik maar een nacht of twee thuis ben, daarna ga ik weer naar de Västergården. Ik wilde er alleen even weg. Het is daar altijd zo'n halleluja-gebeuren. En je wordt verdomme hartstikke depressief als je ziet hoe ze met de kids omgaan. Het is ook nogal creepy, vind ik, dat die kids aldoor over Jezus leuteren...'

'Ja, ik heb tegen Jacob gezegd dat ik vind dat ze misschien iets te streng zijn voor de kinderen. Maar ze bedoelen het goed. En het geloof is belangrijk voor Jacob en Marita, dat moeten we respecteren. Ik weet bijvoorbeeld dat Jacob heel boos zou worden als hij jou zo hoorde vloeken. Zo hoort een jongedame niet te praten.'

Linda sloeg geërgerd haar ogen ten hemel. Ze had alleen Johan een tijdje willen ontvluchten. Hij zou niet naar dit adres durven bellen, maar het gezeur van haar ouders werkte haar nu al op de zenuwen. Misschien ging ze vanavond toch weer terug naar haar broer, zo kon je niet leven.

'Ik neem aan dat je van Jacob hebt gehoord dat ze Johannes' graf hebben geopend. Papa heeft ze meteen gebeld toen hij het van de politie hoorde. Hoe verzinnen ze het! Dat Ephraïm zou hebben bekokstoofd dat het léék alsof Johannes dood was, is het meest belachelijke dat ik ooit heb gehoord!'

Op de blanke huid van Laines borst tekenden zich vlammend rode vlekken af. Ze frunnikte aan één stuk door aan haar parelketting en Linda moest zich bedwingen om zich niet naar voren te buigen, de ketting los te rukken en die stomme parels door haar moeders strot te duwen.

Gabriël schraapte zijn keel en mengde zich met een autoritaire stem in het gesprek. Het hele gebeuren rond het graf stoorde hem. Het verstoorde zijn cirkels en deed stof opwaaien in zijn goed geordende wereld, en daaraan had hij een gruwelijke hekel. Hij geloofde geen moment dat de politie gegronde redenen had voor haar beweringen, maar dat was het probleem niet. De gedachte dat de rust van zijn broer werd verstoord irriteerde hem ook niet, al vond hij dat natuurlijk niet prettig. Nee, het was de wanorde die de hele procedure met zich meebracht. Het feit dat je kisten hoorde te laten zakken in plaats van ze omhoog te halen. Graven die eenmaal waren gedolven moesten met rust worden gelaten en kisten die eenmaal waren gesloten moesten dicht blijven. Zo hoorde het. Debet en credit. Orde en regelmaat.

'Ik vind het wel gek dat de politie dit zomaar kan doen. Ik weet niet wie ze onder druk hebben gezet om hiervoor toestemming te krijgen, maar ik zal dit tot op de bodem uitzoeken. We leven hier niet in een politiestaat.'

Linda mompelde weer iets naar haar bord.

'Sorry, wat zei je, liefje?' Laine wendde zich tot Linda.

'Ik zei dat jullie er eens aan moeten denken hoe het voor Solveig, Robert en Johan is. Begrijpen jullie dan niet hoe zij zich moeten voelen nu Johannes' graf is geopend? Maar nee, hoor, jullie zeuren alleen maar over hoe zielig jullie zijn. Denk ook eens aan iemand anders!'

Ze smeet haar servet op haar bord en liep van tafel. Laines handen schoten weer naar de parelketting en ze leek even te aarzelen of ze achter haar dochter aan zou lopen. Een blik van Gabriël weerhield haar.

'Ik weet wel van wie ze die overspannen trekjes heeft.' Zijn toon was beschuldigend. Laine zei niets.

'Waar haalt ze het lef vandaan om te beweren dat het ons niet kan schelen hoe dit voor Solveig en de jongens moet zijn. Natuurlijk is dat niet zo, maar zij hebben keer op keer laten merken dat ze onze sympathie niet op prijs stellen. En wat je zaait...'

Soms haatte Laine haar man. Hij zat daar zo zelfvoldaan van zijn ei te genieten. In gedachten liep ze naar hem toe, pakte zijn bord en duwde het langzaam tegen zijn borst. Maar in plaats daarvan begon ze af te ruimen.

Zomer 1979

Ze deelden de pijn nu. Als een Siamese tweeling drukten ze zich tegen elkaar aan in een symbiotische relatie, verbonden door evenveel liefde als haat. Aan de ene kant voelde het veilig om hier beneden in het duister niet alleen te hoeven zijn. Aan de andere kant ontstond er een vijandschap uit de wens dat zijzelf de dans zou ontspringen, dat de ander pijn zou lijden als hij weer kwam.

Ze spraken niet veel. Hun stemmen echoden veel te onheilspellend in de blinde wereld onder de grond. Als de voetstappen weer naderden vlogen ze uit elkaar, weg van het huidcontact dat hun enige bescherming tegen de kou en de duisternis vormde. Nu was alleen de vlucht voor de pijn relevant en ze bonden de strijd aan met elkaar, hopend dat de ander als eerste in handen van het kwaad viel.

Deze keer won zij en ze hoorde het geschreeuw beginnen. Eigenlijk was het net zo akelig om de dans te ontspringen. Het geluid van botten die werden gebroken zat in haar auditieve geheugen geprent en ze voelde elke schreeuw van de ander in haar eigen beschadigde lichaam. Ze wist ook wat er na het schreeuwen kwam. Dan veranderden de handen die hadden gewrikt en gedraaid, gestoken en beschadigd, en werden warm en teder daar neergelegd waar de pijn het hevigst was. Ze kende die handen nu net zo goed als haar eigen handen. Ze waren groot en sterk, maar tegelijk zacht, zonder ruwe plekken of ongelijkmatigheden. De vingers waren lang, gevoelig als die van een pianist, en hoewel ze ze nooit had gezien, kon ze ze heel duidelijk voor de geest halen.

Nu werd het geschreeuw erger en ze wenste dat ze haar armen kon optillen zodat ze haar handen voor haar oren kon houden. Maar haar armen hingen slap en onbruikbaar langs haar lichaam en weigerden haar instructies te gehoorzamen.

Toen het geschreeuw was verstomd en het luikje boven hun hoofden weer open en dicht was gedaan, sleepte ze zich over de koude, vochtige ondergrond naar de bron van het gejammer.

Nu was het tijd voor troost.

Op het moment dat het deksel van de kist opzij werd geschoven, was het helemaal stil. Patrik merkte dat hij zich half omdraaide en ongerust naar de kerk keek. Hij wist niet wat hij verwachtte. Een bliksemschicht die hen vanuit de kerktoren trof terwijl ze hun heidense taak uitvoerden? Maar er gebeurde niets.

Toen Patrik het skelet in de kist zag, zakte hem de moed in de schoenen. Hij had het mis gehad.

'Tja, Hedström. Je hebt er een behoorlijk zootje van gemaakt.' Mellberg schudde meelevend zijn hoofd en dat ene zinnetje gaf Patrik het gevoel dat dit hem de kop zou kosten. Maar zijn chef had gelijk: het was een zootje.

'Dan nemen we hem mee, zodat we kunnen vaststellen of het de juiste man is. Maar ik denk niet dat we voor verrassingen komen te staan. Je hebt geen theorieën over verwisselde lijken of zo, hè?'

Patrik schudde zijn hoofd. Hij ging ervan uit dat dit zijn verdiende loon was. De technici deden hun werk en toen het skelet even later onderweg was naar Göteborg, stapten Patrik en Martin in de auto om terug te rijden naar het bureau.

'Je had gelijk kunnen hebben, zo vergezocht was het niet.' Martins stem klonk troostend, maar Patrik schudde opnieuw zijn hoofd. 'Nee, jij had gelijk. Mijn complottheorieën waren iets te fantastisch om waar te kunnen zijn. Ik zal dit nog wel vaak moeten horen.'

'Daar moet je wel op rekenen,' zei Martin vol medeleven. 'Maar je moet het zo zien: had jij met jezelf kunnen leven als je dit niet had gedaan en naderhand was gebleken dat je gelijk had gehad en het Jenny Möllers leven had kunnen redden? Nu heb je het in elk geval geprobeerd. We moeten gewoon verdergaan met alle ideeën die bovenkomen, gestoord of niet. Dat is onze enige kans om haar op tijd te vinden.'

'Als het niet al te laat is,' zei Patrik somber.

'Zo moeten we niet denken. We hebben haar lijk nog niet gevonden, dus leeft ze. Een ander alternatief is er niet.'

'Je hebt gelijk. Ik heb alleen geen idee welke richting we nu op moeten. Waar moeten we gaan zoeken? We komen steeds weer bij die verdomde familie Hult uit, maar niets is concreet genoeg om er wat mee te kunnen doen.'

'We hebben het verband tussen de moorden op Siv, Mona en Tanja.'

'Maar niets dat op een verband met Jenny's verdwijning wijst.'

'Nee,' gaf Martin toe. 'Maar dat maakt ook niet uit, toch? Het belangrijkste is dat we doen wat we kunnen om Tanja's moordenaar en Jenny's ontvoerder te vinden. Het blijkt vanzelf of dat dezelfde persoon is of niet. We doen gewoon wat we kunnen.'

Martin benadrukte alle woorden van de laatste zin en hoopte dat de essentie ervan tot Patrik doordrong. Hij begreep best waarom zijn collega zichzelf wel voor het hoofd kon slaan na de mislukking bij het graf, maar ze konden zich op dit moment geen onderzoeksleider zonder zelfvertrouwen veroorloven. Hij moest geloven in wat ze deden.

Op het bureau hield Annika hen al bij de receptie tegen. Ze had de telefoon vast en hield haar hand over de hoorn zodat degene met wie ze sprak, niet hoorde wat ze tegen Patrik en Martin zei.

'Patrik, dit is Johan Hult. Hij wil je heel dringend spreken. Neem je het gesprek op je kamer aan?'

Patrik knikte en liep vlug naar zijn bureau. Nog geen tel later ging de telefoon over.

'Patrik Hedström.' Hij luisterde gespannen, onderbrak Johan een paar keer om wat vragen te stellen en holde met hernieuwde energie naar Martin. 'Kom, Molin. We moeten naar Fjällbacka.'

'Maar daar komen we net vandaan. Wat gaan we doen?'

'We gaan eens met Linda Hult praten. Ik geloof dat we iets interessants hebben gevonden, iets heel interessants.'

Erica had gehoopt dat haar gasten, net als de familie Flood, overdag naar zee zouden willen gaan, zodat zij hen in elk geval kwijt was. Maar op dat punt vergiste ze zich.

'Wij zijn niet zo dol op de zee, Madeleine en ik. We houden jou liever gezelschap in de tuin. Het uitzicht is zo prachtig.'

Jörgen keek blij naar de eilanden en bereidde zich voor op een dag in de zon. Erica probeerde een lach te onderdrukken. Hij zag er niet uit. Zijn benen waren net melkflessen en de rest van zijn lichaam had ook nog geen zon gezien. Kennelijk wilde hij dat zo houden want hij had zich van top tot teen ingesmeerd met zonnebrandcrème, waardoor hij zo mogelijk nog witter leek. Op zijn neus zat een neonkleurig smeersel dat extra bescherming bood. Een grote zonnehoed completeerde het geheel en nadat hij een half-uur in de weer was geweest, ging hij met een vergenoegde zucht naast zijn vrouw in een van de stoelen zitten die Erica naar de tuin had gesleept.

'O, dit is paradijselijk, vind je ook niet, Madeleine?' Jörgen sloot zijn ogen en Erica dacht dankbaar dat zijzelf nu wel even naar binnen kon gaan. Toen deed hij één oog open. 'Is het erg brutaal om te vragen of je wat te drinken voor me hebt? Een groot glas limonade zou er goed in gaan. Madeleine wil vast ook wel.'

Zijn vrouw knikte alleen maar en keek zelfs niet op. Zodra ze buiten was, had ze zich in een boek over belastingrecht verdiept. Ze leek ook last te hebben van een panische angst om bruin te worden: een lange broek en een bloes met lange mouwen moesten dat voorkomen. Bovendien had ze ook een zonnehoed én een neonkleurige neus, alsof het beter was het zekere voor het onzekere te nemen. Zoals ze daar naast elkaar zaten, leek het net alsof er twee aliens op het grasveld van Erica en Patrik waren geland.

Erica waggelde naar binnen om limonade te maken. Alles was beter dan bij hen zitten. Ze waren zonder meer de saaiste mensen die ze ooit had ontmoet. Had ze de avond ervoor mogen kiezen tussen met hen praten en naar drogende verf kijken, dan had ze het wel geweten. Bij gelegenheid zou ze het Patriks moeder tactvol vertellen, omdat zij hun telefoonnummer aan hen had doorgegeven.

Patrik kon op zijn werk tenminste even aan hen ontsnappen, al zag ze dat hij kapot was. Ze had hem nog nooit zo aangedaan, zo gebeten op resultaten gezien. Maar er had ook nog nooit zoveel op het spel gestaan.

Ze wou dat ze hem meer had kunnen helpen. Tijdens het onderzoek naar de dood van haar vriendin Alex had ze de politie diverse keren van dienst kunnen zijn, maar toen was ze zelf ook bij de zaak betrokken geweest. Nu zat haar dikke lijf haar bovendien in de weg. Haar buik en het weer spanden samen om haar voor het eerst in haar leven tot onvrijwillige ledigheid te dwingen. Bovendien had ze het gevoel dat haar hoofd zich ook in een soort afwachtende positie had gemanoeuvreerd. Al haar gedachten waren gericht op het kind in haar buik en de enorme inspanning die ze binnen afzienbare tijd zou moeten leveren. Haar hoofd weigerde hardnekkig zich lang met andere dingen bezig te houden en ze verbaasde zich erover dat sommige moeders tot op de dag voor de bevalling bleven werken. Misschien was zijzelf een uitzondering, maar naarmate de zwangerschap vorderde was ze steeds verder gereduceerd tot – of, afhankelijk van hoe je het zag, verheven tot – een broedend, pulserend en voedend voortplantingsorganisme. Elke vezel in haar lichaam was erop gericht het kind te baren en daarom riepen opdringerige mensen een nog grotere ergernis op. Ze stoorden haar simpelweg in haar concentratie. Ze snapte niet meer dat ze zo rusteloos was geweest toen ze alleen thuis zat. Nu leek haar dat paradijselijk.

Zuchtend maakte ze een grote kan met limonade klaar, deed er ijsblokjes in en bracht die met twee glazen naar de marsmannetjes op het gras.

Een vlug bezoekje aan de Västergården leerde hen dat Linda daar niet was. Marita keek vragend toen de beide agenten opdoken, maar stelde geen rechtstreekse vragen en stuurde hen naar het landhuis. Voor de tweede keer in korte tijd reed Patrik over de lange allee. Weer trof hem de schoonheid van de omgeving. Hij zag dat Martin naast hem met open mond zat te kijken.

'Shit, dat er mensen zijn die zo mooi wonen!'

'Ja, sommigen hebben het goed,' zei Patrik.

'En in dit grote huis wonen dus twee personen?'

'Drie, als je Linda meetelt.'

'Jemig, geen wonder dat er in Zweden zoveel woningzoekenden zijn,' zei Martin.

Deze keer deed Laine open toen ze aanbelden. 'Wat kan ik voor jullie doen?'

Hoorde Patrik een spoor van onrust in haar stem?

'We zijn op zoek naar Linda. We komen net van de Västergården, en uw schoondochter zei dat ze hier was.' Martin knikte vaag in de richting van de Västergården.

'Wat moeten jullie van haar?' Gabriël was achter Laine komen staan, die de deur nog altijd niet ver genoeg had geopend om de agenten binnen te laten.

'We willen haar wat vragen stellen.'

'Hier worden geen vragen aan mijn dochter gesteld zonder dat wij weten waar het over gaat.' Gabriël zette een hoge borst alsof hij zijn nakomeling moest verdedigen.

Patrik wilde net met zijn uiteenzetting beginnen, toen Linda de hoek om kwam. Ze droeg rijkleding en leek op weg te zijn naar de stal.

'Zoeken jullie mij?'

Patrik knikte. Hij was opgelucht omdat hij geen directe confrontatie met haar vader aan hoefde te gaan. 'Ja, we willen je een paar vragen stellen. Doen we dat binnen of buiten?'

Gabriël onderbrak hem. 'Waar gaat het over, Linda? Heb je iets gedaan wat wij moeten weten? Dan laten we de politie niet met je praten zonder dat wij erbij zijn, als je dat maar weet!'

Linda, die opeens een klein bang meisje leek, knikte zwak. 'Laten we maar naar binnen gaan.'

Willoos liep ze achter Martin en Patrik aan. Eenmaal in de woonkamer, leek ze zich geen zorgen om de meubels te maken en plofte op de bank hoewel haar kleding naar paarden rook. Laine kon niet nalaten even haar wenkbrauwen op te trekken en bezorgd naar de witte bekleding te kijken. Linda keek uitdagend terug.

'Is het oké dat we je wat vragen stellen in aanwezigheid van je ouders? Als dit een verhoor was, hadden we ze niet kunnen verbieden erbij te zijn omdat je nog niet meerderjarig bent, maar nu willen we je alleen maar wat vragen stellen, dus...'

Gabriël leek hier opnieuw een discussie over te willen beginnen, maar Linda haalde haar schouders op. Even meende Patrik te zien dat een gevoel van verwachting en voldoening zich met haar nervositeit mengde. Maar dat verdween weer even snel.

'We hebben net een telefoontje gekregen van Johan Hult, je neef. Weet je waar dat over ging?'

Linda haalde weer haar schouders op en begon ongeïnteresseerd aan haar nagelriemen te peuteren.

'Jullie hebben elkaar kennelijk nogal vaak gezien?'

Patrik deed het rustig aan. Johan had het een en ander over hun relatie verteld, en hij begreep dat Gabriël en Laine daar niet blij mee zouden zijn.

'Ach ja, we hebben elkaar best vaak gezien.'

'Wát zeg je me daar, verdomme!'

Zowel Laine als Linda veerde op. Evenals zijn zoon gebruikte Gabriël nooit krachttermen. Ze konden zich niet herinneren dat ze hem ooit hadden horen vloeken.

'Hoe bedoel je? Ik mag toch zeker omgaan met wie ik wil. Dat bepaal jij niet.'

Patrik onderbrak het gesprek voordat het uit de hand liep. 'Het maakt ons niet uit wanneer of hoe vaak jullie elkaar zagen; we zijn alleen geïnteresseerd in één bepaald moment. Johan zei dat jullie zo'n twee weken geleden op een avond hadden afgesproken op de hooizolder in de schuur van de Västergården.'

Gabriëls gezicht werd dieprood van woede, maar hij zei niets en wachtte gespannen op Linda's antwoord.

'Ja, dat zou kunnen. We hebben daar wel vaker afgesproken, dus ik weet niet meer precies wanneer dat was.'

Ze zat nog steeds geconcentreerd aan haar nagels te peuteren en keek geen van de volwassenen aan.

Martin ging verder waar Patrik was opgehouden: 'Die avond hebben jullie volgens Johan iets speciaals gezien. Je hebt nog steeds geen idee wat we bedoelen?'

'Omdat jullie het wel schijnen te weten, kunnen jullie het me misschien vertellen?'

'Linda! Maak de situatie niet erger door een grote mond op te zetten. Geef antwoord op de vragen van de politie. Als je weet waar ze het over hebben, moet je het zeggen. Maar als het iets is waar die... slungel je bij heeft betrokken, zal ik...'

'Jij weet helemaal niets over Johan. Jij bent zo verdomde schijnheilig, maar...'

'Linda...' Laines stem onderbrak haar dochter waarschuwend. 'Maak het nu niet erger. Doe wat je vader zegt en geef antwoord op de vragen van de politie. Over dat andere hebben we het straks nog wel.'

Na even te hebben nagedacht besloot Linda haar moeder te gehoorzamen en ze ging mokkend verder: 'Ik neem aan dat Johan heeft verteld dat we dat meisje hebben gezien.'

'Welk meisje?' Gabriëls gezicht was één groot vraagteken.

'Dat Duitse meisje, dat vermoord is.'

'Ja, dat vertelde Johan ons,' zei Patrik. Hij wachtte tot Linda verderging.

'Ik ben er absoluut niet zo zeker van als Johan dat zij het was. We hebben haar foto in de krant gezien en ik geloof wel dat ze erop leek, maar er zijn vast een heleboel meisjes die er ongeveer zo uitzien. En wat had ze trouwens op de Västergården te zoeken? Dat ligt mijlenver van alle toeristische trekpleisters.'

Martin en Patrik negeerden de vraag. Ze wisten precies wat het meisje op de Västergården te zoeken had gehad. Ze volgde het enige spoor dat na haar moeders verdwijning was overgebleven: Johannes Hult.

'Waar waren Marita en de kinderen die avond? Johan zei dat ze niet thuis waren, maar hij wist niet waar ze naartoe waren gegaan.'

'Ze waren een paar dagen bij Marita's ouders in Dals-Ed.'

'Dat doen Jacob en Marita van tijd tot tijd,' legde Laine uit. 'Als Jacob rust nodig heeft om in huis te kunnen klussen, gaat Marita een paar dagen naar haar ouders. Dan zien zij de kleinkinderen ook wat vaker. Wij wonen zo dichtbij, wij zien de kinderen vrijwel dagelijks.'

'We laten in het midden of degene die je hebt gezien Tanja Schmidt was, maar kun je ook beschrijven hoe ze eruitzag?'

Linda aarzelde. 'Donker haar, normaal postuur. Haar tot op de schouders. Net als ieder ander. Niet echt mooi,' voegde ze eraan toe met de superioriteit van iemand die weet dat ze met een knap uiterlijk is geboren.

'En wat voor kleren droeg ze?' Martin boog zich naar voren om de blik van de tiener te vangen. Het lukte hem niet.

'Dat weet ik niet meer precies. Het is twee weken geleden en het was al schemerig buiten...'

'Probeer het toch maar,' drong Martin aan.

'Een spijkerbroek, geloof ik. Een strak shirtje en een vest. Een blauw vest en een wit T-shirt, geloof ik, maar misschien was het ook andersom. En ja, een rode schoudertas.'

Patrik en Martin keken elkaar kort aan. Ze had precies beschreven wat

Tanja aan had gehad op de dag van haar verdwijning. En het T-shirt was wit geweest en het vest blauw, niet andersom.

'Hoe laat zagen jullie haar?'

'Het was nog vroeg. Een uur of zes, misschien.'

'Heb je gezien of Jacob haar binnenliet?'

'Er werd niet opengedaan toen ze aanklopte. Vervolgens is ze om het huis heen gelopen en toen konden wij haar niet meer zien.'

'Hebben jullie haar weg zien gaan?' vroeg Patrik.

'Nee, je kunt de weg vanuit de schuur niet zien. En zoals gezegd, ik ben er niet even zeker van als Johan dat het dat meisje was.'

'Weet je wie het anders zou kunnen zijn geweest? Ik bedoel, er komen waarschijnlijk niet veel vreemden bij de Västergården aankloppen?'

Weer een onverschillig schouderophalen en na een poosje zei Linda: 'Nee, ik weet niet wie het kan zijn geweest. Misschien wilde ze wel iets verkopen, weet ik veel.'

'Heeft Jacob later niet gezegd dat hij bezoek had gehad?'

'Nee.'

Ze ging er verder niet op door en Patrik en Martin begrepen dat ze zich veel meer zorgen maakte over wat ze had gezien dan ze tegenover hen wilde laten blijken. Misschien ook tegenover haar ouders.

'Mag ik vragen wat jullie willen? Ik zei al dat het erop lijkt dat jullie het op mijn familie hebben gemunt. Alsof het niet erg genoeg is dat jullie mijn broer hebben opgegraven! Hoe is dat trouwens gegaan? Was de kist leeg? Nee, zeker.'

De toon was spottend, en onwillekeurig trok Patrik zich de kritiek aan. 'Er lag iemand in de kist, ja. Waarschijnlijk je broer Johannes.'

'Waarschijnlijk.' Gabriël snoof en kruiste zijn armen voor zijn borst. 'Is nu de arme Jacob aan de beurt?'

Laine keek haar man ontsteld aan. Het leek alsof ze zich nu pas bewust werd van de consequenties die de vragen van de politie konden hebben.

'Nee, jullie denken toch niet dat Jacob...!' Haar handen schoten naar haar keel.

'Op dit moment denken we niets, maar we willen wel graag weten wanneer Tanja waar is geweest voor ze verdween, dus misschien is Jacob een belangrijke getuige.'

'Getuige! Jullie weten het mooi te brengen, dat moet ik toegeven. Maar ik geloof er geen snars van. Jullie proberen af te maken wat die klunzen van de politie in '79 zijn begonnen en het maakt niet uit wie ervoor opdraait, als het maar een Hult is, nietwaar? Eerst proberen jullie te suggereren dat Johannes nog leeft en na een onderbreking van vierentwintig jaar weer meisjes vermoordt, en als blijkt dat hij dood in zijn graf ligt, storten jullie je op Jacob.'

Gabriël stond op en wees naar de buitendeur. 'Ophoepelen! Ik wil jullie hier niet meer zien zonder de juiste papieren en zonder dat mijn advocaat erbij is. Tot die tijd kunnen jullie de tering krijgen!'

De verwensingen rolden steeds makkelijker over zijn lippen en in zijn mondhoeken waren nu kleine belletjes speeksel te zien. Patrik en Martin wisten wanneer hun aanwezigheid niet langer op prijs werd gesteld, dus pakten ze hun spullen en liepen naar de buitendeur. Toen die met een doffe klap achter hen dichtviel, hoorden ze nog net wat Gabriël tegen zijn dochter riep: 'En wat heb jij in vredesnaam uitgevreten!'

'Stille wateren...'

'Ik had niet verwacht dat er onder het oppervlak zoveel vulkaanas lag te gloeien,' zei Martin.

'Al kan ik hem wel begrijpen. Vanuit zijn perspectief gezien...' Patrik dacht even terug aan het enorme fiasco van die ochtend.

'Daar moet je niet meer aan denken, zei ik toch. Je hebt gedaan wat je kon en je kunt je niet aldoor in zelfmedelijden blijven wentelen,' zei Martin kortaf.

Patrik keek hem verbaasd aan. Martin voelde zijn blik en haalde verontschuldigend zijn schouders op. 'Sorry. Ik krijg ook een beetje last van de stress, geloof ik.'

'Nee, nee. Je hebt helemaal gelijk. Dit is niet het goede moment om mezelf zielig te vinden.' Zijn ogen lieten de weg weer los en hij keek opnieuw naar zijn collega. 'Verontschuldig je nooit als je eerlijk bent.'

'Oké.'

Er viel een onzekere stilte. Toen ze langs de golfbaan van Fjällbacka reden, probeerde Patrik de stemming wat op te vijzelen: 'Als jij nou binnenkort die groene kaart haalt, kunnen we een keer samen een rondje doen.'

Martin glimlachte plagerig. 'Durf je dat wel aan? Misschien ben ik wel een natuurtalent en veeg ik de baan met je aan.'

'Ik dacht het niet, ik speel zelf lang niet onaardig.'

'Dan moeten we er maar vaart achter zetten, want straks duurt het vast even voordat je weer tijd hebt.'

'Hoe bedoel je?' Patrik zag er oprecht vragend uit.

'Misschien ben je het vergeten, maar over een paar weken word je vader. Dan heb je niet veel tijd meer voor dit soort dingen, hoor.'

'Ach, dat loopt wel los. Als ze zo klein zijn, slapen ze veel. Dan kunnen we af en toe best een balletje slaan. Erica begrijpt heus wel dat ik er af en toe tussenuit moet. Dat hebben we ook afgesproken toen we besloten kinderen te nemen, we moeten elkaar de ruimte geven om onze eigen dingen te blijven doen en niet alleen maar ouder zijn.'

Toen Patrik was uitgesproken, stonden de lachtranen in Martins ogen. Hij grinnikte en schudde tegelijk zijn hoofd. 'Ja, je hebt vast alle tijd om je eigen dingen te doen. Als ze zo klein zijn, slapen ze veel,' deed hij Patrik na, en hij begon nog harder te lachen.

Patrik, die wist dat Martins zus vijf kinderen had, trok een zorgelijk gezicht en vroeg zich af wat Martin wel wist en hijzelf niet. Maar voordat hij dat kon vragen, ging zijn mobieltje.

'Hedström.'

'Hallo, met Pedersen. Komt het uit dat ik bel?'

'Ja, hoor. Wacht even, dan parkeer ik de auto.'

Ze kwamen net langs de camping van Grebbestad en er trok een donkere wolk over zowel Patriks als Martins gezicht. Patrik reed nog een paar honderd meter door en stopte op de parkeerplaats bij de promenade van Grebbestad.

'Ik sta stil. Hebben jullie iets gevonden?'

Hij kon de opwinding in zijn stem niet verbergen en Martin keek hem gespannen aan. Buiten liepen drommen toeristen winkels en restaurants in en uit. Patrik keek afgunstig naar de uitdrukking van gelukzalige onwetendheid op hun gezichten.

'Ja en nee. We moeten nog nader onderzoek doen, maar gezien de omstandigheden dacht ik dat je het misschien wel prettig zou vinden om te weten dat je, naar ik heb begrepen, enigszins snelle besluit om dat graf te openen, iets heeft opgeleverd.'

'Dat kan ik niet ontkennen. Ik voel me lichtelijk dom, dus alles wat je hebt gevonden, is van belang.' Patrik hield zijn adem in.

'In de eerste plaats hebben we aan de hand van de gebitskaart vastgesteld dat de man in de kist zonder twijfel Johannes Hult is, dus op dat punt heb ik je helaas niets interessants te bieden. Maar,' de forensisch patholoog kon de verleiding niet weerstaan om met een korte pauze de spanning te vergroten, 'het is pure onzin dat hij door ophanging is gestorven. Zijn vroege dood komt waarschijnlijk door een klap met een hard voorwerp tegen zijn achterhoofd.'

'Wát zeg je daar!' Martin veerde op toen Patrik het uitschreeuwde. 'Wat voor hard voorwerp? Heeft iemand hem op zijn hoofd geslagen? Wat zeg je eigenlijk precies?'

'Zoiets. Hij ligt nu op de tafel en zodra ik meer weet, bel ik je weer. Maar zolang we hem niet hebben opengesneden en ik de details niet heb bekeken, is dit helaas het enige dat ik je kan vertellen.'

'Ik ben blij dat je me zo snel op de hoogte stelt. Bel me zodra je meer weet.' Triomfantelijk deed Patrik het klepje van zijn telefoon dicht.

'Wat zei hij, wat zei hij?' Martin zat te popelen van nieuwsgierigheid.

'Dat ik niet helemaal van lotje getikt ben.'

'Om dat vast te kunnen stellen heb je inderdaad een arts nodig, maar wat zei hij verder nog?' zei Martin droog. Hij werd niet graag aan het lijntje gehouden.

'Hij zei dat Johannes Hult is vermoord.'

Martin boog zijn hoofd voorover en wreef met gespeelde vertwijfeling met beide handen over zijn gezicht. 'Nee, nu doe ik niet meer mee aan dit onderzoek. Dat is toch niet normaal! Je zegt dus dat de hoofdverdachte in de zaak van de verdwijning of liever gezegd de dood van Siv en Mona, zoals nu is gebleken, zelf is vermoord.'

'Dat is precies wat ik zeg. En als Gabriël Hult denkt dat wij zijn zaakjes met rust laten als hij maar luid genoeg schreeuwt, heeft hij het faliekant mis. Als iets bewijst dat het bij de familie Hult goed fout zit, dan is dit het wel. Iemand van hen weet hoe en waarom Johannes Hult is vermoord en hoe dat verband houdt met de moord op de meisjes. Daar durf ik wat onder te verwedden!' Hij sloeg met zijn vuist op zijn handpalm en voelde hoe de somberheid van die ochtend had plaatsgemaakt voor hernieuwde energie.

'Ik hoop alleen dat we dit snel genoeg kunnen uitzoeken. Omwille van Jenny Möller.'

Het was alsof er een emmer koud water over Patriks hoofd werd leeggegoten. Hij mocht zijn gevoel voor competitie niet de overhand laten krijgen, hij mocht niet vergeten waarom ze dit werk deden. Ze zaten een tijdje naar de passerende mensen te kijken. Toen startte Patrik de auto en reed naar het politiebureau.

Kennedy Karlsson dacht dat alles met zijn naam was begonnen. Verder was er weinig wat hij de schuld kon geven. De andere jongens hadden vaak wel een goed excuus, zoals ouders die dronken en hen sloegen. Zelf had hij alleen maar zijn naam.

Zijn moeder had na de middelbare school een paar jaar in de vs gewoond.

Vroeger was het in een dorp heel wat als je naar Amerika ging. Maar in het midden van de jaren tachtig, toen zijn moeder het deed, was een ticket naar de vs al lang niet meer hetzelfde als een enkele reis; veel mensen hadden kinderen die naar de grote stad of het buitenland gingen. Eén ding was niet veranderd: zodra iemand het veilige dorp had verlaten, kwamen de tongen los en werd voorspeld dat het slecht zou aflopen. En in het geval van Kennedy's moeder hadden ze in een bepaald opzicht gelijk gehad. Na een paar jaar in het beloofde land, was ze zwanger teruggekeerd. Over zijn vader had hij nooit iets gehoord. Maar zelfs dat was geen excuus. Al voor zijn geboorte was zijn moeder met Christer getrouwd en die was als een echte vader voor hem geweest. Nee, het kwam door zijn naam. Hij nam aan dat ze interessant had willen doen en had willen laten zien dat zij, hoewel ze met de staart tussen de benen was teruggekeerd, iets van de grote wijde wereld had gezien. Daar moest hij een aandenken aan zijn. Dus nam ze elke gelegenheid te baat om de mensen te vertellen dat haar oudste zoon naar John F. Kennedy was vernoemd 'omdat ze tijdens haar verblijf in de vs zo'n bewondering voor hem had gekregen'. Hij vroeg zich af waarom ze hem dan niet gewoon John had genoemd.

Zijn zus en broers was een beter lot beschoren, voor hen waren Emelie, Mikael en Thomas goed genoeg. Gewone, eerbare Zweedse namen, waardoor hij nog meer een uitzonderingspositie kreeg. Dat zijn vader bovendien zwart was geweest, maakte de zaak er niet beter op. Toch vond Kennedy niet dat hij daarom anders was dan anderen. Het kwam door die verdomde naam, dat wist hij zeker.

Hij had ernaar uitgekeken om naar school te gaan, dat herinnerde hij zich heel duidelijk. De spanning, vreugde en geestdrift om met iets nieuws te beginnen, om een nieuwe wereld binnen te treden, duurden maar een dag of twee, toen hadden ze de opwinding uit hem geslagen. Vanwege die stomme naam. Hij leerde vlug hoe zondig het was om met je hoofd boven het maaiveld uit te steken. Een rare naam, een gek kapsel, ouderwetse kleren, het maakte niet uit: iedereen zag dat je anders was dan de rest. In zijn geval werd het bovendien als een verzwarende omstandigheid gezien dat hij, volgens de anderen, zichzelf beter vond dan de rest vanwege zijn originele naam. Alsof hij die zelf had gekozen. Als hij had mogen kiezen zou het iets als Johan, Oskar of Fredrik zijn geworden. Iets dat je automatisch toegang tot de groep gaf.

Na de hel van de eerste dagen in groep één, was het er niet beter op geworden. De steken en slagen, het voortdurende gevoel buitengesloten te zijn maakten dat hij een muur om zich heen had opgetrokken die zo stevig was als graniet, en algauw volgden zijn daden zijn gedachten. Alle woede die hij achter de muur had verzameld, kwam uit kleine gaten naar buiten tot die groter en groter werden en iedereen zijn boosheid kon zien. Toen was het te laat: zijn schooltijd was verpest en het vertrouwen van zijn familie was verdwenen. Bovendien had hij vrienden die je maar beter niet kon hebben.

Zelf had Kennedy zich neergelegd bij het lot dat zijn naam hem had gegeven. 'Probleem' stond op zijn voorhoofd geschreven en het enige dat hij hoefde te doen was die verwachting waar te maken. Een makkelijke, maar paradoxaal genoeg ook moeilijke manier van leven.

Dat veranderde toen hij tegen zijn zin op de boerderij in Bullaren kwam. Het was een voorwaarde geweest toen hij tegen de lamp was gelopen bij een mislukte autodiefstal. Aanvankelijk had hij zo min mogelijk weerstand willen bieden om zo vlug mogelijk weer te kunnen vertrekken. Maar toen ontmoette hij Jacob. En door Jacob ontmoette hij God.

In zijn ogen waren die twee bijna gelijken.

Er was geen wonder gebeurd. Er was geen donderende stem van boven gekomen, er was ook geen bliksem voor zijn voeten ingeslagen ten teken dat Hij bestond. Maar door de uren en de gesprekken met Jacob was Kennedy geleidelijk aan het beeld van Jacobs God gaan zien, als een puzzel die na verloop van tijd de foto op de doos wordt.

Aanvankelijk stribbelde hij tegen. Hij liep weg, trapte rotzooi met zijn maten en dronk zich een stuk in de kraag. Dan werd hij weer teruggebracht – een beschamende ervaring – en moest hij de dag erop met knallende koppijn bij Jacob komen. Jacob met zijn milde blik, die hem, vreemd genoeg, nooit enig verwijt leek te maken.

Hij had bij Jacob zijn beklag over zijn naam gedaan en uitgelegd dat die de oorzaak was van al zijn fouten. Jacob had hem er echter van weten te overtuigen dat zijn naam iets positiefs was en een indicatie voor zijn levensloop. Hij had een gave gekregen, legde Jacob uit. Als je vanaf het moment van je geboorte zo'n unieke identiteit had, kon dat alleen maar betekenen dat God je boven vele anderen had uitverkoren. Door de naam was hij bijzonder, niet raar.

Als een uitgehongerde gast aan tafel had Kennedy naarstig alle woorden in zich opgenomen. Langzaam was het tot hem doorgedrongen dat Jacob gelijk had. De naam was een geschenk. De naam maakte hem bijzonder en liet zien dat God een speciaal plan had met hem, Kennedy Karlsson. En dankzij Jacob Hult was hij daarachter gekomen, voordat het te laat was geweest.

Het baarde hem zorgen dat Jacob er de laatste tijd bezorgd uitzag. De roddels dat de familie Hult in verband werd gebracht met de dode meisjes, waren hem niet ontgaan dus hij dacht de reden van Jacobs zorgen te kunnen begrijpen. Hij had zelf ervaren hoe kwaadwillig mensen konden zijn als ze bloed roken. Nu was de familie Hult kennelijk het slachtoffer.

Voorzichtig klopte hij op Jacobs deur. Hij had gemeend luid gepraat te horen, en toen hij de deur opende, legde Jacob net met een gekwelde uitdrukking op zijn gezicht de hoorn op de haak.

'Hoe gaat het?'

'Gewoon wat familieproblemen. Niets waar jij je druk om hoeft te maken.'

'Jouw problemen zijn mijn problemen, Jacob. Dat weet je. Kun je me niet vertellen wat er aan de hand is? Mij vertrouwen zoals ik jou vertrouw?'

Jacob veegde vermoeid in zijn ogen en leek ineen te zakken. 'Het is allemaal zo stom. Omdat mijn vader vierentwintig jaar geleden iets doms heeft gedaan, heeft de politie het in haar hoofd gezet dat we iets te maken hebben met de moord op die Duitse toeriste waar de kranten over hebben geschreven.'

'Maar dat is verschrikkelijk.'

'Ja. En nu hebben ze vanochtend het graf van mijn oom Johannes geopend.'

'Wat zeg je me nou! Hebben ze het graf geschonden?'

Jacob glimlachte scheef. Een jaar geleden zou Kennedy dat niet zo netjes hebben geformuleerd.

'Helaas wel, ja. De hele familie lijdt eronder. Maar we kunnen er niets tegen beginnen.'

Kennedy voelde de bekende woede in zich opkomen. Hoewel die nu beter voelde, nu was het Gods woede.

'Maar kunnen jullie geen aangifte doen? Wegens pesterij of zo?'

Weer zo'n scheve, bedroefde glimlach. 'Wil je op grond van jouw ervaring met de politie zeggen dat dat iets oplevert?'

Nee, natuurlijk niet. Kennedy's respect voor de politie was weinig, om niet te zeggen nihil. Als iemand Jacobs frustratie begreep, was hij het wel.

Hij voelde zich eindeloos dankbaar dat Jacob zijn beslommeringen met hem wilde delen. Ook dat was een geschenk waarvoor hij God tijdens het avondgebed zou danken. Kennedy wilde dat net tegen Jacob zeggen, toen de telefoon ging.

'Momentje.' Jacob nam op.

Toen hij een paar minuten later ophing, was hij nog bleker. Uit het gesprek had Kennedy opgemaakt dat Jacobs vader aan de lijn was, en hij had zijn best moeten doen om niet te laten merken dat hij aandachtig luisterde.

'Is er iets gebeurd?'

Jacob legde langzaam zijn bril neer.

'Zeg toch iets, wat zei hij?' Kennedy kon niet verhullen dat zijn hart pijn deed van angst en zorgen.

'Dat was mijn vader. De politie is bij hen geweest en ze hebben mijn zus een aantal vragen gesteld. Mijn neef Johan heeft de politie gebeld en gezegd dat hij en mijn zus het vermoorde meisje op mijn erf hebben gezien. Vlak voor ze verdween. God helpe me.'

'God helpe je,' fluisterde Kennedy als een echo.

Ze hadden zich op Patriks kamer verzameld. Het was er krap, maar met een beetje goede wil pasten ze er allemaal net in. Mellberg had zijn kamer aangeboden, die drie keer zo groot was als de andere, maar Patrik had de informatie die hij op het bord achter zijn bureau had hangen niet allemaal willen verplaatsen.

Het bord hing vol briefjes en aantekeningen en in het midden hingen foto's van Siv, Mona, Tanja en Jenny. Patrik zat half op het bureau en had zijn zij naar de anderen gewend. Voor het eerst in lange tijd waren ze allemaal bij elkaar: Patrik, Martin, Mellberg, Gösta, Ernst en Annika: de hele denktank van het politiebureau van Tanumshede. Iedereen had zijn blik op Patrik gericht. Opeens voelde hij de verantwoordelijkheid zwaar op zijn schouders rusten en het zweet parelde hem op de rug. Hij had het nooit leuk gevonden om in het middelpunt van de belangstelling te staan, en hij voelde zich ongemakkelijk bij de gedachte dat iedereen wachtte tot hij wat zou zeggen. Hij schraapte zijn keel.

'Een halfuur geleden belde Tord Pedersen van de Forensische Eenheid. Hij vertelde dat het graf vanochtend niet voor niets is geopend.' Hij pauzeerde even en stond het zichzelf toe een moment te genieten van wat hij zijn collega's net had gepresenteerd. Hij had het geen prettig vooruitzicht gevonden om lange tijd door hen belachelijk te worden gemaakt.

'Sectie op het lijk van Johannes Hult heeft aangetoond dat hij zich niet heeft opgehangen. Het lijkt erop dat hij een harde klap tegen zijn achterhoofd heeft gehad.'

Er klonk gemurmel in de kamer. Patrik ging verder, zich ervan bewust dat hij nu ieders onverdeelde aandacht had: 'We hebben dus met nóg een moord te maken, al is het geen verse. Daarom leek het me hoog tijd om bij elkaar te komen en door te nemen wat we weten. Tot zover vragen?' Stilte.

'Mooi. Dan gaan we verder.'

Patrik nam eerst al het oude materiaal over Siv en Mona door, waaronder de getuigenverklaring van Gabriël. Hij ging verder met de dood van Tanja en de medische gegevens waaruit bleek dat ze precies hetzelfde soort letsel had als Siv en Mona, het verband tussen de zaken, namelijk dat ze Sivs dochter was, en het verhaal van Johan dat hij Tanja bij de Västergården had gezien.

Gösta verhief zijn stem: 'En Jenny Möller? Ik ben er niet van overtuigd dat er een verband bestaat tussen haar verdwijning en de moorden.'

Alle ogen richtten zich op de foto van het blonde meisje van zeventien dat vanaf het bord naar hen glimlachte. Ook die van Patrik. Hij zei: 'Ik ben het met je eens, Gösta, dat is op dit moment alleen maar een van de theorieën. Maar de zoekacties hebben geen resultaat opgeleverd en bij ons onderzoek naar bekende geweldplegers in de omgeving zijn we alleen op Mårten Frisk gestuit, en dat bleek een dood spoor. Dus het enige dat we kunnen doen is hopen dat het grote publiek ons te hulp schiet en dat iemand iets heeft gezien. Tegelijk moeten we rekening houden met de mogelijkheid dat de moordenaar van Tanja ook Jenny heeft ontvoerd. Is dat een antwoord op je vraag?'

Gösta knikte. Patriks antwoord hield in feite in dat ze niets wisten, en dat bevestigde ongeveer wat Gösta zelf dacht.

'Trouwens, Gösta, ik heb van Annika gehoord dat jullie dat met die kunstmest hebben nagetrokken. Heeft dat nog iets opgeleverd?'

Ernst gaf antwoord in plaats van Gösta. 'Geen donder. De boer met wie we hebben gesproken, heeft er niets mee te maken.'

'Maar jullie hebben voor de zekerheid toch wel rondgekeken?' Patrik liet zich niet door Ernsts woorden overtuigen.

'Natuurlijk hebben we dat gedaan. En zoals gezegd, het leverde geen donder op,' zei Ernst chagrijnig.

Patrik keek vragend naar Gösta en die knikte instemmend.

'Oké. We moeten er maar eens goed over nadenken of we op een andere manier verder kunnen met dat spoor. Ondertussen hebben we een getuigenverklaring van iemand die Tanja vlak voor haar verdwijning heeft gezien. De zoon van Johannes, Johan, belde me vanochtend om te vertellen dat hij een meisje bij de Västergården heeft gezien. Hij is er zeker van dat het Tanja was. Zijn nicht Linda, de dochter van Gabriël, was erbij, en Martin en ik zijn vanochtend met haar gaan praten. Zij verklaart dat ze inderdaad een meisje hebben gezien, maar is er niet even zeker van dat het Tanja was.'

'Kunnen we die getuige dan wel vertrouwen? Op grond van Johans strafblad en de rivaliteit in die familie valt het te betwijfelen of je zijn woorden kunt geloven,' zei Mellberg.

'Ja, dat baart mij ook zorgen. We moeten eerst maar afwachten wat Jacob Hult zegt. Maar ik vind het interessant dat we op de een of andere manier steeds weer bij die familie uitkomen. Waar we ons ook op richten, we lopen aldoor tegen de familie Hult aan.'

Het werd snel warmer in de kleine kamer. Patrik had een raam opengezet, maar dat hielp niet veel omdat er van buiten ook geen frisse lucht kwam. Annika probeerde zichzelf wat koelte toe te wuiven met haar notitieblok. Mellberg veegde met zijn handpalm het zweet van zijn voorhoofd en het gebruinde gezicht van Gösta zag er zorgwekkend grauw uit. Martin had de bovenste knoopjes van zijn overhemd losgedaan, waardoor Patrik afgunstig kon constateren dat hij in elk geval een beetje had kunnen sporten. Alleen Ernst leek de warmte volkomen onberoerd te laten. Hij zei: 'Ik durf er wat onder te verwedden dat het een van die verdomde lummels is. Zij zijn als enigen al eerder in aanraking geweest met de politie.'

'En hun vader,' hielp Patrik hem herinneren.

'Precies, en hun pa. Dat bewijst alleen maar dat er iets rots in die tak van de familie zit.'

'En de informatie dat Tanja het laatst bij de Västergårdens is gezien? Volgens zijn zus was Jacob op dat moment thuis. Wijst dat niet eerder naar hem?'

Ernst snoof. 'En wie zegt dat het meisje daar was? Johan Hult. Nee, ik geloof geen woord van wat die knul zegt.'

'Wanneer gaan we met Jacob praten?' vroeg Martin.

'Ik had gedacht dat jij en ik meteen na deze vergadering maar naar Bullaren moesten gaan. Ik heb net gebeld om te vragen of hij vandaag werkt.'

'Denk je niet dat Gabriël hem al heeft gewaarschuwd?' vroeg Martin.

'Ongetwijfeld, maar daar kunnen we niets aan doen. We moeten maar kijken wat hij gaat zeggen.'

'Wat doen we met de informatie dat Johannes vermoord is?' ging Martin volhardend verder.

Patrik wilde niet toegeven dat hij dat niet precies wist. Hij moest op dit moment te veel dingen tegelijk uitzoeken en hij was bang dat als hij een stap terug deed om naar het totaalbeeld te kijken, de omvang van de klus hem zou overweldigen. Hij zuchtte: 'Eén ding tegelijk. We noemen het niet tegenover Jacob, ik wil niet dat Solveig en de jongens gewaarschuwd worden.'

'Dus de volgende stap is een gesprek met hem?'

'Ja, dat neem ik aan. Tenzij iemand een ander voorstel heeft?'

Stilte. Niemand leek een goed idee te hebben.

'Wat moet de rest van ons doen?' Gösta ademde zwaar en Patrik vroeg zich bezorgd af of hij een hartaanval kreeg van de warmte.

'Annika zei dat er mensen hebben gebeld sinds Jenny's foto in de kranten heeft gestaan. Ze heeft de informatie geordend op grond van wat interessant lijkt, dus jij en Ernst kunnen met die lijst beginnen.'

Patrik hoopte dat het geen vergissing was Ernst weer bij het onderzoek te betrekken. Maar omdat hij zich keurig leek te hebben gedragen toen Gösta en hij het mestspoor onderzochten, gaf hij hem nog een kans.

'Annika, ik zou graag willen dat jij het bedrijf weer belt dat destijds die kunstmest verkocht en ze vraagt om in een groter gebied naar klanten te zoeken. Ik kan me weliswaar amper voorstellen dat de lichamen over een grote afstand zijn vervoerd, maar het kan toch de moeite waard zijn dat na te gaan.'

'Geen probleem.' Annika wuifde nog harder met haar notitieblok. Op haar bovenlip stonden zweetdruppeltjes.

Mellberg kreeg geen taak toebedeeld. Patrik merkte dat hij het moeilijk vond zijn chef opdrachten te geven, en hij had ook liever niet dat die zich met de praktische kanten van het onderzoek bezighield. Al moest hij toegeven dat Mellberg er verrassend goed in was geslaagd de politici uit zijn buurt te houden.

Mellberg had nog steeds iets ongewoons. Meestal weerklonk zijn stem het luidst van allemaal, maar nu zat hij stil te luisteren en leek met zijn gedachten mijlenver weg. De vrolijkheid die hen allemaal wekenlang had verbaasd, was vervangen door een onrustbarend zwijgen. Patrik vroeg: 'Bertil, wil jij er nog iets aan toevoegen?'

'Hè? Sorry, wat zei je?' Mellberg veerde op.

'Heb je er nog iets aan toe te voegen?' herhaalde Patrik.

'O, eh...' zei Mellberg en hij schraapte zijn keel toen hij zag dat alle ogen op hem waren gericht. 'Nee, ik geloof van niet. Het lijkt erop dat je de zaak onder controle hebt.'

Annika en Patrik keken elkaar kort aan. Normaal gesproken zat zij overal bovenop, maar nu trok ze haar schouders en wenkbrauwen op om aan te geven dat ze ook geen idee had.

'Vragen? Nee? Dan gaan we aan de slag.'

Dankbaar verliet iedereen de warme kamer om elders verkoeling te zoeken. Alleen Martin bleef hangen. 'Wanneer gaan we?'

'Ik wilde eerst even lunchen en daarna zo snel mogelijk vertrekken.'

'Oké. Zal ik iets voor ons gaan halen? Dan kunnen we dat in de koffiekamer opeten.'

'Heel graag, dan heb ik tijd om Erica nog even te bellen.'

'Doe haar de groeten.' Martin was al onderweg naar buiten.

Patrik toetste zijn eigen nummer in. Hij hoopte dat zijn vriendin zich met

Jörgen en Madeleine niet al te erg verveelde.

'Het is hier vrij geïsoleerd.'

Martin keek rond, maar zag slechts bomen. Ze reden al een kwartier lang over kleine boswegen en hij begon zich af te vragen of ze de weg kwijt waren.

'Rustig maar. Ik heb de boel onder controle. Ik ben hier al eens geweest toen een van de jongens een beetje onhandelbaar was geworden. Ik vind het wel.'

Patrik had gelijk, even later reden ze het erf op.

'Het ziet er mooi uit hier.'

'Ja, ze hebben een goede naam. In elk geval weten ze een goede indruk te maken. Zelf ben ik altijd wat sceptisch als er te vaak halleluja wordt geroepen, maar wie ben ik? Het doel van dit soort vrijkerkelijke gemeenschappen is aanvankelijk meestal wel goed, maar het lijkt erop dat ze vroeg of laat altijd allerlei vreemde mensen aantrekken. De grote eendracht en het sterke familiegevoel trekken mensen aan die zich nergens thuis voelen.'

'Je hebt er kennelijk ervaring mee.'

'Ach ja, mijn zus heeft een tijdje bij zo'n groep gezeten. In haar zoekende periode als tiener. Je weet wel. Maar ze is er weer heelhuids uit gekomen, dus het was niet zo erg. Maar ik weet nu genoeg van dat soort gemeenschappen om er met gezonde scepsis naar te kijken. Over de mensen hier heb ik nog nooit iets negatiefs gehoord, dus ik ga ervan uit dat ze aardig zijn.'

'Dat heeft ook niets met ons onderzoek te maken,' zei Martin.

Het klonk als een waarschuwing en dat was het ook een beetje. Patrik was meestal erg beheerst, maar nu had er verachting in zijn stem doorgeklonken en Martin vroeg zich lichtelijk bezorgd af welke invloed dat op hun gesprek met Jacob zou hebben.

Het was alsof Patrik zijn gedachten kon lezen. Hij glimlachte. 'Maak je geen zorgen. Dit is een van mijn stokpaardjes, maar het heeft inderdaad niets met ons onderzoek te maken.'

Ze parkeerden en stapten uit. Het bruiste van het leven op de boerderij. Zowel binnen- als buitenshuis leken jongens en meisjes aan het werk te zijn. Bij het meer was een groepje aan het zwemmen en hun stemmen klonken luid. Het zag er allemaal heel idyllisch uit. Martin en Patrik klopten aan en een wat oudere jongen deed open. Ze deinsden beiden terug. Als hij niet zo'n donkere blik had gehad, hadden ze hem niet herkend.

'Hoi, Kennedy.'

'Wat moeten jullie?' De toon was vijandig.

Patrik en Martin konden het geen van beiden helpen dat ze de jongen aanstaarden. Het lange haar dat aldoor in zijn gezicht had gehangen was verdwenen, evenals de zwarte kleren en de ongezonde huid. De jongen die nu voor hen stond was zo keurig geknipt en schoon dat hij helemaal glom. Maar ze herkenden de vijandige blik van de keren dat ze hem voor autodiefstal, drugsbezit en nog veel meer hadden opgepakt.

'Het gaat blijkbaar goed met je, Kennedy.' Patrik klonk vriendelijk. Hij had altijd medelijden met de jongen gehad.

Kennedy verwaardigde zich niet hem te antwoorden en herhaalde in plaats daarvan zijn vraag: 'Wat moeten jullie?'

'We willen met Jacob praten. Is hij er?'

Kennedy versperde hen de weg. 'Wat moeten jullie van hem?'

Nog steeds vriendelijk zei Patrik: 'Dat gaat jou niets aan. Dus ik vraag je nogmaals, is hij hier?'

'Jullie moeten hem niet aldoor lastigvallen. En zijn familie ook niet. Ik heb gehoord wat jullie proberen te doen en het is schandalig. Maar jullie zullen je straf niet ontlopen. God ziet alles en Hij kijkt in jullie hart.'

Martin en Patrik wisselden een korte blik. 'Dat komt wel goed, Kennedy, maar nu moet je toch echt even opzijgaan.'

Patriks stem klonk nu dreigend en na een kleine machtsstrijd deed Kennedy een stap naar achteren en liet hen onwillig binnen.

'Dank je,' zei Martin kortaf en hij liep achter Patrik aan de gang door. Het leek alsof Patrik wist waar hij naartoe moest.

'Ik meen me te herinneren dat zijn kantoor aan het eind van de gang ligt.'

Kennedy liep achter hen aan, op slechts een paar passen afstand, als een zwijgende schaduw. Martin huiverde ondanks de warmte.

Ze klopten aan. Jacob zat achter zijn bureau toen ze binnenkwamen. Hij leek niet erg verbaasd.

'Kijk aan. De sterke arm der wet. Zijn er geen echte boeven die jullie kunnen gaan vangen?'

Kennedy stond achter hen in de deuropening en balde zijn vuisten.

'Dank je wel, Kennedy. Je mag de deur achter je dichtdoen.'

Zwijgend deed Kennedy wat hem was opgedragen, zij het met tegenzin.

'Je weet waarom we hier zijn, neem ik aan.'

Jacob deed zijn computerbril af en boog zich naar voren. Hij zag er getekend uit.

'Ja, mijn vader belde een uurtje geleden met een idioot verhaal. Mijn lieve neef beweert dat hij het vermoorde meisje bij mij thuis heeft gezien.'

'Is dat een idioot verhaal?' Patrik keek Jacob aan.

'Natuurlijk.' Jacob trommelde met de bril op zijn bureau. 'Waarom zou ze naar de Västergården zijn gekomen? Voor zover ik weet was ze een toeriste en de boerderij ligt niet direct in de buurt van toeristische attracties. En wat Johans zogenaamde getuigenverklaring betreft... Tja, jullie kennen onze familiegeschiedenis. Helaas nemen Solveig en haar kinderen elke gelegenheid te baat om onze familie zwart te maken. Treurig. Sommige mensen dragen niet God in hun hart, maar iemand anders...'

'Dat kan wel zo zijn,' Patrik glimlachte voorkomend, 'maar toevallig weten wij wel waarom ze daar wat te zoeken had.' Zag hij een ongeruste glinstering in Jacobs ogen? Hij ging verder: 'Ze was niet als toeriste naar Fjällbacka gekomen, ze was op zoek naar haar wortels. Ze wilde meer weten over de verdwijning van haar moeder.'

'Haar moeder?' vroeg Jacob onthutst.

'Ja. Ze was de dochter van Siv Lantin.'

De bril kraste over het bureau. Was die verbazing echt of gespeeld, vroeg Martin zich af terwijl hij Patrik het woord liet doen zodat hij zich zelf volledig op Jacobs reacties kon richten.

'Ja, dat is wel nieuws. Maar ik begrijp nog steeds niet wat ze dan bij de Västergården te zoeken had.'

'Zoals ik al zei, was ze op zoek naar informatie over het lot van haar moeder. En omdat jouw oom destijds de hoofdverdachte was...' Hij maakte zijn zin niet af.

'Dit komt op mij over als wilde speculaties. Mijn oom was onschuldig, maar jullie hebben hem desondanks de dood ingedreven met jullie insinuaties. En nu hij er niet meer is, zoeken jullie kennelijk een andere zondebok in onze familie. Zeg mij, welke splinter steekt in jullie hart waardoor jullie de behoefte voelen te vernietigen wat een ander heeft opgebouwd? Is het ons geloof en de vreugde die wij daarin vinden?'

Jacob sprak nu op gedragen toon en Martin begreep waarom hij als predikant werd gewaardeerd. De milde stem die melodieus steeg en daalde had iets betoverends.

'Wij doen gewoon ons werk.'

Patrik was kortaf en moest zich beheersen om zijn enorme afkeer van wat hij als religieus gebazel beschouwde, niet te tonen. Tegelijk moest hij erkennen dat Jacob iets bijzonders had als hij sprak. Zwakkere mensen dan hij konden zich in die stem verliezen en door de boodschap worden aangetrokken. Patrik ging verder: 'Je zegt dus dat Tanja Schmidt nooit bij de Västergården is geweest?'

Jacob sloeg zijn handen uiteen. 'Ik zweer dat ik het meisje nooit heb gezien. Verder nog iets?'

Martin dacht aan de informatie die ze van Pedersen hadden gekregen, dat ~~J~~annes geen zelfmoord had gepleegd. Dat nieuwtje zou Jacob wel van zijn ~~v~~~~a~~~~der horen~~. Maar hij wist dat Patrik gelijk had. Ze zouden de kamer nog

...it zijn, of de rest van de familie Hult zou het al weten.

'Nee, dat was alles. Maar het kan zijn dat we nog een keer terugkomen.'

'Dat verbaast me niets.'

Jacobs stem klonk nu niet prekend meer, maar weer mild en kalm. Martin wilde net de deurkruk beetpakken, toen de deur geluidloos voor hem open gleed. Aan de andere kant stond Kennedy. Hij moest hebben staan luisteren. Martin wist het zeker toen hij het zwarte vuur in Kennedy's ogen zag, en hij deinsde terug bij zoveel haat. Jacob had hem kennelijk meer over 'oog om oog' geleerd dan over 'heb uw naaste lief'.

De stemming aan de kleine tafel was bedrukt. Niet dat die ooit opgewekt was geweest. Niet sinds het overlijden van Johannes.

'Nu moet het ophouden!' Solveig drukte haar handen tegen haar borst. 'Wij zijn altijd de klos. Het is net alsof iedereen zit te wachten tot ze ons een trap kunnen verkopen!' Ze kermde. 'Wat zullen de mensen nu weer zeggen, als ze horen dat de politie het graf van Johannes heeft geopend! Ik dacht dat het geklets zou ophouden toen ze dat laatste meisje vonden, maar alles begint weer van voren af aan.'

'Laat de mensen toch lullen! Wat kan het ons schelen waar ze met elkaar over roddelen?' Robert doofde zijn sigaret zo heftig dat de asbak omviel. Solveig trok vlug de albums weg. 'Pas op, Robert! Straks ontstaan er nog brandvlekken op de albums.'

'Ik heb lak aan die verdomde albums. Je zit dag in dag uit maar naar die stomme oude foto's te kijken! Snap je niet dat die tijd voorbij is! Het is allemaal honderd jaar geleden en jij zit maar te zuchten en in die klerealbums te bladeren. Pa is er niet meer en jij bent niet langer een schoonheidskoningin. Je zou jezelf eens moeten zien.'

Robert pakte de albums en gooide ze op de grond. Solveig vloog er met een gil op af en begon de foto's te verzamelen die over de hele vloer verspreid lagen. Roberts woede werd er alleen maar groter door. Hij negeerde de smekende blik van Solveig en boog zich voorover om een handvol foto's op te rapen, die hij vervolgens in kleine stukjes scheurde.

'Nee, Robert! Alsjeblieft! Niet mijn foto's. Robert, toe!' Haar mond was als een wond.

je bent een dik oud wijf, heb je dat nu nog niet door! En pa heeft zich opgehangen, het wordt tijd dat je dat snapt!'

Johan had als vastgenageld zitten kijken naar de scène die zich voor zijn ogen afspeelde. Nu stond hij op en pakte Roberts hand stevig beet. Hij trok de restanten van de foto's uit Roberts krampachtige greep en dwong zijn broer naar hem te luisteren: 'Nu houd je je gemak. Dit is precies wat ze willen, snap je dat niet? Dat we ons tegen elkaar keren zodat ons gezin uit elkaar valt. Maar dat gunnen we ze niet, hoor je me! Wij blijven elkaar steunen. Nu help je mama de foto's bij elkaar te zoeken.'

Roberts woede ebde weg, alsof er een ballon was leeg geprikt. Hij wreef in zijn ogen en keek verschrikt naar de rommel om hem heen. Solveig lag als een grote, zachte bult vertwijfeling op de grond te snikken terwijl er stukjes foto door haar vingers gleden. Haar gehuil was hartverscheurend. Robert ging op zijn hurken naast haar zitten en sloeg een arm om haar heen. Teder streek hij een lok van haar voorhoofd en hielp haar overeind.

'Sorry, moeder, sorry, sorry, sorry. Ik zal je helpen de albums weer in orde te brengen. De foto's die stuk zijn kan ik niet maken, maar het waren er niet veel. Kijk, de mooiste zijn nog heel. Moet je zien hoe mooi je was!'

Hij hield een foto op. Solveig in een zedig badpak met een sjerp waarop MEIKONINGIN 1967 stond. En ze wás mooi. Het gehuil ging over in een haperend gesnuf. Ze pakte de foto van haar zoon aan en er brak op haar gezicht een glimlach door. 'Ja, Robert, ik was mooi, hè?'

'Ja, moeder, dat was je. Het mooiste meisje dat ik ooit heb gezien!'

'Echt waar?'

Ze glimlachte koket en streek hem over het hoofd. Hij hielp haar weer op de keukenstoel.

'Ja, dat vind ik echt. Erewoord.'

Even later was alles opgeraapt en bladerde ze weer gelukkig in de albums. Johan gebaarde met zijn hoofd dat hij Robert wilde spreken. Ze gingen op de stoep voor het huis zitten en staken een sigaret op.

'Shit, Robert, je mag nu niet instorten.'

Robert schraapte met zijn voet over het grind. Hij zei niets. Wat viel er ook te zeggen?

nam een diepe trek en liet de rook genietend tussen zijn lippen weer buiten stromen. 'We mogen ze nu niet in de kaart spelen. Ik meende wat ik binnen zei: we moeten elkaar blijven steunen.'

Robert bleef zwijgen. Hij schaamde zich. Waar hij zijn voet heen en weer had bewogen, was een grote kuil in het grind ontstaan. Hij gooide zijn peuk erin en schopte er zand overheen. Een maatregel die niet echt nodig was, er lagen overal peuken. Na een tijdje keek hij Johan aan.

'Zeg, over dat meisje dat je bij de Västergården zag.' Hij aarzelde. 'Was dat waar?'

Johan nam nog een laatste trek en gooide toen ook zijn peuk op de grond. Zonder zijn broer aan te kijken ging hij staan.

'Natuurlijk is dat waar.' Vervolgens liep hij naar binnen.

Robert bleef zitten. Voor het eerst in zijn leven voelde hij een afgrond tussen hem en zijn broer. Hij kreeg het er Spaans benauwd van.

De middag verliep bedrieglijk rustig. Voordat ze nadere details over Johannes' overblijfselen hadden gehoord, wilde Patrik niets overhaasts doen, dus hij zat min of meer te wachten tot de telefoon zou gaan. Hij voelde zich rusteloos en ging even een praatje met Annika maken.

'Hoe gaat het met jullie?' Zoals altijd keek ze hem over de rand van haar bril aan.

'De warmte maakt het er niet makkelijker op.' Terwijl hij het zei, voelde hij een heerlijk briesje in Annika's kamer. Op haar bureau draaide een grote ventilator en Patrik sloot genietend zijn ogen.

'Waarom heb ik daar niet aan gedacht? Ik heb voor Erica wel een ventilator gekocht, maar waarom niet ook een voor op mijn kantoor? Dat ga ik morgen als eerste doen, dat is een ding dat zeker is.'

'Erica, ja. Hoe gaat het met haar buik? Het zal voor haar wel zwaar zijn in deze warmte.'

'Ja, voordat ik die ventilator had gekocht, werd ze zowat gek van de hitte. Ze slaapt ook slecht en heeft krampen in haar kuiten. Het is voor haar absoluut onmogelijk om op haar buik te liggen. Je weet wel, dat soort dingen.'

'Tja, ik kan niet echt zeggen dat ik dat weet,' zei Annika.

475 Patrik realiseerde zich geschrokken wat hij had gezegd. Annika en haar ~adden geen kinderen en hij had nooit durven vragen waarom niet.

...schien konden ze ze niet krijgen en dan was zijn onbezonnen opmerking een grote blunder. Ze zag dat hij zich geneerde.

'Maak je geen zorgen, we hebben er zelf voor gekozen. We hebben gewoon nooit een verlangen naar kinderen gevoeld. We kunnen al onze liefde aan onze honden kwijt.'

Patrik voelde dat zijn wangen weer kleur kregen. 'Ik was even bang dat ik een enorme bok had geschoten. Maar het is voor ons allebei nu zwaar, al heeft Erica het natuurlijk zwaarder dan ik. Eigenlijk willen we nu beiden het liefst dat het achter de rug is. Bovendien worden we de laatste tijd een beetje overspoeld.'

'Overspoeld?' Annika trok vragend een wenkbrauw op.

'Met familie en kennissen die het een fantastisch idee vinden om in juli naar Fjällbacka te komen.'

'En die wippen ook even bij jullie aan...' zei Annika ironisch. 'Ja, dat is een bekend fenomeen. Toen we ons zomerhuisje net hadden, kregen we met hetzelfde probleem te kampen, tot we het zat waren en tegen alle klaplopers zeiden dat ze konden ophoepelen. Daarna bleven ze weg, en je merkt vrijwel meteen dat je de meesten niet mist. Echte vrienden komen ook in november, de rest kun je missen als kiespijn.'

'Helemaal mee eens,' zei Patrik, 'maar dat is makkelijker gezegd dan gedaan. Erica heeft de eerste groep die kwam er weliswaar uitgegooid, maar nu hebben we een tweede invasie tegen wie we gastvrij moeten zijn. En die arme Erica moet ze de hele dag maar bedienen.' Hij zuchtte.

'Wees dan een man en doe er wat aan.'

'Ik?' Patrik keek Annika gekwetst aan.

'Ja, als Erica helemaal gestrest raakt terwijl jij hier nergens last van hebt, moet je misschien met je vuist op tafel slaan en ervoor zorgen dat zij het rustig aan kan doen. Het is vast niet makkelijk voor haar. Ze had tenslotte eerst haar eigen carrière en nu zit ze de hele dag te navelstaren terwijl jouw leventje gewoon doorgaat.'

'Zo had ik het nog niet bekeken,' zei Patrik schaapachtig.

'Nee, dat dacht ik wel. Gooi dat bezoek vanavond dus de deur uit, ook al lijkt dat nog zo onbeleefd. En daarna ga je de aanstaande moeder lekker verwennen. Heb je het er weleens met haar over gehad hoe het voor haar is om

... nele dag thuis te zitten? Ik neem aan dat ze met deze hitte de deur nauwelijks uit komt en dan is ze dus eigenlijk aan huis gekluisterd.'

'Ja.' Nu fluisterde Patrik. Het was alsof er een stoomwals over hem heen was gedenderd. Zijn keel was dik van angst. Je hoefde geen genie te zijn om te beseffen dat Annika gelijk had. Hij had niet verder gekeken dan zijn neus lang was en was helemaal opgegaan in het onderzoek, waardoor hij er geen minuut bij had stilgestaan hoe het voor Erica moest zijn. Hij had gewoon gedacht dat het fijn voor haar was dat ze vakantie had en zich op de zwangerschap kon concentreren. Wat hem zo in verlegenheid bracht, was dat hij eigenlijk wel beter wist. Hij wist dat het belangrijk voor Erica was om met iets zinvols bezig te zijn en dat het haar niet lag om niets om handen te hebben. Maar het was hem wel goed uitgekomen om zichzelf voor de gek te houden.

'Dus... misschien moet je vandaag maar eens wat eerder naar huis om voor je vriendin te zorgen?'

'Maar ik wacht op een telefoontje,' kwam er automatisch uit Patriks mond. Annika's blik maakte hem duidelijk dat dat het verkeerde antwoord was.

'Je bedoelt dat je mobieltje het alleen op het bureau doet? Een beetje een beperkt bereik voor een mobieltje, vind je ook niet?'

'Ja,' piepte Patrik gekweld. Hij sprong op van de stoel. 'Oké, dan ga ik nu naar huis. Wil jij eventuele gesprekken naar me doorverbinden?'

Annika keek hem aan alsof hij achterlijk was en hij liep achteruit de kamer uit. Als hij een pet had gehad, zou hij die in zijn hand hebben genomen en hebben gebogen...

Maar door onvoorziene gebeurtenissen duurde het toch nog een uur voor hij echt wegging.

Ernst stond zich te verlekkeren aan de koffiebroodjes van Hedemyrs. Aanvankelijk had hij naar de bakker willen gaan, maar de lange rij had hem van gedachten doen veranderen.

Terwijl hij probeerde te kiezen tussen kaneelbolletjes en kokosmakronen, werd zijn aandacht getrokken door een verschrikkelijk lawaai op een hogere verdieping. Hij legde de koeken weg om een kijkje te gaan nemen. De winkel bestond uit drie etages. Op de begane grond waren een restaurant, een kiosk en een boekwinkel gevestigd, op de eerste verdieping kon je specerijen kopen en daarboven had je kleding, schoenen en geschenkartikelen. Bij de kassa stonden twee vrouwen aan een handtas te rukken. De ene vrouw droeg een naamkaartje dat erop duidde dat ze tot het personeel behoorde, terwijl de andere vrouw zó uit een Russische lowbudgetfilm kon zijn gestapt: een minirok, netkousen, een hemdje dat op de tienerafdeling leek te zijn gekocht en zoveel make-up dat ze op een staalkaart leek.

'No, no, my bag!' schreeuwde de vrouw schel in gebroken Engels.

'I saw you took something,' antwoordde de winkeljuffrouw, ook in gebroken Engels, maar met een duidelijk Zweeds accent. Ze leek opgelucht toen ze Ernst zag.

'Godzijdank, pak deze vrouw op. Ik heb gezien dat ze allerlei spullen in haar tas stopte en er doodleuk mee vandoor wilde gaan.'

Ernst aarzelde geen seconde. Met twee grote passen was hij bij hen en hij pakte de vermeende winkeldievegge bij de arm. Omdat hij geen Engels sprak, nam hij niet de moeite haar vragen te stellen. In plaats daarvan trok hij de grote handtas bruusk uit haar handen en gooide zonder pardon de inhoud op de grond. Er rolde van alles uit: een föhn, een scheerapparaat, een elektrische tandenborstel en, om de een of andere onduidelijke reden, een aardewerken varken met een bloemenkrans op zijn kop.

'Wat hebt u hierop te zeggen?' vroeg Ernst in het Zweeds. De winkeljuffrouw vertaalde het.

De vrouw schudde alleen haar hoofd en probeerde te doen alsof haar neus bloedde. Ze zei: 'I know nothing. Speak to my boyfriend, he will fix this. He is boss of the police!'

'Wat zegt dat mens?' snauwde Ernst. Het ergerde hem dat hij een vrouw nodig had om de buitenlandse te kunnen verstaan.

'Ze zegt dat ze van niets weet. En dat jullie met haar vriendje moeten gaan praten. Ze zegt dat hij het hoofd van de politie is?' De winkeljuffrouw keek verbluft van Ernst naar de vrouw, die nu een superieure glimlach op haar gezicht toverde.

'O, ze mag zeker met de politie praten. Dan zullen we eens zien of ze blijft volhouden dat haar vriendje daar hoofd is. Misschien kom je daar in Rusland mee weg, of waar je ook maar vandaan komt, maar hier gaat die vlieger niet op, dame!' schreeuwde Ernst met zijn gezicht vlak voor het hare. Ze begreep geen woord van wat hij zei, maar keek voor het eerst een beetje onzeker.

Ernst trok haar ruw met zich mee de winkel uit en stak de straat over naar het politiebureau. Hij sleurde de vrouw op haar hoge hakken bijna achter zich aan en de auto's minderden vaart om het spektakel te bekijken. Annika zette grote ogen op toen het tweetal langs de receptie stoof.

'Mellberg!' Ernst riep zo luid dat het door de gang echode. Patrik, Martin en Gösta staken alle drie hun hoofd om de deur om te zien wat er aan de hand was. Ernst riep nog een keer in de richting van Mellbergs kantoor. 'Mellberg, je moet komen. Ik heb je verloofde hier!' Inwendig moest hij grinniken, nu zou ze flink op haar bek gaan. Het was onrustbarend stil in Bertils kamer en Ernst begon zich af te vragen of Bertil was vertrokken terwijl hij dat boodschapje was gaan doen. 'Mellberg?' riep hij voor de derde keer, nu iets minder enthousiast over zijn plan om de vrouw haar woorden te laten inslikken. Ernst moest een heel lange minuut wachten terwijl hij de vrouw stevig vasthield en iedereen hem met grote ogen aankeek. Pas toen kwam Mellberg uit zijn kantoor. Naar de grond kijkend besefte Ernst met een klomp in zijn maag dat dit niet zo mooi zou aflopen als hij had gedacht.

'Beeertil!' De vrouw rukte zich los en holde naar Mellberg toe. Die verstijfde in zijn beweging als een hert in een koplamp. Omdat ze twintig centimeter langer was dan hij, zag het er op zijn zachtst gezegd komisch uit toen ze hem tegen zich aan drukte. Ernsts mond viel open. Hij kon wel door de grond zakken en besloot meteen zijn ontslagaanvraag te schrijven. Vóórdat hij ontslagen wérd. Ontzet besefte hij dat jaren van doelbewust slijmen door één ongelukkige handeling teniet waren gedaan.

De vrouw liet Mellberg los. Ze draaide zich om en wees beschuldigend naar Ernst, die schaapachtig haar handtas vasthield.

'This brutal man put his hands on me! He say I steal! O, Bertil, you must help your poor Irina!'

Onhandig klopte Mellberg haar op de schouder. Om dat te kunnen doen moest hij zijn hand ongeveer ter hoogte van zijn eigen neus brengen. 'You go home, Irina, okay? To house. I come later. Okay?'

Zijn Engels kon je in het gunstigste geval haperend noemen, maar ze begreep wat hij zei en vond het niet leuk.

'No Bertil. I stay here. You talk to that man, and I stay here and see you work, okay?'

Hij schudde gedecideerd zijn hoofd en schoof haar met milde dwang voor zich uit. Ze draaide zich ongerust om en zei: 'But Bertil, honey, Irina not steal, okay?'

Ze wierp nog een laatste gemeen triomfantelijke blik naar Ernst en paradeerde vervolgens op haar hoge hakken naar buiten. Ernst staarde nog steeds naar de grond en durfde Mellberg niet aan te kijken.

'Lundgren! In mijn kantoor!'

In Ernsts oren klonk het alsof de dag des oordeels was aangebroken. Hij sjokte achter Mellberg aan. De anderen keken nog steeds om hun deur, met open mond. Nu begrepen ze in elk geval waar de stemmingswisselingen vandaan waren gekomen.

'Vertel maar wat er is gebeurd,' zei Mellberg.

Ernst knikte mat. Het zweet stond hem op het voorhoofd, maar deze keer kwam het niet door de warmte.

Hij vertelde dat hij bij Hedemyrs tumult had gehoord en de vrouw en de winkeljuffrouw aan een tas had zien trekken. Met bibberende stem vertelde hij ook dat hij de inhoud van de tas op de grond had gegooid en dat er diverse spullen in hadden gezeten die niet waren betaald. Toen hield hij zijn mond en wachtte op het vonnis. Tot zijn verbazing leunde Mellberg met een diepe zucht achterover in zijn stoel.

'Ja, ik heb me een hoop ellende op de hals gehaald.' Hij aarzelde even. Toen boog hij voorover, trok een la open en pakte er iets uit wat hij Ernst over de tafel toeschoof.

'Dit is wat ik had verwacht. Pagina drie.'

Nieuwsgierig pakte Ernst het boekwerk dat eruitzag als een jaarboek, en bladerde naar pagina drie. De bladzijden stonden vol foto's van vrouwen met een kort stukje over hun lengte en gewicht, de kleur van hun ogen en hun hobby's. Hij besefte opeens wat Irina was. Een postorderbruidje. Maar de gelijkenis tussen de echte Irina enerzijds en het portret en de informatie in de catalogus anderzijds was niet groot. Ze had er in het boekje minstens tien jaar, tien kilo en een kilo aan make-up van afgetrokken. Op de foto was ze mooi en onschuldig en glimlachte breed naar de camera. Ernst keek naar het portret en vervolgens naar Mellberg, die zijn armen spreidde: 'Je ziet het, dát had ik verwacht. We hebben een jaar lang met elkaar gecorrespondeerd en ik kon bijna niet wachten tot ze hier was.' Hij knikte naar de catalogus op Ernsts schoot. 'En toen kwam ze.' Hij zuchtte. 'Het was een koude douche, dat kan ik je wel vertellen. En het ging meteen van: "Bertil, liefste, koop dit, koop dat." Ik heb haar zelfs in mijn portemonnee zien snuffelen toen ze dacht dat ik niet keek. Verdomme, wat een ellende.'

Hij streek over het nest op zijn hoofd, en het viel Ernst op dat de Mellberg die onlangs nog zoveel zorg aan zijn uiterlijk had besteed, was verdwenen. Zijn overhemd zat weer onder de vlekken en de transpiratieplekken onder zijn armen waren als theeschoteltjes zo groot. Op de een of andere manier was dat geruststellend; alles was weer bij het oude.

'Ik vertrouw erop dat je hier niet met de anderen over praat.'

Mellberg dreigde met zijn vinger en Ernst schudde fanatiek zijn hoofd. Hij zou er met geen woord over reppen. Hij voelde zich opgelucht, hij zou ondanks alles niet ontslagen worden.

'Kunnen we dit incidentje dan vergeten? Ik handel het verder af. Ze gaat met het eerste het beste vliegtuig naar huis terug.'

Ernst stond op en liep buigend de kamer uit.

'En je kunt de mensen op de gang zeggen dat ze moeten ophouden met smiespelen en aan het werk moeten gaan.'

Ernst glimlachte breed toen hij de barse stem van Mellberg hoorde. Zijn baas zat weer vast in het zadel.

Als hij al had getwijfeld aan de waarheid van Annika's woorden, dan verdween dat gevoel zodra hij binnen was. Erica wierp zich in zijn armen en hij zag de vermoeidheid als een sluier over haar gezicht liggen. Zijn slechte geweten knaagde opnieuw aan hem. Hij had beter moeten opletten, Erica's gemoedstoestand beter in de gaten moeten houden. In plaats daarvan had hij zich nog meer op zijn werk gestort dan anders, en haar zonder een zinnige bezigheid tussen de vier muren van het huis heen en weer laten banjeren.

'Waar zijn ze?' vroeg hij.

'In de tuin,' fluisterde Erica terug. 'O, Patrik, ik houd het niet vol als ze hier nog een dag blijven. Ze hebben de hele dag op hun gat gezeten en verwachtten dat ik wel voor ze zou zorgen. Ik breng het niet langer op.'

Ze stortte in zijn armen in elkaar en hij streek haar over het hoofd. 'Maak je geen zorgen, ik handel dit wel af. Het spijt me, ik had de afgelopen week niet zoveel moeten werken.'

'Je hebt me gevraagd of ik dat erg vond en ik heb nee gezegd. En je had ook geen keuze,' mompelde Erica tegen zijn overhemd.

Ondanks zijn slechte geweten was hij geneigd met haar woorden in te stemmen. Wat had hij anders kunnen doen, nu er een meisje was verdwenen dat waarschijnlijk ergens gevangen werd gehouden. Maar tegelijkertijd moest hij prioriteit geven aan Erica, aan haar gezondheid en die van hun kind.

'Er werken meer mensen op het politiebureau. Ik kan een aantal dingen delegeren. Maar eerst gaan we dit acute probleem oplossen.'

Hij maakte zich los uit Erica's omhelzing, haalde diep adem en liep naar de tuin. 'Hallo, hebben jullie een leuke dag gehad?'

Jörgen en Madeleine draaiden hun neonkleurige neuzen in zijn richting en knikten blij. Ja, ik geloof graag dat jullie een leuke dag hebben gehad, dacht Patrik ironisch. Er is de hele dag voor jullie gezorgd en jullie denken dat dit een hotel is.

'Zeg, ik heb een beetje rond gebeld en jullie dilemma is opgelost. Er zijn kamers vrij in het Storahotel omdat er zoveel mensen uit Fjällbacka zijn vertrokken. Maar ik heb ook begrepen dat jullie budget wat krap is, dus dat is misschien geen optie?'

Jörgen en Madeleine, die er even ongerust uit hadden gezien, schudden enthousiast hun hoofd. Nee, dat was geen optie.

'Maar,' zei Patrik en hij zag tot zijn tevredenheid dat er weer een bezorgde rimpel op hun voorhoofden verscheen, 'ik heb ook naar de jeugdherberg op Valö gebeld en stel je voor – zij hebben ook nog plek! Een goede keuze! Goedkoop, schoon en mooi. Beter kan niet.'

Hij sloeg zijn handen overdreven genietend in elkaar en was de tegenwerpingen die hij op de lippen van zijn gasten zag voor: 'Jullie kunnen nu maar beter meteen gaan pakken, want de boot vertrekt over een uur vanaf het Ingrid Bergmanstorg.'

Jörgen wilde iets zeggen, maar Patrik hief afwerend zijn handen op. 'Nee, nee, je hoeft me niet te bedanken, het was absoluut geen moeite. Ik heb maar een paar telefoontjes hoeven plegen.'

Grijnzend liep hij naar de keuken, waar Erica door het raam stiekem had meegeluisterd. Ze gaven elkaar een high five en moesten hun best doen om niet te giechelen.

'Schitterend,' fluisterde Erica bewonderend. 'Ik wist niet dat ik samenwoonde met een machiavellist van meester-formaat!'

'Er is veel wat je niet van mij weet, lieverd,' zei Patrik. 'Ik ben een zeer complex man, snap je...'

'Je zegt het. Ik dacht altijd dat jij zo'n simpele ziel was,' glimlachte ze plagend.

'Als die dikke buik van jou niet in de weg had gezeten, had ik je laten zien hoe simpel ik ben,' flirtte Patrik en hij voelde hoe de spanning wegebde terwijl ze liefdevol harrewarden.

Hij werd ernstig. 'Heb je nog wat van Anna gehoord?'

Erica's glimlach verdween. 'Nee, geen woord. Ik ben nog bij de steiger gaan kijken, maar ze lagen er niet meer.'

'Is ze naar huis gegaan, denk je?'

'Ik weet het niet. Of ze zijn verder langs de kust gezeild. Maar weet je, ik kan me er eigenlijk niet druk om maken. Ik ben haar prikkelbaarheid zo zat, als ik iets verkeerds zeg is ze meteen chagrijnig.'

Erica zuchtte en wilde nog iets zeggen, maar werd onderbroken door Jörgen en Madeleine die geïrriteerd langsliepen om hun spullen te gaan pakken.

Even later, nadat Patrik de onwillige vakantiegangers naar de boot richting Valö had gebracht, gingen ze op de veranda zitten om van de stilte te genieten. Omdat Patrik Erica graag wilde vertroetelen en nog steeds het gevoel had dat hij iets goed moest maken, masseerde hij haar gezwollen voeten en kuiten en ze zuchtte van genot. De gedachte aan de vermoorde meisjes en de verdwenen Jenny Möller duwde hij ver, ver weg. Af en toe moest zijn geest rust krijgen.

Het telefoontje kwam de volgende ochtend. Patrik had besloten wat beter voor zijn vriendin te zorgen en was daarom wat langer thuis gebleven. Ze zaten in alle rust in de tuin te ontbijten, toen Pedersen belde. Met een verontschuldigende blik naar Erica stond Patrik van tafel op en ze gebaarde glimlachend dat het oké was. Ze leek al weer een stuk tevredener.

'En, heb je iets interessants gevonden?' vroeg Patrik.

'Ja, dat kun je wel stellen. Laten we beginnen met de doodsoorzaak van Johannes Hult. Mijn eerste waarneming klopte helemaal. Hij heeft zich niet opgehangen. Als jij zegt dat hij op de grond is gevonden met een touw om zijn nek, dan is dat touw eromheen gelegd toen hij al dood was. De doodsoorzaak is een krachtige slag tegen zijn achterhoofd met een hard voorwerp. Dat was niet stomp, het had een scherpe rand. Zijn kaak is verbrijzeld, wat erop kan wijzen dat hij van voren ook een klap heeft gehad.'

'Dus het lijdt geen twijfel dat hij is vermoord?' Patrik klemde de hoorn stevig vast.

'Nee, dat letsel kan hij onmogelijk zelf hebben veroorzaakt.'

'En hoe lang was hij al dood?'

'Dat is moeilijk te zeggen, hij heeft lang in de grond gelegen. Ik gok dat het tijdstip vrij nauwkeurig overeenkomt met het moment waarop ze dachten dat hij zich had opgehangen. Dus hij is daar niet naderhand neergelegd, als je dat bedoelt,' zei Pedersen lichtelijk geamuseerd.

Het was even stil terwijl Patrik over Pedersens woorden nadacht. Opeens viel hem iets in: 'Je zei net dat je nog iets had gevonden toen je Johannes onderzocht. Wat is dat?'

'Tja, dat zullen jullie pas echt leuk vinden. We hebben hier een tijdelijke kracht die meer dan precies te werk gaat en zij is op het idee gekomen om DNA-monsters van Johannes te nemen nu hij toch boven de grond is om het zo maar te zeggen, en die te vergelijken met het sperma dat we bij Tanja Schmidt hebben gevonden.'

'En?' Patrik hoorde zelf hoe zwaar en vol verwachting zijn ademhaling was.

'En verdomme, er is een verwantschap! Degene die Tanja Schmidt heeft vermoord, is zonder meer familie van Johannes Hult.'

Patrik had de correcte Pedersen nog nooit horen vloeken, maar nu was hij geneigd met diens krachtterm in te stemmen. Verdomme! Toen hij zich had vermand, zei hij: 'Kunnen jullie zien hoe ze verwant zijn?' Zijn hart bonkte.

'Ja, dat zijn we nu aan het bekijken. Maar daar hebben we meer referentiemateriaal voor nodig, dus nu is het jouw taak om bloedmonsters af te nemen van alle bekende familieleden van Johannes.'

'Allemaal?' vroeg Patrik en hij werd moe alleen al bij de gedachte aan de reactie van de clan op deze inbreuk van hun privacy.

Hij bedankte voor de informatie en liep terug naar de ontbijttafel, waar Erica in een witte nachtpon met haar bollende vormen en losse haren net een madonna leek. Ze benam hem nog altijd de adem.

'Ga maar.' Ze gebaarde weer dat het oké was dat hij wegging en hij gaf haar dankbaar een zoen op haar wang.

'Heb jij plannen voor vandaag?' vroeg hij.

'Eén voordeel van veeleisende gasten is dat je daarna heel erg kunt genieten van een dagje luieren. Ik heb met andere woorden besloten vandaag helemaal niks te doen. Buiten liggen lezen en wat lekkers eten.'

'Dat klinkt als een goed plan. Ik zorg ervoor dat ik vandaag ook vroeg thuis ben. Uiterlijk om vier uur, dat beloof ik je.'

'Doe gewoon je best. Ik zie je wel verschijnen. Ga nu maar, ik zie dat je staat te trappelen van ongeduld.'

Dat hoefde ze niet nog keer te zeggen. Hij haastte zich naar het politiebureau.

Toen hij daar twintig minuten later aankwam, zaten de anderen in de koffiekamer koffie te drinken. Schuldbewust besefte hij dat het later was geworden dan hij had gepland.

'Hoi Hedström, ben je vandaag vergeten de wekker te zetten?' Ernst, die na de gebeurtenissen van de vorige dag weer geheel vol zelfvertrouwen was, klonk zo zelfgenoegzaam als hij maar durfde.

'Tja, ik heb mijn vele overuren een beetje gecompenseerd. En ik moet ook voor mijn vriendin zorgen,' zei Patrik met een knipoog naar Annika, die haar plek achter de receptie even was ontvlucht.

'Ja, dat zullen dan wel de privileges van de chef zijn, neem ik aan, om uit te slapen als je er zin in hebt,' kon Ernst niet nalaten te zeggen.

'Ik ben weliswaar verantwoordelijk voor dit onderzoek, maar ik ben geen chef,' zei Patrik vriendelijk. De blikken die Annika Ernst toewierp waren minder mild.

Patrik ging verder: 'En als leider van dit onderzoek heb ik nieuws – en een nieuwe taak.'

Hij vertelde wat Pedersen had gezegd en even was de stemming in de koffiekamer van het politiebureau in Tanumshede triomfantelijk.

'Dan hebben we het aantal mogelijke daders snel beperkt tot vier,' zei Gösta. 'Johan, Robert, Jacob en Gabriël.'

'Vergeet niet waar Tanja voor het laatst is gezien,' zei Martin.

'Volgens Johan, ja,' hielp Ernst hem herinneren. 'Vergeet niet dat Johan dat zegt. Persoonlijk zou ik graag eerst een betrouwbaarder getuige zien.'

'Ja, maar Linda heeft ook iemand gezien toen ze die avond daar waren...'

Patrik onderbrak de discussie tussen Ernst en Martin. 'Het maakt niet uit hoe dat zit, zodra we het DNA van de hele familie Hult hebben, hoeven we niet langer te speculeren. Dan weten we het. Ik heb onderweg al gebeld om de vereiste toestemming te krijgen. Iedereen weet waarom het haast heeft, dus ik verwacht elk moment groen licht van het Openbaar Ministerie te krijgen.'

Hij schonk een kop koffie in en ging bij de anderen zitten. Hij legde zijn mobiele telefoon op tafel en niemand kon nalaten ernaar te gluren.

'Wat vonden jullie van dat spektakel gisteren?' Ernst grinnikte. Zijn belofte om niet verder te vertellen wat Mellberg hem had toevertrouwd, was hij alweer vergeten. Iedereen had ondertussen al over het postorderbruidje van Mellberg gehoord, het was de grootste roddel in jaren en die zou buiten gehoorsafstand van de chef nog een hele tijd worden uitgemolken.

'Shit, man,' lachte Gösta. 'Als je zo wanhopig bent dat je een vrouw uit een catalogus moet bestellen, dan is het je eigen stomme schuld.'

'Wat zal hij op zijn neus hebben gekeken toen hij haar van het vliegveld haalde en besefte dat hij op z'n zachtst gezegd bedrogen uitkwam.' Annika lachte hartelijk. Lachen om andermans ellende voelde niet zo verschrikkelijk als die ander Mellberg was.

'Ik moet wel zeggen dat ze niet op haar lauweren rustte. Linea recta naar de winkel om haar hele tas vol te laden. Ze leek ook niet erg kieskeurig te zijn in wat ze meenam, als er maar een prijskaartje aan hing...' schaterde Ernst. 'Over stelen gesproken, snappen jullie hier wat van? Die ouwe Persson, bij wie Gösta en ik gisteren op bezoek waren, vertelde dat de een of andere idioot kunstmest van hem jatte. Telkens als hij een bestelling had gedaan, werden er een paar zakken meegenomen. Snap jij nou dat mensen zo gierig zijn dat ze zakken mest stelen? Het is duur spul, dat wel, maar toch...' Hij sloeg zich op de knieën. 'Potjandorie,' zei hij en hij moest de tranen uit zijn ogen vegen. Toen besefte hij dat het in de koffiekamer doodstil was geworden.

'Wát zei je?' zei Patrik met een onheilspellende stem. Ernst had die stem eerder gehoord, nog maar een paar dagen geleden, en hij wist dat hij weer een stommiteit had begaan.

'Ja, hij zei dat iemand zakken mest van hem stal.'

'En hoewel de Västergården de dichtstbijzijnde boerderij is, drong het niet tot je door dat dit belangrijke informatie kon zijn?'

Patriks stem was zo koud dat Ernst er kippenvel van kreeg. Patrik keek Gösta aan. 'Heb jij dat gehoord, Gösta?'

'Nee, de boer moet dat hebben verteld toen ik naar de wc was.' Hij keek Ernst nijdig aan.

'Ik heb er niet aan gedacht,' zei Ernst drenzerig. 'Je kunt toch ook niet alles onthouden.'

'Dat moet je juist wel, verdorie. We komen hier een andere keer nog wel op terug. De vraag is nu wat dit voor ons betekent.'

Martin stak zijn hand op alsof hij op school zat. 'Ben ik de enige die vindt dat er steeds meer in de richting van Jacob wijst?' Niemand gaf antwoord, dus lichtte hij zijn vraag toe. 'In de eerste plaats is er een getuigenverklaring, zij het van een dubieuze bron, waaruit blijkt dat Tanja vóór haar verdwijning op de Västergården was. In de tweede plaats duidt het DNA op Tanja's lichaam op een familielid van Johannes, en in de derde plaats zijn er zakken mest gestolen van een boerderij die naast de Västergården ligt. Ik vind dat in elk geval voldoende om Jacob op te halen voor een gesprek. Ondertussen kunnen we dan ook wat op zijn erf rondneuzen.'

Het bleef stil, dus vervolgde Martin zijn argumentatie. 'Zoals je zelf al zei, Patrik, het heeft haast. We hebben niets te verliezen als we daar een beetje rondkijken en Jacob de duimschroeven aandraaien. We hebben alleen iets te verliezen als we niets doen. Natuurlijk, we weten meer als we ze allemaal hebben getest en hun DNA hebben vergeleken, maar we kunnen tot die tijd geen duimen gaan draaien! We moeten iets ondernemen!'

Ten slotte nam Patrik het woord: 'Martin heeft gelijk. We hebben voldoende om een gesprek met hem de moeite waard te maken, en het kan geen kwaad om ook een kijkje te nemen op de Västergården. We doen het zo: Gösta en ik halen Jacob op. Martin, jij neemt contact op met de politie in Uddevalla en vraagt om versterking voor een huiszoeking. Vraag Mellberg om hulp bij het regelen van de toestemming, en zorg ervoor dat je niet alleen in de woning mag kijken, maar ook in de andere gebouwen. Zo nodig brengen we allemaal verslag uit aan Annika. Oké? Zijn er nog vragen?'

'Ja, hoe doen we het met die bloedmonsters?' vroeg Martin.

'O shit, die was ik vergeten. We zouden ons moeten kunnen klonen.' Patrik dacht even na. 'Martin, kun jij dat ook regelen als je hulp krijgt van Uddevalla?' Martin knikte. 'Mooi, neem iemand van de dokterspost in Fjäll-backa mee om het bloed af te nemen. En zorg er in godsnaam voor dat het correct gelabeld als de wiedeweerga naar Pedersen wordt gebracht. Oké, dan gaan we. En vergeet niet waarom dit haast heeft.'

'Wat moet ik doen?' Ernst zag een kans om weer in genade te vallen.

'Jij blijft hier,' zei Patrik zonder er verder woorden aan vuil te maken.

Ernst mopperde, maar wist dat hij zich gedeisd moest houden. Hij moest toch echt een keer met Mellberg gaan praten als alles achter de rug was. Zo erg was het toch niet. Hij was ook maar een mens!

Marita's hart zwol op. De openluchtdienst was net zo mooi als anders en haar Jacob vormde het middelpunt. Rechtop, sterk en met vaste stem verkondigde hij Gods woord. Er waren veel mensen gekomen. Naast de meeste bewoners van de boerderij – sommigen hadden het licht nog niet gezien en geweigerd mee te gaan – zaten er een stuk of honderd trouwe aanhangers in het gras en ze hadden hun ogen op Jacob gericht, die op zijn vaste plek stond, op de rots met zijn rug naar het meer. Rondom stonden de bomen hoog en dicht, ze gaven schaduw in de hitte en ritselden ter begeleiding van Jacobs melodieuze stem. Soms kon ze haar geluk nauwelijks bevatten. Dat de man naar wie iedereen vol bewondering keek, haar had uitverkoren!

Toen ze Jacob voor het eerst ontmoette, was ze nog maar zeventien. Jacob was drieëntwintig en had toen al de naam een sterke man in de gemeente te zijn. Gedeeltelijk had hij dat te danken aan zijn grootvader, wiens faam op hem afstraalde, maar het kwam ook door zijn eigen uitstraling. Mildheid en kracht vormden de ongewone combinatie die hem een charisma gaf dat niemand kon ontgaan. Haar ouders, en zij dus ook, waren al lang lid van de gemeente en ze misten nooit een dienst. Ze was opgewonden toen ze Jacobs eerste dienst bezocht, alsof ze voorvoelde dat er iets groots ging gebeuren. En dat was ook zo. Ze kon haar ogen niet van hem afhouden en hing aan zijn lippen toen Gods woorden als water naar buiten stroomden. Toen zijn blik de hare ontmoette, bad ze tot God. Koortsachtig, verzoekend, smekend. Zij, die had geleerd dat je God nooit iets voor jezelf mocht vragen, bad om zoiets werelds als een man. En ze kon er niet meer mee ophouden. Hoewel ze het vagevuur in zich voelde branden, likkend aan de zondares, bleef ze verhit bidden en ze hield pas op toen ze wist dat hij met genoegen naar haar keek.

Eigenlijk begreep ze niet echt waarom Jacob juist met haar had willen trouwen. Ze wist dat ze een alledaags uiterlijk had en stil en ingetogen was. Maar hij had zijn zinnen op haar gezet en op de dag van hun huwelijk beloofde ze zichzelf er nooit over te piekeren en nooit aan de wil van God te twijfelen. Die had hen beiden kennelijk in de menigte zien staan en gezien dat het goed was, en dat moest voor haar genoeg zijn. Misschien had een sterke man als Jacob een zwakke partner nodig om niet ten onder te gaan aan weerstand. Wat wist ze ervan?

De kinderen bewogen onrustig op de grond heen en weer. Marita siste streng dat ze stil moesten zijn. Ze wist dat ze graag wilden hollen en spelen, maar daar was later tijd voor, nu moesten ze luisteren naar hun vader die Gods woord verkondigde.

'Als we met moeilijkheden worden geconfronteerd, wordt ons geloof op de proef gesteld. Tegelijk wordt het gesterkt. Zonder weerstand verzwakt het geloof en dan worden we voldaan en laks. We vergeten waarom we ons voor onze innerlijke leiding tot God moeten richten. En weldra zijn we op dwaalwegen beland. Ik heb de laatste tijd zelf een aantal beproevingen moeten doorstaan, zoals jullie weten. Mijn familie ook. Kwade krachten testen ons in ons geloof. Maar dat is gedoemd te mislukken, want mijn geloof is alleen maar sterker geworden. Het is zo gegroeid dat de macht van het kwaad mij niet meer kan bereiken. Ere zij God, die mij die kracht geeft!'

Hij strekte zijn handen naar de hemel en de verzamelde schare riep: 'Halleluja!' Hun gezichten glommen van vreugde en overtuiging. Marita hief haar handen ook ten hemel en dankte de Heer. Jacobs woorden deden haar de moeilijkheden van de afgelopen weken vergeten. Ze vertrouwde hem en ze vertrouwde de Heer. Zolang ze samen waren, zou niets hen kunnen raken.

Toen Jacob even later de dienst beëindigde, verzamelde zich een grote groep mensen om hem heen. Iedereen wilde hem de hand schudden om hem te bedanken en steun te betuigen. Iedereen leek de behoefte te hebben hem aan te raken, deelgenoot te worden van zijn rust en overtuiging. Iedereen wilde een stukje van hem hebben. Marita hield zich op de achtergrond, zich er triomfantelijk van bewust dat Jacob van haar was. Soms vroeg ze zich schuldbewust af of het zondig was dat ze de begeerte voelde haar man te bezitten en elke vezel van hem voor zichzelf te houden, maar ze wuifde die gedachten altijd weg. Het was duidelijk Gods wil dat ze samen waren en dan kon het niet fout zijn.

Toen de schare zich verspreidde, nam ze de kinderen bij de hand en liep naar Jacob toe. Ze kende hem zo goed. Ze zag dat wat hem tijdens de dienst had vervuld, nu wegebde en plaatsmaakte voor vermoeidheid.

'Kom, laten we naar huis gaan, Jacob.'

'Nog niet, Marita. Ik moet nog wat doen.'

'Er is niets dat je niet morgen kunt doen. Ik neem je nu mee naar huis, dan kun je uitrusten, ik zie dat je moe bent.'

Hij glimlachte en pakte haar hand. 'Je hebt zoals altijd gelijk, mijn verstandige vrouw. Ik haal mijn spullen van kantoor op en dan gaan we.'

Ze liepen in de richting van het huis toen twee mannen hen tegemoetkwamen. In eerste instantie zagen ze niet wie het waren omdat de zon recht in hun ogen scheen, maar toen ze elkaar naderden, ontsnapte aan Jacob een geïrriteerde zucht.

'Wat willen jullie nu weer?'

Marita keek vragend van Jacob naar de mannen en weer terug, tot ze uit Jacobs toon concludeerde dat het politieagenten waren. Haar blik vulde zich met haat. Ze hadden Jacob en de familie de afgelopen tijd zoveel last bezorgd.

'We willen graag met je praten, Jacob.'

'Wat valt er na gisteren in vredesnaam nog te zeggen?' Hij zuchtte. 'Oké, ik kan het ook maar beter achter de rug hebben. We gaan naar mijn kantoor.'

De agenten bleven staan. Ze keken gegeneerd naar de kinderen en Marita begon onraad te ruiken. Instinctief trok ze de kinderen tegen zich aan.

'Niet hier. We willen op het bureau met je praten.'

De jongste agent had het woord gedaan, de oudste stond Jacob alleen maar ernstig aan te kijken. De schrik sloeg Marita om het hart. De macht van het kwaad naderde waarlijk, precies zoals Jacob in zijn preek had gezegd.

Zomer 1979

Ze wist dat het andere meisje was overleden. Vanuit haar hoekje in het donker hoorde ze een laatste zucht aan haar lippen ontsnappen en met gevouwen handen bad ze ijverig dat God haar kameraad in de nood tot zich zou nemen. In zekere zin was ze jaloers op haar. Jaloers, omdat zij niet meer hoefde te lijden.

Het meisje was hier al geweest toen zij in de hel belandde. De angst had haar aanvankelijk verlamd, maar de armen van het meisje en haar warme lichaam hadden haar een merkwaardig gevoel van veiligheid gegeven. Toch was ze niet altijd aardig geweest. De strijd om te overleven had hen samengebracht maar ook uiteengedreven. Zelf was ze blijven hopen. Dat gold niet voor de ander en ze wist dat ze haar daarom soms had gehaat. Maar hoe kon ze alle hoop laten varen? Ze had haar hele leven geleerd dat er voor elke onmogelijke situatie een oplossing bestond, en waarom zou dat nu anders zijn? Ze zag de gezichten van haar vader en moeder voor zich en was ervan overtuigd dat die haar binnenkort zouden vinden.

Het arme kind. Zij had niets gehad. Zodra ze haar warme lichaam in de duisternis had gevoeld, had ze geweten wie ze was, maar ze hadden in hun leven boven de grond nooit met elkaar gesproken en waren stilzwijgend overeengekomen elkaar nooit bij de naam te noemen. Dat leek te veel op een normale situatie en die last kon geen van beiden dragen. Maar ze had wel over haar dochter verteld. Het was de enige keer dat haar stem levendig klonk.

Haar handen vouwen en bidden voor degene die nu was gestorven, had een bijna bovenmenselijke inspanning gevergd. Haar armen gehoorzaamden haar niet, maar door haar laatste krachten te bundelen, was ze uit pure wil in staat geweest haar weerspannige handen bijeen te brengen in iets wat op een daad van gebed leek.

Geduldig lag ze met haar pijn in het donker te wachten. Nu was het alleen nog een kwestie van tijd voor ze haar vonden, haar vader en moeder. Nog even...

Geïrriteerd zei Jacob: 'Ja, ik ga wel mee naar het politiebureau. Maar daarna moet het afgelopen zijn! Horen jullie me!'

Vanuit haar ooghoek zag Marita Kennedy aan komen lopen. Ze had altijd weerstand tegen de jongen gevoeld. Zijn ogen hadden iets engs, dat werd vermengd met bewondering als hij naar Jacob keek. Maar Jacob had haar vermanend toegesproken toen ze hem vertelde wat ze voelde. Kennedy was een ongelukkig kind, dat eindelijk een innerlijke rust begon te voelen. Wat hij nu nodig had was liefde en zorg, geen wantrouwen. Maar ze kon haar bezorgdheid niet loslaten. Een afwerend gebaar van Jacob, en Kennedy liep met tegenzin terug naar het huis. Hij was net een waakhond die zijn baasje wilde verdedigen, dacht Marita.

Jacob wendde zich tot haar en nam haar gezicht tussen zijn handen. 'Ga met de kinderen naar huis. Er is niets aan de hand. De politie wil alleen het vuur wat opstoken waarin ze zelf zullen branden.'

Hij glimlachte om zijn woorden te verzachten, maar Marita greep de kinderen nog steviger beet. Ze keken ongerust van haar naar Jacob en weer terug. Op hun eigen manier begrepen ze heel goed dat het evenwicht in hun wereld werd verstoord.

De jongere politieman nam het woord weer. Het leek alsof hij zich enigszins gegeneerd voelde toen hij zei: 'Ik raad je aan pas vanavond met de kinderen naar huis te gaan. We...' hij aarzelde, 'we doen vanmiddag een huiszoeking bij jullie.'

'Waar denken jullie dat jullie mee bezig zijn?' Jacob was zo boos dat de woorden in zijn keel bleven steken.

Marita voelde dat de kinderen onrustig werden, ze waren het niet gewend dat hun vader zijn stem verhief.

'Dat vertellen we wel als we op het bureau zijn. Zullen we dan maar?'

Omdat hij niet wilde dat zijn kinderen nog meer van slag raakten, knikte Jacob berustend. Hij streek hen over hun hoofd, kuste Marita op haar wang en liep tussen de beide agenten in naar hun auto.

Toen de agenten met Jacob wegreden, stond Marita hen verbijsterd na te kijken. Bij het huis stond Kennedy. Zijn ogen waren donker als de nacht.

Ook in het landhuis was alles in beroering.

'Ik bel mijn advocaat! Dit is waanzin! Bloed afnemen en ons als criminelen behandelen!'

Gabriël was zo boos dat zijn hand op de deurkruk beefde. Martin stond boven aan het bordes en keek Gabriël rustig aan. Achter hem stond de districtsarts van Fjällbacka, dokter Jacobsson, hevig te transpireren. Zijn grote lichaam was niet geschikt voor de huidige warmte, maar de belangrijkste oorzaak van het zweet op zijn voorhoofd was de buitengewoon pijnlijke situatie.

'Doe dat gerust, en vertel hem dan ook welke documenten we bij ons hebben. Hij zal ongetwijfeld beamen dat we in ons recht staan. En als hij er niet binnen een kwartier kan zijn, hebben we, gezien de zeer dringende aard van deze zaak, het recht om het besluit ten uitvoer te brengen zonder dat hij aanwezig is.'

Martin sprak bewust zo bureaucratisch mogelijk, omdat hij vermoedde dat dergelijk taalgebruik het beste tot Gabriël doordrong. En het werkte, want ondanks zijn grote tegenzin liet Gabriël hen binnen. Hij pakte de papieren die Martin hem toonde aan en liep meteen naar de telefoon. Martin gebaarde naar de twee agenten die ter versterking uit Uddevalla waren gekomen, dat ze ook binnen moesten komen. Daar wachtten ze op Gabriël, die emotioneel en hevig gesticulerend stond te telefoneren. Een paar minuten later kwam hij naar de hal terug.

'Hij is er over tien minuten,' zei Gabriël nors.

'Mooi. Waar zijn uw vrouw en uw dochter? We moeten van hen ook monsters nemen.'

'In de stal.'

'Wil jij ze even halen?' vroeg Martin aan een van de Uddevalla-agenten.

'Natuurlijk. Waar ligt de stal?'

'Er loopt een weggetje langs de linkervleugel. Als je dat volgt, kom je na een paar honderd meter bij de stal.' Hoewel zijn lichaamstaal duidelijk aangaf dat hij de situatie heel vervelend vond, probeerde Gabriël toch neutraal te kijken. Afgemeten zei hij: 'De rest mag wel in de kamer wachten.'

Zwijgend zaten ze op het randje van de bank, allemaal slecht op hun gemak, toen Linda en Laine binnenkwamen.

'Wat is dit, Gabriël? De agent zegt dat dokter Jacobsson bloed gaat afnemen! Dat is toch zeker een grapje!'

Linda, die haar ogen niet kon afhouden van de jongeman in uniform die hen uit de stal had gehaald, was een andere mening toegedaan. 'Cool.'

'Het lijkt erop dat het hun ernst is, Laine. Maar ik heb advocaat Lövgren gebeld en hij kan elk moment hier zijn. Voor die tijd worden er geen bloedmonsters genomen.'

'Maar ik begrijp het niet, waarom willen jullie zoiets doen?' Laine keek vragend, maar leek beheerst.

'Daar kunnen we om onderzoektechnische redenen helaas niets over zeggen. Maar na verloop van tijd zal alles duidelijk worden.'

Gabriël bestudeerde de toestemming die voor hem lag. 'Hier staat dat jullie ook van Jacob en Solveig en haar jongens bloedmonsters mogen nemen?'

Verbeeldde hij het zich of zag Martin een schaduw over Laines gezicht trekken? Nog geen tel later werd er zacht op de deur geklopt, en Gabriëls advocaat kwam binnen.

Toen de formaliteiten even later waren afgehandeld en de advocaat aan

Gabriël en zijn familie had uitgelegd dat de politie de juiste papieren had, werd een voor een bij hen bloed afgenomen. Eerst bij Gabriël en toen bij Laine, die tot Martins verbazing nog steeds het meest beheerst leek. Hij zag dat Gabriël zijn vrouw ook verbaasd maar goedkeurend gadesloeg. Als laatste namen ze een monster bij Linda, die zo'n oogcontact met de politieman was begonnen, dat Martin hem vermanend aan moest kijken.

'Dan zijn we nu klaar.' Jacobsson kwam moeizaam overeind en verzamelde de buisjes met bloed. Ze waren nauwkeurig gelabeld en werden in een gekoelde container gelegd.

'Gaan jullie nu naar Solveig?' vroeg Gabriël. Hij glimlachte opeens scheef. 'Zet je helm dan maar op en houd je wapenstok in de aanslag, want ze zal jullie dat bloed niet zomaar afstaan.'

'We kunnen de situatie wel aan,' zei Martin droog. Het leedvermaak in Gabriëls ogen beviel hem niet.

'Ik heb jullie gewaarschuwd...' Gabriël grinnikte.

Laine siste hem toe: 'Gabriël, gedraag je!'

Uit pure verbazing over het feit dat hij door zijn vrouw als een kind werd terechtgewezen hield Gabriël zijn mond en ging zitten. Hij keek Laine aan alsof hij haar voor het eerst zag.

Martin ging met zijn collega's en de arts naar buiten en ze verdeelden zich over twee auto's. Onderweg naar Solveig belde Patrik.

'Hoi, hoe ging het?'

'Zoals verwacht,' zei Martin. 'Gabriël sprong zowat uit zijn vel en belde zijn advocaat. Maar we hebben waar we voor kwamen en zijn nu onderweg naar Solveig. Ik ga ervan uit dat het daar niet zo soepeltjes zal verlopen...'

'Daar kon je weleens gelijk in hebben. Zorg dat het niet uit de hand loopt.'

'Nee, ik zal diplomatiek te werk proberen te gaan, maak je geen zorgen. Hoe is het bij jullie gegaan?'

'Goed. Hij zit bij ons in de auto en we zijn bijna in Tanumshede.'

'Succes.'

'Jullie ook.'

Martin beëindigde het gesprek toen ze het erbarmelijke huisje van Solveig Hult naderden. Deze keer viel het verval hem minder op omdat hij het al eens had gezien. Maar hij vroeg zich wederom af hoe mensen zo konden wonen. Armoede was één ding, maar je kon er ook voor zorgen dat het schoon en netjes was waar je woonde.

Met enige angst klopte hij aan. Maar de ontvangst die hem te wachten stond was wel het laatste wat hij had verwacht. Klets! Met een brandend gevoel landde er een vlakke hand op zijn rechterwang en hij was zo verbaasd dat hij naar adem snakte. Hij voelde eerder dan dat hij het zag, dat de politiemensen achter hem zich schrap zetten om tussenbeide te komen, maar hij hief zijn hand op om hen tegen te houden.

'Rustig, rustig. Het is niet nodig geweld te gebruiken. Toch, Solveig?' zei hij met een vriendelijke stem tegen de vrouw voor hem. Ze ademde hevig, maar leek door zijn toon te kalmeren.

'Hoe durven jullie je hier te vertonen nadat jullie Johannes' graf hebben geopend!' Ze zette haar handen in haar zij en versperde hen effectief de weg naar binnen.

'Ik begrijp dat dit moeilijk voor je is, Solveig, maar wij doen gewoon ons werk. En dat moeten we nu ook doen. Ik zou graag zien dat je meewerkt.'

'Wat willen jullie nu weer?' snauwde ze.

'Als ik er even in mag komen, kan ik het je uitleggen.'

Hij draaide zich om naar de drie mannen achter hem en zei: 'Blijven jullie hier maar even wachten terwijl Solveig en ik binnen met elkaar praten.'

Vervolgens liep hij gewoon de gang in en deed de deur achter zich dicht. Van pure verbazing was Solveig opzij gestapt om hem door te laten. Martin haalde al zijn diplomatieke vaardigheden uit de kast en legde de situatie zorgvuldig uit. Na een tijdje werden haar protesten minder en een paar minuten later deed Martin de deur weer open om de anderen binnen te laten.

'We moeten de jongens ook ophalen, Solveig. Waar zijn ze?'

Ze lachte. 'Ze houden zich ongetwijfeld schuil achter het huis tot ze weten waarom jullie hier zijn. Ze zijn jullie lelijke koppen ondertussen waarschijnlijk ook beu.' Solveig lachte nog eens en opende een smerig raam.

'Johan, Robert, binnenkomen! De politie is er weer!'

Het ritselde achter de struiken en even later sjokten Johan en Robert naar binnen. Ze keken afwachtend naar het gezelschap dat in de kleine keuken stond.

'Wat is er?'

'Nu moeten ze ook nog bloed van ons hebben,' zei Solveig. Het was een kille constatering.

'Shit, dat is toch niet normaal, zeg! Geen denken aan!'

'Robert, houd je gemak,' zei Solveig vermoeid. 'Ik heb met de politieman gepraat en hem beloofd dat we geen stampij zullen maken. Dus, zitten en je kop houden. Hoe sneller we ze kwijt zijn, hoe beter.'

Tot Martins opluchting leken de jongens hun moeder te gehoorzamen. Nukkig lieten ze Jacobsson een spuit pakken en bloed bij hen afnemen. Toen hij ook bloed bij Solveig had afgenomen, legde hij de drie gelabelde buisjes in zijn kleine tas, waarna hij verkondigde dat zijn taak erop zat.

'Wat gaan jullie ermee doen?' vroeg Johan, vooral uit nieuwsgierigheid.

Martin gaf hem hetzelfde antwoord dat hij Gabriël had gegeven. Toen wendde hij zich tot de jongste agent uit Uddevalla: 'Haal jij ook het monster uit Tanumshede op? Alles moet linea recta naar Göteborg worden gebracht.'

De jongeman die in het landhuis iets te veel met Linda had geflirt, knikte. 'Komt in orde. Er zijn twee mensen uit Uddevalla onderweg om jullie te assisteren...' hij stopte en keek onzeker naar Solveig en haar zonen, die het gesprek aandachtig volgden, 'bij jullie ándere zaak. Ze ontmoeten jullie...' weer een penibele pauze, 'op de ándere plek.'

'Prima,' zei Martin. Hij wendde zich tot Solveig. 'Dan wil ik jullie graag bedanken voor de medewerking.'

Even overwoog hij om hen over Johannes te vertellen, maar hij durfde niet tegen het bevel van Patrik in te gaan. Patrik wilde niet dat ze het nu al hoorden, dus kwamen ze het nu niet te weten.

Buiten bleef Martin staan. Als je het gammele huisje, de autowrakken en de andere rommel die er stond buiten beschouwing liet, woonden deze mensen fabelachtig mooi. Hij hoopte dat ze zelf af en toe verder konden kijken dan hun eigen ellende en de schoonheid om hen heen zagen. Al betwijfelde hij dat.

'Oké, dan nu naar de Västergården,' zei Martin en hij liep gedecideerd naar de auto. Eén taak was volbracht, de volgende wachtte. Hij vroeg zich af hoe het Patrik en Gösta verging.

'Waarom denk je zelf dat je hier bent?' vroeg Patrik. Gösta en hij zaten naast elkaar in de kleine verhoorkamer. Jacob zat tegenover hen.

Jacob keek hen kalm aan, zijn handen lagen gevouwen op tafel. 'Hoe kan ik dat weten? Bij alles wat jullie mijn familie hebben aangedaan ontbreekt het aan logica, dus ik neem aan dat ik het best rustig achterover kan leunen en moet proberen mijn hoofd boven water te houden.'

'Je denkt dus echt dat de politie het als haar voornaamste taak beschouwt jou en je familie lastig te vallen? Wat voor reden zouden wij daartoe hebben?' Patrik leunde nieuwsgierig naar voren.

Weer zo'n rustig antwoord van Jacob: 'Kwaad en moedwil vragen niet om een reden. Maar wat weet ik ervan, misschien weten jullie dat jullie je met Johannes belachelijk hebben gemaakt en proberen jullie dat nu op de een of andere manier voor jezelf te rechtvaardigen.'

'Hoe bedoel je?' vroeg Patrik.

'Misschien denken jullie dat als jullie ons nu ergens op kunnen pakken, jullie destijds wat Johannes betreft ook gelijk moeten hebben gehad,' zei Jacob.

'Vind je dat niet wat vergezocht?'

'Wat moet ik anders denken? Ik weet alleen dat jullie je aan ons vastzuigen en niet loslaten. Mijn enige troost is dat God de waarheid ziet.'

'Je hebt het vaak over God, jongen,' zei Gösta. 'Is je vader net zo religieus?'

Jacob leek dit een vervelende vraag te vinden, en dat was precies Gösta's bedoeling. 'Mijn vaders geloof zit diep vanbinnen. Maar door zijn...' hij leek te overwegen welk woord hij zou kiezen, 'door zijn gecompliceerde relatie met zíjn vader is zijn geloof in de knel geraakt. Maar het is er wel.'

'Zijn vader, ja. Ephraïm Hult. De Predikant. Jij had een nauwe band met hem.' Het was eerder een constatering dan een vraag van Gösta.

'Ik begrijp niet waarom dat voor jullie interessant is, maar ja, mijn opa en ik stonden elkaar zeer na.' Jacob kneep zijn lippen samen.

'Hij heeft jouw leven gered?' vroeg Patrik.

'Ja, hij heeft mijn leven gered.'

'Wat vond jouw vader ervan dat de vader met wie hijzelf een... gecompliceerde relatie had, om jouw woorden te gebruiken, jouw leven kon redden, terwijl hij dat zelf niet kon?' ging Patrik verder.

'Iedere vader wil de held van zijn zoon zijn, maar ik geloof niet dat hij dat zo zag. Mijn opa redde immers mijn leven en daar is mijn vader hem eeuwig dankbaar voor.'

'En Johannes? Hoe zag zijn relatie met Ephraïm en met jouw vader eruit?'

'Ik begrijp niet waarom dit belangrijk is! Het is toch ruim twintig jaar geleden!'

'Daarvan zijn we ons bewust, maar we zouden het desondanks op prijs stellen als je onze vragen beantwoordt,' zei Gösta.

Jacobs rustige uiterlijk begon barstjes te vertonen en hij haalde een hand door zijn haar. 'Johannes... Ja, hij en mijn vader hadden problemen, maar Ephraïm hield van hem. Ze hadden niet echt een innige band, maar dat was voor die generatie heel normaal. Je hoorde je gevoelens niet te tonen.'

'Hadden je vader en Johannes vaak ruzie?' vroeg Patrik.

'Ruzie en ruzie. Ze waren het niet altijd met elkaar eens, maar broers bekvechten nou eenmaal...'

'Sommige mensen zeggen dat het meer was dan bekvechten. Sommigen beweren zelfs dat Gabriël zijn broer haatte.' Patrik hield aan.

'Haat is een sterk woord dat je niet zomaar moet gebruiken. Nee, mijn vader koesterde niet echt tedere gevoelens voor Johannes, maar als ze meer tijd hadden gehad, weet ik zeker dat God had ingegrepen. Broers horen niet tegenover elkaar te staan.'

'Ik neem aan dat je nu aan Kaïn en Abel refereert. Interessant dat je net aan dat Bijbelverhaal moet denken. Ging het zo slecht tussen hen?' vroeg Patrik.

'Nee, zeker niet. Mijn vader heeft zijn broer toch niet van het leven beroofd!' Jacob leek zijn verloren rust te hervinden en vouwde zijn handen weer alsof hij bad.

'Weet je dat zeker?' Gösta's stem had een duistere ondertoon.

Verward staarde Jacob naar de twee mannen voor hem. 'Waar hebben jullie het over? Johannes heeft zich opgehangen, dat weet iedereen.'

'Tja, het probleem is alleen dat het onderzoek op Johannes' overblijfselen op iets anders wijst. Johannes is vermoord. Hij heeft zichzelf niet van het leven beroofd.'

De handen die gevouwen op tafel lagen, begonnen ongecontroleerd te trillen. Jacob leek met zijn mond woorden te willen vormen, maar er kwam niets over zijn lippen. Patrik en Gösta leunden achterover, alsof ze werden gedirigeerd, en keken Jacob zwijgend aan. Het leek erop dat deze informatie nieuw voor hem was.

'Hoe reageerde je vader toen hij hoorde dat Johannes dood was?'

'Ik, ik... ik weet het niet precies,' stamelde Jacob. 'Ik lag toen nog in het ziekenhuis.' Hij leek zich opeens iets te realiseren. 'Proberen jullie te bewijzen dat mijn vader Johannes heeft vermoord?' Hij begon te giechelen. 'Jullie zijn niet goed wijs. Mijn vader zou zijn broer om het leven hebben gebracht?! Nee, dat is te zot voor woorden!' Het gegiechel ging over in gelach. Gösta en Patrik vonden het niet amusant.

'Vind je het om te lachen dat je oom is vermoord? Vind je dat leuk?' vroeg Patrik afgemeten.

Jacob hield abrupt op en boog zijn hoofd. 'Nee, natuurlijk is dat niet leuk. Ik ben alleen zo geschrokken...' Hij keek weer op. 'Maar dan begrijp ik nog minder waarom jullie met mij willen praten. Ik was toen nog maar tien en lag in het ziekenhuis. Ik neem aan dat jullie niet willen beweren dat ík er iets mee te maken had.' Hij benadrukte 'ik' om aan te geven hoe belachelijk dat was. 'Het lijkt me vrij duidelijk wat er is gebeurd. Voor de moordenaar van Siv en Mona was het perfect dat jullie Johannes tot zondebok bestempelden. Om te zorgen dat Johannes nooit van die blaam gezuiverd kon worden, heeft hij mijn oom vermoord en dat op een zelfmoord laten lijken. De moordenaar wist hoe de mensen daarop zouden reageren. Een schriftelijke bekentenis zou geen beter bewijs van zijn schuld zijn geweest. Het Duitse meisje is ongetwijfeld door dezelfde persoon vermoord, dat lijkt logisch, nietwaar?' zei hij geestdriftig. Zijn ogen glommen.

'Het is een aardige theorie,' zei Patrik. 'Lang niet dom, alleen hebben we het DNA van Johannes gisteren vergeleken met het DNA in het sperma dat we op Tanja's lichaam hebben aangetroffen. Daarbij is gebleken dat Johannes familie was van haar moordenaar.' Hij wachtte op Jacobs reactie. Die kwam niet. Hij zat doodstil.

Patrik ging verder: 'Dus vandaag hebben we bij je hele familie bloed afgenomen en die monsters zullen we ter vergelijking naar Göteborg sturen, samen met het bloed dat we bij jou hebben afgenomen toen je hier kwam.

We zijn er vrij zeker van dat we daarna zwart op wit zullen zien wie de moordenaar is. Dus je kunt ons maar beter vertellen wat je weet, Jacob. Tanja is bij jou thuis gezien, de moordenaar is familie van Johannes – dat is toch een vreemde samenloop van omstandigheden, nietwaar?'

Jacob verschoot van kleur. Hij werd eerst bleek, toen weer rood. Patrik zag zijn kaken malen.

'Die getuigenverklaring is onzin, dat weten jullie. Johan wilde mij er gewoon inluizen omdat hij een hekel heeft aan onze familie. En wat betreft die bloedmonsters en dat DNA en zo, jullie kunnen alle tests doen die jullie maar willen, maar jullie moeten mij... als de uitslag er is, moeten jullie mij je verontschuldigingen aanbieden!'

'Ik beloof je dat ik je dan persoonlijk mijn excuses zal maken,' antwoordde Patrik rustig, 'maar tot die tijd sta ik erop dat ik alle antwoorden krijg die ik nodig heb.'

Hij had gehoopt dat Martin en zijn team met de huiszoeking klaar zouden zijn voor ze Jacobs verhoor beëindigden, maar de klok tikte door en ze moesten het nu doen met wat ze hadden. Hij had het liefst geweten of de grond

rond de Västergården sporen van FZ-302 bevatte. Of er eventuele fysieke sporen van Tanja en Jenny waren, hoopte hij wel gauw van Martin te horen, maar de analyses van de grond konden niet ter plekke worden gedaan en kostten meer tijd. Diep vanbinnen was hij sceptisch over wat ze op de boerderij zouden vinden. Zou Jacob echt iemand kunnen verbergen en vermoorden zonder dat Marita en de kinderen dat merkten? Intuïtief voelde hij dat Jacob in de rol van hoofdverdachte paste, maar juist die factor hinderde hem: hoe verberg je iemand op de boerderij waar je woont, zonder dat je gezin iets vermoedt?

Alsof Jacob zijn gedachten kon lezen, zei hij: 'Ik hoop echt dat jullie thuis niet de hele boel overhoop halen. Marita wordt gek als ze thuiskomt in één grote bende.'

'Ik denk wel dat de mannen voorzichtig zijn,' zei Gösta.

Patrik keek naar zijn telefoon. Als Martin nou maar gauw belde.

Johan had zich teruggetrokken in de stilte van het schuurtje. Solveigs reacties, eerst op het geopende graf en vervolgens op het bloedonderzoek, zaten hem niet lekker. Hij wist niet wat hij met zijn gevoelens aan moest en wilde even alleen zijn om nog eens goed na te denken over alles wat er was gebeurd. De cementen vloer waar hij op zat was hard, maar heerlijk koel. Hij sloeg zijn armen om zijn benen en leunde met zijn kin op zijn knieën. Op dit moment verlangde hij meer dan ooit naar Linda, maar het gemis was nog steeds gemengd met kwaadheid. Misschien zou het ook nooit anders worden. Hij was nu in elk geval minder naïef en had de controle terug die hij nooit uit handen had moeten geven. Maar ze was als een gif in zijn ziel geweest. Haar stevige, jonge lichaam had hem in een lallende idioot veranderd. Hij was boos op zichzelf omdat hij zich op die manier door een meid had laten beïnvloeden.

Hij wist dat hij een dromer was. Daarom had hij zich ook zo in Linda verloren. Hoewel ze veel te jong, te zelfverzekerd en te egoïstisch was. Hij was zich ervan bewust dat ze nooit in Fjällbacka zou blijven en dat er geen enkele hoop op een gezamenlijke toekomst was. Maar de dromer in hem had dat moeilijk kunnen accepteren. Nu wist hij beter.

Johan nam zich voor zijn leven te beteren. Hij zou proberen meer als

Robert te worden. Stoer, hard en onoverwinnelijk. In Roberts leven kwam alles altijd op zijn pootjes terecht. Niets leek hem te raken. Johan was jaloers op hem.

Hij hoorde een geluid achter zich en keek om, ervan overtuigd dat het Robert was. Een wurggreep om zijn nek deed hem naar adem snakken.

'Verroer je niet, anders draai ik je de nek om.'

Johan herkende de stem vaag, maar kon die niet plaatsen. Toen de greep om zijn nek iets losser werd, werd hij hard tegen de muur gegooid. Alle lucht werd uit zijn longen geperst.

'Waar ben je verdomme mee bezig?' Johan probeerde zich om te draaien, maar iemand hield hem stevig vast en drukte zijn gezicht tegen de koude betonmuur.

'Houd je bek.' De stem was onverzoenlijk. Johan overwoog of hij zou proberen om hulp te roepen, maar hij dacht niet dat ze hem in het huis zouden kunnen horen.

'Wat wil je van me?' Het was moeilijk de woorden te vormen terwijl de helft van zijn gezicht tegen de muur werd gedrukt.

'Wat ik wil? Dat zal ik je laten weten!'

De aanvaller stelde zijn eis en in eerste instantie begreep Johan er niets van. Maar toen hij zich omdraaide en oog in oog met hem stond, vielen de puzzelstukjes op hun plek. Een vuistslag in zijn gezicht vertelde hem dat het de ander ernst was. Het verzet in Johan ontwaakte.

'Krijg de klere!' mompelde hij. Zijn mond vulde zich langzaam met een vloeistof en dat kon alleen maar bloed zijn. Zijn gedachten werden nevelig, maar hij weigerde terug te krabbelen.

'Je doet wat ik zeg.'

'Nee,' mompelde Johan.

Daarna begon het slagen te regenen. Onophoudelijk, tot de grote duisternis viel.

De boerderij was prachtig. Martin kon het niet laten daarbij stil te staan toen ze het privéleven van Jacob en zijn gezin binnendrongen. De kleuren in het huis waren mild, de kamers straalden warmte en rust uit en er hing een landelijke sfeer, met wit linnen en dunne, wapperende gordijnen. Zo'n huis zou hij zelf willen hebben. En nu moesten ze de rust verstoren. Methodisch gingen ze het hele huis door, stukje voor stukje. Niemand zei iets, alles werd in stilte gedaan. Martin concentreerde zich op de woonkamer. Het frustrerende was dat ze niet wisten wat ze zochten. Zelfs áls ze een spoor van de meisjes vonden, wist Martin niet zeker of ze het zouden herkennen.

Voor het eerst sinds hij had geopperd dat Jacob de man was die ze zochten, voelde hij twijfel. Het was onmogelijk om je voor te stellen dat iemand die zo vredig woonde, een ander van het leven zou kunnen beroven.

'Hoe gaat het bij jullie?' riep hij naar de agenten die boven waren.

'Tot nu toe niets,' riep een van hen terug. Martin zuchtte en ging verder. Hij opende alle laden en bekeek alles wat los en vast zat.

'Ik ga in de schuur kijken,' zei hij tegen de agent uit Uddevalla die beneden had helpen zoeken.

De schuur was barmhartig koel. Hij begreep waarom Linda en Johan hier met elkaar hadden afgesproken. De geur van hooi kietelde in zijn neus en bracht herinneringen boven aan zomers uit zijn jeugd. Hij klom de ladder naar de zolder op en keek door de spleten tussen de planken naar buiten. Ja, hier had je een goed uitzicht op de Västergården, net zoals Johan had gezegd. Van deze afstand kon je iemand makkelijk herkennen.

Martin klom weer naar beneden. De schuur was leeg op wat oud, roestend landbouwgereedschap na. Hij verwachtte hier niets te vinden, maar hij zou de anderen toch vragen hier ook even te kijken. Hij liep de schuur uit en keek rond. Behalve de boerderij en de schuur moesten ze alleen nog een klein schuurtje en een speelhuisje doorzoeken. Hij had niet de hoop daar iemand aan te zullen treffen. Ze waren alle twee te klein om er iemand in te verbergen, maar voor de zekerheid moesten ze er wel gaan kijken.

De zon brandde op zijn hoofd en het zweet parelde op zijn voorhoofd. Hij liep terug naar het woonhuis om daar te helpen zoeken, maar het enthousiasme dat hij eerder die dag had gevoeld, was weggeebd. De moed zakte hem in de schoenen. Jenny Möller was ergens. Maar niet hier.

Ook Patrik begon te wanhopen. Na Jacob een paar uur te hebben verhoord, waren ze nog steeds geen stap verder. Hij leek echt geschokt over het nieuws dat Johannes was vermoord en weigerde halsstarrig om iets anders te zeggen dan dat ze zijn familie lastigvielen en dat hij onschuldig was. Keek op keer betrapte Patrik zichzelf erop dat hij naar de telefoon keek die spottend stil op tafel lag. Hij zat te springen om goed nieuws. De uitslagen van de bloedonderzoeken zouden ze op zijn vroegst morgenochtend krijgen, dat wist hij, dus zijn hoop was gericht op Martin en het team dat de Västergården doorzocht. Maar er werd niet gebeld. Tot even na vieren. Toen belde Martin en meldde ontmoedigd dat ze niets hadden gevonden en dat ze het opgaven. Patrik gebaarde Gösta naar de gang te komen.

'Dat was Martin. Ze hebben niets gevonden.'

De hoop in Gösta's ogen vervloog. 'Niets?'

'Nee, geen donder. Het lijkt er dus op dat we geen andere keuze hebben dan hem te laten gaan. Shit.' Patrik sloeg met zijn hand tegen de muur, maar beheerste zich snel weer. 'Ach, het is maar tijdelijk. Morgen verwacht ik het rapport van de bloedonderzoeken en dan kunnen we hem misschien wel voorgoed oppakken.'

'Maar denk je eens in wat hij in die tijd kan doen! Hij weet welk bewijs we tegen hem hebben en als we hem laten gaan, kan hij dat meisje direct gaan vermoorden.'

'Wat moeten we dan doen, verdorie!' Patriks frustratie veranderde in woede, maar hij besefte dat het niet fair was om tegen Gösta uit te varen en bood meteen zijn excuses aan.

'Ik doe nog één poging om de uitslag van die bloedonderzoeken te krijgen voor we hem laten gaan. Misschien hebben ze al iets ontdekt waar wij nu wat mee kunnen. Ze weten waarom dit de hoogste prioriteit heeft.'

Patrik liep naar zijn kamer en toetste op zijn vaste toestel het nummer van de Forensische Eenheid in. Hij kende het ondertussen uit zijn hoofd. Buiten raasde het verkeer als altijd in de zomerzon voorbij en hij voelde een steek van afgunst tegenover de onwetende vakantiegangers met hun volgestouwde auto's. Had hij maar net zo argeloos kunnen zijn.

'Hoi, Pedersen, met Patrik Hedström. Ik wil alleen maar horen of jullie al iets hebben gevonden voor ik onze verdachte laat gaan.'

'Zei ik niet dat we morgenvroeg pas klaar zijn? En dat kost dan ook nog eens flink wat overuren.' Pedersen klonk gestrest en geïrriteerd.

'Ja, dat weet ik. Maar ik wilde toch even horen of jullie al wat hebben gevonden.'

Een lange stilte gaf aan dat Pedersen een innerlijke strijd voerde en Patrik ging rechterop zitten. 'Jullie hebben iets, nietwaar?'

'Het is nog heel preliminair. We moeten het checken en dubbelchecken voordat we dit vrijgeven, anders kunnen de consequenties catastrofaal zijn. Bovendien moeten de tests bij het Gerechtelijk Laboratorium worden herhaald, onze apparatuur is lang niet zo geavanceerd als die van hen...'

'Ja, ja,' onderbrak Patrik hem, 'dat weet ik, maar het leven van een zeventienjarig meisje staat op het spel. Als er één moment is waarop we de regels soepel moeten hanteren, dan is het nu wel.' Hij hield zijn adem in en wachtte af.

'Ja. Maar ga alsjeblieft voorzichtig met de informatie om, je hebt geen idee hoeveel ellende ik me anders op de hals haal...' Pedersen maakte zijn zin niet af.

'Op mijn erewoord. Vertel nu maar wat je weet.' De hoorn werd vochtig van zijn krampachtige greep.

'We hebben natuurlijk eerst het bloedmonster van Jacob Hult geanalyseerd. En dat leverde al wat interessante dingen op. Preliminair uiteraard,' waarschuwde Pedersen weer.

'Ja?'

'Volgens onze eerste test komt het DNA van Jacob Hult níét overeen met dat van het spermamonster op het slachtoffer.'

Patrik ademde langzaam uit. Hij was zich er niet eens van bewust geweest dat hij zijn adem had ingehouden. 'Hoe zeker is dat?'

'Zoals ik al zei, moeten we de test meerdere keren doen om helemaal zeker te zijn, maar dat is vooral een formaliteit in verband met de rechtsgeldigheid. Je kunt ervan uitgaan dat dit klopt,' zei Pedersen.

'Shit. Ja, daardoor komt de zaak in een ander daglicht te staan.' Patrik kon zijn teleurstelling niet verbergen. Hij realiseerde zich dat hij ervan overtuigd was geweest dat Jacob de dader was. Nu waren ze weer terug bij af. Nou ja, bij wijze van spreken dan.

'En jullie hebben geen match gevonden met een ander monster?'

'Zover zijn we nog niet gekomen. We namen aan dat jullie wilden dat we ons op Jacob Hult concentreerden en dat hebben we gedaan. Daarom hebben we behalve hem nog maar één andere persoon gedaan. Maar morgenochtend zal ik je kunnen vertellen hoe het met de rest zit.'

'Dan mag ik nu iemand uit de verhoorkamer laten vertrekken. Met mijn verontschuldigingen, bovendien,' zuchtte Patrik.

'Er is nog iets.'

'Ja?' zei Patrik.

Pedersen aarzelde. 'Het andere bloedmonster dat we hebben onderzocht, is dat van Gabriël Hult. En...'

'Ja,' zei Patrik, nog dwingender.

'Volgens onze analyse van de DNA-structuren kan Gabriël onmogelijk Jacobs vader zijn.'

Patrik zat verstijfd op zijn stoel en zweeg.

'Ben je er nog?'

'Ja, ik ben er nog. Dat had ik alleen niet verwacht. Weet je het zeker?' Vervolgens besefte hij wat het antwoord op die vraag zou zijn en hij was Pedersen voor: 'Het is preliminair en jullie moeten nog meer onderzoek doen, et cetera, et cetera. Ik weet het, je hoeft het niet te herhalen.'

'Kan het van belang zijn voor het onderzoek?'

'Op dit moment is alles van belang, dus we hebben er ongetwijfeld iets aan. Dank je wel.'

Besluiteloos zat Patrik na te denken. Hij had zijn handen achter zijn hoofd gevouwen en zijn voeten op zijn bureau gelegd. De negatieve uitslag van Jacobs test vroeg om een andere manier van denken. Het feit dat Tanja's moordenaar familie van Johannes was, stond buiten kijf. Nu Jacob niet in aanmerking kwam, bleven Gabriël, Johan en Robert over. Eén weg, drie over. Maar al was Jacob de dader niet, Patrik durfde er wat onder te verwedden dat hij iets wist. Tijdens het hele verhoor had Patrik hem ontwijkend gevonden, alsof hij erg zijn best deed om iets te onderdrukken. De informatie die Patrik van Pedersen had gekregen, gaf hem misschien het overwicht dat nodig was om Jacob zover te krijgen dat die iets losliet. Patrik haalde zijn voeten van zijn bureau en stond op. Hij vertelde Gösta kort wat hij te horen had gekregen, en vervolgens liepen ze samen terug naar de verhoorkamer, waar Jacob verveeld aan zijn nagels zat te peuteren. Ze waren het snel eens geworden over de te volgen tactiek.

'Hoe lang moet ik hier nog blijven?'

'We hebben het recht je zes uur vast te houden. Maar zoals we al zeiden, heb jij recht op een advocaat als je dat wilt. Wil je dat?'

'Nee, dat is niet nodig,' antwoordde Jacob. 'Wie onschuldig is, heeft geen andere verdediging nodig dan zijn geloof dat God alles in orde brengt.'

'Dan ben je in goede handen. Jij en God lijken like this te zijn,' zei Patrik en hij stak zijn wijs- en middelvinger tegen elkaar aan gedrukt omhoog.

'We weten wat we aan elkaar hebben,' antwoordde Jacob afgemeten. 'De mensen die God niet toelaten, zijn te beklagen.'

'Dus jij hebt medelijden met ons, bedoel je dat?' vroeg Gösta op geamuseerde toon.

'Het is zonde van mijn tijd om met jullie te praten. Jullie hebben jullie hart gesloten.'

Patrik boog zich naar Jacob toe. 'Dat met God en de duivel en zonde is allemaal erg interessant. Wat zeggen jouw ouders daarover? Leven zij in overeenstemming met Gods geboden?'

'Mijn vader heeft in de gemeente dan wel een stap terug gedaan, maar zijn geloof is vast en zowel hij als mijn moeder zijn godvrezende mensen.'

'Weet je dat zeker? Ik bedoel, wat weet jij eigenlijk over hun manier van leven?'

'Hoe bedoel je? Ik ken mijn eigen ouders toch zeker wel? Hebben jullie nu iets verzonnen om hen zwart te maken?'

Jacobs handen trilden en Patrik voelde een zekere bevrediging toen hij zag dat ze zijn stoïcijnse rust hadden weten te verstoren.

'Ik bedoel alleen maar dat jij onmogelijk kunt weten wat zich in het leven van een ander afspeelt. Jouw ouders kunnen zonden op hun geweten hebben waar jij niets van weet, toch?'

Jacob stond op en liep naar de deur. 'Genoeg. Jullie moeten me nu arresteren of vrijlaten, want ik ben niet van plan nog langer naar jullie leugens te luisteren!'

'Weet je bijvoorbeeld dat Gabriël je vader niet is?'

Jacob bevroor midden in een beweging, zijn hand halverwege de deurkruk. Hij draaide zich langzaam om: 'Wat zei je?'

'Ik vroeg of je wist dat Gabriël je vader niet is. Ik heb net degene gesproken die jullie bloedmonsters onderzoekt en er is geen twijfel mogelijk. Gabriël is je vader niet.'

Alle kleur was uit Jacobs gezicht weggetrokken. Het stond buiten kijf dat dit een verrassing voor hem was. 'Hebben ze mijn bloed onderzocht?' zei hij met bevende stem.

'Ja, en ik had je beloofd dat ik mijn verontschuldigingen zou aanbieden als ik het mis had.'

Jacob keek hem alleen maar aan.

'Ik bied je mijn verontschuldigingen aan,' zei Patrik. 'Jouw bloed komt niet overeen met het DNA dat op het slachtoffer is aangetroffen.'

Als een lekgeschoten ballon zonk Jacob in elkaar. Hij zeeg weer neer op de stoel. 'Wat gaat er nu gebeuren?'

'Je wordt niet langer verdacht van de moord op Tanja Schmidt. Maar ik ben er nog altijd van overtuigd dat je iets voor ons verbergt. Nu heb je de kans om te vertellen wat je weet, en ik vind dat je die kans moet benutten,

Jacob.'

De man schudde zijn hoofd. 'Ik weet niets. Ik weet niets meer. Alsjeblieft, mag ik nu gaan?'

'Nog niet. We willen eerst met je moeder praten. En ik neem aan dat jij haar ook wel het een en ander wilt vragen?'

Jacob knikte stom. 'Maar waarom willen jullie met haar praten? Dit heeft toch niets met jullie onderzoek te maken?'

Patrik herhaalde wat hij tegen Pedersen had gezegd. 'Op dit moment heeft alles met deze zaak te maken. Jullie verbergen iets, daar durf ik een maandsalaris onder te verwedden. En wij zullen erachter komen wat dat is, wat we er ook maar voor moeten doen.'

Het was alsof alle strijdlust uit Jacob was weggestroomd. Hij kon alleen maar gelaten knikken en leek door het nieuws in een shock te zijn beland.

'Gösta, kun jij Laine gaan halen?'

'Daar hebben we toch geen toestemming voor?' zei Gösta nors.

'Ze heeft ongetwijfeld gehoord dat Jacob hier is, dus het zal niet zo moeilijk zijn haar vrijwillig mee te krijgen.'

Patrik wendde zich tot Jacob. 'Je krijgt iets te eten en te drinken, en dan laten we je alleen terwijl wij een gesprekje voeren met je moeder. Daarna mag jij met haar praten, oké?'

Jacob knikte apathisch. Hij leek diep in gedachten verzonken.

Met gemengde gevoelens stak Anna de sleutel in het slot van haar appartement in Stockholm. Het was heerlijk er even tussenuit te zijn geweest, zowel voor zichzelf als voor de kinderen, maar haar enthousiasme over Gustav was er ook door getemperd. Eerlijk gezegd was het inspannend geweest om samen met hem en zijn pedanterie op een zeilboot te zitten. Bovendien had ze toen ze met Lucas sprak, iets in zijn stem gehoord wat haar verontrustte. Hoewel hij haar zo vaak had mishandeld, had hij altijd de indruk gewekt zichzelf en de situatie volledig onder controle te hebben. Nu had ze voor het eerst paniek in zijn stem bespeurd, het besef dat er dingen konden gebeuren die hij niet in de hand had. Via via had ze gehoord dat het op zijn werk niet goed ging. Hij had tijdens een interne vergadering een woede-uitbarsting gehad, bij een andere gelegenheid had hij een klant beledigd en over de hele linie was gebleken dat er barstjes in zijn façade zaten. En dat beangstigde haar. Het beangstigde haar enorm.

Er was iets geks met het slot. Ze kon de sleutel niet de goede kant op draaien. Na een tijdje besefte ze dat de deur niet op slot zat en dat het daarom niet lukte. Ze was er zeker van dat ze de woning had afgesloten toen ze een week geleden was weggegaan. Anna zei tegen de kinderen dat ze zich niet moesten verroeren en opende voorzichtig de deur. Ze hapte naar adem. Haar eerste eigen appartement, waar ze zo trots op was geweest, was vernield. Geen enkel meubelstuk was nog heel. Alles was kapot en de muren waren bespoten met zwarte verf, als graffiti. 'Hoer' stond er met grote letters in de woonkamer en ze sloeg haar hand voor haar mond terwijl de tranen haar in de ogen sprongen. Ze wist meteen wie dit had gedaan. Wat sinds het gesprek met Lucas aan haar had geknaagd, was nu zekerheid geworden. Hij begon de controle te verliezen. Nu hadden de haat en de woede die altijd vlak onder de oppervlakte hadden liggen sudderen, de façade afgebroken.

Anna liep achteruit naar het trappenhuis. Ze pakte haar beide kinderen en drukte hen heel stevig tegen zich aan. Haar eerste gedachte was dat ze Erica moest bellen. Vervolgens besloot ze dat ze dit zelf moest oplossen.

Ze was zo blij geweest met haar nieuwe bestaan, ze had zich zo sterk gevoeld. Voor het eerst in haar leven was ze zichzelf geweest. Niet het zusje van Erica, niet de vrouw van Lucas, zichzelf. Nu was alles kapot.

Ze wist wat ze moest doen. De kat had gewonnen. Er was slechts één plek waar de muis haar toevlucht kon zoeken. Ze zou alles doen wat nodig was om de kinderen niet kwijt te raken.

Eén ding wist ze echter zeker: ze gaf het voor zichzelf op, hij mocht met haar doen wat hij wilde. Maar als hij de kinderen ook maar een haar krenkte, zou ze hem doden. Zonder meer.

Het was geen goede dag geweest. Gabriël was zo geschokt door wat hij de inbreuk van de politie noemde, dat hij zich in zijn werkkamer had opgesloten en weigerde naar buiten te komen. Linda was weer naar de paarden gegaan en Laine zat in haar eentje op de bank in de woonkamer naar de muur te staren. Er stonden tranen van vernedering in haar ogen bij de gedachte dat Jacob op het politiebureau werd verhoord. Haar moederinstinct zei haar dat ze hem tegen alle kwaad moest beschermen, of hij nu kind was of man, en hoewel ze wist dat dit buiten haar macht lag, had ze toch het gevoel te falen. In de stilte tikte een klok en het monotone geluid had haar bijna in trance gebracht. Het geklop op de deur deed haar dan ook opveren. Met angst in haar hart deed ze open. Tegenwoordig was het alsof iedere klop op de deur een onaangename verrassing met zich meebracht. Ze reageerde dan ook niet echt verbaasd toen ze Gösta zag.

'Wat willen jullie nu weer?'

Gösta draaide ongemakkelijk heen en weer. 'We hebben een paar vragen waar we hulp bij nodig hebben. Op het politiebureau.' Hij zweeg en leek een stortvloed van protesten te verwachten. Maar Laine knikte slechts en liep met hem mee het bordes af.

'Moet u niet tegen uw man zeggen waar u naartoe gaat?' vroeg Gösta verbaasd.

'Nee,' was het korte antwoord en hij keek haar onderzoekend aan. Heel even vroeg hij zich af of ze de familie Hult te veel onder druk hadden gezet.

Vervolgens herinnerde hij zich dat zich in deze ingewikkelde familierelaties een moordenaar met een verdwenen meisje schuilhield. De zware eiken deur viel achter Laine dicht en ze liep als een Japanse echtgenote op een paar passen achter hem aan. De hele rit naar het politiebureau hing er een beklemmende stilte in de auto, die slechts één keer door Laine werd verbroken toen ze wilde weten of haar zoon nog steeds vastzat. Gösta knikte alleen maar en Laine staarde de rest van de tijd naar het voorbijglijdende landschap. Het was al vroeg begonnen te schemeren en de zon kleurde de velden rood. Maar de schoonheid van de omgeving was niet aan hen besteed.

Patrik leek opgelucht toen ze het politiebureau binnenkwamen. Terwijl Gösta heen en weer was gereden, had hij rusteloos door de gang voor de verhoorkamer heen en weer gelopen. Wat had hij Jacobs gedachten graag kunnen lezen!

'Dag.' Hij knikte kort naar Laine. Het leek hem overbodig om zich nog een keer voor te stellen, en een hand geven was onder de omstandigheden een te onderdanig gebaar, ze waren hier niet om beleefdheden uit te wisselen.

Patrik had zich bezorgd afgevraagd of Laine tegen een gesprek met hen was opgewassen. Ze had erg breekbaar en fragiel geleken, alsof ze zwakke zenuwen had. Maar hij zag algauw dat hij zich geen zorgen had hoeven maken. Toen ze achter Gösta aan liep leek ze gelaten, rustig en beheerst.

Omdat het politiebureau in Tanumshede maar één verhoorkamer had, gingen ze in de keuken zitten. Laine sloeg het aanbod van een kopje koffie af, maar Patrik en Gösta konden wel wat cafeïne gebruiken. De koffie smaakte naar metaal, maar ze dronken het toch op, zij het met vertrokken mond. Ze wisten geen van beiden hoe ze moesten beginnen, en tot hun verbazing was Laine hen voor.

'Jullie hadden wat vragen, hoorde ik.' Ze knikte naar Gösta.

'Ja,' zei Patrik dralend. 'We beschikken over informatie waarvan we niet goed weten wat we ermee aan moeten. En hoe die in het onderzoek past. Misschien heeft het er wel helemaal niets mee te maken, maar op dit moment ontbreekt ons de tijd om omzichtig te werk te gaan. Daarom wilde ik maar meteen ter zake komen.' Patrik haalde diep adem. Laine bleef hem onbewogen aankijken, maar toen hij naar haar handen keek, die gevouwen op tafel lagen, zag hij haar witte knokkels.

'We hebben het preliminaire resultaat van de eerste bloedonderzoeken binnen.' Nu zag hij dat haar handen ook begonnen te beven en hij vroeg zich af hoe lang ze haar ogenschijnlijke rust nog zou weten te bewaren. 'Allereerst kan ik vertellen dat het DNA van Jacob niet overeenkomt met het DNA dat we op het slachtoffer hebben aangetroffen.'

Voor hem zeeg Laine ineen. Haar handen trilden nu onbeheerst en hij besefte dat ze naar het politiebureau was gekomen in de verwachting dat ze haar zoon wegens moord hadden gearresteerd. Op haar gezicht stond nu grote opluchting te lezen en ze moest diverse keren slikken om niet in huilen uit te barsten. Maar ze zei niets, dus ging Patrik verder: 'We hebben echter wel iets opvallends gevonden toen we het bloed van Jacob en Gabriël vergeleken. Daaruit blijkt namelijk dat Jacob geen zoon van Gabriël kan zijn...' Hij zei het zó dat de bewering als een vraag klonk, en wachtte vervolgens op Laines reactie. Met het goede nieuws over Jacob leek er een pak van haar hart te zijn gevallen en ze aarzelde slechts een fractie van een seconde voor ze zei: 'Ja, dat klopt. Gabriël is niet de vader van Jacob.'

'Wie dan wel?'

'Ik begrijp niet wat dat met de moorden te maken heeft. Vooral nu Jacob onschuldig blijkt te zijn.'

'Zoals ik al zei, hebben we geen tijd om dat te beoordelen, dus ik zou het op prijs stellen als u mijn vraag beantwoordde.'

'We kunnen u natuurlijk niet dwingen,' zei Gösta, 'maar er wordt een jonge vrouw vermist en we willen zoveel mogelijk te weten komen, zelfs als die informatie irrelevant lijkt.'

'Krijgt mijn man dit ook te horen?'

Patrik aarzelde. 'Ik kan u niets beloven, maar ik zie geen reden om het hem te vertellen. Maar,' hij aarzelde, 'Jacob weet het al wel.'

Laine deinsde terug. Haar handen begonnen weer te trillen. 'Wat zei hij?' Haar stem was niet meer dan een fluistering.

'Ik zal er niet omheen draaien. Hij was van slag. En natuurlijk vraagt hij zich ook af wie zijn echte vader is.'

De stilte om de tafel was oorverdovend, maar Gösta en Patrik wachtten rustig tot Laine zover was dat ze verder konden gaan. Na een tijdje kwam het

antwoord als een fluistering: 'Johannes.' Haar stem werd sterker. 'Johannes
is de vader van Jacob.'

Het leek haar te verbazen dat ze de zin hardop kon uitspreken zonder dat
een bliksem uit de hemel haar ter plekke doodde. Het geheim was met de
jaren waarschijnlijk steeds zwaarder gaan wegen en ze zag er bijna opgelucht uit nu ze het eindelijk had onthuld. Ze praatte verder, snel. 'We hadden een korte affaire. Ik kon hem niet weerstaan. Hij was als een natuurkracht die nam wat hij wilde. En Gabriël was zo... anders.' Laine aarzelde
over haar woordkeuze, maar Patrik en Gösta begrepen wat ze bedoelde.

'Gabriël en ik probeerden al een tijdje om kinderen te krijgen en toen
bleek dat ik zwanger was, was hij dolgelukkig. Ik wist dat het kind zowel van
Gabriël als van Johannes kon zijn, maar ondanks alle problemen hoopte ik
van ganser harte van het van Johannes was. Een zoon van hem zou... magnifiek kunnen worden. Hij was zo levendig, zo mooi, zo... vibrerend!'

Haar ogen straalden en haar gezicht lichtte op, waardoor ze er opeens tien
jaar jonger uitzag. Het leed geen twijfel dat ze verliefd was geweest op
Johannes. De gedachte aan hun affaire, zoveel jaren geleden, deed haar nog

altijd blozen.

'Hoe wist u dan dat het kind van Johannes was en niet van Gabriël?'

'Dat wist ik zodra ik hem zag, op het moment dat ze hem op mijn borst legden.'

'En Johannes, wist hij dat Jacob zijn zoon was en niet die van Gabriël?' vroeg Patrik.

'O ja. En hij was dol op hem. Ik heb altijd geweten dat ik voor Johannes maar een tijdelijk plezierije was, hoe graag ik ook meer had gewild, maar met Jacob was het anders. Als Gabriël op reis was, kwam Johannes vaak stiekem langs om naar Jacob te kijken, om met hem te spelen. Totdat Jacob zo groot werd dat hij erover kon vertellen, toen moest Johannes ermee ophouden,' zei Laine verdrietig. Ze ging verder: 'Hij vond het verschrikkelijk dat zijn broer zijn eerstgeborene opvoedde, maar hij was niet bereid zijn eigen leven op te geven. En Solveig wilde hij ook niet kwijt,' erkende Laine met tegenzin.

'En hoe was dat voor u?' vroeg Patrik meelevend. Laine haalde haar schouders op.

'Aanvankelijk was het verschrikkelijk moeilijk om zo dicht bij Johannes en Solveig te wonen en te zien dat zij kinderen kregen, broers van Jacob. Maar ik had mijn zoon, en later, vele jaren later, kreeg ik Linda. Het klinkt misschien onwaarschijnlijk, maar ik ben in de loop van de jaren van Gabriël gaan houden. Niet zoals ik van Johannes hield, maar misschien op een realistischer manier. Johannes was niet iemand van wie je kon houden zonder er zelf aan ten onder te gaan. Mijn liefde voor Gabriël is saaier, maar ook makkelijker om mee te leven,' zei Laine.

'Was u niet bang dat het bekend zou worden toen Jacob ziek werd?' vroeg Patrik.

'Nee, toen was er wel iets anders om bang voor te zijn,' zei Laine scherp. 'Als Jacob was gestorven, was niets meer belangrijk geweest, al helemaal niet wie zijn vader was.' Vervolgens werd haar stem milder. 'Johannes was zo ongerust. Hij was vertwijfeld dat Jacob ziek was en hij niets kon doen. Hij kon zelfs zijn angst niet tonen of bij hem zijn in het ziekenhuis.' In gedachten was ze terug in een vervlogen tijd. Toen dwong ze zichzelf ertoe terug te keren naar het heden.

Gösta stond op om nog een kopje koffie te pakken en hief de kan vragend op naar Patrik, die knikte. Toen hij weer zat, vroeg hij: 'Was er echt niemand die iets vermoedde of wist? Hebt u het nooit aan iemand toevertrouwd?'

Er kwam een bittere blik in Laines ogen. 'Jawel, Johannes heeft het op een zwak moment aan Solveig verteld. Tijdens zijn leven durfde ze niets met die kennis te doen, maar na zijn dood kwam ze eerst met kleine opmerkingen, die naarmate haar bankrekening slonk in steeds grotere eisen veranderden.'

'Ze chanteerde u?' vroeg Gösta.

Laine knikte. 'Ja, ik heb haar vierentwintig jaar lang betaald.'

'Hoe hebt u dat kunnen doen zonder dat Gabriël het merkte? Want ik neem aan dat het om grote sommen geld ging?'

Weer knikte Laine. 'Dat was ook niet makkelijk. Maar hoewel Gabriël erg precies is als het om de boekhouding van de boerderij gaat, is hij tegenover mij nooit gierig geweest. Ik heb altijd geld gekregen als ik daarom vroeg, voor het huishouden en om te winkelen en zo. Om Solveig te kunnen betalen ben ik heel zuinig geweest, waardoor zij er het meeste van heeft gekregen.' Haar toon was bitter, met een ondertoon van iets wat nog sterker was.

'Ik neem aan dat ik nu geen andere keuze heb dan het Gabriël te vertellen, maar dan is het probleem met Solveig in elk geval opgelost.'

Ze glimlachte scheef, maar werd meteen weer ernstig en keek Patrik recht aan. 'Als uit dit alles iets goeds is voortgekomen, dan is het dat het me niet meer kan schelen wat Gabriël zegt, ook al ben ik daar vijfendertig jaar bang voor geweest. Jacob en Linda zijn het belangrijkst voor me. Het enige dat telt is dat Jacobs naam gezuiverd is. Want dat is toch zo?' vroeg ze dwingend terwijl ze hen beiden aankeek.

'Daar lijkt het wel op, ja.'

'Waarom houden jullie hem dan nog vast? Mag ik Jacob nu meenemen?'

'Ja, dat mag,' zei Patrik rustig. 'Maar we zouden u nog wel om een gunst willen vragen. Jacob weet iets en het is in zijn eigen belang dat hij dat ons vertelt. Praat even met hem, maar probeer hem er ook van te overtuigen dat hij niets moet achterhouden.'

Laine snoof. 'Ik begrijp hem anders goed. Waarom zou hij jullie helpen na alles wat jullie hem en onze familie hebben aangedaan?'

'Hoe sneller we deze zaak oplossen, hoe eerder jullie weer verder kunnen gaan met jullie leven.'

Patrik vond het moeilijk overtuigend te klinken omdat hij niets wilde zeggen over de onderzoeksresultaten waaruit bleek dat Jacob dan misschien de dader niet was, maar een ander familielid van Johannes wel. Dat was hun troefkaart en die wilde hij pas spelen als het niet anders kon. Tot die tijd hoopte hij dat Laine hem geloofde en meeging in zijn redenering. Na even te hebben gewacht, kreeg hij wat hij had gewild. Laine knikte. 'Ik zal zien wat ik kan doen. Maar ik weet niet zeker of je gelijk hebt. Ik geloof niet dat Jacob hier meer van weet dan iemand anders.'

'Dat zal vroeg of laat wel blijken,' was Patriks droge antwoord. 'Gaat u mee?'

Met dralende stappen liep Laine naar de verhoorkamer. Gösta wendde zich met gefronste wenkbrauwen tot Patrik: 'Waarom zei je niet dat Johannes is vermoord?'

Patrik haalde zijn schouders op. 'Ik weet het niet. Mijn gevoel zegt me dat hoe meer die twee daarbinnen in verwarring zijn, hoe beter het is. Jacob zal het Laine wel vertellen en hopelijk raakt ze daardoor ook van haar stuk.

Heel misschien wordt een van hen dan wat opener.'

'Denk je dat Laine ook iets verbergt?' vroeg Gösta.

'Ik weet het niet,' zei Patrik weer. 'Zag je haar blik toen we zeiden dat Jacob niet langer werd verdacht? Ze was verbaasd.'

'Ik hoop dat je gelijk hebt,' zei Gösta en hij streek vermoeid over zijn gezicht. Het was een lange dag geweest.

'We wachten tot ze met elkaar hebben gesproken. Daarna gaan we zelf ook naar huis om een hapje te eten en wat slaap te krijgen. We zijn niets waard als we helemaal op zijn,' zei Patrik.

Ze gingen zitten en wachtten.

Ze meende buiten iets te horen. Toen werd het echter weer stil, dus Solveig haalde haar schouders op en concentreerde zich weer op haar albums. Na de hevige emoties van de afgelopen dagen waren de beduimelde foto's een aangenaam en vertrouwd rustpunt. Die veranderden nooit; hoogstens verbleekten en vergeelden ze in de loop van de jaren een beetje.

Ze keek op de keukenklok. De jongens kwamen weliswaar wanneer het hen uitkwam, maar ze hadden beloofd vanavond thuis te eten. Robert zou pizza's meebrengen van Kapten Falck en Solveigs maag rammelde. Even later hoorde ze voetstappen op het grind en ze stond moeizaam op om glazen en bestek te pakken. Borden waren niet nodig, ze aten de pizza's gewoon uit de doos.

'Waar is Johan?' Robert zette de pizza's op het aanrecht en keek om zich heen.

'Ik dacht dat jij dat wist. Ik heb hem al uren niet gezien,' zei Solveig.

'Hij is vast in de schuur. Ik ga hem wel even halen.'

'Zeg dat hij opschiet. Ik wacht niet op hem,' riep Solveig hem na en ze opende hongerig de dozen om te kijken welke pizza voor haar was.

'Johan?' Robert riep al voordat hij bij het schuurtje was, maar kreeg geen antwoord. Ach, dat hoefde niets te betekenen. Soms was Johan zo doof als een kwartel als hij daarbinnen zat.

'Johan?' Robert riep nog wat luider, maar hoorde in de stilte alleen zijn eigen stem.

Geïrriteerd opende hij de schuurdeur, klaar om zijn jongere broer uit te schelden omdat die zat te dagdromen. Maar dat was hij meteen vergeten.

'Johan! Godverdomme!'

Zijn broer lag op de grond met een grote rode aureool om zijn hoofd. Het duurde een paar tellen voor Robert doorhad dat het bloed was. Johan bewoog niet.

'Johan!' De stem werd klagend en er welde een snik op uit Roberts borst. Hij zakte op zijn hurken naast Johans mishandelde lichaam en liet er zijn handen besluiteloos overheen gaan. Hij wilde helpen maar wist niet hoe, en hij was bang zijn broer nog verder te bezeren als hij hem beetpakte. Een kreun uit Johans mond deed hem tot actie overgaan. Hij stond met rode knieën op en holde naar het huis.

'Ma! Ma!'

Solveig deed de deur open en kneep haar ogen samen. Haar vingers en mondhoeken waren vettig, kennelijk was ze al aan haar pizza begonnen. Het ergerde haar dat ze werd gestoord.

'Waarom schreeuw je zo, verdorie?' Toen zag ze de vlekken op Roberts kleren. Ze wist meteen dat het geen verf was. 'Wat is er gebeurd? Is er iets met

Johan?'

Ze holde zo snel als haar vormeloze lichaam dat toeliet naar het schuurtje, maar Robert hield haar tegen.

'Je kunt beter niet naar binnen gaan. Hij leeft, maar iemand heeft hem lelijk te grazen genomen! Hij is er slecht aan toe en we moeten een ambulance bellen!'

'Wie...?' snikte Solveig en ze viel als een slappe pop in Roberts armen. Hij maakte zich geïrriteerd los en dwong haar op haar eigen benen te gaan staan.

'Dat maakt nu even niet uit. Eerst moeten we hulp regelen! Ga naar binnen en bel de ambulance, dan ga ik naar hem terug. Bel ook de dokterspost, want de ambulance moet uit Uddevalla komen!'

Hij gaf zijn bevelen met het gezag van een generaal en Solveig reageerde meteen. Ze holde terug naar huis en nu hij wist dat er weldra hulp zou komen, haastte Robert zich terug naar zijn broer.

Toen dokter Jacobsson kwam, dacht niemand meer aan de omstandigheden waaronder ze elkaar eerder die dag hadden ontmoet, laat staan dat erover werd gesproken. Robert deed opgelucht een paar passen naar achteren, dankbaar dat iemand die wist wat hij deed, de leiding nam. Gespannen wachtte hij het oordeel af.

'Hij leeft, maar hij moet zo snel mogelijk naar het ziekenhuis. Er is een ambulance onderweg, heb ik begrepen?'

'Ja,' zei Robert met zwakke stem.

'Wil je even een deken voor hem halen?'

Robert begreep maar al te goed dat de dokter dit niet zozeer verzocht omdat Johan een deken nodig had, als wel om hem iets te doen te geven, maar hij was blij met de concrete taak en gehoorzaamde bereidwillig. Robert moest zich langs Solveig wringen die stilletjes en trillend in de deuropening van de schuur stond te huilen. Hij had niet de kracht haar te troosten. Hij moest zijn uiterste best doen om zelf niet in te storten, dus ze moest zichzelf maar even redden. In de verte hoorde hij sirenes. Hij zag het blauwe zwaailicht tussen de bomen door naderen en nog nooit was hij daar zó dankbaar voor geweest.

Laine zat een halfuur bij Jacob in de verhoorkamer. Patrik had het liefst zijn oor tegen de muur gedrukt, maar hij moest geduldig afwachten. Alleen zijn wippende voet gaf zijn ongeduld aan. Gösta en hij waren ieder naar hun kamer gegaan om te proberen wat andere dingen te doen, maar het was niet makkelijk. Patrik had graag geweten wat hij eigenlijk van deze hele vertoning verwachtte, maar hij had geen idee. Hij hoopte dat Laine op de een of andere manier op de juiste knoppen wist te drukken zodat Jacob zich opener zou opstellen. Maar misschien werd hij hier juist wel geslotener van. Patrik wist het niet en dat was het nou net: risico's die je tegen een mogelijke opbrengst afwoog, werden daden die je achteraf niet logisch kon verklaren.

Het ergerde hem ook dat het nog tot de volgende ochtend zou duren voor hij de uitslag van de bloedonderzoeken had. Hij had graag de hele nacht met sporen naar Jenny doorgewerkt, maar dan moesten die er wel zijn. Het bloed was het enige dat ze op dit moment hadden en hij had er onbewust toch op gerekend dat Jacobs DNA zou overeenstemmen met dat van de dader. Nu die theorie als een kaartenhuis was ingestort, zat hij naar een gapend leeg vel papier te turen en waren ze terug bij af. Jenny móest ergens zijn, maar hij had het gevoel dat ze nu nog minder in handen hadden dan eerst. De enige concrete resultaten tot nu toe waren dat ze er wellicht in waren geslaagd een familie uit elkaar te drijven, en dat ze hadden vastgesteld dat er vierentwintig jaar geleden een moord was gepleegd. Verder – niets.

Voor de honderdste keer keek hij op zijn horloge en zijn pen sloeg gefrustreerd kleine drumsolo's op zijn bureau. Misschien, heel misschien vertelde Jacob zijn moeder op dit moment de details die alles in één klap zouden oplossen. Misschien...

Een kwartier later was het duidelijk dat ze deze slag hadden verloren. Toen de deur van de verhoorkamer werd geopend, sprong hij van zijn stoel en liep ernaartoe. Hij zag twee gesloten gezichten. Ogen hard als kleine stenen keken hem opstandig aan. Op dat moment wist Patrik dat wat Jacob ook verborg, hij het niet uit eigen beweging zou onthullen.

'Jullie beloofden dat ik mijn zoon mee mocht nemen,' zei Laine met een ijzige stem.

'Ja,' zei Patrik slechts. Meer viel er ook niet te zeggen.

Nu moesten ze doen wat hij Gösta zopas had gezegd: naar huis gaan, iets eten en proberen een beetje te slapen. Hopelijk zouden ze morgen met hernieuwde energie verder kunnen gaan.

Zomer 1979

Ze maakte zich zorgen over haar zieke moeder. Hoe zou het met haar gaan? Zou het haar vader lukken in zijn eentje voor haar te zorgen? Nu ze alleen in het donker lag, werd de hoop dat ze haar zouden vinden langzaamaan door angst verdreven. Zonder de zachte huid van de ander voelde de duisternis zo mogelijk nog zwarter.

Ze had ook last van de stank. De zoete, bedwelmende lucht van de dood verjoeg alle andere geuren. Zelfs de stank van hun uitwerpselen verdween in die enge zoete lucht en ze had ook een paar keer moeten overgeven, zure oprispingen van gal bij gebrek aan voedsel in haar maag. Ze begon naar de dood te verlangen en dat beangstigde haar meer dan wat dan ook. De dood begon met haar te flirten en fluisterde tegen haar, beloofde haar pijn en onbehagen weg te nemen.

Aan één stuk door luisterde ze of ze boven iets hoorde. Voetstappen. Het geluid van het luik dat werd geopend. De planken die werden weggetrokken en dan opnieuw voetstappen, langzaam de trap afdalend. Ze wist dat als ze die weer hoorde, het de laatste keer zou zijn. Haar lichaam verdroeg geen pijn meer en ze zou net als de ander toegeven aan de verleidingen van de dood.

Als op bestelling hoorde ze de geluiden die ze had gevreesd. Met pijn in haar hart bereidde ze zich erop voor te sterven.

Het was heerlijk geweest dat Patrik de vorige avond eerder thuis was gekomen, maar onder de huidige omstandigheden verwachtte ze niet dat hij dat soort dingen deed. Nu ze zwanger was, begreep Erica pas echt hoe ongerust je als ouder kon zijn, en ze leed mee met de vader en moeder van Jenny Möller.

Opeens voelde ze zich een beetje schuldig dat ze zich de hele dag zo tevreden had gevoeld. Nadat het bezoek was vertrokken, was de rust in huis teruggekeerd en daardoor had ze alle tijd gehad om met het schoppende kleintje in haar buik te babbelen, even te gaan liggen en een goed boek te lezen. Ze was ook puffend de Galärbacken opgeklommen om wat lekkers voor het avondeten te kopen, en een flinke zak snoep. Over dat laatste had ze nu een slecht geweten. De vroedvrouw had op strenge toon verteld dat suiker geen verantwoord onderdeel van de zwangerschapkost was, en dat grote hoeveelheden ertoe konden leiden dat het kind als een kleine suikerverslaafde werd geboren. Ze had er weliswaar aan toegevoegd dat je er dan behoorlijk veel van moest binnenkrijgen, maar haar woorden bleven desondanks door Erica's hoofd spoken. Op de koelkast hing ook een lange lijst met dingen die ze niet mocht eten en soms leek het een onmogelijke taak het kind gezond op de wereld te zetten. Sommige vissoorten waren bijvoorbeeld uit den boze, terwijl andere wel waren toegestaan, alleen niet vaker dan één keer per week en dan hing het er ook nog van af of het zout- of zoetwatervissen waren... Verder had je nog het kaasdilemma. Erica was dol op alle soorten kaas en had uit haar hoofd geleerd welke ze wel en welke ze niet mocht hebben. Tot haar grote verdriet stonden schimmelkazen op de verboden lijst en ze hallucineerde al van het kaas- en rodewijnfestijn dat ze zou aanrichten zodra ze geen borstvoeding meer gaf.

Ze was zo verzonken in haar gedachten over die voedselorgie dat ze Patrik niet hoorde thuiskomen. Ongewild bracht hij haar aan het schrikken en het duurde een hele tijd voor haar hartritme weer tot rust was gekomen.

'O shit, wat laat jij me schrikken!'

'Sorry, dat was niet de bedoeling. Ik dacht dat je me wel had gehoord toen ik binnenkwam.' Hij ging naast haar op de bank zitten, en ze deinsde terug toen ze zijn gezicht zag.

'Patrik, je ziet helemaal grauw. Is er iets gebeurd?' Er schoot een gedachte door haar heen. 'Hebben jullie haar gevonden?' Een ijskoude stalen band sloot zich om haar hart.

Patrik schudde zijn hoofd. 'Nee.' Verder zei hij niets en Erica wachtte rustig af. Na een tijdje leek hij in staat verder te praten. 'Nee, we hebben haar niet gevonden. Het is net alsof we vandaag een paar stappen terug hebben gedaan.'

Hij boog zich opeens voorover en begroef zijn gezicht in zijn handen. Erica schoof moeizaam naar hem toe, sloeg haar armen om hem heen en leunde met haar wang tegen zijn schouder. Ze voelde eerder dan dat ze het hoorde dat hij stilletjes huilde.

'Verdomme, ze is zeventien. Snap jij dat nou! Zeventien, en een zieke gek denkt dat hij met haar kan doen wat hij wil. Joost mag weten wat ze moet doorstaan terwijl wij als een stelletje onbekwame idioten rondhollen zonder ook maar enig benul van waar we mee bezig zijn. Hoe hebben we ooit kunnen denken dat we een dergelijk onderzoek aankonden? Anders houden we ons bezig met fietsendiefstallen en zo. Welke idioot heeft het goed gevonden dat wij – ik! – dit stomme onderzoek leiden!' Hij spreidde zijn handen.

'Niemand had het beter kunnen doen dan jij, Patrik! Wat dacht je dat er was gebeurd als ze een team uit Göteborg hadden gestuurd, of wat jij ook maar als alternatief ziet? Zij zijn niet op de hoogte van de plaatselijke omstandigheden. Ze kennen de mensen niet en weten niet hoe de dingen hier in hun werk gaan. Ze hadden het niet beter kunnen doen, hooguit slechter. En jullie staan er niet helemaal alleen voor, al begrijp ik best hoe je je voelt. Vergeet niet dat Uddevalla ook met een paar mensen heeft geholpen en zoekacties heeft geregeld en zo. Je zei zelf laatst nog hoe goed de samenwerking was. Ben je dat vergeten?'

Erica sprak tegen hem alsof hij een kind was, maar niet op een neerbuigende manier. Ze wilde alleen duidelijk maken wat ze bedoelde, en kennelijk slaagde ze daarin want Patrik kalmeerde en ze voelde zijn lichaam ontspannen.

'Ja, je hebt gelijk,' zei Patrik met tegenzin. 'We hebben gedaan wat we konden, maar het is zo hopeloos. De tijd vliegt en nu zit ik thuis, terwijl Jenny misschien wel op sterven ligt.'

De paniek in zijn stem kwam terug en Erica drukte haar arm steviger om zijn schouder.

'Ssst, zo mag je niet denken.' Haar stem klonk nu wat scherper. 'Je mag nu niet instorten. Als je haar en haar ouders iets verschuldigd bent, is het wel dat je je hoofd koel houdt en doorwerkt.'

Patrik zei niets, maar Erica zag dat hij naar haar luisterde.

'Haar ouders hebben me vandaag drie keer gebeld. Gisteren vier keer. Denk je dat dat betekent dat ze de hoop opgeven?'

'Nee, dat denk ik niet,' zei Erica. 'Ik denk dat ze erop vertrouwen dat jullie je werk doen. En nu moet je kracht verzamelen voor morgen. Je hebt er niets aan als je jezelf volledig uitput.'

Patrik glimlachte zwakjes. Erica zei precies wat hijzelf eerder vandaag Gösta had voorgehouden. Misschien wist hij soms toch nog wat hij zei.

Hij deed wat Erica hem had opgedragen. Hoewel het eten hem niet smaakte, at hij op wat er op tafel stond. Vervolgens viel hij in een lichte slaap. In zijn dromen holde een jong meisje aldoor bij hem vandaan. Ze was zo dichtbij dat hij haar kon aanraken, maar net op het moment dat hij zijn hand wilde uitsteken en haar wilde pakken, lachte ze plagerig en ging ervandoor. Toen hij wakker werd van de wekker, was hij bezweet en moe.

Naast hem had Erica het merendeel van haar wakkere uren over Anna liggen piekeren. Net zo vastbesloten als ze overdag was geweest dat zij niet de eerste stap zou zetten, zo zeker wist ze in de ochtendschemering dat ze Anna moest bellen zodra het echt licht was. Er was iets mis, ze voelde het.

De geur van ziekenhuizen joeg haar angst aan. De steriele geur, de kleurloze muren en de sombere kunst hadden iets definitiefs. Ze had de hele nacht geen oog dichtgedaan en nu leek het alsof iedereen om haar heen in slow motion bewoog. Het geritsel van de kleding van het personeel werd versterkt en oversteemde in Solveigs oren het gemurmel op de achtergrond. Ze verwachtte dat haar wereld elk moment zou instorten. Het leven van Johan hing aan een zijden draadje had de arts in de vroege ochtenduren gezegd, en ze rouwde nu al om haar zoon. Wat moest ze anders? Alles wat ze in haar leven had gehad, was als fijn zand door haar vingers gegleden en door de wind weggeblazen. Niets van wat ze had willen vasthouden, was gebleven. Johannes, het leven op de Västergården, de toekomst van haar jongens – alles was tot niets verbleekt en zij was in haar eigen wereld gevlucht.

Maar vluchten kon niet meer. Niet nu de werkelijkheid zich in de vorm van allerlei beelden, geluiden en geuren opdrong. De realiteit dat er nu in Johans lichaam werd gesneden, was te tastbaar om eraan te kunnen ontsnappen.

Ze had lang geleden met God gebroken, maar nu bad ze alsof haar leven ervan afhing. Ze ratelde alle woorden op die ze zich van het geloof uit haar jeugd kon herinneren, deed beloften die ze nooit zou kunnen nakomen, maar hoopte dat haar goede wil genoeg was om Johan te laten leven. Robert had de hele nacht met een vertrokken gezicht naast haar gezeten. Ze wilde niets liever dan haar hand naar hem uitsteken en hem aanraken, hem troosten, een moeder voor zijn. Maar er waren al zoveel jaren verstreken dat alle kansen verkeken waren. Dus zaten ze zwijgend als vreemden naast elkaar, alleen verenigd door hun liefde voor de man in het bed, beiden in de wetenschap dat hij de beste van hen was.

Aan het eind van de gang kwam een bekend gezicht afwachtend naar hen toe. Linda sloop langs de muren, niet wetend hoe ze zou worden ontvangen. Maar alle lust om ruzie te maken was verdwenen met de vele klappen die hun zoon en broer te verduren had gehad. Zonder een woord te zeggen ging ze naast Robert zitten en het duurde een hele poos voor ze durfde te vragen: 'Hoe gaat het met hem? Papa zei dat je hem vanochtend hebt gebeld om het te vertellen.'

'Ja, ik vond dat Gabriël het moest weten,' zei Solveig, nog altijd in de verte starend, 'we blijven tenslotte familie. Ik vond gewoon dat hij het moest weten...' Haar gedachten leken af te dwalen en Linda knikte.

Solveig ging verder: 'Ze zijn nog aan het opereren. We weten niet veel meer dan dat... dan dat hij kan sterven.'

'Maar wie heeft hem zo toegetakeld?' vroeg Linda, vastbesloten te voorkomen dat haar tante zich terugtrok in een stilte voor ze een antwoord op die vraag had.

'We weten het niet,' zei Robert. 'Maar wie het ook is, die hufter zal er flink voor boeten!' Hij ontwaakte even uit zijn shock en sloeg hard op de armleuning van zijn stoel. Solveig zei niets.

'Wat doe jij hier eigenlijk?' vroeg Robert. Hij besefte nu pas hoe vreemd het was dat het nichtje met wie ze nooit rechtstreeks contact hadden gehad, naar het ziekenhuis was gekomen.

'Ik... wij... ik...' Linda stamelde terwijl ze naar woorden zocht om haar relatie met Johan te beschrijven. Het verbaasde haar dat Robert niets wist. Johan had weliswaar gezegd dat hij zijn broer niets over hun verhouding had verteld, maar ze had hem niet echt geloofd. Dat Johan hun relatie geheim had gehouden, bewees hoe belangrijk die voor hem was geweest en dat inzicht maakte haar opeens beschaamd.

'We... zagen elkaar weleens, Johan en ik.' Ze bestudeerde grondig haar perfect gemanicuurde nagels.

'Hoezo, zagen?' Robert keek haar verbaasd aan. Toen begreep hij het. 'O, jullie hebben dus... oké...' Hij lachte. 'Ja, zo zie je maar weer, dat broertje van mij. Wat een smeerkees.' De lach bleef in zijn keel steken toen hij zich realiseerde waarom ze hier zaten en de geschokte uitdrukking gleed weer over zijn gezicht.

Terwijl de uren verstreken zaten ze met z'n drieën zwijgend op een rijtje in de trieste wachtkamer. Elk geluid van voetstappen in de gang deed hen angstig opkijken of een arts in een witte jas hun een diagnose kwam geven. Zonder het van elkaar te weten, baden ze, alle drie.

Toen Solveig 's ochtends vroeg belde, had het hem verbaasd dat hij zo'n medeleven met hen voelde. De vete tussen de families was al zo oud dat vijandigheid een tweede natuur was geworden, maar toen hij hoorde hoe Johan eraan toe was, werd alle wrok weggespoeld. Johan was de zoon van zijn broer, zijn eigen vlees en bloed, en dat was het enige dat telde. Toch was het niet echt vanzelfsprekend om naar het ziekenhuis te gaan. Het voelde huichelachtig en hij was dankbaar toen Linda zei dat zij ging. Hij had zelfs de taxi naar Uddevalla voor haar betaald, hoewel hij een taxi normaal gesproken het toppunt van extravagantie vond.

Gabriël zat besluiteloos achter zijn grote bureau. De hele wereld leek op haar kop te staan en het werd alsmaar erger. Hij had het gevoel dat alles in de afgelopen vierentwintig uur tot een climax was gekomen. Jacob die werd meegenomen voor een verhoor, een huiszoeking op de Västergården, het bloed dat de hele familie had moeten laten afnemen en nu Johan die in het ziekenhuis lag, zwevend tussen leven en dood. De zekerheden die hij zijn hele leven had getracht op te bouwen stortten voor zijn ogen in.

In de spiegel aan de muur tegenover hem keek hij naar zijn gezicht alsof hij dat nooit eerder had gezien. En in zekere zin was dat ook zo. Hij kon zien dat hij de afgelopen dagen ouder was geworden. De vitaliteit was uit zijn blik verdwenen, het gezicht werd door zorgen getekend en zijn meestal zo verzorgde haar zat slordig en had alle glans verloren. Gabriël moest bekennen dat hij teleurgesteld was in zichzelf. Hij had altijd gedacht dat hij iemand was die door moeilijkheden groeide en op wie anderen in zware tijden konden terugvallen. Maar nu was Laine de sterkere van hen beiden gebleven. Misschien had hij dat eigenlijk altijd wel geweten. Misschien had zij het eveneens geweten, maar hem in de waan gelaten omdat ze wist dat hij dan gelukkiger was. Een warm gevoel stroomde door hem heen. Een stille liefde. Iets wat diep onder zijn egocentrische verachting begraven had gelegen, kon nu naar boven komen. Wellicht kwam er toch nog iets goed uit al deze ellende voort.

Een klopje op de deur onderbrak zijn overpeinzingen.

'Binnen.'

Laine stapte voorzichtig over de drempel en hij realiseerde zich opnieuw hoezeer ze was veranderd. Weg waren de nerveuze uitdrukking op haar gezicht en de onrustig bewegende handen, ze leek zelfs langer omdat ze nu rechtop liep.

'Goedemorgen, lieverd. Heb je lekker geslapen?'

Ze knikte en ging in een van de twee fauteuils voor bezoekers zitten. Gabriël keek haar vorsend aan. De wallen onder haar ogen weerspraken haar bevestigende antwoord. Toch had ze ruim twaalf uur geslapen. Nadat ze Jacob gisteren van het politiebureau had opgehaald, had hij nauwelijks de gelegenheid gehad met haar te praten. Ze had gemompeld dat ze moe was en was vervolgens naar haar kamer gegaan. Er was iets loos, dat voelde hij nu. Sinds Laine in zijn kantoor zat, had ze hem geen enkele keer aangekeken en alleen grondig haar schoenen bestudeerd. Bezorgdheid welde in hem op, maar hij moest haar eerst over Johan vertellen. Ze reageerde verbaasd en meelevend en toch was het alsof de woorden haar niet echt bereikten. Het was duidelijk dat ze aan heel andere dingen dacht en zelfs de mishandeling van Johan bracht daar geen verandering in. Nu knipperden alle waarschuwingslampjes tegelijk.

'Is er iets gebeurd? Is er gisteren op het politiebureau iets gebeurd? Ik heb gisteravond met Marita gesproken en zij zei dat ze Jacob hadden laten gaan dus dan kan de politie toch niet...' Hij wist niet goed hoe hij verder moest gaan. De gedachten tolden door zijn hoofd en hij verwierp de ene verklaring na de andere.

'Nee, Jacob wordt niet meer verdacht,' zei Laine.

'Wat zeg je me daar! Maar dat is fantastisch!' Gabriëls gezicht lichtte op. 'Hoe... wat is er...?'

Laines gezicht stond nog even somber als voorheen en ze keek hem nog steeds niet aan. 'Voordat we het daarover hebben, is er iets anders wat je moet weten.' Ze aarzelde. 'Johannes, hij... hij...'

Ongeduldig draaide Gabriël op zijn stoel heen en weer. 'Wat is er met Johannes? Gaat het over dat onzalige openen van zijn graf?'

'Ja, zo zou je het wel kunnen stellen.' Een nieuwe pauze. Gabriël wilde haar wel door elkaar rammelen om haar te laten zeggen wat ze op haar hart had. Toen haalde ze diep adem en de woorden stroomden zo snel naar buiten dat hij amper begreep wat ze zei: 'Ze hebben Jacob verteld dat ze de overblijfselen van Johannes hebben onderzocht en dat is gebleken dat hij geen zelfmoord heeft gepleegd. Hij is vermoord.'

De pen in Gabriëls hand viel op tafel. Hij keek Laine aan alsof ze gek was geworden. Ze ging verder: 'Ik weet dat het absurd klinkt, maar ze zijn zeker van hun zaak. Iemand heeft Johannes vermoord.'

'Weten ze ook wie?' Dat was het enige dat hij wist te zeggen.

'Natuurlijk weten ze dat niet,' snauwde Laine. 'Ze hebben het net ontdekt en er zijn zoveel jaren verstreken...' Ze maakte een weids gebaar met haar handen.

'Dat is nog eens nieuws. Maar hoe zit het nou met Jacob? Hebben ze zich verontschuldigd?' vroeg Gabriël nors.

'Hij wordt, zoals ik al zei, niet langer verdacht. Wat wij al wisten, hebben zij nu kunnen bewijzen,' snoof Laine.

'Dat is geen verrassing, dat was gewoon een kwestie van tijd. Maar hoe...?'

'Ze hebben zijn bloed vergeleken met sporen die de dader had achtergelaten, en het kwam niet overeen.'

'Dat had ik ze meteen kunnen vertellen. Wat ik ook heb gedaan, als ik me niet vergis!' zei Gabriël hoogdravend en hij voelde dat een grote knoop zich oploste. 'Daar moeten we champagne op drinken, Laine! Ik begrijp niet waarom jij er zo somber uitziet.'

Nu keek ze op en zag hem recht in de ogen. 'Omdat ze jouw bloed gisteren ook hebben kunnen analyseren.'

'Ja, maar dat kan ook geen match hebben opgeleverd,' zei Gabriël lachend.

'Nee, niet met de sporen van de moordenaar. Maar... het kwam ook niet overeen met Jacobs bloed.'

'Hoezo? Wat bedoel je? Hoezo kwam het niet overeen?'

'Ze konden zien dat jij Jacobs vader niet bent.'

De stilte die volgde klonk als een explosie. Gabriël ving opnieuw een glimp van zijn gezicht in de spiegel op en nu herkende hij zichzelf niet eens. Een vreemde staarde hem met open mond en grote ogen aan. Hij was niet in staat ernaar te kijken en wendde zijn blik af.

Laine zag eruit alsof alle zorgen van de wereld van haar schouders waren gevallen en haar gezicht lichtte juist op. Hij herkende het als opluchting. In een flits realiseerde hij zich hoe zwaar het voor haar moest zijn geweest om zoveel jaren met zo'n geheim rond te lopen, maar toen sloeg de woede met volle kracht toe.

'Wat zeg je me nou, verdomme!' bulderde hij en ze deinsde terug.

'Ze hebben gelijk, jij bent Jacobs vader niet.'

'En wie is dat dan wel?'

Stilte. Langzaam drong de waarheid tot hem door. Terwijl hij achterover zakte in zijn stoel, fluisterde hij: 'Johannes.'

Laine hoefde het niet te bevestigen. Plotseling was alles glashelder en Gabriël vervloekte zijn eigen domheid. Dat hij het niet eerder had gezien. De verstolen blikken, het gevoel dat er iemand langs was gekomen als hij er niet was, de soms enge gelijkenis die Jacob met zijn broer vertoonde.

'Maar waarom...?'

'Waarom ik een affaire met Johannes had, bedoel je?' Laines stem klonk koud, metaalachtig. 'Omdat hij alles was wat jij niet was. Ik was een tweede keuze voor jou, een vrouw die je om praktische redenen nam, iemand die haar plek zou kennen en ervoor zou zorgen dat jouw leven er precies zo uitzag als jij wilde, met zo min mogelijk strubbelingen.' Haar stem werd milder. 'Johannes deed niets dat hij niet zelf wilde. Hij had lief wanneer hij wilde, hij haatte wanneer hij wilde, hij leefde wanneer hij wilde... Met Johannes was het samenzijn als een natuurkracht. Hij zág mij, hij zag mij écht, hij was niet onderweg naar een volgende vergadering. Elk liefdesmoment met hem was als sterven en herboren worden.'

Gabriël beefde bij de passie die hij in Laines stem hoorde. Maar die vervaagde en ze keek hem nuchter aan. 'Het spijt me echt dat ik je wat Jacob betreft zo lang om de tuin heb geleid, echt waar, dat spijt me tot in het diepst van mijn hart. Maar ik ben niet van plan me te verontschuldigen omdat ik van Johannes hield.'

Impulsief boog ze zich naar voren en legde haar handen op die van Gabriël. Hij weerstond de neiging om de zijne weg te trekken en liet ze passief liggen.

'Je hebt zoveel kansen gehad, Gabriël. Ik weet dat jij veel van Johannes in je hebt, maar je laat het niet naar buiten komen. We hadden samen veel goede jaren kunnen hebben en ik had van je kunnen houden. In zekere zin ben ik dat ondanks alles ook gaan doen, maar ik ken je goed genoeg om te weten dat je nu niet meer wilt dat ik dat blijf doen.'

Gabriël antwoordde niet. Hij wist dat ze gelijk had. Hij had zijn hele leven gevochten om niet in de schaduw van zijn broer te staan en Laines verraad raakte hem op zijn meest kwetsbare plek.

Hij herinnerde zich de nachten waarin Laine en hij bij het ziekbed van hun zoon hadden gezeten. Toen had hij gewenst dat hij als enige naast Jacob zou zitten en dat zijn zoon zou zien hoe irrelevant alle anderen waren, inclusief Laine. In Gabriëls wereld was hij, Gabriël zelf, de enige geweest die zijn zoon nodig had. Het was zij tweeën tegen de rest. Nu hij eraan dacht was het lachwekkend. Eigenlijk was hij daar helemaal niet op zijn plek geweest. Johannes had het recht gehad om aan Jacobs bed te zitten, zijn hand vast te houden, hem te vertellen dat alles goed zou komen. En Ephraïm, die Jacobs leven redde. Ephraïm en Johannes, de eeuwige twee-eenheid waarvan Gabriël nooit deel had kunnen uitmaken. Nu bleek die onoverwinnelijk.

'En Linda?' Hij wist het antwoord, maar vroeg het toch, al was het maar om Laine een speldenprik te geven. Ze snoof.

'Linda is jouw dochter, dat lijdt geen twijfel. Johannes is de enige man met wie ik tijdens ons huwelijk samen ben geweest en daar zal ik nu de consequenties van aanvaarden.'

Een andere vraag kwelde hem meer. 'Weet Jacob het?'

'Jacob weet het.' Ze stond op, keek verdrietig naar Gabriël en zei stilletjes: 'Ik pak vandaag nog mijn spullen en ben voor de avond weg.'

Hij vroeg niet waar ze naartoe zou gaan, het maakte niet uit. Niets maakte nog iets uit.

Ze hadden de inbreuk in haar huis goed verborgen. De kinderen hadden nauwelijks gemerkt dat de politie was geweest, en zij ook niet. Tegelijk leek er iets veranderd. Ze kon er de vinger niet op leggen, maar het was wel zo; het gevoel dat haar huis niet langer de veilige plek was van weleer. Alles was door vreemde handen aangeraakt, opgetild, omgedraaid, bekeken. Op zoek naar iets slechts – in hun huis! Natuurlijk hield de Zweedse politie veel meer rekening met de burgers, maar voor het eerst in haar leven meende ze te kunnen begrijpen hoe het moest zijn in de dictaturen en politiestaten waarover ze op tv had gehoord. Ze had haar hoofd geschud en medelijden gevoeld met de mensen die onder de voortdurende dreiging leefden dat er inbreuk op hun privéleven werd gemaakt, maar ze had toch niet echt kunnen vatten hoe vies je je naderhand voelde en hoe groot de angst was voor het onbekende dat erna kon gebeuren.

Ze had Jacob vannacht in haar bed gemist. Ze had hem naast zich willen hebben, zijn hand in de hare willen voelen, ter geruststelling dat alles weer werd zoals vroeger. Maar toen ze 's avonds het politiebureau had gebeld, hadden ze gezegd dat hij door zijn moeder was opgehaald en Marita was ervan uitgegaan dat haar man bij zijn ouders was blijven slapen. Ze vond weliswaar dat hij had kunnen bellen, maar op hetzelfde moment had ze zichzelf de les gelezen: het was aanmatigend zo te denken. Jacob deed altijd wat het beste voor hen was en als zij al van slag was omdat de politie in haar huis was geweest, hoe moest het dan voor hem zijn om opgesloten te worden en de meest onmogelijke vragen te moeten beantwoorden!

Met langzame bewegingen ruimde Marita de ontbijtboel van de kinderen op. Aarzelend pakte ze de hoorn van de haak om het nummer van haar schoonouders te bellen, maar toen bedacht ze zich en legde weer op. Waarschijnlijk sliep hij vandaag uit en ze wilde hem niet storen. Op dat moment ging de telefoon, en ze veerde geschrokken op. Op het display zag ze dat het het landhuis was en ze nam enthousiast op, ervan overtuigd dat het Jacob was.

'Hoi, Marita. Met Gabriël.'

Ze fronste haar wenkbrauwen. Ze herkende de stem van haar schoonvader nauwelijks. Hij klonk als een oude man.

'Hoi Gabriël. Hoe gaat het met jullie?'

Haar vrolijke toon verhulde haar onrust, maar ze wachtte gespannen op zijn antwoord. De gedachte dat er iets met Jacob was gebeurd schoot even door haar hoofd, maar voordat ze naar hem kon vragen, zei Gabriël: 'Zeg, is Jacob toevallig thuis?'

'Jacob? Maar Laine heeft hem gisteren toch opgehaald. Ik dacht dat hij bij jullie sliep.'

'Nee, hij is hier niet geweest. Laine heeft hem gisteren bij jullie afgezet.' De paniek die in zijn stem doorklonk, voelde ze zelf nu ook.

'Lieve god, waar is hij dan?' Marita sloeg haar hand voor haar mond en deed haar best niet door angst te worden overmand.

'Hij moet... hij moet...' Gabriël slaagde er niet in zijn zin af te maken, waardoor zijn onrust alleen maar groeide. Als Jacob niet thuis was en niet bij hen, waren er geen alternatieven. Een verschrikkelijke gedachte kwam in hem op.

'Johan ligt in het ziekenhuis. Hij is gisteren thuis in elkaar geslagen.'

'O, mijn god. Hoe gaat het met hem?'

'Ze weten niet of hij het redt. Linda is naar het ziekenhuis gegaan, ze zou bellen zodra ze meer weet.'

Marita ging met een plof op een keukenstoel zitten. Haar borst trok samen en het ademen viel haar zwaar. Haar keel voelde als dichtgesnoerd. 'Denk je dat...'

Ze kon Gabriëls stem via de telefoon nauwelijks verstaan. 'Nee, dat kan niet. Wie zou...'

Vervolgens beseften ze beiden dat al hun ellende voortkwam uit het feit dat er een moordenaar op vrije voeten rondliep. De stilte die op dit inzicht volgde, echode luid.

'Bel de politie, Marita. Ik kom naar je toe.' Vervolgens hoorde ze alleen de kiestoon.

Patrik zat achter zijn bureau en wist niet wat hij moest doen. Hij dwong zich tot een bezigheid zodat hij niet aldoor naar de telefoon zat te staren. De wens om de uitslagen van de bloedonderzoeken te hebben, was zo sterk dat hij die in zijn mond proefde. De klok tikte onbarmhartig langzaam. Hij besloot zich op zijn administratieve taken te storten en pakte de papieren. Een halfuur later was hij nog niets opgeschoten, hij had alleen maar in de verte zitten staren. Vermoeidheid na de slechte nachtrust speelde hem parten. Hij nam een slok van de koffie die voor hem stond, maar vertrok meteen zijn gezicht. De koffie was koud geworden. Met zijn kopje in zijn hand stond hij op om bij te schenken toen de telefoon ging. Hij wierp zich zo snel op de hoorn dat de koude koffie gedeeltelijk over het bureau stroomde.

'Patrik Hedström.'

'Jacob is verdwenen!'

Hij had de Forensische Eenheid verwacht, dus het duurde even voordat hij had omgeschakeld.

'Sorry?'

'Met Marita Hult. Mijn man is sinds gisteravond verdwenen!'

'Verdwenen?' Patrik vatte het nog steeds niet helemaal. Door de vermoeidheid was zijn gedachtegang traag en weerspannig.

'Hij is gisteren niet thuisgekomen. En hij heeft ook niet bij zijn ouders geslapen. En gezien wat er met Johan is gebeurd...'

Nu was Patrik helemaal de kluts kwijt.

'Wacht even, iets langzamer graag. Wat is er met Johan gebeurd?'

'Die ligt immers in het ziekenhuis in Uddevalla. Mishandeld, en ze weten niet eens of hij het wel redt. Wat als Jacob het volgende slachtoffer is? Misschien ligt hij ergens, gewond.'

De paniek in haar stem werd groter en nu was Patrik er weer helemaal bij. Ze hadden niets over een mishandeling van Johan Hult gehoord, de collega's in Uddevalla moesten die aangifte hebben opgenomen. Hij zou hen direct bellen, maar eerst moest hij Jacobs vrouw zien te kalmeren.

'Marita, het is niet zeker dat Jacob iets is overkomen. Maar ik zal iemand naar jullie toe sturen, en ik zal ook contact opnemen met de politie in Uddevalla om te horen wat zij over Johan weten. Ik neem dit zeker serieus, maar ik vind niet dat er reden is om je zorgen te maken. We zien wel vaker dat iemand om de een of andere reden een nacht wegblijft. Misschien was Jacob wel geschokt na ons gesprek van gisteren en wilde hij even alleen zijn, of zoiets.'

Gefrustreerd zei Marita: 'Jacob zou nooit wegblijven zonder me te vertellen waar hij is. Daar is hij veel te zorgzaam voor.'

'Ik geloof je en ik beloof dat we het serieus nemen. Er komt iemand bij jullie langs, oké? Zou jij je schoonouders willen vragen of ze ook naar jullie toe komen, dan kunnen we tegelijk met hen praten.'

'Het is makkelijker als ik naar hen toe ga,' zei Marita, die opgelucht leek nu er meteen actie werd genomen.

'Dan doen we dat,' zei Patrik en na een laatste geruststelling dat ze echt moest proberen niet meteen het ergste te denken, hing hij op.

Daarna was zijn passiviteit totaal verdwenen. In tegenstelling tot wat hij tegen Marita had gezegd, was ook hij geneigd te denken dat Jacobs verdwijning geen natuurlijke oorzaak had. Als Johan bovendien was mishandeld, of als iemand had geprobeerd hem te vermoorden, hadden ze alle reden ongerust te zijn. Eerst belde hij de collega's in Uddevalla.

Even later had hij te horen gekregen wat ze over de overval wisten, al was dat niet veel. Iemand had Johan de avond tevoren zo lelijk toegetakeld dat hij tussen leven en dood zweefde. Omdat Johan niet zelf had kunnen vertellen wie het had gedaan, had de politie nog geen aanwijzingen omtrent de dader. Ze hadden met Solveig en Robert gesproken, maar geen van beiden had iets bij het huisje gezien. Even verdacht Patrik Jacob, maar dat bleek algauw een onbezonnen gedachte. Johan was mishandeld op het moment dat Jacob op het politiebureau zat.

Patrik aarzelde over zijn volgende stap. Er waren twee dingen die moesten gebeuren. Enerzijds wilde hij dat iemand naar het ziekenhuis in Uddevalla ging om met Solveig en Robert te praten om uit te vinden of ze misschien toch iets wisten. Anderzijds moest er iemand naar het landhuis, naar Jacobs familie. Na enige aarzeling besloot hij zelf naar Uddevalla te gaan en Martin en Gösta naar het landhuis te sturen. Maar net toen hij opstond om met hen te gaan praten, ging de telefoon weer. Nu was het de Forensische Eenheid.

Met angst en beven bereidde hij zich voor op wat het lab te melden had, misschien leverden zij binnen een paar minuten het ontbrekende puzzelstukje. Maar zelfs in zijn wildste fantasie had hij hun bevindingen niet kunnen voorspellen.

Tijdens de hele rit naar het landhuis hadden Martin en Gösta het over Patriks nieuws gehad. Zij begrepen het ook geen van beiden, maar tijdgebrek belette hen ze daar lang bij stil te staan. Ze moesten gewoon stug doorwerken.

Voor het bordes bij de hoofdingang moesten ze over een paar grote koffers heen stappen. Nieuwsgierig vroeg Martin zich af wie op reis zou gaan. Het leek meer bagage dan Gabriël nodig had voor een zakenreis en bovendien zat er een vrouwelijk tintje aan, dus gokte hij op Laine.

Ze werden nu niet naar de woonkamer gebracht, maar via een lange hal naar een keuken aan de andere kant van het huis. Martin vond het er meteen gezellig. De woonkamer was weliswaar mooi, maar toch wat onpersoonlijk. De keuken was knus en had een landelijke eenvoud die de elegantie trotseerde die als een verstikkende nevel over de rest van het landhuis lag. In de woonkamer had Martin zich een boerenpummel gevoeld, maar hier kreeg hij zin zijn mouwen op te stropen en in grote dampende pannen te gaan roeren.

Marita zat in een hoekje bij de muur aan een enorme rustieke keukentafel. Het leek alsof ze veiligheid zocht in een situatie die angstaanjagend en onverwacht was. In de verte hoorde hij het geluid van rumoer. Hij strekte zijn nek en zag door het raam de twee kinderen van Jacob en Marita op het grote grasveld in de tuin spelen.

Ter begroeting knikten ze slechts naar elkaar. Vervolgens gingen Martin en Gösta bij Marita aan tafel zitten. Er hing een vreemde sfeer, vond Martin, maar hij kon er de vinger niet op leggen. Gabriël en Laine gingen zo ver mogelijk uit elkaar zitten, en het viel hem op dat ze zorgvuldig vermeden elkaar aan te kijken. Hij dacht aan de koffers voor de deur. Toen besefte hij dat Laine Gabriël had verteld over haar affaire met Johannes en het resultaat daarvan. Geen wonder dat de stemming zo om te snijden leek. En hiermee waren de koffers buiten ook verklaard. Wat Laine nu nog aan het landhuis bond, was hun gezamenlijke bezorgdheid over Jacobs afwezigheid.

'Als we eens bij het begin beginnen,' zei Martin. 'Wie van jullie heeft Jacob als laatste gezien?'

Laine maakte een licht handgebaar. 'Ik.'

'Wanneer was dat?' ging Gösta verder.

'Om een uur of acht. Nadat ik hem bij jullie had opgehaald.' Ze knikte naar de agenten aan de overkant van de tafel.

'En waar hebt u hem afgezet?' vroeg Martin.

'Bij de inrit van de Västergården. Ik heb nog aangeboden om hem tot de voordeur te rijden, maar hij zei dat dat niet nodig was. Het is daar een beetje lastig keren en het is ook maar een paar honderd meter lopen, dus ik heb niet aangedrongen.'

'In wat voor stemming was hij toen?' ging Martin verder.

Laine keek voorzichtig naar Gabriël. Ze wisten allemaal waar het eigenlijk over ging, maar niemand wilde het hardop zeggen. Martin realiseerde zich dat Marita waarschijnlijk niet op de hoogte was van Jacobs gewijzigde familierelatie, maar daar kon hij nu helaas geen rekening mee houden. Ze moesten alle feiten boven tafel zien te krijgen en konden niet om de hete brij heen blijven draaien.

'Hij was...' Laine zocht naar de juiste woorden, '... in gepeins verzonken. Ik zou haast zeggen dat hij in een shock verkeerde.'

Verward keek Marita eerst naar Laine en vervolgens naar de agenten. 'Waar hebben jullie het over? Waarom zou Jacob in een shock verkeren? Wat hebben jullie gisteren eigenlijk met hem gedaan? Gabriël zei dat Jacob niet langer werd verdacht, waarom was hij dan van slag?'

Laines gezicht betrok even, maar dat was dan ook het enige teken dat er allerlei gevoelens door haar heen schoten. Rustig legde ze haar hand op die van Marita. 'Jacob heeft gisteren nogal schokkend nieuws gehoord, lieverd. Ik heb jaren geleden iets gedaan wat ik lang met mij heb meegedragen. En dankzij de politie,' ze keek Martin en Gösta even hatelijk aan, 'is Jacob dat gisteravond te weten gekomen. Ik ben altijd van plan geweest het hem te vertellen, maar de jaren vlogen gewoon voorbij en ik neem aan dat ik domweg op het juiste moment wachtte.'

'Het juiste moment waarvoor?' vroeg Marita.

'Om Jacob te vertellen dat Johannes zijn vader is, en niet Gabriël.'

Bij alle woorden van de zin vertrok Gabriëls mond en hij deinsde terug alsof er met een mes in zijn borst werd gestoken. Maar de geschokte uitdrukking op zijn gezicht was weg. Zijn geest was al bezig de verandering te verwerken en het was minder moeilijk om het te horen dan de eerste keer.

'Wát zeg je!' Marita keek Laine en Gabriël met grote ogen aan. Vervolgens zakte ze in elkaar. 'O, god, dat moet een verpletterend bericht zijn geweest.'

Laine reageerde alsof ze een draai om haar oren had gekregen. 'Gedane zaken nemen geen keer,' zei ze. 'Het belangrijkste nu is dat ze Jacob vinden, daarna...' ze aarzelde, 'daarna moeten we met de rest in het reine komen.'

'Laine heeft gelijk. Wat het bloedonderzoek ook heeft aangetoond, hier...' Gabriël wees naar zijn hart, 'is Jacob mijn zoon. En we moeten hem vinden.'

'We zullen hem ook vinden,' zei Gösta. 'Misschien is het niet zo vreemd dat hij dit allemaal even in zijn eentje wil overdenken.'

Martin was blij dat Gösta heel vaderlijk kon klinken als hij dat wilde. Het dempte ieders ongerustheid en Martin ging kalm verder met zijn vragen: 'Hij is helemaal niet thuisgekomen?'

'Nee,' zei Marita. 'Toen ik het politiebureau belde hoorde ik dat hij door zijn moeder was opgehaald. Ik ging ervan uit dat hij daar was blijven slapen. Dat is weliswaar niets voor hem, maar aan de andere kant hebben hij en zijn familie de afgelopen tijd onder zware stress gestaan. Ik dacht dat hij misschien even bij zijn ouders wilde zijn.' Terwijl ze dat zei, keek ze verholen naar Gabriël en hij glimlachte bleekjes terug. Het zou nog wel even duren voor ze de juiste woorden hadden gevonden.

'Hoe zijn jullie te weten gekomen wat er met Johan is gebeurd?' vroeg Martin.

'Solveig belde vanochtend vroeg.'

'Ik dacht dat jullie... ruzie hadden,' zei Martin voorzichtig.

'Ja, zo zou je het kunnen noemen. Maar familie blijft familie en als het echt belangrijk is, dan...' Gabriël liet de zin wegsterven. 'Linda is nu bij ze.

Johan en zij blijken elkaar beter te kennen dan wij wisten.' Hij lachte kort en bitter.

'Hebben jullie verder nog iets gehoord?' vroeg Laine.

Gösta schudde zijn hoofd. 'Nee, volgens de laatste informatie is de situatie onveranderd. Patrik Hedström is nu onderweg naar Uddevalla, dus we wachten even af wat hij te melden heeft. Als daar iets duidelijk wordt, wat dan ook, horen jullie dat ongetwijfeld net zo snel als wij. Ik neem aan dat Linda jullie meteen belt, bedoel ik.'

Martin stond op. 'Oké, ik geloof dat we nu alles wel weten.'

'Denken jullie dat de moordenaar van het Duitse meisje Johan heeft aangevallen?' Marita's onderlip trilde licht. Het was duidelijk wat ze eigenlijk vroeg.

'Er is geen reden om dat te denken,' zei Martin vriendelijk. 'Ik ben ervan overtuigd dat we heel gauw weten wat er is gebeurd. Ik bedoel, Johan en Robert verkeren tenslotte in nogal dubieuze kringen, dus het is waarschijnlijker dat we de dader daar moeten zoeken.'

'En wat gaan jullie nu doen om Jacob te vinden?' hield Marita aan. 'Gaan jullie hier in de buurt een zoekactie houden?'

'Nee, dat is niet het eerste wat we gaan doen. Ik denk echt dat hij ergens over de... situatie zit na te denken en elk moment thuis kan komen. Dus je kunt het beste naar huis gaan en ons meteen bellen als hij er is. Oké?'

Niemand zei iets en de politiemannen gingen ervan uit dat dat betekende dat de familie het ermee eens was. Er was echt niet veel wat ze nu konden doen. Martin moest echter bekennen dat hij veel minder vertrouwen voelde dan hij hen wilde doen geloven. Het was een vreemd toeval dat Jacob was verdwenen op de avond waarop zijn neef, broer, of hoe je Johan ook maar moest noemen, was mishandeld.

Onderweg in de auto zei hij dat ook tegen Gösta, die instemmend knikte. Ook hij voelde in zijn buik dat er iets niet klopte. Vreemde toevalligheden kwamen niet zo vaak voor en als politieman kon je je er ook niet op verlaten. Ze hoopten dat Patrik iets te weten was gekomen.

Zomer 2003

Ze werd wakker met een knallende hoofdpijn en een plakkerig gevoel in haar mond. Jenny begreep niet waar ze was. Het laatste dat ze zich herinnerde was dat ze een lift had gekregen en in een auto was gestapt, en nu was ze opeens in een vreemde donkere werkelijkheid geworpen. Aanvankelijk was ze zelfs niet bang. Het leek alleen maar een droom. Ze kon elk moment wakker worden en ontdekken dat ze in de caravan van haar ouders lag.

Na een tijdje drong het tot haar door dat ze uit deze droom niet meer wakker zou worden. In paniek liep ze tastend door de duisternis en bij de laatste wand voelde ze houten planken onder haar vingers. Een trap. Ze tastte tree voor tree af en klom omhoog. Met een klap stootte ze haar hoofd. Al na een paar passen hield een plafond haar tegen en ze werd acuut claustrofobisch. Ze schatte in dat ze op de vloer net rechtop kon staan, hoger was de ruimte niet. Ze was ook in vrij korte tijd langs alle muren gelopen, meer dan twee meter zat er niet tussen. In paniek duwde ze aan het eind van de trap tegen het plafond. Ze voelde hoe de planken iets meegaven, maar ze weken niet uiteen. Er rammelde iets en ze concludeerde dat er aan de andere kant waarschijnlijk een hangslot zat.

Na nog een paar pogingen om het luik open te drukken, klom ze teleurgesteld weer naar beneden en ging met haar armen om haar benen geslagen op de grond zitten. Toen ze voetstappen boven haar hoofd hoorde, kroop ze instinctief zo ver mogelijk van het luik vandaan.

Toen de man naar beneden kwam, zag ze zijn gezicht voor zich hoewel er geen licht was. Ze had hem gezien toen hij haar met de auto had opgepikt en dat beangstigde haar: Jenny kon hem identificeren, ze wist wat voor auto hij had, en dat wees erop dat hij haar nooit levend zou laten gaan.

Ze begon te schreeuwen, maar hij legde zacht zijn hand op haar mond en sprak haar kalmerend toe. Toen hij er zeker van was dat ze stil zou zijn, nam hij zijn hand weg en begon haar voorzichtig uit te kleden. Met zijn handen tastte hij genietend, bijna liefdevol, haar ledematen af. Ze hoorde hoe zijn ademhaling zwaar werd en kneep haar ogen stijf dicht om niet te hoeven denken aan wat komen ging.

Naderhand verontschuldigde hij zich. Vervolgens kwam de pijn.

Het zomerse verkeer was moordend. Patriks irritatie nam met elke kilometer toe en toen hij de parkeerplaats bij het ziekenhuis van Uddevalla opreed, moest hij een paar keer diep ademhalen om rustig te worden. Meestal wond hij zich niet op over caravans die de hele weg in beslag namen of vakantiegangers die op hun dooie gemak naar alles wezen wat ze zagen, zonder zich druk te maken om de rij auto's die zich achter hen vormde. Maar doordat hij zo teleurgesteld was over de uitslag van de DNA-tests, was zijn tolerantiegrens aanzienlijk gedaald.

Hij had zijn oren niet kunnen geloven. Geen enkel bloedmonster had een match gegeven met het sperma dat ze op Tanja's lichaam hadden aangetroffen. Hij was er zo van overtuigd geweest dat uit de uitslagen zou blijken wie de moordenaar was, dat hij nog niet helemaal van de verrassing was bekomen. Iemand die met Johannes Hult verwant was had Tanja vermoord, dat was een vaststaand feit. Maar het was geen van de bekende familieleden.

Ongeduldig toetste hij het nummer van het politiebureau in. Annika was iets later begonnen dan anders, en hij had ongedurig gewacht tot ze er was.

'Hoi, met Patrik. Sorry dat ik wat gestrest klink, maar zou je zo snel mogelijk kunnen uitzoeken of de familie Hult nog meer verwanten hier in de buurt heeft. Ik denk vooral aan buitenechtelijke kinderen van Johannes.'

Hij hoorde haar aantekeningen maken en kruiste zijn vingers. Het leek een laatste strohalm en hij hoopte van ganser harte dat ze iets zou vinden. Anders zat hij met zijn handen in het haar.

Onderweg naar Uddevalla had hij een theorie bedacht waar hij wel blij mee was. Johannes had ergens een zoon die ze niet kenden. Gezien wat ze nu over hem wisten leek dat niet onmogelijk en hoe langer hij erover nadacht, hoe waarschijnlijker het hem zelfs leek. Dat zou ook een reden kunnen zijn waarom Johannes zelf was vermoord, dacht Patrik, zonder precies te weten hoe hij alles met elkaar moest rijmen. Jaloezie was een uitstekend motief voor moord en de manier waarop hij was vermoord, klopte ook met deze theorie. Een impulsieve, niet-geplande daad; een aanval van woede, jaloezie, die tot de dood van Johannes had geleid.

Maar hoe hield dat verband met de moord op Siv en Mona? Dat puzzelstukje kreeg hij niet goed op zijn plaats, maar misschien kon Annika's informatie hem verder helpen.

Hij smeet het portier dicht en liep naar de grote entree. Na enig zoeken vond hij met de hulp van een vriendelijke medewerker uiteindelijk de juiste afdeling. In de wachtkamer trof hij de drie mensen aan die hij zocht. Ze zaten als vogels op een elektriciteitsleiding naast elkaar, zonder te praten en met starende blikken. Toen Solveig Patrik zag, lichtten haar ogen even op. Moeizaam kwam ze overeind en liep waggelend naar hem toe. Ze zag eruit alsof ze de hele nacht niet had geslapen, en dat was ongetwijfeld ook het geval geweest. Haar kleren waren verkreukeld en roken scherp naar zweet. Haar vette haar hing in vreemde pieken om haar hoofd en onder haar ogen zaten donkere wallen. Robert zag er net zo moe uit, maar leek wat frisser. Alleen Linda leek vief en had een heldere blik en een keurig voorkomen. Ze wist nog niet wat er bij haar thuis allemaal aan de hand was.

'Hebben jullie hem?' Solveig trok licht aan Patriks arm.

'Helaas weten we nog niets meer. Hebben jullie iets van de artsen gehoord?'

Robert schudde zijn hoofd. 'Nee, ze zijn hem nog steeds aan het opereren. Iets met de druk in zijn hersenen. Kennelijk snijden ze zijn hele hoofd open. Het zal me verbazen als ze er iets anders dan zaagsel in aantreffen.'

'Robert!'

Solveig draaide zich boos om, maar Patrik begreep wat Robert probeerde te doen: hij wilde zijn bezorgdheid camoufleren en de stemming wat verlichten met een grapje. Bij Patrik zelf werkte dat meestal ook.

Hij ging zitten in een van de zitmeubels die het midden hielden tussen stoelen en fauteuils. Ook Solveig nam weer plaats.

'Wie heeft dit mijn jongen aangedaan?' Ze wiegde op haar stoel heen en weer. 'Ik heb hem gezien toen ze hem naar buiten brachten, hij leek wel iemand anders. En hij zat onder het bloed, overal zat bloed.'

Linda huiverde en trok een gezicht van afschuw. Robert vertrok geen spier. Toen Patrik naar zijn zwarte jeans en trui keek, zag hij dat er nog grote vlekken van Johans bloed in zaten.

'Jullie hebben gisteravond niets gehoord, niets gezien?'

'Nee,' zei Robert geïrriteerd. 'Dat hebben we die andere agenten ook al verteld. Hoe vaak moeten we het nog herhalen!'

'Het spijt me echt, maar ik moet dit soort vragen stellen. Heb alsjeblieft geduld met me.' Het medeleven in zijn stem was echt. Soms was het zwaar om agent te zijn, zeker op momenten als deze, wanneer je je in het leven moest mengen van mensen die wel andere en belangrijker dingen aan hun hoofd hadden. Maar hij kreeg onverwacht hulp van Solveig.

'Werk nou eens mee, Robert. We moeten allemaal doen wat we kunnen om de politie te helpen. Dan kunnen zij degene oppakken die dit onze Johan heeft aangedaan, dat snap je toch wel.' Ze wendde zich tot Patrik. 'Ik dacht dat ik vlak voor Robert me riep, iets hoorde. Maar we hebben niemand gezien, niet voor we hem vonden en ook niet erna.'

Patrik knikte. Toen zei hij tegen Linda: 'Heb jij gisteravond Jacob toevallig gezien?'

'Nee,' zei Linda onthutst. 'Ik heb in het landhuis geslapen en ik neem aan dat hij thuis op de Västergården was. Waarom vraag je dat?'

'Het lijkt erop dat hij gisteravond niet is thuisgekomen, dus ik vroeg me af of jij hem misschien had gezien.'

'Nee, dat zei ik al. Maar vraag mijn ouders eens.'

'Dat hebben we al gedaan, maar die hebben hem ook niet gezien. Ken je misschien een andere plek waar hij zou kunnen zijn?'

Nu begon Linda ongerust te worden. 'Nee, waar zou dat moeten zijn?' Ze leek zich iets te realiseren. 'Kan hij niet naar Bullaren zijn gegaan en daar hebben geslapen? Dat heeft hij weliswaar nog nooit eerder gedaan, maar...'

Patrik sloeg met zijn vuist op zijn been. Wat stom dat ze daar zelf niet op waren gekomen! Hij verontschuldigde zich en belde Martin. Die moest het meteen gaan uitzoeken.

Toen hij de wachtkamer weer binnenkwam, was de stemming veranderd. Tijdens zijn gesprek met Martin had Linda met haar mobieltje naar huis gebeld. Nu keek ze Patrik met de opstandigheid van een tiener aan.

'Wat is er eigenlijk aan de hand? Mijn vader zegt dat Marita jullie heeft gebeld en Jacob als vermist heeft opgegeven en dat er twee agenten zijn geweest die allerlei vragen hebben gesteld. Hij maakt zich enorm veel zorgen.' Ze was met haar handen in haar zij voor Patrik gaan staan.

'Er is op dit moment nog geen reden om je zorgen te maken.' Hij gebruikte dezelfde mantra als Gösta en Martin op het landhuis. 'Waarschijnlijk wil je broer gewoon even tot rust komen, maar we moeten dit soort aangiften natuurlijk wel serieus nemen.'

Linda keek wantrouwend, maar leek genoegen te nemen met het antwoord. Vervolgens zei ze met lage stem: 'Mijn vader heeft dat van Johannes ook verteld. Wanneer was je van plan het hun mee te delen?'

Ze gebaarde met haar hoofd naar Robert en Solveig. Patrik keek gefascineerd naar de baan die haar lange blonde haar door de lucht maakte. Vervolgens herinnerde hij zich haar leeftijd en schrok van de gedachte dat hij door de grote veranderingen in zijn eigen gezinssituatie misschien een ouwe snoeper werd.

Hij antwoordde op dezelfde lage toon. 'Daar wachten we nog even mee. Gezien Johans situatie is dit niet zo'n goed moment.'

'Dat zie je verkeerd,' zei Linda rustig. 'Ze hebben het nu meer dan ooit nodig om iets positiefs te horen. Geloof me, ik ken Johan goed genoeg om te weten dat het goed nieuws is dat Johannes geen zelfmoord heeft gepleegd. Dus als jij het nu niet vertelt, doe ik het.'

Wat een eigenwijs wicht. Maar Patrik moest bekennen dat ze gelijk had. Misschien had hij het hun al eerder moeten vertellen, ze hadden recht op de waarheid.

Hij knikte bevestigend naar Linda en schraapte zijn keel terwijl hij ging zitten. 'Solveig, Robert, ik weet dat jullie er bezwaar tegen hadden dat we Johannes' graf openden.'

Robert vloog als een speer overheid. 'Ben je niet goed wijs of zo?! Dat hoeft nu toch niet! Hebben we nog niet genoeg aan ons hoofd soms!'

'Ga zitten, Robert,' bulderde Linda. 'Ik weet wat hij wil zeggen en geloof me, dat wil je horen.'

Uit pure verbazing over het feit dat zijn fragiele nicht hem een bevel gaf, ging Robert weer zitten en hield zijn mond. Patrik ging verder terwijl Solveig en Robert hem nijdig aankeken omdat ze aan hun vernedering werden herinnerd.

'Een lijkschouwer heeft de o... het lichaam grondig onderzocht en hij heeft iets interessants gevonden.'

'Iets interessants,' snoof Solveig. 'Ja, dat is een goede woordkeuze.'

'Jullie moet het me maar vergeven, maar er is geen goede manier om dit te zeggen. Johannes heeft geen zelfmoord gepleegd, hij is vermoord.'

Solveig hapte naar adem. Robert zat als vastgenageld op zijn stoel en was niet in staat zich te bewegen.

'Wát zeg je me daar!' Solveig greep Roberts hand en hij liet haar haar gang gaan.

'Precies wat ik zeg. Johannes is vermoord, hij heeft geen zelfmoord gepleegd.'

De tranen drupten uit Solveigs al behuilde ogen. Haar hele lichaam begon te trillen en Linda keek Patrik triomfantelijk aan: het waren tranen van vreugde.

'Ik wist het,' zei ze. 'Ik wist dat hij zoiets niet zou doen. En iedereen zei maar dat hij zelfmoord had gepleegd omdat hij die meisjes had gedood. Dat kunnen ze mooi terugnemen! De dader van die moorden heeft vast ook de dood van mijn Johannes op zijn geweten. Ze moeten ons op hun blote knietjes om vergeving smeken. Alle jaren dat we...'

'Mama, houd op!' zei Robert geïrriteerd. Patriks woorden leken niet helemaal tot hem te zijn doorgedrongen, hij had even tijd nodig.

'Wat gaan jullie nu doen om degene die Johannes heeft vermoord, op te pakken?' vroeg Solveig popelend.

Patrik draaide ongemakkelijk op zijn stoel heen en weer. 'Tja, dat is niet zo makkelijk. Het is al heel wat jaren geleden en we hebben geen sporen. We zullen natuurlijk doen wat we kunnen, maar meer kan ik je niet beloven.'

Solveig snoof. 'Ja, ja, dat zal wel. Als jullie er nu net zoveel tijd in steken om de moordenaar te vinden als destijds om Johannes voor die moorden te pakken, is dat vast geen probleem. En nu wil ik zéker een verontschuldiging van jullie!'

Dreigend stak ze haar vinger in de lucht en Patrik besefte dat hij beter kon vertrekken voordat de situatie uit de hand liep. Hij wisselde een blik met Linda en zij wuifde onopvallend dat hij weg moest gaan. Hij richtte nog een laatste woord tot haar: 'Linda, beloof me dat je ons meteen belt zodra Jacob wat van zich laat horen. Al heb je ongetwijfeld gelijk en is hij in Bullaren.'

Ze knikte, maar haar ogen keken nog altijd ongerust.

Ze draaiden het het parkeerterrein van het politiebureau op, toen Patrik belde. Martin reed opnieuw weg, nu richting Bullaren. De thermometer liep weer op na een barmhartig koele ochtend en hij zette de airco iets hoger. Gösta trok aan de kraag van zijn overhemd met korte mouwen.

'Als die verdomde temperatuur nu maar eens blijvend wilde zakken.'

'Ach, op de golfbaan klaag je vast niet,' lachte Martin.

'Dat is iets heel anders,' zei Gösta chagrijnig. Golf en religie waren twee dingen waar je in zijn wereld geen grapjes over maakte. Een fractie van een seconde wenste hij dat hij weer met Ernst werkte. De samenwerking met Martin was weliswaar productiever, maar hij moest bekennen dat het ook voordelen had om Lundgren als partner te hebben. Ernst had zijn eigenaardigheden, maar hij protesteerde nooit als Gösta er een paar uur tussenuit kneep en een paar emmers balletjes sloeg.

Het volgende moment zag hij de foto van Jenny Möller voor zich en werd hij geplaagd door een slecht geweten. Tijdens een kort ogenblik van helderheid besefte hij dat hij een bittere oude man was geworden die akelig veel op zijn vader leek. Als hij zo doorging, zou hij net als hij in zijn eentje in een bejaardentehuis belanden en niets doen dan klagen over ingebeelde onrechtvaardigheden. Maar dan zonder kinderen die af en toe uit plichtsbesef langskwamen.

'Wat denk je, is Jacob in Bullaren?' vroeg hij om zijn onaangename gedachten te onderbreken.

Martin dacht na en zei toen: 'Dat zou me heel erg verwonderen. Maar het is wel de moeite waard om het te checken.'

Ze reden het erf op en verbaasden zich opnieuw over de idyllische scène voor hen. De boerderij leek eeuwig in een mild zonlicht te zijn gehuld, waardoor de rode kleur van het huis prachtig contrasteerde met het blauwe meer erachter. Net als de vorige keer liepen er jongeren doelbewust heen en weer, druk bezig met hun werkzaamheden. De woorden die in Martin opkwamen waren voortreffelijk, gezond, nuttig, schoon en Zweeds, en de combinatie van die woorden gaf hem een ongemakkelijk gevoel. Zijn ervaring zei hem dat als iets er té goed uitzag, het dat waarschijnlijk ook was...

'Het heeft wel iets van de Hitlerjugend, vind je niet?' vroeg Gösta, daarmee woorden gevend aan Martins gevoel van onbehagen.

'Ja, zoiets. Al is dat wat sterk uitgedrukt. Met dat soort commentaar moet je een beetje voorzichtig zijn,' zei Martin droog.

Gösta keek gekwetst. 'Sorry, hoor,' zei hij zeurderig, 'ik wist niet dat je bij de taalpolitie zat. Bovendien zouden ze jongens als Kennedy niet opnemen als dit een nazikamp was.'

Martin negeerde het commentaar en liep naar de voordeur. Een van de vrouwelijke begeleidsters deed open.

'Wat willen jullie nu weer?'

Jacobs rancune tegen de politie was kennelijk aanstekelijk.

'We zijn op zoek naar Jacob.' Gösta stond nog steeds te pruilen, dus Martin voerde het woord.

'Hij is hier niet. Probeer het thuis maar.'

'Weet je zeker dat hij er niet is? We willen graag zelf even kijken.'

Met tegenzin stapte de vrouw opzij en liet de beide agenten binnen. 'Kennedy, de politie is er weer. Ze willen Jacobs kantoor zien.'

'We weten de weg,' zei Martin.

De vrouw negeerde hem. Met snelle passen kwam Kennedy op hen af.

Martin vroeg zich af of hij een soort permanente gidsfunctie op de boerderij had. Maar misschien vond hij het leuk om mensen de weg te wijzen.

Zwijgend liep Kennedy voor Martin en Gösta uit naar Jacobs kantoor. Ze bedankten hem beleefd en deden vol verwachting de deur open. Geen spoor van Jacob. Ze stapten naar binnen en keken of iets erop wees dat Jacob hier de nacht had doorgebracht, een deken op de bank, een wekker, wat dan ook. Maar niets van dat alles. Teleurgesteld gingen ze weer naar de gang. Kennedy stond hen rustig op te wachten. Hij streek zijn pony opzij en Martin zag dat zijn ogen zwart en ondoorgrondelijk waren.

'Niets. Helemaal niets,' zei Martin toen ze weer naar Tanumshede reden.

'Nee,' zei Gösta kort. Martin sloeg zijn ogen ten hemel. Gösta was kennelijk nog steeds chagrijnig. Nou ja, dat moest hij zelf weten.

Gösta was in gedachten echter met iets heel anders bezig. Hij had tijdens hun bezoek aan de boerderij iets gezien, maar kon niet bedenken wat. Hij probeerde er niet aan te denken zodat zijn onderbewuste er vrijelijk mee aan de slag kon, maar dat was net zo moeilijk als een zandkorrel onder je ooglid negeren. Hij had iets gezien wat hij zich zou moeten herinneren.

'Hoe is het gegaan? Heb je iets gevonden?'

Annika schudde haar hoofd. Patriks uiterlijk baarde haar zorgen. Te weinig slaap, te weinig gezond eten en te veel stress hadden zijn zomerse kleurtje in een grauwe vaalheid veranderd. Zijn lichaam leek ergens onder gebukt te gaan en je hoefde geen genie te zijn om uit te dokteren wat dat was. Ze had hem graag gezegd dat hij zijn persoonlijke gevoelens van zijn werk moest scheiden, maar zag daarvan af. Ook zij voelde de druk, en het laatste dat ze zag voor ze 's avonds haar ogen sloot, was de vertwijfelde uitdrukking in de ogen van Jenny Möllers ouders toen ze aangifte kwamen doen van hun dochters vermissing.

'Hoe gaat het met je?' vroeg ze alleen maar meelevend, terwijl ze Patrik over de rand van haar bril aankeek.

'Tja, hoe gaat het met je onder dit soort omstandigheden?' Hij haalde ongeduldig zijn handen door zijn haar, waarna het rechtop bleef staan en hij op een karikatuur van een verstrooide professor leek.

'Klote, stel ik me zo voor,' zei Annika eerlijk. Rechttoe rechtaan was meer haar stijl dan veinzen.

Patrik glimlachte. 'Ja, zoiets. Maar genoeg daarover. Heb je iets in het register gevonden?'

'Nee, helaas. Het bevolkingsregister vermeldt geen andere kinderen van Johannes Hult, en verder zijn er niet veel plekken waar ik kan zoeken.'

'Zouden er wel andere kinderen kunnen zijn, al staan ze niet geregistreerd?'

Annika keek hem aan alsof hij een beetje traag van begrip was en snoof: 'Ja, gelukkig is er geen wet die het moeders verplicht om op te geven wie de vader van hun kind is, dus als er "vader onbekend" staat, kunnen het best kinderen van Johannes zijn.'

'En laat me raden, er zijn meerdere kinderen met onbekende vaders...'

'Niet per se, dat hangt af van het gebied waarin je wilt zoeken. Maar de mensen in deze regio zijn verbazingwekkend respectabel geweest. Je moet je bovendien bedenken dat we het niet over de jaren veertig hebben. Johannes is waarschijnlijk vooral actief geweest in de jaren zestig en zeventig. Toen was een buitenechtelijk kind niet echt een schande meer. In sommige perioden in de jaren zestig werd het zelfs bijna als een voordeel gezien.'

Patrik lachte. 'Als je het over de Woodstock-periode hebt, dan betwijfel ik toch of de flowerpower en de vrije liefde Fjällbacka ooit hebben bereikt.'

'Dat moet je niet zeggen... stille wateren...' Annika was blij dat de sfeer iets luchtiger was. De afgelopen dagen had er op het politiebureau een begrafenisstemming gehangen. Patrik werd echter algauw weer ernstig.

'Theoretisch gezien zou je dus een lijst kunnen samenstellen van de kinderen in... zeg de gemeente Tanum, van wie de vader onbekend is.'

'Ja, dat zou ik niet alleen theoretisch kunnen doen maar ook praktisch. Al duurt dat wel even,' waarschuwde Annika.

'Doe het gewoon zo snel je kunt.'

'Wat ga jij dan doen om te achterhalen wie van die lijst een kind van Johannes is?'

'Om te beginnen ga ik die mensen gewoon opbellen. Als dat niet werkt, tja... dat probleem los ik dan wel op.'

De deur ging open en Martin en Gösta kwamen binnen. Patrik bedankte Annika voor haar hulp en liep naar de gang om zijn collega's te begroeten. Martin stopte, maar Gösta keek naar de grond en liep naar zijn kamer.

'Vraag maar niets,' zei Martin en hij schudde zijn hoofd.

Patrik fronste zijn voorhoofd. Onderlinge wrijvingen was wel het laatste waar ze nu behoefte aan hadden. Wat Ernst had gedaan, was al erg genoeg. Martin las zijn gedachten. 'Het is niets ernstigs, maak je geen zorgen.'

'Oké. Zullen we elkaar onder een kopje koffie even bijpraten?'

Martin knikte en ze liepen naar de koffiekamer, schonken ieder een kopje in en gingen tegenover elkaar aan de eettafel zitten. Patrik zei: 'Hebben jullie in Bullaren sporen van Jacob gevonden?'

'Nee, niets. Het lijkt erop dat hij daar niet is geweest. Hoe is het jou vergaan?'

Patrik vertelde over zijn bezoek aan het ziekenhuis.

'Snap jij nou dat die bloedonderzoeken niets hebben opgeleverd? We weten dat we een familielid van Johannes zoeken, maar Jacob, Gabriël, Johan én Robert zijn het niet. En gezien de aard van het vergelijkingsmateriaal kunnen we de vrouwen sowieso uitsluiten. Heb jij verder een idee?'

'Ja, ik heb Annika gevraagd uit te zoeken of Johannes bij iemand anders kinderen had.'

'Slim. Het lijkt zelfs onwaarschijnlijk dat hij géén buitenechtelijke kinderen heeft, gelet op wat we van hem weten.'

'Wat denk jij van de theorie dat degene die Johan heeft mishandeld nu Jacob te grazen heeft genomen?' Patrik nipte voorzichtig van zijn koffie. Die was vers en gloeiend heet.

'Hetzelfde als jij. Dat het een verdomd vreemd toeval zou zijn als het niet dezelfde persoon is. Het lijkt alsof Jacob volledig van de aardbodem is verdwenen, niemand heeft hem sinds gisteravond gezien. Ik moet bekennen dat ik me zorgen maak. Jij hebt aldoor al het gevoel gehad dat Jacob iets voor ons verborgen hield. Zou hem daarom iets zijn overkomen?' zei Martin aarzelend. 'Zou iemand hebben vermoed dat hij op het politiebureau iets heeft verteld waarvan die persoon niet wilde dat het naar buiten kwam?'

'Misschien,' zei Patrik. 'Maar dat is nou net het probleem: alles is op dit moment mogelijk en we kunnen alleen maar speculeren.' Hij telde op de vingers van zijn hand: 'We hebben Siv en Mona die in 1979 zijn vermoord, Johannes die in 1979 is vermoord, Tanja die nu is vermoord, vierentwintig jaar later, Jenny Möller die is ontvoerd, waarschijnlijk toen ze aan het liften was, Johan die gisteravond is mishandeld en afhankelijk van hoe het afloopt misschien zelfs is vermoord, en Jacob die spoorloos is verdwenen. De familie Hult lijkt aldoor de gemeenschappelijke noemer in deze zaken te zijn en toch hebben we het bewijs dat geen van hen schuldig is aan Tanja's dood. Bovendien wijst alles erop dat degene die Tanja heeft vermoord ook Siv en Mona om het leven heeft gebracht.' Hij stak zijn handen uit onmacht omhoog. 'Het is een zootje, niet meer en niet minder. En wij zitten er middenin en kunnen zelfs met een zaklantaarn ons eigen gat niet vinden!'

'Je hebt te veel antipolitiepropaganda gelezen,' glimlachte Martin.

'Tja, wat doen we nu?' vroeg Patrik. 'Ik heb geen ideeën meer. We hebben niet veel tijd meer om Jenny Möller te vinden, als het al niet te laat is.' Hij veranderde abrupt van onderwerp om niet in zelfmedelijden te verzwelgen. 'Heb jij die dame al mee uit eten genomen?'

'Welke dame?' vroeg Martin en hij probeerde neutraal te kijken.

'Je hoeft niet te doen alsof je neus bloedt, je weet best wie ik bedoel.'

'Als je het over Pia hebt, vergeet het maar. Ze heeft ons alleen met wat vertaalwerk geholpen.'

'Ze heeft ons alleen met wat vertaalwerk geholpen,' deed Patrik hem op hoge toon na en hij wiebelde met zijn hoofd. 'Joh, spring gewoon in het diepe. Als je het over haar hebt, kan ik aan je stem horen dat je iets met haar wilt, al is ze misschien niet helemaal je type. Ik bedoel, ze is niet bezet, toch?' Patrik glimlachte om zijn plagende woorden te verzachten.

Martin wilde net een bits antwoord geven toen Patriks mobieltje overging.

Met gespitste oren probeerde Martin te horen wie er belde. Het ging over de bloedanalyses, dus waarschijnlijk was het iemand van het lab, concludeerde hij. Hij werd niet erg veel wijzer van Patriks reacties: 'Wat voor vreemds?'

'Aha.'

'Ja, ja.'

'Wat zeg je me nou? Maar hoe kan...'

'Oké.'

'Aha.'

Martin moest zich inhouden om niet te schreeuwen. Patriks gezicht gaf aan dat er iets belangrijks aan de hand was, maar zijn antwoorden aan de laboratoriummedewerker waren te kort om te snappen wat.

'Jullie hebben precies in kaart gebracht hoe de familierelaties eruitzien.' Patrik knikte naar Martin om aan te geven dat hij hem bewust ook informatie wilde meegeven over het gesprek.

'Maar ik begrijp nog steeds niet hoe...'

'Nee, dat is niet mogelijk, die is dood. Er moet een andere verklaring zijn.'

'Nee, jij bent de expert. Luister naar me en denk na. Er móét een andere verklaring zijn.'

Hij leek gespannen te wachten terwijl de persoon aan de andere kant van de lijn nadacht. Martin fluisterde: 'Wat is er gaande?' Patrik stak een vinger op om hem tot stilte te manen. Nu kreeg hij kennelijk een antwoord.

'Dat is helemaal niet vergezocht, in dit geval is het zelfs heel goed mogelijk.'

Er was een gloed over zijn gezicht gekomen. Martin zag de opluchting als een golf door Patriks lichaam gaan, maar zijn eigen nagels maakten zowat krassen in het tafelblad.

'Dank je! Hartstikke bedankt!' Patrik klapte de telefoon dicht en wendde zich met een gelukzalig gezicht tot Martin.

'Ik weet wie Jenny Möller heeft! Je gelooft je oren niet!'

De operatie was achter de rug. Johan was naar de verkoeverkamer gebracht en lag daar met allerlei slangen in zijn eigen donkere wereld. Robert zat naast zijn bed en hield zijn hand vast. Solveig had hen met tegenzin alleen gelaten omdat ze naar de wc moest en nu was hij even alleen met zijn broer, want Linda mocht niet binnen komen. Ze wilden niet dat er te veel mensen tegelijk bij Johan waren.

De dikke slang in Johans mond was verbonden met een apparaat dat een sissend geluid maakte. Robert moest zichzelf ertoe dwingen om niet in hetzelfde ritme te gaan ademen als het toestel. Het was alsof hij Johan wilde helpen adem te halen. Hij had álles willen doen om het gevoel van machteloosheid kwijt te raken dat hem dreigde te overmannen.

Met zijn duim streek hij over Johans handpalm. Opeens wilde hij weten hoe zijn broers levenslijn eruitzag, maar omdat hij niet wist welke van de drie duidelijke lijnen de levensduur voorspelde, kwam hij niet ver. Johan had twee lange lijnen en één korte, en Robert wilde liever dat die laatste de liefdeslijn was.

De gedachte aan een wereld zonder Johan was overweldigend. Hij wist dat het vaak leek alsof hijzelf de sterkste van hen beiden was, de leider. Maar in feite was hij zonder Johan nergens. Robert had Johans mildheid nodig om menselijk te blijven. Hij was veel van zijn zachtheid kwijtgeraakt toen hij zijn vader had gevonden, en zonder Johan zou zijn harde kant de overhand krijgen.

Hij deed vele beloften terwijl hij daar zat: alles zou anders worden als Johan maar mocht blijven leven. Hij beloofde nooit meer te stelen, een baan te zoeken, iets goeds met zijn leven te gaan doen, ja, hij beloofde zelfs zijn haar te laten knippen.

Dat laatste beloofde hij bevend, maar tot zijn grote verbazing leek het alsof juist die belofte alle verschil uitmaakte: een vederlichte trilling trok door Johans hand en eindigde in een kleine beweging van zijn wijsvinger, alsof hij Roberts hand ook probeerde te strelen. Het was niet veel, maar meer had hij niet nodig. Hij wachtte vol ongeduld tot Solveig terugkwam, hij wilde haar graag vertellen dat Johan weer beter zou worden.

'Martin, ik heb een jongeman aan de telefoon die iets over de mishandeling van Johan Hult weet.' Annika stak haar hoofd om de deur en Martin draaide zich om.

'Shit, ik heb helemaal geen tijd.'

'Moet ik vragen of hij terugbelt?' vroeg Annika verbaasd.

'Nee, verdomme. Nee, ik wil hem spreken.' Martin stoof Annika's kantoor binnen en nam de hoorn van haar over. Nadat hij een tijdlang aandachtig had geluisterd en nog wat aanvullende vragen had gesteld, legde hij op en holde naar de gang.

'Annika, Patrik en ik moeten ervandoor. Kun jij Gösta bellen en hem vragen of hij mij meteen op mijn mobieltje belt. En waar is Ernst?'

'Gösta en Ernst zijn samen lunchen, maar ik bel ze wel op de mobiel.'

'Goed.' Hij rende weg om een tel later door Patrik te worden afgelost.

'Heb je Uddevalla te pakken kunnen krijgen, Annika?'

Ze stak haar duim op: 'Alles oké, ze zijn onderweg.'

'Super!' Hij draaide zich om en wilde weglopen, maar bedacht zich. 'Zeg, met die lijst van vaderloze kinderen hoef je natuurlijk niets meer te doen.'

Vervolgens zag ze ook hem met snelle passen weglopen. De energie op het politiebureau had nu zo'n niveau bereikt dat ze die fysiek kon voelen. Patrik had Annika kort uitgelegd wat er gaande was en ze voelde de spanning in haar handen en benen kriebelen. Het was een opluchting dat het onderzoek eindelijk iets had opgeleverd, en nu was elke minuut belangrijk. Ze zwaaide naar Patrik en Martin, die door de buitendeur verdwenen. 'Succes!' riep ze, maar ze wist niet zeker of ze haar hoorden. Snel toetste ze Gösta's nummer in.

'Het is van de pot gerukt, Gösta. Jij en ik zitten hier, en de groentjes bepalen wat er gebeurt.' Ernst bereed zijn stokpaardje en Gösta moest bekennen dat hij dit gezeur een beetje beu was. Hij had eerder vandaag dan wel pissig op Martin gereageerd, maar dat was vooral uit bitterheid omdat hij werd terechtgewezen door iemand die nog niet half zo oud was als hijzelf. Hij had later beseft dat het niet echt erg was.

Ze waren met de auto naar Grebbestad gegaan en zaten in restaurant Telegrafen te lunchen. Het aanbod in Tanum was niet zo groot, dus daar was je gauw op uitgekeken. Grebbestad lag maar tien minuten verderop.

Gösta's telefoon, die op tafel lag, begon te rinkelen en op het display zagen ze alle twee dat het de receptie van het politiebureau was.

'Shit. Laat maar gaan. Jij hebt er toch zeker ook recht op om in alle rust een hapje te eten.' Ernst stak zijn hand uit om Gösta's telefoon uit te zetten, maar verstijfde midden in de beweging toen hij de blik van zijn collega zag.

Het was onder lunchtijd druk in het restaurant. Sommige gasten keken boos; hoe durfde iemand binnen een gesprek aan te nemen! Maar Gösta keek net zo boos terug en sprak extra luid in zijn toestel. Toen hij het gesprek had beëindigd, legde hij een bankbiljet op tafel, stond op en gebood Ernst mee te komen.

'We moeten aan het werk.'

'Kan dat niet wachten? Ik heb nog geen kopje koffie gehad,' zei Ernst.

'Dat drink je maar op het bureau. We moeten iemand ophalen.'

De tweede keer die dag ging Gösta naar Bullaren, maar nu zat hij zelf achter het stuur. Hij vertelde Ernst wat Annika had gezegd en toen ze een halfuur later de boerderij naderden, stond er inderdaad een tiener op de weg op hen te wachten.

Ze stopten en stapten uit.

'Ben jij Lelle?' vroeg Gösta.

De jongen knikte. Hij was groot en breed, en had een stevige nek en enorme handen. Alsof hij geschapen was om uitsmijter te worden, dacht Gösta. Of handlanger, zoals in dit geval. Een handlanger met een geweten, zo bleek echter.

'Je hebt ons gebeld. Zeg het maar,' ging Gösta verder.

'Ja, het is beter voor je dat je meteen de waarheid vertelt,' zei Ernst strijdlustig, maar Gösta keek hem waarschuwend aan. Stoere taal was op dit moment niet nodig.

'Zoals ik al tegen die vrouw op het politiebureau zei, hebben Kennedy en ik gisteren iets stoms gedaan.'

Iets stoms, dacht Gösta. Nou, dat was wel het understatement van de dag.

'Wat dan?' vroeg hij dwingend.

'We hebben die jongen wat klappen gegeven, die jongen die familie is van Jacob.'

'Johan Hult?'

'Ja, ik geloof inderdaad dat hij Johan heet.' De stem werd schel. 'Ik zweer je, ik wist niet dat Kennedy hem zo stevig zou aanpakken. Hij zei dat hij alleen maar met hem wilde praten en hem een beetje bang zou maken. Verder niets.'

'Maar het liep anders.' Gösta probeerde vaderlijk te klinken. Hij slaagde er niet echt in.

'Nee, Kennedy ging helemaal over de rooie. Hij had het er aldoor over dat Jacob zo'n coole gozer was en dat Johan het voor hem had verkloot omdat hij ergens over had gelogen en toen wilde Kennedy dat hij dat terugnam, maar Johan zei nee en Kennedy flipte en begon te matten.'

Hier moest Lelle even stoppen om adem te halen. Gösta meende dat hij het allemaal wel had begrepen, maar was er niet helemaal zeker van. Die jongeren van tegenwoordig spraken zo anders.

'En wat deed jij ondertussen? Een beetje tuinieren?' vroeg Ernst spottend. Weer een waarschuwende blik van Gösta.

'Ik hield hem vast,' zei Lelle stilletjes. 'Ik hield zijn armen vast zodat hij niet terug kon meppen, maar ik wist verdomme niet dat Kennedy door zou draaien. Hoe kon ik dat nou weten?' Hij keek van Gösta naar Ernst. 'Wat gebeurt er nu? Mag ik hier nog wel blijven? Moet ik naar de gevangenis?'

De grote stoere vent stond bijna te huilen. Hij was in een bang jongetje veranderd en Gösta hoefde niet meer zijn best te doen om vaderlijk te klinken, dat ging vanzelf. 'Dat zullen we later wel bekijken, voor alles is een oplossing. Nu moeten we eerst met Kennedy praten. Je mag hier op ons wachten terwijl wij hem ophalen. Je kunt ook meerijden. Zeg het maar.'

'Ik rijd mee,' zei Lelle zachtjes. 'De anderen komen er toch wel achter dat ik Kennedy heb verraden.'

'Goed, laten we dan maar gaan.'

Ze reden de laatste honderd meter naar de boerderij. Dezelfde vrouw die

Gösta en Martin 's ochtends had opengedaan, kwam nu weer naar de deur. Haar irritatie was toegenomen.

'Wat moeten jullie nu weer! Jullie hebben zeker een abonnement! Zoiets heb ik nog nooit meegemaakt. Jarenlang heb je een prima samenwerking met de politie en dan flikken ze je dit...'

Gösta onderbrak haar door zijn hand op te heffen. Hij zag er heel ernstig uit toen hij zei: 'We hebben op dit moment geen tijd voor deze discussie. We willen Kennedy spreken. Nu meteen.'

De vrouw hoorde de ernst in zijn stem en riep Kennedy onmiddellijk. Toen ze zich weer tot Gösta en Ernst richtte, was haar toon iets milder. 'Waarom willen jullie hem spreken? Heeft hij iets gedaan?'

'De details hoort u later wel,' zei Ernst bot. 'Het is onze taak de knul mee te nemen naar het politiebureau zodat we daar met hem kunnen praten. De grote jongen, Lelle, gaat ook mee.'

Kennedy trad uit de schaduw naar voren. Met zijn donkere broek, witte overhemd en keurig gekamde haren leek hij eerder een leerling van een Engelse kostschool dan een voormalige onverlaat uit een penitentiaire instelling. Het enige dat niet in het plaatje paste, waren de schaafwonden op zijn knokkels. Gösta vloekte inwendig. Die had hij eerder vandaag ook gezien en die hadden bij hem een belletje moeten doen rinkelen.

'Waarmee kan ik de heren van dienst zijn?' Kennedy klonk heel beleefd, maar misschien iets te overdreven. Je kon merken dat hij zijn best deed om keurig te praten, wat het effect bedierf.

'We hebben Lelle gesproken. Zoals je begrijpt, moet jij nu meekomen naar het bureau.'

Kennedy boog zijn hoofd en accepteerde het zwijgend. Als er iets was wat Jacob hem had geleerd, dan was het wel dat je de consequenties van je daden moesten aanvaarden om in Gods ogen waardig te zijn.

Hij keek nog een laatste keer spijtig om zich heen. Hij zou de boerderij missen.

Ze zaten zwijgend tegenover elkaar. Marita was met de kinderen naar de Västergården gegaan om daar op Jacob te wachten. Buiten kwetterden de zomervogels, maar binnen was het stil. De koffers stonden nog steeds onder aan het bordes. Laine kon pas vertrekken als ze wist dat Jacob ongedeerd was.

'Heb je iets van Linda gehoord?' vroeg ze met onzekere stem, bang om de broze wapenstilstand tussen haar en Gabriël te verstoren.

'Nee, nog niet. Arme Solveig,' zei Gabriël.

Laine dacht aan alle jaren van afpersing, maar moest Gabriël gelijk geven; een moeder kan niet anders dan sympathie voelen voor een andere moeder wier kind gewond is geraakt.

'Denk je dat Jacob ook...?' De woorden bleven in haar keel steken.

Onverwacht legde Gabriël zijn hand op de hare. 'Nee, dat denk ik niet. Je hebt toch gehoord wat de politie zei? Hij is vast ergens waar hij rustig over alles kan nadenken. Er is tenslotte heel veel gebeurd.'

'Ja, dat kun je wel zeggen,' zei Laine bitter.

Gabriël zei niets meer, maar liet zijn hand op de hare liggen. Het was een verbazingwekkend troostend gebaar en ze besefte plotseling dat Gabriël voor het eerst in al die jaren haar zo teder behandelde. Een warm gevoel verspreidde zich door haar lichaam, maar mengde zich tegelijk met de pijn van het afscheid. Ze wilde eigenlijk niet bij hem weg. Ze had het initiatief daartoe genomen om hem de vernedering te besparen haar de deur te moeten wijzen. Opeens wist ze niet meer of ze er goed aan had gedaan. Vervolgens nam hij zijn hand weg en was het moment voorbij.

'Weet je, nu kan ik zeggen dat ik altijd heb gevoeld dat Jacob meer op Johannes leek dan op mij. Ik zag het als een wrange speling van het lot. Voor de buitenwereld leek het misschien alsof Ephraïm en ik elkaar nader stonden dan Ephraïm en Johannes. Mijn vader woonde bij ons, ik heb het landgoed geërfd en zo. Maar zo was het niet. Dat ze vaak ruzie hadden, kwam doordat ze zoveel op elkaar leken. Soms was het net alsof Ephraïm en Johannes een en dezelfde persoon waren. Ik stond daar altijd buiten. Dus toen Jacob werd geboren en ik zoveel van mijn vader en mijn broer in hem zag, leek het alsof er voor mij een mogelijkheid was geschapen om met hen verbonden te raken. Als ik mijn zoon aan mij kon binden en hem van haver tot gort kon leren kennen, zou ik ook Ephraïm en Johannes leren kennen. Ik zou me met hen verbonden voelen.'

'Ik weet het,' zei Laine mild, maar het was alsof Gabriël haar niet hoorde.

Hij staarde door het raam in de verte en ging verder: 'Ik was jaloers op Johannes, die echt geloofde in vaders leugen dat we konden genezen. Stel je eens voor hoeveel kracht dat geloof moet hebben gehad! Je kijkt naar je handen in de overtuiging dat ze een gereedschap van God zijn. Mensen kunnen opstaan en weer lopen, blinden kunnen zien, en je weet dat je het zelf mogelijk hebt gemaakt. Zelf zag ik alleen de show. Mijn vader stond in de coulissen te regelen en te regisseren, en ik verafschuwde elke minuut. Johannes had alleen aandacht voor de zieken die bij hem kwamen en voor het lijntje met God. Wat zal hij verdrietig zijn geweest toen dat werd afgesloten. En ik voelde niet met hem mee, ik was juist dolblij. Eindelijk zouden we normaal zijn, Johannes en ik. Eindelijk konden we gelijk zijn. Maar dat gebeurde niet. Johannes bleef mensen betoveren, terwijl ik, ik...' Gabriëls stem brak.

'Jij hebt alles wat Johannes had, alleen je durft niet, Gabriël. Dat is het verschil tussen jullie. Maar geloof me, het is er wel.'

Voor het eerst in al die jaren dat ze samen waren, zag Laine tranen in haar mans ogen. Zelfs toen Jacob doodziek was geweest, had hij niet aan zijn gevoel durven toegeven. Ze pakte zijn hand en hij kneep stevig in de hare.

Gabriël zei: 'Ik kan niet beloven dat ik je kan vergeven. Maar ik beloof wel dat ik het zal proberen.'

'Ik weet het. Geloof me, Gabriël, ik weet het.' Ze legde zijn hand tegen haar wang.

Erica werd met het uur ongeruster. Ze voelde haar bezorgdheid als een zeurende pijn in haar stuitje en masseerde de plek afwezig met haar vingertoppen. Ze had de hele ochtend geprobeerd Anna te bellen, maar er werd niet opgenomen. Ze had het nummer van Gustavs mobiele telefoon opgevraagd, maar hij had alleen kunnen vertellen dat hij een dag eerder met Anna en de kinderen naar Uddevalla was gezeild en dat ze daar de trein hadden genomen. Ze hadden 's avonds in Stockholm moeten zijn. Het ergerde Erica dat hij helemaal niet ongerust klonk. Hij kwam rustig met allerlei logische verklaringen: misschien waren ze moe en had Anna de stekker uit de telefoon getrokken, misschien was haar mobiel niet opgeladen of, lachte hij, misschien had Anna de telefoonrekening niet betaald. Toen hij dat zei, hing Erica kokend van woede en zonder nog iets te zeggen op. Als ze vóór het gesprek nog niet ongerust genoeg was geweest, was ze het nu wel.

Ze probeerde Patrik te bereiken om hem om advies te vragen of op zijn minst door hem gerustgesteld te worden, maar hij nam niet op – niet toen ze hem mobiel belde en ook niet via het doorkiesnummer op zijn werk. Ze belde met de receptie en Annika zei alleen maar dat hij weg was en dat zij niet kon vertellen wanneer hij terug zou komen.

Als een bezetene bleef Erica bellen. Het zeurende gevoel wilde niet verdwijnen. Net toen ze het wilde opgeven, werd Anna's mobieltje opgenomen.

'Hallo?' Een kinderstem. Dat moet Emma zijn, dacht Erica.

'Hoi, liever. Met tante Erica. Waar ben je?'

'In Stockholm,' sliste Emma. 'Is de baby er al?'

Erica glimlachte. 'Nee, die is er nog niet. Zeg Emma, mag ik mama even spreken?'

Emma negeerde de vraag. Nu ze haar moeders telefoon had weten te bemachtigen en bovendien iemand aan de lijn had, wilde ze die niet zomaar afstaan.

'Ze-eg, weet je?' vroeg Emma.

'Nee,' zei Erica, 'ik weet het niet. Maar lieverd, daar hebben we het straks wel over. Ik zou nu heel graag met mama willen praten.' Haar geduld begon op te raken.

'Ze-eg, weet je?' herhaalde Emma volhardend.

'Nee, vertel eens,' zuchtte Erica moe.

'We zijn verhuisd!'

'Ja, dat weet ik, maar dat is al een tijdje geleden.'

'Nee, vandaag!' zei Emma triomfantelijk.

'Vandaag?' vroeg Erica.

'Ja, we wonen weer bij papa,' meldde Emma.

De kamer begon te draaien en voordat Erica nog wat kon zeggen, hoorde ze: 'Dag, nu ga ik spelen.' Daarna klonk er alleen een kiestoon.

Erica's hart bloedde toen ook zij de verbinding verbrak.

Gedecideerd klopte Patrik op de deur van de Västergården. Marita deed open.

'Dag, Marita. We hebben een huiszoekingsbevel.'

'Maar jullie zijn hier toch al geweest?' zei de vrouw met een vragend gezicht.

'We hebben nieuwe informatie. Ik heb een team meegebracht, maar ze gevraagd te wachten tot jij en de kinderen weg zijn. Het is niet nodig dat ze al die agenten zien en bang worden.'

Marita knikte zwijgend. Haar ongerustheid over Jacob had al haar energie opgeslokt en ze had geen puf meer om te protesteren. Ze draaide zich om om de kinderen te halen, maar Patrik stelde nog een vraag: 'Zijn er op jullie land nog andere gebouwen dan deze hier?'

Marita schudde haar hoofd. 'Nee, het huis, de schuur, de gereedschapsschuur en het speelhuisje zijn de enige gebouwen. Verder is er niets.'

Patrik knikte en liet haar gaan.

Een kwartier later was het huis leeg. Ze konden gaan zoeken. Patrik gaf in de woonkamer een paar korte instructies.

'We hebben hier al eerder gezocht zonder iets te vinden, dus nu gaan we nog grondiger te werk. Zoek overal! En dan bedoel ik echt overal. Als jullie planken in de vloer of van de muur moeten losmaken, dan doen jullie dat.

Als jullie meubels uit elkaar moeten halen, dan doen jullie dat. Begrepen?'

Iedereen knikte. De stemming was somber, maar tegelijk energiek. Patrik had voordat ze naar binnen gingen in het kort verteld hoe de zaak ervoor stond. Nu wilden ze niets liever dan aan de slag gaan.

Nadat ze een uur bezig waren geweest, zonder ook maar enig resultaat te boeken, zag het huis eruit als een rampgebied, alles was open- en losgetrokken. Maar niets bracht hen verder. Patrik was in de woonkamer toen Gösta en Ernst binnenkwamen en met grote ogen rondkeken.

'Wat zijn jullie in vredesnaam aan het doen?' vroeg Ernst.

Patrik negeerde de vraag. 'Is alles goed gegaan met Kennedy?'

'O ja, hij bekende meteen en zit nu achter slot en grendel. Stom rotjong.'

Patrik knikte alleen maar gestrest.

'Wat is hier gebeurd? Het lijkt net of wij de enigen zijn die niets weten. Annika wilde alleen maar zeggen dat we naar de Västergården moesten, dan zou jij het ons vertellen.'

'Ik heb nu geen tijd voor het hele verhaal,' zei Patrik ongeduldig. 'Op dit moment moeten jullie er genoegen mee nemen dat alles erop wijst dat Jacob

Jenny Möller heeft gekidnapt en dat we aanwijzingen zoeken over haar ver-blijfplaats.'

'Maar hij had die Duitse toch niet vermoord,' zei Gösta. 'Dat bleek uit het bloedonderzoek...' Hij keek verward.

Met groeiende irritatie zei Patrik: 'Jawel, waarschijnlijk heeft hij Tanja ook vermoord.'

'Maar die andere meisjes dan? Hij was toen nog te klein...'

'Ja, dat was iemand anders. Dat komt allemaal later wel. Help nu liever mee!'

'Waar moeten we naar zoeken?' vroeg Ernst.

'Het huiszoekingsbevel ligt op de keukentafel. Daarin staat in wat voor dingen we geïnteresseerd zijn.' Vervolgens draaide Patrik zich om en ging verder met de boekenkast.

Er verstreek nog een uur zonder dat ze iets van belang boven water wisten te halen en nu begon Patrik de moed te verliezen. Wat als ze niets vonden! Hij was van de woonkamer naar de werkkamer gegaan om daar te zoeken, ook zonder resultaat. Nu plaatste hij zijn handen in zijn zij, dwong zichzelf ertoe een paar keer diep adem te halen en keek de kamer nog eens rond. Het kantoor was klein maar keurig. Planken met lectuurbakken en ordners, netjes gemerkt met etiketten. Er lagen geen losse papieren op de grote oude secretaire en de laden leken ook in orde. Nadenkend liet Patrik zijn blik weer over de secretaire glijden. Er vormde zich een frons tussen zijn wenkbrauwen. Een oude secretaire. Omdat hij geen enkele aflevering van het tv-programma over antiek en kitsch had gemist, moest hij ineens aan een geheim vakje denken toen hij het oude meubel zag. Dat hij daar niet eerder op was gekomen! Hij begon met het deel dat op het bureaublad stond, waarin veel laatjes zaten. Hij trok ze er een voor een uit en zocht voorzichtig met zijn vingers in de ruimten erachter. Toen hij bij de laatste lade aankwam, constateerde hij triomfantelijk dat er iets zat: een metalen uitsteeksel dat meegaf toen hij erop drukte. Met een plop schoof een wand opzij en werd het geheime vakje zichtbaar. Patriks hart ging sneller kloppen. Hij zag dat er een versleten notitieboekje van zwart leer in lag. Hij pakte zijn plastic handschoenen uit zijn zak en trok die aan. Voorzichtig haalde hij het boekje uit het vakje. Met stijgende afschuw las hij wat erin stond. Ze moesten Jenny als de wiedeweerga zien te vinden.

Hij herinnerde zich dat hij in een van de laden van de secretaire een papier had gezien. Hij trok de goede la open en vond het vel na enig bladeren. Een provinciaal logo op de hoek gaf aan wie de afzender was. Patrik las snel de weinige regels op het papier door en stopte bij de naam van de afzender. Vervolgens pakte hij zijn mobieltje en belde het politiebureau.

'Annika, je spreekt met Patrik. Ik wil graag dat je iets voor me uitzoekt.' In het kort legde hij het uit. 'Je moet naar een dokter Zoltan Czaba vragen. Bij de afdeling Oncologie, ja. Bel me zodra je iets weet.'

De dagen leken eindeloos te duren. Meerdere keren per dag hadden ze met het politiebureau gebeld in de hoop iets te horen, maar het was tevergeefs geweest. Toen Jenny's gezicht op de reclameposters van de kranten had gestaan, hadden hun mobiele telefoons aan één stuk door gerinkeld. Vrienden, familie en kennissen, ze waren allemaal van slag, maar probeerden ondanks hun eigen ongerustheid Kerstin en Bo moed in te praten. Sommigen hadden aangeboden om bij hen langs te komen in Grebbestad, wat ze echter vriendelijk maar beslist hadden afgeslagen. Dan zou het te zichtbaar zijn dat er iets mis was. Als ze maar in hun caravan bleven wachten, tegenover elkaar aan de kleine tafel, dan zou Jenny vroeg of laat door de deur naar binnen stappen en alles weer normaal worden.

Dus zo zaten ze daar, dag in dag uit, opgesloten in hun eigen zorgen. Deze dag vormde zo mogelijk een nog grotere kwelling dan anders. Kerstin had de hele nacht onrustig gedroomd. Bezweet had ze in haar slaap heen en weer gedraaid terwijl moeilijk te interpreteren beelden achter haar oogleden flikkerden. Meerdere keren zag ze Jenny. Vooral toen ze jong was. Thuis op het grasveld voor hun huis, op het strand bij een camping. De herinneringen werden afgewisseld met vreemde, duistere droombeelden waar ze niets van snapte. Ze waren koud en donker en aan de zijkant dreigde iets wat ze niet goed kon onderscheiden, hoewel ze in de droom naar de schaduw toe wilde, steeds weer.

Toen ze 's ochtends wakker werd, had ze een zwaar gevoel in haar borst. Terwijl de uren verstreken en de temperatuur in de kleine caravan opliep, zat ze zwijgend tegenover Bo en probeerde wanhopig terug te halen hoe het had gevoeld toen Jenny in haar armen lag. Maar net als in de droom kon ze er niet bij komen. Ze herinnerde het zich wel, maar ze kon het niet meer voelen. Langzaam drong het besef tot haar door. Ze keek op van het tafelblad en zag haar man recht in de ogen. Toen zei ze: 'Ze is er niet meer.'

Hij twijfelde niet aan haar woorden. Zodra ze het zei, wist hij diep vanbinnen dat het waar was.

Zomer 2003

De dagen gleden als in een nevel voorbij. Ze werd erger gekweld dan ze ooit voor mogelijk had gehouden en kon zichzelf wel voor haar hoofd slaan. Als ze maar niet zo dom was geweest om te gaan liften, dan was dit nooit gebeurd. Haar ouders hadden haar zo vaak gewaarschuwd niet bij een vreemde in de auto te stappen, maar ze had zich onkwetsbaar gevoeld.

Het leek een eeuwigheid geleden. Jenny probeerde het gevoel terug te halen om er nog even van te genieten. Het idee dat niets ter wereld haar kon raken, dat het noodlot anderen kon treffen, maar niet haar. Wat er ook gebeurde, dat gevoel zou nooit meer terugkomen.

Ze lag op haar zij en krabde met een gestrekte hand in de aarde. Haar andere arm was niet meer bruikbaar en ze dwong zichzelf ertoe haar gezondere arm te bewegen om de bloedsomloop op gang te houden. Ze droomde ervan dat ze zich als de heldin in een film op hem stortte en hem overmeesterde als hij weer kwam, hem bewusteloos op de vloer achterliet en naar de wachtende menigte vluchtte die haar overal had gezocht. Het was een heerlijke maar onmogelijke droom, haar benen konden haar niet eens meer dragen.

Haar leven sijpelde uit haar weg en in gedachten zag ze het de aarde in stromen en de organismen daar voeden. Wormen en larven die haar levensenergie gulzig opzogen.

Toen de laatste krachten uit haar wegvloeiden, realiseerde ze zich dat ze nooit de gelegenheid zou krijgen om zich voor haar onmogelijke gedrag van de laatste weken te verontschuldigen. Ze hoopte dat ze haar desondanks hadden begrepen.

Hij had haar de hele nacht in zijn armen gehouden. Ze was geleidelijk aan steeds kouder geworden. De duisternis om hen heen was dik. Hij hoopte dat ze het donker net zo veilig en troostrijk vond als hij. Het was als een grote zwarte deken die hem omsloot.

Eén tel zag hij de kinderen voor zich. Maar dat beeld herinnerde hem te veel aan de werkelijkheid, en hij wuifde het weg.

Johannes had hem de weg gewezen. Johannes, Ephraïm en hij. Ze waren een drie-eenheid, dat had hij altijd geweten. Ze deelden het geschenk dat Gabriël nooit had mogen ontvangen en daarom zou hij het ook nooit begrijpen. Johannes, Ephraïm en hij; ze waren uniek. Ze stonden dichter bij God dan wie ook. Ze waren bijzonder. Dat had Johannes in zijn boek geschreven.

Het was geen toeval dat hij Johannes' zwarte notitieboekje had gevonden. Iets had hem daarheen geleid, hem als een magneet getrokken naar wat hij als Johannes' nalatenschap aan hem beschouwde. Hij was geroerd door het offer dat Johannes had willen brengen om zijn leven te redden. Als iemand begreep wat Johannes had willen bereiken, was hij, Jacob, het wel. Het was ironisch dat het niet nodig bleek te zijn: opa Ephraïm had hem gered. Het deed hem verdriet dat het Johannes niet was gelukt. Het was jammer dat de meisjes hadden moeten sterven. Maar hij had meer tijd dan Johannes. Hij zou niet falen. Hij zou het keer op keer proberen tot hij de sleutel van zijn innerlijk licht had gevonden. Dat wat in hem verborgen lag, zoals opa Ephraïm had verteld. Net als bij Johannes, zijn vader.

Spijtig wreef hij over de koude arm van het meisje. Het was niet zo dat hij haar dood niet betreurde. Maar ze was een gewoon mens en God zou haar een speciale plek geven omdat ze zich had opgeofferd voor hem, een van Gods uitverkorenen. Opeens besefte hij iets: misschien verwachtte God een bepaald aantal offers voor Hij het Jacob toestond de sleutel te vinden. Misschien was het Johannes net zo vergaan. Het was geen kwestie van falen; de Heer verwachtte meer bewijs van hun geloof voordat Hij hun de weg wees.

Die gedachte vrolijkte Jacob op. Natuurlijk, zo zat het. Hij had zelf altijd meer in de God van het Oude dan die van het Nieuwe Testament geloofd. De God die om bloedoffers vroeg.

Er knaagde wel iets aan hem. Hoe vergevend zou God zijn nu hij de vlese-lijke lusten niet had kunnen weerstaan? Johannes was sterker geweest. Hij was nooit in verleiding gekomen en daar bewonderde Jacob hem om. Bij hemzelf was diep vanbinnen iets ontwaakt toen hij de zachte huid tegen de zijne had gevoeld. Eén kort moment had de duivel hem overmand en hij had daaraan toegegeven. Naderhand had hij diep berouw gehad, dat zou God toch wel hebben gezien? Hij die recht in zijn hart kon kijken, moest zien dat hij oprecht spijt had en zou hem zijn zonden vergeven.

Jacob wiegde het meisje in zijn armen. Hij streek een lok weg die op haar gezicht was gevallen. Ze was mooi. Zodra hij haar met haar duim in de lucht bij de weg had zien staan, had hij geweten dat zij de juiste persoon was. De eerste was het teken geweest waarop hij had gewacht. Jarenlang had hij gefascineerd Johannes' woorden in het boekje gelezen en toen het meisje aan zijn deur opdook en naar haar moeder vroeg, op dezelfde dag dat hij het Oordeel had gehoord, wist hij dat het een teken was.

Hij had zich er niet door laten ontmoedigen dat hij met haar hulp de kracht niet had gevonden, Johannes was er met haar moeder ook niet in geslaagd. Het belangrijkste was dat hij met haar de weg was ingeslagen die onontkoombaar voor hem was uitgezet en in de voetsporen van zijn vader was getreden.

Door hen bij elkaar in de Koningskloof te leggen, had hij voor de wereld zichtbaar gemaakt dat hij afmaakte waar Johannes mee was begonnen. Hij verwachtte niet dat andere mensen het zouden begrijpen, maar het was genoeg als God het begreep en zag dat het goed was.

En als hij daar nog een definitief bewijs van nodig had gehad, had hij dat gisteravond gekregen. Toen ze over de uitslagen van het bloedonderzoek waren begonnen, was hij ervan overtuigd dat hij als een crimineel zou worden opgesloten. Hij had er niet aan gedacht dat hij door toedoen van de duivel sporen op het lichaam had achtergelaten.

Maar hij had de duivel in zijn gezicht kunnen uitlachen: tot zijn grote verbazing hadden de agenten verteld dat de uitslag hem vrijpleitte. Dat was het definitieve bewijs dat hij op de goede weg was en dat niemand hem kon tegenhouden. Hij was bijzonder. Hij werd beschermd. Hij was gezegend.

Langzaam streek hij weer over het haar van het meisje. Hij zou genoodzaakt zijn een nieuwe te vinden.

Het duurde maar tien minuten, toen belde Annika terug.

'Je had gelijk. Jacob heeft weer kanker. Alleen is het nu geen leukemie, maar een grote tumor in zijn hersenen. Hij heeft te horen gekregen dat ze niets meer kunnen doen, het is al te vergevorderd.'

'Wanneer heeft hij dat te horen gekregen?'

Annika keek in de aantekeningen die ze op het notitieblok had gemaakt. 'Op dezelfde dag dat Tanja verdween.'

Patrik zeeg neer op de bank in de woonkamer. Hij wist het, maar kon het toch moeilijk geloven. Het huis ademde zo'n rust, zo'n vrede uit. Geen spoor van het kwaad waarvan hij het bewijs in zijn hand hield, slechts bedrieglijke normaliteit. Bloemen in een vaas, kinderspeelgoed op de grond, een opengeslagen boek op de salontafel. Geen doodshoofden, geen bebloede kleren, geen zwarte kaarsen.

Boven de open haard hing zelfs een afbeelding van Jezus op weg naar de hemel na de wederopstanding, met een aureool om zijn hoofd en biddende mensen op de grond die hem nakeken.

Hoe kon je de slechtste van alle daden rechtvaardigen met de idee dat je carte blanche van God had? Maar misschien was dat helemaal niet gek, in de loop van de tijd waren miljoenen mensen vermoord uit naam van God. Die macht had iets aantrekkelijks dat de mens bedwelmde en op een dwaalspoor bracht.

Patrik schrok op uit zijn theologische overpeinzingen en merkte dat zijn team naar hem stond te kijken, in afwachting van nadere instructies. Hij had hun laten zien wat hij had gevonden en ze moesten nu allemaal hun best doen om niet te denken aan de verschrikkingen die Jenny misschien wel precies op dit moment doorstond.

Het probleem was dat ze geen flauw idee hadden waar ze was. Terwijl hij op Annika's telefoontje wachtte, hadden ze nog naarstiger het huis doorzocht, en Patrik had het landhuis gebeld en Marita, Gabriël en Laine nog eens gevraagd waar Jacob kon zijn. Hun vragen had hij bruusk weggewimpeld, daar was nu geen tijd voor.

Patrik haalde zijn hand door zijn haar dat al rechtovereind stond. 'Waar kan hij verdomme zitten? We kunnen toch moeilijk centimeter voor centimeter de hele omgeving afzoeken. En hij kan haar net zo goed in de buurt van de boerderij in Bullaren hebben opgesloten, of ergens halverwege. Wat moeten we verdomme doen?' zei hij gefrustreerd.

Martin voelde zich net zo machteloos en antwoordde niet. Patrik had het ook niet als een vraag bedoeld. Opeens had hij een inval: 'Het moet in de buurt van de Västergården zijn, denk aan het mestspoor. Ik gok dat Jacob dezelfde plek gebruikt als Johannes, en wat is dan logischer dan dat die hier in de buurt is?'

'Je hebt gelijk, maar zowel Marita als haar schoonouders zeggen dat hier verder nergens gebouwen staan. Het kan natuurlijk ook een grot zijn, maar heb je enig idee hoeveel land de familie Hult heeft? Dat is zoeken naar een speld in een hooiberg!'

'Wat dacht je van Solveig en haar zonen? Heb je het hun gevraagd? Zij woonden hier vroeger en misschien weten zij iets wat Marita niet weet.'

'Een hartstikke goed idee! Hangt er niet een lijstje met nummers bij de telefoon in de keuken? Linda heeft haar mobieltje bij zich, hopelijk kan ik ze via haar meteen bereiken.'

Martin ging kijken en kwam even later terug met een lijst waarop in keurige letters ook Linda's naam stond. Ongeduldig wachtte Patrik terwijl de telefoon overging. Het leek een eeuwigheid te duren voor ze opnam.

'Linda, met Patrik Hedström. Ik wil graag Solveig of Robert spreken.'

'Ze zijn bij Johan. Hij is wakker!' zei Linda blij. Patrik bedacht met een zwaar gemoed dat die vreugde binnenkort uit haar stem verdwenen zou zijn.

'Ga een van hen halen, het is belangrijk!'

'Oké. Wie wil je het liefst spreken?'

Hij dacht na. Maar wie kende de omgeving waar je woonde beter dan een kind? De keuze was makkelijk. 'Robert.'

Hij hoorde dat ze de telefoon neerlegde en hem ging halen. Je mocht de telefoon waarschijnlijk niet mee de kamers in nemen omdat die dan de apparatuur kon storen, dacht Patrik en toen hoorde hij Roberts donkere stem in de hoorn.

'Met Robert.'

'Hoi, met Patrik Hedström. Ik vraag me af of je me ergens mee kunt helpen. Het is buitengewoon belangrijk,' voegde hij er haastig aan toe.

'Ja, oké. Waar gaat het om?' vroeg Robert aarzelend.

'Ik vraag me af of je rond de Västergården nog andere gebouwen weet dan die vlak bij het huis liggen. Eigenlijk hoeft het ook geen gebouw te zijn, maar een plek waar je je kunt verstoppen, als je begrijpt wat ik bedoel. Het moet wel vrij groot zijn, er moet ruimte zijn voor meer dan één persoon.'

Hij kon horen hoe de vraagtekens zich in Roberts hoofd opstapelden, maar tot Patriks opluchting vroeg hij niets. Nadat hij even had nagedacht, kwam Roberts dralende antwoord: 'Tja, het enige dat ik kan verzinnen is de oude schuilkelder. Die ligt in het bos. Johan en ik speelden er vaak toen we klein waren.'

'Kende Jacob die plek ook?' vroeg Patrik.

'Ja, we waren zo stom die een keer aan hem te laten zien. Hij briefde het meteen door aan onze vader, die ons samen met Jacob kwam halen en ons verbood daar te spelen. Het was gevaarlijk, zei hij. Dus toen was de pret voorbij. Jacob was altijd nogal braaf,' zei Robert chagrijnig bij de herinnering aan de teleurstelling van vroeger. Patrik verwachtte niet dat het begrip 'braaf' nog vaak in verband zou worden gebracht met Jacob.

Nadat hij om een routebeschrijving had gevraagd, bedankte hij snel en verbrak de verbinding. 'Ik geloof dat ik weet waar ze zitten, Martin. We verzamelen ons op het erf.'

Vijf minuten later stonden acht ernstig kijkende agenten buiten in de hitte. Vier uit Tanumshede, vier uit Uddevalla.

'We hebben reden om te denken dat Jacob Hult zich in het bos bevindt, in een oude schuilkelder. Waarschijnlijk houdt hij Jenny Möller daar vast en we weten niet of zij nog leeft. Maar we gaan ervan uit dat dat wel het geval is en daarom moeten we heel omzichtig te werk gaan. We doen het als volgt: eerst gaan we behoedzaam op zoek naar de schuilplek, daarna omsingelen we die. In stilte,' zei Patrik scherp. Zijn blik gleed langs de agenten en hij liet zijn ogen extra lang op Ernst rusten. 'We houden onze wapens in de aanslag, maar niemand doet wat zonder dat ik daar uitdrukkelijk opdracht toe geef. Is dat duidelijk?'

Ze knikten allemaal ernstig.

'De ambulance uit Uddevalla is onderweg, maar ze zullen geen zwaailicht voeren en bij de oprit naar de Västergården wachten. Geluid draagt in deze bossen ver, en we willen niet dat Jacob hoort dat er iets te gebeuren staat. Zodra we de situatie onder controle hebben, laten we de ambulancebroeders komen.'

'Is het niet beter als een van hen met ons meegaat?' vroeg een van de collega's uit Uddevalla. 'Er kan haast bij zijn als we haar vinden.'

Patrik knikte. 'Daar heb je op zich gelijk in, maar we hebben geen tijd om op ze te wachten. Op dit moment is het belangrijker dat we haar snel vinden, zodat de ambulance ondertussen hierheen kan komen. Oké, dan gaan we.'

Robert had beschreven waar ze achter het huis het bos in moesten lopen om honderd meter verderop het pad te kunnen vinden dat naar de schuilkelder leidde. Het pad was vrijwel onzichtbaar als je niet wist dat het er was, en Patrik miste het dan ook bijna. Langzaam naderden ze hun doel en na ongeveer een kilometer meende hij iets door de bladeren te zien schemeren. Zonder een woord draaide hij zich om en gaf de mannen achter hem instructies. In de grootst mogelijk stilte vormden ze een kring rond de schuilkelder, al viel enig geritsel niet te voorkomen. Bij alle geluiden vertrok Patrik zijn gezicht en hij hoopte dat de dikke muren ze aan Jacobs gehoor onttrokken.

Hij trok zijn pistool en zag vanuit zijn ooghoek dat Martin dat ook deed. Op zijn tenen liep hij naar de deur en voelde er voorzichtig aan. Die zat op slot. Shit, wat moesten ze nu doen? Ze hadden geen spullen bij zich om het slot te forceren, dus het enige alternatief was om Jacob aan te sporen vrijwillig naar buiten te komen. Bevend klopte Patrik op de deur en deed toen snel een stap opzij.

'Jacob. We weten dat je hier bent. We willen graag dat je naar buiten komt!'

Geen antwoord. Hij probeerde het opnieuw. 'Jacob, ik weet dat je de meisjes niet opzettelijk pijn hebt gedaan. Je hebt alleen gedaan wat Johannes deed. Kom, dan kunnen we erover praten.'

Hij hoorde zelf hoe lam het klonk. Misschien had hij een cursus 'Omgaan met gijzelingssituaties' moeten volgen of in elk geval een psycholoog mee moeten nemen. Maar die was er nu niet, dus hij moest zelf bedenken hoe je een psychopaat uit een schuilkelder praatte.

Tot zijn grote verbazing hoorde hij nog geen tel later dat het slot werd geopend. Langzaam ging de deur open. Martin en Patrik, die ieder aan een kant van de deur stonden, wisselden een blik. Ze hielden alle twee hun pistool in de aanslag en zettten zich schrap, klaar om te schieten. Jacob stapte naar buiten. In zijn armen droeg hij Jenny. Het leed geen twijfel dat ze dood was en Patrik kon bijna voelen hoe teleurstelling en verdriet opwelden in de harten van de agenten, die nu volledig in het zicht stonden en allemaal hun wapen op Jacob hadden gericht.

Maar Jacob negeerde hen. Hij richtte zijn blik omhoog en riep: 'Ik begrijp het niet. Ik ben toch uitverkoren? U zou mij beschermen.' Hij leek in de war, alsof zijn hele wereld op de kop stond. 'Waarom redde U mij gisteren als ik vandaag Uw genade niet meer mag ontvangen?'

Patrik en Martin keken elkaar aan. Jacob leek volkomen de kluts kwijt te zijn, maar dat maakte hem alleen nóg gevaarlijker. Het viel niet te voorspellen wat hij zou gaan doen. Ze hielden hun pistolen nog steeds op hem gericht.

'Leg het meisje neer,' zei Patrik.

Jacob had zijn blik nog steeds op de hemel gericht en sprak met zijn onzichtbare God: 'Ik weet dat U mij de gave zou hebben geschonken, maar ik heb meer tijd nodig. Waarom wendt U zich van mij af?'

'Leg het meisje neer en steek je handen omhoog!' zei Patrik op scherpe toon. Nog altijd geen reactie van Jacob. Hij droeg het meisje in zijn armen en leek ongewapend. Patrik overwoog of hij Jacob zou tackelen om de impasse te doorbreken. Hij hoefde zich geen zorgen te maken dat het meisje gewond zou raken, daar was het te laat voor.

Hij had dat nog maar net gedacht of van linksachter kwam iets door de lucht gevlogen. Patrik was zo overdonderd dat zijn vinger op de trekker trilde en hij bijna op Jacob of Martin schoot. Vol afschuw zag hij het lange lijf van Ernst recht op Jacob afstormen, die met een klap op de grond belandde. Jenny viel uit zijn armen en kwam met een akelig dood geluid voor zijn voeten terecht, alsof er een zak meel werd neergegooid.

Met een triomfantelijk gezicht bracht Ernst Jacobs armen naar diens rug. Jacob bood geen weerstand, maar keek nog even verbaasd.

'Ziezo,' zei Ernst en hij keek op om het applaus in ontvangst te nemen.

Iedereen stond als vastgenageld aan de grond en toen Ernst Patriks donkere blik zag, besefte hij dat hij wederom niet bepaald weloverwogen te werk was gegaan.

Patrik stond nog steeds te trillen omdat hij Martin bijna had neergeschoten, en hij moest zijn best doen om Ernst niet naar de keel te vliegen en hem langzaam de nek om te draaien. Maar dat zou later worden afgehandeld, eerst moest Jacob worden afgevoerd.

Gösta haalde een paar handboeien tevoorschijn, liep naar Jacob en deed ze hem om. Samen met Martin trok hij Jacob ruw overeind, waarna hij vragend naar Patrik keek, die zich tot twee Uddevalla-agenten wendde.

'Neem hem mee naar de Västergården, ik kom zo. Leg aan de ambulancebroeders uit hoe ze de schuilkelder kunnen vinden en zeg dat ze een brancard moeten meenemen.'

Ze wilden met Jacob weglopen, maar Patrik hield hen tegen. 'Wacht nog even. Ik wil hem nog even aankijken. Ik wil weten hoe de ogen eruitzien van iemand die hiertoe in staat is.' Hij gebaarde met zijn hoofd naar het levenloze lichaam van Jenny.

Jacob keek hem zonder spijt aan, maar had nog altijd dezelfde verwarde blik. Toen zei hij tegen Patrik: 'Is het niet vreemd? Gisteravond verrichtte God een wonder om mij te redden, maar vandaag laat Hij mij door jullie meenemen.'

Patrik probeerde in zijn ogen te zien of hij het meende of dat het een spel was om zich aan de consequenties van zijn daden te onttrekken. Maar Jacobs blik was leeg als een spiegel en Patrik besefte dat hij enkel waanzin zag. Moe zei hij: 'Dat was God niet, dat was Ephraïm. Het bloedonderzoek wees niet naar jou omdat Ephraïm beenmerg aan je heeft afgestaan toen je ziek was. Daardoor kwamen zijn bloed en zijn DNA in jouw bloed, en daardoor kwam jouw bloedmonster niet overeen met de DNA-sporen op... die je op Tanja had achtergelaten. We begrepen het pas toen de experts van het lab jullie onderlinge relaties nader hadden onderzocht, en jouw bloed aangaf dat je vreemd genoeg de vader van Johannes en Gabriël was.'

Jacob knikte. Daarna zei hij mild: 'Maar dat is dan toch een wonder?' Vervolgens namen de agenten hem mee.

Martin, Gösta en Patrik bleven bij Jenny's lichaam achter. Ernst was er snel vandoor gegaan met de agenten uit Uddevalla en zou zich de komende tijd ongetwijfeld onzichtbaar maken.

Alle drie hadden ze graag een jas gehad om haar lichaam mee te bedekken. Haar naaktheid was zo kwetsbaar, zo vernederend. Ze zagen de wonden op haar lichaam, die waren identiek aan die van Tanja. Waarschijnlijk ook aan die van Siv en Mona toen zij stierven.

Johannes was ondanks zijn impulsieve aard methodisch te werk gegaan. In zijn notitieboekje had hij nauwkeurig bijgehouden welk letsel hij zijn slachtoffers toebracht voordat hij dat probeerde te genezen. Hij had het als een wetenschapper opgezet: dezelfde verwondingen bij beide vrouwen, in dezelfde volgorde. Misschien om het in zijn eigen ogen op een wetenschappelijk experiment te doen lijken. Een experiment waarbij de vrouwen onzalige maar noodzakelijke offers waren. Noodzakelijk om van God de gave van genezing terug te krijgen die hij als kind had gehad. De gave die hij zijn hele volwassen leven had moeten missen en die hij zo dringend nodig had toen zijn oudste zoon, Jacob, ziek werd.

Ephraïm had zijn zoon en zijn kleinzoon geen gelukkig erfdeel nagelaten.

Jacobs fantasie was in werking gezet door Ephraïms verhalen over de genezende vermogens van Gabriël en Johannes toen die klein waren. Dat Ephraïm er voor het effect aan had toegevoegd dat hij de gave ook in zijn kleinzoon zag, had tot ideeën geleid die na verloop van tijd waren gevoed door de ziekte waaraan Jacob binnenkort zou sterven. Vervolgens had hij het notitieboekje van Johannes gevonden en omdat de pagina's erg versleten leken, had hij er waarschijnlijk vaak in zitten lezen. Dat Tanja naar de Västergården was gekomen en naar haar moeder had gevraagd op dezelfde dag dat Jacob te horen had gekregen dat hij ongeneeslijk ziek was, was een ongelukkige samenloop van omstandigheden die er uiteindelijk toe had geleid dat ze nu naar nog een dood meisje stonden te kijken.

Toen Jacob haar had laten vallen, was ze op haar zij beland en het leek alsof ze zich in een foetushouding had opgerold. Verbaasd zagen Martin en Patrik dat Gösta zijn overhemd losknoopte. Er kwam een melkwitte, haarloze borst tevoorschijn en zonder ook maar een woord te zeggen, spreidde hij het overhemd over Jenny uit om zoveel mogelijk haar naaktheid te verbergen.

'Niemand hoeft hier naar dat kind te kijken terwijl ze geen draad aan haar lijf heeft,' zei hij brommend en hij sloeg zijn armen over elkaar om zich tegen de rauwe vochtigheid onder de bomen te beschermen.

Patrik ging op zijn hurken zitten en pakte spontaan Jenny's koude hand beet. Ze was eenzaam gestorven, maar ze zou hier niet eenzaam hoeven wachten.

Een paar dagen later was de ergste opwinding wat gezakt. Patrik zat tegenover Mellberg en wilde alles zo snel mogelijk achter de rug hebben. Zijn chef had gevraagd of hij de hele zaak met hem wilde doornemen, en hoewel Patrik wist dat Mellberg dat vooral vroeg om nog jarenlang sterke verhalen over de zaak-Hult te kunnen vertellen, liet dat hem vrij koud. Hij had Jenny's ouders zelf verteld dat hun dochter was overleden, en zag niet hoe dit onderzoek iemand tot eer of roem kon strekken, dus dat deel liet hij graag aan Mellberg over.

'Maar ik snap het verhaal van dat bloed nog steeds niet,' zei Mellberg.

Patrik zuchtte en legde het voor de derde keer uit, nu nog langzamer:

'Jacob kreeg beenmerg van zijn opa, Ephraïm, toen hij leukemie had. Dat betekent dat zijn bloed na die transplantatie hetzelfde DNA had als dat van de donor, Ephraïm dus. Jacob had met andere woorden het DNA van twee mensen in zijn lichaam. Het DNA van zijn opa zat in zijn bloed en zijn eigen DNA zat in de rest van zijn lichaam. Daarom kregen we Ephraïms DNA toen we het bloedmonster van Jacob onderzochten. Omdat het DNA dat we bij het slachtoffer vonden uit Jacobs sperma kwam, had dat monster Jacobs oorspronkelijke DNA-profiel en dus kwamen de profielen niet overeen. Volgens het Gerechtelijk Laboratorium is de statistische waarschijnlijkheid dat zoiets gebeurt zo klein dat het bijna onmogelijk is. Echter alleen maar bíjna onmogelijk...'

Mellberg leek het eindelijk te hebben begrepen. Hij schudde verwonderd zijn hoofd. 'Het is net een sciencefictionverhaal. Het is ook elke keer weer wat anders, Hedström. Maar ik moet zeggen dat we deze klus verdomd goed hebben geklaard. De hoofdcommissaris in Göteborg heeft me gisteren persoonlijk opgebeld om me voor het uitstekende werk te bedanken, en daar kon ik natuurlijk alleen maar mee instemmen.'

Patrik zag niet in waarom hun werk zo uitstekend was – ze hadden het meisje tenslotte niet kunnen redden – maar hij besloot er niet op in te gaan. Sommige dingen waren zoals ze waren en daar kon je verder weinig aan doen.

De afgelopen dagen waren zwaar geweest. Hij ervoer het bijna als een rouwproces. Hij sliep nog steeds slecht en werd gekweld door beelden die de schetsen en aantekeningen in het boekje van Johannes hadden opgeroepen. Erica had ongerust om hem heen gedrenteld en hij had gemerkt dat zij 's nachts ook lag te woelen en te draaien. Maar op de een of andere manier had hij zijn hand niet naar haar kunnen uitsteken. Hij moest dit zelf verwerken.

Zelfs de bewegingen van het kind in haar buik hadden hem niet zo blij gemaakt als anders. Het was alsof hij er opeens aan was herinnerd hoe gevaarlijk de wereld is en hoe slecht of gestoord de mensen kunnen zijn. Hoe zou hij een kind daartegen kunnen beschermen? Het gevolg was dat hij zich van Erica en het kind afwendde. Hij wilde niet het risico lopen ooit de pijn te voelen die hij in de gezichten van Bo en Kerstin Möller had gezien toen hij hun met tranen in zijn stem had verteld dat Jenny helaas was overleden. Hoe overleefde je die pijn?

Tijdens de donkere uren van de nacht had hij zelfs overwogen te vluchten. Om gewoon zijn spullen te pakken en met de noorderzon te vertrekken. Weg van alle verantwoordelijkheden en verplichtingen. Weg van het risico dat zijn liefde voor het kind een wapen werd dat tegen zijn slaap werd gedrukt en langzaam werd afgevuurd. Hij, die altijd de plichtsgetrouwheid zelve was geweest, overwoog voor het eerst van zijn leven een laffe uitweg. Tegelijk wist hij dat Erica zijn steun nu meer dan ooit nodig had. Ze was vertwijfeld nu Anna met de kinderen was teruggegaan naar Lucas. Hij wist het, maar kon toch zijn hand niet naar haar uitsteken.

Tegenover hem bewoog Mellbergs mond nog steeds. 'Ja, ik zie geen reden waarom we bij de volgende begrotingsronde niet meer geld zouden kunnen krijgen, gezien alle goodwill die we hebben opgebouwd...'

Bla, bla, bla, dacht Patrik. Woorden die niets betekenen. Geld, eer, een groter budget en lof van superieuren: zinloze maatstaven van succes. Hij kreeg de neiging zijn koffiekopje te pakken en het langzaam over Mellbergs vogelnestje leeg te gieten. Puur om hem de mond te snoeren.

'Ja, en jouw inspanningen zijn natuurlijk ook niet onopgemerkt gebleven,' zei Mellberg. 'Ik heb tegen de hoofdcommissaris gezegd dat jij tijdens het onderzoek een enorme steun voor me bent geweest. Maar daar mag je me niet aan herinneren als we het weer over je salaris hebben,' grinnikte Mellberg en hij knipoogde naar Patrik. 'Het enige dat me nog dwarszit, is de dood van Johannes Hult. Jullie hebben nog altijd geen idee wie hem heeft vermoord?'

Patrik schudde zijn hoofd. Ze hadden het er met Jacob over gehad, maar hij leek net zo weinig te weten als zij. De moord was onopgelost en dat leek zo te blijven.

'Het zou natuurlijk de ultieme bekroning van ons werk zijn als we dat stuk ook nog konden oplossen. Een tien plus zou niet gek zijn, hè?' zei Mellberg. Vervolgens trok hij weer een ernstig gezicht. 'Ik heb natuurlijk ook notitie genomen van jullie kritiek op Ernsts handelen, maar gezien zijn dienstjaren vind ik dat we ons grootmoedig moeten opstellen en dat incidentje moeten vergeten. Ik bedoel, alles is toch goed gegaan?'

Patrik herinnerde zich hoe het voelde toen zijn vinger zich bevend om de trekker spande terwijl Martin en Jacob in de vuurlijn stonden. Nu begon de hand waarmee hij zijn koffiekopje vasthield, te trillen. Alsof die een eigen wil had, bewoog die in de richting van Mellbergs hoofd, maar toen werd er op de deur geklopt en de hand hield midden in de beweging stil. Het was Annika.

'Patrik, er is telefoon voor je.'

'Zie je niet dat we bezig zijn?' snauwde Mellberg.

'Ik denk dat hij dit gesprek wil aannemen,' zei ze en ze keek Patrik veelbetekenend aan.

Hij keek vragend terug, maar ze weigerde verder iets te zeggen. Toen ze in haar kamer waren, wees ze naar de hoorn op het bureau en liep discreet naar de gang.

'Waarom heb je verdomme je mobieltje niet aan!'

Hij keek naar zijn telefoon die in een hoesje aan zijn riem hing en besefte dat de batterij leeg was.

'De batterij is leeg. Hoezo?' Hij begreep niet waarom Erica zo boos was. Ze kon hem toch via de receptie bereiken?

'Omdat het is begonnen. En jij nam niet op je vaste toestel op en ook niet op je mobieltje en toen...'

Hij onderbrak haar verward. 'Hoezo, begonnen? Wat is er begonnen?'

'De bevalling, idioot! De weeën zijn begonnen en mijn vliezen zijn gebroken! Je moet me komen halen, we moeten nu gaan!'

'Maar het kind komt toch pas over drie weken?' Hij voelde zich nog steeds verward.

'Dat weet de baby kennelijk niet, want die komt nu!' Toen hoorde hij alleen nog de kiestoon.

Patrik stond verstijfd met de hoorn in zijn hand. Er verscheen een schaapachtige glimlach om zijn mondhoeken. Zijn kind kwam eraan, het kind van Erica en hem.

Met trillende benen holde hij naar zijn auto en trok een paar keer aan het portier. Iemand tikte hem op de schouder. Annika stond achter hem met zijn autosleutels in haar hand.

'Het gaat sneller als je hem eerst van het slot doet.'

Hij rukte de sleutels uit haar hand en zwaaide kort voordat hij het gaspedaal helemaal indrukte en naar Fjällbacka vertrok. Annika keek naar de zwarte bandensporen op het asfalt en liep lachend terug naar haar plek bij de receptie.

Augustus 1979

Ephraïm maakte zich zorgen. Gabriël bleef volhouden dat hij Johannes met het verdwenen meisje had gezien. Hij weigerde het te geloven, maar wist ook dat Gabriël de laatste was om te liegen. Voor hem waren waarheid en orde belangrijker dan zijn eigen broer, en daarom kon Ephraïm het maar moeilijk van zich afzetten. De gedachte waaraan hij zich vastklampte, was dat Gabriël het verkeerd moest hebben gezien. Dat zijn ogen hem in het schemerlicht hadden bedrogen en hij door schaduwen was misleid of zo. Hij hoorde zelf hoe vergezocht dat klonk, maar hij kende Johannes ook. Zijn zorgeloze, onverantwoordelijke zoon die het leven als een spel zag. Die was toch niet in staat om iemand van het leven te beroven?

Steunend op zijn stok liep hij vanaf het landhuis naar de Västergården. Hij had die stok eigenlijk niet nodig, zijn gestel was volgens hemzelf net zo goed als dat van een twintigjarige, maar hij vond dat het er stijlvol uitzag. Een stok en een hoed gaven hem het uiterlijk van een landeigenaar, dus gebruikte hij ze zo vaak hij kon.

Het kwelde hem dat Gabriël elk jaar de afstand tussen hen vergrootte. Hij wist dat Gabriël dacht dat hij Johannes voortrok en als hij eerlijk was, moest hij toegeven dat hij dat wellicht ook deed. Maar dat kwam alleen doordat Johannes zoveel makkelijker in de omgang was. Door zijn charme en zijn openheid kon je makkelijk toegeeflijk naar hem zijn, waardoor Ephraïm zich een patriarch in de ware zin des woords kon voelen. Johannes was iemand die hij bars terecht kon wijzen, iemand die hem het gevoel gaf dat hij nodig was, al was het maar om te zorgen dat hij ondanks alle vrouwen die aldoor achter hem aan zaten, met beide benen op de grond bleef staan. Gabriël was anders, die keek hem altijd met verachting aan, waardoor Ephraïm hem met een soort koele superioriteit behandelde. Hij wist dat de fout grotendeels bij hemzelf lag. Terwijl Johannes altijd dolblij was geweest als de jongens tijdens een dienst iets hadden moeten doen, was Gabriël in elkaar gekrompen en weggekwijnd. Ephraïm wist dat en nam er ook de verantwoordelijkheid voor, maar hij had het om hun bestwil gedaan. Toen Ragnhild stierf, hadden ze alleen zijn verbale vermogens en zijn charme gehad om aan eten en kleren te komen. Het was een gelukkig toeval dat hij zo'n natuurtalent was dat de gekke weduwe Dybling hem haar landgoed en vermogen had vermaakt. Gabriël zou beter moeten beseffen wat het hun had opgeleverd, in plaats van hem aldoor te kwellen met verwijten over zijn 'verschrikkelijke' jeugd. De waarheid was dat als hij niet op het geniale idee was gekomen om zijn zonen bij zijn diensten te betrekken, ze lang niet zoveel hadden gehad als nu. Niemand had de twee schattige jongens kunnen weerstaan die dankzij Gods voorzienigheid de gave bezaten om zieken en kreupelen te genezen. Samen met zijn charisma en zijn gave van het woord waren ze onverslaanbaar geweest. Hij wist dat hij in de vrijkerkelijke beweging nog altijd als een legendarisch predikant werd beschouwd en hij vond dat uitermate vermakelijk. Hij vond het ook prachtig dat hij in de volksmond de koos- of bijnaam, wat je maar wilde, 'de Predikant' had gekregen.

Het had hem echter verbaasd dat Johannes het zo zwaar had opgenomen toen hij hoorde dat hij zijn gave was ontgroeid. Voor Ephraïm was het een makkelijke manier geweest om een eind aan het bedrog te maken en het was voor Gabriël een grote opluchting geweest. Maar Johannes had gerouwd. Ephraïm had hun altijd willen vertellen dat het maar een verzinsel was geweest en dat de zieken die ze 'genazen' gezonde mensen waren die wat geld van hem hadden gekregen om mee te doen aan het spektakel. Maar naarmate de jaren verstreken begon hij te twijfelen. Soms leek Johannes zo breekbaar. Daarom maakte Ephraïm zich ook zo'n zorgen over dat gedoe met de politie en het verhoor van Johannes. Hij was brozer dan hij leek en Ephraïm wist niet zeker wat voor invloed het op hem zou hebben. Daarom had hij besloten een wandelingetje naar de Västergården te maken om eens met zijn zoon te praten. Om te kijken hoe die ermee omging.

Er verscheen een glimlach op Ephraïms gezicht. Jacob was een week tevoren uit het ziekenhuis ontslagen en bracht vele uren bij hem zijn kamer door. Hij was dol op zijn kleinzoon. Hij had diens leven gered, wat hun voor eeuwig een speciale band gaf. Maar hij was niet zo makkelijk om de tuin te leiden als iedereen dacht. Misschien leefde Gabriël in de waan dat Jacob zijn zoon was, maar hij, Ephraïm, had wel in de gaten wat er was gebeurd. Jacob was Johannes' zoon, dat zag hij in Johannes' ogen. Maar ach, daar bemoeide hij zich verder niet mee, de jongen bracht hem vreugde op zijn oude dag. Natuurlijk hield hij ook van Robert en Johan, maar die waren nog zo klein. Wat hij het leukst vond was dat Jacob van die verstandige opmerkingen kon maken en zo graag naar zijn verhalen luisterde. Jacob was dol op de verhalen over de tijd dat Gabriël en Johannes klein waren en met Ephraïm rondtrokken. 'Genezingsverhalen' noemde hij ze. 'Opa, vertel nog eens van die genezingsverhalen,' zei hij elke keer dat hij naar Ephraïms kamer kwam. Ephraïm had er niets op tegen het verleden te laten herleven. Want het was mooi geweest. En het deed de jongen toch ook geen kwaad als hij de verhalen een beetje aandikte? Hij had er een gewoonte van gemaakt de verhalen met een dramatische stilte af te sluiten, om vervolgens met een knokige vinger naar Jacob te wijzen en te zeggen: 'En jij, Jacob, jij hebt die gave ook. Ergens, diep vanbinnen, wacht die tot die naar boven mag komen.' De jongen zat veelal met grote ogen en open mond aan zijn voeten, en Ephraïm genoot van zijn fascinatie.

Hij klopte op de deur van het huis. Geen antwoord. Alles was stil en het leek erop dat Solveig en de jongens ook niet thuis waren. Robert en Johan kon je meestal al van kilometers ver horen. Hij hoorde een geluid in de schuur en liep erheen. Johannes was met de maaidorser bezig en merkte zijn vader pas op toen die vlak achter hem stond. Hij schrok.

'Druk bezig, zie ik wel.'

'Ja, er is altijd wel wat te doen op de boerderij.'

'Ik heb gehoord dat je weer bij de politie bent geweest,' zei Ephraïm, die gewend was meteen ter zake te komen.

'Ja,' zei Johannes kortaf.

'Wat wilden ze nu weer weten?'

'Ze hadden nog meer vragen over de verklaring van Gabriël, uiteraard.' Johannes bleef met de maaidorser bezig en keek Ephraïm niet aan.

'Je weet dat Gabriël je geen kwaad wil doen.'

'Ja, dat weet ik. Hij is zoals hij is. Maar het resultaat wordt er niet anders van.'

'Waar. Helemaal waar.' Ephraïm wiebelde wat heen en weer, hij wist niet goed hoe hij verder moest gaan.

'Heerlijk om te zien dat de kleine Jacob weer op de been is, vind je ook niet?' zei hij, zoekend naar een neutraal gespreksonderwerp. Er verscheen een glimlach op Johannes' gezicht.

'Fantastisch. Het is net alsof hij nooit ziek is geweest.' Hij ging staan en keek zijn vader recht aan. 'Ik zal je er eeuwig dankbaar voor zijn, vader.'

Ephraïm knikte en streek tevreden over zijn snor. Johannes ging voorzichtig verder: 'Vader, als jij Jacob niet had kunnen redden, denk je dat...' Hij aarzelde, maar ging vervolgens gedecideerd verder, alsof hij wilde voorkomen dat hij zich bedacht. '... denk je dat ik de gave dan had teruggevonden? Om Jacob te kunnen genezen, bedoel ik?'

Ephraïm deinsde verbaasd terug en besefte geschrokken dat hij een grotere illusie had geschapen dan zijn bedoeling was geweest. Gevoelens van spijt en schuld deden hem ter verdediging in woede ontvlammen en hij voer hatelijk tegen Johannes uit.

'Hoe dom ben jij eigenlijk, jongen! Ik dacht dat je vroeg of laat volwassen genoeg zou zijn om de waarheid onder ogen te zien zonder dat ik die voor je hoefde te spellen! Het

was allemaal niet waar. Geen van de mensen die jij en Gabriël "genazen",' hij maakte
aanhalingstekens in de lucht, 'waren echt ziek. Ze kregen betaald! Van mij!' Hij spuug-
de de woorden naar zijn zoon. Heel even vroeg hij zich af wat hij had gedaan. Alle kleur
was uit Johannes' gezicht weggetrokken. Hij liep wankelend heen en weer alsof hij dronken was en Ephraïm vroeg zich af of zijn zoon een hartaanval kreeg. Toen fluisterde
Johannes, zo zacht dat hij amper te verstaan was: 'Dan heb ik de meisjes voor niets
gedood.'

Alle angst, schuld en spijt kwamen in Ephraïm tot ontploffing en trokken hem een
donker zwart gat in. Het enige dat hij wist, was dat hij de pijn van het inzicht moest zien
kwijt te raken. Zijn vuist schoot naar voren en raakte Johannes' kin met volle kracht. In
slow motion zag hij Johannes met een verbaasd gezicht achterovervallen, tegen het
metaal van de maaidorser. Door de schuur weerklonk een doffe dreun toen zijn achterhoofd het harde oppervlak raakte. Verschrikt zag Ephraïm Johannes levenloos op de
grond liggen. Hij hurkte en probeerde wanhopig zijn pols te voelen. Niets. Hij legde zijn
oor op de mond van zijn zoon en hoopte iets van een ademhaling te bespeuren. Nog
steeds niets. Langzaam drong het besef tot hem door dat Johannes dood was. Gevallen
door de hand van zijn eigen vader.

Zijn eerste impuls was om hulp te gaan halen, maar toen nam zijn overlevingsdrang het over. En als Ephraïm Hult iets bezat, dan was het dat wel. Als hij hulp ging halen, zou hij moeten uitleggen waarom hij Johannes had geslagen en dat mocht onder geen beding naar buiten komen. De meisjes waren dood en Johannes ook. Op Bijbelse wijze was er recht geschied. Zelf had hij niet de behoefte zijn laatste dagen in de gevangenis te slijten. Dat hij de rest van zijn leven zou moeten slijten in het besef dat hij Johannes had gedood was al straf genoeg. Gedecideerd begon hij zijn daad te verhullen. Godzijdank kende hij genoeg mensen die hem nog wat verschuldigd waren.

Hij had het best naar zijn zin. De artsen hadden hem nog een halfjaar gegeven, en die maanden mocht hij in elk geval in alle rust doorbrengen. Natuurlijk miste hij Marita en de kinderen, maar ze mochten elke week op bezoek komen en tussendoor bracht hij zijn tijd door met bidden. Hij had God al vergeven dat Hij hem op het laatste moment had verlaten. Ook Jezus had op de avond voordat God zijn enige zoon offerde, in de hof van Getsemane naar de hemel geroepen en zijn Vader gevraagd waarom Hij hem had verlaten. Als Jezus kon vergeven, dan kon Jacob dat ook.

Het merendeel van de tijd zat hij in de tuin van het ziekenhuis. Hij wist dat de andere gevangenen hem meden. Ze waren allemaal ergens voor veroordeeld, de meesten voor moord, maar om de een of andere reden vonden ze hem gevaarlijk. Ze begrepen het niet. Hij had er niet van genoten toen hij de meisjes doodde en hij had het ook niet voor zichzelf gedaan. Hij had het gedaan omdat het zijn plicht was. Ephraim had gezegd dat hij, net als Johannes, bijzonder was. Uitverkoren. Het was zijn plicht dat erfdeel te beheren en niet weg te kwijnen door een ziekte die hem hardnekkig probeerde te vernietigen.

En hij zou het niet opgeven. Hij kon het niet opgeven. De afgelopen weken was hij tot het inzicht gekomen dat Johannes en hij het misschien niet goed hadden aangepakt. Ze hadden een praktische manier gezocht om de gave terug te krijgen, maar misschien was dat niet de bedoeling. Misschien hadden ze eerst naar binnen moeten gaan. De gebeden en de stilte hadden hem helpen focussen. Geleidelijk was hij er steeds beter in geworden de meditatieve toestand te bereiken waarin hij voelde dat hij Gods oorspronkelijke plan naderde. Hij voelde hoe de energie hem vulde. Op dat soort momenten bruiste hij van verwachting. Nog even en hij zou de vruchten van zijn nieuwe kennis kunnen plukken. Uiteraard beklaagde hij het des te meer dat er nodeloos levens waren verspild, maar er woedde een strijd tussen goed en kwaad en vanuit dat perspectief waren de meisjes noodzakelijke offers.

De middagzon verwarmde hem terwijl hij op het bankje zat. Het gebed was vandaag extra krachtig geweest en hij had gevoeld dat hij net zo straalde als de zon. Toen hij naar zijn hand keek, zag hij dat die door een dun licht werd omgeven. Jacob glimlachte. Het was begonnen.

Naast de bank zag hij een duif. Die lag op haar zij en de natuur was al bezig haar terug te nemen en tot stof te veranderen. Stijf en vuil lag ze daar, met het witte vlies van de dood over haar ogen. Gespannen boog Jacob zich voorover en bestudeerde de vogel. Het was een teken.

Hij stond op van de bank en ging op zijn hurken naast de duif zitten. Teder keek hij naar het beestje. Zijn hand gloeide nu alsof het in zijn gewrichten brandde. Trillend bracht hij de wijsvinger van zijn rechterhand naar de duif en liet die op het warrige verengewaad rusten. Er gebeurde niets. Hij dreigde overmand te worden door teleurstelling, maar deed zijn best om op de plek te blijven waar de gebeden hem doorgaans brachten. Na een tijdje voer er een huivering door de duif. Vervolgens trilden haar stijve poten. Toen gebeurde alles tegelijk. De glans op de veren kwam terug, het witte vlies over de ogen verdween, ze ging staan en vloog met een krachtige vleugelslag naar de hemel. Jacob glimlachte tevreden.

Dokter Stig Holbrand stond bij een raam dat uitzicht bood op de tuin en keek naar Jacob, samen met Fredrik Nydin, een coassistent die stage liep bij de forensische psychiatrie.

'Dat is Jacob Hult. Hij is een beetje een speciaal geval. Hij heeft twee meisjes mishandeld om te zien of hij ze kon genezen. Ze zijn aan hun verwondingen bezweken en hij is wegens moord veroordeeld. Maar hij kon het forensisch-psychiatrisch onderzoek niet aan en heeft bovendien een hersentumor die niet meer behandelbaar is.'

'Hoe lang geven ze hem nog?' vroeg de coassistent. Hij zag in dat het een tragisch verhaal was, maar vond het ook buitengewoon spannend.

'Zo'n zes maanden. Hij beweert dat hij zichzelf zal kunnen genezen en zit grote delen van de dag te mediteren. We laten hem zijn gang gaan. Hij doet er niemand kwaad mee.'

'Maar wat doet hij nu dan?'

'Tja, ik zeg niet dat hij zich soms niet wat vreemd gedraagt.' Dokter Holbrand tuurde naar buiten en hield zijn hand boven zijn ogen om beter te kunnen zien. 'Ik geloof dat hij een duif omhoog gooit. Maar ach, die was gelukkig al dood,' zei hij droog.

Ze liepen door naar de volgende patiënt.

Dankwoord

In de eerste plaats wil ik ook deze keer mijn man Micke bedanken, die mijn grootste fan is en zoals altijd mijn schrijven de hoogste prioriteit heeft gegeven. Zonder jou was het onmogelijk geweest de baby met het schrijven te combineren.

Grote dank ook aan mijn agent Mikael Nordin en aan Bengt en Jenny Nordin van Bengt Nordin Agency, die hard hebben gewerkt om mijn boeken bij een breder publiek bekend te maken.

De agenten van het politiebureau in Tanumshede en hun chef, Folke Åsberg, verdienen een speciale vermelding, omdat ze niet alleen de tijd hebben genomen het manuscript te lezen en er hun visie op te geven, maar ook rustig hebben geaccepteerd dat ik een stelletje duidelijk incompetente agenten op hun bureau heb gestationeerd. Werkelijkheid en fictie komen in dit geval niet met elkaar overeen!

Tijdens het schrijven van Predikant is met name mijn redacteur en uitgever Karin Linge Nordh onmisbaar geweest. Ze heeft het manuscript met grotere precisie gelezen dan ik ooit had kunnen opbrengen en me nuttige wenken gegeven. Ze heeft me ook de zeer waardevolle uitdrukking 'When in doubt – delete' geleerd. Ik ben sowieso heel goed ontvangen door mijn nieuwe uitgever, Forum.

Andere mensen die een grote steun voor me zijn geweest tijdens het schrijven van dit boek zijn, net als vorige keer, Gunilla Sandin en Ingrid Kampås. Martin en Helena Persson, mijn schoonmoeder, Gunnel Läckberg, en Åsa Bohman hebben bereidwillig het manuscript gelezen en van commentaar voorzien.

Ten slotte wil ik een speciaal woord van dank richten tot Berith en Anders Torevi, die niet alleen op zo'n warme manier de marketing voor IJsprinses hebben gedaan, maar ook de tijd hebben genomen om het manuscript van Predikant te lezen en te becommentariëren.

Alle personages en gebeurtenissen zijn fictief. Fjällbacka en zijn omgeving zijn werkelijk, al heb ik me af en toe ook ten aanzien van de locaties bepaalde vrijheden veroorloofd.

Enskede, 11 februari 2004
Camilla Läckberg-Eriksson

www.camillalackberg.com

Lees ook de dwarsligger® IJsprinses van Camilla Läckberg

Als Alexandra met opengesneden polsen in een badkuip wordt aangetroffen, lijkt haar dood een uitgemaakte zaak: zelfmoord. Maar wanneer sporen van sterke slaapmiddelen in haar bloed worden gevonden, gaan Patrik Hedström en Erica Falck op onderzoek uit. Als later ook een vriend van Alexandra overlijdt, ontdekken zij dat beide sterfgevallen hun oorsprong in het verre verleden hebben.

IJsprinses speelt zich af in Fjällbacka, aan de Zweedse westkust. Achter de ogenschijnlijk fraaie façade van een kleine gemeenschap gaat een aantal moorden schuil. Camilla Läckberg schildert een portret van een gesloten samenleving waar iedereen alles van elkaar weet en waar uiterlijke schijn van groot belang is. Iets wat onder bepaalde omstandigheden fataal kan zijn...

'Camilla Läckberg hoort tot het beste wat de Zweedse misdaadliteratuur te bieden heeft. Voor een land dat uitblinkt in het thrillergenre is dat een prestatie van formaat.' – BOEK

'Een goed verhaal, interessante karakters, een spannende opbouw en een verrassende ontknoping.' – *Vriendin*

'Aangrijpend en huiveringwekkend hoogstandje.' – 4 sterren op *Crimezone.nl*

'IJsprinses behoort tot de beste vakantieboeken van het jaar.' – *Margriet*

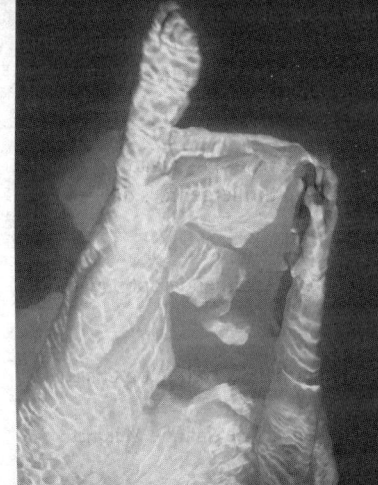

Camilla Läckberg
IJsprinses

LITERAIRE THRILLER

1

Het huis was leeg en verlaten. De kou drong door tot in alle hoeken en gaten. In de badkuip had zich een dun vlies ijs gevormd. Zij had een blauwige tint gekregen.

Zoals ze daar lag, vond hij haar net een prinses. Een ijsprinses.

De vloer waarop hij zat was ijskoud, maar de kou deerde hem niet. Hij stak zijn hand uit en raakte haar aan.

Het bloed op haar polsen was al lang geleden gestold.

Zijn liefde voor haar was nog nooit zo sterk geweest. Hij streelde haar arm, alsof hij de ziel streelde die het lichaam nu had verlaten.

Hij draaide zich niet om toen hij wegging. Het was geen vaarwel, maar een tot ziens.

Eilert Berg was geen gelukkig man. Zijn ademhaling ging stroef en kwam als witte pufjes uit zijn mond. Toch beschouwde hij zijn gezondheid niet als zijn grootste probleem.

Svea was in haar jeugd zo mooi geweest dat hij nauwelijks had kunnen wachten tot de huwelijksnacht. Ze had zachtmoedig, vriendelijk en wat verlegen geleken. Haar ware aard was echter na een veel te korte tijd van jeugdige passie aan het licht gekomen. Met gedecideerde hand had ze hem bijna vijftig jaar onder de duim gehouden. Maar Eilert had een geheim. In de herfst van zijn leven zag hij voor het eerst een mogelijkheid tot een beetje vrijheid en die zou hij zich niet laten ontnemen.

Hij had zijn hele leven hard gewerkt in de visserij en de inkomsten waren precies voldoende geweest om Svea en de kinderen te onderhouden. Na zijn pensionering moesten ze rondkomen van zijn karige pensioen. Zonder geld was het niet mogelijk om ergens anders opnieuw te beginnen, in zijn eentje. Maar die mogelijkheid was nu als een geschenk uit de hemel komen vallen en het was bovendien belachelijk eenvoudig. Als mensen schaamteloos veel geld wilden betalen voor een paar uurtjes werken per week, dan was dat hun probleem. Hem hoorde je niet klagen. De biljetten in het houten kistje achter de compostbak waren al binnen een jaar gegroeid tot een imposante stapel en weldra zou hij genoeg hebben om naar warmere streken te kunnen gaan.

Op de laatste steile helling stond hij even stil om op adem te komen en hij masseerde zijn pijnlijke handen. Spanje, of misschien Griekenland, zou de kou ontdooien die als het ware van binnenuit kwam. Eilert ging ervan uit dat hij nog minstens tien jaar had voordat hij de pijp uit ging, en van die tijd wilde hij zoveel mogelijk genieten. Geen haar op zijn hoofd die eraan dacht om die samen met dat kreng thuis door te brengen.

De dagelijkse wandeling in de vroege ochtend was het enige rustige moment van de dag en gaf hem bovendien wat broodnodige beweging. Hij volgde altijd dezelfde route en de mensen die zijn gewoonten kenden, kwamen vaak een praatje met hem maken. Hij vond het met name leuk om met het mooie juffertje te praten dat op de heuvel bij de Håkebackenschool woonde. Ze was er alleen in het weekend en kwam altijd in haar eentje, maar ze nam vaak even de tijd om wat te kletsen. Ze was ook geïnteresseerd in het Fjällbacka van vroeger, juffrouw Alexandra, en dat was een onderwerp waar Eilert het graag over had. Mooi om te zien was ze ook. Van dat soort dingen had hij nog steeds verstand, al was hij oud. Er werd weliswaar over haar geroddeld, maar als je naar oudewijvengeklets ging luisteren, had je binnen de kortste keren nergens anders meer tijd voor.

Ongeveer een jaar geleden had ze gevraagd of hij wat klusjes voor haar wilde doen als hij op vrijdagochtend toch langskwam. Het huis was oud en de cv-ketel en de waterleidingen waren onbetrouwbaar. Ze kwam in het weekend niet graag in een koud huis. Hij zou een sleutel krijgen, dus hij kon zo naar binnen gaan om te kijken of alles in orde was. Er waren in de buurt een paar inbraken geweest, dus hij moest de ramen en de deuren ook controleren.

De taak was niet erg belastend en één keer per maand lag er een envelop met zijn naam erop in haar brievenbus, met een in zijn ogen vorstelijke som geld. Bovendien vond hij het prettig dat hij iets nuttigs kon doen. Het is moeilijk om niets te doen te hebben als je je hele leven hebt gewerkt.

Het hek hing scheef en protesteerde toen hij het openduwde. Er was geen sneeuw geruimd en hij overwoog om een van de jongens te vragen haar daarbij te helpen. Dat was geen vrouwenwerk.

Onhandig pakte hij de sleutel, maar hij keek wel uit dat hij die niet in de diepe sneeuw liet vallen. Als hij moest hurken, zou hij niet meer overeind komen. Het trapje naar de voordeur was glibberig van het ijs, dus hield hij zich goed vast aan de leuning. Eilert wilde net de sleutel in het slot steken toen hij zag dat de deur op een kier stond. Onthutst deed hij die verder open en stapte de hal in.

'Hallo! Is daar iemand?'

Misschien was ze vandaag eerder thuisgekomen? Er kwam geen antwoord. Hij zag de adem die uit zijn mond kwam en werd zich ervan bewust dat het binnen ijskoud was. Opeens wist hij niet meer wat hij moest doen. Hier was iets goed mis en hij kon zich niet voorstellen dat het alleen om een kapotte cv-ketel ging.

Hij liep door de kamers. Alles leek onaangeroerd. Het huis was net zo keurig als anders. De videorecorder en de tv stonden op hun plek. Nadat hij beneden overal was geweest, ging Eilert naar de bovenverdieping. De trap was steil en hij moest zich stevig vasthouden aan de leuning. Toen hij boven was, ging hij eerst naar de slaapkamer. Die was vrouwelijk maar met zorg ingericht en even netjes als de rest van het huis. Het bed was opgemaakt en aan het voeteneind stond een weekendtas. Die leek ze nog niet te hebben uitgepakt. Hij voelde zich opeens een beetje stom. Misschien was ze wat eerder thuisgekomen, had ontdekt dat de cv-ketel het niet deed en was op zoek gegaan naar iemand die hem kon maken. Toch geloofde hij die verklaring zelf niet. Er was iets mis. Hij voelde het aan zijn gewrichten, net zoals hij soms een opzettende storm voelde aankomen. Voorzichtig liep hij verder. De volgende ruimte was een grote zolderkamer met een schuin dak en houten balken. Aan weerszijden van een open haard stonden twee banken tegenover elkaar. Er lagen een paar kranten op de salontafel, maar verder stond alles op zijn plek. Hij liep weer naar beneden. Daar zag het er ook uit zoals het hoorde. De keuken en de woonkamer waren net als anders. De enige ruimte die nog over was, was de badkamer. Iets deed hem aarzelen voordat hij de deur opendeed. Nog steeds was alles stil en rustig. Hij wachtte even, realiseerde zich toen dat hij zich lichtelijk idioot gedroeg en deed gedecideerd de deur open.

Nog geen tel later holde hij zo snel als hij op zijn leeftijd kon naar de voordeur. Op het allerlaatste moment herinnerde hij zich dat de trap glad was en hij greep de leuning beet zodat hij niet voorover naar beneden duikelde. Hij baggerde door de sneeuw op het tuinpad en vloekte toen het hek niet meewerkte. Eenmaal op het trottoir aangekomen, bleef hij hulpeloos staan. Iets verderop zag hij iemand die in rap tempo kwam aanlopen. Algauw herkende hij Tores dochter, Erica. Hij riep naar haar dat ze moest blijven staan.

Ze was moe. Dood- en doodmoe. Erica Falck zette de computer uit en liep naar de keuken om nog een kopje koffie in te schenken. Ze voelde zich van alle kanten onder druk gezet. De uitgever wilde in augustus een eerste concept van het boek hebben en ze was nog maar amper begonnen. Het boek over Selma Lagerlöf, haar vijfde biografie over een Zweedse schrijfster, zou haar beste moeten worden, maar ze had totaal geen zin in schrijven. Ruim een maand geleden waren haar ouders gestorven, en het verdriet was nog even vers als toen ze het bericht net had gehoord. Het leeghalen van haar ouderlijk huis ging ook niet zo snel als ze had gehoopt. Alles bracht herinneringen boven. Elke doos die ze inpakte kostte haar uren, omdat ze bij elk ding werd overspoeld door beelden van een leven dat soms heel dichtbij voelde en soms heel, heel ver weg. Het inpakken moest echter maar zolang duren als nodig was. Haar appartement in Stockholm was voorlopig onderverhuurd en ze vond dat ze net zo goed in haar ouderlijk huis in Fjällbacka kon zitten schrijven. Het huis lag iets buiten het centrum, in Sälvik, een rustige, stille omgeving.

Erica ging op de veranda zitten en keek uit over de scherenkust. Het uitzicht was altijd even adembenemend. Elk jaargetijde bracht een nieuw spectaculair vergezicht. Vandaag wierp een verblindende zon glinsteringen van licht op het ijs, dat in een dikke laag op het water lag. Haar vader zou genoten hebben van een dag als vandaag.

Ze kreeg een brok in haar keel en de atmosfeer in huis maakte dat het ademen haar opeens zwaar viel. Ze besloot een eindje te gaan wandelen. De thermometer gaf aan dat het min vijftien was, dus trok ze verschillende lagen kleren aan. Toch had ze het koud toen ze naar buiten stapte, maar ze was nog maar even op weg of ze kreeg het weer warm door haar hoge tempo.

Buiten was het bevrijdend stil. Niemand anders was op pad. Het enige geluid dat ze hoorde was haar eigen ademhaling. Het contrast met de zomermaanden was groot. Dan bruiste het hier van het leven. Erica kwam 's zomers liever niet in Fjällbacka. Hoewel ze wist dat het dorp alleen dankzij het toerisme kon overleven, kon ze het gevoel niet van zich afzetten dat ze elke zomer werden overvallen door een enorme zwerm sprinkhanen. Een veelkoppig monster dat in de loop van de jaren langzaam het oude vissersdorp opslokte door alle huizen in de buurt van het water op te kopen, en het negen maanden van het jaar als een spookstad achterliet.

De visserij was honderden jaren lang de belangrijkste bron van inkomsten geweest in Fjällbacka. Door de schrale omgeving en de voortdurende strijd om te overleven, waarbij alles ervan afhing of er haring was, waren de mensen nors en sterk geworden. Maar Fjällbacka was pittoresk gebleven en trok toeristen met een dikke portemonnee aan, terwijl de visserij haar betekenis als inkomstenbron verloor. Sinds die tijd leken de nekken van de bewoners elk jaar krommer te worden. De jongeren trokken weg en de ouderen droomden over vervlogen tijden. Zijzelf was een van de velen die ervoor hadden gekozen weg te gaan.

Ze ging nog wat harder lopen en sloeg linksaf bij de weg naar de Håkebackenschool. Terwijl Erica de heuvel opliep, hoorde ze Eilert Berg iets schreeuwen wat ze niet verstond. Zwaaiend met zijn armen kwam hij haar tegemoet.

'Ze is dood.' Eilert ademde hortend en stotend en er kwam een akelig piepend geluid uit zijn borst.

'Rustig maar, Eilert, wat is er gebeurd?'

'Ze ligt daar! Dood.' Hij wees naar het grote, lichtblauwe houten huis op de top van de heuvel.

Het duurde even voordat Erica besefte wat hij zei, maar toen de woorden eenmaal tot haar doorgedrongen, duwde ze het weerspannige hek open en ploegde ze naar de voordeur. Die had Eilert open laten staan en ze stapte voorzichtig over de drempel, niet wetend wat haar te wachten stond. Om de een of andere reden dacht ze er niet aan ernaar te vragen.

Eilert liep afwachtend achter haar aan en wees zonder iets te zeggen naar de badkamer op de begane grond. Erica haastte zich niet maar draaide zich om en keek Eilert met een vragende blik aan. Hij was bleek en zijn stem klonk dun toen hij zei: 'Daar ligt ze.'

Het was lang geleden dat Erica in dit huis was geweest, maar ooit had ze het goed gekend en ze wist waar de badkamer was. Ze huiverde van de kou, ondanks haar warme kleren. De deur naar de badkamer ging langzaam naar binnen open en ze stapte de ruimte in.

Ze wist niet wat ze op grond van Eilerts karige informatie had verwacht, maar niets had haar voorbereid op het bloed. De hele badkamer was wit betegeld en het effect van het bloed in en om de badkuip was daarom des te groter. Een fractie van een seconde vond ze het contrast mooi, maar toen drong het tot haar door dat er een echt mens in de badkuip lag.

Ondanks de onnatuurlijke wit- en blauwtinten van het lichaam herkende

Erica haar meteen. Het was Alexandra Wijkner, geboren Carlgren, een dochter van de familie des huizes. In hun jeugd waren ze goede vriendinnen geweest, maar dat leek een eeuwigheid geleden. Nu was de vrouw in de badkuip net een vreemde.

De ogen van het lijk waren barmhartig gesloten, maar de lippen hadden een felle blauwe kleur. Rond de romp dreef een dunne ijslaag, die het onderlijf geheel verhulde. De rechterarm hing slap over de rand van het bad en er stonden strepen op de huid; de vingers reikten tot aan de gestolde bloedplas op de vloer. Op de rand van het bad lag een scheermesje. Van de andere arm was alleen het gedeelte boven de elleboog te zien, de rest zat verborgen onder het ijs. Ook de knieën staken door het bevroren oppervlak omhoog. Het lange blonde haar van Alex hing als een waaier over het hoofdeind van het bad, maar in de kou leek het broos en bevroren.

Erica stond lang naar haar te kijken. Ze rilde van de kou en de eenzaamheid die het macabere tafereel illustreerde. Langzaam liep ze achteruit de badkamer weer uit.

Daarna was alles als in een roes gebeurd. Ze had met haar mobieltje de dienstdoende arts gebeld en samen met Eilert gewacht tot de arts en de ambulance er waren. Ze herkende de tekenen van een shocktoestand van de dag dat ze had gehoord dat haar ouders waren overleden en zodra ze thuiskwam, schonk ze zichzelf een groot glas cognac in. Misschien niet iets wat de dokter zou hebben voorgeschreven, maar het hielp wel tegen het trillen van haar handen.

De aanblik van Alex had haar meteen aan haar jeugd doen denken. Het was ruim vijfentwintig jaar geleden dat ze hartsvriendinnen waren geweest en hoewel er sinds die tijd veel mensen in haar leven waren gekomen en gegaan, lag Alex haar nog steeds na aan het hart. Ze waren slechts kinderen geweest. Als volwassenen hadden ze elkaar niet gekend. Toch kon Erica zich maar moeilijk verzoenen met het idee dat Alex zichzelf van het leven had beroofd, wat toch de enig mogelijke uitleg moest zijn van wat ze had gezien. De Alexandra die zij had gekend was een van de meest levendige, zelfverzekerde mensen die ze ooit had ontmoet. Een mooie vrouw met zelfvertrouwen en een uitstraling die anderen deed omkijken. Volgens geruchten die Erica had gehoord, was het leven Alex gunstig gezind geweest – precies zoals

Erica altijd had gedacht. Ze was de eigenaresse van een kunstgalerie in Göteborg, getrouwd met een knappe, succesvolle man met wie ze op Särö in een huis woonde dat nog het meest op een landhuis leek. Maar kennelijk was er toch iets niet goed geweest.

Ze voelde dat ze haar zinnen even moest verzetten en toetste het nummer van haar zus in.

'Sliep je?'

'Je maakt zeker een grapje? Eerst heeft Adrian me vanaf drie uur vannacht uit mijn slaap gehouden en toen hij om een uur of zes eindelijk in slaap viel, werd Emma wakker en wilde spelen.'

'Kon Lucas voor de verandering dan niet eens opstaan?'

Een ijzige stilte aan de andere kant. Erica kon haar tong wel afbijten.

'Hij heeft vandaag een belangrijke vergadering en dan moet hij uitgerust zijn. Bovendien is het op dit moment op zijn werk heel erg turbulent, het bedrijf staat voor een kritieke strategische fase.'

Anna verhief haar stem en Erica hoorde een hysterische ondertoon. Lucas had altijd een goed excuus en Anna had hem waarschijnlijk letterlijk geciteerd. Als er geen belangrijke vergadering was, dan was hij gestrest door alle zware beslissingen die hij moest nemen of uitgeput omdat de druk enorm was als je zo'n, aldus Lucas, succesvol zakenman was. Daardoor lag alle verantwoordelijkheid voor de kinderen bij Anna. Met een levendige peuter van drie en een baby van vier maanden had Anna er op de begrafenis van hun ouders tien jaar ouder uitgezien dan haar dertig jaar.

'Honey, don't touch that.'

'Zeg nou eens eerlijk, wordt het niet tijd dat je eens Zweeds gaat praten met Emma?'

'Lucas vindt dat we thuis Engels moeten praten. Hij zegt dat we toch weer in Engeland gaan wonen voordat ze naar school gaat.'

Erica was dat zinnetje zo beu: 'Lucas vindt, Lucas zegt, Lucas denkt...' In haar ogen was haar zwager ronduit een hufter.

Anna had hem ontmoet toen ze als au pair in Londen werkte en ze was direct onder de indruk geweest van de overweldigende aandacht van de tien jaar oudere, succesvolle beursmakelaar Lucas Maxwell. Ze had al haar plannen om te gaan studeren opgegeven om de perfecte, representatieve echtgenote te worden. Het probleem was alleen dat Lucas nooit tevreden was, en sinds ze met hem samen was had Anna, die vanaf haar vroegste jeugd altijd precies had gedaan waar ze zelf zin in had, haar eigen persoonlijkheid volledig uitgewist. Tot het moment dat de kinderen kwamen had Erica gehoopt dat haar zus tot bezinning zou komen, Lucas zou verlaten en haar eigen leven zou gaan leiden, maar toen eerst Emma en daarna Adrian werd geboren, had ze moeten inzien dat haar zwager helaas een blijvertje was.

'Ik stel voor dat we het over een ander onderwerp hebben dan Lucas en zijn ideeën over opvoeden. Wat hebben mijn oogappeltjes sinds de vorige keer allemaal uitgespookt?'

'Ach, niets bijzonders... Emma kreeg gisteren een aanval van gekte en slaagde erin een klein vermogen aan kinderkleren kapot te knippen voordat ik het in de gaten had. Adrian doet al drie dagen niets dan overgeven en schreeuwen.'

'Het klinkt alsof een verandering van omgeving je goed zou doen. Kunnen jij en de kinderen niet een weekje hier komen? Ik kan je hulp bovendien goed gebruiken. Binnenkort moeten we alle papieren en zo ook doornemen.'

'Ja, daar wilden we het nog met je over hebben.'

Zoals altijd wanneer ze iets moest doen wat ze niet makkelijk vond, begon Anna's stem hoorbaar te trillen. Erica spitste meteen haar oren. Dat 'we' klonk onheilspellend. Zodra Lucas ergens een vinger in de pap had, werd hij daar zelf beter van en de rest slechter.

Erica wachtte op het vervolg.

'Lucas en ik willen immers terug naar Londen als hij het filiaal hier in Zweden op orde heeft, en we wilden ons eigenlijk geen zorgen hoeven maken over het onderhoud van een huis hier. Jij hebt ook geen plezier van een groot huis op het platteland, ik bedoel, zonder gezin en zo...'

De stilte was oorverdovend.

'Waar wil je naartoe?' Erica wikkelde een lok van haar krullende haar om haar vinger, een gewoonte die ze al van kindsbeen af had als ze zenuwachtig werd.

'Ja... Lucas vindt dat we het huis moeten verkopen. Wij kunnen het niet onderhouden. Bovendien willen we een huis in Kensington kopen als we teruggaan, en hoewel Lucas meer dan goed verdient zou het geld van de verkoop een groot verschil maken. Ik bedoel, huizen aan de Zweedse westkust met zo'n ligging brengen miljoenen kronen op. De Duitsers zijn dol op zeegezichten en de geur van het water.'

Anna ging nog een tijdje door, maar Erica merkte dat ze er genoeg van had en hing midden in een zin voorzichtig op. Ze had haar zinnen inderdaad verzet.

Ze was voor Anna altijd eerder een moeder dan een oudere zus geweest. Al sinds ze klein waren, beschermde ze haar. Anna was een echt natuurkind geweest, een wervelwind die haar impulsen volgde zonder over de gevolgen na te denken. Erica had haar regelmatig uit lastige situaties moeten redden. Lucas had alle spontaniteit en levensvreugde uit haar verdreven. En dat was iets wat Erica hem nooit zou vergeven.

VERKRIJGBAAR ALS DWARSLIGGER®

SPANNING

Dan Brown – *Het Verloren Symbool*
Jane Casey – *Spoorloos*
Escober – *Onrust*
Nicci French – *Bezeten van mij*
Annet de Jong – *Vuurkoraal*
Camilla Läckberg – *IJsprinses*
Dennis Lehane – *Slapende honden*
Saskia Noort – *De eetclub*
Karen Rose – *Sterf voor mij*
Scott Turow – *De aanklager*
Esther Verhoef – *Rendez-vous*
e.v.a.

LEKKER LEZEN

Lynn Austin – *De boomgaard*
Harriet Evans – *De liefde van haar leven*
Chantal van Gastel – *Zwaar verliefd!*
Astrid Harrewijn – *In zeven sloten*
Sophie Kinsella – *Aanpakken!*
Jill Mansell – *Schot in de roos*
Tamara McKinley – *Windbloemen*
Danielle Steel – *Verleiding*

LITERATUUR

André Aciman – *Noem me bij jouw naam*
Carla de Jong – *In retraite*
Herman Koch – *Het diner*
Doeschka Meijsing – *Over de liefde*
David Mitchell – *Wolkenatlas*
Nelleke Noordervliet – *Pelican Bay*

Vikas Swarup – *Slumdog millionaire*
P.F. Thomése – *Vladiwostok!*
L.N. Tolstoj – *Oorlog en vrede*
Sarah Waters – *Vingervlug*
e.v.a.

LITERAIRE NON-FICTIE
Midas Dekkers – *Alle beesten*
Judith Koelemeijer – *Anna Boom*
Antony Beevor – *D-day*
Leslie T. Chang – *Fabrieksmeisjes*
Maarten van der Weijden – *Beter*

EROPUIT
Wilhelm Eisenreich e.a. – *De dieren- en plantengids voor onderweg*
Bert Loorbach – *Rustiek kamperen in Frankrijk*
Michael Palin – *Himalaya*

Jeroen van der Spek – *1000 dingen doen in Nederland*
Van Dale – *Cultuurgids voor de reiziger*
Luc Verdoodt – *Vlaams toppenboek*
John 'Lofty' Wiseman – *Het SAS Survival Handboek*
Rik Zaal – *Spanje*

VERDIEPING

Stefan Klein – *De geluksformule*
Deepak Chopra – *Leven in liefde*
Dr. Wayne W. Dyer – *Leef in balans*
Malcolm Gladwell – *Uitblinkers*
Gretchen Rubin – *Het Geluk Project*
Dr. Jill Bolte Taylor – *Onverwacht inzicht*
Ivan Wolffers – *De top 100 van meest gebruikte medicijnen*

STRIPS EN CADEAU

Andrea Buchanan en Miriam Peskowitz – *Het Meisjesboek*

C. S. Lewis – *Narnia*

Hein Meijers & Simon Rozendaal – *Nutteloze feiten*

Reid, Geleijnse & Van Tol – *Fokke & Sukke: Het afzien van de jaren nul*

Van Dale – *Dr. Verschuyl Puzzelwoordenboek*

Van Dale – *Elk nadeel heeft zijn voordeel*

Stefan de Vries en Roel Wolbrink – *Het Blauwe Boekje*

Peter de Wit – *Sigmund: Lachtherapie*

De dwarsligger® is een compleet boek in een handzaam formaat. Een boek dat past in een handtas, broekzak of binnenzak. Meer informatie vindt u op **www.dwarsligger.nl**